Für Lena

Bettina Baum

Das hummerrote Hemd

Roman

bettina.baum@hummerrot.de

Herstellung:
Libri Books on Demand
http://www.bod.de

Umschlaggestaltung: Sabine Schmidt-Malaj
ISBN 3-89811-449-X

Bloody Monday

Leichte Nebelschleier hingen über der südenglischen Kleinstadt. Die Sonne des noch jungen Jahres wagte sich nur vorsichtig durch die Wolken. Das Kopfsteinpflaster der Hill Street, die ihrem Namen einer tüchtigen Steigung wegen alle Ehre machte und auf den einzigen Hügel der Stadt führte, glänzte im Streulicht wie Lakritz.

Hinter der Eßzimmergardine des ehrwürdigen viktorianischen Hauses, das auf der Höhe des Hügels stand, lauerten die Brüder Wilson auf ein alltäglich wiederkehrendes Ereignis, das Thomas, den älteren, immer aufs neue in Spannung versetzen konnte. Der Rottweilerrüde „Bux" stand etwa dreißig Meter vom Haus entfernt, am Zaun neben dem Briefkasten. Dumpf bellend antwortete der Rottweiler einem Hund, der sich unterhalb des Hügels über etwas für Bux nicht Wahrnehmbares aufzuregen schien. Von weit unten tönte das durchdringende Bellen herauf, von der Maple-Lane her. Von dort, wo ein dunkelrotes schmales Klinkerhäuschen in langer Reihe neben dem nächsten stand. Auf deren Dächern sich zahllose kegelförmige Schornsteine in den Himmel reckten und jeder handtuchschmale Vorgarten im Prinzip dem benachbarten glich. Wo die Fensterrahmen und die Treppengeländer weiß gestrichen waren und trotzdem ständig verwittert aussahen, weil nur allzu schnell die Feuchtigkeit und die salzige Luft des Meeres die Farbe zersetzte.

Vom Gebell einmal abgesehen war es so still hier oben, daß man glauben konnte, es sei ein Sonntag Vormittag. Von den Ästen der noch kahlen Ahornbäume tropfte das Wasser in nebliger Trägheit.

„Glaubst du, er traut sich dieses Mal, die Zeitung in den Briefkasten zu stecken?" fragte Jonathan seinen älteren Bruder. Der kniff die Augenlider zusammen und leckte sich erwartungsvoll über die Oberlippe, bevor er mit einem zynischen Grinsen antwortete:

„Muß er wohl. Mom hat mit dem Verteilerboß gesprochen. Wenn das Allison-Arsch die Zeitung über den Zaun wirft, schnappt Bux sie sich wieder und zerfleddert sie. Und wenn die Zeitung weiterhin zerfleddert bei Mom ankommt, wird sie das melden, und der Untermensch wird seinen Job los!"

„Warum ist dir der Typ eigentlich so zuwider?" zweifelte Jonathan. „Ich meine nur; der kann doch schließlich nichts dafür, daß sein Vater nur auf den Docks gearbeitet hat und daß er, na ja, daß er eben wegen der ganzen Schufterei schon so früh gestorben ist!"

Der hagere Thomas sah kopfschüttelnd zu seinem Bruder.

„Mann, Jonathan! Du redest, als würdest du nach dem College mindestens Pfarrer werden!" Er gab Jonathan, der neben ihm fast unscheinbar wirkte, eine Kopfnuß. „Willst wohl für die Rechte der Helden kämpfen, die ihre Gesundheit für die Wirtschaft Großbritanniens opfern? Bist wohl Harold-Wilson-Fan, was? Wirklich! Mein kleiner Bruder würde den Leuten seiner eigenen Schicht in den Arsch treten und Labour wählen, wenn er schon wählen dürfte. Bloß weil ihm die armen Arbeiter so leid tun. Von wegen Schufterei! Gesoffen hat er, der Alte! Gesoffen und rumgehurt! Am laufenden Band seine Alte geschwängert hat er, und die Blagen vertrimmt! Mit dem Untermenschen brauchst du wirklich kein Mitleid zu haben!"

Thomas sah wieder angespannt in Richtung Zaun. Jonathan kam sich dumm vor. Aber er spürte in seinem tiefsten Inneren, daß es da doch eine Ungerechtigkeit gab. Was konnte denn Shawn dafür, daß sein Vater trunksüchtig war? Doch Thomas hatte ganz andere Gründe für seine Antipathie, die er seinem Bruder nicht erklären konnte, weil er glaubte, der würde ihn sofort bei seiner Mutter verpetzen.

„Mir kommt da eine saugute Idee!" blinzelte er Jonathan zu. „Bleib du hier am Fenster, ich gehe zur Tür! Aber rühr dich nicht von der Stelle!" wies Thomas seinen jüngeren Bruder an.

„Was hast du vor?" fragte Jonathan flüsternd hinter Thomas her, der schon im Korridor verschwunden war.

Shawn Allison hatte bereits den größten Teil seiner allmorgendlichen Tour hinter sich. Den Hügel hoch schob er das Lieferantenfahrrad, die letzten zehn Ausgaben der Times vor sich in der Ledertasche auf dem Gepäckträger. Seine Schiebermütze tief ins Gesicht gezogen, den von der Mutter gestrickten Schal dreimal um den Hals geschlungen, war er, so schnell er konnte, von Haus zu Haus durch den Ort geradelt. Trotzdem war ihm entsetzlich kalt. Er trug den Wollmantel seines Vaters, der noch aus den Anfängen der fünfziger Jahre stammte, was man an den Tweednoppen, die an den Ärmelenden und am Kragen in Auflösung begriffen waren, erkennen konnte. Shawn konnte diesen Mantel nicht ausstehen. Er besaß aber sonst kein Kleidungsstück, das dick genug gewesen wäre, ihn vor der feuchten Kälte zu schützen. Die Fingerspitzen, die aus den Marktfrauenhandschuhen herausschauten, waren, wie immer im Winter, blaurot von der Kälte und schwarz eingefärbt von Druckerschwärze. Sein Atem war sichtbar, während er das Rad den Hügel hinauf schob. Die kalte Morgenluft stach bei jedem Atemzug in der Lunge. Um nicht dauernd dem Hustenreiz nachgeben zu müssen, versuchte er eine Melodie zu summen.

In der Ferne war der Rhythmus der Docks zu hören. Tock. Teck. Tock. Teck. Totock. Teteck. Geräusch der Heimat! Es hatte Shawn als kleines Kind in den Schlaf gesungen, ihn am frühen Morgen geweckt. Dort unten, nahe den Docks, in dem winzigen Haus, wurde dieser Rhythmus für ihn und die sechs Geschwister Bob, Maggy, die Zwillinge Willy und Jill, Dorothee und Jacky (die zu diesem Namen kam, weil ihre Mutter Jaqueline Kennedy hochgradig verehrte) zum Pulsschlag ihrer Kindheit.

Die gesummte Melodie wurde, Shawns Stimmung entsprechend, zu einem Blues. Melodie und Worte kamen ihm einfach so, beim Gehen: „Beneed the old trees... on the top of the hill... where the noises of work... are so far... there is the brighter side of life... that's where you are... my Love!"

Das mußte er am Abend unbedingt aufschreiben und in einem ruhigen Moment auf der Gitarre probieren! Ja, die alte Gitarre. Der Vater hatte sie ihm überlassen, als Shawn zwölf Jahre alt wurde. Der wiederum hatte sie vom Großvater geerbt, aber selbst nie darauf gespielt. Shawns Großvater sei wegen seines Musikspleens schuld an der Misere der ganzen Familie, behauptete der Vater. Er ahnte natürlich nicht, daß er das Instrument in die Hände eines großen musikalischen Talentes legte, als er Shawn die Gitarre gab. Es war kein Liebesgeschenk. „Da, nimm das Ding," hatte der Vater gesagt, „bevor ich sie zu Kleinholz verarbeite. Und klimper mir damit bloß nich' die Ohren voll! Sonst passiert dir was, du weißt Bescheid, Bursche!" Oh ja, das wußte Shawn. Ihm passierte regelmäßig „was", worüber er mit niemandem sprechen konnte. Trotzdem war er glückselig über den Besitz der Gitarre.

Shawn verehrte schon in früher Jugend Woody Guthrie und Ewan McColl. Später insbesondere Elvis Presley. Neil Sedaka. Percy Sledge. Oh ja, Percy Sledge, mit seinem unglaublichen „When a man loves a women"! Natürlich liebte er die umwerfend respektlosen „Rolling Stones". Und seit neuestem eine Gruppe, die sich irrsinnige Bühnenauftritte leistete: „The Who", über die er sich alles nur irgendwie Les- und Hörbare besorgte. Die Art, in der Pete Townsend seine Gitarre maltretierte, empfand Shawn als eine Art „Auswuchs". Die Gitarre schien eine Verlängerung des Körpers zu sein. Und damit auch der Seele, der Ängste, der Träume, des Schmerzes. All dessen eben, was Worte nicht ausdrücken konnten und durften.

Einen Teil des Geldes, das er mit seinen Jobs verdiente, zweigte er ab, um sich dafür eine Platte, Bücher oder Noten zu kaufen. Sogar die Anschaffung eines Plattenspielers war nach dem Tod des

Vaters möglich geworden. Shawn galt nun als der Hauptverdiener. Er konnte über Anschaffungen entscheiden. Manchmal nahm er sich auch Geld für einen heimlichen Besuch in der Wardour Street im Londoner Stadtteil Soho. Im Marquee Club traten die interessantesten Musiker auf. Shawn wirkte älter als er war. Kam immer hinein in den Club, in dem nicht nur die Darbietungen auf der Bühne aufregend waren, sondern auch die Girls. Er arbeitete beinahe Tag und Nacht, um seine Familie durchzubringen und gleichzeitig seiner Leidenschaft zu frönen: Musik. Musik. Musik. Schon als er noch zur Schule ging, trieb er sich gerne in den Londoner Plattenläden herum, statt im Unterricht zu sitzen. In aller Regelmäßigkeit kamen Briefe der Schule an seine Eltern. „Ihr Sohn Shawn bleibt unentschuldigt dem Unterricht fern!" „Die Leistungen ihres Sohnes lassen bis auf die Fächer Musik und Literatur sehr zu wünschen übrig!" „Die Versetzung ihres Sohnes ist äußerst gefährdet!" und so weiter. Sein Vater versuchte, die Disziplin in ihn hineinzuprügeln. Sein Argument „Du sollst einmal einen besseren Job haben als ich," sollte die Schläge mit Gürteln, Kochlöffeln, Kleiderbügeln und Fäusten ausreichend begründen. Bei Shawn bewirkten die Mißhandlungen nur Aggressionen gegen seinen Vater und einen Trotz, der knüppelhart zwischen den Erwachsenen und ihm stand. Nach dem Tod des Tyrannen war er zunächst froh, der Schule entkommen zu sein. Aber schon bald wurde ihm klar, daß nicht nur zu Hause und in der Schule die „Vater Allisons" die Macht hatten. Männer die ihm übel mitspielen wollten, gab es anscheinend in gesteigertem Maße am Arbeitsplatz: Ältere Kollegen, Vorarbeiter und Chefs.

Während er zwischen halb drei und halb sechs Uhr in der Früh beim Fischgroßhandel Seefisch entlud und Kiste um Kiste in die Halle trug, während er zwischen halb sieben und acht Uhr die Times auslieferte, oder während seiner Handlangerarbeiten in den Docks: Immer stellte er sich vor, wie Guthrie auf Güterzüge zu klettern, kreuz und quer die Santa Fe oder sonstige Eisenbahnrouten abzufahren, staunend auf die Grand Coulee-Talsperre hinabzuschauen oder in den Armen eines leichten Mädchens den Midnight-Special-Zug vorbeidonnern zu hören. Seine Phantasien hielten ihn am Leben. Eines Tages würde er nach Amerika gehen, herumfahren in einer dieser Ami Kutschen und Musik machen. Doch der nächst faßbare Traum war eine E-Gitarre!

Aber selbst die war im Moment so weit entfernt wie das gelobte Land. Zur Zeit besaß er so wenig Geld, daß noch nicht einmal eine neue Hose im Budget war. Er konnte froh sein, daß er wenigstens die alte Gitarre besaß, eine einfache Western Gitarre mit großem Korpus, den er anfangs kaum mit seinem Arm umspannen konnte. Außerdem glaubte Shawn sowieso, er habe weder genügend Talent noch den Mut eines Guthrie oder McColl, um über das harte Leben der Arbeiterklasse zu singen oder sogar Straßentheater zu spielen, wie es McColl tat. Bei Shawn hatte sich über seinen Vater, der in der Familie zwar absolut patriarchalisch, politisch gesehen jedoch sozialdemokratisch eingestellt war, schon früh ein Bewußtsein für seine Klasse herausgebildet. Er wollte sich jedoch nicht im geringsten politisch engagieren. Obwohl ihm das damals ein schlechtes Gewissen bereitete, denn die Parteifreunde seines Vaters versuchten mehrfach, ihn als William Allisons Nachfolger in ihre Reihen zu rekrutieren. Er kam sich verglichen mit seinen Vorbildern Guthrie oder McColl furchtbar feige vor. Vielleicht auch nur faul oder desinteressiert. Sein Gewissen war etwas zur Ruhe gekommen, als Vierundsechzig die Labour Partei die dreizehn Jahre währende konservative Herrschaft über Großbritannien ablöste. Gott sei Dank fiel die Wende genau in die Zeit, in der Shawn am meisten mit seiner anscheinend fehlenden Zivilcourage zu kämpfen hatte. In der kam es ihm, viel mehr, als über soziale Ungerechtigkeiten nachzudenken, darauf an, wie er bei einem Mädchen landen konnte, das nicht zimperlich war. Nun war Harold Wilson Premier und seine Leute hatten, was sie immer haben wollten, und er konnte sich endlich in aller Ruhe den Mädchen und der Musik zuwenden.

Immer wieder konnte er sich Fotos von Elvis Presley in Musikzeitschriften ansehen, die den Super Star während seiner Auftritte zeigten. Die Gitarre hing wie eine Knarre um sein Hüften. Rhythmisch knallt sie gegen sein rotierendes Becken. Die Gitarre als Symbol für Sex und potentielle Brutalität. Die Faszination zweier grundlegender menschlicher Komponenten. Shawn fühlte es nicht nur, er begriff es.

Er liebte jedoch nicht nur laute, freche Musik, sondern auch die ruhigeren Töne und poetische Texte über Einsamkeit, Beziehungen, Sehnsüchte, Enttäuschungen. Über Begebenheiten, die scheinbar von höherer Stelle dirigiert wurden. Er liebte Blues und Balladen. Düstere, bizarre Stimmungen. Dann wieder Geräusche, die den Nerv trafen. In letzter Zeit wuchsen in ihm aggressivere Klänge, die er selbst noch nicht richtig erfassen und verstehen, geschweige denn akzeptieren konnte. Doch das Grundlegendste war, daß der Junge spürte, daß ohne Rhythmus und Lyrik sein Leben leer war. Bei allem, was er tat, formten sich seine Gedanken zu Texten. Geräusche wurden zu Musik, Gefühle wurden zu Songs.

Er getraute sich nicht, jemandem von seinen Texten zu erzählen. Für Shawn war klar, daß er in irgendeiner Form krank sein mußte. So ein dummes Zeug zu denken! Dennoch schrieb er alles auf, was ihm so einfiel. Heimlich. Des Nachts. Mit der Taschenlampe unter der Bettdecke. Sein Bruder Robert schlief wohl bei ihm im Zimmer. Doch der schlief wie ein Bär. Bekam nie was mit von Shawns heimlicher Arbeit. Oh ja, Shawn konnte mit vier Stunden Schlaf auskommen. Doch die Spuren der Übernächtigung und der harten Tagarbeit waren in seinem jungen Gesicht abzulesen. Die Augen waren meist leicht verquollen und dunkel gerandet.

Vor zwei Jahren hatte er begonnen, sich mit Noten zu befassen. Wann immer er Zeit fand, trieb er sich in Büchereien und Musikgeschäften herum, immer auf der Suche nach den Geheimnissen der Musik. Auf diesem Gebiet entwickelte er erstaunliche autodidaktische Fähigkeiten. Schon bald fing er an, seine Melodien zu notieren. Er versteckte alles unter seiner Matratze. Sein Vater hätte ihn verprügelt und seine Arbeit vernichtet, wenn er seine Lyriks und seine Notierungen gefunden hätte. Nun brauchte er davor keine Furcht mehr zu haben. Doch auch seine Mutter würde nie verstehen, wie sehr er all das brauchte. Sie war bescheiden und arbeitsam. Ängstlich und schüchtern. Und nicht sehr klug. Außer billiger Illustrierten las sie leider nichts. Selten hörte sie Radio. Moderne Musik verabscheute sie. Was sie akzeptierte, war, daß Shawn ab und zu für die Kinder auf der Gitarre spielte. Manchmal begleitete Robert ihn auf der Mundharmonika, und die Kleinen sangen dazu. Diese Momente gaben der Mutter die Illusion der Harmonie, einer Leichtigkeit in der Familie. Doch sie reagierte schrecklich nervös, wenn Shawn und Bob mit den Fingern auf der Tischkante um die Wette trommelten. Sie schimpfte die Jungen kindisch, daß sie in ihrem Alter noch derartig viel Krach machen mußten. Und besonders schimpfte sie mit Shawn, den sie seit dem Tod des Vaters so ziemlich für alles verantwortlich machte, was ihr auf die Nerven ging. Er sollte dem jüngeren Bruder gefälligst nützlichere Dinge beibringen! Sie würde nie verstehen, daß es einfach von Innen heraus kam, was er und sein Bruder da taten. Daß es einfach da war! Die Frau, durch Konventionen, Ängste und erdrückende Ehe eingeengt, konnte nicht sehen, welch einen Schatz ihre Kinder in sich bargen.

Doch auch Shawn selber versuchte immer und immer wieder, sich in seinem Drang, der Berufung nachzugeben, zu bremsen. Er mußte sich diese Flausen aus dem Kopf schlagen, endlich ein Mann werden! Er war nun mal hier geboren, in dieser Gott verdammten Kleinstadt, und in eine arme Familie hinein, deren Oberhaupt sich totgesoffen hatte.

„Shawn Allison!" mahnte er sich wieder einmal, während das Haus der Wilsons in Sichtweite kam, „denk endlich die richtigen Gedanken! Du wirst nie 'n echter Musiker! Alles Quatsch!"

Es grauste ihn jeden Morgen vor dieser letzten Etappe seiner Tour. „Man hört das verdammte Vieh schon wieder kläffen!" schimpfte er, während er sich dem Anwesen näherte. Mr. Roney, der die Zeitungsausträger kommandierte, hatte ihm wieder einmal zugesetzt. Er würde ihn feuern, wenn er die Zeitungen nicht vernünftig ausliefere. Shawn hatte die Nase gestrichen voll von dem Köter, von all den Vater-Allisons und insbesondere von den Attacken des ältesten Wilson-Sohnes, der ihn haßte, weil er es gewagt hatte, Elisabeth zu küssen. Elisabeth war die älteste der drei Arzttöchter, die angeblich mit Thomas Wilson ging, aber scharf auf ihn war, obwohl er das wirklich nicht provozierte. Jedenfalls war es vor gut drei Wochen zu einer heftigen Prügelei zwischen Shawn und Thomas gekommen, nachdem Thomas ihn und Elisabeth hinter dem Ehrenmal, heftig knutschend und fummelnd, erwischt hatte. Thomas war trotz seiner Größe schwächer als der durchtrainierte kräftig gebaute Shawn, der so hart und rücksichtslos zuschlug, wie sein junges Leben es ihm beigebracht hatte. So blieben Thomas vorerst nur ein Haufen Prellungen und Blutergüsse und das heiße Gefühl der Rache.

Als Shawn prustend am Tor der Wilsons ankam, stellte sich Bux aufgeregt auf die Hinterbeine und sprang fletschend und kläffend gegen das Tor. Es war wirklich eine Kunst, ohne von dem Tier erwischt zu werden, den Arm über den Zaun zu bringen, um die Zeitung in die dafür vorgesehene Röhre zu stecken. Shawn probierte es ein paarmal. Der Hund wurde immer wilder. „Diese Arschlöcher! Warum sperren sie das Vieh nicht ein, bis ich da war!" schimpfte er. „Geh weg, du Miststück! Geh weg!"

Während Shawn so kämpfte, freute sich hinter der Eingangstür des Hauses jemand diabolisch über diesen Kampf.

„Oh Mann ist das gut!" rief Thomas aus. „Ich mach mir gleich in die Hose vor Lachen!"

Jonathan verfolgte die Szene hinter der Eßzimmergardine unruhig und mit wachsendem Unbehagen. Bux nahm einen Anlauf, um gegen die Pforte zu springen. Genau in dem Moment drückte Thomas auf den automatischen Türöffner.

Shawn ließ sofort das Fahrrad fallen, stolperte mit einem Aufschrei des Entsetzens zurück. Doch der Hund sprang in blinder Wut an ihm hoch. Shawn rief um Hilfe. Hielt in seiner Panik instinktiv die Arme vor Hals und Gesicht.

Bux schlug seine Zähne in Shawns rechten Arm und riß ihn zu Boden. Nun stand er mit seinem bulligen Körper über dem Jungen. Er zerrte an dessen Unterarm herum, als wolle er ihn abreißen. Shawns Körper wurde von dem kräftigen Tier hin und her geschleudert.

Jonathan war der Schrecken derart in die Glieder gefahren, daß er sich zunächst kaum bewegen konnte. Doch dann löste er sich von der Gardine und rannte zum Eingang. Vorbei an seinem geifernden Bruder, dem er einen schnellen Blick voller Zweifel und Unverständnis zuwarf. Dann hastig weiter zum Tor, um Shawn vor dem Schlimmsten zu bewahren. Thomas lief hinterher. Eher aus Sensationslust, als um zu helfen. Shawns Schreie trieben auch Mr. und Mrs. Wilson aus dem Badezimmer. Mit Rasierschaum im Gesicht lief Mr. Wilson den Gartenweg entlang, dahinter die Frau im Morgenmantel, die Haushälterin mit Besen hinterdrein. Jonathan versuchte, den Hund durch Zurufe von Shawn wegzubekommen. Thomas sah interessiert zu, tat aber nichts. Jonathan wollte gerade zupacken, als Mr. Wilson rief:

„Nein Jonathan! Nicht anfassen! Er beißt dich tot!"

Mr. Wilson lief hinter das Haus, kam kurze Zeit später mit einer Schaufel zurück. Er stürzte an seiner Frau vorbei, die vor Aufregung bleich und leicht schwankend auf dem Weg stand.

„Aus! Aus Bux!" brüllte er das Tier an, mußte jedoch erkennen, daß der Hund nicht reagierte, sich im Gegenteil immer wilder in Shawns Arm verbiß.

Mr. Wilson schwang die Schaufel und schlug zu, und zu, und wieder zu! Er traf den Schädel des Hundes mit solch einer Wucht, daß es krachte. Bux ließ zunächst nicht locker, sackte aber dann auf dem Körper des Opfers zusammen. Blut rann aus Nase und Ohren des Hundes, aber auch aus Shawns Ärmel. Er wiederholte mit gequälter, heiserer Stimme seinen Hilferuf. Mr. Wilson hatte Tränen in den Augen. Doch diese Tränen galten nicht dem blutenden, schockierten Jungen dort am Boden, auf dem immer noch der Hund lag.

„Geh weg! Geh weg!" jammerte Shawn, zitternd und leichenblaß, bis das Gebiß sich endlich aus seinem Arm löste und er das tote Tier mit letzter Kraft von seinem Körper herunterschieben konnte. Ein grausiges Stöhnen und Kollern entfuhr dem Rachen, bevor Bux mit einem merkwürdigen Plumps auf dem Pflaster zu liegen kam. Mrs. Wilson entfuhr ein Ton des offenen Entsetzens.

„Verdammter blöder Prolet!" schimpfte Mr. Wilson,

„Wegen dir muß ich meinen Hund töten!"

Er trug zwar den Nachnamen des Premiers, hatte jedoch absolut konservative Ansichten. Besonders gegen die Allison hatte er was. Auch wenn sein Vater tot war, die ganze Bande war sozialdemokratisch. Außerdem primitiv. Primitives Arbeiterpack.

„Verdammter Prolet! Du stinkst nach Fisch," raunte Thomas und grinste herablassend.

Seinem Bruder Jonathan wurde es übel von so viel Blut und so viel Mißgunst. Mr. Wilsons Linke flog in die Richtung seines Ältesten und traf den Jungen hart. Nur er als Vater hatte das Recht auf solche Reden. Thomas steckte den Schlag voller Genugtuung weg. Das war ihm die Sache schon wert. Der Allison hatte sein Fett!

Einige Anwesen weiter versammelte sich gerade die Familie Doktor Fenns wie jeden Morgen, einer nach dem anderen, am Frühstückstisch. Die vierzehn Jahre junge Aileen, ein Mädchen mit wachen braunen Augen und dunkelbraunem seidigen Haar, war schon lange vor den beiden Schwestern mit ihrer Morgentoilette fertig. Sie trank in aller Ruhe zusammen mit ihrem Vater Tee. Der Doktor sah seine Tochter liebevoll an.

„Na Aileen, du siehst ja heute richtig ausgeschlafen aus!"

„Ja Paps, es geht mir auch wieder recht gut", lächelte sie.

Sie genoß diese Minuten mit ihrem Vater. Die ruhige Zeit, bevor die temperamentvolle Elisabeth und die streitbare Claire am Frühstückstisch für Unruhe sorgten. Mrs. Fenn quälte meist die Migräne, wenn sie zum Frühstück herunter kam. Jedenfalls klagte sie beinahe jeden Morgen darüber.

Saßen diese Frauen der Familie erst einmal am Tisch, war es für den Doktor Gott sei Dank Zeit, in die Praxis zu gehen, die unten im Haus lag. Er konnte es nicht lange aushalten, mit dieser Mischung aus Leiden und Gezeter am Tisch zu sitzen.

„Hast du mit deiner Mutter darüber gesprochen?" fragte Mr. Fenn seine Kleine vorsichtig. „Ich meine darüber, daß du bald zur Frau wirst, und was so damit zusammenhängt?"

Aileen schüttelte den Kopf. „Mit Mami nicht, aber mit Betty. Ich weiß schon Bescheid, Dad. Mach dir keine Sorgen!" sagte sie fröhlich.

Der Doktor nahm die Hand seiner Tochter. „Fein", sagte er erleichtert. „Dennoch, wende dich bitte an deine Mutter, wenn es Fragen gibt. Und im medizinischen Fall natürlich an mich, mein Schatz."

Der Doktor war sehr stolz auf seine Liberalität und Aufgeklärtheit. Schließlich war er mit einer Frau verheiratet, die amerikanischer Herkunft war. Jane hielt nicht viel von der steifen Lebensweise der Briten. Und dann erst ihr Essen, das miese Wetter, all dies störte sie sowieso genug. Daniel Fenn liebte die schöne Frau, die auch nach all den Jahren noch immer wie ein Filmstar wirkte.

Wenn sie morgens im Seidenmantel, mit gekämmten, hochgesteckten Haaren, zu Tisch kam. Er wußte, daß sie nicht besonders zufrieden war mit ihrem Leben. Und er konnte froh sein, daß sie nicht schon längst zurück nach Kalifornien geflüchtet war, was sicher hauptsächlich daran lag, daß sie sich mit ihrer Familie bis auf den Tod zerstritten hatte. Also sah er über vieles hinweg, was eigentlich nicht seiner Lebensart entsprach.

Es verstand sich praktisch von selber, daß etwas von der Kultur die Jane aus ihrer Heimat mitgebracht hatte, auf ihn und die Kinder abfärbte. In seinem Hause ging es seiner Meinung nach sehr fortschrittlich zu. Die Mädchen dachten anders darüber, das wußte er. Aber nun ja. Das lag am Verlangen der Jugend, möglichst alles auf einmal zu bekommen. Die Zeiten und Werte schienen sich plötzlich schneller zu ändern.

Gerade waren Elisabeth und Claire auf dem Weg zum Eßzimmer, als es an der Tür Sturm schellte. Elisabeth lief, um zu öffnen. Als sie Mr. Wilson mit dem blutverschmierten Shawn sah, den er so gut er konnte stützte, schrie sie erschrocken auf:

„Pa! komm schnell!"

Dr. Fenn legte eilig seine Serviette auf den Tisch und lief die Treppe hinunter.

„Oh mein Gott, was ist denn passiert?" fragte er, an der Tür angekommen.

„Ein Unfall", behauptete Mr. Wilson.

„Der Hund! Tho... Thomas hat'n Hund auf mich gehetzt!" stöhnte Shawn fast besinnungslos.

Der Doktor half Mr. Wilson, der behauptete, die Gartentür sei leider defekt und nur deshalb aufgesprungen, Shawn in das Behandlungszimmer zu schleppen.

„Elisabeth komm, faß mit an!" forderte er seine älteste Tochter auf, die ihm in ihrer Freizeit gern assistierte.

Elisabeth packte beherzt zu. Sie bemerkte den Geruch nach Fisch, Druckerschwärze und Zigaretten. Doch er machte ihr nichts aus. Die beiden Jüngeren, die erschrocken aber neugierig neben Shawn an der Liege standen, schickte der Doktor hinaus. Shawn stöhnte. Schmerzen spüre er zwar keine, behauptete er jedenfalls, doch ihm sei sehr schwindelig und der Blick geschwärzt.

Die sanfte und mitfühlende Aileen strich ihm bevor sie wegging noch schnell die verschwitzten, blutverschmierten Haare aus der Stirn. Dunkelbraune, recht lange, wellige Haare, bemerkte Aileen. Ihre Blicke trafen sich. Aileen sah für Sekunden in Shawns blaue Augen. Ein Gefühl der Wärme durchströmte sie, ein Gefühl, das so ausfüllend war, wie das für ihren Vater. Mit dem großen Unterschied, daß beim Blick in Shawns Augen ihr Herz heftiger schlug, sie nicht mehr richtig atmen konnte und eine unwillkürliche Furcht in ihr aufstieg.

Während dieses Augenblicks versuchte Shawn zu lächeln. Sie war so jung, noch fast ein Kind. Ihre glänzenden Haare waren zu einem Zopf geflochten, der über ihre Schulter hing und ihr bis über die gerade knospende Brust reichte. In der Schuluniform sah sie so sauber, so adrett, geradezu fromm aus. Der mitfühlende Blick rührte ihn. Ihre zarten, weißen, kühlen Finger, die seine Haarsträhnen aus der Stirn strichen, taten ihm gut. „Danke", sagte er und wünschte sich insgeheim, das Mädchen würde die ganze kühle Hand auf seine Stirn legen. Doch der Doktor schob die Kleine zur Seite.

„Geht jetzt raus, Aileen und Claire!" Und auch Mr. Wilson schickte er hinaus, der sich dies nicht zweimal sagen ließ.

„Elisabeth, du ziehst bitte eine Tetanus auf!" Während er seine Anweisungen gab zog er Shawn vorsichtig all das Zeug aus: Mantel, Schal, Pullover, das gerippte Unterhemd mit langen Ärmeln.

Betty biß sich auf die Unterlippe. Nicht daß er nur einen kräftigen Bartwuchs hatte und sich mindestens jeden zweiten Tag rasieren mußte, er hatte auch Haare auf der Brust und auf dem Bauch! Wie Brust und Bauch sich unter seinem Atem hoben und senkten! Seine Arme waren kräftig und muskulös. Die Schultern gerade, wohlgeformt. Der Übergang von der Schulter zum Hals, diese fein geschwungene Linie. Diese Schulter- und Nackenpartie war für Elisabeth einfach unwiderstehlich. Wie männlich er doch war, im Gegensatz zum gleichaltrigen Thomas Wilson. Eingebettet in das feine braune Gekringel seiner Brusthaare lag eine Goldkette mit einem rechteckigen Amulett. Sie kannte diese Kette und dieses Amulett. Es stammte von Shawns Großvater, der in den letzten Kriegstagen gefallen war.

Shawns Vater hatte es offensichtlich, trotz seiner Abneigung dem eigenen Vater gegenüber, aufbewahrt und in der Nachttischschublade versteckt. Shawns Mutter gab es ihm, als sie nach dem Tod ihres Mannes zusammen mit ihrem Ältesten die kleine persönliche Habe des Toten durchsah.

„Bei dir ist die Gitarre," sagte sie, „dann ist das da auch richtig bei dir."

Das Amulett zeigte nichts Theatralisches, nichts Religiöses. Nur einen Notenschlüssel auf der einen und eine Gitarre auf der anderen Seite und die Initialen „W.A." für William Allison. Für Shawn war es dennoch sehr wichtig. Sein Großvater war als junger Mann Musiker in einer Showband gewesen. Sie waren nicht besonders bekannt damals, aber immerhin tingelten sie durch die Clubs und Pubs und spielten auf Festen. Die schnell wachsende Familie war damit jedoch leider nicht zu ernähren. So blieb dem Großvater nichts anderes übrig, als bis zu Kriegsbeginn in den Docks zu arbeiten. Nur seine Gitarre erinnerte noch an die Band.

Das alles hatte Shawn Elisabeth erzählt, noch bevor sie sich vor drei Wochen im Park, hinterm Ehrenmahl, auf dem leider auch der Name von Shawns Großvaters stand, nähergekommen waren. Sehnsüchtig dachte sie an die minutenlangen, atemlosen Küsse. An seine Hand, die unter ihrem Pullover ihren Busen suchte, ihn liebkoste und dann zielstrebig unter ihren Rock fuhr.

„Verdammte Sauerei!" bemerkte Dr. Fenn verärgert. „Kannst du die Hand bewegen?"

Als Shawn daraufhin seinen Kopf hochnahm und sich den Arm besah, wurde ihm das tatsächliche Ausmaß seiner Verletzung bewußt. Er verspürte noch immer keinen Schmerz.

„Oh nein! Mein Arm! Oh nein!" jammerte er entsetzt. „Ich muß doch arbeiten!
Ich muß doch arbeiten!" Über anderes machte er sich offensichtlich keine Sorgen.

„Hör zu Junge", versuchte der Doktor, Shawn zu beruhigen, „ ich gebe dir zunächst mal eine Spritze gegen Wundstarrkrampf, dann eine Betäubung, die dich ein wenig schläfrig macht und dich beruhigt. Ich muß das hier sauber machen, untersuchen, ob keine Sehnen und Bänder durchgebissen sind, und nähen. Aber ich sage dir, das wird alles wieder! Spätestens zur nächsten Badesaison ist das alles vergessen, mein Junge! Okay?"

Er wartete Shawns Zustimmung nicht ab. Die Wunde blutete nach dem Entfernen des angeklebten Hemdes noch einmal so stark. Der Hund hatte Shawns Unterarm mit seinen spitzen Zähnen förmlich aufgeschlitzt. Der Doktor traute sich die Operation zwar zu, hoffte jedoch, daß keine Bänder betroffen waren. Denn um so etwas zu operieren, hatte er in der Praxis einfach nicht die nötigen Mittel.

„Dann kann's jetzt also losgehen!" ermutigte er sich selber.

Shawn döste vor sich hin, als der Doktor arbeitete. Er sah, wie Elisabeth Tupfer zureichte, Mull, Faden. Trotz der Betäubung fühlte sich das Gestocher sehr unangenehm an. Betty wischte mit einem feuchten Lappen den Schweiß aus seinem Gesicht. Nach der Prozedur deckte sie ihn mit einem Laken und einer Wolldecke zu, während der Doktor am Schreibtisch des Nebenzimmers seine Arbeit dokumentierte.

Sie vergewisserte sich kurz, daß Ihr Vater auch wirklich beschäftigt war. Dann nahm sie behutsam Shawns gesunde linke Hand und führte sie unter ihren Pullover, an ihren Busen. Shawn schloß die Augen, um das Gefühl zu genießen. Sie trug wieder diesen kleinen BH aus Spitzen. Die Brust fühlte sich darin an wie ein kleiner reifer Apfel. Das war genau das, was er noch von der heftigen Schmuserei vor ein paar Wochen in Erinnerung hatte, bevor Thomas Wilson urplötzlich, wie aus dem Nichts, erschien und ihm in die Nieren schlug!

Shawn war zu betäubt, seine Sinne zu lahmgelegt, als daß er sich wirklich hätte erregen können. Aber Elisabeths Brust beruhigte ihn. Er fiel in einen tiefen Schlaf, der für Stunden all die Schrecken dieses Morgens von ihm nahm.

Irgendwo zwischen Traum und Wirklichkeit spürte er später, daß jemand ihn anfaßte und küßte. Doch diese Griffe, dieser Kuß, das war nicht so unreif in ihrer Art, das war nicht Elisabeth! Doch vielleicht war es nur sein Gehirn, das ihn unter Einfluß der Medikamente in die Vergangenheit spazierenführte. Zurück zu seinem sechzehnten Geburtstag, an dem sein Onkel Geoffrey ihn in den Puff zu Roxanne schleifte. Um ihn in die Welt der Erwachsenen aufzunehmen, ihn zum Mann zu machen. Was Geoffrey für seine heilige Pflicht hielt, wo doch sein Bruder tot war und das nicht mehr erledigen konnte!

„Roxanne is' gut dafür, weißte! Die kann das einfach! Was meinste, wieviele Jungs die schon zwischen gehabt hat!" hatte Geoffrey fröhlich erklärt.

„Und das mit der Kohle mach ich schon! Sieh das mal als Geburtstagsgeschenk von deinem lieben Onkel Geoffrey an! Was soll es. Warum soll ich dir groß was übern Glauben und so erzählen? Wo die Weiber doch viel wichtiger sind für'n Mann! Oder siehste das anders, Kleiner?"

Dabei hatte Geoffrey gelacht und Shawn mächtig auf die Schulter geschlagen. Shawn wollte damals eigentlich nicht so richtig. Rein theoretisch wollte er natürlich den Sex, aber praktisch gesehen war ihm das alles noch unheimlich. Da ging es ihm genau wie mit der Religion. Er glaubte an eine Schöpfung, aber der Glaube machte ihm Angst und barg für ihn zu viele Widersprüche. Außerdem hatte er von Haus aus keinen guten Eindruck von Sexualität. Die ganze Sache bei Roxanne war ihm mehr als peinlich. Sie war so mütterlich, und irgendwie ging's recht schnell, nachdem sie ihn zu sich genommen hatte. Doch nach dem Debüt war er noch etliche Male bei ihr, weil er schon bei dem Gedanken an ihre schwarzen Strümpfe einen Ständer bekam. Dagegen war eben nichts zu machen. Er mußte einfach wieder zu ihr gehen!

Seine Verehrung für Roxanne schlug merkwürdiger Weise ganz plötzlich in Ablehnung um. Von einem Mal auf das andere sah er in ihr nur noch die Prostituierte. Er ließ es sie spüren, indem er während eines Beischlafs in rauher Weise das Ruder in die Hand nahm. Die Folge war, daß sie ihn rausschmiß. Sie wollte ihn nicht mehr. Und auch sein Geld nicht, weil ihr nicht gefiel, was sie in seinen Augen sah, als er sie nahm. Diese Ablehnung und Machtlust! Ja, von Ablehnung und Machtlust hatte sie gesprochen! In der Tat war das Gefühl der Macht nicht das schlechteste. Doch was das mit Roxanne zu tun hatte, wußte Shawn auch nicht.

Vielleicht hatte er ja während er schlief von Roxanne geträumt! Immerhin hatte er schon ein paar Wochen kein Mädchen mehr gehabt. Da konnte so was schon mal vorkommen. Aber wie dem auch gewesen sein mag, es war so schrecklich, mit dem zerbissenen Arm nach Hause zu kommen, daß Shawn in diesem Moment alles andere vergaß.

„Was hast du gemacht, um Gottes Willen!" überschlug sich die Stimme seiner Mutter. Sie ließ ihn nicht zu Wort kommen. „Du hast dich geprügelt! Sicher hast du dich wieder geprügelt! Bleibst den ganzen Tag über weg, ohne Bescheid zu sagen! Wo zum Teufel hast du dich rumgetrieben?!"

„Mutter!" setzte Shawn zu einer Erklärung an.

„Mr. Roney hat angerufen, weil du dich nicht gemeldet hast! Und Mr. Stean, weil du nicht im Hafen warst! Sie müssen ja denken...", ihr kamen die Tränen, „...sie müssen ja denken, es geht bei dir genau so los, wie's zuletzt mit Vater war!"

„Jetzt mach aber mal halblang!" sagte Shawn laut um weiteren Vorwürfen vorzubeugen. Er nestelte linkshändig an der Zigarettenschachtel herum, die auf dem Tisch lag, zog sich eine heraus und steckte sie in den Mund. William, Jill und Jaqueline kamen neugierig näher. William entzündete ein Streichholz, um Shawn Feuer zu geben. Er himmelte seinen großen Bruder an. Der ließ ihn auch manchmal eine rauchen, obwohl Willy erst zwölf Jahre jung war.

„Was is' 'n passiert?" fragte Willy bewundernd. Er fand den Arm in der Schlinge mit dem Verband und die daraus hervorschauenden blutigen Fingernägel richtig aufregend. Shawn biß die Zähne zusammen, blinzelte, als überkämen ihn gerade die wildesten Rachegedanken, während er den Rauch tief in seine Lunge sog.

„Das war der Wilson Köter!" sagte er rauh. Zog die Nase hoch, um den schon entwichenen Rauch noch einmal zirkulieren zu lassen. Da schien sich das Zimmer zu drehen. In seinem Kopf wurde es leer und merkwürdig kalt. Shawn suchte Halt an der Stuhllehne.

„Shawn!" hörte er seine Mutter rufen, bevor alles in Dunkelheit versank.

Er war nicht lange ohnmächtig. Als er zu sich kam, kniete seine Mutter über ihm, schlug mit beiden Händen in sein Gesicht und rief nach ihm. Neben ihr hockte heulend die kleine Jacky. Auf der anderen Seite Willy's Zwillingsschwester Jill, in der Hand einen Whisky. Dieser billige Fusel, der in seinem Elternhaus üblich war und seinem Vater letztenendes wahrscheinlich das Leben gekostet hatte!

„Hi, Bruder!" sagte Willy möglichst männlich. „Der Glimmstengel war wohl nicht das Richtige, was?"

Erst als Shawn in seinem Bett lag, ließ sein Gehirn die Schmerzen zu. Seine Mutter gab ihm eine von Dr. Fenns Tabletten. Sie jammerte unentwegt: „Unsereins kann sich doch nicht alles gefallen lassen! Ich werde diesen Thomas Wilson anzeigen! Diesem verwöhnten Bürschchen ist doch gar nicht klar, was er uns damit angetan hat! Wie soll ich denn mit der Bügelei und dem Putzjob die ganzen Mäuler stopfen? Du wirst deine Jobs verlieren, wenn du wochenlang nicht zupacken kannst!"

In Shawn, der schon genug mit seinen Schmerzen zu tun hatte, braute sich eine unheimliche Wut zusammen. Das war alles, worüber sie sich Sorgen machte. Der Ernährer fiel aus. Shawn als Person, als ihr Kind, schien ihr vollkommen egal sein. Oh, wie er dieses Gefühl kannte! Es lag seit Jahren schon wie ein schwerer Stein in seiner Magengrube.

Er war es schließlich gewesen, der seinen Vater aus dem Pub holen, sich seine besoffenen Reden anhören, das wankende, sabbernde, lallende, kotzende Wrack nach Hause zurückschleppen mußte! Und nicht nur einmal war das passiert. Was war zum Beispiel damals, ein paar Monate vor seinem Tod, als Shawn ihn wieder einmal abgeschleppt hatte und sein Vater sich brutal über seine Mutter hermachte, kaum daß sie zu Hause angekommen waren? Die Mutter war schreiend vor ihrem Mann davongelaufen, und die Kleinen versteckten sich wimmernd vor Angst in den Zimmerecken. Jacky, damals noch ein Baby, schrie und schrie! Auch Shawn hatte furchtbare Angst. Er war doch selbst fast noch ein Kind! Daß dieses Untier sein Vater war, das da vor seinen Augen auf die Mutter einschlug, würde er niemals begreifen können. Shawn war es, der seinen Vater am Kragen packte, als dieser sich zwischen die Beine der Frau drängte, die in einem fort „Die Kinder! Die Kinder! Nicht vor den Kindern!" flehte. Er war es, der dem schnaubenden Klotz von einem Mann plötzlich gegenüberstand, der mit offenem Hosenstall auf ihn zuwankte. Die Mutter ließ es zu, während Shawn den Jüngeren zurief, sie sollten weglaufen! Sie kämpfte nicht für Shawn, dem ihr Mann mit Wucht ins Gesicht schlug, so daß der Junge bäuchlings zu liegen kam. Sie stürzte sich nicht auf den Vater ihrer Kinder, als dieser ihrem fast besinnungslosen Ältesten die Hose herunterzog, um ihm mit dem Gürtel den nackten Arsch zu versohlen. Doch Shawn trat dem Betrunkenen, der im Vollrausch jegliche moralische Orientierung verloren zu haben schien, an seine empfindliche Stelle und kam so frei. Unter Schlägen und Tritten des Vaters und den entsetzten Blicken der Geschwister konnte Shawn unter das schwere Kanapee kriechen.

„Komm raus, du feige Ratte! Von dir laß ich mir doch das Rammeln nicht versauen!" schrie der gewichtige Mann lallend und ließ sich krachend auf das Kanapee fallen, wo er endlich, nach einigen Flüchen, laut schnarchend einschlief. Es dauerte lange, bis seine Mutter oder eines der Kinder sich trauten, sich zu bewegen. Auch damals hatte sie Shawn nicht bemitleidet. Nicht mal bedankt hatte sie sich für seine mutige Hilfe! Hatte sie denn nie bemerkt, daß er den Alten so oft es nur ging von ihr und den Kindern ablenkte? Bemerkte sie denn sein Opfer nicht, das er aus Liebe gab?

Shawns Magen drehte sich um vor Wut, während seine Mutter immer noch dabei war, sich selbst zu bemitleiden. Ein Teil dieser Wut mußte aus ihm heraus: „Verschwinde du Schlampe! Laß mich endlich allein, bevor was passiert!" schrie er sie an.

Die Mutter war mit einem Schlag still und sehr blaß. Langsam ging sie aus dem Zimmer. Aus ihrem Blick sprachen Unverständnis und Enttäuschung. Sie schloß die Tür hinter sich und fing laut zu weinen an. Shawn fühlte sich schlecht. Wie konnte er so was nur zu seiner Mutter sagen! Er spürte den Schlag seines Herzens bis in den Mund. Die eigene Stimme hatte ihn erschreckt, als er sie anschrie. Aber das schlimmste war, daß er ihr gern ins Gesicht geschlagen hätte, damit sie ihren Mund hielt. In seinem Innern hörte er ein dumpfes Dröhnen.

„Cm'on Mama... feed your Boy... don't let him go alone... don't push him away!... cause Life is so hard... it's to hard!" sang er leise vor sich hin. „I don't wanna hurt you... cause I love you... but it's to hard!"

Wie schon so oft in seiner Kindheit flossen ihm ein paar heiße Tränen über die Wangen, bevor er in den Schlaf flüchtete.

Die Fenn-Frauen

Während dieser Montag einer der schrecklichsten Tage des Jahres für Shawn Allison war, diente alles, was damit zusammenhing, den Fenn Schwestern als interessanter Gesprächsstoff. Die Sache mit dem Hund war nun schon vier Wochen her. Shawn kam noch immer zweimal die Woche zum Verbandwechsel in die Praxis. Die Wunden näßten, die Heilung machte nur langsam Fortschritte.

„Er läßt das Gitarrespielen nicht", bemerkte der Doktor am Frühstückstisch, „sonst wär die Heilung vermutlich schon weiter."

„Es gibt ja auch noch andere Dinge, zu denen man die rechte Hand braucht außer Gitarrespielen und Schreiben!" grinste daraufhin Claire.

Aileen wußte nicht genau, was ihre Schwester damit meinte. Elisabeth kicherte, und der Vater schaute böse. Doch am allermeisten war Aileen erstaunt darüber, daß die Gesichtsfarbe ihrer Mutter sich änderte. Sie wurde rot und fauchte Claire an:

„So eine Bemerkung will ich hier nicht noch einmal hören! Ist das klar, Miss?!" Aileen hatte auch etwas dazu zu sagen:

„Was soll er denn auch den ganzen Tag machen, wenn er doch nicht arbeiten kann?"

Daraufhin lachten die Schwestern lauthals. Der Vater schlug mit der flachen Hand auf den Tisch.

„Jetzt ist aber Schluß!"

Nun stieg Aileen überhaupt nicht mehr durch. Sie hatte doch nichts Witziges und schon gar nichts Verwerfliches gesagt!

Die Mädchen trafen Shawn oft im Hausflur. Doch es ist wohl zutreffender zu sagen, sie sorgten dafür, daß sie ihn trafen. Sie wußten ja, wann er kam, um sich einen neuen Verband legen zu lassen. Doch nur einmal ergab sich für Betty die Gelegenheit, etwas länger mit ihm zu sprechen. Sie hegte die Hoffnung, er würde ihr ein Rendezvous vorschlagen. Doch er benahm sich eher abweisend. Er stand schon im Ausgang, wollte gerade gehen, als sie ihn ansprach. Die Zigarette hielt er zwischen Daumen, Zeige- und Mittelfinger, das glimmende Ende in Richtung Handfläche. Elisabeth bewunderte diese Art, eine Zigarette zu halten. Obwohl es nach der Meinung ihrer Mutter vulgär wirkte.

„Wie geht's dem Arm?" begann sie.

„Hm, Danke, geht schon!" antwortete Shawn brummig, ließ den Zigarettenrauch in einer dicken Schwade aus seinem Mund quellen, um ihn durch die Nase wieder einzuziehen. Dabei kniff er die Augen zusammen, um sie vor dem aufsteigenden Rauch zu schützen.

Er kam Betty so merkwürdig vor. Noch vor einem Monat schien er ihr viel netter, weniger hart, offener.

„Gibt es Schwierigkeiten, ich meine mit deinen Jobs?" fragte sie weiter.

Shawn sah auf den Boden. „Das is' alles Kacke, weißte! Ich bin raus! Da gibt's 'n Haufen Leute, die Arbeit suchen. Bei Roney in den Docks hab ich vielleicht noch 'ne Chance, weil mein Alter jahrelang unter dem gearbeitet hat. Aber sonst?" Er seufzte schwer und setzte den Gedanken nicht laut fort.

„Und deine Mutter?" erkundigte sich Betty.

„Meine Alte? Hm, die hält zum Glück wenigstens die Klappe und nervt nich' dauernd rum mit ihrer Jammerei. Hat noch'n Putzjob angenommen, bei so..." er kurvte mit der Zigarette in der Luft herum, den Raum des Hauses beschreibend, „...bei so feinen Leuten."

Mit abwertendem Gesichtsausdruck, die Schulter lässig gegen den Türrahmen gelehnt, blies er den Rauch aus rund geformten Lippen weit von sich und sah Elisabeth an. Doch die ließ sich so schnell nicht provozieren.

„Spielst du mir mal was auf der Gitarre vor, Shawn?" versuchte sie ein Rendezvous mit ihm einzuleiten. Doch er drehte sich halb zum Gehen, betrachtete sie abschätzend, zog an der Zigarette und schnippte den glimmenden Stummel auf den Kiesweg.

„Mal sehn, vielleicht irgendwann..."

Melancholisch leise und merkwürdig krächzend, sagte er das. Vielleicht lag es an dem Zigarettenrauch, dessen Rest er gerade hinunterschluckte. Seine Stimme konnte Betty Schauer über den Rücken jagen. Sie klang so sehnsüchtig, etwas nasal, etwas verhalten. Doch wenn er wütend war, konnte sie laut und schmetternd werden.

Er sah sehr müde aus in letzter Zeit. Das sonst eher kraftvolle, kantige Gesicht wirkte schmal und bläßlich. Um die Augen herum schimmerte es noch dunkler. Betty ärgerte sich über seine Verschlossenheit. Sie war sehr enttäuscht, als er einfach so ging, nur mit einem knappen „Bye". Ohne Umarmung. Ohne Kuß. Ohne ein Lächeln.

Sie würde tage- und nächtelang nichts anderes im Kopf haben, als seine gleichmäßig geschwungenen Lippen, wie sie den Zigarettenrauch aus einer kleinen Öffnung entließen. Die Oberlippe weich gehügelt, die Unterlippe vorgewölbt, ein wenig über das kleine Kinngrübchen ragend. Zusammen mit den skeptisch dreinblickenden Augen, die von beweglichen dunklen Augenbrauen beschattet wurden, ergab sich daraus ein teils grüblerischer, teils abweisender Gesichtsausdruck. Herrlich geheimnisvoll wirkte er auf Betty. Sie konnte förmlich dahinschmelzen, wenn er den Kopf schräg legte, die linke Braue anhob und die schmal verlaufenden Mundwinkel zu einem Grinsen verzog. Ein Lächeln wirkte nicht fröhlich bei ihm. Immer etwas überheblich, abschätzend. Elisabeth konnte seine eigentliche Stimmung nie genau einschätzen. Meistens versuchte er, möglichst unbeteiligt und arrogant zu wirken. Nur seine poetischen Augen sprachen eine andere Sprache, die Elisabeth zu gerne verstanden hätte. Was ging nur dauernd in ihm vor? Auch die Frage, die sie schon seit einigen Wochen quälte, würde immer und immer wieder in ihrem Kopf kreisen: „Gab es eine andere? Interessierte er sich deshalb nicht mehr für sie?"

Sonntags Nachmittag hielten sich die Mädchen wie fast immer in Elisabeths Zimmer auf. Aileen lag auf dem Teppich vor dem Bett, Betty und Claire auf dem Bett. Sie blätterten in den Magazinen, die bei Elisabeth stets reichlich herumlagen, hörten Platten von den Beatles, Sonny and Cher und den Supremes. Die Großen unterhielten sich meistens über Mode, Schminke, Frisuren und Jungen. Aileen genoß es sehr, bei ihnen zu sein und ihnen zuzuhören.

„Gehst du nun am nächsten Donnerstag mit Thomas ins Kino?" fragte Claire ihre Schwester Elisabeth.

„Ach ich weiß nicht! Irgendwie mag ich gar nicht an ihn denken...!" seufzte sie.

„Aber wieso nicht?" erkundigte sich Claire," er sieht gut aus, hat einen Motorroller, ist gebildet und höflich! Was willst du mehr?"

Sie warf altklug ihre mittelblonden Haare zurück, die diese Bewegung nur widerwillig mitmachten, weil sie stark toupiert und gesprayt, einem Helm gleich drapiert waren. Elisabeth kniete sich vor Claire auf das Bett.

„Weißt du, was ich will?" seufzte sie und umschloß ihren Oberkörper mit den Armen. Aileen kam neugierig hoch um nur ja nichts zu versäumen. Betty schwang ein wenig die Hüften, während sie ihre Hände an den Körperseiten entlangfahren ließ.

„Ich will jemand, der aufregend ist. Weißt du, was ich meine? Wild. Unrasiert. Dem man die körperliche Arbeit ansieht! Einen mit dunklen, welligen Haaren. Einen, der im Unterhemd so sexy aussieht wie andere Männer bestenfalls im Anzug!" schwärmte sie.

„Aber Elisabeth!" wunderte sich Aileen.

„Halt du dich da raus!" winkte Claire ab.

„Mach weiter Betty!" bat sie ihre Schwester. „So'n bißchen wie Marlon Brando oder?" fragte sie eifrig, um sich einen Mann vorstellen zu können, der ihren erotischen Mädchenträumen entsprach. „Was sollte er tun? Komm sag es!" Sie kniete sich ebenfalls auf das Bett, nahm sich ein Kissen und umarmte es fest. Elisabeth ließ ein Bild in sich wachsen.

„Na ja, nicht so wie der Brando. Der Mund nicht so weich und alles. Jedenfalls stelle ich mir vor, ich beobachte ihn beim Holzhacken hinterm Haus. Niemand außer mir und ihm ist da. Sein nackter Oberkörper glänzt in der Sonne. Seine welligen Haare, die er sonst immer nach hinten kämmt, hängen ihm feucht über die Augen. Er hebt die Axt. Spannt die Nasenflügel. Verzieht entschlossen die Lippen, weil er gleich kraftvoll zuschlagen wird. In den Haaren auf seiner Brust glitzern Schweißtropfen!"

Claire hing an den Lippen ihrer Schwester, die sich gerade mit den Händen über den Bauch fuhr. „Uhhhh! Und weiter Elisabeth! Und weiter?" drängte sie.

„Und dann, kurz vorm Zuschlagen, sieht er mich!" seufzte Betty.

Aileen saß am Boden, starrte zu den Großen hoch und hielt die Luft an.

„Ohhhh!" jauchzte Claire.

„Er läßt langsam die Axt sinken, sieht mich durchdringend an und kommt auf mich zu... Ich bekomme es mit der Angst zu tun und renne in den Schuppen. Aber da ist er schon!" Betty schloß die Augen. „Plötzlich ist er ganz nah bei mir! Ich höre seinen schweren Atem. Er riecht nach Tabak und nach Mann!" Sie strich sich über die Schenkel, die wohlgeformt unter ihrem Minirock hervorschauten. „'Tu mir nicht weh!' bitte ich ihn, aber er..."

„Ja! Was Betty, was!?"

Claire knautschte erregt an ihrem Kissen herum. Aileens Mund war ganz trocken vor Spannung. Doch Betty fing an zu grinsen, buffte ihrer Schwester durch das vorgehaltene Kissen in den Bauch und lachte.

„Du Schweinchen, du! Was willst du denn hören!"

„Ooch! Du bist so gemein, Elisabeth!" stieß Claire enttäuscht hervor und warf das Kissen nach ihrer Schwester.

„Seid ihr verknallt in Shawn Allison?" fragte Aileen mit unschuldiger Weitsicht. Die großen Schwestern sahen sie verwundert an und fragten wie aus einem Munde:

„Wie kommst du denn darauf?!"

Aileen zuckte mit den Schultern und schwieg lieber. Sie wollte bei ihren Schwestern nicht in Ungnade fallen. Es war zu schön, ihnen zuzuhören oder ihnen beim Schminken zuzusehen. Deswegen versuchte sie, lieber nicht zu oft etwas Dummes zu sagen!

Dr. Fenn haßte es, wenn junge Mädchen sich schminkten. Elisabeth und Claire taten das heimlich, sobald der Doktor in der Praxis war, bevor sie zum Schulbus gingen. Natürlich zeigten die zwei ihrer kleinen Schwester, wie sie einen Lidstrich malen mußte, wie falsche Wimpern angeklebt wurden, wie der rosa Lippenstift exakt aufgetragen wurde. Auch über das Frausein im allgemeinen erfuhr Aileen viel von ihren Schwestern. Kürzlich hatte sie ihre Regel bekommen. Nun gehörte sie endlich richtig dazu! Aus Anlaß ihrer Geschlechtsreife durfte sie mit Claire das erste Mal zum Tanztee ihrer Kirchengemeinde, der jeden Freitag Nachmittag im Gemeindehaus, unter der Aufsicht des Pfarrers stattfand. Claire schminkte die Kleine auf der Toilette, drapierte ihre lockigen Mädchenhaare zu einer fraulichen Dutt- Frisur und lieh ihr einen Minirock und diese wunderbaren weißen, spitzen Schuhe mit dem kleinen Pfennigabsatz. Und, was das Wichtigste war für Aileen: Sie durfte eine dieser neumodernen Nylonstrumpfhosen anziehen! Der Nachmittag war herrlich aufregend. Zwar stöckelte Aileen noch etwas unbeholfen herum auf Claires Schuhen, aber sie wurde prompt von einem Jungen zum Foxtrott aufgefordert. Aileen konnte später gar nicht mehr sagen, wie ihr Tänzer aussah. Sie war so aufgeregt, daß sie es nicht wagte, ihn anzusehen während des Tanzes. Selbst dann noch nicht, als er sie zu ihrem Platz zurückführte.

Elisabeth ging nun doch mit Thomas Wilson ins Kino. Die Mädchen hatten sich am frühen Abend besagten Donnerstages in ihrem Bad versammelt. Sie konnten in dem großen Haus eine ganze Etage für sich beanspruchen. Herrlich ungestört konnten sie hier plaudern, tanzen, sich gegenseitig schminken. Im Erdgeschoß des Vorderhauses lag die Praxis. Darüber, im ersten Stock, die gemeinsamen Wohnräume. Und darüber wiederum, im zweiten Stock, ein Bad und ein Zimmer für die Mutter. Von dort führte ein Verbindungsgang zum Hinterhaus, in dem sich im Erdgeschoß ein ehemaliger Stall befand, der inzwischen als Garage und Geräteschuppen diente. Den ersten Stock des Hinterhauses bewohnten die Mädchen mit zwei Zimmern und eigenem Bad. Im zweiten Stock, in einem Zimmer mit Erker, befand sich die Ruheinsel des Vaters. Daß diese ausgerechnet über ihnen lag, paßte den Mädchen natürlich überhaupt nicht. Aber Gott sei Dank war der Doktor sowieso meistens in der Sprechstunde oder zu Hausbesuchen!

An diesem Donnerstag also standen nun Aileen und Claire wieder einmal im Bad neben Betty, gaben ihr gute Ratschläge zu ihrer Aufmachung und stellten neugierige Fragen.

„Was machst du, wenn er seinen Arm um deine Schulter legen will?" fragte Aileen.

„Das darf er!" antwortete Betty mit verzogenem Gesicht, denn sie war gerade dabei, ihre künstlichen Wimpern anzulegen.

„Und wenn er deinen Busen anfassen will?" fragte Claire.

„Dann kriegt er eins auf die Finger!" antwortete Betty selbstbewußt. „Ach Mensch! Jetzt hat sich Mom meine Wimpernzange ausgeliehen! Lee, bist du so lieb und holst sie mal eben?" fragte sie.

Aileen maulte „Warum immer ich?" und so weiter, trollte sich aber schließlich doch in Richtung der Räume ihrer Mutter.

Mrs. Fenn saß indessen in ihrem Bett und rauchte.

„Du bist ein guter Junge!" sagte sie frivol lächelnd. „Wo hast du nur all diese Wohltaten gelernt?" Lustvoll genießend besah sie sich den jungen Mann, der sich vor ihren Augen anzog.

„Tja! Und alles einarmig!" grinste Shawn, die Zigarette im Mundwinkel, gerade im Begriff, die Knöpfe seiner Hose zu schließen.

„Mmm! Komm, komm noch einmal zu mir, du Schöner!" schnurrte Jane.

Shawn ging lässig auf sie zu, stellte sich direkt vor sie. Jane hatte ihre Zigarette in den Aschenbecher gelegt und sich auf die Bettkante gesetzt. Shawn sah ziemlich desinteressiert auf sie herab. Wie ein Kind, das in Gedanken schon bei seinem nächsten Spiel war, das aber von der Mutter zum Richten der Kleidung zurückgehalten wurde. Seine Lippen waren trocken, aufgeworfen und gerötet. Seine Haare zerzaust. Sein Hemd nachlässig in den Hosenbund gestopft. Genau so vergötterte die Frau des Doktors den Jungen. Sie knöpfte seine Hose wieder auf, schob den Slip vorne herunter. Hinten in den Slip schob sie einen Geldschein.

„Für die E-Gitarre." sagte sie heiser.

„Mam!" flüsterte Shawn, „Ich komme nur so lange es mir Spaß macht... Ich will das Geld wirklich nicht!"

Er schloß die Augen. Jane befaßte sich mit der Studie seines Geschlechtsteils.

„Du bekommst das Geld... weil ich dich mag... mmm... und weil du es brauchen kannst! Zier dich nicht so deswegen! Du dummer, kleiner Junge!"

Sie seufzte. Während sie sprach küßte sie seinen Penis.

„Das magst du, nicht wahr? Ich nehme ihn in den Mund! Traust du mir das zu, Shawn?"

Dem Jungen war es zum Überkochen heiß. Natürlich mochte er das, das war nicht zu übersehen. Aber er schämte sich vor dieser Lady, die in jeder Situation einen selbstsicheren und eleganten Eindruck machte. Nie hätte er sich träumen lassen, zu Mrs. Fenns Spielzeug zu avancieren. Oder war Mrs. Fenn das seine? Sie himmelte ihn anscheinend an. Vermutlich, weil er alles machte, was sie sich sonst nicht einmal auszusprechen getraute? Ob sie ihn nun bat, den bösen Buben zu spielen, ihr die Bluse zu zerreißen und in derber Weise mit ihr umzugehen, oder sich vor ihr auf die Knie zu werfen und darum zu bitten, nicht weggeschickt zu werden; er machte das alles mit großem Elan und wohl angeborenem schauspielerischen Talent. Jane nahm die Gelegenheit wahr, ihrer ansonsten durch zahlreiche Tabus im Zaum gehaltenen Lust freien Lauf zu lassen.

„Hat das schon mal eine mit dir gemacht?" raunte sie leise und ließ ihre Zunge kreisen.

„Nein, Mam!" krächzte Shawn. Er war so erregt, daß er am liebsten seine Zigarette gefressen hätte.

„Willst du es?"

„Ja!" antwortete er knapp.

„Oh nein. Nicht so einfach. Sag: 'Bitte Jane, bitte nimm ihn in den Mund!'" säuselte sie.

„Aber..." genierte er sich.

„Sag es! Sag es!" forderte Jane.

Er nahm die Zigarette aus den nun völlig trockenen Lippen:

„Bitte, Jane... oh Jane... bitte...!"

Gegen sechs Uhr verließ er Mrs. Fenns Zimmer. Seit drei Wochen ging das nun schon so. Er mußte sich vorsichtig aus dem Haus schleichen. Möglichst, während gerade einer der Patienten zur Tür hinausging, mit hinausschlüpfen. Und nur ja keines der Mädchen treffen!

Jane hatte ihn eines Nachmittags freundlich zum Kaffee gebeten, und er hatte nicht im Traum daran gedacht, daß sie mit ihm schlafen wollte. Sie war es, die ihn damals berührte, als er nach der Operation im Dämmerzustand lag. Und sie machte nicht den geringsten Hehl daraus. Shawn war nicht ein bißchen verliebt in Jane. Doch diese heimlichen Schäferstunden brachten einige Aufregung in sein sonst sehr tristes Leben. Seine miese Stimmung war so rasch verflogen wie Janes Migräne. Das Geld, das sie ihm gab, manchmal waren es bis zu Zehn Pfund, konnte er wirklich brauchen! Mit dem Arm konnte er sowieso nicht arbeiten. Er verbrachte viel Zeit damit, über Songs nachzudenken, im Melody Maker zu lesen, durch Plattenläden zu streifen, Gitarre zu spielen. Außerdem fuhren er und seine Kumpel oft in den Marquee Club. Shawn hatte sich vorgenommen, den Manager zu fragen, ob er nicht irgendwo mit anpacken konnte, sobald sein Arm wieder in Ordnung war. Vielleicht hatte er so eine Chance, mit Musikern in Kontakt zu kommen? Vielleicht konnte auch jemand einen Gitarristen gebrauchen? Vielleicht konnte er ausprobieren, Schlagzeug zu spielen oder als Roadie arbeiten? Selbst, wenn er nur die Aschenbecher ausleeren dürfte, er wollte sein Schicksal endlich in die Hand nehmen!

Noch erhitzt und benommen von der gerade dazugewonnenen körperlichen Erfahrung und so vor sich hin denkend, kurvte Shawn um die Korridorecke und stieß geradewegs mit Aileen zusammen. Beide erschreckten sich ordentlich.

„Was... was machen sie denn hier?" fragte ihn die Kleine verdattert. Sie lief rot an.

„Ähm, ich habe... habe deiner Mom eine Zeitung hochgebracht, weißte. Hatte ich ihr versprochen. Tja, jetzt muß ich aber los!"

Aileen sah ihm ungläubig in die Augen. In diesem Moment war er es, der rot wurde. Sie glaubte ihm offensichtlich nicht! Er räusperte sich.

„Ähem, na ja, grüß mir deine Schwestern" und wollte sich damit aus dem Staub machen. Doch irgendwie passierte es den beiden, daß sie, statt umeinander herumzulaufen, noch einmal ineinander gerieten. In seinem Bauch war noch zu spüren, was er gerade mit Jane erlebt hatte. Nun hielt er diesen zarten, unschuldigen Mädchenkörper, der sich schnell wieder von ihm lösen wollte, in den Armen. Er ließ sie nicht los. Aileen sah ihn an wie ein erschrockenes Reh. Shawn durchrieselte ein seltsames Gefühl. Es hatte nichts mit Begierde zu tun. Aber es machte, daß er sie am liebsten noch lange so gehalten hätte. Er war ihren Lippen sehr nahe, als sie ruckartig ihren Kopf zur Seite drehte. Nun erst ließ er sie behutsam los.

„Entschuldige Aileen. Soll nicht wieder vorkommen. Also dann.....bye!"

Er strich besänftigend über ihre Oberarme, wie um den festen Druck seiner Umarmung ungeschehen zu machen. Aileen sagte keinen Ton, sah ihn nur ängstlich und fragend an und kreuzte ihre Arme vor dem Bauch. Shawn machte, daß er davonkam.

Er war verwirrt, hatte Herzklopfen, hatte Angst vor sich selbst. Jane hatte etwas bei ihm ausgelöst, was sein bisheriges Verlangen überstieg. Sie schürte seine Phantasie, aber auch seine Aggressionen. Durch sie bekam er Lust, sich zu holen, was er wollte, zu tun, was er sich erträumte. Vom Leben Besitz zu ergreifen. Shawn war gespannt auf jeden nächsten Nachmittag mit ihr. Er war gespannt, was sie sich von ihm erwartete, was sie sich ausgedacht hatte. Und er wurde immer gieriger nach der parfümierten Schwüle, die während der verbotenen Liebe von Janes Körper ausging. Was wäre, wenn ihre Töchter so wären wie sie? Er war beinahe ständig bis in die Haarspitzen sexuell aufgeladen und konnte froh sein, daß er noch nicht im Schlaf ihren Namen gestöhnt hatte. Wenn irgend jemand erfahren würde, was ablief an den Montag und Donnerstagnachmittagen! Es würde eine Katastrophe werden für seine und Janes Familie. Die Neuigkeit würde sich wie ein Lauffeuer in der Kleinstadt verbreiten. Shawn empfand Sympathie und Achtung für diese schöne und reife Frau, die ihm so sinnlich zeigte, was alles möglich war in der Liebe. Nie im Leben würde er daraufkommen, ihren Namen zu verunglimpfen. Oder?

Aileen indes versuchte dahinterzukommen, ob ihre seltsamen Vermutungen reine Spinnerei waren, oder ob es wirklich sein konnte, daß ihre Mutter und Shawn...? Sie versuchte, diesen Gedanken, der ihr einfach zu absurd erschien, aus ihrem Gehirn zu vertreiben. Lieber wollte sie sich daran erinnern, wie Shawn sie festgehalten und beinahe geküßt hatte. Ihre Knie waren ganz weich, und in ihrem Bauch fühlte sie sich so kribbelig.

Auch sie war verwirrt. Allein sein Duft hatte für das Mädchen etwas Verbotenes und sehr Unheimliches. In ihr wuchsen so viele Sehnsüchte. Doch von dem was wirklich zwischen Mann und Frau sein konnte, wußte sie noch sehr wenig. Sie wollte auch gar nicht alles wissen. Davor hatte sie viel zuviel Angst. Sie wußte nur, daß sie ihn liebte. Sie liebte ihn, seit sie seine Haare berührte und in seine blauen, ernsten Augen sah, als er auf der Behandlungsliege in der Praxis lag.

Thomas Wilson

Er parkte seine Vespa vor der weißen Pforte des Fennschen Anwesens, zog den Kamm aus der Tasche, um seine gerade erst geschnittenen Haare glatt zu kämmen, und schloß den Reißverschluß seiner Windjacke. Bevor er läutete, vergewisserte er sich, daß der Seidenschal, den er in das weiße Hemd gebunden hatte, korrekt saß. Sah an sich herunter, um eventuelle Fussel an der dunklen Hose ausfindig zu machen, und drehte die weißen Schuhe mit den Silberschnallen über dem Spann nach allen Seiten, um zu kontrollieren, ob sie auch wirklich sauber waren. Zufrieden drückte er auf den Klingelknopf. Der automatische Toröffner wurde betätigt. Thomas Wilson betrat den Kiesweg und schlenderte großen Schrittes zum Haupteingang des prachtvollen Kinkerhauses. Nicht Mrs. Fenn öffnete, wie er gehofft hatte, denn er sah in ihr seine zukünftige Schwiegermutter, der er gern ein wenig Honig ums Maul schmierte, sondern Elisabeth, die sofort heraustrat und die Tür wieder hinter sich schloß. Thomas Wilson nahm ihre Hand und deutete einen Handkuß an.

„Du siehst phantastisch aus Betty!" schwärmte er.

Betty lächelte, dachte aber bei sich: „Und du siehst aus wie dein eigener Daddy." Objektiv gesehen sah er nicht übel aus, der hochgewachsene, schlanke Thomas. Doch seine Ausstrahlung war sehr spießig. Außerdem war irgend etwas in seinen Augen, das Elisabeth gar nicht gefiel. Sie mißtraute ihm, obwohl er sehr um sie bemüht war. Immer höflich, immer zuvorkommend, nie aufdringlich. Und doch war er in gewisser Weise bestimmend. Unangenehm bestimmend. Er half ihr galant, sich hinter ihm auf den Roller zu setzten, und vor dem Kino ebenso galant wieder herunter. Er bezahlte die Eintrittskarten und öffnete ihr die Tür. Er rückte ihren Stuhl zurecht und bestellte eine Cola für sie. Er erzählte ihr von seinen Plänen, Jura zu studieren, und welche guten Berufschancen damit verbunden seien. Doch als Elisabeth begeistert von ihrem Vorhaben, Ärztin zu werden, berichtete, reagierte Thomas, als habe sie vom Prinzessinnentraum eines kleinen Mädchens gesprochen. Elisabeths Laune wurde nicht gerade besser dadurch.

Während des Films legte Thomas seine Hand auf Bettys Knie, und als keine Gegenwehr kam, fuhr er an ihrem Schenkel empor, bis unter den Rock. Elisabeth ließ sich diese Berührung gefallen, weil sie gespannt war auf männliche Werbungsversuche im allgemeinen. Doch als Thomas sie küßte und dabei seine Zunge in ihren Mund schob, da ekelte es sie plötzlich. Sie kam ihr so kühl, so schleimig und fade vor. Außerdem sabberte er ihre Lippen vollkommen naß. Sie befreite sich abrupt von ihm.

Thomas entschuldigte sich angestrengt dafür, zu weit gegangen zu sein. Er wertete ihren Rückzug als Entsagung einer wohlerzogenen Jungfrau. Und als solche wollte er Elisabeth in die Ehe nehmen. Tatsächlich entschuldigte er sich noch mehrmals bei ihr. Bis er ihr beim Abschied vor dem Fennschen Anwesen zu allem Überfluß seine heldenhafte Hilfe anbot, falls der Prolet Allison ihr noch einmal zu nahe treten sollte. Elisabeth lächelte nur milde und verschwand im Eingang, ohne sich noch einmal umzudrehen. Mochte dieser arme Idiot das werten, wie er wollte.

Hinter der Tür schüttelte sie sich heftig, wischte sich mehrmals über den Mund und schimpfte leise in sich hinein. Wenn er wüßte, dieser bornierte Thomas! Was er als Bedrängung, als Kampf angesehen hatte, damals hinter dem Ehrenmahl, das hatte Shawn durch seine Küsse ausgelöst. Seine Zunge hatte ihre Augenwimpern berührt, ihre Ohrmuscheln, ihren Hals. Und obwohl er diese starken Zigaretten rauchte, hätte sie seine Zunge beim Küssen verschlucken mögen vor Gier nach ihm. Sie hatte sich heiß gerieben auf seinem Oberschenkel, den er zwischen ihre Beine stemmte, und dabei war ihr egal, daß der Baumstamm in ihrem Rücken unangenehm drückte. Nur einen

Moment noch und sie wäre bereit gewesen, ihm alles zu geben. Wäre Thomas nicht dazwischen gefahren, sie wäre jetzt Shawns festes Mädchen. Dieser törichte Wilson! Wie konnte er annehmen, sie sei auf seinen Schutz angewiesen. Sie war es gewohnt zu bekommen, was sie wollte. Thomas Wilson wollte sie nicht!

Schnell huschte sie die Treppe zu den Mädchenzimmern empor. Sie mußte unbedingt Claire berichten über ihr Rendezvous mit Thomas Wilson.

Wicket's Cafè. Gordon Tylers Entdeckung und die Wette

Die Jugendlichen des Arbeiterviertels hatten Wicket's Cafè, eine Mischung aus Pub und Eisbar, zu ihrem Treffpunkt erkoren. Hier traf sich Shawn regelmäßig mit Tony und Mason, seinen zwei besten Kumpels. Diese zwei hatten im Gegensatz zu ihm die Schule und nun auch ihre Lehren fast beendet. Tony hatte mit viel Glück eine Lehrstelle bei einem Automechaniker bekommen. Mason machte eine Schneiderlehre. Tony träumte davon, eines Tages nach Amerika auszuwandern, um einen „Body-Shop", eine Autowerkstatt, zu eröffnen, und Mason wollte unbedingt nach London, Paris, New York, zu den großen Modeschöpfern dieser Epoche in die Schule gehen, um eines Tages selbst einer der Ihren, der ganz Großen zu werden. Doch Mason hatte zudem noch eine weitere kreative Leidenschaft: Er besaß einige irisch-folkloristische Instrumente und spielte auch recht gut darauf. Das war nun gerade nicht Shawns Musikrichtung, aber es machte großen Spaß, mit Masons Sammlung zu experimentieren. Die Jungs trafen sich des öfteren, um gemeinsam zu musizieren. Auch Shawns Bruder Bob war dann mit von der Partie, spielte auf der Mundharmonika, auf der Flöte oder sang die zweite Stimme. Sie spielten alte irische Stücke, recht zur Freude von Mrs. McPherson, Masons Mutter, die aus Dublin stammte und so die Hausmusik mit Freundlichkeit, Tee und Keksen unterstützte, wann immer sich die Gelegenheit dazu bot. In ihrer Küche konnte man sich wohl fühlen, ohne den vorwurfsvollen Blicken einer überforderten Mutter und Hausfrau ausgesetzt zu sein.

Bisher war die Freundschaft der drei Jungen nur einmal auf die Probe gestellt worden. Nämlich an dem Tag, als Mason bei Wicket's verkündete, er wolle Modeschöpfer werden. Eine knisternde Stille hing über dem Tisch, und plötzlich hatte Shawn in abfälligem Tonfall gesagt:

„Nee Mann, das is' doch nur was für Schwule!"

Dabei sah er Mason gemein und provozierend an. Und Mason antwortete sehr ernst und mit zitternden Lippen:

„Ich glaube, ich bin schwul, Mann!"

Woraufhin Tony stumm in sein Colaglas starrte und Shawn mit düsterer Miene auf einem Zahnstocher herumkaute, ohne Mason anzusehen. Nach langen Minuten des bedrückenden Schweigens war Mason aufgestanden und hinausgegangen. Shawn war hinter ihm hergelaufen. „Hey, Mason! Hör zu! Warte mal!" hatte Shawn ihn aufgehalten, Mason seinen Arm um die Schulter gelegt und versucht etwas Nettes zu sagen.

„Ich meine, weißte, das is' ja nich' so schlimm. Ich meine, so lange du mir nich' an die Eier gehst, was soll es!"

Mason war stehengeblieben, hatte Shawn aus schmalen Augenschlitzen angesehen und gefragt:

„Weißte was du für ne Fresse hast, Shawn Allison?" Shawn zuckte mit den Schultern, weil ihm die Wirkung seiner Worte überhaupt nicht klar war.

„Zum Reinschlagen!" hatte Mason die Frage zähneknirschend beantwortet und seine Behauptung mit einem Fausthieb besiegelt.

Damals, sie waren sechzehn, glaubten sie wochenlang, sie könnten nie wieder miteinander reden, ohne sich zu prügeln. Tony vermittelte zwischen den beiden, bis Mason einsah, daß es nicht so leicht war für Tony und Shawn, auf ein Thema wie Homosexualität vernünftig zu reagieren, und Shawn einsah, daß sein Freund wirklich ein ganz vollwertiger und normaler Freund war und blieb. Eben so, wie auch Tony sein Freund war. Es war wirklich ein Kraftakt für die drei Jungen, mit diesem Problem klarzukommen, während eines Abschnittes im Leben, in dem die Sexualität für alle jungen Menschen ein verwirrender Aspekt ist. Und für einige aus speziellen Gründen besonders. Diese Zeit wäre nicht gemeinsam zu überstehen gewesen, hätten sie sich nicht so gern gehabt und einander so dringend gebraucht.

Nun, drei Jahre nach dieser Auseinandersetzung, waren sie einander mehr wert denn je. Sie unterhielten sich meist über Musik, nicht über Fußball, den sie im Gegensatz zu vielen ihrer Alters- und Schichtgenossen haßten, und deshalb auch als die spinnerten Außenseiter galten. Aber auch über Sex und Liebschaften, die es gab oder geben sollte, sprachen sie. Schimpften über ihre Familien und ihre Jobs, erzählten einander ihre Zukunftsträume. Sie waren sich ganz sicher, zu etwas anderem bestimmt zu sein, als in dieser abgewrackten Kleinstadt vor sich hin zu vegetieren.

An einem wolkigen Samstag Nachmittag im April besagten Jahres saßen sie wieder einmal bei Wicket's zusammen. Sie waren noch die einzigen Gäste an diesem frühen Nachmittag. Der alte Wicket stand hinter dem abgenutzten, gemütlich wirkenden Tresen aus gedunkeltem Kirschholz und trocknete Gläser. Seine Frau kochte Kaffee.

Shawn ließ sein rechtes Bein über der Stuhllehne baumeln. Nur noch zwei der Wunden, die ihm Bux beigebracht hatte, waren mit Wundpflastern versehen. Den Unterarm kennzeichneten nun silbrig rosè glänzende Narben. Shawn hatte nicht vergessen, wer die Schuld daran trug. Seine Rachepläne für Thomas Wilson wurden beinahe in jedem Gespräch erläutert. Tony, der in Richtung Eingang sehen konnte, meckerte über seine Eltern.

„Ich sage euch", begann er, „mein Alter is' so was von schrecklich! Dauernd dies Gemecker wegen der Haare!" Er imitierte seinen Vater: „Solange du *deine* Beine unter *meinen* Tisch stellst, hast du einen vernünftigen Haarschnitt zu tragen! Wo kommen wir da hin, wenn jeder so rumläuft wie diese Verrückten mit ihren Pilzköpfen!!" Tony schüttelte nachhaltig den Kopf.

„Genau", ergänzte Mason, „mein Alter meinte, es wäre an der Zeit, daß ich zum Militär komme, damit sie mich mal zum Mann machen! Dabei is' der sonst ganz friedlich. Ihr kennt ja meinen Dad."

Die drei giggerten in sich hinein. Shawn nahm den Zahnstocher aus dem Mund, sah Mason in unnachahmlicher Weise frivol an.

„Hey Mason! Denk mal drüber nach! Die ganzen geilen Typen beim Militär, Gruppenschlafsäle, zusammen duschen und so!"

„Halts Maul, Arschloch!" grinste Mason.

Inzwischen wußte er, wie diese Bemerkungen von Shawn gemeint waren, und nahm sie ihm nicht mehr wirklich übel. Shawn warf Mason einen Handkuß zu und trat ihm unter dem Tisch leicht auf den Fuß, zum Beweis seiner aufrichtigen Liebe. Mason hoffte insgeheim, eines Tages einen Liebespartner zu finden, der wenigstens ein bißchen von Shawns massiv erotischer Ausstrahlung besaß. Er begehrte Shawn seit frühester Jugend. Doch wenn er sich ihm in sexueller Weise nähern würde, gäbe es ein Desaster. Das wußte Mason leider sehr genau. Oft schien ihm seine Situation ausweglos. Shawn und Tony waren bisher die einzigen, denen er seine Neigung offenbart hatte. Seine Eltern würden sich aufhängen, wenn sie es wüßten. Sie hatten ja nur Mason.

Shawn ließ den Zahnstocher vom rechten in den linken Mundwinkel wandern, während er weiter mit dem Bein baumelte.

„Da hast es du schon irgendwie gut, Shawn," setzte Tony das Gespräch fort. „Dein Alter kann dir jedenfalls nicht mehr auf den Wecker fallen!"

Während er das sagte, hielt er die Jacke vor sein Colaglas und schüttete heimlich Whisky aus einem Flachmann, den er in seiner Freizeit stets bei sich trug, in die Cola.

„Mann! Dafür hab ich andere Sachen am Hals!" knurrte Shawn.

Dabei dachte er an die Arbeit im Hafen und an die ganzen Mäuler, die es zu füttern galt. Mr. Stean hatte ihm freundlicherweise eine volle Schicht besorgt. Er konnte froh sein, daß er etwas verdiente. Aber war das sein Leben? Säcke schleppen? Zu allem Überfluß verlangte die Mutter von ihm, daß er für Robert die Autoritätsperson mimte. Sein Bruder wollte nicht mehr in die Schule gehen. Es gab ständig Auseinandersetzungen. Wie sollte er Bob klar machen, daß die Arbeitswelt auch kein Zuckerschlecken war und ein Schulabschluß allemal bessere Chancen eröffnete? Ihn selber hatte die Schule ja auch angekotzt. Das förderte nicht gerade seine Glaubwürdigkeit.

Shawn setzte sich auf, stützte die Ellbogen auf den Tisch und wisperte in Tonys Richtung: „Hey, tu mal was rüber von dem da!", um dann in normaler Gesprächslautstärke fortzufahren. „Meine Alte hat sich gerade heute wieder aufgeregt über die Beatles. Und über die Queen! Sie kann einfach nich' glauben, daß die sich herabläßt, solchen Affen einen Orden umzuhängen. - Hat sie gesagt! - Affen! Ich hab versucht, ihr zu erklären, daß das mit unserem neuen Premier zusammenhängt. Der läßt sich ja auch mit der Band fotografieren. Is' die Jugend auf Wilsons Seite und die ganze Rockmusik abgesegnet, is' Ruhe im Königreich! Kapiert ihr das? Keine Opposition von Seiten der Autoritäten, keine Jugendunruhen! Is' doch logisch oder? Sie haben eben genau hingesehen, was in den letzten Jahren drüben im gesegneten Land passiert is'!"

Die beiden Freunde sahen Shawn befremdet an. Wie kam das nur, daß Shawn manchmal tagelang fast nichts sagte und dann plötzlich Dinge von sich gab, die beinahe druckreif waren und auf unerklärliche Weise scheinbar einem höheren Geiste entsprangen?

„Von wem hast'n das?!" wunderte sich Tony.

„Von..." Shawn winkte ab. „Is' ja auch egal, hab ich gelesen!" log er. In Wahrheit hatte er mit Jane darüber gesprochen. „Außerdem gibt's doch schon viel was Wilderes als die Beatles!" versuchte er von dem Thema abzulenken. „Habt ihr schon mal 'I can't explain' gehört, von den Who?"

Tony und Mason schüttelten die Köpfe.

„Von wem?" „The Who", wiederholte Shawn. „Mann! Die müßten mal im Club auftreten! Ich wär sofort dabei!" schwärmte er. „Das einzige, was mich stört, ist, daß sie irgendwie so aussehen wie 'ne ganze Horde Wilson Ärsche!" erklärte er nach einer kleinen Weile und formte einen überaus abfälligen Gesichtsausdruck.

In diesem Moment schien Tony, der sich gerade aus seinem Stuhl aufrichtete, etwas ganz anderes zu fesseln.

„Seht mal, wer da kommt!" raunte er leise, den Blick zur Eingangstür gerichtet.

Shawn drehte sich vorsichtig um, während Mason sich etwas vorbeugte, um den Eingang sehen zu können, weil ein Kleiderständer ihm den Blick verweigerte.

„Schau, schau, die drei Fenn Schwestern!" flüsterte Mason. „Was wolln die Stuten aus dem feinen Stall denn hier unten? Haben sich wohl verlaufen, was?"

Da vermuteten die Jungs allerdings falsch. Elisabeth hatte nämlich herausgefunden, daß Shawn sich hier beinahe jeden Samstag Nachmittag mit seinen Freunden traf. Und sie wußte auch, daß er gegen Abend meist nach London fuhr, um dort in irgendeinen Club zu gehen. Sie wollte unbedingt erreichen, einmal mitgenommen zu werden. Er hatte ihr damals im Park so viel versprochen! Nach Brighton wollte er mit ihr im Frühling, Achterbahn fahren. Und Tanzen gehen wollte er mit ihr. Und nun? Nun tat er, als hätte er nichts empfunden, als er sie küßte und streichelte. Sie würde ihm so gern mehr geben. Sie mußte einfach aktiv werden! Vielleicht brauchte er nur eine Ermutigung?

Die Mädchen taten, als seien sie rein zufällig dort, grüßten kurz und setzten sich schräg gegenüber in die andere Ecke des Raumes. Inzwischen waren noch ein paar Leute mehr im Café. Eine Familie mit drei Kindern, die alle ein Eis essen wollten. Ein junges Paar, das unterm Tisch vorsichtige Zärtlichkeiten austauschte. Ein alter Mann, der ein Ale trank und düster in die Runde blickte. Ein paar Dockarbeiter, die am Tresen ihr Bier tranken und mit den Wickets plauderten. Ein Herr, der ohne Zweifel nicht aus der Gegend stammte. Er erkundigte sich mit feinem Akzent nach einer Unterkunft, während er seinen Tee trank. Es herrschte ein allgemeines Geplapper. Zudem hatte die männliche Hälfte des jungen Paares die Musikbox gefüttert, aus der Elvis sein „Are you lonesome tonight?" hauchte, bei dem Shawn sich immer über die Armhaare wischen mußte, um die Gänsehaut zu beruhigen. Der Geräuschpegel war hoch genug, daß man nicht allzusehr zu flüstern brauchte, um von den übrigen Gästen ungehört über den Nachbarn reden zu können.

Die Jungen bestellten gleich noch eine Runde Cola. Shawn steckte sich zum ersten Mal an diesem Nachmittag eine Zigarette in den Mund. Er litt seit Monaten unter einer chronischen Bronchitis, die ihm teilweise die Stimme nahm. Gegen die Sucht half das Herumkauen auf Zahnstochern und Kaugummi nur leidig. Seit einiger Zeit drehte er sich die Kippen selber, damit es etwas länger dauerte, bis er die nächste im Mund hatte. Außerdem war diese Art der Vergiftung wenigstens billiger! Beim Anblick der Fenn Schwestern brauchte er jedenfalls unbedingt eine. Von seinen Schwestern einmal abgesehen, waren die Fenn Mädchen das weit und breit hübscheste, was das kleine Städtchen zu bieten hatte. Und die Tatsache, daß er mit ihrer Mutter schlief, machte sie noch einmal so interessant für Shawn. Immerhin hatte er es geschafft, in die gehobene Gesellschaft im wahrsten Sinne des Wortes „einzudringen", was er Woche für Woche mit großem Eifer wiederholte. Das erfüllte ihn mit Genugtuung und einem gewissen Stolz.

„Willst du eine, Claire?" fragte Betty und hielt Claire eine Zigarettenschachtel hin.

„Na klar, gib her! Hoffentlich muß ich nicht husten!" kicherte sie und griff zu.

Aileen hatte ihr Strickzeug mitgenommen, um auch etwas zu haben, woran sie sich festhalten konnte.

„Du, wer ist denn der Rotblonde mit der niedlichen Nase gegenüber deinem Objekt der Begierde?" fragte Claire Betty leise.

„Hm, das ist wohl Mason. Der arbeitet in der Stadtmitte beim Schneider. Ein schüchterner Typ, Claire." riet Betty ab.

„Trotzdem", bestand Claire," er sieht sehr nett aus, und außerdem hat er ein tolles Hemd an, finde ich."

Sie war jedenfalls zufrieden damit, auch einen Fixpunkt gefunden zu haben. Aileen interessierte sich mit all der Reinheit ihres Herzens nur für einen und hoffte insgeheim, ohne ihrer Schwester einen Freund zu mißgönnen, Betty möge keinen Erfolg haben mit ihrer Werbung um Shawn.

„Den anderen kenne ich nicht", sagte Betty, ohne daß sie die Schwestern nach Tony gefragt hätten. „Er ist ein bißchen zu pummelig für meinen Geschmack." Betty zuckte mit den Schultern.

Die Schwestern versuchten möglichst selbstverständlich zu rauchen. Aileen begann zu stricken, als müßte der Pullover übermorgen fertig sein, während die drei betont unauffällig die Jungen beobachteten. Für sie wiederum war Shawn Allison und alles in seinem Dunstkreis das interessanteste, was das kleine Städtchen zu bieten hatte.

Tony hängte nun seinen Arm ebenso lässig wie Shawn sein Bein über die Stuhllehne. Mason sah Shawn erwartungsvoll an, denn wie er ihn kannte, müßte der gleich wieder was Interessantes sagen. Shawn grinste leicht, drehte die Zigarette zwischen den Fingern und inhalierte den Rauch. Er legte den linken Arm auf die Tischkante, während er den rechten Ellbogen vor dem liegenden Arm abstützte. So ergab sich einerseits eine gute Position die Asche aus etwa dreißig Zentimetern Höhe in den Aschbecher zu schnippen, der in der Mitte des runden Tisches stand, gleichzeitig aber auch eine Körperhaltung, die es möglich machte, seinen Freunden etwas zuzuraunen, was die Mädchen auf keinen Fall hören durften. Shawn hüstelte und deutete mit seinen Augen und der linken Braue auf die Mädchen:

„Seht euch die drei hübschen Jungfrauen an. Was suchen die wohl?"

Tony rückte näher. „Woher willste denn wissen, daß alle drei noch Jungfrauen sind? Zumindest die älteren könnten doch...!"

„Ich weiß es eben!" unterbrach ihn Shawn.

„Von wem willste das denn wissen?" Tony gab nicht nach. „Ich meine, so was weiß doch im allgemeinen noch nich' mal die eigene Mutter... wenn schon, dann höchstens die..."

Während Tony dies sagte, lehnte sich Shawn mit einem derartig zweideutigen Gesichtsausdruck in seinen Stuhl zurück, daß seine Freunde mächtig ins Schleudern gerieten.

„Du willst doch nicht etwa behaupten, die Alte...?" schaltete sich Mason ein. „Aber warum sollte die dir denn so was erzählen?" wunderte er sich.

Shawn nickte die ganze Zeit über sehr weise, lehnte sich wieder auf den Tisch und flüsterte:

„Weil sie nicht will, daß ich mich an ihre Küken ranmache. Damit sie nicht eifersüchtig sein muß. Kapiert ihr?"

Die Freunde schüttelten ungläubig die Köpfe. Tony kam ganz dicht an Shawns triumphierend grinsendes Gesicht, um sich zu vergewissern, daß nicht stimmte, was Shawn da andeutete.

„Du willst doch nicht behaupten, daß du mit Frau Doktor bummst?!" fragte er schließlich.

Shawn kibbelte auf den hinteren zwei Beinen des Stuhles, reckte sein Kinn in die Luft und zog an der Zigarette, bevor er den Stuhl auf alle vier Beine zurückfallen ließ, um auf der Tischplatte einen leisen Tusch zu trommeln. Er versuchte, seinem Gesicht einen möglichst erhabenen und erfahrenen Ausdruck zu verleihen, und antwortete wahrheitsgemäß:

„Das tu ich! Seit fast zwei Monaten Mann!"

Die Mädchen hatten sich zunächst gefragt, warum Tony und Shawn die Köpfe so eng zusammengesteckt hatten, und als sie nun in schmutziges Gelächter ausbrachen, fragten sie sich natürlich, ob dieses Gelächter, dessen Hintergrund anscheinend sehr delikat war, etwa ihnen galt. Elisabeth verstand nur, daß Tony, während er sich zum wiederholten Male auf die Oberschenkel schlug „Du verrückter Hund du!" kicherte.

„Komm, erzähl mal! Wie isses passiert?" wisperte Mason gespannt.

Eine Sekunde lang fühlte Shawn so etwas wie Scham über seinen Verrat. Er dachte an Jane, die eigentlich nicht verdient hatte, daß man sich über sie lustig machte. Aber konnte er, nachdem es nun mal auf dem Tisch war, einen Rückzieher machen? Konnte er jetzt sagen, weiter gibts da nichts drüber zu erzählen? Mason und Tonys gespannte Gesichter antworteten ihm: „Nein, du kannst nicht mehr zurück! Jetzt laß die Hosen runter!" Und so begann Shawn flüsternd seine aufschneiderische Geschichte damit, wie *er* Jane verführt hatte. Die Freunde bewunderten seine Kühnheit mit etlichen „Oh Manns" und „Is' ja tolls" und „Bistn verrückter Hunds", so daß Shawn recht bald über sein schlechtes Gewissen hinweg war und, sich aalend in der enormen Bestätigung seiner Männlichkeit, gleich die tollsten Ideen bekam.

„Ja, ja! Sie fliegt auf mich! Die Frau ist geradezu abhängig von mir! Und ich sage euch, wenn ich will, kann ich die Küken auch rumkriegen! Wetten?"

Die Freunde sahen ihn überrascht an. Dann sich gegenseitig, bevor sie in schallendes Gelächter ausbrachen. Die Mädchen ihrerseits beunruhigte ein wenig, daß sie überhaupt nichts davon mitbekamen, was da so belustigend war. Shawn aber nervte bald das Gelächter. Er machte ein saures Gesicht und drehte sich energisch eine neue Zigarette.

„Ich werds euch beweisen, ich fange gleich an! Ich wette um fünf Pfund von jedem von euch gegen Zehn von mir, daß ich sie aufs Kreuz lege, alle drei!" Tony und Mason dachten nicht lange über moralische Hintergründe nach. Shawns Angebot war einfach zu verlockend. Und so schlugen sie ein. Sie verabredeten das Ende des Sommers als Frist für die Erfüllung der Wette und jeweils einen sichtbaren Beweis für die ordnungsgemäße Durchführung der Tat.

Was dann folgte, war nicht nur für Tony und Mason ein wunderbares Schauspiel. Shawn erhob sich aus seinem Stuhl, schob sich die Zigarette in den Mundwinkel und stolzierte schlacksig zu den Mädchen hinüber. Betty, Claire und Aileen versuchten ihre Gefühle zu vertuschen, als sie es bemerkten, aber so ganz gelang es ihnen nicht. Sie wirkten alle drei sehr angespannt. Zu allem Überfluß lehnte sich Shawn auch noch frech hinter Claires Schultern auf die Stuhllehne, sprach aber Aileen an:

„He! Kannste mir mal deine Stricknadeln leihen für ‚n Moment? Ich mach nichts Vernichtendes damit. Will den Jungs nur mal was demonstrieren."

Er grinste beiläufig in die Runde, fragte sich, was die Mädchen wohl im Moment dachten. Nun, Betty dachte: „Er ist es! Er muß mein Erster sein! Er sieht sogar in dem eingelaufenen Wollpullover absolut irrsinnig aus." Claire dachte: „Ganz schön arrogant der Typ, aber sexy, trotz seiner alten Klamotten." Und Aileen dachte: „Was will er denn ausgerechnet meine Stricknadeln, dann muß ich nachher die ganzen Maschen wieder umständlich aufnehmen."

„Aber wieso?" fragte sie und sah Shawn dabei ohne jeden Vorbehalt ins Gesicht. Elisabeth regte die Naivität ihrer kleinen Schwester auf.

„Gib sie ihm schon Lee!" befahl sie gereizt.

Shawn nahm das zum Anlaß, sich vor Aileen zu hocken, ihr tief in die Augen zu sehen und die Forderung mit sanftem Nachdruck in der Stimme zu wiederholen:

„Ja , gib sie mir Lee. Bitte!"

Er sagte das so unglaublich flehend, mit dieser etwas krächzenden Nasalstimme, als ginge es um viel mehr als nur um die Nadeln. Betty durchfuhr es wie ein Blitz. Sie stellte sich vor, Shawn würde vor ihr statt vor Lee knien und um einen Kuß betteln: „Küß mich Betty. Bitte!"

Aileen machte eine verständnislose Miene, bevor sie die Nadeln unwillig aus ihrer Arbeit zog, um sie Shawn zu überreichen. Zum Schrecken aller drei Mädchen gab er der Kleinen einen unerwarteten und zu Shawns eigenem Schrecken einen ehrlich lieb gemeinten Kuß auf die Wange, der aber doch irgendwie anders war als die Wangenküsse, die er seinen Schwestern gab. Während Shawn mit den Stricknadeln an seinen Tisch verschwand, brannte sich dieser Kuß auf ewig in Aileens Wange ein. Und auch Shawn nahm etwas mit von dieser kurzen Berührung. Eine Wärme, einen leichten Schwindel, einen vertrauten Duft, eine ungewisse Sicherheit. Beiden jungen Menschen hatte das Schicksal für ein Tausendstel einer Sekunde einen schweren Vorhang geöffnet, der zu undurchlässig war, um sich zu erinnern, was sie dahinter gesehen hatten, der aber genügend durchließ, um Zukünftiges möglich zu machen.

„Was willstn mit den Stricknadeln?" fragte Tony verschmitzt lächelnd, als Shawn sich setzte und sofort damit begann, sämtliche Gläser, Flaschen, den Aschbecher und die Zigarettenschachteln vor sich aufzubauen. Er füllte die Gläser in verschiedener Höhe mit Cola und bat Mason und Tony, immer auf „zwei" mit den Fingern zu schnipsen. Er nahm die Stricknadeln locker in die Hände. Dann schlug er auf jedes seiner Klangkörper einmal zur Probe, nickte den Freunden zu, daß sie mit dem Schnipsen beginnen könnten, und legte los. Er schlug abwechselnd auf Glasränder, Schachteln und auf Flaschen, so daß ein recht schneller Rhythmus zustande kam. Nach kurzer Zeit hatten die drei Freunde den Rhythmus im Griff. Die Mädchen staunten, das Lokal wurde aufmerksam. Ganz besonders einer der Gäste drehte sich amüsiert und interessiert nach den Jungen um. Shawn ließ verzückt seinen Kopf kreisen und sang:

„Uhhhaahaa! Little Girl! I met you last night! Your're shivering while I touched your body ! I only wanted a kiss, but you gave it all... you gave it all to me! Ohhoo, pour little Girl! It doesn't matter to me, cause you see, today I'm on my way! Hmmmmmyeahhh! I'm on my way!... But every night I dream... You give it to me... ahhhhhhaa... you give it to me! Yeah, yeah, you, youuu... a... a... haaaa... you give it to me! Pour little Virgin... you gave yourself away...“

Während er so sang und stöhnte und trommelte wurde sein Rhytmus härter, schneller. Mason und Tony klatschten nun zwischen den Schnipsern in die Hände. Shawn vergaß, daß er bei Wicket's saß. Er seufzte mit hoher Kopfstimme: „Uuuuuhyeyeah, yeyeah! I'm coming! Oh give it to me! I'm coming now!“ Er stöhnte, leckte herausfordernd seine Oberlippe, trommelte ekstatisch und dennoch mit einigem Feingefühl auf den Gegenständen herum, denn sonst wäre etwas umgefallen. Schließlich warf er die Nadeln hinter sich, ließ sich vom Stuhl gleiten, wälzte sich auf dem Boden, als läge er dort nicht allein, stieß sein Becken gegen die alten Holzdielen, stützte sich ab und seufzte ein lautes „Halleluja!“ aus dem verzückt geöffneten Mund. Die Freunde blieben im Rhythmus und lachten laut. Die Mädchen saßen mit knallroten Wangen und ganz steif vor Erregung und Scham auf ihren Stühlen, während Mr. Wicket, empört über die obszöne Darbietung in seinem Lokal, angesprungen kam, um die Jungen hinauszuschmeißen.

Shawn kroch gerade wieder auf seinen Stuhl zurück. Die Haare wirr über den verdrehten Augen und erschöpft atmend, hing er schließlich da und kramte die „Zigarette danach“ aus Masons Schachtel. Die Freunde lachten immer noch. Einige Gäste begannen sich zu beschweren. Mr. Wicket packte Shawn an der Jacke und rüttelte an ihm.

„Oh Lord!“ seufzte Shawn „I've got it!“ und sah den alten Wicket verklärt an. Dieser deutete mit dem Zeigefinger auf die Tür.

„Rrraus!“ schrie er. „Raus! Und laßt euch nicht mehr blicken hier!“ Dabei zog er Shawn vom Stuhl hoch.

Als Shawn vor ihm stand, merkte Wicket, daß der kleine Allison längst viel größer war als er selber. Dieser Halbstarke sah ihn frech an, stieß seine Hand mit einem Schlag weg und drohte ihm mit geballter Faust.

„Nich' anfassen Alter! Ich könnte mich vergessen!“

Mr. Wicket kam derart in Wut, als er spürte wie hilflos er im Grunde gegen den jungen Mann war, daß er diese Hilflosigkeit mit ein paar Gemeinheiten auszugleichen versuchte.

„Man merkt, daß dir die väterliche Hand fehlt, Shawn Allison! Du machst deiner Mutter Schande! Schämen sollst du dich! Pfui! Es müßte mal jemand kommen und dich so richtig vertrimmen!“ zeterte Wicket und fuchtelte wild mit der Faust in der Luft herum.

Shawn zündetet sich indes scheinbar gleichgültig die Zigarette an. Mason stand an seiner Seite und flüsterte:

„Komm Shawn, laß den Alten, mach keinen Quatsch!“

Aber Shawn drehte sich gerade der Magen um. Er ging Wicket an den Kragen, zog ihn zu sich heran und zischte, während der Rauch Mr. Wickets Gesicht einnebelte:

„Meinen Alten läßt du ausm Spiel, oder ich nehm dir den ganzen Laden aus'nander! Ich habs satt mit solchen Pupern wie dir!“ Dabei zog er dem alten Mann leicht den Hemdkragen zu, so daß der in Atemnöte geriet. Trotzdem würgte er mit kratziger Stimme zurück:

„Man sollte dir die Zigarette in die Schnauze hauen, du freches Miststück du!“

„Ich rufe die Polizei!“ wimmerte seine Frau vom Tresen her und griff zum Telefon.

Der stets vernünftige Tony hatte die Stricknadeln zu Aileen zurückgebracht, während Mason am Jackenärmel seines Freundes hing und versuchte, ihn zu besänftigen. Die Mädchen fanden die Szene teils unbehaglich, teils aufregend. Auflehnung in dieser Form waren sie nicht gewohnt.

Gewalt war ihnen fremd. Aileen blickte verstört auf den Fußboden. Elisabeth hatte Herzklopfen und zittrige Knie, Claire feuchte Hände. Die zwei Arbeiter, die am Tresen neben dem Fremden friedlich ihr Bier getrunken hatten, kamen nun langsam auf Shawn zu. „Allison! Mach ne Fliege!" drohte der eine. „Oder wir nehmen dich auseinander, bevor du den Laden hier auseinandernehmen kannst!"

Angesichts dieser Übermacht ließ Shawn den Alten widerwillig los, konnte es aber nicht lassen, ihm noch mit betont kühlem Blick das Hemd zu glätten. Dann hob er die Hände, ließ die Zigarette im Mundwinkel hängen und grinste.

„Okay, okay. Ich geh ja schon!"

Er machte sich langsam auf den Weg zur Tür. Mit geradem Rücken, lässigem Schritt und überheblichem, angewidertem Blick. Hinter ihm die zwei Arbeiter, dann seine Freunde. Mason zahlte am Tresen und entschuldigte sich bei Mrs. Wicket, die vor Angst um ihren Mann im Gesicht ganz rot gefleckt war. Shawns Abgang erinnerte ein wenig an den stolzen, weil klugen Rückzug des Cowboys aus dem Saloon, der ausschließlich wegen der feindlichen Übermacht stattfand. Der Blick, den er in die Runde schickte, sagte: „Euch zeig ich's noch zu gegebener Zeit, ihr Kleingeister." Er registrierte sehr kurz den Mann an der Theke, der ihn so fasziniert anlächelte, als hätte er sich soeben in ihn verknallt.

Als die Jungen endlich draußen waren, glättete sich die Stimmung langsam wieder. Mr. Wicket zapfte sich zunächst einmal selber ein Bier. Seine Frau streichelte seinen Arm, während sie gemeinsam über die Jugendlichen schimpften, die keine Spur Ehrfurcht mehr hatten vor dem Alter und vor einer gewissen Moral. Der Fremde hatte sich den Arbeitern zugewandt.

„Sagen sie, kennen sie diesen genialen jungen Mann, Mister?" fragte er einen von beiden.

Der sah den Fremden konsterniert an, weil er wirklich nicht recht wußte, was an diesem Rotzlümmel genial sein sollte.

„Ja, den kennt hier unten jeder. Sein Vater hat mit uns gearbeitet. War auch so'n Haudegen. Is' tot seit vier Jahren. Der Junge arbeitet ganz schön hart, um seine Geschwister mit durchzubringen, aber wenn der Vater fehlt, laufen so junge Burschen aus dem Ruder. Das können Sie mir glauben, Sir!"

„Ah, ja, dann hat der Vater wohl in der Familie auch ordentlich aufgeräumt, schätze ich. Na ja, würden sie mir die Adresse des Jungen sagen?"

Der Arbeiter war zwar etwas skeptisch, gab aber dennoch Auskunft über den Namen und Shawns Adresse. Dann fiel ihm plötzlich ein, daß auch seriös wirkende Herren unseriöse Dinge vorhaben könnten.

„Was wollen Sie denn von dem Jungen, Mister?" fragte er schnell.

„Nun, ich bin eigentlich ständig mit offenen Ohren und Augen unterwegs, um junge Talente zu finden. Ich arbeite für die BBC-Jugendabteilung und im Musikmanagement. Gordon Tyler ist mein Name." Tyler zückte seine Visitenkarte.

„Genügt Ihnen das als Referenz?"

Der so aufgeklärte Mann nickte ergeben und staunend.

„Ja, natürlich Sir. Mister Tyler." Er kannte den Mann aus dem Fernsehen. Natürlich. Nun erkannte er ihn. Mein Gott, er hatte Ringo Starr interviewt!

Die Mädchen hatten sich inzwischen wieder gesammelt. Sie zahlten und machten sich auf den Heimweg. Unterwegs gingen sie das Erlebte noch einmal genauestens durch. Bewundernde Schauer durchfuhren sie bei der Erinnerung an Shawns Darbietung. Wie er sich anschließend auf dem Boden wälzte. Daran, wie seine kraftvollen Hände den armen Wicket in die Höhe hoben. An die Zigarette im Mundwinkel und die wütend funkelnden Augen. Und an den sanften Kuß auf Aileens

Wange, kurz bevor all dies Anrüchige geschah. Sie beteuerten einander natürlich ihre Furcht vor seiner Brutalität, gleichzeitig vor verwirrender Erregung zitternd.

Ungefähr nach der zweiten Straßenecke entspannte Shawn seine bitterböse Miene und schloß sich Mason und Tonys Lachen an.

„Du warst großartig!" Tony schlug ihm übermütig auf die Schulter.

„Ja! Du warst großartig, Mann!" kicherte Mason.

Und so fühlte sich Shawn. Einfach großartig. Das erste Mal in seinem Leben hatte er in aller Öffentlichkeit gezeigt, was in ihm steckte. Und zu seiner eigenen Überraschung schämte er sich nicht einmal dafür. Es hatte ihm riesigen Spaß gemacht. Warum machte er sich immer so klein? Warum erzählte er niemandem von all seinen Texten, seinen fertig komponierten Songs? Es war doch nicht jeder so ausgestattet wie er. Gott mußte sich dabei doch etwas gedacht haben! Tonys Frage, woher er eigentlich den Text für dieses kleine Lied hatte, kam gerade recht. Die drei setzten sich am Kai auf eine Bank und rauchten.

„Es is'n Geheimnis bis jetzt", begann Shawn, „is' auch nich' leicht für mich, das zu erzählen. Hm." Er zog an der Zigarette und sann vor sich hin.

„Wird doch wohl nich' schwieriger sein, wie wenn ich sage, daß ich mir nichts aus Mädchen mache?" feixte Mason. „Hey Mann, sag schon, was kann denn schlimmer sein?"

Shawn nahm einen tiefen Zug. Der Rauch kratzte unangenehm an den Stimmbändern. Er hustete und sagte beinahe quietschend:

„Neee! Es is' für mich wirklich ganz, na ja, was ganz Wichtiges. Und hat eben, wie soll ich das erklären, hat eben bis heute nur mir gehört. Und deswegen is' es eben sehr peinlich, drüber zu reden!"

Er legte den Kopf schräg und wartete auf weiteres Drängen der Freunde, sein Geheimnis preiszugeben. Tony kratzte sich am Kinn.

„Mann. Du machst es heute aber spannend! Erst erzählst du uns, daß du mit Frau Doktor bumst, und ziehst diese verrückte Show ab, und jetzt spannst du uns schon wieder auf die Folter! Los! Spuck's endlich aus!"

Mason nickte. Shawn ängstigte der Gedanke, die Freunde könnten ihn auslachen, wegen der Texte. Wenn sie die nun sehen wollten? Vielleicht waren sie ja zu schwülstig, oder zu albern?

„Ich schreibe Songs, Texte, Noten und das ganze Drum und Dran", erklärte er leise und so, als wäre dies ganz nebenbei getan. „Lange schon. Paar Jahre."

Tony und Mason sahen sich verwundert an. Dann blickten sie zu Shawn, der rechts außen saß und seinen Blick in imaginäre Weiten schweifen ließ.

„Das sagt der einfach so, der verrückte Kerl!" Tony schlug sich aufs Knie. „Das is'doch wirklich irre!" rief er aus und schlug Shawn so anerkennend auf den Rücken, daß ihm der Zigarettenrauch aus dem Mund platzte.

Nun war es heraus. Und Shawn fühlte sich noch immer großartig. Das einzige, was ihn nun auf einmal beunruhigte, war die Wette. Wie sollte er es anstellen, die Mädchen rumzukriegen? Und überhaupt, was war mit Aileen? Die war doch noch gar nicht so weit. Aber andererseits ging es um einen Haufen Kohle. Und um die Ehre natürlich. Um die ganz besonders.

Elisabeth ging wie auf Wolken neben ihren Schwestern her. Sie lutschten Pfefferminz, damit daheim niemand roch, daß sie geraucht hatten.

„Ist er nicht phantastisch?" seufzte sie. „Wenn er mich fragen würde, ich würde mit ihm abhauen, glaube ich!"

„Pffff!!" platzten die Schwestern gemeinsam heraus. „Elisabeth ist verliehiebt!!"

Elisabeth buffte Claire fest in die Seite.

„Und mir hat er einen Kuß gegeben, der wild gewordene Shawn Allison." bemerkte Aileen ebenso trocken wie treffend.

Elisabeth ärgerte sich, daß es nun wieder nicht zu einer Verabredung gekommen war. Mit Shawns Song konnte sie auch nicht so richtig was anfangen. „Ich wollte nur einen Kuß, aber du gabst mir alles. Mir macht es nichts, du siehst ja, ich gehe meiner Wege. Aber jede Nacht träume ich davon, wie dus mir machst. Arme kleine Jungfrau." So ein Idiot. Sollte das nun eine Anspielung sein, reine Verarschung oder eine Aufforderung? Oder war es seine Art von Liebeserklärung? Betty war ganz durcheinander.

In dieser Nacht lag sie lange wach. Sie tastete unter dem Nachthemd nach ihrem blühend jungen Körper. Die Brustwarzen strebten einem Mund entgegen. Ihr Atem wurde flach. Sie spürte das Gewicht des imaginären Körpers. Ihre schlanken Finger suchten vorsichtig nach einem Weg durch die kleine Öffnung der Vagina und zuckten überrascht zurück vor der Hitze und der Feuchtigkeit, die sie darin fanden. Und doch wollte diese Öffnung die Berührung immer wieder, immer fester und immer schneller. Bis Bettys Körper zuckte, bis er schwitzte, und sie Angst bekam davor, was mit ihr passierte. Und immer wieder pulsierte ein Name in ihrem Kopf, dessen Inhaber sie jetzt und hier in sich spüren wollte. Dem sie ihre Zunge in den Mund schieben wollte, statt in ihr Kopfkissen zu beißen. Dessen Stimme sie so seufzen hören wollte wie bei Wicket's, während er das Lied sang. „Shawn! Oh ja! Shawn! Shawn! Ich liebe dich Shawn!"

Du lieber Himmel! Hatte sie etwa laut gestöhnt, hatte jemand am Ende etwas mitbekommen von ihrer Lust? Sie horchte ängstlich in die Stille. Aber sie hörte nur ihr eigenes Herz aufgeregt schlagen. Das hatte sie sich noch nie getraut. Aber es stimmte glatt, was sie neulich in einem der ihr verbotenen Ärztemagazine gelesen hatte. Sie war da gar nicht so empfindlich, wie sie immer dachte. Und wenn ihre zwei Finger dort nichts kaputtmachten, brauchte sie doch wirklich keine Angst vor dem ersten Mal zu haben. Das Gefühl, das es machte, war jedenfalls wundervoll. Oh, es würde wundervoll werden mit ihm! Das glaubte sie ganz fest. Sie brauchte nur einen schlauen Plan, um an ihn heranzukommen, ohne aufdringlich zu wirken. „Einem richtigen Mann darfst du niemals so direkt sagen, was du willst. Auch nicht, wenn du ihn ganz besonders attraktiv findest", hatte ihre Mutter ihr einmal geraten. „Er könnte sich was einbilden und dich herablassend behandeln. Das erspare dir bitte, mein Schatz!"

Janes Dachboden und das hummerrote Hemd.

Jane Fenn hatte nicht lange gebraucht, einen Weg zu finden, Shawn nach seiner Genesung trotzdem mindestens einmal pro Woche zu sich zu schleusen. Sie ließ ihn Garten- und Reparaturarbeit machen. Der Doktor fand es sehr anständig von seiner Frau, daß sie ihm etwas mehr dafür bezahlte, als eigentlich üblich war, wußte er doch um die schwierige Lage, in der sich der Junge befand. Und so kam Shawn jeden Donnerstag Nachmittag nach der Frühschicht im Hafen zu den Fenns. Er ging offiziell durch den Haupteingang in das Haus und aus dem Hintereingang wieder hinaus. Wann genau er ging, darauf achtete niemand. Jane hatte ihm mittlerweile beinahe fünfzig Pfund zugesteckt. Das verpflichtete Shawn, zu ihr zu gehen, obwohl er sich nach der Schicht oft total ausgelaugt fühlte. In der letzten Zeit kam ihm auch wieder der Gedanke an die Prostituierte Roxanne, und die ärgerliche Idee wuchs in ihm, sich mit ihr zu vergleichen. Was tat er anderes, wenn er für die heimlichen Schäferstündchen Geld von Jane Fenn nahm? Oder war es etwas anderes mit ihm und Jane? Nachdem die Spannung der ersten Wochen verflogen war, war es jedenfalls kein leichter Job. Jane hatte eine blühende Phantasie. Jedesmal wollte sie was Neues. Shawn kam überhaupt nicht dazu, sich an die Mädchen heranzumachen, um die Wette zu erfüllen. Es verstärkte sich das Gefühl, von Jane benutzt zu werden- und was für ihn das Schlimmste war, sich von ihr abhängig zu machen!

Am Donnerstag nach seinem Auftritt bei Wickets wunderte er sich nicht schlecht, als Jane ihm öffnete, ihn in den Hausflur zog und schon dort leidenschaftlich küßte.

„Sie sind alle weg," strahlte sie mädchenhaft, „bis morgen Abend!"

Shawn sah sie verwirrt lächelnd an.

„Sieh mich nicht an wie ein irisches Schaf, das vom Moos fressen total verblödet ist, du Schatz du!" Lachend zerrte sie an einem seiner wenigen und für sie um so sympathischeren Schönheitsfehler, an seinem rechten Ohr, das leicht abstand.

„Eine Tante meines Mannes ist gestorben. Sie sind alle zur Beerdigung gefahren. Und ich habe einfach gesagt, ich kann nicht aufstehen, weil ich so entsetzliche Migräne habe."

Shawn hatte sich eigentlich vorgenommen, Jane so schnell wie irgend möglich zu befriedigen, um dann nach Hause zu gehen, sich ein paar gemütliche Biere zu gönnen, Musik zu hören und ein wenig im Melody Maker zu blättern. Das konnte er abschreiben. Er seufzte. „Is ja toll..."

Er kam nicht dazu, sich lange zu bedauern. Jane küßte ihn gierig, lutschte an seinem Schönheitsfehler herum und zog ihn die Treppe empor. Statt in ihre Räume schleifte sie ihn auf den Dachboden. Dort hatte sie Kerzen entzündet, die zu kleinen Gruppen arrangiert überall umherstanden. Sie warfen geheimnisvolle Schatten an die Dachschräge, mit ihren dicken, alten Balken. An diesen Balken hingen Seile, eine Kutscher Peitsche, alte Kleider, Spielzeug, Bilderrahmen und vieles mehr. Am Boden standen mehrere sehr verstaubte Schiffskoffer, die sicherlich noch aus den zwanziger Jahren stammten. Mitten in dieses bräunlich verstaubte Chaos hatte Jane eine mit Leinen bezogene Matratze gelegt, auf die einige Kissen verteilt waren. In einer Nische des Dachbodens stand ein großer ovaler Spiegel mit breitem, goldbarocken Rahmen. Auf einem kleinen antiken Teetischlein standen eine Flasche Champagner und Gläser, Kaviar und Toast. Daneben hatte Jane einen getrockneten Rosenstrauß gelegt. Shawn staunte. „Es ist wie..." Es ist wie im Film, wollte er sagen, doch Jane nahm ihm die Beurteilung der Atmosphäre ab.

„Es ist wie in einem Märchen", unterbrach sie ihn, „das ist mein verwunschenes Schloß, mein Liebling. Hier oben liegen Dinge, die mein Leben sind!" Sie goß ihm ein Glas Champagner ein.

„Trink! Trink!" forderte sie ihn lebhaft auf. „Ich möchte etwas Aufregendes machen, etwas, das ein wenig Zeit in Anspruch nimmt."

Aus war es also mit den gemütlichen Bieren und dem Melody Maker. Jane nahm seine Hand und zog ihn zu einer der Kisten. Sie holte ein hummerrotes Hemd mit Rüschen an Ärmeln und Knopfleiste hervor. „Zieh es an!" befal sie mit sonnigem Lachen. Es folgte eine Schwarze Hose mit samtigen Streifen, die an der Leiste mit Bändern geschlossen wurde, und ein Paar schwarze Lederstiefel mit hohem Schaft. Shawn wollte das Hemd zuknöpfen.

„Nein, nein, was machst du!" rief Jane energisch, knöpfte das Hemd wieder auf und küßte Shawns Brust. „Laß auch die Ärmel offen, es soll ja schön wild wirken!"

In die Hose kam er gerade so hinein. Sie saß an seinem kräftig gebauten Körper wie eine zweite Haut. Jane strich bewundernd über Shawns festen, jungen Hintern, in den sie wahnsinnig verliebt war. Die Stiefel paßten, als hätte Jane sie extra für ihn anfertigen lassen. Er war noch immer verwirrt, doch die Sache begann ihm zu gefallen.

„Wo haste all das Zeug denn her?" fragte er, während Jane ihm ein Hornkreuz in Silberfassung und noch mehrere andere Ketten um den Hals legte.

„Ich war vor meiner Ehe Kostümbildnerin am Theater. Da hortet man so allerhand mit der Zeit. Oh! Du siehst göttlich aus! Ich habe es doch gewußt! Komm! Komm zum Spiegel. Ich will dir die Haare richten und dich ein wenig schminken!"

Sie flatterte zum Tisch um Champagner einzugießen.

„Jane! Das is' doch was für Schwule!" beschwerte sich Shawn. Aber schon hielt er ein gefülltes Champagner Glas in der Hand, und sie machte sich mit Haarcreme an seinem Kopf zu schaffen. Vor seinen Augen verwandelte sie ihn in eine Art Gesetzlosen früherer Jahrhunderte, mit Ohrring, Nackenzopf, Leberfleck über der Lippe und etwas dunklerem Teint.

„Warum arbeitest du nich' mehr beim Theater?" fragte Shawn, während sie sein Gesicht puderte und der Frisur den letzten Schliff gab. Eine Locke aus seinem Pony widersetzte sich, nach hinten geformt zu werden. Aber Jane fand es sehr sexy so.

„Ach du Kindskopf. Wie stellst du dir das vor, mit drei Kindern und dem Mann?" Sie zupfte an ihm herum. „Aber es fehlt mir. Es fehlt mir wie so vieles..." seufzte sie versonnen.

Zuletzt steckte sie ihm drei auffallende Ringe auf die Finger der linken Hand. Einer stellte zwei Schlangen mit Rubinen verzierten Augen dar, die ineinander verschlungen waren. Er gefiel Shawn am allermeisten. Die Rechte bekam einen goldenen Totenkopfring und einen aufklappbaren mit schwarzem Siegel. Shawn pfiff bewundernd durch die Zähne.

„Sind die alle echt?" fragte er naiv, während er die Hände hin und her drehte.

„Natürlich sind die echt!" freute sich Jane über Shawns fast kindliches Erstaunen und küßte ihn auf die Wange. „Mach ihn auf!" schlug sie vor und deutete auf den aufklappbaren Ring. Shawn gehorchte.

„Das sind Tabletten oder so was." stellte Shawn wiederum sehr naiv fest und drehte die Dinger zwischen den Fingern, weil er nicht wußte, was das nun wieder sollte. Jane sah ihn auffordernd an.

„Nimm sie!" sagte sie und drückte seine Hand Richtung Mund. „Sie werden dir helfen, dich in eine andere Zeit zu versetzen. Wir werden uns auf deinem Schiff treffen, irgendwo im siebzehnten Jahrhundert. Du bist ein Verstoßener und ich eine Dame der feinen höfischen Gesellschaft. Du hast mich geraubt. Und nun zwingst du mich zu tun, was du willst, verstehst du?"

Shawn schüttelte verständnislos den Kopf.

„Also die Verkleidungsgeschichte ist ja ganz lustig, aber ich kann doch nicht irgend so'n Zeug schlucken. Wer weiß, wie das wirkt. Jane! Was hast du bloß für Ideen!"

Aber Jane bestand darauf. Er mußte mit einem großen Schluck Champagner nachspülen. Während Shawn sich im Spiegel betrachtete, werkelte Jane hinter einem Paravent herum. Sie zog sich um. Shawn stellte sich seitlich, betrachtete sich neugierig. Seine Kopfhaut wurde plötzlich heiß, und sein Körper fühlte sich so leicht und beschwingt. Sein Mund wurde trocken, und die Mundhöhle fühlte sich sehr groß an. Er trank den Champagner in einem Schluck leer und hatte plötzlich Lust, das Glas über die Schulter zu werfen. Jane kicherte hinter dem Paravent, als sie das Klirren das zerbrechenden Glases hörte. Nicht nur in Shawns Mund kribbelte es, sondern auch in seinem Mund, in den Fäusten, Oberschenkeln und in den Hoden. Etwas unheimlich war ihm das schon, aber irgendwie war es lustig. Er hakte seine Daumen oben in die Hose, berührte mit den Handflächen seine Leisten und betrachtete den Mann im Spiegel. Er sah Augen, die ihm irgendwie bekannt vorkamen, die jedoch viel stärker funkelten als gewöhnlich. Er sah gespannte Nasenflügel über einem wilden, entschlossenen Mund. Einen Körper, in dem jede Sehne, jeder Muskel wach schien. Konnte das sein Körper sein? Shawn ließ seine Hände über den Leib gleiten, hin zu dem Glied, das sich mehr und mehr gegen die Schnürung der Hose abzeichnete. Dann fuhr er mit den Fingerspitzen seine Gesichtszüge nach, am Hals entlang in das weit offene Hemd. Die Brust fühlte sich rund und weich an, wie eine Mädchenbrust. Die Brustwarzen waren schmerzhaft hart. Er konnte es nicht glauben, aber der Anblick des etwas aufgebläht wirkenden jungen Mannes, den er dort im Spiegel sah, erregte ihn. Shawn strich über die roten, stark durchbluteten Lippen, öffnete sie und schob die Zungenspitze ein wenig vor. Die Zunge war kein rotes Muskelfleisch mehr, sondern schien aus Metall zu sein.

„Oh, mein Gott", sprach er leise zu seinem Spiegelbild, „das ist ja verrückt."

Seine Worte hallten im Inneren seines Kopfes mehrfach nach. Und das Echo der geflüsterten Worte wurde, je weiter es in den Schädel eindrang, immer lauter.

Bis dann diese Frau auftauchte. Er sah zunächst nur einen gelblich schimmernden, langen Reifrock. Ihre Gestalt stand im Schatten. Über seinem Kopf, an einem Haken, hing eine alte Kutscherpeitsche. Er ergriff sie und zog sie langsam über den Haken herunter, legte sie zusammen, umfaßte sie mit beiden Händen. Dann befahl er mit rauher Stimme:

„Komm her!"

„Nein, bitte nicht!" bat die verängstigte Frauenstimme aus dem Schatten.

Shawn schlug mit der Peitsche in ihre Richtung. Das Ende wickelte sich schnalzend um ihre Taille. Das hatte er schon einmal gesehen, in einem Piratenfilm. Er wunderte sich kein bißchen darüber, daß es wirklich funktionierte. Jane stöhnte auf, weil das Schnalzen der Peitsche trotz der dicken Kleidung schmerzte. Shawn zog seinen Fang, der nur widerwillig der Peitsche nachgab, zu sich heran. Der Busen bebte über dem Mieder. Shawn riß ihr die rosa schimmernde Rokokoperücke vom Kopf.

„Was wollt ihr von mir?" sprach die Frau hastig. „Warum habt ihr mir die Perücke genommen? Behandelt man bei Euch so eine Dame?"

Shawn schwebte zwischen Rausch und Realität. Er sah sie verwundert an und lachte plötzlich schallend. Eine Perücke? Es hatte sich angefühlt wie Badeschaum. Die Situation kam ihm für einen Moment so vor, wie sie tatsächlich war. Grotesk. Doch von einer Sekunde auf die andere überkam ihn wieder dieses Kribbeln. Er griff fest in Janes echte Haare und zog ihr den Kopf in den Nacken.

„Du willst eine Dame sein? Du bist eine Schlampe! Eine Hure! Ehebrecherin!"

Er stieß sie von sich. Sie landete auf der Matratze, sichtlich überrascht, wie schnell aus Shawn der brutale Gesetzlose geworden war. Sie wollte sich aufrichten, doch er drehte sie mit Gewalt auf den Bauch, riß die Bänder des Rockes entzwei und zerrte sie aus den steifen Kleidern. Er ließ ihr keine Chance zu entkommen. Er umklammerte mit dem rechten Arm ihren Hals. Doch Jane bekam es mit der Angst. So hatte sie sich die Verwandlung nicht vorgestellt! Das hatte nichts mehr mit einem Spiel zu tun, das durch die kleine Gabe LSD angeregt werden sollte.

„Nicht so, bitte nicht so! Shawn! Shawn komm zu dir! Au! Du tust mir weh!" jammerte sie und versuchte sich aus der Umklammerung zu befreien. Sie hatte ja nicht geahnt, welche Aggressionen in diesem Jungen steckten. Sie wußte, daß er sich in diesem Moment in einer anderen Welt befand, daß sie nicht so ohne weiteres zu ihm durchdringen würde. Sie mußte das Spiel weiterspielen.

„Ich mach ja alles, was ihr wollt, Captain, aber wir haben Zeit! Bitte, nehmen wir doch noch einen Schluck Champagner und etwas Kaviar zu uns!"

In der Tat hatte der Captain einen gewaltigen Durst. Seine Zunge fühlte sich riesig groß und schwammig an. Er zog sie am Handgelenk von der Matratze hoch, hin zum Tisch. Die ganze Sache begann an unfreiwilliger Komik zu gewinnen. Was sollte sie nur tun? Das hier war nicht mehr der Neunzehnjährige der im Prinzip alles tat, was sie wollte. Im Moment zog er sie hinter sich her wie eine Kuh zum Schlachthof. Er nahm die Flasche zum Mund und kippte eine ganze Menge von dem überschäumenden Naß in sich hinein. Dann sah er die Seile, die über den Balken hingen! Er zog sie herunter. Jane schlug auf die Hand, mit der er eisern ihr Handgelenk im Griff hatte. Sie schlug auf ihn ein und befahl ihm, mit dem Unsinn aufzuhören. Doch ihre Schläge machten ihm nicht das geringste aus. Ehe sie sich versah, war sie mit beiden Händen an der Verstrebung zweier Dachbalken angebunden. Nun biß sie ihn. Doch er lachte nur darüber. Sie versuchte ihn mit den Füßen zu erwischen, aber er sprang beiseite. Shawn wankte zurück zum Tisch.

„Uhhuuu, Baby... you'd better not come so close..." sang er und nahm noch einen gewaltigen Schluck Champagner... „Your Body 's bruised. Your Darling get you with..."

Dann nahm er einen Löffel voll Kaviar, mit dem er zur tobenden Jane zurückging.

„N...nich' tretn!" lallte er. „Jetzt gib's was Gutes für die alte Jane."

Kam er zu sich? Er nannte sie immerhin beim Namen. Sie ließ ihn an sich herankommen. Doch Shawn hielt unsanft ihr Kinn fest und stopfte ihr gewaltsam den Kaviar in den Mund.

„Ihr könnt euch alles leisten, ihr reichen Schweine." raunte er mit verschwommenem Blick und verteilte den Rest des Kaviars in ihrem Dekolleté. Jane war stocksauer. Sie zappelte und trat nach ihm, während er ihr singend die Unterkleider auszog. Als er die Bänder seiner Hose öffnete, traf ihn ihr Fuß an der Schulter, doch er lachte nur dreckig: „Haaahaaa! Ich fresse Ehebrecherinnen statt Kaviar!" Er umklammerte ihre Füße, kletterte mit festem Griff die Beine empor, bis er zwischen ihren Schenkeln stand. Herablassend grinsend sah er ihr ins Gesicht. Sie wand sich, um die Situation vielleicht doch noch in den Griff zu bekommen. Ihre Lippen zitterten vor Wut. Angestrengt umklammerte sie den Balken, an dem sie hing.

„Shawn, du übertreibst! So hab ich keine Lust! Meine Hände, meine Arme tun weh..."

Aber ihre Worte schienen nicht bis zu ihm durchzudringen. Sein Blick flatterte. Er wollte sie in Besitz nehmen. Ihr zeigen, wer der Herr im Hause war. Er versuchte, in sie einzudringen, schaffte es jedoch nicht. Das machte ihn wütend. Doch irgend etwas geschah. Ihm war mit einem Mal sehr schwindlig. Die Lust kam und ebbte ab. Außerdem wurde ihm Übel.

„Du kotzt mich an! Du kotzt mich an, du geile Hure, du", ächzte er. „Ich glaub ich muß gleich..."

Er ließ von ihr ab, torkelte ein Stück zur Seite und erbrach sich etwa zwei Meter neben ihr.

„Mensch, ich bring dich um, wenn das hier vorbei ist! Binde mich endlich los!" schrie sie ihn an.

Aber es half alles nicht. Der Captain befand sich nun auf dem Rückzug in Richtung Matratze. Ihm war mit einem Mal sehr schläfrig.

„Weg ihr Mistviecher!" Er wollte die merkwürdigen Lebewesen, die es sich auf seiner Schlafstatt bequem gemacht hatten, verscheuchen. Aber er schlief schon, bevor sich das Gewürm ganz entfernt hatte.

Dieser Nachmittag und vor allem die Nacht, die diesem Nachmittag folgte, sollte noch lange in Janes Gedächtnis bleiben. All ihr Rufen und Flehen, Shawn möge doch aufwachen und sie losbinden, hatten nicht geholfen. Zu ihren Schmerzen und dem Ekel kam nach einiger Zeit noch die Angst, die ganze Bude könnte wegen der heruntergebrannten Kerzen in Flammen aufgehen. Erst vier Stunden später, als Shawn Allison endlich halbwegs wieder Shawn Allison war, band er sie los. Sie brach zusammen. Sie heulte und heulte, während Shawn versuchte, sich zu erklären, was er da getan hatte. Unter tausend Entschuldigungen massierte er ihre Arme, die blutleer und kraftlos waren. Kühlte ihre wunden Handgelenke mit dem Wasser aus dem Champagnerkühler, reinigte ihr Gesicht und ihr Dekolleté und brachte sie schließlich hinunter in ihr Bett. Er holte ihr ein Glas Wasser und einen Sherry.

„Gib mir 'ne Zigarette du Mistkerl!" befahl sie.

Shawn kramte mit zitternden Fingern in ihrer Handtasche nach der Schachtel.

„Darf ich auch eine?" fragte er.

„Nein!" herrschte sie ihn an.

Er strich sich über die Haare.

„Was um alles in der Welt muß ich tun, um das wieder gut zu machen, Jane?" fragte er zerknirscht.

Shawn stand vor ihrem Bett wie ein Häufchen Elend. Das rührte sie. Ganz unschuldig war sie ja nicht an dem Dilemma. Was mußte sie ihm auch LSD andrehen. Und überhaupt war außer ihm noch niemand mit ihr auf dieser dunklen Seite der Lust gewesen. Er war nicht wirklich niederträchtig. Nur unerfahren und zornig. Sehr zornig!

„Du schnappst dir jetzt sofort Eimer und Lappen und reinigst den Dachboden", befahl sie ihm. „Danach läßt du ein Bad ein. Wenn es soweit ist, rufst du mich. Und dann sei zärtlich zu mir, sehr zärtlich, hörst du?"

Shawn hatte mit einem Rausschmiß gerechnet. Ja, er wäre sogar froh gewesen über einen Rausschmiß. Beim Gedanken an das, was ihm bevorstand, rebellierte prompt sein Magen.

„Was? Du willst, daß ich..., Nach all dem? Du bist pervers Jane!" sagte er und zuckte mit den Schultern. „Gerade du willst es wagen, mich zu beschimpfen, Shawn Allison! Geh und tu endlich, was ich dir gesagt habe!" schrie Jane.

Die schicksalhafte Begegnung.

Gegen vier Uhr Früh kam Shawn zurück in die elterliche Wohnung. Um sechs sollte seine Schicht beginnen. Sein Kopf brummte, er war müde, fühlte sich ziemlich am Ende. „Nur noch eineinhalb Stunden schlafen", war sein einziger Gedanke. Möglichst leise trat er in den Korridor, hängte seinen Parka über die Garderobe. Das Hemd und den Schlangenring hatte Jane ihm geschenkt, als sie sich nach dem „Bad" gütlich trennten. So etwas wollte er niemals mehr durchmachen. Zwar tat er, was sie von ihm verlangte, doch hätte er sie am liebsten unter Wasser gedrückt, anstatt sie zu befriedigen. Aber eines hatte er gelernt in dieser zweifelhaften Nacht: Es gab Momente, in denen Jane vollkommen hilflos war. In denen er die absolute Macht über sie hatte. In denen er ganz allein entscheiden konnte, ob er sie erniedrigte oder erhob. Die Momente höchster Lust waren ihre schwächsten. Nur diese Tatsache ließ Shawn die eigene Erniedrigung ertragen. Auch sie würde noch zu spüren bekommen, was in ihm steckte. Das schwor er sich.

„War das 'ne verrückte Nacht!" seufzte er leise in den Spiegel, der nur undeutlich seine Gestalt wiedergab. Noch immer hatte er Schwierigkeiten, seine Umgebung richtig einzuschätzen. Janes Pillen wirkten nach.

„Ach ja?" sagte plötzlich eine dunkle Männerstimme neben ihm. Beinahe zugleich flog eine Hand mit solcher Wucht in Shawns Gesicht, daß er nahe daran war anzunehmen, sein Vater sei von den Toten auferstanden. Er taumelte, stolperte über den Teppich und landete auf dem Boden. Jemand machte Licht. Benommen blinzelnd erkannte Shawn Onkel Geoffrey über sich und seine Mutter am Lichtschalter. Geoffrey schnappte nach dem Hemd und riß ihn daran hoch.

„Wo warst du in drei Gottes Namen?" zischte er möglichst leise. Er wollte nicht, daß eines der jüngeren Geschwister Zeuge dieses Verhörs wurde. Shawn antwortete nicht. Geoffrey rüttelte weiter an ihm. „Deine Mutter hat sich hier gegrämt wegen dir! Sie wollte schon zur Polizei! Wo warst du die ganze Nacht? Und wie sehen deine Haare aus, deine Augen und dieses Hemd hier? Woher hast du das? Verdammt! Antworte!"

„Ma, sag ihm, er soll mich loslassen, ich bin so müde!"

Aber seine Mutter stand wie eine verängstigte Maus an der Wand, eine Hand vor dem Mund, und rührte sich nicht. Geoffrey ließ nicht locker.

„Da war ein Mann gestern Nachmittag. Der sah piekfein aus, und er wollte was von dir. Was er deiner Mutter angeblich nicht sagen konnte, bevor er nicht mit dir gesprochen hat!"

„Was? Was für'n Mann?" fragte Shawn nichtsahnend.

Geoffrey schlug Shawn noch eine auf die andere Wange, daß es knallte. Es fühlte sich an, als könne er nun sämtliche Zähne ausspucken. Er schmeckte Blut. Mit stumpfem Blick erwartete er den nächsten Schlag.

„Tu nicht so unschuldig!" zischte Geoffrey und schüttelte Shawn unsanft. „Komm, mein Junge! Ab in den Keller! Da kriegst du so lange Senge, bis du auspackst!" Geoffrey drehte Shawns Arm auf den Rücken.

„Nein, nich' in' Keller! Nich' in' den Keller!" flehte Shawn. Doch Geoffrey schob den wimmernden Jungen schon die Kellertreppe hinunter. Seine Mutter folgte.

Geoffrey war der Bruder seines Vaters. Oh ja, das merkte Shawn nur zu gut! Der Onkel zog den Gürtel aus seinem Hosenbund und schlug auf Shawn ein. Die Mutter zuckte bei jedem Schlag und jedem Stöhnen, das aus der Kehle ihres Sohnes kam, zusammen, aber sie schritt nicht ein.

„Warst du bei diesem Kerl? Warum sind deine Augen geschminkt? Was ist mit diesem Tunten Hemd? Sag endlich was!" schrie Geoffrey ihn an, während er prügelte.

Shawn lag inzwischen zusammengekrümmt in der Ecke neben dem Regal mit dem Eingemachten und versuchte sich vor den Schlägen zu schützen. Nicht, daß es unbedingt Schmerz war, was er empfand. Die Prügel nahmen dem Körper nur langsam die Kraft. Ein Feuer schien sich seiner gesamten Hautoberfläche zu bemächtigen. Und je mehr das Feuer brannte, desto hilfloser und schwächer fühlte er sich. Weil der Junge nicht schrie glaubte Geoffrey, seine Schläge seien zu sanft und schlug deshalb noch härter zu.

„Ich war bei keinem Mann, ich war bei Roxanne!" versuchte Shawn diesen Alptraum zu beenden.

„Du lügst! Du lügst, wie gedruckt," schrie Geoffrey und landete noch zwei Schläge. „Ich war bei Roxanne und habe sie nach dir gefragt. Sie läßt dich ja gar nicht mehr ran!"

Er mußte eine Prügelpause einlegen, weil er außer Atem war. Shawn setzte sich auf. Der ganze Körper brannte. Die Arme zitterten.

„Wer ist Roxanne?" fragte die Mutter.

„Ich kenne diesen Mann nich', aber ich kann auch nich' sagen, wo ich war. Bitte, laß mich in mein Zimmer! Ich muß doch zur Arbeit gleich!" jammerte Shawn.

Ihn frohr. Das Zittern nahm zu. Der Onkel glaubte fest daran, Shawn sei in die Hände eines Homosexuellen geraten, der ihn womöglich mit Drogen vollpumpte. Seinem Neffen diese Flausen aus dem Kopf zu prügeln, das war er seinem toten Bruder einfach schuldig. Er zog Shawn an den Haaren hoch und stieß ihn zu dem kleinen Rasierspiegel, der schon seit Jahren im Keller an der Wand hing.

„Sieh dir dein verkommenes Gesicht an! So willst du zur Arbeit gehen?" brüllte Geoffrey, während er den Kopf des Neffen mit einem brutalen Griff dem Spiegel entgegenbog. Shawn sah sein verzerrtes Gesicht in dem kleinen Spiegel. Die Nase blutete. Auf dem rechten Wangenknochen hatte sich ein Bluterguß gebildet. Auf den Lippen hatte sich Blut gesammelt. Die Haut war kreidebleich, und er war schweißgebadet. Restschminke sammelte sich unter den Augen. Sein ganzer Körper schlotterte vor Schwäche. Er fing an zu weinen. Geoffrey faßte seinen Hosenbund, um ihn nochmals gegen die Wand zu drücken. Zu seinem eigenen Erstaunen schrie Shawn nun plötzlich auf. Ein rauher Schrei entfuhr seiner Kehle. Ein lautes „Nein!". Geoffrey erschrak darüber, schubste den Jungen gegen die Wand und sah zu, wie er langsam, einem zähen Harztropfen an der Baumrinde ähnlich, zu Boden sank.

„Nein, bitte nicht", wimmerte er leise, „bitte nicht!"

Jetzt erst schaltete sich seine Mutter ein.

„So doll hättste ja nich' hauen müssen, Geoffrey!"

Shawn stand inzwischen auf allen Vieren. Blut tropfte aus seiner Nase.

„Gnade dir Gott, wenn du es noch einmal wagst, dich mit einem vom andern Ufer zu treffen!" drohte Geoffrey und machte seiner Schwägerin durch ein Handzeichen klar, daß sie jetzt gehen sollten.

Als sie gegangen waren, konnte Shawn seinen Tränen endlich freien Lauf lassen. Er kauerte am Regal mit den eingekochten Pflaumen und schwor sich wegzugehen. Am besten gleich anzuheuern auf einem Schiff, das ihn nach Amerika brachte. Oder seine Gitarre zu nehmen und in Europas Großstädten rumzutingeln, sich mit Folksongs über Wasser zu halten oder irgendwie. Nur weg hier, weg von den Fenns, weg von dieser ganzen Scheißfamilie! Sollte seine Mutter ihre Gören doch allein durchfüttern! Oder sie sollte doch Geoffrey heiraten, im Grunde war sie's ja gewöhnt, mit so 'nem Klotz zu leben! Shawn wischte Tränen, Rotz und Blut mit dem Ärmel ab, kroch auf allen

Vieren zum Bierkasten, der auf der anderen Seite des Raumes unter dem Kellerfenster stand, und machte sich eine Flasche auf. Er leerte fast die ganze Flasche mit einem Zug. „Ahhhh! Jetzt geht's schon besser", sagte er zu sich selber, schlug mit dem Kronkorken ein beruhigendes „Klickediklick" an die Flasche und schaute hoch zum Kellerfenster, durch das man die langsam verblassenden Sterne sehen konnte. Zum Glück befanden sich der Tabak, das Papier und sein Feuerzeug in seiner Gesäßtasche. Zitternd drehte er sich eine Zigarette. Es folgten noch weitere Biere, und noch viele Zigaretten, bis er so blau war, daß er nur mehr in der Lage war, den Zeigefinger in die Flaschenöffnung zu stecken, um ihn dann mit einem „Plupp" wieder herauszuziehen.

Gegen sieben Uhr schleppte er sich die Treppen hoch. Zuerst auf die Toilette, wo er sich erbrach, noch bevor er mit dem Pinkeln fertig war. Dann in das Zimmer, das er mit Bob teilte. Die kleine Jacky kam ihm fröhlich entgegengehopst. „Hi, Shawn! Gestern wa'n Mann da, der dich sprechen wollte!" rief sie mit quiekender Stimme. Doch plötzlich sah sie ihn erschrocken an, als sei er ein Fremder. Er wuschelte kurz durch ihre lockige Mähne und ging weiter. Als er sich auf sein Bett fallen ließ, wachte sein Bruder auf. Er blinzelte verschlafen, „wie siehst denn du aus?!" aber Shawn schnarchte schon. Bob sah ihn sich voller dumpfer Befürchtungen an. Er roch stark nach Bier und Rauch. Er war ganz staubig. Sein Gesicht war geschwollen. Reste von Blut klebten überall. Seine Haare sahen aus wie geölt. Das Bild das sich ihm bot, erinnerte ihn an etwas Schlimmes. Aber der Vater war doch tot! Der Vater konnte doch damit nichts zu tun haben? Der war doch wirklich tot!

Shawn schlief bis in den Nachmittag hinein. Als er erwachte, konnte er die letzten vierundzwanzig Stunden nicht recht ordnen. Er hatte einen widerlich bitteren Biergeschmack im Mund und rasende Kopfschmerzen. Schlurfend machte er sich auf den Weg in die Küche. Das hummerrote Hemd ließ er auf seinem Bett zurück. Seine verquollenen Augenlider ließen nur wenig Tageslicht durch. Die Mutter stand am Tisch und bügelte. Sie sah kurz zu ihm auf und gleich darauf peinlich berührt wieder auf ihre Arbeit.

„Warum sagst du nichts?" fragte Shawn mit rauher Stimme. „Warum sagst du nie was, wenn's drauf ankommt? Findste das gut, was Geoffrey gemacht hat?" Sie antwortete nicht. „Warum schlägst du mich nich selber? Wenigstens würdest du mich mal berühren dabei!" Bitterkeit zeichnete sein geschundenes Gesicht. Sie bügelte, als ginge es um ihr Leben. Shawn schlug mit der Faust auf den Tisch. „Mama! Bringst du es denn nicht über dich, mich anzusehen? Ich bin dein Sohn! Hier! Sieh mich an! Ich bin's, Shawn!" Aber sie sah nur weiter auf ihre Arbeit. Es machte ihn rasend. Er griff sich das Bügeleisen, riß die Schnur aus der Steckdose und schleuderte es durch den Raum. Blaß stand die Frau vor ihrem Sohn, der mit bloßem Oberkörper, die Fäuste geballt, auf sie zukam.

„Ich... kann nicht", quälte sie hervor. „Ich kann nicht!"

„Warum? Warum nicht?!" schrie Shawn.

„Du bist", die Stimme der Mutter stockte. „Du bist wie seine Wiedergeburt! Wie dein Vater damals, als ich ihn kennenlernte. Du machst mir Angst!"

Shawn nahm seine zitternde Mutter in seine Arme. Sie weinte. Shawn küßte ihre Stirn.

„Verzeih mir, verzeih mir, Mama! Mama, Mama, ich liebe dich."

Er küßte ihre Wangen und plötzlich, ohne daß er es beabsichtigt hätte, heftig ihren Mund. Beide sahen sich verwirrt in die Augen.

„Was machst du Shawn?"

Hastig ließ Shawn sie los, rannte in sein Zimmer. Kramte mit Herzklopfen ein paar Sachen zusammen, holte seine Texte und Noten unter der Matratze hervor und stopfte sie und ein paar

Kleidungsstücke in die alte Reisetasche. Er zog einen Pullover über, nahm seine Gitarre und lief die Treppen hinunter.

„Wo willst du hin?" rief seine Mutter entsetzt.

Er sah sie kurz an, sah ihren hilflosen, mädchenhaften Blick und wußte, daß sie ihm nie würde geben können, was er suchte.

„Fort!" antwortete er knapp, schnappte sich den Parka und lief hinaus ohne sich umzudrehen.

Noch niemals hatte er einem Menschen so überschwänglich seine Liebe gestanden. Und es würde auch niemals wieder vorkommen.

Beim Blick in die Schaufenster, an denen er auf der Hauptstraße vorbeikam, wurde ihm klar, daß er, so wie er aussah, nicht trampen konnte. Er hatte eigentlich vor, nach London zu fahren und sich dort einen Job in einem Pub oder Club zu suchen. Aber so brauchte er sich gar nicht erst an die Straße zu stellen. So stinkend und verschmutzt konnte er auch nicht in einen Zug steigen. Wo sollte er hin? Mason und Tony arbeiteten noch, zu Wicket's konnte er nicht und zu Jane war jetzt auch ziemlich unmöglich. Shawn steckte sich eine Zigarette an, um den ekelhaften Geschmack wenigstens in eine andere Richtung zu lenken, und beschloß, erst einmal in das einzige Guest House der Stadt zu gehen, sich zu waschen, frische Sachen anzuziehen und sich Abends mit Tony oder Mason zu treffen und zu reden.

„Können sie denn auch zahlen?" fragte der Portier mißtrauisch, als er Shawns abgerissene Gestalt sah. Shawn hatte die ganzen, inzwischen siebzig Pfund von Jane dabei. Er zeigte dem Portier das Bündel kleiner Pfundnoten, das er mit einem Küchengummi zusammenhielt. Der Mann schob ihm das Gästebuch hin, um sich einzutragen.

In dem schummrigen Hotelflur, der mit gelben Wandlämpchen, der Royal Family und den üblichen Jagdszenenbildern ausgestattet war, nahm Shawn ein sehr feines Parfum wahr. Er suchte gerade nach dem Schlüsselloch von Zimmer dreiundzwanzig, als er den Duft genau neben sich roch.

„Junge, was ist dir denn passiert?" sprach ihn der Mann an.

„Geht Sie das was an?" knurrte Shawn.

„Entschuldige, aber ich glaube, wir haben uns neulich schon einmal gesehen, in diesem Café, bei „Wicket" oder so." sagte der Mann freundlich.

„Lassen Sie mich in Ruhe, ja! Ich kenn' Sie nich'!" antwortete Shawn sauer.

„Shawn Allison!" sagte der Mann plötzlich. „Ich war ganz hingerissen von deiner Darbietung, mein Junge." Der Mann hielt ihm die Hand hin. „Mein Name ist Gordon Tyler..."

Tyler wollte gerade noch erläutern, warum er Shawn so unvermittelt ansprach, aber Shawn zeigte mit dem Finger auf den Mann und japste:

„S... SSie sind Tyler? Der Tyler, der von der BBC? Der Musikkritiker, Journalist, Moderator, Manager, was weiß ich noch alles?" Er wischte sich seine Hand an der Hose ab, bevor er sie dem Mann in dessen Hand legte. „Ich, oh Mann, und Sie haben das bei Wicket's mitgekriegt? Du lieber Himmel!" rief Shawn aus.

„Hm, genau!" lächelte Tyler und entblößte dabei seine makellos weißen Zähne unter seinem Monjoubärtchen, das ihm ein wenig einen Clark-Gable-Touch verlieh. „Und ich fand es wundervoll!"

Shawn glaubte, diese schicksalhafte Begegnung müsse ein Traum sein. Er konnte einfach nichts mehr sagen.

„Du siehst sehr mitgenommen aus." stellte Tyler fest. „Ich mach dir einen Vorschlag: Du machst dich frisch und wir treffen uns unten im Speisesaal zum Abendessen, sagen wir gegen achtzehndreißig. Okay? Ich möchte mit dir reden. Über Rock'n Roll und alles, was du willst."

„Ja! Ja Sir! Ich mach schnell und komm dann runter, Sir. Okay!"

Shawn drehte aufgeregt den Schlüssel im Schloß, winkte noch kurz und verschwand in der Tür.
Tyler ging kopfschüttelnd und hocherfreut über seine Entdeckung den Korridor entlang.

Shawn indessen lehnte mit klopfendem Herzen an der Innenseite der Tür. „Das is' ja verrückt!"
Er schloß die Augen. „Oh Gott, du hast lange nichts mehr von mir gehört, aber jetzt muß ich dir
danken. Du verdammter Kerl wolltest, daß ich hier lande! Und hast mich vorher so richtig durch die
Scheiße gezogen, was?!" Er drehte sich im Walzertakt, „Gordon Tyler fand es wundervoll,
wuhuuuhundervoll!" sang er lauthals und warf seinen geschundenen Körper glücklich auf das Bett.
Jetzt spürte er, was Geoffrey angerichtet hatte. Freude und Schmerz vermischten sich und ließen
Tränen in seine Augen steigen, die er aber nicht zulassen wollte.

Tyler saß schon am Tisch, als Shawn nach ihm Ausschau hielt. Shawn trug einen engen
schwarzen Rollkragenpullover und eine graue Stoffhose, die er sich wegen Jane zugelegt hatte, weil
sie die derben Tweedhosen nicht mehr aufregend, sondern nur noch „kratzig" fand.

„Was magst du trinken?" fragte Tyler, nachdem Shawn sich gesetzt hatte.

Tyler hatte einige Erfahrung mit Jungen dieser Art. Und so wunderte ihn nicht, daß Shawn mit
unbeteiligtem Gesichtsausdruck auf seinem Stuhl hing. Tatsächlich versuchte Shawn, Distanz zu
wahren, abzuschätzen, ob Tyler ein Typ war, den er in die Reihe der „Vater Allisons" und „Onkel
Geoffreys" einzuordnen hatte. Shawns Magen war ziemlich desolat und meldete sich zu Wort. Das
Geräusch brachte beide zum Lachen. Shawn stützte sich mit den Ellbogen auf der Tischkante ab.
Die Stuhllehne drückte ihn an Stellen, die er im Spiegel als blutunterlaufene Striemen ausgemacht
hatte. Die ganze linke Körperseite und der Rücken waren voll davon. Das Gefühl der Erniedrigung,
jenes Gefühl, das schlimmer für ihn war als jeder Schmerz, kam wieder in ihm hoch.

„Seit gestern Früh hab ich nichts mehr gegessen!" Er rieb vorsichtig seine Nase zwischen den
Handflächen.

„Such dir was aus, ich möchte dich einladen." schlug Tyler vor und reichte Shawn die Karte.
Seinem Eindruck nach sah der Junge aus, als sei er einer Truppe Schlägern in die Hände gefallen.
„Entschuldige wenn ich aufdringlich bin, aber ich möchte gerne wissen, wer dich so zugerichtet
hat?" sagte er mit ernstem Blick. Shawn rückte nervös auf seinem Stuhl herum.

„Hab 'ne Klopperei mit 'n paar Jungs gehabt. Aber die sehen mindestens so aus!" antwortete er
heiser, sah kurz von der Speisekarte auf und direkt in Gordon Tylers gewitzte Augen. Shawns
Wangen glühten. Er hoffte, daß Tyler nicht weiter nachfragte.

Tyler glaubte Shawn kein Wort, aber er wußte nur zu gut, daß es schwer war, preiszugeben,
verprügelt worden zu sein.

„Und das da, rechts am Hals? Sieht aus wie ein Biß. Waren das auch die...?" fragte Tyler
vorsichtig.

Shawn faßte sich an die Stelle, die Janes Zähne ihm beigebracht hatten.

„Nee", sagte er möglichst lässig, „das war die Frau, wegen der wir uns geprügelt haben."

„Oha!" sagte Tyler nur kurz und sah, wie sich in Shawn die angespannten Muskeln lockerten.

Tyler lenkte das Gepräch auf eine leichtere Ebene, indem er ein wenig von seinen Erlebnissen in
dieser Kleinstadt erzählte, in der er eigentlich ein bißchen Abstand vom Musikrummel suchte. Sie
lachten gemeinsam über Pater Hooley, den die Jugendlichen in Fooley umgetauft hatten. Der immer
aus der Pfarrei gerannt kam, wenn ein Fremder seine kleine, vermooste und wunderbar alte Kirche
fotografierte. Er erzählte dann den Touristen die Historie seiner Kirche, ob die wollten oder nicht,
und knöpfte jedem einige Pennies ab. Manchem auch ein ganzes Pfund, je nachdem wie gut betucht
die Leute aussahen.

„Er übergibt seine Sammlungen bedürftigen Familien", erläuterte Shawn, während er sich ein großes Stück Fleisch in den Mund schob. Das wußte er nur zu genau. Seine Familie hatte diese Hilfe nach dem Tod des Vaters leider auch einmal in Anspruch nehmen müssen.

„Katholischen oder protestantischen Familien?" fragte Tyler provozierend, um Shawns Sicht der Welt zu testen.

Shawn erhob die Gabel und würgte hastig den Bissen hinunter, um dann Pater Hooley ins rechte Licht zu rücken:

„Er is' zwar 'n bißchen seltsam, der Fooley, quasselt immer vor sich hin und so, aber man kann ihm nicht nachsagen, daß er da Unterschiede macht. Der is' gegen den Kampf zwischen katholischen und protestantischen. Er is'n Pfaffe, aber er is' gut... er is' gut! Er sagt, er is'n Ökumen. Ich glaub, das is' okay. Das is' doch in Ordnung, Ökumen? Ich mein, was soll der ganze Scheiß. Katholisch, protestantisch und so...Vergiß es!"

Tyler nippte an seinem Scotch und nickte. Der Junge sah ihn mit einem überzeugtem Blick aus diesen herrlich blauen Augen an. Er aß, als ginge es darum, sich die Mahlzeit mit einer Horde Wölfe zu teilen. Tyler ahnte natürlich nicht, wie selten es bei den Allisons ein so gutes Stück Fleisch gab. Wunderbar, dachte Tyler, er ist einfach begnadet. Er würde sich vor Hunderte von Menschen stellen und dasselbe sagen, weil die Meinung, die er sich über Hooley gebildet hat, seinen Instinkten entspringt, die ihm sagen, daß es nur eine Sorte Mensch geben kann. Ein Junge, dessen Rebellion in seiner engsten Umgebung beginnt. Mit ihm könnte, musikalisch gesehen, eine ganze neue Ära beginnen! Eine Mischung aus Blues und härterem Rock vielleicht. Vielleicht aber auch etwas ganz anderes. Er wollte mehr wissen über diesen Jungen.

„Ich möchte ein kleines Frage und Antwort Spiel mit dir machen, wenn du erlaubst. Ich stelle eine Frage, und du antwortest möglichst intuitiv."

„Möglichst wie... soll ich antworten?" Shawn hörte auf zu kauen und rümpfte die Nase.

„Möglichst schnell, ohne nachzudenken, so aus dem Bauch, verstehst du?" erklärte Gordon Tyler möglichst ausführlich.

Shawn sah ihn leicht beleidigt an.

„Na, das versteh ich nun schon, Sir!"

„Entschuldige. Ähm... wenn du einverstanden bist, fange ich an."

Shawn nickte. Er war bereits fertig mit dem Essen. „Mann war das gut," sagte er, schluckte geräuschvoll sein Bier, holte Tabak und Filterpapier aus seiner Hosentasche und begann sich eine zu drehen.

„Krieg" sagte Tyler plötzlich, nachdem er ein Stück von seinem Filet abgeschnitten hatte. Er aß sehr langsam.

„Scheiße!" antwortete Shawn spontan, „Mein Großvater is' im Zweiten gefallen, war'n Musiker, kein Soldat. Und sehen Sie sich Vietnam an! Scheiße!"

„Pazifismus!"

„Bin kein Pazifist. Wenn einer mir blöd kommt, schlag ich zu. Bin nich' der Typ, der freiwillig die zweite Wange hinhält. Vielleicht kann ich sogar wen umbringen? Ich kann nich' das Gegenteil behaupten. Es gibt Menschen..."

„Gewalt!"

„Gibt's was anderes?"

„Liebe."

„Is'n schönes Märchen. Wär schön, wenn's wahr wär!"

Shawn zündete sich die Zigarette an, zog den Rauch tief ein und gab nur sehr wenig davon wieder frei. „Ja, wäre schön", sagte er noch einmal mit quietschender Stimme, „aber meist ist auch in der Liebe Gewalt."

Tyler zog die Mundwinkel nach unten und nickte nachdenklich.

„Religion?" setzte er fort und schob sich einen Bissen in den Mund.

„Macht mir Angst."

„Kirche!"

„Is'n verlogener Verein. Ausgenommen Fooley."

„Regierung, Politik."

Mit seinen Zeigefingern deutete Shawn Gänsefüßchen an und blies den Rauch weit von sich. „Siehe oben."

Shawn sah Tyler auf seine Reaktion hin an, aber der machte ein absolut neutrales Gesicht.

„Mädchen?" sagte Tyler und zog die Augenbrauen nach oben.

„Sex!" grinste Shawn großspurig und mit funkelnden Augen zurück. Tylers Mundwinkel zuckten.

„Freunde?"

„Sicherheit."

„Feinde?"

„Ich zeig's allen irgendwann!" brummte Shawn, wovon Tyler mittlerweile überzeugt war.

„Eltern!" schlug er vor.

Shawn zog die Mundwinkel herunter.

„Feinde!" war seine Antwort.

„Freiheit."

„Amerika vielleicht? Nein! Geld! Wenn de Geld hast, kannste dir alles erlauben. Alles!"

Tyler lächelte und trank.

„Musik." sagte er schließlich.

Auf dieses Schlagwort hin faßte sich Shawn an Bauch und Herz und sagte mit strahlenden Augen:

„Ist überall, überall hier drin." Er deutete mit einer globalen Handbewegung über seinen Körper und setzte diese den Raum umfassend fort. „Und um uns herum. Die Welt ist Rhythmus. Das Leben, das Leben ist der Blues, ist Rock n'Roll, wenn Sie so wollen. Ohne Musik könnte ich nich' atmen!"

Tyler staunte über diese Aussage. Sie wäre was für eine Musikzeitschrift. Dieser junge Mann war wirklich anregend, selbst für den geschulten, jedoch oft auch überdrüssigen Tyler. Er fügte noch zwei Schlagworte hinzu.

„Glaube und Macht."

Shawn überlegte kurz.

„Ich glaube an Jesus Christus, weil er sicher kein Pazifist war und 'ne gute Show gemacht hat. Und an Musik! Ich glaube, daß Musik was in Gang bringen kann. Musik rührt in den Gedärmen rum, kann aber auch einlullern. Musik is was, was die Leute trifft. Wo sie den Denkapparat nich' mehr einschalten können. Mit Musik kannste Massen beeinflussen. Kannst ihnen schöne Gefühle machen, kannst ihnen die Angst nehmen, oder sie anfeuern. Mit Musik gehen sie sogar in den Tod! Zwei... Drei...Vier...Tata-hum...Tata-hum...Tata-hum-hum-hum!"

Wieder staunte Tyler nicht schlecht. Er nahm einen Schluck Scotch, nickte und sagte:

„Und Macht?"

„Bis jetzt war die nie auf meiner Seite, aber wär nich' schlecht. Ich würde gern Macht haben über die, die mit daran Schuld sind, daß Leute wie mein Vater..." Shawn stockte, verdrehte die

Augen. Nahm einen Zug von der Zigarette, die inzwischen zum Stummel geworden war, und rieb sich mit dem Daumennagel über die Unterlippe, während er den Rauch aus einer kleinen von den Lippen geformten Lücke entließ.

„... so verzweifelt sind, daß sie keinen Ausweg mehr sehen. Und um mit dem ständigen Druck fertigzuwerden alles an ihrer Familie auslassen?" vollendete Tyler den Satz.

Shawn drückte seine Zigarette aus und hustete. Düster sah er in den Aschenbecher.

„Was soll das eigentlich hier?" fragte er Tyler offensichtlich verärgert. „Mein Vater is' tot! War 'ne arme Sau. Das is' alles. Aber, daß ich den geliebt habe, kann ich auch nich' sagen. Von seinem Kaliber gibt's Tausende. Geoffrey zum Beispiel!"

Man sah ihm an, daß er an empfindlicher Stelle getroffen war. Er kreuzte seine Arme über der Brust und preßte seine Oberarme mit den Händen, als wolle er sich selber einen gewissen Halt geben. Er rieb sein Kinn an der Schulter. Er wirkte innerlich verletzt, schutzbedürftig, wie ein Kind, das viel gelitten hatte.

„Rache is'n Scheiß. Ich weiß, daß die nicht hilft. Aber es gibt Tage, da denke ich an nichts andres." flüsterte er mit der leicht erkältet wirkenden, kratzigen Stimme.

Tyler prägte sich dieses melancholische Profil, die energischen Nasenflügel, den in die Ferne gerichteten und konzentrierten Blick und auch den enttäuschten Zug um seinen Mund für immer ein. Er liebte seine Neuentdeckung schon jetzt. Die Mädchen würden ihm zu Füßen liegen!

„Wer ist Geoffrey?" fragte er.

„Mein Onkel. Der denkt, er muß an uns Kindern rumerziehen, weil sein Bruder hin is'."

Shawn steckte sich einen Zahnstocher zwischen die Lippen, begann aber sofort damit sich eine neue Zigarette zu drehen.

„Hmmhm," nickte Tyler. „Und Onkel Geoffrey erzieht mit den Fäusten?"

Shawn zog seinen Pullover aus der Hose um ihn an der linken Rückenseite etwas anzuheben. Dabei sah er sich vorsichtig um, ob nicht andere Gäste gerade hersahen. Tyler sah die schrecklichen Prügelmale. Wer würde da nicht Rachegedanken hegen!

„Ich bin abgehauen, heute." erklärte Shawn. „Arbeiten kannste wie'n Erwachsener, behandelt wirste wie'n Kind. Interesse haben sie kein bißchen an dir!" Nachdem er den Satz zu Ende gesprochen hatte wunderte er sich, warum er diesem Fremden all diese Dinge erzählte. Aber der hatte so eine Art, einem das Erzählen leicht zu machen. Shawn wurde mißtrauisch. „Warum interessiert Sie das eigentlich alles so? Ich denke, Sie wollten mit mir über Rock'n Roll reden?" Er sah Tyler mit seinem „Ich laß mich doch nicht aushorchen!" Gesicht an.

„Ich interessiere mich für die Person Shawn Allison und für den Musiker Shawn Allison." „Musiker" ging Shawn runter wie Öl. „Und wenn ich die Person Shawn Allison besser einschätzen kann, wäre es vielleicht möglich, mal darüber nachzudenken, wie man ihm als Musiker unter die Arme greifen könnte."

Beide schwiegen für eine Weile. Shawn überlegte, ob man einen Menschen so in verschiedene Kategorien unterteilen konnte. Die Musik war für ihn Teil seiner Selbst. Tyler überlegte, ob der Junge ein allzu aufsässiges Kind der Unterschicht war, das ihm ständig Schwierigkeiten machen würde, oder ob er das jugendliche Temperament, den Gerechtigkeitssinn, die Aggressionen samt der urwüchsigen Genialiät und unglaublichen Ausstrahlung dieses Jungen in kommerziell verwendbare Bahnen lenken konnte, ohne daß seine Entdeckung sein Charisma verlor oder überschnappte.

„Spielst du ein Instrument?" fragte er Shawn schließlich.

„Bluesharmonika. Und Gitarre, seit ich zwölf bin. Ich probiere auf der Gitarre meine Songs aus." antwortete Shawn ruhig und mit bescheidenem Klang in der Stimme.

„Du..., du komponierst?" fragte Gordon Tyler und sah dabei aus, als zöge sich seine gesamte Kopfhaut tiefer in die Stirn.

„Komponieren"! Dieses Wort hörte sich für Shawn bezüglich seiner Texte und Notierungen zu prahlerisch an. „Ich schreib das eben so zusammmen...!" sagte er abwiegelnd. „Manche Sachen sind sicher ganz schön albern. Aber ich mag sie alle und bewahre sie gut auf!" Dabei bekamen seine sonst eher abweisenden Züge einen äußerst weichen Ausdruck. So als spräche er über einen Menschen, den er sehr lieb hatte. Er spielte mit einem Bierdeckel und kibbelte ein wenig auf den Hinterbeinen seines Stuhles herum.

Gordon Tyler faßte ihn unwillkürlich am Arm.

„Hast du die Sachen dabei?" fragte er begeistert.

Shawn überlegte, ob er wirklich wollte, daß dieser Rundfunk- und Fernsehaffe Einblick in seine intimsten Dinge bekam. Aber andererseits war da ja auch sein Traum, seine Texte einem Publikum vorzusingen. Der schier unerreichbare Traum, der Öffentlichkeit zu zeigen, was die Art von Schöpfung, an die Shawn glaubte, ihm über seinen Großvater mitgegeben hatte.

„Ich habe sie in meinem Zimmer. Woll'n Sie, äh, ich meine, woll'n Sie mit auf mein Zimmer kommen und meine Sachen ansehen, oder soll ich auf Ihr Zimmer kommen?" Beide Gesprächspartner hatten den gleichen Eindruck vom Nachhall dieser Frage. Sie fingen gemeinsam an zu lachen. Shawn nahm unbewußt die Zweideutigkeit der Situation zum Anlaß, seiner neuen Bekanntschaft erneut zu beweisen, welche Fähigkeiten er besaß, eine harmlose Begebenheit für bisher unbeteiligte Mitmenschen spektakulär in Szene zu setzen. Er registrierte, daß die Leute an den fünf benachbarten Tischen duch das Lachen aufmerksam geworden waren, den Jungen und den charmanten älteren Herrn mit dem „Clark Gable- Schnäuzer" interessiert betrachteten. Shawn legte seine rechte Hand auf Tylers, die noch immer auf seinem Arm ruhte. Er sah Tyler mit hochgezogener Braue verführerisch grinsend an. Seine Zungenspitze spielte nur kurz mit der Oberlippe, bevor er derart raffiniert lächelte, daß Tyler peinlich berührt war. Und sagte laut:

„Mir ist's egal, wo wir's machen. Aber ich sage Ihnen gleich, Sir, was ich Ihnen zeige, is'n Teil von mir, und ich will nich', daß Sie das fies ausnutzen!"

Tylers Wangen röteten sich. Er zog seine Hand von Shawns Arm zurück. „Das ist ja nicht zu fassen!" wisperte er. Eben noch war es still gewesen an den Tischen. Aber nun wurde, gepaart mit vorsichtigen Seitenblicken, allgemein erregt gemurmelt. Shawn grinste zufrieden. Tyler steckte seine Zigarillos ein. „Ich glaube, wir gehen jetzt besser." Er stand auf. Shawn folgte ihm. Dabei sah er sich amüsiert zu den verstörten Mitgästen um. Es tat ihm gut, andere Menschen zu schockieren, sie in Unruhe zu versetzen, sie mit ihren hausgemachten, schmutzigen Gedanken zu konfrontieren, um sie dann damit allein zu lassen. Als Gordon Tyler und Shawn auf der Treppe in den ersten Stock waren, mußte Tyler laut lachen.

„Oh Gott! Wenn mich einer von denen gekannt hat, wird morgen in irgendeinem Schmutzblatt stehen, daß ich es mit minderjährigen Jungen treibe! Weißt du eigentlich, was das für einen Mann wie mich bedeuten kann?"

„Tut mir leid." sagte Shawn daraufhin nicht sehr besorgt.

Sie gingen in Shawns Zimmer. Shawn kramte zirka dreißig handgeschriebene Songtexte aus seiner Reisetasche und zu etwa zwanzig von ihnen die Noten. Tyler setzte seine Lesebrille auf und begann mit seinem Studium. Zwischen den Zeilen sagte er immer wieder : „Hm, sehr schön, sehr schön! Das gefällt mir!" Plötzlich stand er auf.

„Ich hole eine Flasche Scotch aus meinem Zimmer. Hättest du Lust, mir ein paar Sachen vorzusingen, wenn ich zurück bin?"

Shawn nickte eifrig. Er konnte kaum fassen, daß so ein erfahrener Mensch wie Gordon Tyler seine Texte ernst nahm und sogar schön fand! Schließlich spielte und sang er seine Songs bis spät in die Nacht. Zwischendurch, während sie sich über seine und Tylers Ideen unterhielten, tranken sie Whiskey, und Shawn improvisierte auf der Gitarre. Je betrunkener, desto wilder. Glücklicherweise war das Hotel nicht ausgebucht. Die Musik störte anscheinend niemanden. Shawn dichtete munter drauflos, verführte Tyler dazu, anzügliche Refrains mitzusingen, über deren Inhalt sie sich köstlich amüsierten. Bei der Zeile „Cm'on Mama... feed your Boy... let him lean on you... show him how... don't push him away.....don't let him go alone...!" aus dem Song „Lost Boy", den Shawn hautnah interpretierte, wurde Tyler sentimental. Er schneuzte in sein übergroßes Taschentuch.

„Is' Zeit, ins Bett zu gehen", lallte er, „und ich sag dir eins, mein Junge. Versammle deine Freunde und stacher sie an, 'ne Band zu gründen. Und wenn ihr zusammen was drauf habt, dann hol ich euch ins Studio! Ich mach was ganz Großes aus euch! Was ganz Großes!"

Er erhob sich, schwankte, beugte sich mühsam zu Shawn hinunter, stützte sich auf seiner Schulter ab und flüsterte:

„Und laß niemanden, hörst du, niemanden in die Nähe deiner Noten und Texte! Mach Kopien davon, zeichne sie mit deinem Kürzel! Sie sind ein Schatz! Oh je... bin ich blau! Gute Nacht, Shawn. Es war ein wundervoller Abend! Wir sehen uns morgen zum Frühstück."

Shawn lag lange wach. „Ich mach was ganz Großes aus euch!" Tylers Satz ging ihm dauernd durch den Kopf. War das kein Traum? Die Jungs zusammentrommeln! Das war einfacher gesagt, als getan. Sicher, Mason! Mason war gut auf seinen Trommeln! Außerdem spielte er Flöte und Dudelsack. Aber er wollte ganz ernsthaft Modeschöpfer werden. Ob er solche Rüschenhemden nähen konnte? Tony? Nein, der konnte zwar ein bißchen mitsingen, aber musikalisch war er wirklich nicht! Bob! Robert, sein Bruder, den er in letzter Zeit sehr wenig beachtet hatte, meist als eher lästig empfand. Auch er besaß Großvaters Erbe! Er spielte auf der Bluesharmonika, daß es einem weh ums Herz werden konnte. Und er hatte Talent auf der Gitarre. Er sagte, wenn er mal zu Geld käme, würde er sich einen Fender-Bass kaufen. Bass spielen hielt er für seine eigentliche Passion. Plötzlich überkam Shawn eine brennende Sehnsucht nach seinem Bruder. Vielleicht lag er gerade jetzt in seinem Bett und fühlte sich so elendig allein und unverstanden, wie Shawn sich selbst oft fühlte! Wie konnte er seinen Bruder nur so allein lassen! Sein Herz klopfte. Er konnte nicht aufhören, das Gesicht seines Bruders zu sehen. Was geschah mit Bob, wenn er von der Schule ging? Wer außer seinem großen Bruder konnte ihm helfen? Shawn kamen die Tränen. „Verdammte Heulerei!" schimpfte er sich, „weibische Heulerei!" So ein verdammtes Gefühl überkam ihn, das ihn unsicher machte, das brannte. Das in ihm arbeitete, bis ans Einschlafen überhaupt nicht mehr zu denken war.

„Bob!" flüsterte Shawn und schaltete die Nachttischlampe an. „Bob. Ich habe dich so lieb."

Die Band

Mrs. Allison staunte nicht schlecht, als ihr Sohn am Nachmittag plötzlich in der Küchentür stand. Sein Gesicht war zwar noch gezeichnet durch Geoffreys Prügel und ausgeschlafen sah er auch nicht aus, aber irgendwas war in seinem Blick! Er wirkte so optimistisch, so voller Schwung und Kraft, so viel erwachsener als noch am Vortag!

„Shawn!" begrüßte sie ihn erfreut. Ja, sie freute sich wirklich, daß ihr Sohn zurückgekehrt war! Das war zu spüren.

„Is' Geoffrey wieder da?" fragte er skeptisch. Er hielt ein neues Bügeleisen in die Höhe. Sie schüttelte beschämt den Kopf.

„Es tut mir leid...", stammelte sie. „Ich...ich bin wohl eine schlechte Mutter!"

Shawn ließ seine Tasche fallen, um die kleine Frau in seinen Armen zu empfangen. Die Umarmung erwärmte den Jungen. Die Wärme legte sich wie heilender Balsam auf seine Wunden. Doch lange hielt seine Mutter die Nähe zu ihrem Sohn nicht aus. Sie glaubte einfach, daß solche Zärtlichkeiten von den Söhnen mißverstanden werden könnten. Sie haßte männliche Begierde. Ihre Söhne waren für sie letztendlich Menschen, die mit einer übermäßigen Begierde ausgestattet waren. Sie gehörten zu der Spezies Mann, einer Spezies, von der sie sich distanzieren mußte, kaum daß sie aus den Windeln waren. Die Mutter schob ihren Sohn ein Stück von sich.

„Wo warst du in der Nacht?" fragte sie ohne Vorwurf in der Stimme.

„Haste dir Sorgen gemacht?" wollte Shawn wissen.

„Ja!" antwortete sie ehrlich.

Dafür drückte er sie gleich noch einmal fest an sich, ließ sie aber gleich darauf frei. Es war ein ähnliches Gefühl, wie in dem Moment, in dem er Aileen aus seinen Armen entließ. Das verwirrte Shawn für einen Augenblick. Ich bin ihr unheimlich, aber sie liebt mich!, fuhr ihm durch den Kopf. Er wollte diesen Gedanken auf seine Mutter beziehen, doch er sah Aileen vor seinem geistigen Auge.

Er begann damit, seiner Mutter temperamentvoll zu schildern, was er erlebt hatte. Sie verstand ihn natürlich nicht. Sie stürzte sich in tausend Befürchtungen und bejammerte die Lage der Familie. Angefangen bei Gorden Tyler, der garantiert ein Perverser war, bis hin zu William Allisons Schuld an der miserablen Lage der gesamten Sippschaft. Aber all das war Shawn an diesem Nachmittag mehr als egal.

Als sein Bruder Robert endlich aus der Schule heimkam, überredete Shawn ihn zu einem Spaziergang am Kai.

„Was wollen wir denn hier?!" fragte Robert, der sich zwar über den herzlichen Empfang seines Bruders sehr freute, jedoch überhaupt keine Lust auf Spaziergänge hatte.

„Ich brauch dich für meine Band!" strahlte Shawn.

„Jetz' spinnste aber!" antwortete Bob und bohrte den Zeigefinger in seine Schläfe.

Shawn erklärte ihm, was inzwischen passiert war. Robert war fasziniert, wollte aber nicht so recht glauben, daß das alles wahr sein sollte. Doch die Dinge nahmen ihren Lauf. Auch Mason war nicht abgeneigt. Er hing zwar sehr an seiner Schneiderei, versprach sich selbst und den Freunden, die Lehre nicht aufzugeben, aber die Idee, Musik zu machen, fand er unwahrscheinlich aufregend. Außerdem hängten sie einen unbescheidenen Zettel in mehrere Schulen: „Suchen vielseitigen Gitarristen, möglichst mit eigener Rickenbacker oder Stratocaster, zur Gründung einer Band."

Und so trafen sich die Jungs in Tonys Beisein zu ersten Proben bei Masons Mutter in der Küche. Masons Mutter war stolz darauf daß ihr Sohn traditionelle irische Instrumente spielte. Die Linie ihrer Familie hatte sich anscheinend nicht nur über die Haarfarbe in ihrem Enkel verewigt. Doch so gutmütig sie auch war, der Musik, die nun geprobt wurde, konnte sie nicht viel abgewinnen.

Shawn hatte mit Gordon Tyler vereinbart, möglichst seinen Job wieder aufzunehmen, bis die ersten Proben gelaufen waren und er geklärt hatte, ob und wann sie ein Demoband aufnehmen konnten. Oder ob er die Band, wenn es denn eine würde, zunächst einmal einem Kollegen vorführen sollte. Die nächsten Schritte wollten gut überlegt sein!

Es war nicht leicht für Shawn, Mr. Stean anzubetteln, wieder in den Docks arbeiten zu dürfen. Aber Stean fühlte sich auf gewisse Weise verantwortlich für den jungen Allison. Immerhin waren er und Shawns Vater auf die gleiche Schule gegangen, hatten lange Jahre zusammen gearbeitet und waren gemeinsam im Ortsverein ihrer Partei und in der Gewerkschaft aktiv gewesen. Er ließ Shawn erst einmal betteln, bevor er schließlich zusagte. Er glaubte, es könnte dem Jungen nur guttun, seinen Hochmut abzulegen. Aber Shawn dachte viel zu sehr an seine Band, als daß ihn diese Kriecherei wirklich tangierte. Er wußte nun, daß alles, was er dort tat, nur zu einem Übergangsstadium zählte, das er auf dem Weg in ein anderes Leben durchwandern mußte. Er konnte sich sicher sein, daß er die Arbeit in den Docks bewältigen würde. Er war kräftig und scheute körperlicher Arbeit nicht. Das wußte auch Stean. Und so begann Shawn schon am Tag nach dem Gespräch mit Stean seinen Job. Die Arbeiter hänselten ihn als einen untreuen Gesellen, der sich wohl vor ehrlicher Arbeit drücken wollte. Und sie ließen ihn zur Strafe ein paar Zementsäcke mehr schleppen. Doch auch das ging vorüber.

An den Feierabenden und am Wochenende trafen sich Shawn, Bob und Mason, um die Songs zu proben, die sie für ein Demoband ausgesucht hatten. Tyler hatte ihnen ein Schlagzeug besorgt, das sie vorerst benutzen konnten. Mason war total verrückt darauf und übte in jeder freien Minute. Shawn kaufte sich für einen Teil des Geldes, daß er von Jane bekommen hatte, eine gebrauchte, halbelektrische Gitarre. Außerdem hatten sie eine reichlich gebrauchte, nachgebaute Fender-Baßgitarre aufgetrieben, auf der Bob sein Glück versuchte. Das ganze war zwar, zunächst mehr laut als schön, noch nicht als Zusammenspiel zu bezeichnen, aber gar nicht mal so übel. Als Übungsraum durften sie, was kein Wunder war, den Geräteschuppen hinter Dr. Fenns Haus benutzen. Sämtliche weibliche Wesen des Hauses Fenn waren begeistert, als der Doktor nach mehreren Überredungsversuchen endlich klein beigab und zusagte.

„Sieh mal, Dad", hatte Aileen ganz lieb erklärt, „wenn Shawn und die Jungs berühmt werden, dann kannst du später sagen: 'Sie haben in meinem Geräteschuppen angefangen!' Wäre das nicht toll?"

Als die Band, die noch ohne Namen war, sich das erste Mal im Schuppen traf, sah Elisabeth sich schon als Ehefrau des Popstars Allison auf Titelseiten von Modemagazinen, an amerikanischen Swimmingpools und in chauffeurbesetzten Limousinen. Claire fand mehr und mehr Gefallen an Robert, der, vielleicht Aufgrund seines Alters, weicher wirkte als sein Bruder Shawn. Aber auch der rötlich blonde Wuschelkopf Mason, mit den olivgrünen Augen und den ausgefallenen Hemden, gefiel ihr sehr gut. Aileen himmelte den proletenhaften Poeten Shawn an. Ja, sie verehrte ihn wirklich, aber natürlich möglichst unauffällig! Ohne daß Shawn es wußte, saß dort auf dem alten Schemel sein erster echter Fan. Still und andächtig und so sensibel für seine Stimme, daß ihre Gefühle oft derart berührt davon waren, daß sie eine Gänsehaut bekam oder ihr Tränen in die Augen stiegen. Die Mädchen lümmelten meistens im Schuppen herum, wenn die Band probte.

Jane wäre ebenfalls am liebsten jedesmal dabeigewesen, konnte das natürlich wegen ihres Status als erwachsene, verheiratete Dame nicht offen zeigen. Sie kam manchmal vorbei mit dem Alibi, „nach dem Rechten" zu schauen, und blieb dann ein Stündchen. In ihrem Schlafzimmer bekam sie Shawn seit Wochen nicht zu sehen, was sie nur immer gieriger machte nach dem Jungen. Sie hoffte, daß ihre Töchter nicht ähnlich schwüle Gefühle bekamen wie sie, wenn sie ihn spielen und singen hörten. Daß sie ihn nicht so genau beobachteten, wie sie selbst es tat,die es liebte, wenn sein Hemd aufgeknöpft war und sie seine feucht glänzende Brust sehen konnte. Wenn er rhythmisch seine Hüften bewegte oder mit seiner brüchigen Stimme Vorschläge machte, einen Song musikalisch umzusetzen. Sie liebte es, wie seine Wangenmuskeln spielten, wenn er sich konzentrierte. Wie Wut und Enttäuschung sich über seine schönen Gesichtszüge legen konnten, wenn die Dinge nicht so klappten, wie Shawns musischer Nerv sie vorgefühlt hatte. Wie er seine verschwitzten Hände an den Oberschenkeln abwischte, oder wie er das Zigarettenpapier beleckte. Daß Shawn genau wie sie wußte, was sie sich wünschte, sah sie in seinen Augen, die ab und zu bei ihr verharrten, und an dem leichten Grinsen, das dann über seinen Mund huschte. In den Nächten machte sich eine brennende Sehnsucht nach seinem ungestümen, nach Jugend duftenden Körper in ihr breit. Sie konnte an nichts anderes mehr denken als an seinen durchtrainierten Hintern und seinen allzeit bereiten Schwanz. Der Gedanke an seine ruppige Art, sie zu Küssen, und seine kräftigen, fordernden Hände machten sie fast wahnsinnig. Jane ahnte, daß sie bald Abschied nehmen mußte von dem besten Anti-Migränemittel, das sie je gehabt hatte!

Mason und auch Tony, der den Proben meistens beiwohnte, wußten ja Bescheid über Shawns Verhältnis zu Mrs. Fenn. Sie hüteten sich jedoch, der Frau gegenüber etwas Verräterisches zu sagen, oder sie in einer Weise anzusehen, die sie Verdacht schöpfen ließ. Ohne Mrs. Fenn hätten sie schließlich nicht diesen Übungsraum gehabt!

Die weiblichen Wesen waren also zumindest teilweise zufrieden mit der Entwicklung. Gar nicht weit entfernt vom Anwesen der Fenns jedoch ärgerte sich jemand ganz enorm. Besser gesagt, kochte vor Wut. Wie konnte es dieser Prolet Allison nur schaffen, den Fenn Schwestern derartig dicht auf die Pelle zu rücken! Wie konnten sich der Doktor und seine Frau nur so tief herablassen, einen Typen wie Shawn bei sich ein- und ausgehen zu lassen? Thomas verstand die Welt nicht mehr. Er sann über eine Gegenmaßnahme nach, die er bald starten wollte. Auf jeden Fall würde Shawn nicht um eine gehörige Portion Prügel herumkommen, falls er ihm und seiner Motorroller-Clique in die Hände fallen sollte. Das war schon einmal sicher!

Shawn hatte seine Wette, die Fenn Töchter bis zum Ende des Sommers zu entjungfern, nicht vergessen. Seine unbarmherzigen Freunde erinnerten ihn immer wieder daran. Shawn wußte nur nicht so genau, wie beziehungsweise mit welcher er anfangen sollte. Elisabeth würde leicht sein. Die wartete längst darauf, ihre Jungfräulichkeit an ihn zu verschenken. Das konnte er förmlich riechen! Würde er jedoch mit ihr beginnen, wüßten es ihre Schwestern sofort. Er war sich ganz sicher, daß Elisabeth es nicht für sich behalten würde. Claire interessierte sich ganz offensichtlich mehr für Robert als für ihn. Tony der Unglücksrabe interessierte sich indessen für Claire, und sie bemerkte es nicht. Also beschloß er, zunächst mit dem schwierigsten Teil anzufangen: mit der kleinen Aileen. Bei ihr mußte er vorsichtig sein. Er wußte nicht, wie er überhaupt an sie herankommen sollte. Und sie war ein Kind! Wenn er sich vorstellte, irgend so ein Mistkerl würde sich über seine kleinen Schwestern hermachen... Er würde den Bastard umbringen!

Shawn lauerte hinter dem Ehrenmal, als sie aus dem Schulbus stieg. Sobald der Bus weiterfuhr, radelte er schnellstens hinter ihr her.

„Oh, hallo Aileen!" rief er erfreut. „so'n Zufall!"

„Oh! Hi, Shawn!" Aileen hatte sich ein wenig erschreckt. Ihr dicker dunkler Zopf flog herum, als sie sich zu Shawn umdrehte.

„Was machst du denn hier?"

„Um die Wahrheit zu sagen habe ich auf dich gewartet."

„Auf mich? Warum?"

„Weil ich nich' möchte, daß deine Schwestern mitkriegen, was ich dich frage!"

Er sprang vom Rad und schob neben Aileen her, die gespannt schwieg. Sie wagte einen vorsichtigen Blick in seine Augen. Und da war es wieder, dieses Flattern im Magen, diese merkwürdige Unruhe, und gleichzeitig eine Wärme im ganzen Körper! Oh, er konnte so lieb schauen! Frech und zärtlich zugleich.

„Was willst du mich denn fragen?"

Er nahm ihr die College Mappe ab und legte sie in den Korb vor dem Lenker.

„Weißt du, ich finde dich sehr lieb und sehr... schön, und ich dachte, wir könnten mal zusammen nach Brighton in den Vergnügungspark gehen, wenn du willst!"

Aileen ging mit gesenktem Kopf und aufeinandergepreßten Lippen neben Shawn her. Und weil sie nicht antwortete, setzte er hinzu:

„Ich meine, du könntest zu Hause sagen, du gehst mit Schulfreundinnen. Wir treffen uns dann am Bahnhof, vielleicht am Sonntag Mittag, so gegen zwei Uhr. Und dann fahren wir Karussell und essen Eis und Fish 'n Chips und alles. Und können uns mal in Ruhe unterhalten. Wie findste das?"

Er sah sie so schräg von der Seite an, mit fragendem Blick und möglichst zurückhaltend, um sie ja nicht zu erschrecken und damit ein Nein zu riskieren. Aileen war ganz verdattert, ließ sich aber nichts anmerken.

„Übt ihr nicht am Sonntag?"

„Nein, weißte, diesen Sonntag nich'! Du hast ja gesehen und gehört, als Gordon letztes Wochenende im Schuppen war, daß er uns reif genug findet, in London ein Demoband aufzunehmen. Dann sehen wir uns natürlich nich' mehr so oft, wenn die Sache in Gang kommt. Ich werde mit den Jungs ab nächsten Monat in verschiedenen Clubs auftreten, um auszuprobieren, ob wir mit sowas klarkommen. Gordon hat uns fünfzig Pfund geliehen, und ich hab 'ne ganz schöne Stange gespart. Wir werden ein eigenes Schlagzeug davon kaufen, 'nen vernünftigen Baß und 'ne Stratocaster! Na ja, zumindest auf Raten alles. Ich hoffe, daß sich noch ein guter vierter Mann auftreiben läßt. Und dann müssen wir sicher viel öfter üben und etwas Unterricht nehmen. Gordon möchte, daß wir an einem Wettbewerb der BBC teilnehmen." Er lachte und schüttelte den Kopf. „Hä, keiner von uns hat bisher was mit solchen Instrumenten zu tun gehabt! Es wird 'ne echte Katastrophe!"

„Ja! Nur Bob hat es relativ einfach, wenn er einen Harmonika-Part spielt. Er ist wunderbar auf seiner Bluesharmonika!" begeisterte sich Aileen.

„So! Du findest mich auf der Bluesharmonika also gar nicht wunderbar?" fragte Shawn verschmitzt lächelnd. Aileen schämte sich.

„Doch, ich... ich finde, du spielst gut und besonders... besonders deine Stimme mag ich sehr und deine Texte", gab sie schüchtern zu und errötete.

Diese schwache Sekunde nahm Shawn wahr, ihre zarte Hand zu ergreifen und sie zu streicheln, während sie weitergingen. Aileen erzitterte. Ihr war heiß. Sie wußte, daß ihre Wangen jetzt ganz rot waren. Und deswegen fühlte sie sich noch unsicherer. Trotzdem war es herrlich, ihre Hand in seiner zu fühlen! Kraftvoll und warm.

Für Shawn war es ein sehr gutes Zeichen, daß sie ihre zarte Hand nicht wegzog. Ihn rührte, daß sie seine Musik so ernst nahm. Was sie an seiner Stimme gut fand, konnte er sich zwar nicht recht vorstellen, er konnte nur wenige Töne wirklich halten, aber daß sie auch seine Texte mochte... Es war Shawn sehr wichtig, daß seine Texte den Zuhörern gefielen.

„Was gefällt dir an meinen Texten?" fragte er Aileen.

„Du singst manchmal was, was ich mich nicht trauen würde zu sagen, zum Beispiel meinen Eltern. Daß sie nur noch aus Gewohnheit zusammen leben."

„Tun sie das?" warf Shawn ein und sah Aileen neugierig in die Augen.

„Ja", nickte sie, „daß sie sich im Grunde nichts mehr zu sagen haben und besser auseinandergehen sollten und so! Oder der Song, in dem du von dem arbeitslosen Mann singst, der sich selbst so sehr verachtet, daß er sich totsäuft. Oder von dem Jungen, der eigentlich nur von seinen Eltern geliebt werden will und darum bettelt, nicht allein gelassen zu werden. Oder von den ungleichen Freunden, der eine reich, der andere arm. Die aber beide keine Liebe bekommen und daran zerbrechen. Weißt du, es klingt so echt verzweifelt, daß es mir immer ganz komisch wird beim Zuhören!"

Shawn freute sich über die Wirkung seiner Songs. „Ich weiß nich', ob viele Menschen so denken wie du, Aileen! Vielleicht kann ich diese Songs nich' auf der Bühne singen. Oder?" Er sah Aileen zweifelnd an.

Sie fühlte sich plötzlich so wichtig. Von ihm auf seine Ebene erhoben. Shawn fragte sie um ihre Meinung. Ja, es klang fast, als wollte er sich einen Rat von ihr einholen!

„Ich glaube, es erfordert sehr viel Mut, den Leuten praktisch den Spiegel vorzuhalten, Shawn", sagte sie ruhig.

„Du bist nicht nur besonders hübsch, Aileen Fenn, sondern auch sehr klug!" lächelte Shawn und blieb stehen. Er lehnte das Fahrrad an seine Hüfte, küßte Aileens Handrücken und strich ihr mit der freien Hand über die Wange, die sich nun sehr rot vom im übrigen blassen Teint abhob.

„Kommst du am Sonntag mit nach Brighton?" fragte er noch einmal.

„Ich weiß nicht." Aileen zuckte mit den Schultern. „Ich müßte Mom und Dad belügen. Und dann habe ich in der Zeitung gelesen, daß sich da im Moment dauernd irgendwelche Idioten mit der Polizei prügeln. Ich weiß nicht, ob das gut wäre."

„Ich paß schon auf dich auf!" sprach Shawn ihr Mut zu und drückte fest ihre Hand. Ihr zustimmendes Nicken entlockte ihm ein zufriedenes Lachen. „Toll! Komm, setz dich auf die Stange, ich fahr dich bis zum Hügel!" jubelte er.

Aileen setzte sich schräg auf die Stange. Sie wagte es sich etwas gegen ihn zu legen. Nun war sie ihm so nah. Sie konnte ihn riechen, seine Wange spüren. Wie damals im Korridor! Genießerisch schloß sie die Augen, während Shawn zufrieden lächelnd über diesen gelungenen ersten Schritt dahinradelte.

Aileen

Pünktlich um zwei Uhr am Sonntag Nachmittag kam Aileen auf ihrem Fahrrad am Bahnhof an. Sie sah Shawn auf dem Bahnsteig stehen, an einen der Holzpfeiler des Unterstands gelehnt. Sein Anblick verminderte nicht gerade das Zittern ihrer Knie. Was tat sie da nur! Mom und Dad glaubten tatsächlich, sie sei bei ihrer Schulfreundin. Die hatte Aileen mit dem Versprechen, ihr eine Bluse zu leihen, bestochen. Falls die Fenns fragten, sollte sie bestätigen, daß sie und Aileen den Nachmittag zusammen verbracht hatten. Ihren Schwestern hatte sie kein Sterbenswörtchen erzählt. Was sollte sie nur tun, wenn er den Arm um sie legen würde? Was, wenn er sie küssen wollte? Oh, hatte sie eine Angst! Und doch zog es sie unwiderstehlich zu ihm hin!

Gern hätte sie sich etwas erwachsener zurechtgemacht. Doch um keinen Verdacht zu erwecken, hatte sie es damit belassen, ihre schmal geschnittene Pepita-Hose anzuziehen, ein zartblaues Twin-Set darüber und ihre himmelblaue Windjacke. Dazu Ballerinas und einen Pferdeschwanz statt ihres Zopfes. Im Vergleich zu Shawn kam sie sich immer so entsetzlich brav vor. Sie befestigte ihr Rad an einem Laternenpfahl und ging mit wild schlagendem Herzen auf ihn zu.

Er sah anders aus als die übrigen Jugendlichen. Seine dichten Haare widerstanden erfolgreich seinem Wunsch, aus der Stirn gekämmt zu liegen. Einzelne Büschel fielen wirr darüber. Der letzte Friseurbesuch war lange her, das war nicht zu übersehen. Auch im Nacken wuchsen die Haare schon um einiges über den Jackenkragen. Aileen wußte, daß ihr Vater diesen „Grad der Verwahrlosung" überhaupt nicht mochte an Shawn Allison, auch wenn er ihn ansonsten für einen guten Jungen hielt. Zum ersten Mal in ihrem Leben war Aileen nicht einer Meinung mit ihrem Vater. Ihr gefiel zwar diese Verwahrlosung, aber sie glaubte nicht so recht an den „guten Jungen". Sie wollte sehr vorsichtig sein. Doch gerade das fand sie eben so aufregend, ebenso aufregend wie seine langen Haare und diese andere Art, sich zu kleiden, die er seit einiger Zeit an den Tag legte. Shawn trug einen Rollkragenpullover, eine schmale Stoffhose, dazu sehr spitze Schuhe. Eine absolut starke, abgewetzte Second-Hand-Lederjacke im Cabanstil. Alles in schwarz.

Er lehnte mit dem Kopf am Holzpfeiler, sah versonnen in den Himmel und blies Rauch in einem schmalen Streifen in die Luft. Aileen zögerte. Sieh ihn dir an! Dort wartet ein Mann auf dich! Was willst du von ihm? Was erwartest du? Willst du wirklich, daß er dich berührt? Umdrehen, befahl ihre innere Stimme. Weglaufen. Kind bleiben. Eine Weile noch Kind bleiben!

„Hey Aileen," rief Shawn ihr freudig entgegen, als er sie bemerkte, und pfiff anerkennend durch die Zähne. „Siehst toll aus!" Er schnippte seine Zigarette auf das Gleis und schmunzelte mit anerkennend in die Höhe gezogen Brauen und plötzlich sehr wachen Augen.

Also zu spät! Nichts mit weglaufen! Aileen reichte ihm aus einiger Distanz sehr brav die Hand. „Guten Tag, Shawn, ähm... ich bin mir noch immer nicht sicher..."

Shawn winkte ab. „Ich find's toll, daß du hier bist. Mach dir bloß keine Gedanken! Ich bring dich wohlbehalten wieder zurück, das versprech' ich dir!"

Als der Zug abfuhr, beschloß Aileen, sich ihm anzuvertrauen, wie sie sich ihrem Vater anvertrauen würde. Was sollte sie anderes tun, als auf seine Ehrlichkeit und sein Verantwortungsgefühl zu zählen. Für diesen Nachmittag mußte sie sich an ihn halten.

Schon während der Fahrt war er überhaupt nicht so arrogant, wie er tat, wenn ihre Schwestern dabei waren. Er scherzte und summte Melodien vor sich hin. Er träumte aus dem Fenster und sah dabei sehr weich aus. „Ich fahre gern Zug", sagte er. „Wenn die Landschaft so vorbei huscht, denke ich, die Erde dreht sich ganz schnell und ich bin der einzige, der bewegungslos dasitzt."

Er zog abwertende oder mitfühlende Grimassen, als Aileen ihm von schwierigen Lehrern erzählte, und ließ sich voller Begeisterung ein paar Brocken Französisch beibringen. Er drehte ihr eine Zigarette. Sie sah auf seine kräftigen Hände. Überall an der Linken waren Narben zu sehen und auch ein paar neuere Aufschürfungen an den Fingergelenken. Die Fingernägel waren kurz geschnitten und sauber geschrubbt. Die der rechten Hand waren länger und oval gefeilt. Auf dem Ringfinger trug er einen verschlungenen Goldring, Schlangen mit Rubinaugen. Seltsamerweise kam ihr der Ring bekannt vor. Er bemerkte, daß sie seine Hände betrachtete, sah von der fast fertigen Zigarette, die er mit geübten Fingern drehte, auf und schmunzelte, bevor er das Papier beleckte.

„Rechts trage ich immer 'nen Handschuh bei der Arbeit, wegen der Nägel... zäng, täng, täng, zum Saiten zupfen, weißte?! Aber eigentlich sind mir diese Arbeitshandschuhe zuwider. Ich schwitz so da drin. Hab gestern die halbe Schicht Ladung gelöscht. Zementsäcke! Oh Mann! Du denkst gar nicht, wie scharf diese Pappränder sind, und überall haste diesen grauen Staub am Abend. In jeder Ritze! Knochenarbeit! Scheiß Knochenarbeit!" Er zog die Nase hoch und hustete.

Aileen schämte sich, weil ihre Probleme mit verschiedenen Lehrern ihr plötzlich so unwichtig vorkamen.

„Sind solche Säcke nicht überhaupt sehr schwer?" fragte sie etwas hilflos, während sie die fertige, angezündete Zigarette entgegennahm.

Wie er das Papier, das an seiner Unterlippe kleben geblieben war, ableckte, einfing und schließlich zwischen den Schneidezähnen hin und her rollte, amüsierte Aileen. Möglichst bewußt nahm sie den Glimmstengel, der durch seinen Speichel zusammengehalten, in seinem Mund entzündet und geformt worden war, wie eine besondere Kostbarkeit zwischen ihre gespitzten Lippen und zog vorsichtig daran. Shawn entließ den Rauch des ersten Zuges mit einem lauten Pfffft.

„Schwer? Wir sind zu viert, manchmal auch zu sechst. Schließen Wetten ab, wann dem ersten weich wird in den Knien. Man richtet sich nach den schwächsten. Nimmt deren Rhythmus an, wenn's auch schneller ginge. Sonst wird der Akkord verdorben. Keiner sagt das laut, wenn's eigentlich nich' mehr geht. Aber man merkt, wenn einer nich' mehr so flüssig mitzieht. Der muß dann 'ne Runde schmeißen abends. Aber für die Truppe heißt das, alle 'n Schritt langsamer, ohne daß das der Vorarbeiter unbedingt gleich merkt! Nichts is' schwerer, als alt zu werden, keine Kraft mehr zu haben, Säcke zu buckeln, wenn de nun mal nur das gelernt hast und zu Hause hungrige Mäuler zu stopfen sind! Du schleppst bis zum Umfallen! Letzte Woche hat sich einer 'nen Bruch geschleppt. Ich trage immer so 'nen Ringergürtel von meinem Alten, damit mir da nichts rausflutscht!" Er lachte krächzend und schüttelte den Kopf. „Noch hab' ich Kraft wie 'n junger Stier, aber trotzdem schlottern die Knie manchmal und es reicht gerade bis zum Gruppenwechsel. Du liegst an den Säcken und denkst, nur einer noch und du wärst gestorben!"

Als Aileen ganz schwummerig wurde von dem schweren Rauch, lachte er und rauchte ihre Zigarette aufopfernd zu Ende. Er teilte einen Kaugummi, deutete auf ihrer Hälfte einen zarten Kuß an. Sie nahm die Hälfte mit gesenktem Blick und roten Wangen und wußte sofort, sie würde den Kaugummi herunterschlucken statt ihn auszuspucken. Sein Kuß war darauf!

Ausgelassen liefen sie über den Rummelplatz. Sie kreischten gemeinsam in den höchsten Tönen, als die Achterbahn zu Tal rauschte. Oh, wie sie seine Stimme liebte! Shawn legte schützend seinen Arm um seine Kleine und drückte sie fest an sich. Sie verirrten sich kichernd im Spiegellabyrinth. Sie aßen gemeinsam an einer Zuckerwatte, die am Ende so klein war, daß sie mit den Nasenspitzen aneinandergerieten. Da sah er ihr plötzlich so ernst in die Augen, daß ihr Magen sich anfühlte wie ein Hohlgefäß und der Herzschlag in ihren großen Zehen zuckte. Sie sah von seinen Augen zu seinen zuckrigen Lippen, die drauf und dran waren, die ihren zu berühren. Was dagegen war schon die Achterbahn!

Shawn fütterte Aileen mit Chips. „Du bist süß wie ein kleiner Spatz...!" sagte er und sah sie wieder so an, während er das sagte, daß es Aileen in der Brust ganz heiß wurde. Er schoß eine Rose für sie und überreichte sie ihr mit einem aufwendigen Diener. Am Autoscooter stellte er sich hinter sie, umfaßte ihre Taille und legte seine Lippen auf ihre Haare. Plötzlich war ganz selbstverständlich, daß sie ihren Körper gegen seinen lehnte.

Sie schloß die Augen. Legte ihre Hand auf seine starken, vor ihrem Leib verschränkten Arme. Vergiß es niemals, dieses besondere Gefühl, dachte sie. Diese Wärme, die dir der beste Vater der Welt nicht geben kann. Diese Wärme, die niemals enden soll. So verharren möchtest du, von ihm gehalten, an ihn gelehnt. Nicht mehr.

Auch Shawn schloß für einen Moment die Augen. Ihr Haar duftete kindlich. Ihre Hüften waren schmal und ihre Haut war so zart, daß man ihre Seele hindurchscheinen sehen konnte. Ihre Wangen verfärbten sich bei jeder Regung. Wie ängstlich sie zurückgezuckt war, als sich ihre Nasenspitzen berührten! Wie vertrauensvoll sie dagegen nun an ihm lehnte. Er fühlte ihre Zartheit an seinem Körper und mit einem Mal kam ihm sein Ziel äußerst schmutzig vor. Oh Engel! Vielleicht war sie reif für den ersten Kuß! Aber für mehr?

Shawn überredete Aileen, Geisterbahn zu fahren. Sie hatte Angst vor der Dunkelheit und vor den Pappkameraden. Umso besser! Und tatsächlich wurde es so, wie Shawn es sich erhoffte. Sie schmiegte sich ganz eng an ihn und versteckte ihr Gesicht in seiner Halsbeuge. Er streichelte ihre rechte Seite und kam dabei wie durch Zufall mit dem Daumen an ihren kleinen Busen. Er versuchte sie anzusehen im Halbdunkel. Als sie ängstlich und doch voller Neugier hochsah, nahm er die Gelegenheit wahr, hielt ihr Gesicht fest und küßte ihren Mund. Sie zuckte ein wenig zurück, ließ es sich jedoch gefallen. Ihre Lippen zitterten. Sie erwiderte nicht. Sie wußte nicht, wie ein Kuß zu erwidern war, der nicht aus väterlicher Liebe gegeben wurde. Shawn erregte ihre kindliche Zurückhaltung. Er glaubte, alle Haare müßten ihm zu Berge stehen. Mit Vorsicht schob er seine Zunge zwischen ihre Zähne. Sie atmete erschrocken und umklammerte sein Handgelenk. Er hielt sie im Nacken, wurde heftiger.

Zuerst war da der Schreck über den so anderen Kuß. Was tat er da nur! Doch dann durchrieselte Aileen ein aufregendes Gefühl. Sie wollte ihre Zunge am liebsten um seine wickeln, mit ihm verschmelzen. Ihr wurde sehr heiß, und alle Geister waren ihr plötzlich ganz egal. Das Erwidern ging von ganz allein. Shawn streichelte seufzend ihre Brust. Sie fuhr mit den Fingern durch seine dichten Haare und ließ es zu, daß er ihr den Pulli aus der Hose zog, um darunter nach der nackten Haut zu suchen.

Sie kam in den Geschmack seiner ungestümen Körperlichkeit. Sein Kuß wurde verlangend, und seine Hand strich ein wenig zu fest über ihre kindlichen Brüste und anschließend über ihren Leib, zwischen ihre Schenkel. Als Shawn den Schock spürte, den diese Berührung bei dem Mädchen auslöste, war es für Reue zu spät. Er hätte sich selbst ohrfeigen mögen! Da saß sie nun, als sie ins Tageslicht zurückfuhren, mit zusammengepreßten Schenkeln und gesenktem Blick. Eine Träne lief ihr über die Wange und ihr Ohr war tomatenrot. Er streichelte vorsichtig ihren Nacken, brachte jedoch kein Wort der Entschuldigung über die Lippen. Auch er war verwirrt. Anscheinend war der Unterschied zwischen Kind und Frau nur haardünn und doch so gewaltig. Welch feinfühliger Balanceakt es war, einem Kind das Verlangen nahezubringen, ohne es zu Tode zu erschrecken! Er war gleich zwei Schritte zu weit gegangen.

Aileen dagegen fror vor Aufregung. Sie schämte sich ihrer Tränen. Sie zitterte vor Angst und Neugier zugleich. Sie liebte ihn und fürchtete sich vor ihm. Mehr denn je. Sie wagte einen Blick in seine Augen und fand darin Reue und aufrichtige Verwunderung. Sie ließ sich von ihm aus dem Wagen helfen, richtete möglichst unauffällig ihre Kleidung und wischte sich schnell die Tränen von den Wangen.

Shawn schluckte. Er sollte jetzt wirklich etwas sagen. Aileen lehnte mit verstörtem Blick an der Seitenwand der Geisterbahn. Sie wartete, er fühlte das. Aber was sollte er ihr sagen? Daß er sich fühlte wie ein ungehobelter Klotz? Daß er sich in den Arsch beißen könnte, weil nun wohl die Wette zu seinen Ungunsten entschieden war? Daß es nun mal so ist mit dem Sex. Daran mußt du dich gewöhnen, Baby!? Daß du verdammt noch mal nicht so zimperlich sein sollst! Und: Warum bist du auch so jung!

Er räusperte sich, um Spucke in seinen ausgetrockneten Hals zu bekommen. „Du denkst jetzt sicher, ich will nur...", begann er möglichst sanft. „Ich meine, wenn du das denkst... Aileen! Das stimmt nicht! Weißte, es... es tut mir leid!"

Er machte einen Versuch, ihr Gesicht zu streicheln, doch sie wendete sich ab. Er tat einen Schritt auf sie zu, strich mit dem Zeigefinger über ihren Handrücken, hob mit dem selben Finger ihr Kinn an, bis er ihr, um Versöhnung bittend, ins blaßrote Gesicht mit den Rehbraunen Augen sehen konnte. Sie begegnete seinem Blick teils vorwurfsvoll, teils erregt, wobei sie sichtlich bemüht war, letzteres zu vertuschen. Shawn lächelte gerührt und trat noch ein klein wenig näher.

„Aileen, Liebes... Engel, sag mir, was ich darf..." flüsterte er.

Aileen schloß die Augen. Seine Worte durchrieselten ihren ganzen Körper. Sie nahm seine Hand, legte ihre Wange in die Innenfläche, küßte den Daumenballen.

„Halt mich fest, Shawn Allison... ganz fest!" flüsterte sie.

Er zog sie in seine Arme, legte wärmend seine Jacke um die zarte Gestalt und küßte ihren Scheitel. Noch nie in seinem Leben hatte er jemand so lange still umarmt. Einzig berührt von ihrer Wärme, ihrem Duft, ihrem Atmen, ihrem Herzschlag. Wenn der Druck in seiner Brust und in seiner Kehle ein Zeichen für das Glück waren, das ihn gerade überwältigte, dann wollte er diesen gern ertragen. Denn gleichzeitig war es das ausfüllendste Gefühl, das er je empfunden hatte.

Er konnte nicht zur Ruhe kommen, trieb sich innerlich aufgewühlt und voller Zweifel um das Haus der Fenns herum, nachdem er die Kleine vor dem Hügel verabschiedet hatte. Zum Abschied hatte sie ihm einen unschuldigen Kuß auf die Wange gegeben. Mehr konnte sie ihm nicht geben, das wußte Shawn, jedenfalls im Moment nicht. Doch sein Körper wollte mehr. Vielleicht sollte er bei den Fenns klingeln und um Erlaubnis bitten, im Schuppen ein wenig auf dem Schlagzeug herum zu dreschen. Das würde ihn sicherlich erleichtern. Aber das war natürlich unmöglich.

Er stand außerhalb des Grundstücks an einer Stelle, von der aus ihm ein direkter Blick auf Janes Zimmer möglich war. Um seine Füße herum häufte sich inzwischen eine stattliche Anzahl Zigarettenstummel. Es dämmerte. Es war naßkalt. Da ging plötzlich das Licht an in Janes Zimmer. Aufgeschreckt stemmte sich Shawn von dem Baumstamm, an dem er lehnte, ab und sah in die Richtung des Lichts. Seine Mundwinkel zuckten. Sicher litt sie wieder unter ihrer Migräne und zog sich deswegen so früh in ihre Räume zurück. Drei Wochen ließ er sie nun schon schmachten. Ihre Blicke waren mehr als eindeutig gewesen. Eine Mischung aus Wut und Gier. Er zählte nach. Ihre Tage mußten gerade gegen Ende sein, vierter, fünfter Tag. Der Zeitpunkt war ausgesprochen günstig bei ihr aufzutauchen. Um diese Zeit ließ sie ihn „ohne". Daß er so gut über ihren Zyklus Bescheid wußte, hatte er Jane selber zu verdanken. Sie haßte es, wenn sie ihn jedesmal aufs Neue darüber aufklären mußte, ob er aufzupassen hatte oder nicht. „Mach dir gefälligst Kreuze in den Kalender, oder lerne es auswendig", hatte sie gefordert. „Ich bin seit zwanzig Jahren pünktlich, und es turnt mich ab, jedesmal Auskunft über meinen Eisprung zu erteilen!"

Shawn zog die Nase hoch und spuckte aus, rieb sich die Hände. „Vergiß die Tabletten, Lady Jane..." flüsterte er grinsend, „dein Retter ist auf dem Anmarsch!" Er kletterte über den Zaun, pirschte durch den Garten, suchte unter Janes Zimmer nach einem geeigneten Stein und warf ihn gegen das Fenster. Gleich war Jane dort, öffnete und sah nach unten. Freudig überrascht hielt sie sich die Hand vor den Mund, während Shawn damit begann, an den Vorsprüngen der Klinkersteine emporzuklettern. Sie half ihm beim letzten Schwung in das Zimmer. Er polterte herein, dann schloß sie schnellstens Fenster und Gardinen. Außer Atem stand er ihr gegenüber. Er sagte kein Wort, sah sie nur durchdringend an, entledigte sich seiner Lederjacke mit einer geschmeidigen Geste und einem süffissanten Lächeln. Er zog die Jacke nicht aus, ließ sie vielmehr von sich abgleiten wie einen Kokon. Jane lehnte erregt atmend am Fensterrahmen. Das elegante Kostüm mit engem Rock und damenhafter Schleifenbluse gab ihr den Anschein der Unnahbarkeit. Doch ihre Brust bebte erregt unter der feinseidenen Bluse. An diesem Nachmittag hatten sie und Mr. Fenn einen anstrengenden Besuch bei ihren Schwiegereltern hinter sich gebracht. Sie hatte sich anschließend mit dem alten Vorwand des Migräneleidens bei ihrem Mann entschuldigt, der sie wie immer verständnisvoll in ihre Räume entließ.

„Du Rumtreiber, Miststück, du... du eingebildeter Scheißkerl, du..." schimpfte sie aufgebracht, während Shawn sich ihr amüsiert näherte. „Du glaubst wohl, du kannst mich haben, wann du willst?" Er drängte sie gegen die Wand, raffte geschickt den engen Rock empor, um sein Bein zwischen ihre Schenkel zu schieben.

„Ja...!" hauchte er dicht vor ihren Lippen und drückte sich gegen sie. Jane schloß seufzend die Augen, als er ihren Hals küßte und ihr die Bluse aus dem Rock zog.

„Ich könnte schreien und behaupten, du seist hier eingebrochen, um zu stehlen, und als ich dich überraschte, wurdest du zudringlich", schlug sie flüsternd vor, seufzte jedoch vor Erregung, als seine Hände über ihre Brust glitten.

Er antwortete nicht. Er küßte sie leidenschaftlich, öffnete geschickt die Schleife ihrer Bluse und die kleinen Knöpfe. Sie tastete nach seinem Hintern, während sie gierig seinen Kuß erwiderte. Er machte sich an seiner Hose zu schaffen.

„Warte, warte...", bat sie hastig und schob ihn sanft aber bestimmt von sich. „Die Tür ist nicht abgeschlossen."

Sie drängte an ihm vorbei zur Tür. Natürlich hatte sie schon abgeschlossen. An manchen Tagen wollte sie sich auf keinen Fall von ihren Töchtern überraschen lassen. Wenn sie zum Beispiel eine ihrer vielfarbigen Kapseln einnahm, um sich in einen leichteren Gemütszustand zu versetzen. Wenn sie sich verkleidete, oder nackt auf ihr Bett legte. Wenn sie rauchte und trank, um sich schließlich ungestört ihren Tagträumen hinzugeben. Niemals ließ sie die Tür ihres Schlafzimmers unverschlossen. Sie gebrauchte Shawn gegenüber den Vorwand nur, um nicht erneut in die Defensive zu geraten. Sie tat, als schließe sie ab, drehte sich schnell wieder zu ihm um und atmete tief aus. Jetzt konnte es losgehen.

Er war auf dem Weg zu ihr. Noch immer sagte er kein Wort. Er grinste selbstgefällig. Seine Wangenmuskeln spielten angriffslustig, und sein Blick durchdrang sie. Alle Sehnen gespannt, alle Muskeln aktiviert, machte er den Eindruck eines Raubtieres auf Beutezug, bereit zum Sprung, bereit seine Krallen in ihren Körper zu schlagen und sie unter sich zu begraben, was ihr mehr gefiel, als irgend jemand nur ahnen konnte. Doch sie wollte ihm jetzt noch nicht unterliegen. Es war an der Zeit, ihm klarzumachen, daß hier, in *ihrem* Haus, immer noch *ihre* Regeln galten. Also ging sie sehr bestimmt auf ihn zu, so daß er zurückweichen mußte. Und als er auf Höhe des Bettendes angekommen war, stieß sie ihn, so daß er rückwärts auf das Bett fiel. Schon während des Falls sah sie den jungenhaft überraschten Ausdruck in seinem Gesicht, den sie ebenso sehr liebte wie seinen kraftstrotzenden Körper. Sie genoß sein rauhes Lachen. Schwungvoll warf sie sich auf ihn, bevor er wieder aufstehen konnte, kitzelte seine empfindlichsten Stellen und gebot ihm, nicht so laut zu gackern.

„Aufhören! Aufhören", bettelte er unter Lachtränen, „bitte aufhören Mam. Ich kann nich' mehr!"

Als er vom unterdrückten Lachen ganz aufgelöst und kraftlos schien, biß sie ihm in sein fleischiges Ohr, in den Hals, in die Lippe. Er versuchte sie zu halten, sie zu küssen. Doch plötzlich schlug sie ihm ins Gesicht. Einmal, zweimal, dreimal auf die Wangen, daß es nur so klatschte!

„Hier wird nach *meinen* Regeln gespielt, du dummer Junge du! Verdammt noch mal, was bildest du dir ein, dich ewig nicht bei mir blicken zu lassen, du Saukerl!"

Shawn kämpfte um eine angemessene Reaktion. Verdattert lag er unter ihr und versuchte, die Kitzelei, die leidenschaftlichen Bisse, die Schläge und seine Geilheit unter einen Hut zu bekommen. Jane hatte erreicht, was sie wollte. Er war herunter von seinem hohen Roß. Wie ein besiegter kleiner Junge lag er unter ihr, atmete hastig, lächelte verunsichert, wischte sich mit dem Handrücken über die Lippe und sah Jane dabei beobachtend an. Triumphierend erwiderte sie seinen Blick, setzte sich ein wenig tiefer auf seine Knie, öffnete seine Hose und nahm seinen Penis in den Mund. Er seufzte laut. Gerade als er damit liebäugelte, es so zu Ende zu bringen, hörte sie auf, kletterte von ihm herunter und ließ ihn einfach liegen. Als er seinen Kopf hob, registrierte er ihren überlegenen Gesichtsausdruck. Sie zog ihre Sachen aus. Warf ein Kleidungsstück nach dem anderen auf ihn und fand es entzückend, wie erregt und zugleich bitter enttäuscht er schaute, wie er sich den BH aus dem Gesicht strich und langsam die alte Aggressivität in seine Züge zurückkehrte. Wie erwartet, sprang er auf, fluchte ordinär, mähte sie an Ort und Stelle nieder und drang in sie.

Drei lange Wochen hatte sie genau davon geträumt! Sie grub ihre Fingernägel in seinen Rücken, während sie unter seinen Stößen über den Boden rutschte. Der Synthetikboden verursachte eine ungute Reibung auf ihrer nackten Haut. Aber zum Glück fiel ihm trotz aller Hitzigkeit nach einem halben Meter Rutschpartie ein, daß er sie irgendwie fixieren sollte, statt mit ihr durchs Zimmer zu robben. Bei einer ähnlichen Gelegenheit hatte er sich selbst schon einmal die Haut über den Kniescheiben verbrannt. Er zog sich zurück, küßte ihren nackten Körper, saugte an ihren Brüsten und streichelte sie ein wenig.

„'n scheiß Teppich is' das! Los, komm aufs Bett!" schlug er mit rauher Stimme vor.

„Zieh dich aus", sagte sie kühl. „Ich hasse es, wenn du aussiehst, als seist du auf der Durchreise!"

Er gehorchte, während sie die Bettdecke zurückzog und ihre wirren Haare ganz öffnete. Gierig betrachtete sie seinen Körper. Da allerdings war er sehr empfindlich. Er schämte sich, so ganz und gar nackt unter ihrem Blick bestehen zu müssen. Seine Erektion ließ augenblicklich nach. Schnell schlüpfte er unter die Decke.

„Warum hast du mich geschlagen?" fragte er, als Jane dicht bei ihm lag und ihn streichelte.

Sie schlang ein Bein um ihn und ließ ihn wieder hinein, als sie merkte, daß er soweit war.

„Schscht, stillhalten!" sagte sie, als er seine rhythmischen Bewegungen wieder aufnehmen wollte. „Langsam...!"

Sie lächelte selbstbewußt in sein gerötetes Gesicht, griff ihm in die dichten, zerzausten Haare und steckte neckend ihre Zungenspitze in sein Nasenloch, woraufhin er beinahe niesen mußte.

„Du hast einen gefährlichen Hang zum Überheblichen, mein kleiner Freund! Damit kommst du bei mir nicht durch. Merk dir das ein für alle Male!" antwortete sie leise. „Und nun komm, zeig mir, was du kannst. Mach die alte Jane zufrieden, dann gibt's auch was für ihren süßen, wilden Jungen!"

„Jane... Du...!" hauchte er erregt und legte sich auf sie.

„Aber langsam... langsam, sage ich dir", seufzte Jane. „Ich will es haben, ich will..."

Während dies geschah, stand Aileen am Fenster ihres Zimmers und starrte in die Dunkelheit. Voller banger Gefühle, voller Sehnen und Hoffen. Bis ins Mark bewegt von neuen, erregenden Gefühlen, flüsterte sie wieder und wieder tonlos seinen Namen, denn die schlafende Claire durfte nichts hören. „Shawn... Shawn... ich liebe dich so sehr, ich liebe dich so sehr..." Und sie stellte sich vor, daß ihre tiefen Gefühle augenblicklich zu ihm übertragen wurden und er in seinem Bett ganz unruhig wurde und sich fragen würde, wie das wohl kam. Sie schloß die Augen und betete, er möge es nicht so schlimm finden, daß sie so schrecklich schüchtern war. Um die Sterne besser sehen zu können, die nun zwischen Wolkenfetzen zum Vorschein kamen, lehnte sie sich ein ganzes Stück über das tiefe Fensterbrett. So konnte sie über einen steilen Winkel auch ein wenig vom Fenster des Schlafzimmers ihrer Mutter sehen. Der Vorhang war zugezogen, doch es brannte noch Licht.

Der Neue

Während Gordon Tyler darum bemüht war, einen Termin mit seinem Boß zu organisieren, um ihm die Jungen vorzuführen, was gar nicht einfach fiel, weil dem die Art und Weise der Entwicklung zu ungewöhnlich erschien, suchte die frischgebackene No-Name-Band nach einem vierten Mann. Es meldeten sich zwei Jungen, die noch weniger Ahnung von Akkorden hatten als die übrigen. Einer glaubte, es ginge sofort ans große Geld. Und einer, der spielen konnte wie ein junger Gott, aussah wie ein junger Gott und tat wie ein junger Gott. Und dieser war für einen gewissen Shawn Allison geradezu eine Herausforderung. Er benahm sich wie ein Platzhirsch, in dessen Revier ein fremder Bock einzudringen drohte. Jamison Crawford alias „Spider" war ein hochgewachsener Junge von zwanzig Jahren. Seine Haut war theatralisch weiß, seine Haare blond und buschig und die Augen stechend blau. Die ganze Gestalt war feingliedrig. Er hatte ungeheuer lange, geschickte Finger, und ein einnehmendes Lächeln. Vor allem aber brachte er zwei Gitarren, überdurchschnittliches Können und Geld mit. Er war aus betuchtem Hause, welches seine Musikalität zudem noch förderte. Mit der High-School-Band hatte er einen Preis gewonnen, doch nun wollte er weg von der Tanzmusik. Ein Glückskind. So schien es.

Eben dieser Spider allerdings war der Grund für eine Auseinandersetzung zwischen Shawn und Mason, wie es sie seit dem Tag, als Mason seine Neigung offenbarte, nicht mehr gegeben hatte. Sie hingen in Shawn und Bobs Mansardenzimmer herum, um zu einer Entscheidung über Spiders Aufnahme zu kommen. Shawn saß von Anfang an maulig auf seinem Bett und rauchte Zigarillo. Er änderte gerade sein Image, was auch die Wahl der Rauchwaren mit einschloß. Er rauchte also nun ein Zigarillo nach dem anderen, statt einer Zigarette nach der anderen. Und er hatte sein „Nein" gesprochen wie ein Häuptling sein „Hugh" und wollte partout nicht mehr davon abweichen.

„Was hast du gegen ihn?" durchbrach Robert das Schweigen. „Er bringt alles mit, was wir brauchen. Er spielt großartig, hat eine gute Stimme und sieht gut aus. Wir können glücklich sein, wenn er sich uns anschließen will!"

Shawn schüttelte unwillig den Kopf, ließ bläulichen Rauch aus dem Mundwinkel und murrte.

„Is' 'ne eingebildete Oberschichtratte der Typ!"

Mason sprang sichtlich nervös vom Boden auf, ging zum Fenster und öffnete es. Er liebte Shawn, aber manchmal...

„Mann, Shawn", sagte er deshalb und wandte sich seinem Freund zu. „Ich weiß schon, wo da der Haken sitzt! Du willst ihn nur nich', weil du Angst hast, daß er besser ist als du! Du benimmst dich wie 'n Köter, der sein Revier abpinkeln muß!"

Shawn riß empört seine Augen auf. Der gesamte Körper streckte sich, blähte sich auf. Das ließ er nicht auf sich sitzen! Er stand auf, stellte sich dicht vor Mason, kniff die Augenlider zusammen und schnaubte wütend:

„Ich will dir sagen, warum du ihn unbedingt willst: Weil er nach Geilheit riecht! Du benimmst dich wie 'n junger Rüde, der noch nicht durchblickt und andere Rüden ficken will!"

„Verdammt! Shawn!" empörte sich Robert.

Er sah Mason am ganzen Körper zittern. Im nächsten Moment stürzte sich Mason auf Shawn. Schnell lagen die zwei am Boden, wälzten sich, würgten sich, schlugen sich. Robert wußte überhaupt nicht, was er tun sollte, um sie auseinander zu bringen. Er sprang mal hierhin und mal dorthin, traute sich jedoch nicht einzugreifen.

„Du verdammte Sau!" schrie Mason und landete eine gutgezielte Rechte an Shawns Kinn. Das machte Shawn erst recht rasend.

„Schwuler Arsch!" krächzte er zurück und konnte gleich darauf einen Schlag in Masons Magengrube anbringen.

Mason krümmte sich kurz, seine Wut war jedoch so groß, daß er die Zähne zusammenbiß und dem unter ihm liegenden Freund sofort noch eine schallende Ohrfeige gab. So ging es hin und her, mal war Shawn oben mal Mason. Sie prügelten, bis sie schließlich dalagen wie ein Liebespaar nach einer leidenschaftlichen Umarmung, stöhnten und seufzten und vermittelten so zu Bobs Erstaunen nicht direkt den Eindruck von Kämpfenden. Shawn lag auf Mason. Mason hatte seine Beine um Shawns Körper gewickelt. Mason zog Shawns Kopf an den verschwitzten Haaren von seiner Schulter hoch, um ihm ins Gesicht sehen zu können. Beide grinsten seltsam. Plötzlich begannen sie, albern zu kichern. Rollten einander umarmend über den Boden. Robert stand staunend neben ihnen.

„Spinnt ihr, ihr Arschlöcher?!" keifte er und trat Shawn in die Taille, um dem Schauspiel ein Ende zu machen.

Shawn stöhnte auf. Der Tritt machte ihm aber nicht wirklich etwas aus. Er und Mason rappelten sich unter Gelächter und Gefrotzel auf, drehten sich eng umschlungen im Kreis, küßten und knufften sich herzhaft und warfen sich gegenseitig Liebkosungen an den Kopf. „Alter Wichser" war noch das harmloseste.

„Also gut, wir nehmen den blonden Bubi!" beschloß Shawn plötzlich. „Unter der Bedingung, daß er fliegt, wenn er mir dumm kommt!"

Gerade als Bob und Mason Shawn ihr einverständiges Schulterklopfen übergaben, kam Tony herein.

„Was'n hier los, wie seht denn ihr aus! Spinnt ihr?!"

Spiders Aufnahme wurde in Gegenwart Tylers mit einer kleinen Jam Session und großem Umtrunk in einem Londoner Pub gefeiert. Sie gaben eine bunte Mischung aus Irischen Folksongs, Gospels, Politsongs von Ewan McColl , Mainstream Pop und Blues à la Shawn Allison zum Besten. Die ganze Kneipe nahm regen Anteil. Ganz im Gegensatz zu dem ersten Eindruck, den er bei Shawn hinterlassen hatte, war Spider überhaupt nicht eingebildet. Er stellte sein Können nicht in den Vordergrund. Zwischen den Guinness improvisierte er als Begleiter zu Shawns Stehgreifsongs, die, wie gewohnt, mit zunehmendem Alkoholpegel unter die Gürtellinie rutschten. Er bewunderte Shawns Gabe, Melodien und Texte quasi aus dem Nichts entstehen zu lassen, paßte sein Spiel begeistert und wie selbstverständlich Shawns schräger, sehr intimer Art zu singen an. Er konnte Shawn noch nicht einmal darüber böse sein, daß er behauptete, er könne Gitarre spielen. Übertrieben gesagt wußte Shawn nicht einmal, wo der G-Akkord lag. Spielen tat er ihn trotzdem. Mason begleitete das Ganze mit rhythmisch aufeinander geschlagenen Suppenlöffeln. Bob spielte Bluesharmonika, und die Zuhörer schnippten mit den Fingern und gaben ihre anfeuernden Kommentare zum zweideutigen Text ab.

„Uhh Janybaby... duduuuum,dudum,

Uhh Jane, old Lady... duduuuum, dududum,

you rock me easy... hähä, in your Sky rocking chair...

Uhh yeah... You are the best friend... hä!... I *never* had... duduuuum, dudum.

You think I'm ey *good* man, but I know I'm a man... Hahhaa!

Uhh Jany, I'm smaller than you think... hehe!..

I tumble over, keep spelling my Drink...

Uhh yeah... I love that sweet old Girl... I love that sweet old Girl...

Die for you, Baby... die for you, Baby... Uhhh Janybaby... *Dive*! Dive into

you, Baby... Ohhhh Jesus,
Ilove that sweet old Girl... Uhhh Yeah! ...I love that sweet old Girl!... Ohh
Yeah!"

Nach Einsetzen der Sperrstunde konnte man Shawn und Spider lallend und gröhlend die Straße entlangziehen sehen. Gegeneinander gestützt und taumelnd, in bierseeliger Verliebtheit einander beweihräuchernd. Ein Paar, wie es verschiedener nicht sein konnte. Mephisto und der Engel Simon, vereint im Suff.

Die Probleme, die Gordon Tyler im Moment hatte, waren für die Jungs weder offensichtlich noch wichtig. Zwar hatte er einen Termin, zur Aufnahme eines Demo-Tapes, am Donnerstag in vierzehn Tagen mit dem Studio vereinbaren können. Doch sein Boß war nicht so begeistert wie er selber von der Idee eines jungen Rebellen, der zudem aus dem Nichts zu kommen schien. Wonach er im Moment suchte, das war lockerer, gut vermarktbarer, vorstadterprobter Pop. „Wenn der Junge politisch wird, kann er gleich wieder einpacken!" hatte er gedroht, und Tyler versicherte ihm, die Band, so ungeformt wie sie war, in gewisse Bahnen lenken zu können. Sie sei wie ein Rohdiamant, den man nach seiner Vorstellung beschleifen konnte.

In der Tat hatte Shawn sein politisches Potential noch nicht entdeckt. Tyler würde nicht derjenige sein, der ihn darauf aufmerksam machte. Die Genialität des Jungen würde sich in dieser Mischung aus innerer Auflehnung, Interesse an zwischenmenschlichen Konflikten, Romantik, urwüchsigem Machismo und Naivität am allerbesten verkaufen lassen.

Der Neue, Spider, war seiner Meinung nach eine ideale Ergänzung. Er konnte mit seiner positiven Ausstrahlung Leichtigkeit in die Gruppe tragen, Shawn als Frontman unterstützen und ihn höchstwahrscheinlich in eine unpolitische, weiter nach Innen gerichtete Linie bringen. Konflikte befürchtete Tyler nur wegen des ziemlich starken Sozial- und Bildungsgefälles. Noch himmelte Spider den aufmüpfigen Proleten mit dem ungeheuren Maß an Sexappeal an und bewunderte dessen Bauch-Lyrik, während er seine eigene Herkunft und die damit verbundene Philosophie verachtete. Doch er war kein Kind der Arbeiterschicht und würde sich möglicherweise in einer Konfliktsituation intellektuell über Shawn erheben. Dann würden die Fetzen fliegen. Für Tyler stellte diese Tatsache nicht hauptsächlich ein zwischenmenschliches Risiko dar. Vielmehr konnten die sozialen Unterschiede zu einem knallharten wirtschaftlichen Konflikt führen, sobald die Gruppe höhere Popularität erreichen und in kommerzieller Hinsicht auf ihren Zusammenhalt angewiesen sein würde.

Die Jungs waren mit dem letzten Zug aus London zurückgefahren. Spider war mit Gordon gefahren. Sie wohnten beide in London. Sehr müde, aber fröhlich plaudernd, schlugen sie den Weg vom Bahnhof, zu den Docks, ein, in die Richtung ihrer Elternhäuser. Im Zug war Shawn sofort eingeschlafen. Nun klärte die frische Nachtluft seinen betrunkenen, aber gutgelaunten Kopf. Den Gedanken, daß in vier Stunden schon die Frühschicht begann, drängte er lieber beiseite. Spider war schon ein toller Kerl! Gitarre spielen konnte der! Und mit Spiders Stimme im Hintergrund klang seine eigene gleich etwas gerader. Der ganze Pub war begeistert mitgegangen. Ein großartiges Gefühl, Menschen in Stimmung zu bringen, ihnen Freude zu bereiten, beklatscht zu werden. Shawn und Bob verabschiedeten sich schulterklopfend von Tony und Mason, als diese an ihrer Straßenecke angelangt waren. Shawn hängte seine Gitarre über den Rücken, steckte die Hände in die Hosentaschen und schlenderte langsamen Schrittes mit einem träumerischen Lächeln auf den Lippen und einem Zigarillo im Mundwinkel dahin, während Bob leise auf der Mundharmonika spielte. Dunst hing in den Straßen. Die alten Gaslaternen tauchten das Kopfsteinpflaster in spärliches Licht. „War 'n echt toller Abend." sagte Bob mit einem begeisterten und stolzen

Seitenblick zu seinem großen Bruder. „Oh ja, das war es!" erwiederte Shawn zufrieden, bevor er sich einem anderen Thema zuwendete. „Hoffentlich hat Mom noch Speck im Schrank. Ich komme um vor Hunger!"

In ihrer angetrunkenen, friedfertigträgen Stimmung bemerkten sie nicht, daß sich nicht sehr weit hinter ihnen etwas zusammenbraute. Fünf Gestalten huschten, ihre Motorroller schiebend, in etwa fünfzig Meter Abstand hinter ihnen her. Sie waren schon in der Höhe der Docks, als Shawn auf ein merkwürdiges Geräusch aufmerksam wurde. Er hielt seinen erstaunten Bruder am Jackenärmel fest und bedeutete ihm still zu sein. Vorsichtig drehten sie sich um. In dem Moment leuchteten fünf Scheinwerfer auf und blendeten die Jungs so stark, daß ihnen die Augen schmerzten. Sie hörten das typische Motorengeräusch der Roller, und noch bevor sie sich von dem Schreck erholt hatten, sahen sie sich von ihnen eingekreist. Abwehrbereit standen sie Rücken gegen Rücken, hielten die Hände vor die geblendeten Augen und versuchten, mit der Situation klarzukommen. Obwohl er rein gar nichts erkennen konnte, ahnte Shawn, wer auf einem der Roller sitzen mußte.

„Wilson, du feiges Arschloch!" rief er. „Hör auf mit dem kindischen Blödsinn und laß uns kämpfen. Von Mann zu Mann! Los du! Ich polier dir die Fresse!"

Vorsorglich legte er die Gitarre neben sich auf den Boden. Doch beinahe im gleichen Moment schnellte etwas zischend durch die Luft und prallte mit einem dumpfen Schlag gegen etwas dicht hinter ihm. Bob sackte lautlos an Shawns Rücken zusammen. Erschrocken drehte er sich zu seinem Bruder um und erkannte eine große Wunde an dessen Stirn. Sein kleiner Bruder lag bewußtlos am Boden. Neben seinem Körper lag eine Metallkugel, die aus einem größeren Kugellager stammen mußte und wohl mit einer Schleuder auf Bob abgeschossen wurde. Shawn geriet in Panik.

„Bob! Oh Himmel, nein!" Und mit der Panik kam noch größere Wut und ein unbändiger Haß gegen diesen Thomas Wilson in ihm hoch, der ihn jede Furcht vergessen ließ. Er stürmte mit lautem Gebrüll auf einen der Roller zu. Doch der beschleunigte sein Tempo, fuhr Shawn gegen die Knie, daß er auf das Straßenpflaster sackte, während ein anderer mit einem sehr harten Gegenstand gegen sein Ohr schlug. Halb bewußtlos sah er ein Paar weiße Schuhe mit Silberschnallen vor sich. „Fick die Hühner aus deinem eigenen Stall, du Bastard!", hörte er. Ein Schuh hob sich und flog mehrmals in Shawns Richtung. Er traf seinen Unterleib, seine Brust und seinen Kopf.

Es wurde dunkel. Sehr dunkel.

„Was fluchen Sie nur dauernd?" hörte er jemanden fragen, bevor Tageslicht in seine Augen drang. War er damit gemeint? „Ein paar Tage wird das schon noch brauchen!" Mit halb geöffneten Augen sah er sich um. Ein milde lächelndes Pfannkuchengesicht hatte sich über ihn gebeugt.

„Ich bin Schwester Haether. Sie sind im Hospital, Shawn Allison, und wenn Sie ruhiger werden, können wir auch die Gitter vom Bett nehmen. Ihr Bruder ist ganz brav, sehen Sie. Er sitzt schon wieder und schaut ganz sorgenvoll, wann Sie endlich ebenso brav sind. Shawn, hören Sie mich?"

„Meine Gitarre! Meine Gitarre!" waren die ersten bewußt gesprochenen Worte, die ihm über die Lippen kamen.

Schwester Haether zog die Lippen breit und hob die Girtarre auf sein Bett. „Die habense heil gelassen", sagte sie.

Aus den angekündigten „paar Tagen" wurden vierzehn Tage, die Shawn und Bob im Hospital zubringen mußten. Schlimm genug, daß der Termin für die ersten Demos im Studio nun zunächst ausgesetzt war. Genug auch, daß Shawn wieder einmal nicht auf den Docks arbeiten konnte. Doch am aller schlimmsten war für ihn, daß es wieder ihn erwischt hatte. Sein „Schönheitsfehler", das fleischige, leicht abstehende rechte Ohr war unter dem Schlag mit einem Hockeyschläger oder ähnlichem geplatzt. Es sollte lange Zeit einem grün-blau-lilanen Broccoli gleichen. Das Trommelfell war ebenfalls verletzt und versagte immer wieder seine Dienste. Die linke Kniescheibe war herausgesprungen und konnte nur operativ gerichtet werden. Bob hatte verhältnismäßiges Glück gehabt. Die Stahlkugel hatte ihn dicht neben dem rechten Auge getroffen. Nur einen Zentimeter weiter nach Innen, und er hätte mit einem Glasauge leben müssen. Allerdings litt er wegen einer Gehirnerschütterung unter Sehstörungen und Kopfschmerzen. Oft wurde ihm Übel, oder er kippte einfach aus dem Stand um. Einige Male kam Polizei ins Hospital. Doch Shawn gab seine Vermutungen nicht preis. „Das ist reine Privatsache", behauptete er, „außerdem hab ich überhaupt nichts gesehen!" Bob war zwar dagegen, auf Rache zu sinnen, doch er wagte es nicht, seinem Bruder zu widersprechen. Das einzig Gute an den Hospitaltagen war, daß die Brüder viel Zeit hatten, richtig miteinander zu reden. Und natürlich der Besuch. Mutter Allison kam im einzigen Kostüm, das sie zu allen „auswärtigen Gelegenheiten" anzog - Sprechtage in der Schule, Hochzeiten, Beerdigungen - ungeachtet der Jahreszeit oder ihrer sich verändernden Figur: graubrauner Tweed mit gewebter Umrandung. „Woolworth-Chanel" pflegte Jane zu lästern, wenn sie Shawn wütend machen wollte. Eines Tages würde er seiner Mutter alle Kostüme der Welt kaufen. Das schwor er sich schon heute. Die ganze Familie weinte, als sie Bob und Shawn das erste Mal so eingewickelt in Verband im Bett liegen sahen. Bis auf William, der ja während der Abwesenheit der älteren nun der männliche Vorstand war und sich erwachsen geben mußte, erwachsener als ihm zumute war. Sie standen alle um die Betten der Jungen herum und schauten, als ginge es um ihre Beerdigung. Jacky beruhigte sich erst wieder, als Shawn sie zu sich aufs Bett nahm. Und als Dorothee ihm die Hand streichelte, mußte er an Aileen denken. Süße Aileen! Sie hatte ähnlich dunkle, seidige Haare wie seine Schwester.

„Wir wissen doch alle, wer hinter dem Überfall steckt. Man kann das doch nicht immer wieder durchgehen lassen. Er bringt euch noch um!" jammerte Mutter Allison. Doch Shawn wurde sehr böse.

„Ich verbiete dir, mit jemanden über deine Vermutungen zu sprechen! Ich verbiete es dir, hörst du!" zischte er und sie schwieg erschrocken.

Scheu blickte sie ihrem Ältesten ins Gesicht. Es schien, als wäre er von einem Tag auf den anderen zu einem wirklichen Mann gereift. Sie erkannte, daß er das Ruder in die Hand genommen hatte, daß er sich nun selbst bestimmte. Er tröstete Jacky, ihre Jüngste, als sei es sein Kind. Ihr eigener Mann konnte das nie. Ihm waren die Kinder meist lästig. Ihr ältester Sohn war ganz anders. Er fühlte sich verantwortlich für sie. Eine tiefe Dankbarkeit erfüllte ihr Herz und gleichzeitig das unschöne Gefühl der Unfähigkeit und ein ganz alter Schmerz. In aller Unschuld sehnte sie sich danach, den Platz ihrer kleinen Tochter einzunehmen. Es fröstelte sie.

„Jacky, Liebling... tut doch alles gar nich' mehr weh. Bald kommen die weißen Bänder ab und ich komm wieder nach Hause. Dann bring ich dir Radfahren bei! Okay? Versprochen! Gib deinem Bruder einen Kuß, mein Engel, und hör auf zu flennen! Oder wein ich etwa? Siehst du hier eine einzige Träne in meinen Augen? Oder bei Bobby? Also..."

Shawn ließ sich von der zehnjährigen Maggy eine Arbeit in Mathe zeigen und lobte sie: „Kluges Mädchen! Toll!" Er unterwies William in seiner neuen Rolle als Oberhaupt der Familie, solange Bob und er im Hospital sein mußten. „Gib auf sie acht! Und sieh zu, daß Kohle reinkommt. Die Mädchen schaffen das nich' allein mit Babysitten und ihrer Waschtaghilfe. Geh Zeitungen austragen, und versuch den Brötchendienst zu kriegen. Frag auf dem Hügel, ob du bei den Gartenarbeiten helfen kannst. Bei jedem Job kriegste 'ne Zigarette von mir, klar? Wenn de keinen einzigen hast, kriegste ne Ohrfeige! Und alles, ohne Schule schwänzen, klar?!"

Etwas verunsichert aber mit stolz geschwellter Brust willigte der Zwölfjährige ein: „Klar Bruder, geht in Ordnung!"

Dorothee berichtete nach anfänglichem Zögern, daß sie mit der Mutter Streit gehabt hatte, weil sie auf eine Party gehen wollte. Alle ihre Freundinnen gingen. Sie fand das Verbot der Mutter sehr ungerecht.

„Du weißt, wovor Mom Angst hat?" fragte Shawn sie sehr ernst. Dorothee nickte mit schamhaft gesenktem Blick. „Oder nicht?" fragte er vorsichtig nach, denn er war sich nicht sicher, ob Dorothee mit ihren dreizehn Jahren über die Dinge zwischen Mann und Frau Bescheid wußte. „Eigentlich nicht so richtig. Daß ich Alkohol trinke vielleicht?" murmelte die Kleine und Shawn sah sich bestätigt, daß seine Mutter auch dieser Aufgabe nicht gerecht wurde. Er hatte geglaubt, wenigstens ihren Töchtern würde sie doch ein gewisses Bild von der menschlichen Sexualität vermitteln. Was hatte er mit dreizehn gewußt? Der Vater flüsterte mit der Mutter. Er faßte sie irgendwie komisch an. Er führte sie ins Schlafzimmer, und die Tür wurde abgeschlossen. Und er stand lauschend draußen. Seltsame Geräusche, die Angst machten. Sonst nichts. Mit einem Blick zwischen Mitleid und Vorwurf sah Shawn dann seiner Mutter in die Augen. Er erinnerte sich an ihre Tränen.

Shawn saß aufrecht im Bett, während er mit Sicherheit und Strenge die Familienangelegenheiten regelte. „Also gut. Du darfst bis um neun Uhr!" Dorothees Gesichtszüge erhellten sich, während Mutter protestierend nach Luft schnappte. „Aber nur", wandte Shawn mit erhobenem Zeigefinger ein, „wenn ich mich auf dich verlassen kann! Das heißt, wenn dir ein Kerl zu nahe kommt, sagst du, er kriegt es mit Shawn Allison zu tun! Und ich will sicher wissen, wer dich nach Hause bringt! Okay?" Im selben Moment stellte sich die Erinnerung an seine dreiste Attacke auf Aileen in der Geisterbahn ein. Ein leises Schamgefühl flog ihn an. Doch Dorothee nickte heftig, nahm Shawns Kopf in beide Hände und drückte ihm einen Kuß auf die Stirn. Er stöhnte auf vor Schmerz. Sie hatte sein verletztes Ohr vergessen.

Auch Gordon Tyler kam, in Begleitung der Restband, jedoch nicht mit guten Nachrichten. Sein Chef wollte die Jungs noch nicht im Studio haben. Zur Zeit hatte er jede Menge Aufnahmen, die vorgingen. Wie alle sollten die Grünlinge zunächst in den Schulen und Vorstadtclubs ihr Glück versuchen. Sollte dies funktionieren, würde er zu gegebener Zeit einen ihrer Gigs ansehen, und dann erst über ein Demoband entscheiden. Die Stimmung war nun allgemein im Keller. Doch Shawn sah plötzlich mit entschlossenem Blick in die Runde. „Dem werden wir's zeigen", sagte er heiser. „Allen werden wir's zeigen!" Gordon Tyler nickte bewundernd.

Die ersten Proben konnten erst nach insgesamt vier Wochen wieder aufgenommen werden. Laute Geräusche verursachten Robert Kopfschmerzen. Außerdem litt er noch immer unter Gleichgewichtsstörungen. Shawn hielt sich das klingelnde Broccoliohr zu beim Singen, um keine Irritation zu haben. Größere Probleme aber machte das Knie. Shawn war nicht in der Lage, die Arbeit in den Docks wiederaufzunehmen. Er hielt sich finanziell bei den Fenns über Wasser, mit einer Mischung aus Gartenarbeit und Liebesdiensten bei der Hausherrin. Es mußte etwas geschehen. So schnell wie möglich! Das Verhältnis begann an Shawns Selbstwertgefühl zu nagen.

Elisabeth

Aber etwas passierte zumindest wie von selbst. Wodurch Shawns Lage sich allerdings nicht gerade verbesserte. An einem feuchtschwülen Nachmittag Ende Mai nämlich, war Shawn dabei, im alten Stall Kaminholz zu hacken. Es wurde ihm tüchtig heiß dabei. Er zog sich den Pulli aus und verfluchte die Wollhose, die er nun nur noch zur Arbeit trug. Sie begann zu kratzen. Er zog die Hosenträger über die nackten Schultern herunter. Nachdem er sich die schweißnassen Hände an den Schenkeln abgewischt hatte, widmete er sich erneut mit verbissener Inbrunst einem sehr großen Holzscheit, das es zu spalten galt. Mit den Gedanken bei Thomas Wilson schlug er zu, denn Wilson war dafür verantwortlich, daß Shawn sich wie ein Sklave verkaufen mußte, statt an seiner Karriere zu arbeiten. Dabei stieß er einen fluchenden Ton aus, der ihn für den Moment erleichterte. Voller Genugtuung sah Shawn das Holzscheit auseinanderfliegen. Auf diese Weise hatte er nun schon einen ordentlichen Stoß Feuerholz zusammengehackt an diesem Nachmittag.

Doch während er sich wieder nach einem neuen Stück bückte, fühlte er sich beobachtet. Atemlos hielt er kurz inne, kam hoch, raffte die langen, feuchten Haare aus der Stirn und sah zum Tor. Dort stand im Schatten, gegen das Licht etwas schwierig zu erkennen, eine Mädchengestalt. „Elisabeth?" blinzelte Shawn. Die Gestalt zuckte zusammen. Doch langsam erschien aus dem Dunkel tatsächlich Elisabeth. Sie trug ein sommerliches Kleid mit blauen Streublumen, eine weiße Strickjacke und Sandalen. Wie sie so dastand, sich verlegen auf die Unterlippe biß, ihn ansah, als sei er ein Traumgebilde, war sie so gar nicht die kesse Betty, sondern ein scheues junges Mädchen. Das rührte ihn. Er lächelte liebevoll.

„Ich... ich dachte... ich dachte, ich sag mal Hallo", stotterte sie, „und bring dir gleich 'ne Flasche Bier mit."

Beherzt hieb Shawn die Axt in den Hauklotz und wischte die Hände gegeneinander ab.

„Gute Idee", bestätigte er, nahm die Flasche entgegen und ließ sich in einer kühlen Ecke des ehemaligen Stalles, in der noch Heuballen und alte Futtersäcke lagen, nieder. Elisabeth schlenderte ihm nach, inzwischen etwas gefaßter, und lehnte sich möglichst lässig an den Stützbalken in seiner Nähe. Shawn öffnete die Flasche, indem er Daumen das Porzellanhäubchen mit dem roten Gummiring gegen den Flaschenhals scheppern ließ. Nahm die Flasche an den Mund, legte den Kopf in den Nacken und trank einige große Züge.

„Aaah!" machte er, nachdem er die Flasche abgesetzt hatte, und hielt sie Betty entgegen. „Magste auch 'n Schluck?"

Betty zögerte, doch schließlich setzte sie sich zu ihm ins Heu und trank ebenfalls einen Schluck Bier. Als sie ihm die Flasche zurückgeben wollte, zitterte ihre Hand. So sehr sie sich auch bemühte, ihre innere Spannung war zu groß. Shawn bemerkte es. In ihren Augen war unschwer zu lesen, was Betty gleichwohl von ihm erwartete als auch befürchtete. Ihre Forschheit schien ihr in diesem Moment abhanden gekommen zu sein. Stumm wie ein Fisch und mit ängstlich erwartungsvollem Blick saß sie vor ihm. Shawn rückte ein wenig näher. Behutsam legte er seine Hand auf Bettys Knie, das unter der Berührung ein wenig zurückzuckte. Langsam fuhr er die Innenseite ihres Oberschenkels empor, ohne den Blick von ihr abzuwenden. Seine Hand war heiß von der Arbeit. Sein Oberkörper und sein Gesicht glänzten von kleinen Schweißperlen.

Sein Blick war wie immer überheblich und besitzergreifend. Warum sagte er nichts? Was sollte sie tun? Was erwartete er von ihr? Mutig entschloß sie sich, ein wenig näher zu rücken. Sie legte ihre Handfläche gegen seine Wange.

„Du bist ganz erhitzt", sagte sie betont mädchenhaft.

Statt etwas zu sagen, schloß er die Augen, hielt ihre Hand und küßte sie. Plötzlich spürte sie seine Zunge, seine Zähne, die an ihrer Handkante knabberten. Das kitzelte, so daß sie einen kleinen Gluckser machte, der Shawn vollends in Verzückung geraten ließ. Er zog sie an sich und küßte sie. Seine Hand betastete ihren Körper während er sie küßte. Sie seufzte erregt. Als seine Hand zielstrebig und nicht eben zart in ihren Slip fuhr, ließ ein Gemisch aus Erregung und Furcht ihren Bauch zusammenzucken. Sie fühlte sich plötzlich sehr verletzlich. Und doch wollte sie nicht aufgeben.

Heute war der Tag. Und morgen würde sie eine richtige Frau sein. Seine Frau! Ja, sie wollte sich von ihm besitzen lassen! Doch wartete sie noch immer vergeblich auf zärtliche Worte aus seinem Mund. Dagegen fuhr er mit zwei Fingern in sie. Sein Atem wurde lauter. Betty bäumte sich seiner Hand entgegen, obwohl sie das Eindringen im Moment sehr erschreckte. Doch schon zog er die Hand zurück und machte sich daran, ihr Kleid aufzuknöpfen. Ihr kleiner, bebender Busen kam zum Vorschein, in dem weißen BH aus zarter Spitze. Shawn grinste lüstern, berührte die Haut über ihrem Dekolleté mit der Nasenspitze und mit den Lippen. Elisabeth sah auf seine zerzausten Haare hinunter und streichelte seinen feuchten Nacken. Warum sagte er nichts? Mochte er sie nicht? War sie nicht schön genug für ihn? Oder erwartete sie einfach zuviel von ihm? Ihr Herz schlug wild.

Shawn war inzwischen damit beschäftigt, unauffällig seine Hose aufzuknöpfen und sie währenddessen leidenschaftlich zu küssen. Am liebsten hätte er sich sofort zwischen ihre Schenkel geworfen, um in sie zu dringen. Weh tun müßte er ihr so oder so. Doch er spürte ihre Angst und mahnte sich zur Besonnenheit. Er schob ihren BH ein wenig weiter herunter und leckte an ihrer Brustwarze. Das schien ihr zu gefallen. Sie atmete erregt.

„Deine Brüste sind so süß", sagte er, „wie kleine rosa Pfirsiche".

„Oh Shawn...", seufzte sie laut.

Aha! Es gefiel ihr also, wenn er redete. Ihre Mutter war da ganz anders. Jane sagte, das Geplapper würde sie nur vollkommen aus dem Rhythmus bringen. Im Übrigen hörte sie ihn sehr gern atmen. Besonders, wenn sie an seinen Haaren zog und er deswegen aufstöhnte. Das turnt sie an, die verrückte Jane! Aber wenn es für Betty leichter war, wenn er ihr Komplimente machte - auch gut!

Also flüsterte er ihr noch ein paar nette Dinge ins Ohr, während er sich vorsichtig zwischen ihre Beine legte. Seine Worte machten sie etwas lockerer, doch waren ihre Wunschträume immer viel heißer, viel lüsterner gewesen als diese Wirklichkeit. Sie hatte Angst. Dies war kein Traum. Dies geschah wirklich, und sie zweifelte plötzlich, ob sie schon dafür bereit war. Sie atmete schnell, und Shawn verstand es als ihre Erregung. Ihre Schenkel zitterten und waren ein wenig steif.

„Tu mir nicht weh, bitte", bat sie. Doch er drückte ihre Oberschenkel zur Seite, fand den Eingang unter ihrem Slip.

„Komm", flüsterter er mit rauher Stimme und drängte in die enge Öffnung. Ganz leise schrie sie auf.

Wie ungewohnt, nicht empfangen zu werden, sondern sich wie vor einer Barriere stehen zu glauben. Doch die jungfräuliche Süße, die von ihrem Körper ausging, überwältigte Shawn. Er hatte noch nie eine Jungfrau besessen. Eine Art Euphorie ließ ihn vergessen, daß es für Elisabeth schmerzhaft sein könnte. Er war der erste hier. Niemand mehr nach ihm würde in diesen Genuß kommen! Unter sich begraben das Mädchen, das froh war, das der gröbste Schmerz vorbei war und sie feucht genug wurde, um das weitere zu ertragen.

Ihm schien es jedenfalls große Freude zu bereiten. Sie versuchte, stolz darauf zu sein. Er mußte sie doch lieben, wenn er dies mit ihr tat! So etwas Gewaltiges, Verbindendes! Der Akt kam ihr vor wie ein geschichtliches Ereignis. Sie hörte sein Stöhnen, die Stimme, die sie so sehr erregte, wenn sie mit ihm sprach oder wenn er sang. Aber nun, in diesem Moment, wünschte sie sich, er würde damit aufhören und mit ihr reden. „Shawn!" flehte sie, doch er schien in einer fernen Galaxie zu schweben. Er hörte sie nicht.

Seine Hose kratzte an der zarten Haut ihrer Oberschenkel. Ihr Rücken tat schon weh. Der Untergrund war uneben und hart. Doch seine Bewegungen wurden immer rauher, heftiger, als wolle er tiefer und tiefer in sie dringen, sie in Grund und Boden rammen.

„Shawn! Bitte!"

Doch Shawn war kurz vor dem Höhepunkt.

„Ja Baby, ja...", seufzte er.

Plötzlich hielt er inne, stemmte seinen Oberkörper mit den Armen ab und sein ganzer Körper und sein Gesicht waren für einen Moment in äußerster Anspannung. Er stöhnte erlösend und laut auf, bevor er auf sie niedersank. Atemlos küßte er ihre Schulter.

Sie war froh. Es war vorbei. Und sie war seine Frau.

Er rutschte auf die Seite. Seine Augen hielt er geschlossen. Die Gesichtszüge wirkten nun zufrieden und entspannt. Sie hatte es wohl gut gemacht. Ihre Vagina brannte, der Bauch und die Schenkel taten ihr weh. Als er die Augen öffnete, weinte sie. Still und doch vollkommen aufgelöst. Er strich ihr über die Haare. „Betty." Er streichelte ihren Körper. Doch als er zu den Schenkeln kam, erfühlte er die Feuchtigkeit, viel mehr als sonst. Er sah hin und erkannte Blut. Das erschreckte ihn ziemlich. Er hatte mit ein bißchen Blut gerechnet, eben soviel, daß man den Slip als Trophäe vorzeigen konnte. Aber dies war mehr. In seiner emporsteigenden Panik sah er sich schon ins Haus laufen, um Doktor Fenn zur Hilfe zu holen. Niemals mehr würde er vor die Fenns treten können, wenn er ihrer Tochter so etwas antat! Ganz zu schweigen von Jane! Sie würde ihn verfluchen und ihn hassen. Was um Himmels Willen sollte er nur tun? Doch Elisabeth hatte sich bereits aufgerichtet, saß nun mit angezogenen Knien vor ihm und machte einen erstaunlich ruhigen Eindruck.

„Hast du ein Tuch, ein sauberes, meine ich?" fragte sie schniefelnd.

Shawn sprang diensteifrig auf, um das Frotteehandtuch zu holen, das sich in seiner Tasche befand. Er wusch sich immer nach der Gartenarbeit an der Gartenpumpe und hatte deshalb ein sauberes Handtuch dabei. Als er zurückkam, hatte Betty ihren Slip ausgezogen. Sie hatte ihn so zusammengerollt, daß man das Blut nicht mehr ganz so sehen konnte.

„Ich kann den nicht mit ins Haus nehmen", sagte sie leise. Shawn gab ihr aufgeregt das Handtuch.

„Hier... und den Slip gib mir. Ich laß ihn verschwinden. Aber Elisabeth, das Blut...?"

Er hockte sich vor sie hin und sah sie zweifelnd an. Als Elisabeth seine hilflos geweiteten Augen sah, genoß sie das Machtgefühl, das sie über ihn hatte. Sie wischte sich mit dem Handtuch über ihre Vagina. „Es wird schon heller, siehst du? Bei manchen ist es doller, bei manchen weniger... der Rest ist... Sperma", sagte sie kühl, ganz die angehende Ärztin spielend. Shawn schämte sich seiner Naivität. Er streichelte ihre Schulter.

„Habe ich dir wehgetan?" fragte er kleinlaut. Betty nickte und schon rannen wieder die Tränen. „Ich glaub, beim zweiten Mal is' es schon besser", versuchte er zu trösten, und sein Gesichtsausdruck war plötzlich ganz weich und besorgt. So hatte sie ihn noch niemals gesehen. Betty sah ihn hoffnungsfroh an.

„Heißt das, wir gehen jetzt zusammen?"

Eine feste Freundin war wirklich das letzte, was Shawn im Moment brauchte. Außerdem durfte niemand außer seiner Freunde von dieser Sache erfahren. Doch in diesem Moment wollte er

Elisabeth nicht unnötig brüskieren. Immerhin war das eben schon ganz schön heiß gewesen und außerdem wohl ziemlich auf ihre Kosten gelaufen.

„Ja", nickte er. „Ja, wir gehen zusammen." Doch als sie ihm einen Kuß geben wollte, hielt er sie fest. „Aber du mußt mir hoch und heilig versprechen, daß niemand etwas erfährt. Auch nicht deine Schwestern. Hörst du? Deine Eltern würden mich rausschmeißen, weißte. Wir könnten uns vielleicht nich' mehr sehen..."

Elisabeth umarmte ihn. „Es ist unser Geheimnis, aber nur, wenn du bald ganz allein für mich Gitarre spielst und singst. Ich werde schon einen Vorwand finden, allein im Haus zu bleiben, wenn die anderen einen Ausflug oder so machen."

Er versprach es mit unguten Gefühlen. Langsam wurde ihm bewußt, daß er ab diesem Nachmittag zwei Fenn Frauen am Hals hatte.

Für den Abend trommelte er jedoch zunächst einmal Mason und Tony zusammen, um ihnen die Trophäe zu zeigen. Sie saßen in Masons Zimmer. Shawn zog den Slip triumphierend aus der Tasche, nachdem sie sich die erste Flasche Bier genehmigt hatten. Doch irgendwie war die Sache nicht so gelungen, wie sie sein sollte. Mason machte ein recht erschrockenes Gesicht.

„Was hast du mit ihr gemacht?" fragte er ungläubig.

Und Tony dachte an Claire, in die er sich ziemlich verknallt hatte und die auf Shawns Liste die nächste sein sollte.

„Du hast es also geschafft", gab er mehr grüblerisch als anerkennend zu, „aber mußte es so brutal sein?"

Shawn brachte die Reaktion der Freunde auf. Er steckte den Slip zurück in die Tasche und entzündete mit saurem Blick ein Zigarillo.

„Ihr habt ja keine Ahnung", blaffte er. „Bei manchen blutet es eben doller, bei manchen nich'!" Maulig ließ er Luft zwischen seinen Zähnen zwitschern. „Sie is' okay. Sie liebt mich. So ist es nunmal. Sie heult und wartet dabei schon auf das nächste Mal. Seht mich bloß nich' an, als wäre ich 'n Sittlichkeitsverbrecher! Ihr habt die blöde Wette ja schließlich auch gewollt!"

Jetzt sah Tony seine Chance. „Ja Shawn, is' schon recht. Aber ich meine...äh...wenn ich mir das so überlege... ähm... ich meine...", stammelte er. Mason fiel ihm ins Wort. „Könnten wir das ganze nicht dabei belassen? Es ist doch fies irgendwie. Die Mädchen sind doch wirklich in Ordnung."

Tony nickte beifällig, überrascht von dieser unerwarteten Hilfe. Nun wurde Shawn richtig böse. Er sprang auf.

„Aber sie wollte es! Ich habe sie nicht vergewaltigt, wenn ihr das denkt! Verdammt! Traut ihr mir das zu?" schrie er die Freunde an.

„Shawn, so ist es nicht...", versuchte ihn Tony zu besänftigen, doch Shawn kam mit drohender Gebärde auf ihn zu.

„Ich seh es euch an, ihr feigen Schweine! Ihr setzt mich auf die Hühner an und nachher behandelt ihr mich wie'n Aussätzigen!"

Auch Tony stand nun auf, um die gleiche Größe wie Shawn zu haben. Er traute ihm so einiges zu, so gern er Shawn Allison hatte.

„Shawn, beruhige dich. Beruhige dich!" sagte er möglichst ruhig. „Ich glaube dir ja, daß Elisabeth wollte. Aber wie auch immer - ich will nicht, daß du es bei Claire versuchst!... Ich liebe sie! Hörst du das? Ich habe mich verliebt!"

Augenblicklich hörte Shawn auf zu toben. Er wirkte betroffen.

„Mann! Warum haste das nich' gleich gesagt." Er fasste Tony auf die Schulter und plötzlich umarmte er ihn brüderlich.

„Sie interessiert sich zwar mehr für deinen Bruder, ich weiß, aber ich könnte es nicht ertragen, wenn du... verstehst du. Das wäre das Ende unserer Freundschaft!" gab Tony gepreßt von sich, während Shawn ihn heftig an sein Herz drückte und mit der Faust auf seinen Rücken klopfte.

„Mann", sagte Shawn noch einmal, bevor er Tony wieder freigab. „Gut, daß es jetzt raus is'!" Und grinste gewitzt und erleichtert.

„Und um ehrlich zu sein. Ich mag die kleine Aileen besonders. Sie ist so... so zart. Ich käme mir vor wie ein Schwein, versteht ihr? Sie ist einfach noch nicht so weit. Scheiß auf die Wette!"

„Scheiß auf die Wette!" stimmten Tony und Mason ein, schlugen ihre Bierflaschen prostend gegeneinander und lachten so erleichtert wie lange nicht mehr.

Gordon Tyler

Sein Boß konnte beruhigt sein. Tylers Entdeckung hatte bei all den persönlichen Problemen überhaupt keine Zeit, sich um Politik zu kümmern. Die frühen Texte handelten beinahe ausschließlich vom Zwischenmenschlichen. Nur einige wenige Stücke setzten sich kritisch mit der Institution Kirche oder mit Politik auseinander. Shawn Allison konnte man also noch umlenken. Er kam aus dem Nichts und würde es sicher genießen, sein Konto wachsen zu sehen. Warum sollte er seine wohl einzige Chance, Karriere zu machen, durch falsches Rebellentum zunichte machen? Dem Boß reichten schon die aufmüpfigen Texte der Who und die kritischen Äußerungen John Lennons, die immer häufiger wurden, was kein Wunder war. Die Labour Partei hatte jegliche Chancen verspielt, den Idealismus der Jugendlichen politisch zu nutzen. Nichts änderte sich an der Haltung der Regierung. Keine Beseitigung der Atomwaffen. Man schwieg zum Vietnamkonflikt genauso hartnäckig wie zu der hausgemachten Armut im eigenen Land. Enttäuschung machte sich breit unter den politisch engagierteren Künstlern. Die Musikszene ging mehr und mehr auf Distanz zur Politik, flüchtete sich in eine Phantasieidylle und suchte nach lukrativen Karrieren von Minnesängern einer Gegenkultur. Auch Gordon Tyler hatte sich mehr erwartet von der Labour Regierung. Doch sein Anliegen war letztlich, Geld zu machen und diesen genialen jungen Shawn Allison endlich in die Studios zu bringen. Nach endlosen Wochen des Aufbauens und des Wartens war es dann schließlich soweit. Die Band war reif, sich vor dem Publikum zu bewähren. Sie sollte in Jugendclubs und Pubs der ländlichen Umgebung auftreten. Das Zusammenspiel war zwar noch immer mehr laut als schön, doch die Musik traf genau die Körperregion, die Spannung und Lukrativität versprach: den Bauch! Wenn Tyler bei den Proben die Fenn-Schwestern beobachtete, wie weggetreten sie dahinschmolzen, wie enthusiastisch sie klatschten und tanzten, dann wußte er: genauso würden fünfzig Mädchen reagieren, Hunderte oder Tausende. Und die Boys würden sich wünschen, so zu sein wie die Jungs dort auf der Bühne.

Probleme sah Tyler aber in Shawns Talent, sich mit Frauen in mißliche Situationen zu bringen. Er hatte ihm geraten, sich nicht auslaugen zu lassen. Shawn tat zwar, als würde er nicht wissen, worüber Gordon sprach. Doch man sah dem Jungen an, daß es nicht so einfach war, in aller Heimlichkeit, mal Elisabeth und mal Jane zu beglücken. Es gab Tage, da fehlte ihm jeglicher Biß, da war er einfach nur müde und schlapp und rauchte eine nach der anderen. Aber an den Tagen, an denen er mit neuen Texten ankam, seine Gefühle ins Mikrofon brüllte, daß es einen fror, wußte Gordon, daß Shawn genügend Zeit gehabt hatte, um nachzudenken. Für sich allein zu sein. Sehnsucht zu entwickeln. Zu trauern. Zu dichten. Gitarre zu spielen. Diese Frauen engten ihn ein, weil der Junge leider noch von ihnen abhängig war. Gordon wußte auch davon, daß Frau Doktor dem Jungen Geld gab. Und wie schäbig sich Shawn deswegen fühlen mußte, wußte er ebenfalls. Shawn kam inzwischen zu Gordon wie zu einem väterlichen Freund, dem man alles erzählen kann. Gordon hörte zu, er fühlte Shawns Furcht vor seinem sinkenden Ehrgefühl. Er mußte dem Abhilfe schaffen. Mehr Erfolgserlebnisse mußten her. Gordon organisierte Auftrittmöglichkeiten in etwas größeren Clubs und Pubs und stellte mit Shawn ein Repertoir an Songs zusammen für einen Wettbewerb.

Leider bildete sich Elisabeth Fenn ein, für Shawn wichtig zu sein. Sie hatte bald bei ihren Eltern durchgesetzt, die Band bei beinahe allen Gigs in und um London zusammen mit ihrer Schwester Claire begleiten zu dürfen. Während Claire sich der allgemeinen Stimmung hingab und die Auftritte genoß, wachte Elisabeth eifersüchtig über alles, was Shawn mit dem weiblichen Publikum machte.

Gordon erkannte wohl, daß Mrs. Fenn nur zähneknirschend diese Nähe ihrer Töchter zu Shawn Allison zuließ, und er sah auch, wie traurig sich die kleine Aileen immer mehr zurückzog. Nicht nur, daß sie noch zu jung war, um an den Gigs teilzunehmen. Gordon war sich sicher, daß die Kleine ahnte, was zwischen Shawn und ihrer Mutter vor sich ging. Er war so oft mit den Jugendlichen zusammengewesen in der letzten Zeit, daß er die Zwischentöne nicht überhören konnte.

Gordon nahm das Management in die Hand, ohne daß jemals darüber gesprochen worden wäre. Auf Geld kam es ihm dabei im Moment gar nicht so sehr an. Mit einer Entdeckung zusammen sein zu können, sie wachsen zu sehen, bei einer Entwicklung so eng zugegen zu sein, das allein befriedigte ihn ungemein.

Für den ersten wirklich größeren Auftritt hatte Gordon die Zusage von der Watford Town Hall. Die Halle war nicht voll. Doch etwa dreihundert Jugendliche interessierten sich immerhin für die neue Musik. Die Jungs wirkten etwas verklemmt, als sie auf die Bühne kamen. Doch Shawn faßte sich schnell, atmete tief durch und fing an zu singen. „Tell me, if this were your last Moment in Live..." Nach einiger Zeit kamen auch die Jugendlichen aus dem Nebensaal in die Halle. Einige standen direkt vor der Bühne. Shawn hockte sich vor zwei Mädchen, die direkt zu seinen Füßen standen. Er sah ihnen tief in die Augen, während er sang. Es waren Elisabeth und Claire, die sich gegenüber den anderen Mädchen aus dem Publikum privilegiert vorkamen. Sie beobachteten aufmerksam alle seine Bewegungen. Begeistert sahen sie zu, wie geschmeidig er sich rekelte, mit welch naturgegebenem Reiz er den Po bewegte. Wie er die Geschichte, die er musikalisch erzählte, auch körperlich umsetzte. Beim vierten Song war der Saal mit etwa vierhundert Personen gefüllt. Shawn sprang lässig von der Bühne, ließ sich von einem begeisterten Jungen eine Zigarette geben und ging weiter, soweit die Mikrofonschnur reichte, hinein ins Publikum. Er sang von der Sehnsucht nach der elterlichen Liebe. „Don't let him go alone..." Er faßte einen Jugendlichen kurz an die Schulter, umarmte für Sekunden ein Mädchen, ließ sich anerkennend auf den Rücken klopfen. Den Kontakt genoß er offensichtlich.

Gegen Ende des Stückes „Lost Boy" taumelte er im lauten Gitarrenfiasko zurück zur Bühne, als würde er im nächsten Moment zwischen den Zuschauern zusammenbrechen. Auf der Bühne hängte er sich an den blonden Gitarrenengel und verbarg das verschwitzte Gesicht an seiner Schulter. Spider war verunsichert und gerührt und begeistert zugleich und spielte göttlich.

Gordon hatte sich gefragt, ob Shawn tatsächlich weinte, wie ein entzücktes junges Mädchen gesehen haben wollte. Er jedenfalls war hingerissen von diesem Paar dort auf der Bühne und sah sie bereits in den großen Clubs, im Fernsehen, in Europa und in Amerika. Noch niemals in seiner langen beruflichen Laufbahn hatte ihn ein Anfänger in solche Höhenflüge versetzt. Dieser Blick, eine Mischung aus Verlangen und Enttäuschung, war einzigartig. „Oh please pretty Mama, will you find the key to my cold haert... will you bring the flame to warm it up... will you bring the heat to make me hot... So my body will burn... burn... burn!" Ja, genau das war es! Und genau in diesem Moment krachte die Zensur in Gestalt des Stadtteilpolizisten in den Saal. „Schluß!" rief er aufgebracht und winkte. „Sofort aufhören!" Und an Tyler gewandt: „Siee... Sowas war nicht ausgemacht! Ich verbitte mir diese Schweinereien... Sofort aufhören!"

Gordon gab der Band ein Zeichen zu stoppen. Etliche Jugendliche buhten und maulten, die meisten trauten sich jedoch nicht so recht zu protestieren. Nacheinander verklangen die Instumente.

Shawn stand auf sein Mikro gestützt und beobachtete die Diskussion zwischen Gordon und diesem muffigen Prinzipienreiter, wieder einer der Sorte „Vater Allison". Als er das entgültige Auszeichen von Gordon bekam, krächzte er ins Mikrofon: „Tut mir leid, wir sehn uns wieder, ganz sicher. Ich danke euch. Ich liebe euch!" Dann ging er schnellstens von der Bühne und verschwand im Garderobenbereich. Die Band mischte sich unter die Jugendlichen um mit ihnen zu reden. Gordon kam Shawns schnelles Verschwinden etwas seltsam vor. Er ging ihn suchen, nachdem er den Ordnungshüter besänftigt hatte. Auch Elisabeth war auf der Suche nach Shawn, und die traf Gordon in der Garderobe. Als sie ihn fragte, log er sie an. Shawn sei inzwischen wieder draußen bei den anderen. Er fand Shawn schließlich auf der Toilette. Er saß auf einem Klodeckel, ein Handtuch über dem Kopf, und heulte.

„He Junge", fragte Tyler besorgt. „Was ist los mit dir?"

„Das war so toll, Gordon! Ich bin so glücklich!" schniefelte es unter dem Handtuch hervor. Shawn schob das Handtuch vom Kopf in den Nacken, stand auf und umarmte Gordon. „Danke. Ich danke dir Gordon. Mann, ich danke dir!" Gordon lachte und drückte den Jungen an sich.

„Hahaha! Großartig! Du bist einfach großartig, Junge! Hast du gesehen, was du mit ihnen machen kannst? Hast du das gesehen?" Er hielt ihn ein Stück von sich und rüttelte begeistert an Shawn. „Sie werden dir zu Füßen liegen, du heulender Held. Ich wette mit dir, daß wir im nächsten Jahr durch ganz Europa tuoren! Du bist ein Schatz, du bist mein Goldschatz!" Überschwänglich drückte Gordon dem Jungen einen knallenden Kuß auf.

„He Mann! Biste bescheuert?"

Shawn wischte heftig über seinen Mund. Dann lachte er, legte seinen Arm um Gordons Schultern und forderte ihn auf, endlich ein Bier auszugeben. Dann zogen sie mit den Jungs in den nächsten Pub, im Schlepptau ein paar Jugendliche, männliche wie weibliche, die irgendwie ahnten, daß sie an etwas teilhaben konnten, worum sie viel später, viel viel später, einmal die halbe Welt beneiden würde: Die Geburt einer großen Band.

Der Aufstieg

Von da an ging alles relativ schnell. Im Laufe des folgenden Halbjahres traten sie in nahezu allen Clubs in und um London auf. Gordon schleifte sie von Pontius zu Pilatus. Mit wachsendem Erfolg. Zunächst klapperten sie ganz West-London ab: Hammersmith, Shepard's Bush, Acton, Greenford, Harrow, Chiswik und Ealing. Die Auftritte brachten um die zwanzig Pfund pro Abend. Nicht eben viel, aber die Band war bald in aller Munde. Inzwischen hatten sie einen Namen, über den man im Positiven wie im Negativen sprach: „The Rumor."

Schon während der Vorankündigungen in den Lokalzeitungen, „The Rumor" kämen in eine Kleinstadt, kam es zu Krächen in den Familien. „Schließt eure Töchter ein", hieß es scherzhaft in einem Lokalblättchen, „Shawn Allison ist in der Stadt". Erwachsenen, die den Schock durch die „Who" kaum überwunden hatten, schimpften es „Wildenmusik". Shawns Bewegungen und seine Texte seien zudem jugendgefährdend, gegen die Erwachsenenwelt aufwiegelnd und vor allen Dingen voll von sexuellen Anspielungen, die die Jugendlichen auf dumme Gedanken brächten. Musikkritiker beklagten sich über Shawns Unfähigkeit, beim Singen die Töne zu halten. „Wie konnte eine so schlechte Band überhaupt aus dem Probenraum herauskommen!" hieß es in einer Musikzeitschrift, die Shawn zerknüllte und mit den ingrimmig gesprochenen Worten „Denen werden wir's schon zeigen!" in den Papierkorb warf. „Die Band und vor allem ihr charismatischer Sänger und Frontman, ist brandheiß", hieß es in einer anderen. „Wir sehen sie schon heute, einem Feuerschweif gleich, kometenhaft über den Kanal rauschen, um Europa zu erobern."

Doch vorerst sollten sie in einem klapprigen Bus, den Spider organisiert hatte, durch ganz England touren. Ihre Auftritte brachten sie beileibe nicht in schwarze Zahlen. Gordon investierte mutig einen Teil seines privaten Geldes. Aber er wollte diese größere Tour. Er war froh, sein Ziehkind von den Fenn-Frauen weggebracht zu haben, denn Elisabeth würde sicher nicht zu den Gigs mitfahren dürfen, wenn diese siebzig Kilometer und mehr von London entfernt waren.

So sah es jedenfalls auch zunächst aus. Kurz vor der Tour war es nämlich zum großen Eklat in der Familie des Doktors gekommen. Wie auch immer es geschehen konnte, Mrs. Fenn hatte jedenfalls entdeckt, daß Shawn mit ihrer ältesten Tochter schlief. Eines vormittags kam er mit einem violetten Auge zur Bandprobe. Für den Doktor schien es, als sei seine Frau aus dem einfachen Grund so böse auf Shawn, weil er ihr Kind verführt hatte. Auch er war schließlich sauer auf Shawn, der das Vertrauen des Hausherrn schmählich mißbraucht hatte. Doch er ahnte nicht, welchen Schmerz seine Frau durchlitt. Wie verraten sie sich vorkam. Verraten und betrogen. Sie hatte Shawn mit der ganzen Kraft ihres Schmerzes und ihrer Enttäuschung geschlagen. Doch dieses Mal schlug er zurück, was ihm jedoch gleich darauf so leid tat, daß er sie an sich zog und sie küßte. Sie schliefen sogar miteinander. Voller Enttäuschung und Wut, aber auch voller Obsession. Als er ging, blieb sie liegen und weinte. Und weinte so lange, bis keine Träne mehr kommen wollte. Nun erst merkte sie, wieviel Shawn ihr bedeutete.

Bei allem Unglück, begann sie jedoch nicht, ihre Tochter zu hassen. Im Gegenteil. Sie schob Elisabeths Starrköpfigkeit und ihre Aggressionen, als es hieß, sie dürfe keinen Kontakt mehr zu Shawn haben und selbstverständlich nicht mehr zu den Gigs mitfahren, auf Shawns „Proletencharakter", der schon begonnen hätte, auf das Kind abzufärben. Sie versuchte deshalb Elisabeth zu bemitleiden. Mitleid hatte sie in Wirklichkeit nur mit sich selbst. Elisabeth, die heulte und tobte und das Essen verweigerte, bekam vorerst Stubenarrest. Man hoffte, daß Shawn schnell aus der Stadt verschwinden würde. Mr. und Mrs. Fenn rechneten nicht mit der Willensstärke ihrer Tochter.

Shawn indes hatte lediglich eines nicht kalt gelassen bei der ganzen Angelegenheit: Der enttäuschte Blick der kleinen Aileen. Doch er hatte schließlich so viel anderes zu bedenken und zu planen, daß er diese unliebsame Sache mit den Fenns schnell hinter sich lassen wollte. Auch er rechnete nicht mit der Hartnäckigkeit Elisabeths.

Es war schon schwer genug, von seiner Familie Abschied zu nehmen. Dabei hatte er alles veranlaßt, seine Mutter und die fünf jüngeren Geschwister abzusichern. Gordon hatte den Jungs einen Vorschuß gewährt, den sie fast vollständig Shawns Mutter übergaben. Bei deren Sparsamkeit würde das Geld etwa zwei Monate überbrücken helfen. Sogar Onkel Geoffrey entwickelte so etwas wie Achtung vor seinem Neffen, seit er die ersten Fotos in den Zeitungen gesehen hatte. Er versprach Shawn, sich um die Familie zu kümmern. Doch das war es wirklich nicht, was Shawn sich wünschte. Er wollte Geoffrey so schnell wie möglich loswerden. Er war nun dem Onkel gegenüber in einer günstigeren Position. Mutig nahm er Geoffrey das Versprechen ab, sich von seiner Mutter und den Kindern fernzuhalten. Andernfalls würde er ihn wegen Körperverletzung anzeigen und alles in den Zeitungen breittreten. Geoffrey verspürte nicht schlecht Lust, seinem Neffen dafür gleich wieder eine Tracht Prügel zu verpassen. Doch als Buhmann am Zeitungspranger zu stehen, schreckte ihn merklich ab und er beließ es bei verbaler Gewalt: „Du kleine Ratte... Miststück... Bastard... ich zequetsche dich!" Shawn kannte all das nur zu gut. Es regte ihn nicht mehr auf.

Seine kleinen Schwestern Jill, Jacky und Maggy ließen sich von der längeren Trennung erst überzeugen, als er ihnen versprach, aus jeder Stadt, in der die Band auftrat, eine Überraschung mitzubringen. Willy hingegen fühlte sich plötzlich sehr erwachsen. Er versprach Shawn und Robert, daß alles glattging mit den Mädchen, während die großen Brüder unterwegs waren.

Es sollte ja vorerst nur durch England gehen. Aber für Shawn und seinen Bruder, für Mason, für Tony, der zu Hause bleiben würde, um weiter seiner Lehre nachzugehen, und für alle ihre Familienangehörigen war das Aufbrechen der Band ein riesiges Ereignis. Denn keiner von ihnen war bisher viel weiter als bis nach London gekommen. Nur für Spider war Reisen nichts Neues. Er war mit seinen Eltern schon mehrfach in Australien gewesen, aber auch in Europa. In Schweden und Italien. In Deutschland und in der Schweiz.

Als der Bus endlich auf der Schnellstraße war, fühlten sich die Jungs wie befreit von allen Ketten ihrer Kindheit. Einzig Tony fehlte ihnen. Gordon ließ sie lauthals singen und ihre albernen Scherze machen. Er hatte einen geduldigen und zuverlässigen Fahrer organisiert, der schon so viele Kegel- und Fußballbrüder gefahren hatte, daß der Lärm der Jugendlichen ihm nichts ausmachte. Der kräftige Andy, ein Rowdie, den Gordon von früheren Events her kannte, und die geschickte und humorvolle Lillian waren diesmal außerdem mit von der Partie.

Andy half die VOX-Lautsprecher zu schleppen, die Instrumente und Mikrofonständer und all das Zeug, was von Mal zu Mal mehr zu werden schien, und er baute alles bühnengerecht und pünktlich auf. Lillian, ein mütterlicher Typ, jedoch erst Anfang dreißig und beileibe nicht unattraktiv, sorgte für die Kleidung der Gruppe und für einen guten Bissen und Kaffee sowie Kopfschmerztabletten im richtigen Moment. Beide saßen mit dem Rücken zum Fahrer und betrachteten schmunzelnd, aber auch hoffend die Ausgelassenheit der Jungs. Denn sie hatten schon ein paar Bands aufsteigen und ebenso schnell wieder fallen sehen. Ihr Job war ziemlich aufreibend. Doch sie konnten sich nichts schöneres vorstellen, als in dieser ständigen Betriebsamkeit zu leben und teilzuhaben an allem, was die Fans niemals zu sehen bekamen. Wie zum Beispiel die Szene, die sich im Moment im Bus vor ihren Augen auftat.

Shawn spielte Gitarre und sang, während die Jungs mit allen zur Verfügung stehenden Gegenständen den Rhythmus trommelten, schnippten oder klapperten und ihre Kommentare zum schmutzigen Text abgaben oder ihn vervollständigten. „She rocks me easy... in her sky rocking chair... She thinks I'm ay good man... but I know I'm only a man... Uhh Baby, I'm smaller than you think... I tumble over, keep spelling my drink... Uuuh Jany Baby, dear old lady." Ein Song, der jedes Mal ein wenig anders ausfiel und wegen seiner Schmuddelreimfähigkeit schnell zum Lieblingsstück der Gruppe avanciert war.

In vier Städten sollten „The Rumor" allein in der ersten Woche auftreten. Zum Glück hatte Gordon weitverzweigte Beziehungen, so daß sich die Veranstalter nicht zu lange bitten ließen, eine unbekannte Band auftreten zu lassen. Vor allem nach den ersten Erfolgen in London fiel die Planung weiterer Gigs nicht mehr so schwer wie zu Anfang. Der erste Gig sollte im Stadttheater von Bournemouth stattfinden. Der Vorverkauf lief gut. Zu erwarten waren an die zweitausend Jugendliche.

Gordon hatte für sie alle im „Goddart Arms" insgesamt fünf Zimmer gebucht. Als sie dort ankamen, waren sie schon ziemlich müde, doch es stand ihnen noch eine Pressekonferenz bevor, die Gordon für den Abend organisiert hatte. Also hieß es: sich ein wenig ausruhen, etwas essen, sich fotogen rausputzen, um sich anschließend möglichst locker den Fragen und Blitzlichtern zu stellen.

Inzwischen waren die Jungs auch darin schon geübter. Während der ersten Konferenzen in London, Gordon hatte die Presse mit der Einladung „Gordon Tyler von der BBC präsentiert die neuen Shooting-Stars der Popmusik" gelockt, zeigten sie sich noch eher schüchtern. Shawns Stimme war oft beinahe unbrauchbar. Alle vier fuchtelten viel zu sehr mit ihren Händen irgendwo in der Luft herum, und sie zuckten bei jedem Blitzlicht unwillkürlich zusammen. Trotzdem hatte sich Shawn von der ersten Konferenz an wie selbstverständlich zum Wortführer erklärt, was von den anderen auch ganz selbstverständlich akzeptiert wurde.

Ausruhen, das bedeutete für Shawn, seine Klampfe zu nehmen, sich aufs Bett zu setzen, ein Zigarillo griffbereit zu haben und ein Bier, um neue Ideen vor sich hinzuklimpern oder Stücke nachzuspielen, die zur Zeit in den Charts liefen. Er teilte das Zimmer nicht wie zu Hause mit Robert. Gordon meinte, man müsse alte Zusammenhänge aufbrechen, um allen genug Entwicklungsspielraum zu bieten. Die Jungs verstanden das zwar nicht, beugten sich jedoch Gordons Vorschlag. Denn er war schließlich der erfahrenere in solchen Dingen. Also wohnte Shawn mit Mason und Robert mit Spider. Eigentlich war das auch nicht weiter wichtig, weil Robert mit seiner Mundharmonika immer herüberkam, um ein wenig mitzujammen. Bald war auch Spider da, und das Zimmer sah aus wie Kraut und Rüben.

Shawn, Mason und Bob fanden das Hotel schon luxuriös, während Spider es eher unterdurchschnittlich beurteilte. Er hielt sich aber lieber zurück, mit seinen Reisen und Aufenthalten in teuren Hotels zu prahlen. Er wollte unbedingt einer von ihnen sein. Doch er legte eine Lässigkeit im Umgang mit der Einrichtung und Ausstattung von Hotels an den Tag, die sich auch die anderen gerne und schnell aneigneten. Besonders Shawn fand es ausgesprochen cool, die Schuhe anzubehalten, wenn er auf dem Bett lümmelte. Gebrauchte Handtücher wurden irgendwo hingeschleudert und zierten schon mal eine Stehlampe. Leere Flaschen scharten sich alsbald um sämtliche Möbel. Zigaretten und Zigarillos wurden auf Untertassen ausgedrückt oder in Blumentöpfe gesteckt. Der Fußboden war bald ein riesiger Abfalleimer. Gordon kannte diesen Effekt. Er fand die Unordnung absolut inakzeptabel. Aber er wußte auch, daß gerade dies, unbedingt zum Image einer wilden Rockband dieser Tage gehörte. Also sagte er nichts weiter dazu.

Schließlich ging es nicht um eine Schlagercombo. Und immerhin war dies alles noch recht zahm. Es sollte aber nicht lange so harmlos bleiben.

Gegen sieben Uhr ging er zum Zimmer vierundachtzig, um die Jungs zu erinnern, daß in einer halben Stunde die Konferenz stattfindet. Er wußte, daß wieder alle bei Shawn herumhingen, und klopfte nur provisorisch an die Tür, bevor er eintrat.

„Verdammt!" fluchte er. Mit dem größten Chaos hatte er gerechnet, aber nicht mit dem, was er jetzt sah: die splitterfasernackte Betty Fenn rittlings auf dem anscheinend vollkommen bekleideten Shawn, beide im Ohrensessel vor dem Fenster. Von Shawn waren genau genommen nur seine zwei Hände zu sehen, die Elisabeths Brüste umfaßten. Da Gordon sie im Finale ertappt hatte, gab es trotz Elisabeths großem Schrecken keinen sofortigen Abbruch der Szene. Schließlich versuchte sie panisch, sich irgendwie zu bedecken, und Shawn kam mit einem gequälten Stöhnen. Gordon warf ihr schnellstens ein Laken zu.

„Scheiße Gordon, was machst du denn hier?" ächzte Shawn.

„Scheiße Shawn", gab Gordon zurück „was macht die denn hier?" und zeigte wütend auf Elisabeth. „In einer halben Stunde in der Lobby! Ohne die da und ohne Flecken auf der Hose! Klar, Mister Allison?"

Nachdem Gordon unsanft die Tür geschlossen hatte, braute sich in ihm ein tiefer Unmut zusammen, über dieses doch sehr hartnäckige Mädchen, das wohl so leicht nicht abzuschütteln war. Aber auch eine dumpfe Befürchtung wuchs in ihm, die ihm sagte, daß das Thema Frauen für Shawn zum wichtigsten, aber auch zum verhängnisvollsten Teil seines Lebens werden könnte. Er mußte unbedingt und mit allen Mitteln versuchen, Elisabeth wieder loszuwerden. Sollte sie ohne Erlaubnis ihrer Eltern hier sein, sollte dies kein Problem darstellen.

Aber nun galt es zunächst, die bevorstehende Pressekonferenz gut hinter sich zu bringen. Sie wurde schließlich sogar im regionalen Rundfunkprogramm ausgestrahlt. Er hoffte nur, daß Shawn nicht wieder aussprach, was zwar der Wahrheit entsprach, aber auf keinen Fall gesagt werden durfte: „Wir spielen unsre Musik mit den Eiern, nich' mit 'm Kopf!"

In der Lobby war ein längerer Tisch aufgestellt, mit einem bis zum Boden überhängenden Tischtuch. Hinter dem sollte die Band Platz nehmen. Vereinbart war, daß zu Beginn Fotos der sitzenden Band gemacht werden. Nach dem Gespräch dann sollten die Fotografen Gelegenheit haben, die Band stehend vor dem extra dafür vorbereiteten Hintergrund zu fotografieren. Gordon hielt es sehr genau mit der Präsentation seiner Entdeckung. Wenn dies auch alles noch in einem verhältnismäßig kleinen Rahmen stattfand, so sollte es doch von Anfang an eine gewisse Qualität haben. Er selbst würde schräg vor dem Tisch platznehmen, so daß er nicht auf die Bilder kam und trotzdem einen guten Blick auf das Geschehen hatte. Außerdem hatte Shawn ihn gebeten, in der Nähe zu sein, einfach weil er sich dann sicherer fühlte. Gordon konnte Shawn so zur Not durch Zwinkern, Nicken oder Kopfschütteln zurückpfeifen, wenn er wieder einmal dabei war, zu dick aufzutragen. Gordon stellte sich hinter den Tisch, bis er von Lillian das vereinbarte Zeichen bekam, daß die Jungs bereit waren, und sprach in eines der Mikrofone:

„Ich darf sie herzlich zu unserer Pressestunde hier im schönen Bournemouth begrüßen, meine Damen und Herren. Ich freue mich ganz besonders, Ihnen heute die diesjährigen Shooting-Stars des Pop vorzustellen. Hier sind sie: 'The Rumor'."

Die Journalisten klatschten. Und Gordon war sehr zufrieden, wie die Jungs im Saal erschienen. Beinahe wie alte Hasen schlenderten sie herein. Ein kurzes Peace-Zeichen von Mason, der in rosa Hemd, schmaler grauer Hose und leicht eckigen Glattledersteifeletten ankam. Sein rotes Haar dazu. Schrill. Aber es wirkte perfekt. Bob hob die Hand, ein leichtes Zucken der Mundwinkel deutete ein Lächeln an. Er trug einen dunkelgrauen Feinstrickpullover mit Zipper und zwei Längsstreifen in hellgrün, jeweils über der rechten und der linken Brustseite. Dazu eine schwarze Lederhose und spitze Stiefel. Spider kam gespenstisch blaß wie immer, in einem weißen Rollkragenpullover und hellgrauer Hose. Seine roten Stiefeletten aber sorgten gleich für Aufsehen. Außerdem war der Hofknicks, den er für die Presseleute machte, schon etwas frech. Zuletzt betrat Shawn den Saal. Er zog die Mundwinkel in die Höhe, das Zigarillo sicher zwischen den Lippen, und zeigte mit dem Daumen der rechten Hand nach oben. Er trug unterm schmalen schwarzen Ledermantel ein Shirt mit Union-Jack-Motiv, eine hauteng Lederhose und spitze Stiefeletten.

Die Journalisten klatschten, während einer nach dem anderen hereinkam. Zwei Reporterinnen ließen sogar einen Pfiff hören, als Shawn demonstrativ sein Shirt liftete und seinen nackten Bauch sehen ließ. Diese Geste aber galt Gordon, der sie auch sehr wohl verstand. Es ging um die Flecken, die Shawn nicht auf sich sitzen lassen wollte. Er grinste Gordon frech zu. Dann setzte sich Shawn, tat einen großen Zug an seinem Zigarillo, testete das Mikro, indem er kurz dagegen schnippte, räusperte sich verraucht und begann schließlich zu den Journalisten zu sprechen:

„Tag' Leute. Da sind wir also und freu'n uns auf eure Fragen. Wenn ich ma' vorstellen darf: Das da ganz rechts von mir, der hübsche Feuerkopf, das is' Mason. Der spielt das Schlagzeug. Oh Yes... hit me! Hier rechts neben mir, das is' mein kleiner Bruder Bob", dabei legte er Bob den Arm um den Hals, um ihn spaßeshalber in den Würgegriff zu nehmen. „Der spielt den Baß und Mundharmonika und verstärkt meine Stimme 'n bißchen." Beide Brüder grinsten. Shawn drückte noch einmal zu, bevor er Bob freiließ und sich Spider zuwandte. „Und der Lange hier ist Spider, Spider Maaaan... der spielt die Leadguitar, yeah...!" Spider und Shawn boxten einander leicht gegen die Schulter. Shawn deutete mit seinen beiden Daumen auf sich selbst und kam den Mikrofonen dabei etwas näher. „Und das hier is' Shawn. Der schreibt den ganzen Kram, spielt Gitarre und versucht zu singen. Das Ergebnis kennt ihr!"

„Sie sind ja noch sehr jung", begann der erste Reporter. „Wie kommt man in Ihrem Alter auf solch schwierige Texte?"

Shawn zog noch in aller Ruhe zu Ende an seinem Zigarillo, lehnte sich scheinbar nachdenklich zurück, um sich praktisch sofort wieder in Richtung der Mikros zu beugen. Seine Antwort kam knarrend, beinahe widerwillig.

„Ob die Texte schwierig sind, weiß ich nich'. Ich weiß nur, daß das Leben schwierig is', wenn man jung ist vielleicht noch schwieriger, als wenn man älter is'. Ich schreib eben nur, was ich wirklich aus eigener Erfahrung kenne. Das kommt einfach so aus mir raus, wie bei andern Leuten Tränen vielleicht."

„Soll das heißen, Sie hatten eine schwierige Kindheit?"

Der Reporter war noch nicht ganz zufrieden. Doch nun grinste Shawn gereizt.

„Mir war nicht bekannt, daß Interviews so was ähnliches sind wie Therapiesitzungen. Also, danke Mister, ich werde mich an Sie wenden, wenn ich mal größere Probleme habe!"

Allgemeines Gelächter und Gemurmel waren die Reaktion auf Shawns Worte. Doch sein Grinsen war aus dem Gesicht gewichen und hatte diesem Überheblichkeitsblick Platz gemacht, der beinahe unheimlich war. Noch nicht einmal ansatzweise hatte er zu Gordon geblickt, um etwa einen Wink zu bekommen, ob er auf eine solch intime Frage antworten mußte oder nicht. Gordon wußte, daß solche Fragen Shawn entsetzlich auf den Nerv gingen. Er war stolz auf seinen Zögling, daß der sein Temperament so gut im Griff hatte und sein Gefühl nicht verbalisierte. Hätte er das getan, wäre so etwas herausgekommen wie: „Du gehst mir auf den Sack, Alter! Soll ich hier die Hosen runterlassen oder was?!" oder gar Schlimmeres. Solche Reaktionen konnte die Gruppe sich jedoch zur Zeit noch nicht leisten. Eines Tages vielleicht wäre es unter Umständen imagefördernd. Aber für den Moment war Shawns eher zurückhaltende Reaktion die bessere. Spider sprang ein, während

Shawn noch etwas mit seiner Fassung zu kämpfen hatte. Spider, ganz in seiner etwas sphärischen Art:

„Mann..., das ist sensible Lyrik, was Mr. Allison da macht. Du mußt nicht unbedingt 'ne schwere Kindheit gehabt haben, um sowas schreiben zu können. Nur genügend Feeling mußt du haben. Sieh dich doch um, oder frag die jungen Leute, wie's ihnen so geht. Dann wirst du genau das sehen und hören. Nur nicht in so schöner Form. Lyrik ist immer ein Spiegel des Lebens, niemals etwas völlig Neues. Aber es kommt drauf an, wie man dir den Spiegel vorhält. Wenn man ihn dir vor den Kopf knallt, willst du dich sicher nicht darin wiedererkennen. Wenn man ihn dir aber aus einer angemessenen Entfernung vorhält, siehst du vielleicht hinein und erkennst dich darin wieder. Das ist die Kunst der Lyrik in der Musik."

Gordon hielt die Luft an. Da kam das Bildungsgefälle zwischen Spider und Shawn zum Ausdruck, wie er befürchtet hatte. Nun kam es ganz darauf an, wie Shawn darauf reagierte. Im Moment saß er da, den Zigarillostummel zwischen den geschürzten Lippen zustimmend nickend. Die Reporter notierten eifrig.

„Aber die Musik, die ihr macht, die ist doch sehr laut und hart..." sprach einer aus der Mitte.

Shawn ergriff wieder das Zepter. „Ja Mann, die Musik *woll'n* wir euch vor den Kopf knallen! Ihr sollt ja hinhören und nicht wegpennen!"

Lächelnd fuhr der Journalist mit seiner Kritik fort. „Na ja, aber der älteren Generation geht ihr damit ganz schön auf die Nerven. Ob die da hinhören, weiß ich nicht."

Shawn beugte sich scheinbar gelassen Richtung Mikrofon. Gordon hoffte, daß er auch dieses Mal nicht zu dick auftragen und vor allem keine schweinischen Ausdrücke benutzen würde.

„Jetzt will ich euch mal was sagen, und ich glaube, ich spreche hier für die jüngere Generation. Der älteren Generation ist es doch sowas von scheißegal, was wir denken und fühlen und was aus uns wird, daß die sowieso nie hinhören, was wir sagen. Wir haben nur diese eine Möglichkeit, damit sie endlich auf uns aufmerksam werden. Wir sind laut, wir sagen ihnen die häßliche Wahrheit, und wir trampeln ihnen tüchtig auf dem Nerv herum. Wenn wir das jetzt schon erreicht haben, wunderbar. Das spornt uns an. Danke Mann."

Der Journalist runzelte die Stirn, nickte dankend und notierte eifrig, während ein allgemeines Gemurmel durch den Saal ging. Gordon erzitterte innerlich. Gerade hatte er sich noch Sorgen gemacht, daß Shawn sich, durch Spiders perfekte kleine Rede, in seiner Eitelkeit gekränkt fühlen könnte. Da bringt auch er einen im Grunde perfekten Satz heraus, der Spiders Aussage noch erweitert, sie letztendlich aus ihren sphärischen Höhen zurück in die Realität holt. Genau das machte Shawn aus. Unberechenbar und genial. Er hatte eben mehr gesagt, als irgendein anderer Popstar vor ihm. Ob sich darüber bewußt war, daß diese Äußerung durchaus politisch zu werten war? Forderte er die Jugend nicht geradezu auf, sich zu widersetzen? Und das im Moment, wo die Sicherheitskräfte in der Tat genügend damit zu tun hatten, die perspektivlosen Jugendlichen im Zaum zu halten. Diese Äußerung konnte von jemand, der der Band Böses wollte, als Angriff auf die innere Sicherheit gewertet werden. Gordons Boss würde toben. Würde ihm die Zeitung auf den Tisch knallen mit den rauhen Worten: „Ja bist du denn von allen guten Geistern verlassen, ihn sowas sagen zu lassen? Ich habe dich gewarnt! Der Junge fliegt, wenn er politisch wird! Aus mit dem Plattenvertrag!" Aber andererseits wußte Gordon, daß die Fans genau dieses von Shawn erwarteten: seine Ehrlichkeit, seine Kompromißlosigkeit, seine Leidenschaft und seinen Mut, gepaart mit diesem maroden Sex-Appeal, der Erwachsenen die Haare zu Berge stehen ließ. Der Boss würde gar nicht anders können, als die Band weiter zu vermarkten. Die Teenager rasten aus, wenn man ihnen ihren Helden nimmt. Und Shawn war gerade auf dem Weg dorthin.

„Haben Sie vor, eine Platte aufzunehmen?" fragte eine Journalistin. Dieses Mal antwortete Mason. Erstaunlicherweise, denn Mason war bisher recht schüchtern gewesen im Umgang mit Journalisten.

„Ja. Wir werden noch während der Tour unsere erste Single herausbringen. „Lost Boy" wird die A-Seite sein, die B-Seite soll eine Überraschung werden."

Die Journalistin bedankte sich freundlich. Und schon ging die nächste Frage ein. „Wie gefällt der Band das Leben als angehende Popstars?"

Alle vier antworteten beinahe zugleich. „Super... einfach Klasse... Spitze... spaßig..."

„Es is' toll. Die Mädels, wie sie nach uns ihre Arme ausstrecken und kreischen und so", sagte nun Bob. „Und die Fans, die schon vor den Hotels auf uns warten oder versuchen, sich zu uns reinzumogeln. Also, das geht jetzt alles so richtig los. Und wir finden's toll. Die lieben uns, und wir lieben sie. Es macht total viel Spaß, mit den Jungs durch die Gegend zu reisen, in klasse Hotels zu wohnen und auch noch die Freizeit zusammen zu verbringen."

Gordon war erleichtert. Nun schienen sich die Fragen auf eine ungefährlichere Ebene hin zu bewegen. Er ahnte ja nicht, daß zu guter Letzt noch ein dicker Klopfer auf ihn wartete.

„Wie sieht denn die Freizeit bei euch so aus?" fragte eine Journalistin und sprach nun Shawn direkt an. „Was haben Sie zum Beispiel gemacht, Mister Allison, bevor Sie zu uns heruntergekommen sind?"

Gordon schüttelte unauffällig den Kopf, um allen Eventualitäten vorzubeugen, aber Shawn beachtete ihn nicht. Er rückte besonders dicht an ein Mikro, schürzte lasziv die Lippen, sah der Journalistin direkt in die Augen und sagte mit rauchiger Stimme:

„Gevögelt hab ich Mam', scharf gevögelt."

Die Jungs saßen im Zimmer vierundachtzig, verteilt auf Bett, auf Fußboden und einen Sessel vor dem Fenster. Gesenkten Hauptes ließen sie eine Predigt über sich ergehen, die Gordon Tyler ihnen zuteil werden ließ, die aber in der Hauptsache Shawn galt.

„Wozu sage ich wohl 'Kein Sex in Interviews'? Wozu sage ich 'Keine politischen Äußerungen'? Kann mir das mal einer erklären?"

Bis jetzt war Gordon im Zimmer auf und ab getigert. Nun blieb er direkt vor Shawn stehen, der betont lässig auf dem Bett hing, sich jedoch nicht traute, Gordon anzusehen. Gordon stemmte die Fäuste in die Taille.

„Mann! Die Eltern, denen du damit vor den Kopf stößt, sollen ihre Töchter nicht einsperren, während du in der Stadt bist. Sie sind es, die ihren Küken das Geld für die Eintrittskarten geben! Wann kapierst du das denn endlich, Shawn Allison?!"

Mason, der am Boden saß, malte mit dem Finger Muster in den Flauschteppich. Bob lag ebenfalls auf dem Bett hinter Shawn und pulte an den Fingernägeln. Spider saß im Sessel, ließ die Beine über die Lehne hängen, hielt die Arme über der Brust verschränkt und starrte gegen seine Knie. Shawn, der sich von Gordon herausgefordert fühlte, weil der ihn hier vor versammelter Mannschaft rügte, kam ruckartig zum Sitzen hoch und erhob ebenfalls seine Stimme gegen Gordon.

„Soll ich etwa lügen, wenn die blöde Kuh mich fragt, was ich gemacht hab, bevor ich zum Interview gekommen bin?"

„Nein, mein Junge", fratze Gordon zurück, "nicht lügen. Aber vielleicht kannst du deine Klappe halten und jemand anderen antworten lassen. Bob zum Beispiel hätte sagen können, daß er vorher mit Spider Billard gespielt hat!"

„Aber die hat direkt mich angesprochen, verdammt noch mal!" konterte Shawn und sprang auf.

„Na und?" wiedersprach Gordon. „Du hast ja heute auch noch ein paar andere Dinge getan! Aber nein, es reizt dich natürlich, gerade einer Frau sowas zu sagen! Es scheint dich so sehr zu reizen, daß es Macht über dich gewinnt und du nicht einfach deine Klappe halten kannst! Was meinst du, was mein Boß dazu sagt, daß Erwachsene angeblich nur dann zuhören, wenn man ihnen gehörig auf dem Nerv rumtrampelt? Was meinst du, was die Polizei dazu sagt, wenn Jugendliche das wirklich ernst nehmen? Das allein hat vorhin beinahe mein Herz stillstehen lassen! Aber nein, Shawn Allison muß noch ein Brikett drauflegen und das schöne Wort „Vögeln" gleich zweimal ins Mikro sagen!" Gordon schüttelte den Kopf.

Shawn stand inzwischen am Fenster. Er tat so, als sehe er hinaus, dabei knabberte er an seinem Daumennagel, um seine Wut auf Gordon oder vielleicht auch auf sich selber zu unterdrücken.

„Dann war eben alles, was ich gemacht habe, wieder mal Scheiße!" grummelte er.

Gordon schüttelte immer noch den Kopf. Er hatte die Journalisten noch vor sich, wie sie zum Teil durch die Zähne pfiffen, wie sie „Olala" murmelten und etliche ähnliche zweideutige Bemerkungen machten, amüsiert lachten oder klatschten. Wie scharf sie anschließend darauf waren, Fotos von der Gruppe zu schießen, und wie gut sich die vier während des Shootings in Szene gesetzt hatten.

„Im Gegenteil", sagte er zum Erstaunen der Jungs. „Ihr ward erschreckend gut. Ihr müßt euch bloß darüber im klaren sein, was es für einen jeden von euch bedeutet, daß Mr. Allison euer Image prägt."

Damit wollte er die Jungs im Moment allein lassen, doch schon in der Tür drehte er sich noch einmal um, zeigte warnend in Shawns Richtung und verlangte:

„Übrigens, das Mädchen, das verschwindet hier schleunigst wieder, ist das klar? Sag ihr das! Wir können sie hier nicht brauchen! Morgen Nachmittag nach dem Konzert will ich sie hier nicht mehr sehen, und ich will sie auch vor dem Konzert in keinem dieser Zimmer sehen! Sonst werde ich echt böse!" Damit ging er hinaus und schloß die Tür laut hinter sich, um dem Gesagten Nachdruck zu verleihen.

Die Jungs rappelten sich erleichtert auf, nachdem Gordon das Zimmer verlassen hatte. Nur Shawn war sehr schlechter Stimmung. Er verpaßte der Stehlampe, die neben dem Sessel stand, einen Fausthieb, so daß sie zu Boden fiel. „Scheiße!" fauchte er und entzog sich rauh dem Versuch Bobs, ihn zu beruhigen, indem er ihm seine Hand auf den Arm legte. Die Hand wurde von Shawn weggestoßen.

„Ich laß mir nich' vorschreiben, was ich zu sagen habe oder wann ich vögeln darf!" schnaubte er, verschwand im Bad und knallte die Tür hinter sich zu.

Die Jungs warfen sich hilflose Blicke zu und zuckten mit den Schultern.

„Das geht ja gut los." sagte Spider.

Bob wollte natürlich seinen Bruder unterstützen. „Na ja, das kann Gordon aber auch nich' machen mit Shawn. Ich meine, wo der doch sowieso immer gleich so hochgeht, wenn ihm einer was vorschreiben will."

„Aber daß die Elisabeth hier ist, finde ich auch nich' gut," schaltete sich Mason ein. „Die bringt hier nur alles durcheinander."

Aus dem Bad klangen zerstörerische Geräusche. Ein paar Gegenstände mußten wohl dran glauben. Doch nach ein paar Minuten hörte man Wasser laufen. Spider und Bob beschlossen, erst einmal in ihr Zimmer zu gehen. Sie verabredeten mit Mason ein Treffen in der Hotelbar gegen elf Uhr, das war in einer knappen Stunde.

Nachdem die Jungen gegangen waren, klopfte Mason vorsichtig an die Badezimmertür. „Kann ich reinkommen, Shawn?" fragte er zaghaft.

„Ja! Komm rein! Is' nich' abgeschlossen" rief die vertraute Stimme, noch immer mit gereiztem Unterton.

Mason ging hinein, schloß langsam die Tür hinter sich und blieb an sie angelehnt stehen. Shawn lag in der ovalen Wanne. Brust und Schultern ragten aus dem Schaum. Die Arme lagen auf dem Wannenrand. Gerade zuvor mußte er untergetaucht sein. Jedenfalls waren Gesicht und Haare naß. Obwohl er die Haare über den Kopf nach Hinten gestrichen hatte, hing ihm die widerspenstigste aller Strähnen im Gesicht. Er lag mit geschlossenen Augen, im rechten Mundwinkel ein Zigarillo. Mason wagte kaum zu atmen. Er wollte diesen Augenblick genießen, möglichst unauffällig natürlich, ohne Shawn zu nahe zu treten. Er wußte, wenn er jetzt etwas Falsches sagte, würde Shawn ihn achtkantig hinauswerfen. Der Freund war so schön anzusehen, daß Masons Gesicht zu glühen begann.

„Hast ja mächtig aufgeräumt" hier", sagte er möglichst lässig und versuchte, sich auf das zerschlagene Badzubehör zu konzentrieren. Ein Porzellanbecher hatte dran glauben müssen, eine Schale, in dem Seifenstückchen lagen, eine Vase. Sicher waren es keine sehr wertvollen Stücke, aber Ärger würde es bestimmt geben.

„Hmm" brummte Shawn gleichgültig und zog an seinem Zigarillo. Er sah Mason düster an. „Und deshalb biste reingekommen, um mir das zu sagen?"

Mason schüttelte langsam den Kopf, wobei er etwas verlegen auf seine Schuhe sah.

„Liebst du Betty Fenn?" fragte er leise.

Shawn legte seinen Kopf wieder auf dem Rand der Badewanne ab, schloß die Augen und atmete tief durch. Mason ging ein paar Schritte auf ihn zu. Er setzte sich auf den Toilettendeckel, von wo aus er Shawns Reaktion sehr gut beobachten konnte. Shawn drehte langsam seinen Kopf, ließ ihn sachte über den Wannenrand rollen, von rechts nach links, von links nach rechts und wieder in die Mitte.

„Soll das heißen: Nein?" vergewisserte sich Mason.

Shawn blies grauen Rauch in Säulenform in die Luft, ohne auch nur zu ahnen, welche Sehnsucht er mit jeder seiner Gesten bei Mason auslöste.

„Na, hassen tu ich sie auch gerade nich'! Aber Mann, muß ich denn jede, mit der ich bumse, auch gleich lieben? Wenn de darauf wartest, daß de Liebe fühlst, wie immer das auch sein mag. Gott wird's mir vielleicht irgendwann mal zeigen. Wenn de darauf wartest jedenfalls, wirste nie mit einem bumsen, Mason. Dann stirbste als alte Jungfer."

Mason hatte sich eine Zigarette angezündet und saß nun, die Unterarme auf die Oberschenkel gestützt, breitbeinig auf dem Toilettendeckel und blies den Rauch zwischen seinen Knien zu Boden. Er mochte es nicht, wenn Shawn so über die Liebe redete.

„Ich weiß nicht. Ich glaub, da bin ich irgendwie anders als du. Ohne Liebe, das kann ich mir nich' vorstellen weißte. Vielleicht hab ich auch zu hohe Erwartungen."

In diesem Moment lief ein rotes Rinnsal unter Shawns Hand hervor und den Wannenrand entlang. Mason sprang auf.

„Du blutest ja!" Er setzte sich auf den Wannenrand, griff Shawns Hand, drehte sie herum, um die Handfläche anzusehen. Dort sah er einen nicht allzu großen, aber tiefen Schnitt.

„Ja", brummte Shawn. „War die blöde Vase."

Gerade wollte er noch sagen, daß der Schnitt wirklich nicht schlimm war, da senkte Mason seine Lippen auf Shawns Hand und küßte die blutende Wunde. Vieles hatte Shwan mit dem Freund schon erlebt, aber diese überaus zärtliche Geste verstörte ihn. Er wollte wütend werden, schaffte es jedoch nicht. Er wollte ihm die Hand entziehen, erstarrte aber in der Bewegung. Es war soviel Ehrlichkeit in dieser Geste, soviel... nein, er wollte dieses Wort in dem Zusammenhang nicht denken. Er wußte genau, in welcher Beziehung er zu Mason stand. Es war kein Geheimnis, daß beide tiefe Gefühle füreinander hegten. Brüderliche, doch freundschaftliche, in jahrelanger Auseinandersetzung und an gemeinsamen Erlebnissen gewachsene. Das, was er während des Kusses in Masons Augen sah, behagte ihm überhaupt nicht. Und noch weniger behagte ihm, daß er seine Hand nicht einfach wegziehen konnte, daß er Mason nicht schon längst aus dem Bad geworfen hatte.

Mason verstand, in Shawns ratlosem, verwirrten Blick zu lesen, und er schämte sich plötzlich. Er sprang auf.

„Entschuldige", sagte er leise, drehte sich schnell um und lief zur Tür hinaus.

Shawn warf den Rest seines Zigarillos zielsicher in eines der Waschbecken, tauchte unter, kam wieder hoch, rieb sich kräftig durchs Gesicht und blieb einen Moment so liegen. „Oh Scheiße", murmelte er hinter den vorgehaltenen Händen, „auch das noch."

Unterdessen war Gordon vor Bettys Zimmer angelangt. Wenigstens hatte sie so viel Taktgefühl besessen, sich nicht während der Pressekonferenz blicken zu lassen. Gordon klopfte an.

„Wer ist da?" fragte die Mädchenstimme.

„Gordon Tyler, ich möchte mit dir reden."

Gordon legte sein Ohr an die Tür, um zu horchen, wie die Antwort ausfiel. Doch die Tür wurde in der nächsten Sekunde geöffnet.

„Kommen Sie rein", forderte Betty ihn nicht allzu freundlich auf und unterstrich die Einladung mit einer Geste ihrer Hand.

Gordon trat ein. Er fragte sich, wo die Sechzehnjährige das Geld für das Zimmer her hatte.

„Wissen deine Eltern, daß du uns hinterher gereist bist?" fragte er teils hoffend, teils ehrlich besorgt.

„Ja. Ich habe so lange nichts gegessen, bis Daddy mir erlaubt hat, diese Tour mit euch zu fahren" antwortete sie beinahe trotzig.

„Bist du mal daraufgekommen, zum Beispiel mich zu fragen, ob ich das will? Ich bin verantwortlich für die Jungs. Das ist aber nur eine Seite der Medaille. Auf der anderen Seite stehe ich auch in der Verantwortung des Senders. Skandale, egal welcher Art, könnten die Karriere der Jungs und auch meine Karriere über Nacht vernichten. Begreifst du das?" Er mußte sich ein wenig bücken, um in das leicht abgesenkte Gesicht Elisabeths sehen zu können. „Du bist minderjährig. Ich darf dich gar nicht mitfahren lassen. Ich darf es auch nicht dulden, daß du mit Shawn Allison schläfst. Ich mache mich der Kuppelei schuldig. Begreifst du das?" Da auch darauf keine Reaktion folgte, nahm er Betty bei den Schultern, schüttelte sie sanft und erreichte damit, daß sie ihn ansah.

„Aber, er liebt mich, und ich liebe ihn. Ich kann es einfach nicht aushalten, ihn so lange nicht zu sehen." Betty war den Tränen nahe.

„Hast du *ihn* denn wenigstens gefragt, ob es ihm recht ist, wenn du hinter ihm her reist?" fragte Gordon etwas schärfer. Er hatte schon so viele heulende Mädchen gesehen, von Tränen ließ er sich nicht so schnell erweichen.

„Wenn's ihm nicht recht wäre, hätte er das vorhin bestimmt nicht mit mir gemacht", konterte sie trotzig. Und promt flossen die ersten Tränen. Erwartungsgemäß. Gordon mühte sich um den nächsten Satz. Er tat so etwas nicht gern. Doch es mußte unbedingt gesagt werden:

„Hat er sich gefreut, als du kamst? Hat er dich mit offenen Armen empfangen und dir gesagt, daß er dich vermißt hat?"

Es kam nur eine zögernde und zudem wenig überzeugende Antwort!

„Ja, hat er. Hat er wohl!"

Elisabeth log nicht besonders gut.

„Ich will, daß du morgen nach dem Gig hier verschwindest. Das ist ein äußerst faires Angebot, finde ich. Heute abend noch werde ich deine Eltern anrufen, um zu überprüfen, ob sie es wirklich wissen. Wenn nicht, lasse ich dich zur Not von der Polizei nach Hause fahren. Das willst du ja hoffentlich nicht erreichen? Habe ich mich jetzt klar genug ausgedrückt?" fauchte Gordon und rüttelte etwas heftiger an ihren Schultern, obwohl sie ihm eigentlich herzlich leid tat. Er war ja kein böser Mensch. Aber er steckte in einem beinharten Geschäft, das er sich von einer Göre und den Trieben seiner Neuentdeckung nicht kaputtmachen lassen wollte. Betty machte sich los.

„Au, Sie tun mir weh! Bitte gehen Sie jetzt."

Gordon ging zur Tür, drehte sich aber noch einmal zu ihr um und drohte mit erhobenem Zeigefinger:

„Und wehe, ich sehe dich nochmal in den Zimmern der Jungs! Du wirst nicht zu ihnen nach oben gehen. Ist das klar?"

Sie nickte. Beleidigt zwar, aber sie nickte. Gordon ging mit gemischten Gefühlen. Wie ähnlich sie doch ihrer Mutter war. Als Gordon gegangen war, warf Betty sich auf das Bett und weinte haltlos. Das war so gemein von Tyler! Nein, Shawn hatte sie zwar nicht jubelnd empfangen. Wenn sie ehrlich war, hatte er sogar die Tür zunächst einmal kaum richtig geöffnet. „Was willst'n du hier?" hatte er gefragt und sie ziemlich brummig angesehen. Doch sie hatte sich an ihm vorbei ins Zimmer hineingeschoben. Mason lag auf dem Bett. Shawn bat ihn, für einen Moment das Zimmer zu verlassen. Der ging sehr unwillig hinaus. Kaum daß Mason die Tür hinter sich geschlossen hatte, warf sie sich Shawn in die Arme, um ihn zu küssen, doch er hatte ihren Kuß nicht erwidert. „Was soll das?" war seine ernüchternde Frage, mit der er sie ein Stück von sich schob. „Aber, freust du dich denn nicht, daß ich hier bin?" fragte sie ihn mit dem Geschmack von Tränen auf den Lippen und beobachtete, wie sein Gesichtsausdruck weicher wurde. Sie nahm allen Mut zusammen, stellte sich mitten ins Zimmer und begann sich auszuziehen. Sie war bei ihrem Pulli angelangt, da kam er, um ihr zu helfen. Schnell war alles von einem Taumel in gierige Griffe und Küsse und beinahe schmerzhafte, aber ungeheuer animierende Bisse übergegangen. Sie konnte sich nicht erklären, warum, aber immer geriet der Sex mit ihm zu einer Art Kampf. Gerne hätte sie mit ihm unter der Bettdecke gekuschelt, ihn gestreichelt und liebkost. Aber vielleicht war das normal so, vielleicht wollten Männer es so rauh und ohne viel Kuschelei. Shawn hatte überhaupt immer ein wenig komische Ideen. Manchmal fühlte sie sich wie ein Versuchskaninchen. Manchmal glaubte sie, er dachte an ganz jemand anderen, während er mit ihr die verruchtesten Sachen trieb, die eben manchmal auch weh taten. Nur eines hatte sie noch nicht gemacht. Aber sie wußte, daß er es wollte, weil sie bei jeder Gelegenheit in diese Richtung lenkte. Auch heute, als sie letztendlich auf seinem Schoß gelandet war, mit dem Rücken zu ihm, obwohl sie ihn eigentlich lieber angesehen hätte. Sie hatte seine Brust geküßt und er hatte ihren Kopf nach unten führen wollen. Doch sie konnte sich das einfach nicht vorstellen. Vielleicht machten „das" Huren. Natürlich konnte man davon keine Kinder bekommen. Damit hatte er sicher recht. Aber sie ekelte sich davor, so sehr sie seinen Körper auch liebte. Das hatte nichts mit ihm zu tun. Doch vielleicht mußten Frauen das tun, um einem Mann ihre Liebe zu beweisen? Vielleicht war es so wichtig für Männer, daß sie nur die Frauen wirklich lieb haben konnten, die ihnen diesen Liebesbeweis zuteil werden ließen? Ja. Sie war sich seiner Liebe nicht sicher. Gordon hatte so verdammt recht. Natürlich war das der Grund dafür, daß seine Worte so weh taten. Doch Elisabeth wollte Shawn. Sie wollte ihn für sich allein. Und sie hatte einen Plan, dessen Erfüllung sie, Dank Gordons ungewollter Hilfe, heute vielleicht schon um einen großen Schritt näher gekommen war. Gordon, der alte Esel. Wäre er nicht mitten drin ins Zimmer gestürzt, hätten sie vor dem Samenerguß abgebrochen. Sie legte sich auf den

Rücken, trocknete die Tränen und lächelte. Sie faßte sich auf den Leib. „Suchet, so werdet ihr finden," sagte sie zu all den kleinen Allisons und fragte sich, warum sie eben noch so traurig gewesen war. Natürlich, ihr würde nichts anderes übrig bleiben, als zunächst wieder nach Hause zu fahren. Aber morgen nachmittag würde sie noch den Gig genießen und dann würde Daddy wie verabredet kommen, um sie zu holen. Er war wirklich schwer in Ordnung. Nun gab es zwar schlechte Stimmung mit Mom und den Schwestern, aber Daddy konnte es nun mal nicht aushalten, wenn seine Betty so sehr litt. Ach Mom. Die lag sowieso schon wieder drei Tage in ihrem Bett und meinte, der Kopf müßte ihr platzen. Ein ganzes Arsenal von Tabletten waren ihre Gefährten in dem abgedunkelten Zimmer. Sie sah blaß und alt aus. Was war nur wirklich mit ihr los? Sie hatte sich noch nicht einmal von Betty verabschieden wollen. Daddy hatte gesagt, sie sei sauer auf ihn, weil er allein entschieden habe, daß Betty für zwei Tage nach Bournemouth fahren durfte und daß sie die frühe Verbindung zu einem Jungen, der zudem noch aus der Unterschicht stammte, nicht gutheißen konnte. Aber zur Zeit war Betty jedes Opfer recht. Sie hatte von ihrer Mutter sowieso noch nie viel Hilfe bekommen. Die war meist viel zu sehr mit ihrem eigenen Schmerz beschäftigt. Deswegen erwartete Betty auch jetzt nichts von ihr.

Das Interview wurde am nächsten Tag in der Jugendsendung am Mittag, jedoch in gekürzter und zensierter Form, gesendet. In einer kleinen südenglischen Stadt liefen eine ganze Reihe von Radioapparaten auf Hochtouren. Mutter Allison saß mit allen ihren Kindern vor dem alten Dampfradio und konnte nichts gegen ihre Tränen unternehmen, die ihr der Stolz in die Augen trieb. Masons Familie ging es ähnlich. Nur Spider wurde von keinem seiner Familienmitglieder gehört. Sie weilten gerade auf Hawaii, wie jedes Jahr um diese Zeit. So behauptete er jedenfalls. Die Familie Fenn erlebte die Aufzeichnung auf unterschiedliche Art. Der Doktor bekam sie nur beiläufig mit, während eines Hausbesuches, bei dem er den Großvater einer Halbwüchsigen untersuchte, die im Nebenzimmer relativ laut Radio hörte. Aileen und Claire hockten in Bettys Zimmer vor dem Radio und lauschten voller Enthusiasmus und Aufregung. „Das ist Shawn, das ist Shawn!" rief Aileen und mußte von Claire zur Ruhe gemahnt werden. Doch als Bob sprach, rief Claire: „Das ist Bob", und holte sich einen Dämpfer von Aileen. Die Kleine hatte schwer mit sich zu kämpfen gehabt in den letzten Tagen. Sie wollte Elisabeth nicht hassen, und sie wünschte ihr alles Gute. Aber es tat sehr weh zu wissen, daß sie mit Shawn zusammen war. So richtig zusammen war, wie sie es mit ihm nun mal nicht konnte. Doch auch ihn haßte sie nicht. Im Gegenteil. Ihre Liebe zu ihm war noch gewachsen. Nur so konnte sie sich diese furchtbare Sehnsucht erklären, die sie Tag und Nacht in sich trug. Sein Kuß auf ihrem Haar. Seine starken Arme, die ihren Körper wärmten. Seine Worte, „Engel, sag mir, was ich darf..." Sie war sich seiner Liebe sicher. Aus unerklärlichen Gründen war sie sicher, er würde sie niemals vergessen, was immer auch passierte. Sie fühlte sich wachsen mit dieser inneren Wahrheit, schneller, als ihr lieb sein konnte. Sie wollte warten. Irgendwann würde die Zeit kommen. Dann würde es egal sein, daß sie ein paar Jahre zu spät geboren war. Jeden Tag betete sie zu Gott, er möge ihr Shawn zuführen, ohne ihrer Schwester Betty weh zu tun. Manchmal war sie trotz dieser merkwürdigen Sicherheit ganz verzweifelt. Denn wie sollte das alles gehen?

Mrs. Fenn hatte sich eigentlich vorgenommen, die Sendung nicht anzuhören. Doch sie war einfach zu scharf auf Shawns Stimme. Vielleicht wollte sie sich auch nur ein wenig quälen, um sich erneut für ein paar Tage ihrem Schmerz zu überlassen. Als sie seine rauhe Stimme hörte, mit diesem jungenhaften, trotzigen Unterton, den sie so sehr liebte, stiegen ihr Tränen in die Augen. Aber gleichzeitig wurde sie derartig wütend, daß sie ihren eleganten Pantoffel nahm und ihn mit aller Kraft gegen das Radio schleuderte. „Du Schwein, treibst es mit meiner Tochter! Du mieses Stück

Dreck! Du kleiner, versauter Bastard!" Sie sackte zurück in ihre Kissen und flennte noch eine Weile. Ja, so konnte man es nennen, ohne zu übertreiben. Doch plötzlich forderte ihre innere Stimme eine Entscheidung von ihr. Entweder du flennst dich zu Tode (doch das wäre natürlich für Shawn Allison die einfachste Art gewesen, unbeschadet aus der Affäre herauszukommen), oder du stehst jetzt auf und nimmst am täglichen Leben wieder Teil, damit du stark genug bist, dem Rotzlümmel Paroli zu bieten. Jane entschied sich für die zweite Möglichkeit.

Gordon scheute keine Kosten und mietete eine Limousine samt Fahrer, der die Band zum Gig fuhr. Sie wurden von mindestens fünfzig Mädchen umlagert, als sie aus dem Hotel traten. Am Morgen noch, als sie zur Generalprobe gefahren waren, konnten sie sich unbehelligt aus dem Kücheneingang schleichen. Inzwischen waren es nur noch zwei Stunden bis zum Auftritt. Die Jungs sahen Klasse aus, spielten souverän mit, gaben den Mädchen, die an ihnen herumzerrten, greinten und heulten, Autogramme und schüttelten ihre fordernden Hände.

Betty Fenn stand etwas abseits und beobachtete das Treiben mit Argwohn. Noch vor zwei Stunden hatte sich Gordon sehr über sie ärgern müssen. Er hatte ja nicht ausdrücklich verboten, daß sie und Shawn sich sahen. Er sagte nur, daß er Betty nicht in Shawns Zimmer antreffen wollte. Also war sie zwar nicht in die Nähe der Jungs gekommen, hatte aber Shawn zu sich aufs Zimmer gelockt. Als Gordon nachsehen kam, wie weit die Jungs mit ihrer Garderobe waren, traf er einen sehr stillen, beinahe traurigen Mason an, der nicht so recht herauswollte mit der Wahrheit. Nach einem Anruf sei Shawn abgezogen mit den Worten „Ich geh mich noch mal'n bißchen entspannen", und das sei so etwa vor einer Stunde gewesen. Gordon reagierte sofort und lief in die nächst tiefere Etage, zu Bettys Zimmer. Dort kam Shawn gerade heraus, kein bißchen für den Auftritt zurechtgemacht, aber dafür mit einem äußerst zufriedenen Grinsen auf den Lippen. Das erste Mal, seitdem er Shawn kennengelernt hatte, überkam ihn die Versuchung, dem Jungen eine Ohrfeige zu verpassen. Doch das wäre nach allem, was Shawn in seiner Familie erlebt hatte, das absolute Aus für die Beziehung zu Gordon gewesen. Im Gegenteil, er mußte hier ganz anders verfahren. Auch Shawn rechnete mit einem echten Donnerwetter. Er wich unwillkürlich aus, als Gordon mit erhobener Faust auf ihn zu kam. Kein Wunder, er war Handgreiflichkeiten gewohnt. Immer hatte es was gesetzt, wenn er sich dem Willen Erwachsener nicht beugte. Statt dessen legte Gordon seinen Arm um Shawns Schultern und schlenderte mit ihm den Hotelflur entlang.

„Hör zu, mein Junge. Ich möchte etwas von dir wissen", begann Gordon mit scheinbarer innerer Ruhe.

„Schieß los", sagte Shawn möglichst selbstverständlich, während er noch immer auf ein Donnerwetter gefaßt war. Gordon nickte.

„Was ist dir im Moment das Wichtigste in deinem Leben? Beantworte mir bitte diese Frage."
Shawn mußte nicht lange überlegen.

„Ich will, daß aus der Band was wird", sagte er prompt.
Gordon nickte wieder.

„Was meinst du, ist das Allerwichtigste, damit dies gelingt?"
„Ja", überlegte Shawn, „daß wir alle zusammenhalten, denk ich mal und so."
Gordon blieb stehen.

„Es freut mich, daß du das auch so siehst. Weißt du", setzte er mit einem Ausdruck der Erleichterung fort, „einen Moment lang hatte ich geglaubt, du würdest dir Privilegien herausnehmen, ich meine, du als Bandleader. Zum Beispiel ein Mädchen mitreisen lassen, was natürlich für die anderen, auch für mich übrigens, nicht in Frage kommt." Er lachte. „Schließlich können wir nicht mit einem ganzen Harem herumreisen, nicht wahr?!"

Shawn blickte auf den Boden. Er wußte genau, wie Gordon das meinte. Elisabeths Anwesenheit, nur an diesem einen Tag, erzeugte so viel Unmut in der Gruppe. Um sein Gesicht zu wahren, war Shawn immer trotziger geworden, bis er sich vor lauter Trotz schon ganz unwohl fühlte und immer brummiger reagierte. Wenn ihm in solch einer Situation einer schräg kam, konnte er sehr ungerecht, ja sogar sehr fies werden. Das wußte er selbst. Aber er kam da allein schlecht wieder raus. Die anderen erwarteten von ihm einfach persönlichen Einsatz. Das hieß auch, daß er mit ihnen zusammen die allermeiste Zeit verbringen sollte. Und letztendlich sollte er auch die Entbehrungen mit den anderen teilen, nicht nur die Freuden. Auf den Docks hätte es wahrscheinlich härtere Maßnahmen gesetzt, wenn er sich dort so unkollegial verhalten hätte. Es wurde Zeit zum Einlenken. Es war gut, daß Gordon jetzt da war. Er hatte ja recht. Es ging ihm nicht darum, Shawn zu maßregeln, das mußte er nun einsehen.

„Weißte Gordon", sagte er und grinste Gordon gewitzt an, „eigentlich bin ich ganz froh, wenn du sie nach Hause schickst. Ich bin nich' Schuld und muß mir noch nich' mal das Gejammer anhören."

Gordon seufzte erleichtert und klopfte ihm deftig auf die Schulter. „Hach, sehr gut, mein Junge! Sehr gut. Und jetzt mach dich frisch, und laß dir von Lilian bei der Garderobe helfen. Es geht bald los." Er zog Shawn noch einmal an sich, während sie Seite an Seite weitergingen. „Ich bin sehr froh, daß unsere Unstimmigkeit damit vom Tisch ist. Mann! Wir werden die Welt erobern! Millionen Mädchen werden feuchte Höschen kriegen, wenn Shawn Allison die Bühne betritt! Und du wirst frei sein. Frei wie ein Schmetterling..."

„...von Blüte zu Blüte..." setzte Shawn lachend fort.

„Hüte dich...", mahnte Gordon mit erhobenem Zeigefinger.

„So war das nicht gemeint!"

Nun saßen sie also endlich in der Limousine. Die Mädchen drückten ihre Handflächen gegen die Scheiben des Wagens, kreischten die Namen der Jungs, heulten „Ich liebe dich Shawn, Mason, Spider, Bob", je nach dem, wen der vier sie favorisierten, und rissen sich gegenseitig in den Haaren.

„Is' das Irre", begeisterte sich Bob. „Guck, bei der mit den großen Titten würd ich gern mal hinlangen! Jaa! Komm rein, Kleine, ich mach dich platt!"

„Große Worte, kleiner Bruder", sagte Shawn mit abgebrühtem Gesichtsausdruck. „So geil, wie die is', würde die dich glatt verschlingen. Das is' 'ne fleischfressende Pflanze, sag ich dir."

Gordon grinste geduldig, während die Jungs dreckig lachten.

„Große Titten mag ich nicht", gab Spider trocken zum besten, „aber spitz müssen sie sein. Spitz und hart!"

Alle lachten laut, während der Wagen sachte anfuhr und die Mädchentraube langsam abschüttelte. Man fuhr zum Lieferanteneingang der Stadthalle, wo zwei Sicherheitsbeamte des Veranstalters und der Organisator die Band in Empfang nahm.

„Wir sind ausverkauft!" strahlte er Gordon entgegen.

„Wieviele?" fragte Shawn im Vorbeieilen. „Zweitausendeinhundert" antwortete der Mann fröhlich.

Shawn kam das ungeheuer viel vor. Ein bißchen nervös wurde er nun schon. Spider klopfte ihm auf die Schulter.

„Wir heizen denen ein, Mann!"

Sie lachten und boxten einander, um sich gegenseitig Mut zu machen. Im Garderobenraum hinter der Bühne wartete Lilian mit Getränken, Ersatzgarderobe, Kopfschmerztabletten, Nähzeug.

Doch die Jungs waren bestens präpariert und fieberten nur dem Auftritt entgegen. Hier hinten war es kaum leiser als im Theatersaal. Die zweitausend, mehrzählig Mädchen, verwandelten den ehrwürdigen Saal in einen Hexenkessel. Shawn und Mason lieferten sich einen scherzhaften Boxkampf, während Gordon ein paar letzte Anweisungen gab.

„Es ist sehr eng. Deswegen gehst du bitte nicht hinunter, Shawn. Zu gefährlich. Sie erdrücken dich. Verstanden?" Shawn nickte beiläufig, während er Mason eine sanfte Rechte verpasste. „Und die Hände, die Hände nur kurz berühren. Laßt euch nicht greifen. Sie ziehen euch unter Umständen hinunter."

Gordon rückte nah an die Jungs heran, um sicher zu gehen, daß Shawn kapierte, was er soeben erklärt hatte. Er handelte sich einen kleinen Hieb gegen die rechte Schulter dafür ein und ein freches Grinsen.

„Yes, Sir."

Gordon war sich nicht sicher, ob das Gesagte nicht vollständig verflogen war, sobald Shawn auf der Bühne stand. Doch plötzlich ging Shawn sehr ernsthaft zusammen mit den Jungs noch einmal die Songfolge des Gigs durch. Hier wurde er seiner Aufgabe als Bandleader gerecht. Er besprach die Einsätze. Außerdem erläuterte er, was in etwa er auf der Bühne zu tun gedachte. Wie weit er mit dem Mikro hin und her gehen wollte oder ob er sich auf das Schlagzeugpodest stellen würde oder es doch besser ließ. Daß er sich bei „Lost Boy" wieder an Spider „ranmachen" wollte usw. Allerdings wußten die Jungs nun langsam, daß er sich meist nicht an den Plan hielt und sie bei ihm immer mit spontanen Aktionen rechnen mußten. Das konnte bedeuten, daß ein Gitarrenriff verlängert oder ein Solo geschickt umspielt werden mußte, bis Shawn fertig war mit seiner jeweiligen Aktion und in der geplanten Folge fortfuhr.

„Laß mich den Riff bitte nicht länger als fünf Mal ohne Gesang durchleiern, ja Shawn?" bat Spider. „Ich bitte dich, komm früher als das letzte Mal, von wo auch immer, ans Mikro zurück."

Beifälliges Nicken der übrigen Bandmitglieder. „Ja. Vergiß uns nicht"', grinste Bob. „Und vor allem, gib uns Zeichen, wenn's noch dauert", schlug Mason vor. „Es is' total dämlich, so im Ungewissen rumzumachen."

Shawn zog seine linke Braue in die Höhe. „Wie unflexibel meine Herren. Aber okay, ich reiß mich zusammen."

Er zog am Zigarillo und grinste angespannt. Spider wußte, wie die anderen auch, daß Shawn Kritik nicht gut vertragen konnte. Er ging zu ihm, hob seine Hand, um ihm Gelegenheit zu geben, brüderlich einzuschlagen. Shawn steckte das Zigarillo zwischen die Zähne und schlug ein.

„Du bist der Boß", sagte Spider, „du wirst das schon machen."

Augenblicklich wich die Anspannung aus Shawns Gesicht.

Lilian überprüfte noch einmal das Outfit der Band. Ihre Horrorvision war, daß einer der Jungs gerade vor dem Auftritt noch auf der Toilette war und mit offenem Hosenstall auf die Bühne ging. Beinahe so schlimm schien ihr ein verbogener Hemdkragen, ein Kaffeefleck irgendwo auf der Kleidung, oder Zahnpasta im Gesicht. Irgendwie gehörte es zu ihrer Aufgabe, bis kurz bevor die Jungs die Treppe zur Bühne hochliefen, an ihnen herumzuzupfen. Da hatte sie keinerlei Berührungsängste. So langsam gewöhnten sich auch die Jungen daran. Lilian war dabei ja nicht unangenehm mütterlich, sondern kumpelhaft, geschickt und liebenswert. Und alles ging sehr flott bei ihr. Noch waren die Auftritte nur fünfundvierzig Minuten lang. Trotzdem war die Band hinterher schweißgebadet, und alle brauchten für den Fototermin eine neue Lage Kleidung, damit sie sich nicht erkälteten. Lilian hatte schon alles zurechtgelegt, wie immer. Außerdem feuchte und trockene Handtücher, heiße Waschlappen mit Hamamelis zum Erfrischen der Gesichter und natürlich Bier zum Erfrischen der Kehlen. Das mit dem Hamamelis hatte sie auf einem

Langstreckenflug kennengelernt, wo den Passagieren kurz vor der Landung heiße Hamamelis getränkte Tücher gereicht wurden. Diese gute Sitte hatte sie sofort in ihr Bandbetreuungsprogramm mit aufgenommen.

Nun war es also soweit. Lilian erledigte die letzten Handgriffe, und die Band lief die Treppe hinauf. Schon toste die Menge noch lauter. Sechs Polizisten sicherten die Bühne. Sie standen direkt vor der Band, was natürlich nicht besonders günstig war. Die Fans standen dicht an die Bühne gedrängt. Es gab keinen Zwischenraum, keinen Sicherheitsabstand. Gleich zu Beginn versuchte ein Jugendlicher die Bühne zu erklettern. Der Junge wurde von einem Beamten in die Menge zurückgestoßen. Auch Betty stand sehr dicht vor der Bühne. Sie wurde von allen Seiten geschoben und gedrückt. Als ihr Liebster ans Mikrofon kam, rief sie seinen Namen. Hunderte Mädchen taten es ihr gleich. Die Schreie waren so laut, daß er ihre Stimme garantiert nicht hören konnte. Shawn nahm das Mikro vom Ständer, während das Schlagzeug mit einem noch härteren Beat einsetzte, als man es bisher von ihnen kannte.

„Hi friends! Are you allright?!" rief er ins Mikro, sprang in die Luft, wirbelte herum, lief auf das Publikum zu, stellte sich breitbeinig zwischen die Polizisten und begann sofort zu singen, was wiederum ein unglaubliches Gekreische auf Seiten der Fans herausforderte.

Nervös beobachteten Gordon und Lilian, aber auch der Manager des Veranstalters das Geschehen auf der Bühne. Gordon war ausgesprochen zufrieden mit der Reaktion des Publikums. Doch war der Raum nicht gut ausgestattet für solch wilde Darbietungen. Immer mehr Jugendliche drängten nach vorne. Die hinteren standen auf ihren Stühlen. Ja, Stühle waren hier gänzlich überflüssig, aber schließlich war die Halle auch nicht für Rockkonzerte gebaut worden. Doch zum Glück verlief zunächst alles ohne besondere Zwischenfälle. Zwei Mädchen waren nach den ersten drei Songs in Ohnmacht gefallen. Sie wurden von Andy und einem Sanitäter herausgezogen und hinter der Bühne wieder auf die Beine gebracht.

Dieses Mal präsentierte sich Shawn wesentlich lockerer als sonst. Er zeigte den Fans, was sie von ihm erwarteten. Er ließ die Hüften kreisen und zucken, entledigte sich seiner Jacke und riß sich die obere Partie des hummerroten Hemds auf, was Lilian dazu brachte, die Augäpfel zu rollen, weil es ihr Job war die Knöpfe neu zu befestigen. Doch der Blick auf seine Brust mit dem Amulett darauf war in der Tat reizvoll. Er strich sich zur richtigen Zeit die Haare nach hinten, ging im rechten Moment bis dicht an den Bühnenrand, um mit seinen Fingerspitzen - und nur mit ihnen - die Finger einiger Fans zu berühren, und atmete zwischen den Stücken ins Mikrofon, als gehöre es mit zur Musik. Die Mädchen kreischten immer lauter. Je mehr er schwitzte, zuckte, auf sie zuging, ins Mikro hauchte. Je mehr er sich ihnen hinzugeben schien. Auch Spider und Bob wagten nun immer wieder einen Vorstoß an den Bühnenrand, wo sie wild empfangen wurden.

Einziges Hindernis waren die Polizisten, die dem Treiben ganz gehörig im Wege standen. Sie taten ihren Dienst nicht gerne für diese Wilden. Abgestellt zu sein, um eine Horde Jugendlicher daran zu hindern, diese langhaarigen Flohschaukeln mit ihrer ekelhaften Urwaldmusik zu zerrupfen, war nicht gerade eine Auszeichnung. Entsprechend barsch reagierten sie auf beide Seiten. Sie versperrten Shawn absichtlich den Weg und stießen Fans, die immer wieder einen Vorstoß auf die Bühne probierten, zum Teil mit den Stiefeln zurück. So kam es zu zwei Begebenheiten, die fortan Shawns Bühnenshow prägen sollten.

Vielleicht hatte er sich durch die bloße Anwesenheit Elisabeth Fenns dazu angestiftet gefühlt, vielleicht sollte seine Aktion aber auch in erster Linie die Sicherheitsbeamten treffen. Die Dinge nahmen jedenfalls so und nicht anders ihren Lauf. Ein Mädchen erregte seine Aufmerksamkeit, das förmlich an die Bühne gequetscht wurde. Sie schrie nicht wie die anderen. Sie reckte einfach nur ihre Arme hoch und sah ihn so herzzerreißend verzweifelt an, daß er sie dort heraus, zu sich hoch holen wollte. Dazu mußte er sich, während er sang, an einem Polizeibeamten vorbeidrängeln. Doch der ließ ihn nicht. Ja, der Typ stieß ihn sogar zurück. Es war gerade ein Solo von Mason dran, und so versuchte es Shawn gleich noch einmal. Wieder schob der Beamte ihn zurück. Nun wurde Shawn wütend. Er stieß den Mann so unsanft beiseite, daß der stolperte und beinahe hinfiel, griff sich die Arme des Mädchens und zog sie, zum Entsetzen der Verantwortlichen, auf die Bühne. Die Jungs taten sich etwas schwer, bei diesen Aktivitäten am Spiel festzuhalten. Das Solo mußte kurzerhand verlängert werden. Es kam kein Zeichen von ihrem Frontman, wann er nun mit dem Gesang einzusetzen gedachte.

Alles geschah in Sekundenschnelle und war doch so ungeheuerlich, daß Radio und Fernsehsender und alle Zeitungen am Tag darauf von dem Ereignis berichten sollten. Die Polizisten hatten alle Hände voll zu tun, andere Jugendliche daran zu hindern, auch auf die Bühne zu klettern. Sie schubsten und warfen die jungen Leute einfach wieder zurück in die Menge.

Währenddessen umarmte Shawn das Mädchen, das in seinen Armen beinahe ohnmächtig wurde, und küßte sie. Er hob den Finger in Richtung der Band, die sich auf Shawns Einsatz vorbereitete. „I only wanted a kiss, but You gave it all to me..." hauchte er ins Mikrofon. Sie sackte seufzend zusammen, er konnte sie nicht mehr halten, und plötzlich lag sie zwischen seinen Beinen auf dem Boden. Shawn legte sich für Sekunden auf sie, während die anderen weiterspielten. Das Mikrofon lag neben dem Kopf des Mädchens. Man hörte ihr verzücktes Seufzen. Die Zeit reichte gerade für höchstens drei eindeutige Bewegungen, da wurde er von zwei Polizisten gegriffen und brutal von ihr weggerissen. Man zog das Mädchen, das vollkommen beseelt schien und sich überhaupt nicht widersetzte, seitlich von der Bühne. Shawn, der sich hingegen mit Händen und Füßen gegen diesen Übergriff wehrte, schleppten sie hinter die Bühne.

Die Menge tobte. Die Notausgänge wurden geöffnet. Mehr Polizisten kamen herein und trieben die Jugendlichen hinaus. Es gab Stockschläge und Tritte, auch für Shawn. Die Band flüchtete indessen hinter die Bühne und versuchte zusammen mit Gordon und Andy, Shawn zu helfen. Der wütete wie eine Furie, ungeachtet seiner inzwischen blutenden Nase, bis zwei Beamte ihm die Arme auf den Rücken drehten, ihn auf den Boden drückten und in Handschellen legten. Ein heilloses Durcheinander war das hinter der Bühne.

„Laßt ihn los! Laßt ihn doch los!" schrien Bob und Mason.

Gordon versuchte es mit Drohungen.

„Das wird ein rechtliches Nachspiel für sie haben...! Sie dürfen einen Künstler nicht einfach so an seinem Auftritt hindern!"

Auch Spider wurde inzwischen festgehalten, weil er versucht hatte, einen Polizisten durch Umklammern daran zu hindern, auf Shawn einzuschlagen.

„Ha!" brüllte er. „Der lange Arm des Gesetzes hat mal wieder zugeschlagen! Ihr Schweine!"

Doch vom Boden kam ein gequetschtes „Halt's Maul, Spider", von Shawn, der sich inzwischen über die Reichweite seiner Tat bewußt wurde.

Lilian appellierte mit Freundlichkeit an die Beamten, den Jungen doch endlich wieder loszulassen.

„Damit der Affe mir noch eins in die Fresse haut?" fauchte der Beamte, der auf Shawn kniete, und drückte Shawn noch ein bißchen stärker zu Boden, indem er ihm das Knie in den Rücken bohrte.

Im Saal war zum Glück niemand ernsthaft zu Schade gekommen. Doch die Einrichtung war stark verwüstet. Betty hatte alles aufgeregt miterlebt. Sie glühte vor Eifersucht, als Shawn das Mädchen auf der Bühne küßte. Und als er sich auf sie legte, wäre sie am liebsten nach vorne gerannt, um das zu verhindern. Er gehörte ihr! Nur Ihr! Den anschließenden Tumult bekam sie nur wie durch einen Schleier mit. Sie wurde getreten und geschubst, aber sie schaffte es, schnell aus einem der Ausgänge herauszukommen. Während draußen die Balgerei mit den Polizeibeamten weiterging, lief sie um die Halle herum und versuchte, eine Möglichkeit zu finden, zum Hintereingang zu gelangen. Doch alles war abgezäunt und von Beamten gesichert.

„Geh nach Hause, Mädchen", rief ihr ein Polizist zu, „bevor wir dich mitnehmen!"

Das hätte ihr noch gefehlt, wenn ihr Vater sie von der Wache würde abholen müssen. Also blieb ihr nichts anderes übrig, als sich auf den Weg zurück ins Hotel zu machen, wo sie ihr Vater in etwa zwei Stunden abholen würde. Doch das hieße ja wahrscheinlich, daß sie Shawn noch nicht einmal verabschieden konnte. Aber sie wollte ihn unbedingt noch einmal sehen. Sie wollte wissen, was mit ihm geschah, wollte ihm beistehen, ihm nah sein. War das nicht dumm von ihr, nur an die Umstände zu denken, die es ihr mit ihrem Vater einbrachte, während ihr Geliebter gerade in solch einer mißlichen Lage war und den Beistand seiner Frau sicher am dringendsten brauchte? Ins Hotel zurück zu gehen war nicht der richtige Weg. Sie mußte etwas wagen. Sie mußte zurück ins Getümmel, mußte versuchen, ins Theater zu gelangen und hinter die Bühne. Sollte Shawn dort nicht mehr sein, war er vielleicht auf der Wache. Dorthin zu gelangen würde sicher nicht schwer fallen. Die Ordnungshüter waren heute sehr leicht zu provozieren.

Die Wache glich einem Tollhaus. Während in den Nebenräumen etwa hundert junge Leute durcheinander redeten, schimpften und heulten, wurde die Band, als Hauptverursacher des Tumultes, in einem separaten Raum verhört. Lilian versuchte, mit Eiswürfeln, die sie in ein Taschentuch gewickelt hatte, Shawns geschwollene Nase zu kühlen, während er, aufgewühlt und entrüstet und dementsprechend lautstark, auf die Anklage des Inspektors reagierte.

„Das ist doch wohl nich' wahr! Erregung öffentlichen Ärgernisses? Hausfriedensbruch? Tätlicher Übergriff auf einen Polizeibeamten? Meine Fresse! Und was ist das da?!" Er deutete auf seine Nase und gleich darauf auf die zwei Polizeibeamten, die ihn in Gewahrsam genommen hatten und nun im selben Raum an der Türe standen. „Das hat mir einer von ihren Catchern da beigebracht!" Er riß sich das Hemd vom Leib und zeigte dem Inspektor die Kratzer und blauen Flecken. „Und das? Das waren auch alles ihre Gorillas!"

„Mäßigen Sie sich, Mister Allison!" sagte der Inspektor mit tiefer, mahnender Stimme, während Gordon Tyler seine Hand auf Shawns Schulter legte und ihm gut zureden wollte. Doch Shawn war mit geballten Fäusten unterwegs zu einem der jungen Beamten, der nun hämisch grinste und ihn im Moment sehr an Thomas Wilson erinnerte.

„Du Scheißer! Wenn de mir allein und ohne die Uniform unterkommen würdest, dann tätsde nich' so blöd grinsen!"

Gordon, Mason und Bob hielten ihn zurück. „Yeah!" sagte Spider begeistert.

Der junge Polizist hatte große Lust, dem langhaarigen Wilden eine weitere harte Rechte in die Magengegend zu verpassen. Dann könnte er gleich noch einmal kotzen, so wie er's vorhin im Theater mußte, nachdem er versucht hatte, ihm, einem Ordnungshüter, in die Wade zu beißen, dieser tollwütige Bastard! Doch nun griff Inspektor Collins blitzschnell ein. Er sprang zwischen die beiden jungen Männer und bremste sie mit gestreckten Armen.

„Schluß jetzt! Constable Brown, Sie halten sich zurück, Mann! Und Sie, Mister Allison, Sie nehme ich gleich in Arrest, und Sie bekommen außerdem noch eine Anklage wegen Beamtenbeleidigung dazu, wenn Sie sich nicht sofort benehmen! Und bedecken Sie sich gefälligst, Mann! Hier ist schließlich eine Dame im Raum! Und Ruhe jetzt, verdammt nochmal!"

Als endlich alle Beteiligten seinen Befehlen gefolgt waren, setzte er sich wieder hinter seinen Schreibtisch. Er schüttelte den Kopf.

„Mann oh Mann. Und jetzt redet nur einer. Und zwar Sie, Mister Tyler. Die jungen Männer und besonders dieser Heißsporn hier, Mister Allison, stehen ja wohl in Ihrer Verantwortung, habe ich recht?" Gordon stand auf. „Ja Sir. Ich bin verantwortlich für das Ressort Jugend in der BBC und der Manager der Band. Ich möchte unseren Rechtsbeistand anrufen, bitte."

Nachts um halb Zwei saß Shawn dann endlich, frisch geduscht und nur mit einem Bademantel bekleidet, auf dem Bett im Hotelzimmer. Er war total aufgekratzt. Mason lag hinter ihm und wartete müde, daß er endlich mit dem Telefonieren Schluß machte. Zuerst hatten sie mit Tony gesprochen, dem Shawn prahlerisch alle Details des Auftritts und der anschließenden Prügelei mit den Polizisten schilderte. Dann hatte Shawn bei seiner Mutter angerufen, die erst einmal richtig wach werden mußte, um zu verstehen, daß sie sich nicht ängstigen brauchte, wenn sie am Morgen irgend eine Horrormeldung über das Konzert in der Zeitung las. Es bedurfte einiger Erklärungen und Beteuerungen, bis Mrs. Allison endlich davon überzeugt war, daß Shawn nicht ins Gefängnis mußte. Sie konnte sich nicht vorstellen, daß jemand wie Shawn von Managern des Musik-Business sozusagen freigekauft wurde. Das Ganze kostete etliche Pfund Strafe, die Gordon, natürlich nicht aus privater Kasse, übernahm. Außerdem mußten bei den nächsten Konzerten einige Auflagen erfüllt werden. Kurz nach dem Gespräch mit der Mutter hatte Betty angerufen. Natürlich heimlich, nach allem was geschehen war, und zudem zu einer möglichst späten Stunde.

Inzwischen war Shawn schon bei der vierten Flasche Bier. Mason konnte sich ungefähr zusammenreimen, was in dem Gespräch Hauptthema war. „Ich konnte ja nich' ahnen, daß du auch auf der Wache warst... Hm, das kann ich mir vorstellen. Is' ja auch nich' schön, seine Tochter von der Polizei abzuholen. Na ja... nimm ihm das mal nich' zu übel... Die eine Ohrfeige... Was heißt, ich hab gut reden. Du müßtest mich mal sehn', aber was soll's!... Hm. Hm... Ja... Können eben nich' alle mitfahren... Na hör mal... schließlich hab ich nich' echt mit ihr gebumst. Die is' mir doch im Grunde scheiß egal! Natürlich war sie hübsch." Er grinste süffisant und nahm schnell noch einen Zug von seinem Zigarillo. „Ich leg mich doch nich' auf ne häßliche!" Mason verdrehte die Augen gen Zimmerdecke.

„Mach endlich Schluß mit der Laberei. Ich will schlafen", nörgelte er.

Doch Shawn winkte ab. „Das war Mason. Hör zu, wenn ich was nich' ab kann, dann is' das Eifersucht! Mason liegt hier, wir teilen uns nun mal das Zimmer. Und mit dem wird schon nichts passieren...", dabei sah er Mason grinsend an und kraulte ihn kurz an der Fußsohle, was Mason einen verhaltenen Juchzer entlockte. „Klar. Wir sehen uns, wenn wir zurück sind. Ich wohn ja dann auch erstmal wieder bei meiner Mom... wie geht's eigentlich J..., äh... deiner... Mom? Hm... scheiße... der Magen? Zuviel Medikamente. Aha. Grüß mal, grüß mal deine Schwestern. Ich... ich muß jetzt Schluß machen. Ja... wär toll. Kriegste bestimmt. Hast ja 'n Doktor-Vater. Der versteht das bestimmt... Ja, ja. Das sehen wir dann... Nee, find' ich albern am Telefon. Mach's gut, Baby." Er legte auf.

Seine Haare waren nach dem Duschen ungekämmt getrocknet und umrahmten wild sein gezeichnetes Gesicht, das trotz verletzter Stellen und Bierkonsum noch immer einen besonderen Reiz auf Mason ausübte. Shawn saß an das Fußende des Bettes gelehnt. Der Bademantel war auseinandergerutscht. Das Zigarillo im Mundwinkel, die Bierflasche in der Hand, sah er Mason an.

„Was is'?" fragte der, weil Shawns Blick so merkwürdig wirkte.

Mason fürchtete schon, Shawn habe bemerkt, was er dachte, wenn er ihn so sah, halb entblößt. Doch Shawn riß sich los von dem Gedanken, der eben in ihm entstanden war. Elisabeth wollte ihren Vater um die Pille bitten, wenn die Wogen sich geglättet hätten. Aber was hatten sie bisher unternommen, um eine Schwangerschaft zu verhindern?

„Nichts", antwortete er auf Masons Frage. „Ich geh eben pinkeln, und dann könn' wir ratzen." Er rutschte vom Bett. „Mann, sei froh, daß de keine Weiber liebst", sagte er, während er zum Bad schwankte, „die können sich wirklich dranhalten..."

Mason legte sich auf die Seite. „Blödmann," nuschelte er.

Als dann Shawn im Bett neben ihm lag und bierseelig schnorchelte, konnte er nicht einschlafen. Sein Herz klopfte zu stark. Die Versuchung, seine Hand auszustrecken, um Shawns nackte Schulter zu streicheln, war so groß, daß er sich nur schwer zurückhalten konnte. Wie gern hätte er die Hand mit dem Schlangenring, die nahe bei ihm lag, geküßt. Noch lieber den Mund, der im Schlaf manchmal zuckte, als wolle er noch etwas sagen. Zu gern hätte Mason seine Zunge zwischen diese Lippen fahren lassen. Die Erregung wuchs und wurde so übermächtig, daß sie weh tat. Es blieb ihm nichts anderes übrig, als das Bett zu verlassen und sich im Bad einzuschließen. War das sein Schicksal? Er fühlte sich gedemütigt. Er haßte sich für das, was er tat. Er glaubte, niemand könnte ihm mit wahrer Liebe begegnen. Er versuchte, so hart wie möglich gegen sich selber zu sein. Er tat sich weh, damit dieser viel schlimmere Schmerz in seiner Seele nachließ. Als er es geschafft hatte, die quälende Lust für heute abzutöten, sah er sein Spiegelbild und schämte sich noch mehr. Über das Waschbecken gebeugt stand er da und weinte. Was für Qualen mutete Gott ihm zu. Warum ihm? Warum nur?

Die nächsten Konzerte waren voll ausgebucht. Die Zuschauerzahlen nahmen rapide zu. Gordon hängte einige Termine dran, in größeren Räumen, in Räumen, die besser ausgestattet waren. Es hatte noch nicht einmal großartigen Krach mit dem Boß gegeben, wegen der Pressekonferenz und der Prügelei, weil die Anfragen nach der ersten Single nicht abrissen, die Fanpost den Sender überschwemmte, so daß ein Fanbüro eingerichtet wurde und überall noch mehr Karten, als vorgesehen, gedruckt werden mußten. Das Schlagwort vom Generation-Gap war geboren. Je mehr sich die Alten gegen diese Art von Musik wehrten, desto mehr liefen die Jungen zu den Konzerten und fieberten der Herausgabe der Single entgegen. Schon nach wenigen Wochen begannen Jugendliche, die Mode der Band zu kopieren. Plötzlich hatte Gordon Tylers Boß es eilig, die Single auf den Markt zu bringen. „Die Jungs müssen zu Wickham", bestimmte er. „Und dann raus mit der Scheibe!"

Tyler kannte Wickham, den Produzenten der Fernsehsendung „Ready, Steady, Go", seit langem. Schnell war ein Fernsehauftritt in der Sendung organisiert. Außerdem ließ er per Bus etwa zweihundert Fans extra aus der Innenstadt zum Studio fahren, die dann während der Live Übertragung für Stimmung sorgten. Die Sendung wirkte wie ein „The Rumor"-Special. Die Jungs kamen so heiß rüber, daß die Mädchen selbst zu Hause vor dem Fernseher das Kreischen anfingen und Erwachsene das Gefühl hatten, der Leibhaftige persönlich blicke ihnen da aus dem Gerät entgegen und verhexe ihre Kinder. Nach zwei Monaten wurden „The Rumor" als eine der stärksten Gruppen der Newcomer-Szene gehandelt. Man fürchtete sich zwar vor Ausschreitungen, riß sich aber auf der anderen Seite um einen Auftritt. Kein Kreis, kein Ort wollte in kultureller Hinsicht und in der Progressivität, dem anderen hinterherhinken. Ihre Musik lief in allen Radiosendern, ihre Interviews wurden gedruckt und gesendet. Das europäische Festland wurde aufmerksam. Doch noch sollte die Gruppe sich auf heimatlichem Boden stark machen.

Ein größerer Tour Bus wurde angeschafft. Außerdem zahlreiche neue Instrumente, Verstärker und bessere Mikros. Gordon trieb die ausgediente Beleuchtungsanlage eines Fernsehstudios auf, die er relativ preiswert übernahm und die für Bühnenshows noch sehr gut zu verwenden war. Dazu war ein Beleuchter nötig, der fortan im Tross mitreiste. Außerdem wurden zwei zusätzliche Roadies eingestellt, die beim Auf- und Abbauen halfen und sich gleichzeitig als Bodyguards und Advertising Personal betätigten. Ausgefallene Klamotten für die Auftritte und die Fototermine mußten angeschafft werden. Die Jungs machten die interessante Erfahrung, daß man ganz leicht, während eines einzigen Einkaufs, zweihundert Pfund auf der Carnaby Street lassen konnte. Es war sogar sehr spaßig, wenn man das Geld zum Ausgeben in der Tasche hatte. Lilian beriet und ermutigte sie, mehr Sachen zu kaufen, denn die Fans begannen nach Trophäen zu jagen. Die Garderoben waren nicht immer sicher vor Zugriffen. Und so verschwanden immer wieder Hemden und T-Shirts, ja sogar Stümpfe. Für Lilian gab es immer mehr zu verwalten und zu pflegen und aufzuräumen, denn die Jungs waren nur für ihre Musik, für ihre Auftritte da. Ordnung bedeutete ihnen nichts. Sie hätten auch keine Zeit gehabt, Ordnung zu halten. Lilian kümmerte sich um alle vier sehr liebevoll. Doch speziell kümmerte sie sich um Shawn, den sie für ein Genie hielt, für ein nervöses, anfälliges Genie, das ab und zu Aussetzer hatte, die nicht nur von Gordon oder den anderen Bandmitgliedern aufgefangen werden konnten.

Vor jedem Auftritt fragte Shawn die gleiche Frage: „Wieviele?" und ein ums andere Mal fiel die Antwort höher aus. „Dreitausend". „Viertausend". „Sechstausend". Jedesmal sprang er dann auf der Stelle wie ein Boxer vor dem Kampf, schnaufte tief ein und laut aus, umarmte seine Freunde und Mitstreiter, sagte: „Wir machen's ihnen, Jungs, wir zeigen's ihnen. Okay... let's go!" Und dann marschierte Mason als erster los, während die Bühne noch im Dunkeln lag, setzte sich ans Schlagzeug, schlug für die ersten Takte nur die Stöcke gegeneinander. Bob und Spider kamen herauf, nahmen ihre Instrumente, während die Menge immer unruhiger wurde. Rufe, begeisterte Pfiffe, Schreie waren zu hören. Immer noch im Dunkeln kam zuletzt Shawn auf die Bühne. Wenn allein seine Silhouette zu erkennen war, schwoll der Begeisterungssturm an, bis seine Stimme, die „Hey, are you ready to rock?" rief, kaum noch zu hören war. Mit dem gleißenden Licht dröhnte auch der härteste Beat, den je ein Jugendlicher bisher gehört hatte durch den Saal, und eine Stimme, die jedem ins Mark ging. Inzwischen standen ein ganzes Arsenal von Lautsprechern auf der Bühne. Shawn hatte leider noch immer Probleme mit seinem Gehör. Vor jedem Auftritt, wenn er sich Watte in sein Ohr stopfte, verfluchte er Thomas Wilson. Der Tag der Rache würde kommen...

Die Auftritte wurden, trotz massiver Androhungen von Repressalien seitens der Ordnungshüter, aber auch vieler Drohungen entrüsteter Eltern und verschiedenster anderer Gruppierungen, immer exzentrischer. Shawn kletterte auf den Verstärkern herum, oder balancierte auf Absperrungen. Er ging so weit ins Publikum, wie das Kabel des Mikros lang war. Was zur Folge hatte, daß er sich bei einem der Gigs so sehr in der Schnur verhedderte, daß er zu stürzen drohte und nur mit Mühe aus der drängenden und grabschenden Masse von Fans herauskam.

Gerne machte er sich an Spider heran, um ihn mit der Mikrofonschnur zu fesseln, während der seine Gitarre spielte. Er stellte sich auf das Podest des Schlagzeuges und schwang die Hüften zu den Drums. Er sang seinem Bruder Liebesworte ins Ohr „I love Your sweet pale chest... mmmm... let me look on to the rest...", und riskierte damit, ein weiteres Mal von der Bühne entfernt zu werden.

Die Mädchen kämpften um die Plätze direkt an der Bühne. Jede wollte einmal von Shawn hinaufgezogen werden. Inzwischen war dies zur planmäßigen Einlage geworden. Ungefährlicher wurde sie dadurch nicht. Er durfte sich auf keinen Fall zu obszönen Darbietungen hinreißen lassen. Also mehr als eine Umarmung und ein Küßchen waren nicht drin. Daß er seinen Unterleib gegen die Mädchen drückte, während er sie in den Armen hielt, war schon fast zuviel. Aber diese Sache machte ihm ungeheuer viel Spaß. In den wenigen Sekunden, die sie in seinen Armen waren, sagten die Mädchen ihm manchmal ungeheure Dinge ins Ohr. Daß sie ihn liebten, klar. Die Girls waren freigiebig mit ihren Liebesschwüren. Doch manche boten ihm ohne Zögern ihren Körper, manche den ihrer Freundin gleich mit dazu. Sie steckten Telefonnummern und Fotos in seine Hosentaschen, die frecheren in den Hosenbund. Und Liebesbriefe. Manche waren rührend sehnsüchtig und voller tiefer Gefühle, die Shawn sogar zu neuen Texten anregen konnten. Manche waren aber auch voller

Begierde und geradezu belästigend. Sexuelle Praktiken wurden vorgeschlagen, die nach den Konzerten, wenn die Band geduscht hatte und alle beim wohlverdienten Bier in irgendeiner mehr oder weniger schicken Hotelsuite herumhingen, vorgelesen wurden.

Die Jungs, aber auch Gordon, Lilian, Andy und die zwei Bodygards, die neuerdings ständig in ihrer Nähe waren, amüsierten sich köstlich, wenn auch unterschiedlich. Für Bob war vieles absolutes Neuland, er wurde manchmal richtig Rot vor Scham. Shawn hatte einiges mit seiner Aufklärung zu tun. Er wollte seinem kleinen Bruder bald eine erfahrene Frau zuführen, die ihn entjungfern sollte, bevor er eine stümperhafte Erfahrung mit irgendeinem Fan machte. Irgendwie war Roxanne das einzig Gute gewesen, das Onkel Geoffrey an ihm selber je vollbracht hatte. Vielleicht ließ sie sich ja für diesen Job an Robert gewinnen. Spider hatte schon einige Erfahrung. Er setzte zusammen mit Shawn meist noch Schweinereien oben drauf, die der Rest der Anwesenden manchmal gar nicht so ganz verstand. Mason hielt sich immer etwas zurück und mahnte zusammen mit Gordon zum Aufhören, wenn es zu sehr ins Detail ging, so daß es für Lilian zu peinlich werden konnte. Doch die winkte meist ab und meinte, sie sei Schlimmeres gewohnt.

Sie tourten drei Monate statt der erwarteten eineinhalb. Drei Monate, die auch für Gordon sehr anstrengend waren. Er schaffte es nicht nur, schmachtende Mädchen fernzuhalten, oder allzu große Alkoholexzesse zu verhindern, sondern auch immer größere Auftritte zu organisieren. Ängste überwinden zu helfen, Ordnungshüter und Veranstalter zu beruhigen, Schaden zu begrenzen, mehr Geld herauszuschinden und nicht allzu viele Schulden zu machen. Und vieles mehr. Eine gewisse Routine setzte ein, auch was die Arbeit im Studio, während Radio oder Fernsehaufnahmen betraf. Inzwischen wußten alle, wo sie hinsehen mußten, was sie unterlassen sollten und daß es elend langweilig sein konnte, auf seinen Einsatz zu warten. Und daß man bestimmte Fragen wohl immer und immer wieder vorgesetzt bekam. Sogar, daß es im Metier besonders viele Arschlöcher gab, die man trotzdem nicht alle verprügeln konnte, lernte sogar Shawn recht bald. Auch daß nicht alles, was ihm egal war, anderen egal war, sollte er schon bald schmerzhaft erfahren.

Die Vaterschaftsklage

Das Mädchen, das er in Bournemouth auf die Bühne zog und mit der er den Tumult ausgelöst hatte, hieß Christine. Sie lebte direkt in Bournemouth und hatte einen strengen, aber geschäftstüchtigen Vater. Zunächst hatte es wegen des Vorfalls, der durch die gesamte Landespresse ging, eine Tracht Prügel für die Sechzehnjährige gesetzt, und ein Ausgehverbot wurde verhängt. Als sich zu allem Überfluß herausstellte, daß sie schwanger war, setzte es beinahe noch eine Tracht Prügel, wenn nicht die Tränen der verzweifelten Mutter den Vater gebremst hätten. Aber plötzlich hatte Christines Vater eine blendende Idee. Und so kam Shawn zu seiner ersten Vaterschaftsklage. Natürlich geschah dies nicht alles im Stillen. Christines Vater informierte die Presse. Christine gab Interviews, in denen sie behauptete, Shawn habe sie nach dem Gig mit in das Hotel genommen, sie entjungfert, woraus schließlich ihre Schwangerschaft hervorgegangen sei. Natürlich ließ sich ihr Vater diese Sensation ordentlich bezahlen. Alle sahen das Interview im Fernsehen. Auch Shawns Familie, denen er ein neues Radio und den ersten Fernseher ihres Lebens gekauft hatte, und natürlich die Familie Fenn. Während Aileen sofort glaubte, das Mädchen wolle Shawn verladen, trauten Jane Fenn und Elisabeth ihm die Untat zu. „Wird Zeit, daß er mal eins auf die Mütze kriegt", rutschte Jane in Bettys Gegenwart heraus. „Das ist so gemein von dir, Mama", bekam sie dafür von Betty zu hören, die gleich darauf in Tränen ausbrach. Doch Jane war hart. Warum sollte ihre Tochter nicht begreifen müssen, was auch sie begreifen mußte? „Du wirst ihn nie für dich allein haben!" herrschte sie Betty an. „Selbst wenn dieses Mädchen lügt. Du wirst ihn immer mit anderen teilen müssen! Shawn ist einer, der viel mehr braucht, als nur eine Frau ihm geben kann! Du wirst sehen, daß ich recht behalte!"

Erneut konnte Shawn seine Mutter nur mit Mühe beruhigen. Noch schwieriger war es allerdings, Elisabeth plausibel zu machen, daß an Christines Behauptungen kein Funke Wahrheit war. Merkwürdigerweise hatte Shawn während dieser aufreibenden Zeit so etwas wie Sehnsucht nach Elisabeth. Hätte er dieses Gefühl analysieren können, wäre er darauf gekommen, daß es nicht Sehnsucht nach Elisabeth war, sondern so etwas wie Schutzbedürfnis. Daß er jemanden brauchte, der ihn umarmte, ihn zu sich nahm. Jemand, bei dem er sich fallenlassen konnte. Ein ungeheurer Rummel war um ihn herum losgebrochen, der ihn ganz verrückt machte. Was ihm ansonsten gefiel, dieses Im-Rampenlicht-Stehen, auffallen, verrückte Dinge tun; das gefiel ihm in dieser Sache überhaupt nicht. Er fühlte sich schutzlos den Behauptungen eines Mädchens ausgesetzt, das sicher verzweifelt war, aber dennoch im Unrecht. Und trotzdem fühlte er sich auf undefinierbare Weise auch schuldig. Es war ihm wichtig, daß Elisabeth ihm glaubte. Natürlich waren die Umstände äußerst ungünstig. Sie konnten nur telefonieren. Es kam ständig zu Tränen auf Elisabeths Seite und zu Mißverständnissen im allgemeinen.

Die Auftritte gingen trotzdem weiter und waren unvermindert erfolgreich. Im Gegenteil, die ganze Angelegenheit hatte Shawn für die Fans noch interessanter gemacht. In der Fanclubzentrale gingen Briefe ein: „Mach mir auch ein Kind, Shawn!" „Fick mich statt Christine, Shawn, sonst sterbe ich Höllenqualen!" Gordon wies die Mitarbeiter des Clubs an, der Band diesen Mist zu ersparen und ihnen nur ausgesuchte Briefe zukommen zu lassen. Die Gigs wurden umfangreicher und anstrengender. Die Reporter rissen sich um ein paar Sätze von Shawn oder den anderen Bandmitgliedern. Doch die hielten sich bedeckt. Überall lauerten Fotografen. Shawn hatte sich angewöhnt, eine Sonnenbrille zu tragen, weil ihn die frech ins Gesicht gehaltenen Blitzlichter fast blind machten. Er trank außer seinen Bieren immer öfter schottischen Whisky. Gordon gefiel das nicht besonders, aber weil er selber gerne mal einen trank, mochte er Shawn den Whisky nicht verbieten, in dieser mißlichen Lage. Außerdem tat Shawn seine Arbeit unvermindert gut.

Elisabeth glaubte letztlich, daß Shawn nichts mit Christine gehabt hatte. Es wäre besonders schlimm für sie gewesen, wenn irgendeine Dahergelaufene schwanger von ihm würde, während es bei ihr einfach nicht eintreten wollte. Manchmal schämte sie sich ein wenig, daß sie ihn belog, wenn sie neuerdings behauptete sie nehme die Pille. Aber was war schon ihre kleine Lüge gegen die Verleumdung, die das Mädchen Christine da in die Welt setzte?

Natürlich gab es genug Menschen, die genau wußten, daß Shawn nach dem Tumult in Bournemouth nicht mit Christine zusammen war. Doch es dauerte eine ganze Weile, bis die Öffentlichkeit davon überzeugt war, daß er wohl wirklich nicht der Vater dieses Kindes sein konnte. Nach drei Wochen Nervenkrieg, in denen sich Anwälte beider Seiten Briefgefechte gaben und die Medien sowohl auf Shawn wie auch auf Christine Jagd machten, brach Christines Aussage vor laufenden Kameras zusammen. Schluchzend gab sie zu, daß ein Junge aus der Schule ihr das Kind gemacht hatte. Daß sie aus Angst vor ihrem Vater all die Lügen erfunden hatte und in Wahrheit Shawn Allison so sehr liebte, daß sie aus dieser übergroßen Liebe heraus das Lügenspiel nicht weiter mitmachen konnte. Sie habe sein sorgenvolles Gesicht im Fernsehen gesehen und seine aufrichtigen Beteuerungen. Und besonders der Appell an sie, sie möge doch bitte die Wahrheit sagen, sei ihr so sehr zu Herzen gegangen, daß sie nun nicht anders könne. Sie schäme sich sehr und möchte nun nur noch ihre Ruhe haben. Nichts als ihre Ruhe.

Gordon und die Band und auch alle anderen waren so erleichtert, daß sie Christines Rücknahme heftig feierten. Zu dem Vorfall wurde außerdem ein Interview im Jugendmagazin gesendet, zu dem nur Shawn nach London geladen war, und Gordon natürlich, der seinen Schützling selbstverständlich nicht allein ließ. Bekleidet mit einem schwarzen Rollkragenpulli, schmaler schwarzer Stoffhose und spitzen schwarzen Stiefelletten, saß Shawn am Tisch des Moderators Dick Oldman. Er hing nicht wie sonst immer in seinem Sessel, sondern saß aufrecht und sprach sehr selbstbewußt und erwachsen.

„Ja, ich bin mächtig froh, daß diese Sache vorbei is'", blickte dann direkt in die Kamera, „und ich möchte dir Danke sagen, Christine, für deinen Mut. Ja weißte, ich glaub wirklich, daß du 'ne Menge Mut hast, wenn du trotz Druck von deinen Alten doch die Wahrheit sagst. Ich bin nicht sauer auf dich. Für deinen Mut mag ich dich. Und ich wünsche dir ehrlich alles Gute mit dem Kind." Er beugte sich noch ein Stück weiter der Kamera entgegen und kam so dem Zuschauer, also auch Christine, noch ein Stück näher. „Und hab es lieb, laß es nicht allein, ja? Alle Liebe, die du deinem Kind gibst, bekommst du tausendfach zurück. Du schaffst das Christine. Weil du mutig und stark bist. Damit du mir glaubst, werde ich von einer Verleumdungsklage absehen und einen Song für dich schreiben. Und noch eins: Küssen würde ich dich immer wieder, das andere war, glaub ich, 'n bißchen gemein. Sorry Baby!" Shawn lächelte in die Kamera, lehnte sich anschließend entspannt zurück und sah wieder den Moderator an.

„Das haben Sie sehr schön gesagt, Mister Allison. Auch in ihrem Song „Lost Boy" appellieren Sie an die Eltern und besonders an die Mütter, sie sollen ihre Kinder lieben und versuchen, sie zu verstehen. Vor allem sprechen Sie sich darin gegen Vernachlässigung und strikt gegen die Prügelstrafe aus. Ich weiß, daß Sie sich nicht gern zu diesem Thema äußern, aber lassen sie mich trotzdem fragen. Wie kommt es, daß ein junger, verzeihen Sie mir diesen Ausdruck, Hitzkopf und Haudegen, den Sie uns Erwachsenen ja nun allzu deutlich vorgeführt haben, wie kommt es, daß jemand, dem die Fäuste so locker sitzen, solch einen Appell an seine Umwelt richtet?"

Gordon schwitzte hinter der Kamera. Man konnte förmlich sehen, wie Shawns Sehnen sich spannten. Nur jetzt keinen Fehler. Das war eben so ein gutes Statement. Shawn entschied sich für sein selbstgefälliges Lächeln, um Dick Oldman in seine Schranken zu weisen.

„Wer Gewalt sät, wird auch Gewalt ernten. Mehr will ich dazu nich' sagen."

Damit waren seine Lippen verschlossen, bis Oldman ihn zu den Tour-Daten befragte und er sachlich die Auftrittsorte und Tage preisgab. Er verabschiedete sich mit einem Händedruck und einem leichten Diener vom Moderator und mit einem Peace Zeichen und Augenzwinkern von seinen Fans. Die Kameras richteten ihre Aufmerksamkeit auf den Moderator, der einige Schlußworte sagte, während die Erkennungsmelodie erklang. Dann wurde ausgeblendet. Man gab Shawn ein Zeichen, daß er nun aufstehen konnte. Dick Oldman kam noch einmal auf ihn zu, als er mit Gordon zusammenstand, um den Auftritt zu resümieren. Gordon und der Moderator kannten sich gut.

„Das war sehr gut, Shawn", strahlte Oldman und wollte Shawn auf die Schulter fassen. Doch Shawn wich der Berührung aus. Dick zuckte mit den Schultern. „Entschuldige, aber ein bißchen Spannung braucht so ein Interview, mein Junge", sagte er mit einem aufgesetzt bedauernden Gesichtsausdruck, den er Gordon zuspielte, um vielleicht seine Zustimmung zu bekommen.

Das war nich' ausgemacht", brummelte Shawn und zündete sich ein Zigarillo an.

„Ist schon Okay, Shawn, du hast dich wacker geschlagen", besänftigte ihn Gordon.

Dick war ganz angetan. „Ja, sag ich doch. Er ist einfach Klasse. Ein Naturtalent, das du da aufgegabelt hast, Gordon. Sehr telegen noch dazu. Du bist zu beneiden."

Dieser Typ hatte etwas schleimiges. Shawn ekelte sich fast vor ihm. Er würde hundert Pfund darauf wetten, daß der gute Dick eine Tunte war. Als sie in der Limousine saßen, fragte Shawn:

„Tele... was?"

„Das sollte heißen, daß er dich zum Anbeißen findet", grinste Gordon.

„Hab ich's mir doch gedacht", brummte Shawn. „Bleib bloß immer in meiner Nähe, wenn wir mit dem zu tun haben. Wenn der mich betatschen will, polier ich dem die Fresse. Das sag ich dir. Dem polier ich seine Tuntenfresse!"

Gordon richtete ein stilles Gebet 'gen Wagendach. Ein schwuler Moderator, der zudem die falschen Fragen stellte! Oh Gott! Auch das war mal wieder glimpflich über die Bühne gegangen. Der Junge war wirklich eine Herausforderung.

Voller Sorge aber sah Gordon der Heimreise entgegen. Hoffentlich hatte Shawn hinlänglich genug mit seiner eigenen Familie zu tun, daß er sich nicht wieder in dumme Situationen mit den Fenn-Frauen oder gar mit Thomas Wilson begab. Etwas in Sorge war er außerdem um Mason, der sich anscheinend nicht richtig über den Erfolg der Band freuen konnte. Zwar war er auf der Bühne immer voll bei der Sache, wurde am Schlagzeug besser und besser und machte auch bei Fototerminen eine gute Figur. Hinter der Bühne aber schien er immer trauriger zu werden. Beinahe ständig war er in Shawns Nähe. Nicht in der Art wie Spider, der offen an Shawn hing, sogar im körperlichen Sinne an ihm lehnte, ihn umarmte, mit ihm Schweinereien ausbrütete und albern giggerte und sich mit ihm besoff. Nein, Mason beobachtete den Freund mit diesem nachdenklichen Gesichtsausdruck, der für Gordon rätselhaft war, und wurde darüber immer stiller. Ein paar Mal schon war ihm unangenehm aufgefallen, wie Mason Shawn bemutterte. Er suchte zum Beispiel die verlegten Zigarillos, schenkte Kaffee nach, richtete Shawns nachlässig angezogene Kleidung. Manchmal geschah dies sogar in Konkurrenz zu Lilians Aktionen und beide tüftelten an Shawn herum, daß es schon nicht mehr schön war. Während Shawn weitermachte, als sei dieses Umsorgtwerden ganz normal und ihm keinesfalls lästig. Auch Lilian hatte sich früher nicht so verhalten. Shawn war jemand, der entwaffnend anziehend war, das wußte gerade Gordon nur zu gut. Aber bei Mason und Lilian schien er eine Bereitschaft zur Fürsorge auszulösen, die wirklich übertrieben war, die Shawn aber allem Anschein nach sehr gut brauchen konnte. Vielleicht holte er auf diese Weise ein Stück der fehlenden Fürsorge in seiner Familie nach. Gordon war kein Psychologe, aber sehr erfahren in Beziehungsgeschichten. Mit etlichen Gruppen hatte er über längere Zeiten zusammengelebt. Zwei Ehen waren dabei in die Brüche gegangen. Inzwischen hatte er einen Riecher für Beziehungen und ihre Krisen entwickelt.

Die Anfangsphase einer Bandkarriere war sehr maßgebend für den späteren Verlauf. Wenn etwas schon zu Beginn grundsätzlich nicht stimmte, blieb der Konflikt während der Aufbauphase meist noch unter dem Deckmantel des Enthusiasmus verborgen. Später dann, wenn vieles sich in der Routine zu verlaufen droht, wenn der Ruhm seine Spuren im Privatleben jedes einzelnen nicht immer positiv hinterlassen hat, wenn die Rolle, in der man steckt, zuweilen unerträglich eng wird und man nicht mehr unerkannt aus dem Haus gehen konnte - oder wenn es ums Geld geht: dann kommen all die verdeckten, in der Anfangsphase nicht bearbeiteten Probleme an die Oberfläche. Oft lagen diese Probleme in den Beziehungen der Bandmitglieder untereinander begründet. Jemand fühlte sich zu wenig beachtet, oder zwei liebten die gleiche Frau, oder einer lebte seine Spleens ständig auf Kosten der Kollegen aus. Es gab noch mehr der Möglichkeiten, die nicht selten sogar zum absoluten Desaster führen und die Auflösung einer Gruppe nach sich ziehen konnte.

Es hieß also, die Augen aufzuhalten und nach Möglichkeit die Dinge anzusprechen, die zur Krise führen konnten. Das war eine der schwersten Aufgaben für Gordon. Er mußte auf der einen Seite sehr diskret vorgehen, um niemandem zu nahe zu treten. Auf der anderen Seite mußte er aber auch manchmal sehr unangenehme Dinge ansprechen. Meistens wußte er viel mehr über seine Jungs als deren Eltern. Das war oft sehr schön, brachte eine große Nähe, aber auch eine große Verantwortung mit sich. Er nahm seinen Job wirklich ernst. Eigene Kinder hätte er sich in dem Job kaum leisten können, weil er ständig mit seinen „Musiker-Kindern" zu tun hatte. Meistens half er ihnen „nur" auf die Beine und gab das Management dann an jemand anderen ab. Daß er wie jetzt bei jedem Auftritt dabei war, sich die Nächte im Tour Bus um die Ohren schlug, das war bisher noch nicht vorgekommen. Bei Shawn Allison und „The Rumor" hatte er zum ersten Mal das Gefühl, daß er zum Ganzen gehörte, daß er an etwas arbeitete, was „Seines" war. Er würde sie groß machen. Sehr groß. Gigantisch groß. Noch drei Monate oder weniger, dann würden sie, wie es die Musikpresse schon vorweggenommen hatte, über den Kanal fliegen und die Jugendlichen in Deutschland, Frankreich und Holland verrückt machen. Vor vier Wochen war die erste Single erschienen. Bei Shawns Schreibwut - er schrieb sogar im Tour-Bus, wenn die anderen schliefen - war im Herbst mit der ersten LP zu rechnen. Der Verkauf der Single lief so gut, daß in absehbarer Zeit eine goldene Schallplatte fällig war. Sie war auf Platz zweiundvierzig der Charts eingestiegen und binnen zwei Wochen auf Platz siebzehn gelangt. Zur Zeit stand sie auf Platz acht der Top of the Pop, war also unter den Top Ten. Ein ungeheurer Erfolg für Newcomer. Wenn es mit der LP genauso klappte, dann würde bald Amerika rufen... Oh ja! Und er würde sehr viel damit zu tun haben, die Jungs und insbesondere Shawn trotz allem auf dem Teppich zu halten.

Back Home, Station zwischen den Touren

Die Jungs freuten sich auf zu Hause, obwohl sich in der kurzen Zeit, in der sie gemeinsam auf Tour waren, schon so vieles verändert hatte. Zum Beispiel konnten sie nicht einfach so, mit dem Bus oder zu Fuß, vom Bahnhof nach Hause kommen. Der Tour-Bus fuhr bis zu den BBC-Studios. Dort wurden sie über den Hintereingang in Taxis verfrachtet und nach Hause gefahren. Vorne lenkten Sicherheitskräfte die Fans, etwa zweihundert an der Zahl, mit Autogrammkarten und der Aussicht, daß die Jungs vielleicht doch noch einmal zu sehen sein würden, ab. Sobald sie ein Zeichen bekamen, daß die Band unterwegs war, setzten die Sicherheitskräfte das Gerücht in die Welt, „The Rumor" würden vielleicht in irgendeinem Club in Soho noch in dieser Nacht ein kleines Privatkonzert geben. Schon war die Meute auf dem Weg, um ganz Soho nach ihnen abzusuchen. Die Adressen der Jungs wurden streng geheimgehalten, ebenso wie Telefonnummern und genaue verwandtschaftliche Verhältnisse. Bis jetzt hatte das gut geklappt.

Den ersten Abend verbrachten alle bis auf Spider mit ihren Familien daheim. Spiders Eltern waren geschäftlich in Guatemala. So sagte er wenigstens. Spider hätte nicht gewagt zu fragen, aber als Shawn ihn fragte, ob er mit zu ihm nach Hause kommen wolle, willigte er ohne groß zu überlegen und sehr froh ein.

Nun sollte Mrs. Allison also acht Esser am Tisch haben und noch einen Schläfer mehr in dem kleinen Mansardenzimmer, das Shawn und Robert sich teilten. Hoffentlich war das alles für den Jungen aus reichem Hause nicht zu ärmlich, nicht zu eng. Doch Shawn erklärte ihr telefonisch, daß Spider ein ziemlich armer Kerl war, der ein paar Tage in einer Großfamilie sicherlich genießen würde. Sie war sehr aufgeregt, aber sie freute sich auf die Heimkehrer, die in ihren Augen schon unheimlich berühmt waren. Ach, war das ein Wiedersehen.

Die kleine Jacky öffnete die Tür, als Shawn klingelte. Obwohl es ihr verboten war, einfach jemanden einzulassen. Doch sie wollte unbedingt die erste sein, die den großen Bruder umarmte. Und das tat sie, ganz, ganz doll. Und so kräftig, bis dem starken Shawn, der zu ihrer Beruhigung wie vor seiner Berühmtheit schrecklich gut nach Tabak und großem Jungen roch, die Tränen kamen. Er sagte jedenfalls, daß sie ihm vom festen Drücken kamen. „Uhh, bist du stark geworden, da kommen einem ja die Tränen, so fest kannst du drücken", sagte er. Dann hielt er sie ein wenig von sich weg, um sie sich anzusehen, und fügte noch etwas hinzu, was Jacky ganz stolz machte, obwohl sie den Sinn der Worte nicht bis ins Detail verstand. „Und noch süßer biste geworden, mein Engel. Du wirst immer, immer hübscher. Wir werden gut auf dich aufpassen müssen." Sie machte sich auch weiter keine Gedanken, denn hinter Shawn stand Robert, der auch gedrückt werden wollte, während Dorothee bereits laut kreischend am großen Bruder hing. „Mann, du siehst ja stark aus! Wie im Fernsehen neulich! Ach, ich bin so stolz auf dich!" Danach umarmte ihn Willy. Sehr selbstbewußt, augenscheinlich schon etwas mehr zum Hausherren gereift. Dann Jill mit Tränen in den Augen. Sie war immer schon eine zarte Seele gewesen. „Jill, Schätzchen, wir sind ja heil wieder da", tröstete Shawn und gab ihr einen Kuß auf die Stirn. Maggy, die Pragmatische, schlug ihm mit der Faust gegen die Schulter, bevor sie ihn umarmte. „Klasse, daß du wieder da bist."

Während Shawn endlich seine Mutter umarmte, die ihm noch kleiner erschien als vor drei Monaten, war auch Spider im Korridor des kleinen Häuschens angelangt und schier überwältigt von dem warmen Empfang in der großen Familie. Es gab Tee, Scones und Treacle Tarts, die Dorothee und Jill gebacken hatten. Shawn überreichte seiner Mutter die Single, auf deren Hülle ein zerlumpter kleiner Junge zu sehen war, der einen sehr traurigen Eindruck machte. „Lost Boy" war zu lesen und darunter in größeren, schwarzen Buchstaben „The Rumor". Mrs. Allison drückte die Platte an ihren Busen und küßte ihre Söhne mit Tränen in den Augen. Die Rückseite der Platte war nicht die Coverversion eines Rolling Stones-Titels, wie es eigentlich von der Produktion geplant war. Denn so schützte man sich im Falle eines Mißerfolgs des eigenen Stückes vor allzu großem Verlust. Es war ein Titel, den Shawn einem ganz bestimmten Mädchen gewidmet hatte: „Christine". Mutter würde die Platte niemals auflegen, das war Robert und Shawn klar. Doch sie würde einen Ehrenplatz in der Vitrine erhalten, in die sie alles stellte und legte, was ihr am Herzen lag. Das bedeutete mehr als alle Worte.

Jacky saß auf Shawns Schoß, dicht an ihn geschmiegt, und aß voller Zufriedenheit, aber ziemlich krümelig ein Scone nach dem anderen, während laut und temperamentvoll erzählt wurde, was man alles erlebt hatte in der „weiten Welt". In dieser anderen Welt, zu der Shawn und Robert nun wohl gehörten, obwohl sie es selbst noch nicht ganz fassen konnten.

„Stellt euch vor", prahlte Bob, „die Mädchen raufen sich die Haare und pinkeln sich fast in die Hose, wenn wir auf die Bühne kommen! Und sie schreien: ‚Bob, ich liebe dich!' Und du stehst da oben und denkst, die meinen dich nich'! Aber wenn d'es dann kapiert hast, geht's dir runter wie Öl. Mann, du brauchtest nur die Hand auszustrecken und die Weiber würden dutzendweise dranhängen!"

Mrs. Allison sah ihn ermahnend an, denn Jacky hatte zu kauen aufgehört und hörte nun besonders aufmerksam zu.

„Ich finde das, ehrlich gesagt, nicht sehr gut", entgegnete sie leise. „Man sieht ja, wohin so was führen kann."

Dabei sah sie zu Shawn, der genau wußte, daß seine Mutter auf das Chaos mit Christine aus Bournemouth anspielte. Doch er widersprach ihr nicht. Er streichelte seelenruhig weiter Jackys Bäuchlein voller Scones, blies Rauch in die Luft, um die Kleine nicht direkt damit einzunebeln, und lächelte seine Mutter anschließend liebevoll an. Ja, er lächelte nicht überheblich, nicht aggressiv und nicht trotzig, sondern liebevoll. Wieder durfte sie diese tiefe Wärme spüren, die sie in ihrem Leben kaum kennengelernt hatte. Es gab nicht viele Menschen, denen Shawn diese Wärme entgegenbringen konnte. Dessen war sie sich nicht bewußt. Doch genoß sie diesen Augenblick, ähnlich wie damals, als Shawn nach dem Überfall im Hospitalbett saß, auch da die kleine Jacky auf seinem Schoß. Auch damals hatte er etwas ausgestrahlt, wonach sie sich Zeit ihres Lebens gesehnt hatte: nach zärtlicher Liebe.

Masons Eltern, die McPhersons, luden alle zum Dinner in ihr Haus ein. Es gab ein großes Eßzimmer, an dessen Tisch die Allisons, Spider, Gordon Tyler, Tony und sie selbst bequem Platz nehmen konnten. Verständlicherweise wollten die Eltern nun langsam den Mann kennenlernen, der ihnen ihr Kind in die weite Welt hinaus entführte. Ihnen gefiel nicht alles, was sie da in der Presse lasen und im Rundfunk und Fernsehen über die Band hörten und sahen. Sie waren von der Annahme ausgegangen, daß Mason in einer Art Showband für einen kurzen Abschnitt seines Lebens ein wenig Geld machen würde. Sie hatten nicht im entferntesten damit gerechnet, daß diese Art Musik, die sie das erste Mal gehört hatten, als die Band sich in ihrer Küche formierte und die sie scheußlich fanden, derart populär werden würde. Und noch weniger hatten sie damit gerechnet, daß diese Musik zu einer ganz unerwarteten Entwicklung ihres Sohnes beitragen sollte. So ganz begeistert waren sie zwar auch nicht von seiner Idee gewesen, die Schneiderlehre zu machen und später Modeschöpfer zu werden. Aber schließlich wäre Schneider ja ein normaler Job gewesen, der ihn immerhin auch für das Alter würde absichern können. Und nun stand, an das Bild der Großmutter gelehnt, eine Schallplatte, „Lost Boy" von „The Rumor", auf der der Name ihres Sohnes stand: „Mason McPherson: Drums". Und daneben: „Shawn Allison: Lyriks, Vocals,

Acoustic-Guitar, Bluesharmonica", „Robert Allison: Bass Guitar, Vocals, Bluesharmonica", „Spider Man: Lead-Guitar, Vocals". Das war ein merkwürdiges Gefühl, zwischen Stolz und Ängstlichkeit, diese Veränderung so schwarz auf weiß vor Augen zu sehen. Und alles hatte damit begonnen, daß ihr Sohn wegen einer Lungenentzündung lange nicht am Unterricht teilnehmen konnte und eine Klasse zurück, in Shawns und Tonys Klasse, versetzt wurde.

Die McPhersons mochten Shawn Allison, den schwierigen Sohn aus einer schwierigen Familie. Sie zollten ihm trotz seiner Jugend sogar einen gewissen Respekt, weil er sich jahrelang gegen seinen brutalen Vater zur Wehr setzten mußte und nach dessen Tod für die Familie sorgte. Doch gaben sie ihm trotzdem unterschwellig die Schuld an den Phantastereien ihres Sohnes. Damit lagen sie allerdings nicht ganz falsch. Denn würde Mason Shawn nicht so sehr lieben, wäre er niemals auf den Gedanken gekommen, Schlagzeuger in einer Rockband zu werden. Doch auf welche Weise Mason seinen „alten Kumpel" liebte und verehrte, das wußten die Eltern gottlob nicht. Vermutlich wäre es sehr schnell vorbei gewesen, mit der Trommlerkarriere ihres einzigen Kindes.

Die McPhersons waren sehr aufgeregt an diesem Abend. Einen so bekannten und einflußreichen Mann wie Gordon Tyler hatten sie natürlich noch nie in ihrem Haus empfangen. Sogar seinen Whisky hatten sie eingekauft, obwohl sie selber niemals harte alkoholische Getränke zu sich nahmen. Nach der Begrüßung, bei der Gordon und auch Spider Mrs. McPherson jeweils einen riesigen Blumenstrauß überreichten, setzte man sich an den großen ovalen Eßtisch. Masons Eltern hielten höfliche Kommunikation mit Gordon und Mrs. Allison, wie es unter Erwachsenen üblich ist. Jacky setzte sich schnell auf Shawns Schoß, als ginge es darum, einem möglichen Konkurrenten zuvorzukommen. Er steckte seine Nase in ihre Locken und genoß den kindlichen Duft, der aus ihnen emporstieg. Während sie ihren Daumen in den Mund nahm, das andere Händchen zu seinem Kinn führte, um mit dem Daumen dieser Hand seine Bartstoppeln zu reiben.

Gordon sah den sonst so wilden Shawn noch nie so zärtlich. Die Ähnlichkeit der Geschwister in diesem Moment war verblüffend. Man konnte ahnen, was für ein hübsches Kind Shawn gewesen sein mußte. Aber noch erstaunter war Gordon über die Sinnlichkeit der Szene, über die große Ruhe und Innigkeit, die die zwei Geschwister da ausstrahlten. Gordon war sich nicht sicher gewesen, ob ein privater Besuch bei den Eltern seiner neuen Stars in Ordnung war. Doch nun war er froh, der Einladung nachgekommen zu sein. Hier durfte er eine noch ganz andere Seite der Jungen kennenlernen, die für die Zusammenarbeit ebenso wichtig sein konnte wie für das persönliche Verhältnis zu ihnen.

Mrs. McPherson schenkte Gordon Tee ein, während Mason aufgewühlt berichtete, wie sie sich hier getroffen hatten, um auf ihren alten Instrumenten Shawns Songs zu spielen. Seine Wangen glühten, und er strahlte voller Eifer. Hier war er sich sicher. Hier war sein Zuhause. Ein gutes Zuhause. Bei guten Eltern. Die Runde lachte amüsiert. Auch Masons Vater, ein offensichtlich gutmütiger Mann mit knolliger Nase und gewitzten Augen, lachte, daß sein runder Bauch zu wippen begann.

„Niemals hätten wir erwartet, daß mit diesem Gejammer Geld zu machen ist", sagte er lachend.

Shawn rappelte sich etwas auf. „Oh, oh, oh, Sir! Gejammer nennen sie meinen Gesang? Jetzt bin ich aber gleich beleidigt." Er grinste und biß vom Biskuit ab, das Jacky ihm hin hielt, wie einem Kaninchen die Möhre.

„Stimmt doch", mischte sich Jill ein. „Du kannst wirklich kaum einen Ton halten.

„Als Minnesänger im Mittelalter hättste keine Jungfrau hinterm Kamin vorgeholt", flachste Willy mit brüchiger Stimme und alle jungen Leute am Tisch kicherten.

Shawn zielte mit dem Zeigefinger auf Willy. „Danke Bruder! Peng!" Er pustete den imaginären Schmauch vom imaginären Revolver, setzte sein überheblichstes Lächeln auf und behauptete: „'n potenter Hahn muß nich' sauber krähen."

Mrs. Allison lief Rot an. „Shawn. Bitte!" mahnte sie mit Blick auf Gordon Tyler und die McPhersons, während alle anderen sich amüsierten.

Gordon sah in die Runde. Dorothee, ein schönes Mädchen mit glattem, dunkelbraunem Haar und Pony bis zu den Augenbrauen, saß aufrecht und mit wachen Augen neben ihrer gerade sehr rotwangigen, aber noch immer hübschen Mutter. Mrs. Allisons Haare waren ebenfalls dunkel. Schulterlang, zu einer Außenrolle gelegt und auf dem Oberkopf leicht toupiert. Sie trug das sanftgelbe Twinset und den engen blauen Rock dazu. Die Sachen, die Shawn für sie in London gekauft hatte. Gordon war zur Beratung mit zum Einkauf gegangen. Erstaunt hatte er wahrgenommen, wie wichtig es Shawn gewesen war, für seine Mutter neue Kleider zu kaufen. Gordon fand die Aufregung des Jungen während des Einkaufs rührend. Ganz zappelig suchte er die Kleidung aus. Neben Mrs. Allison saß Bob. Verschmitzt grinsend, seinem Bruder zwar ähnlich, jedoch um einiges blasser in der Ausstrahlung. Sehr hübsch, aber nicht so geheimnisvoll wie Shawn. Neben Bob saß Maggy, die Zehnjährige mit halblangem, glänzendem Haar und klarem, ebenmäßigem, jedoch auch etwas strengem Gesicht. Vermutlich würde sie zu einer klassischen Schönheit avancieren, von denen es hierzulande nicht allzu viele gab. Trotz ihrer Jugend war sie schon ein erstaunlich interessanter Typ. Neben ihr saß Spider in einem schicken beigefarbenen Jackett und für seine Verhältnisse ordentlich gekämmt. Er machte einen sehr zufriedenen Eindruck und sah zum ersten Mal, seit Gordon ihn kennengelernt hatte, so jung aus, wie er tatsächlich war. Neben Spider saßen Willy und Jill, die Zwillinge. Willy mit zauseligem Haar und frechem Grinsen. Den Schalk im Nacken, Shawn sehr ähnlich, jedoch mit Sommersprossen und einem rötlichen Einschlag, den man bei Shawn nur im Schläfenhaar erahnen konnte. Gordon hätte darauf wetten können, daß der Kleine schon rauchte. Seine Stimme hatte nicht nur wegen des Stimmbruchs diesen nasalen, kratzigen Klang. Jill neben ihm, mit dem verletzlichen Blick ihrer Mutter. Zerbrechlich, beinahe wie eine Elfe. Mit langen, dunklen Locken, die über ihre Schultern rieselten. Neben ihr saß Tony, der einzige Junge mit wirklich sauberem Haarschnitt. Sein Lehrherr hatte darauf bestanden, und Tony wollte wegen der Haare nicht seine Ausbildung riskieren. Nur die Koteletten durften ein wenig länger sein. Außerdem trug er heute, sehr selbstbewußt, eine neue, modische schwarze Brille und war ganz in Schwarz gekleidet, genau wie sein verehrter Freund Shawn. Er wirkte sehr intellektuell. Gar nicht wie ein Kind der Arbeiterklasse, fand Gordon. Lediglich die dunklen Ränder unter den Fingernägeln deuteten darauf hin, daß Tony den ganzen Tag Autos reparierte und lackierte. Neben Tony dann saß Mason. Der irische Feuerkopf mit thymiangrünen Augen und fein geschwungenen Lippen. Heute im giftgrünen Hemd zur dunkelblauen Samthose. Und dann war da noch Mutter McPherson. Ein wenig rund, ein freundliches, offenes Gesicht, eine Steckfrisur mit leicht toupiertem Hinterkopf. Eine Runde sehr sympathischer Menschen, fand Gordon. Auch er fühlte sich entspannt und wohl.

„Shawns Stimme hat mich sofort fasziniert", sagte er in das ausklingende Lachen, „als ich ihn damals bei „Wicket's" sah, wo er eine gelungene kleine Szene zum besten gab."

Alle hörten ihm aufmerksam zu, als er sprach. Shawn hielt den Zeigefinger gegen seine Lippen, mit einem Seitenblick auf seine Mutter. Doch deren Neugier war bereits geweckt.

„Welche nette kleine Szene?" fragte sie Gordon.

„Oh," winkte Gordon ab. „Er hat dort einen Song vorgetragen, der mir sehr gut gefallen hat." Mrs. Allison sah verblüfft in die Runde. Nur Tony und Mason grinsten wissend. „Gerade dieses unebene, sicher auch unsaubere in der Stimme bringt die Spannung und, Entschuldigung, meine

Damen, den Sex, der unsere Kundschaft so rasend macht, wie Sie es im Fernsehen sicher beobachten konnten", sprach Gordon weiter. „Natürlich auch die Art, wie er seine Texte und diese Stimme körperlich umsetzt, ist absolut faszinierend. Ich bin sehr froh, daß der Zufall uns zusammengeführt hat. Auf den Docks wäre ein Talent verkümmert, von dem Leute wie ich nur zu träumen wagen."

Shawn zündete sich ein neues Zigarillo an. Der sonst so abgebrühte hatte tomatenrote Wangen, die Hände und die Lippen zitterten leicht.

„Ey Gordon, mach mal halblang", krächzte er verlegen „spar dir das für den 'Music Maker'."

Das war wieder eine dieser typischen kühlen Reaktionen, die Gordon aber inzwischen gut einzuschätzen wußte. Er sah Shawn an und spürte, wie gern der die Lorbeeren entgegennahm.

Nach dem Tee zogen sie in den kleinen Salon um, der zwar nur über Sitzgelegenheiten für die vier Erwachsenen verfügte, was aber die jungen Leute nicht davon abhielt, auf dem Boden sitzend der Jam Session beizuwohnen, die Shawn, Mason und Bob darboten. Sie spielten auf den alten irischen Instrumenten und sangen alte romantische, rebellische und auch mäßig deftige Lieder, die vor den Kindern noch gerade zu verantworten waren. Bei einigen stimmte Mrs. McPherson sogar mit ein, und alle anderen klatschten den Takt dazu. Shawn war der einzige, der trotz Mißbilligung seiner Mutter Gordon mit Whisky zuprostete. Und das nicht zu knapp.

Als sie sich nach Stunden von den McPhersons verabschiedet hatten, gingen alle noch ein Stück zusammen. Shawn trug Jacky, die sofort eingeschlafen war, nachdem ihr Kopf auf seiner Schulter lag. Es war dunkel, kaum jemand war auf der Straße. Die paar Leute, die ihnen begegneten, erkannten die Jungen nicht. Die Kinder plapperten, Mrs. Allison schwärmte von Gordon, Spider und Bob pflichteten ihr bei. Sie waren noch nicht ganz am Abzweig zu ihrer Straße angelangt, als Shawn Spider zunickte und sie stehenblieben.

„Bob, nimm du mal die Kleine", sagte Shawn und übergab Bob das schlafende Kind.

„Was wollt ihr machen? Kann ich nicht mitkommen?" fragte Bob hoffnungsvoll. Mrs. Allison sah Shawn skeptisch an. „Müßt ihr jetzt noch weggehen?"

„Nur auf'n Bier runter ins Pub", antwortete Shawn ein wenig genervt und zündete sich währenddessen ein Zigarillo an.

„Aber du hast schon so viel Whisky getrunken, Shawn." Diesmal machte sie einen ganz sorgenvollen Eindruck.

„Keine Angst, Mam, ich paß schon auf, daß wir gut nach Hause kommen", mischte sich nun Spider beruhigend ein. Shawn grinste und schlug dem Freund zustimmend auf die Schulter.

„Okay, dann komm, Spider Maaaan! Auf ins Nachtleben von Kleinkleckersdorf!" Und mit einem Augenzwinkern zu Robert: „Bald biste alt genug, Bruder... sorry."

Damit zogen sie davon. Maulig ging Bob mit Jacky auf dem Arm voran.

„Hoffentlich macht er nicht irgendeinen Blödsinn." Mutter Allison hatte ein ungutes Gefühl im Magen. Sie hoffte, daß sie sich täuschte und ihre Befürchtungen überflüssig waren.

„Siehste, da hat mich der Köter damals erwischt", flüsterte Shawn und deutete auf die gegenüberliegende Straßenseite und damit auf das Anwesen der Wilsons.

„Da wohnt also der kleine Arsch..." raunte Spider und schob mit seinen langen Händen ein wenig das Blattwerk des Busches beiseite, hinter dem sie sich versteckt hielten.

„Und du kennst dich wirklich aus mit so Dingern?" fragte Shawn mindestens zum dritten Mal. Spider nickte wichtig.

„Klar Mann. Ich hab schon zwei zu Schrott gefahren. Hab die Dinger getuned, weißte. Und dann Rennen gefahren. Geile Sache, Mann. Na ja. Hat dann doch bißchen Ärger mit den Bullen gegeben. Und mit meinem Alten. Der mußte den ganzen Schrott bezahlen. Aber der war so froh, daß mir nichts passiert is' dabei, daß er mir 'n Ami Cabrio versprochen hat, sobald ich für den Führerschein freigegeben bin. Dauert noch 'n bißchen weißte, hab 'ne Anzeige gekriegt wegen Gefährdung der Öffentlichkeit und so."

Shawn lachte in sich hinein.

„Weißte was mir an dir so gefällt, Mann?"

„Nö, was denn?" fragte Spider neugierig.

„Du bist kein bißchen so'n reiches Arschloch. Und außerdem haste echt Mut zur Lücke."

Spider legte seinen Arm um Shawn.

„Das will ich hoffen, Mann. Aber jetzt hör auf, Süßholz zu raspeln, und zeig mir, wo das Ding steht. Laß es uns erledigen, damit du mir noch das Haus der Freuden zeigen kannst. Meinste, die Lady tät auch mit mir?"

Shawn boxte Spider leicht in die Magengegend.

„Das sind alles meine Chicks da drin, sag ich dir. Da laß lieber die Finger von!" raunte er aufgesetzt drohend.

Sie kicherten dreckig. Spider zog die extra mitgenommenen Handschuhe über, zückte einen Schraubenschlüssel und machte sich auf leisen Sohlen daran, eine Schandtat zu begehen.

Elisabeth wartete darauf, daß Shawn sich bei ihr meldete. Sie setzte ja gar nicht voraus, daß er sofort nach seiner Ankunft mit einer Nachricht aufwartete, aber am zweiten Tag rechnete sie schon langsam mit einem Lebenszeichen.

Im Hause Fenn herrschte eine sehr angespannte Stimmung. Ihre Mutter mischte sich plötzlich überall ein. Sie kontrollierte neuerdings die schulischen Leistungen der Mädchen und deren Kleidung und sonstige Aufmachung. Aber nicht nur das. Sie kontrollierte auch den Umgang ihrer Töchter. Sehr zur Freude des Doktors engagierte sie sich endlich als Dame des Hauses und als Vorbild für ihre Töchter. Sie rauchte nicht mehr so viel, trank keinen Alkohol und nahm kaum noch Tabletten. Weil sie nicht mehr dauernd unter Migräne litt, hatten der Doktor und sie sogar ein paar Mal Sex miteinander. Nach Jahren wieder einmal. Er war von Natur aus eine sehr treue Seele und wußte deshalb schon gar nicht mehr richtig, wie das ging. Doch seine anfängliche Tapsigkeit schien ihr gefallen zu haben. Sie hatte ihn sogar ermuntert, nicht so vorsichtig, nicht so zögernd zu sein. Zu seinem Erstaunen wollte sie von ihm verführt, beinahe überrumpelt werden, was für ihn gänzlich neu war. Doch es machte Spaß, das konnte er nicht leugnen. Schließlich war er nicht so altmodisch, wie sie ihn oft hinzustellen versuchte. Der Doktor war glücklich über die Genesung seiner Frau. Die Ehe befand sich im Aufwind, und er genoß das. Er fühlte sich jünger und attraktiver, seit seine Frau ihn wieder begehrte. Und auch er begehrte seine Frau. Dieses Begehren glättete seine Sorgenfalten und verlieh ihm einen frischen Teint. Der Doktor war wieder ein gutaussehender Mann.

Eines sonntags arrangierte Mrs. Fenn ein Treffen mit den Wilsons. Nach der Kirche, zum Mittagessen. Für Betty grenzte das an eine Katastrophe. Nach dem Essen „durfte" Thomas sie zum Spaziergang ausführen. Dauernd wollte er sie anfassen und küssen. „Hast du was mit diesem… diesem Allison?" wollte er wissen, und sie drückte sich um eine Antwort, weil ihr sein Drängen so sehr unangenehm war. Was ging ihn das auch an! Schließlich hatte er keinerlei Rechte auf sie. Zu ihrem Unglück sprachen die Wilson-Eltern seit einiger Zeit mit ihr, als sahen sie in ihr ihre zukünftige Schwiegertochter. Und auch Elisabeths Eltern taten einiges dazu, diese Meinung zu verstärken. In Elisabeth braute sich immer größerer Trotz zusammen. Sie würde sich auf keinen Fall „verschachern" lassen. Vorher würde sie etwas unternehmen. Sie fühlte sich als Shawns Frau. Daran war nicht zu rütteln.

Mehrmals war es zum Streit zwischen ihrer Mutter und ihr gekommen, als sie den Fernseher oder das Radio einschaltete, weil „The Rumor" ja in irgendeiner Jugendsendung auftreten könnten. Das Verhalten ihrer Mutter war sehr eigenartig. Damals, als die Jungs im alten Schuppen übten, war sie Feuer und Flamme gewesen. Manchmal hatte sie sich doch kaum trennen können von den Proben. Und jetzt schimpfte sie über die Musik und besonders über Shawns oft zweideutige Texte und insbesondere über Shawn selber. „Rattenfänger" nannte sie ihn, verboten und schlecht erzogen. Sie schien ihm den Erfolg in keiner Weise zu gönnen. Andererseits wurde sie immer ganz unruhig, wenn er im Fernsehen zu sehen war.

Die Mädchen ließen es nicht zu, daß sie ausschaltete, denn es ging schließlich nicht nur um Elisabeth und Shawn. Claire wollte Bob sehen, den sie immer „süßer" fand. Und Aileen? Nun, sie äußerte sich nicht, schon ihrer Schwester wegen, aber sie genoß es, ihre heimliche Liebe zu sehen. Es ärgerte die Mädchen, daß ihre Mutter nicht ging und sie in Ruhe gucken ließ, sondern daß sie statt dessen im Raum blieb, um zu meckern.

Nun grübelte Elisabeth, wie sie es anstellen konnte, Shawn zu treffen. Sie sehnte sich so sehr nach ihm. Er mußte doch ebenfalls Sehnsucht nach ihr haben. Das mußte er doch!

Shawn und Spider standen inzwischen unter dem großen alten Baum, der gegenüber dem Fennschen Garten lag und der Shawn schon in so mancher Nacht Deckung geboten hatte, bis Licht in Mrs. Fenns Zimmer zu sehen war.

„Siehste", flüsterte Shawn und deutete auf das Haus. „Da oben, wo eben gerade das Licht angegangen ist, da ist Janes Zimmer. Uhh yeah, Jany Baby, dear old Lady... You're sharp as a knife..."

„Und die Zimmer der Mädchen?" fragte Spider.

„Die kannste von hier aus nich' sehen", antwortete Shawn. Nach einer kleinen Pause, in der sie einfach nur auf das Haus sahen und rauchten, lachte Shawn plötzlich so seltsam, wie er es nur tat, wenn er etwas spannendes vorhatte.

„Weißte, wozu ich jetzt Lust hätte?" griente er und ließ sein Zigarillo zwischen den Lippen wippen.

„Ich kann's mir denken," meinte Spider „Aber du willst mich doch jetzt nicht hier allein lassen, Mann?"

Shawn fasste Spider auf die Schulter.

„Nee, Mann. Ich mein, wir versuchen, zu den Mädchen hochzukommen. Was hälste davon?"

Spider zuckte mit den Schultern. „Könnte ganz gewaltig ins Auge gehen. Erinnere dich an die Kleine in Bournemouth und an Gordons Warnung. Immerhin biste jetzt 'n öffentlicher Mensch." Doch gleich darauf lächelte er verschmitzt. „Aber das langweilt. Los, sag, wie kommen wir zu den Mädels hoch?"

Und schon fanden sie sich an der Fassade des Hauses wieder. Spider mußte Shawn unterstützen, indem er auf seine Schultern stieg. In Elisabeths Zimmer brannte Licht. Shawn mußte nur erst an den in etwa drei Metern Höhe gelegenen Vorsprung gelangen, über dem ein Regenrohr verlief. An dem konnte er sich dann emporziehen um an das Fenster zu gelangen. Zum Glück war im Erker über den Mädchenzimmern kein Licht zu sehen. Der Doktor war also nicht in seinen Räumen. Als er es beinahe geschafft hatte, fragte sich Shawn, was er eigentlich bei den Mädchen wollte. Zugegeben, er tat dies nicht etwa aus Sehnsucht nach Elisabeth. Vielmehr ging es ihm darum, seinem neuen, durch eine Schandtat nun auf ewig verbundenem Blutsbruder Spider zu zeigen, welch wildes Leben er auch vor dem Rockstar-Dasein schon geführt hatte.

Er stand nun auf dem Vorsprung und konnte so, wenn er sich etwas streckte, direkt in das Fenster sehen. Tatsächlich, dort lag auf dem Bett die kleine Aileen, in ein Magazin vertieft. Sie hatte offenes Haar. Es floß über ihren Rücken wie Samt. Sie lag auf dem Bauch, wippte mit dem rechten Unterschenkel in der Luft. Ihr Minirock war ziemlich hochgerutscht, so daß Shawn den Slip sehen konnte. Hellblau. Ihre Porzellanhand blätterte eine Seite um. Nie würde er vergessen, wie diese Hand sich damals auf seine Stirn gelegt hatte, nach dem Angriff des Wilson-Hundes. Nie würde er den Duft ihrer Haare vergessen, den er am Autoscooter einsog. Und niemals würde er vergessen, wie ihre Haut roch und wie es sich anfühlte, ihren zarten Körper zu erschrecken. Ein Schauer durchrieselte ihn, der ihn fast zum Absturzen brachte.

„Was is' nun?" beschwerte sich von unten sehr leise der Freund.

„Psss!" antwortete Shawn und sah nur kurz zu Spider hinunter.

Aus dem Bad kam nun gerade Elisabeth. Sie redete mit jemandem. Einen Moment lang beschlich Shawn die Furcht, Jane könnte nach ihr aus dem Bad kommen, doch es kam Claire. Was für ein herrlicher Anblick. Was die eine oben zu wenig anhatte, fehlte bei der anderen unten. Claire war nur im Slip, ihre kleinen Brüste wippten, als sie sich neben Aileen auf das Bett legte. Vielleicht hätte er damals die Wette doch zu Ende führen sollen? Elisabeth war nur im BH. Ihre Attribute kannte er nun schon ganz gut. Dieses lüsterne Dreieck zwischen ihren Schenkeln, das er als einziger besaß und besitzen konnte, wann immer er wollte. Der Stolz des Patriarchen, des Rudelführers, des dominanten Männchens kam in ihm hoch. Natürlich empfand er dies eher als berauschendes Lustgefühl, denn als große Verantwortung. Er fühlte sich stark und potent. Ob es richtig war, Spider hierher mitzunehmen? Warum nur wollte er am liebsten alle Fenn-Frauen für sich allein? Aber so war es. Die Vision von einem Riesenbett, in dem ihn alle vier verwöhnten, war ihm im Traum erschienen.

Mit dem Schlangenring klopfte er leise gegen die Fensterscheibe. Die Mädchen erschreckten sich zwar, registrierten jedoch anfangs nicht, woher das Geräusch kam. Jede versuchte in anderer Weise, ihre Blöße zu bedecken, während sie hektisch im Zimmer hin und her blickten. Ihre weit aufgerissenen Augen, die süßen Mädchenlippen dabei zu beobachten, beflügelte Shawns Lüsternheit noch mehr. Plötzlich sah Elisabeth ihm direkt ins Gesicht, und nach einem kurzen Schreck schien sie ihn zu erkennen.

„Shawn!" rief sie aus und strahlte im gleichen Moment.

Claire flitzte ins Bad. Aileen sprang vom Bett. Und Elisabeth kam, eingewickelt in ein Plaid, rasch zum Fenster, um ihm zu öffnen. Sie half ihm beim Einstieg.

„Hi Babe", sagte er lax. In letzter Zeit versuchte er, nicht nur durch Rauchwaren und Kleidung, sondern auch durch eine veränderte Sprache seinem Image gerecht zu werden. Spider half ihm mit seinem amerikanisierten Englisch sehr dabei.

Shawn umarmte Elisabeth. Doch als sie ihn küssen wollte, fiel sein Blick auf Aileen, die dicht am Bett stand und sichtlich aufgeregt war. Ihre helle, feine Haut ließ die Wärme durchscheinen, die von ihrem Herzen aufstieg. Diese Erkenntnis verunsicherte Shawn. Er schob Elisabeth sachte von sich und deutet auf das Fenster.

„Da unten ist noch jemand", sagte er und raffte die Tagesdecke vom Bett, um sie aus dem Fenster zu hängen. „Zu kurz", wisperte Spider von unten. Doch nachdem Elisabeth auch das Unterlaken noch zur Verfügung gestellt hatte, war die Kletterhilfe lang genug, um Spider über die ersten, schwierigen Meter zu helfen. Schon stand er im Zimmer und freute sich über die gelungene Kletterpartie.

„Mann, ich dachte schon, du läßt mich da unten vergammeln. Hi, pretty Betty, wie geht's?"

Spider umarmte Betty herzhaft, steuerte auf Aileen zu und umarmte auch sie, ehe sie einen Ton sagen konnte.

„Mhmm," lachte Shawn in sich hinein. „War 'n netter Anblick eben."

Aileen wurde noch roter.

„Wie lange hast du uns beobachtet, du Schlingel?" fragte Elisabeth und deutete auf die Badezimmertür. „Ich fürchte, Claire traut sich nun gar nicht mehr hinaus." Doch da kam sie schon. Sie hatte sich einen Hausmantel übergezogen und sah Shawn finster an.

„Du bist blöde, weißt du das, Shawn Allison!" fauchte sie.

„Entzückend!" Shawn ging auf sie zu und umarmte sie einfach. „Hab ich dir etwa was abgeguckt?" fragte er mit Blick auf ihre Brüste.

„Das nicht, du…, aber so was tut man einfach nicht!" Shawn lachte dieses freche, nasale Lachen, während er sich Aileen zuwandte. Er nahm sie vorsichtig in seine Arme. Sein Herz machte etwas Komisches, als er sie hielt. Es fühlte sich an, als wolle es einen Augenblick aufhören zu schlagen. Dicht an ihrem Ohr nahm er den Duft wahr, der in ihm schon einmal das schönste Gefühl seines Lebens hervorgerufen hatte. Inzwischen hatte er dieses Gefühl ja recht gut verdrängt. Doch in diesem Moment war es wieder vollkommen präsent. „Ich habe dich vermißt", flüsterte er für die anderen unhörbar, so hoffte er jedenfalls. Gerne hätte er den süßen Mädchenmund geküßt. Als er Aileen in die Augen sah, wußte er, daß auch sie ihn gern geküßt hätte. Oder war darin etwa schon mehr Verlangen zu sehen?

Aileens Knie waren butterweich. Konnte es sein, daß der Nachmittag mit Shawn in Brighton erst vier Monate her war? Konnte es sein, daß sie heute nicht mehr seinen leidenschaftlichen Berührungen und Küssen ausweichen würde? Und ihre Schwester? War es ihr egal, was die empfinden würde, wenn sie erfuhr, daß die kleine Aileen Shawn Allison liebte? Langsam schienen sich ihre heiligen Vorsätze in Nichts aufzulösen, und sie war mehr als erstaunt darüber.

Shawn ließ Aileen schließlich los, bevor es für die Umstehenden auffallend werden konnte, und ließ sich mit einem Seufzer auf das Bett fallen. "Gibt's was zu Trinken bei euch, Chiks?" fragte er. Plötzlich vernahmen sie von unten, aus dem Garten ein Geräusch. Spider stürzte zum Fenster und erkannte Bob und Tony, als er sich hinauslehnte und in die Dunkelheit spähte. Sie holten die beiden mit vereinten Kräften hoch.

„Seid um Himmels Willen leise", mahnte Claire. „Wenn Mom und Dad mitkriegen, was hier läuft, können wir uns alle auf den längsten Hausarrest unseres Lebens gefaßt machen!"

Doch sie freute sich so sehr, Bob zu sehen, daß auch sie ganz rote Wangen bekam. Als sei es schon immer das Natürlichste von der Welt gewesen, umarmten Bob und Tony die Mädchen und gaben ihnen Küsse auf die Wangen. Tony zitterte, als er Claire im Arm hielt. Die Tatsache, daß sie nur mit einem Hausmantel bekleidet war, tat das ihre dazu. Claire war überrascht von Tonys verändertem Äußeren. Er wirkte so erwachsen, und er duftete angenehm männlich.

In die allgemeine Begrüßung hinein verlangte Shawn nach einer Erklärung. „Was macht ihr 'n hier, ihr Saukerle?" greinte er scherzhaft und legte den beiden seine Arme auf die Schultern.

„Wir sind ja nich' blöd, 'ne?", antwortete Bob. „In keinem Pub ward ihr zu finden, da konntet ihr ja nur hier sein, hab' ich mir gedacht."

„Haste dir gedacht, Bruder", grinste Shawn und tätschelte Bobs Schulter. „Und Mom?"

„Die hat keine Ahnung. Bin heimlich raus", gab Bob zu.

Es wurde nicht die Art von Nacht, die Elisabeth sich wünschte, aber es wurde eine sehr lustige Nacht. Zunächst schlichen sich Claire und sie durchs Haus, in den Keller und in die Vorratskammer. Dort holten sie Bier und zwei Flaschen Whisky, eine Dauerwurst und ein großes Stück Käse, Äpfel sowie ein Brot. Aus der Küche besorgten sie noch ein Messer und ein

Schneidebrett. Niemand hatte etwas gehört. Sie mußten morgen nur die Haushälterin dazu bringen, den Mund darüber zu halten, daß etwas fehlte. Aber die stand generell auf der Seite der Mädchen. Sie würden ein wenig von ihrem Taschengeld beisteuern, beim Einkauf helfen und ihr Pralinen schenken. Dann war sie ihnen wieder gut. Sie legten die Tagesdecke auf den Boden, legten ihr Diebesgut in die Mitte und setzten sich im Kreis drum herum. Aileen war sehr glücklich und auch ein wenig stolz, daß ihre Schwestern sie nicht in ihr Zimmer schickten. Sie beobachtete Shawn, der ihr genau gegenüber saß. Er wirkte so selbstsicher. Ein Bein ausgestreckt und den Arm lässig auf das angewinkelte andere, so saß er da, während das Zigarillo sich mit seinem Grinsen im Mundwinkel bewegte. Selbst als Elisabeth ihren Kopf auf seinen Schoß legte, sah er auf eine Art zu Aileen hinüber, die auch Bob, der neben Aileen saß, als außergewöhnlich auffiel.

Die Zeit verging schnell. Die Flaschen gingen herum. Selbst Aileen nahm ein paar Schluck. Sie rauchten und redeten und hatten Mühe, ihr Lachen leise genug zu halten, damit sie sich nicht verrieten im ansonsten stillen Haus. Die erste Whiskyflasche hatten sie fast geleert, als Spider etwas auspackte, von dem die Mädchen zwar schon gehört hatten, das ihnen jedoch mächtig Angst einjagte. Er drehte einen Joint. Sie sahen ihm gespannt zu.

„Das ist ordentlicher Stoff", sagte er weihevoll. „Ich will ihn mit euch teilen, als wäret ihr meine Familie. Wir essen und trinken gemeinsam. Wir machen verrückte Sachen zusammen, ne Shawn? Das hat was Religiöses, finde ich. Und dieser Joint hier", er hielt das Ding in die Luft, damit alle ihn sehen konnten, „dieser Joint soll unsere Friedenspfeife sein." Er reichte ihn Shawn, der den Joint anrauchte. „Du bist der Häuptling", sagte Spider, was zu allgemeinem Gekicher führte, jedoch durchaus seine Wirkung nicht verfehlte.

Die Art, wie Shawn die überdimensionale Zigarette anrauchte, zeigte ihnen, daß dies nicht sein erster Joint war. Und sie taten es ihm schließlich nach. Aileen hustete ganz furchtbar, obwohl sie nur ein klein wenig daran gezogen hatte. Niemand lachte sie aus. Sie kam sich äußerst mutig vor. Je mehr von dem Joint verschwand, desto lustiger fand sie jede Kleinigkeit. Aber auch die anderen kicherten in einem fort. Niemand wunderte sich, als Tony und Claire sich plötzlich in den Armen lagen und innig küßten. Auch als sie sich unauffällig in Aileens Zimmer zurückzogen, sagte niemand etwas. Als wäre das ein ganz selbstverständlicher Vorgang. Bob und Spider lagen sich lallend und albernd in den Armen.

„Ich lieve dich Mann, ich lieve euch alle, Mann," beteuerte Spider. Alles immer noch im Flüsterton.

Elisabeth hatten Whisky, Bier und die tiefen Züge Haschisch umgehauen. Sie schlief tief und fest. Shawn setzte sich neben Aileen und legte seinen Arm um sie.

„Hey, geht's dir gut, meine kleine Fee?" fragte er verschleiert.

Sie nickte und sah zu ihm auf. In ihrem Blick war keine Spur von Angst. Er umfaßte ihr Kinn mit seiner Hand und küßte sie sehr innig. Er setzte sich so, daß er ihren ganzen Körper zwischen seine Beine nehmen konnte und zog sie an sich. So konnte er sie halten und streicheln. Ein verstohlener Blick zu Betty bestätigte, daß mit ihr in nächster Zeit nicht zu rechnen war.

„Hast du noch Angst vor mir?" fragte Shawn, während er ganz nebenbei ihre zarte Brust streichelte.

Er wollte nicht noch einmal etwas falsch machen. Aileen war anscheinend die letzten Monate sehr fortgeschritten in ihrer Entwicklung, was aber nicht heißen mußte, daß sie fühlte wie er fühlte. Sie schüttelte ein wenig verschämt den Kopf. Trotz ihres leichten Rausches erreichte sie das schlechte Gewissen gegenüber ihrer Schwester.

„Aber wir dürfen nicht..., sie ist meine Schwester, und ich liebe sie....", sagte sie sorgenvoll und lehnte ihren Kopf gegen seine Schulter. Er küßte ihr Haar.

„Wir müssen das nicht tun, Lee", flüsterte er, erstaunt über sich selbst. „Ich will nur… ich will dich nur nah bei mir haben. Ich will dich nur in meinen Armen halten."

Sie fühlte sich plötzlich so leicht, so glücklich wie noch nie. Konnte das wahr sein? Waren alle ihre Gefühle, ihre Ahnungen, ihre Hoffnungen etwa wahr? Sie sah ihn an. Und sah diese Augen. Diese ernsten Augen, die ständig Verlangen ausstrahlten. Verlangen nach Poesie, nach Musik, nach neuen Erfahrungen, nach Sex, nach Liebe. Verlangen nach Leben. Sie sah den Mund, der dies alles auszudrücken versuchte, dessen Lippen sich fast immer bewegten. Auch jetzt, während sie sich darauf vorbereiteten, zu küssen. Glückselig schloß sie die Augen und spürte seine Zunge. Doch das Glücksgefühl war nur von kurzer Dauer. Bob zog seinen Bruder ruckartig an den Schultern, so daß Shawn und Aileen beinahe umkippten.

„Mensch, bist du verrückt! Laß die Kleine, Shawn!"

Nun war auch Elisabeth wieder unter den Lebenden, kam auf allen Vieren zu Shawn gekrabbelt, denn ihr Rausch war wirklich sehr ordentlich. Sie rollte sich auf seinem Schoß zusammen.

„Verschwinde hier, Lee, geh endlich ins Bett."

Schon schlief sie wieder ein. Bob hatte sich auf das Bett gelegt und begann zu schnarchen. Spider öffnete die letzten zwei Flaschen Bier, setzte sich zu Shawn und Aileen, die nun seitlich gegen Shawns Schulter lehnte. Shawns Rücken hatte am Fußende des Bettes Halt gefunden.

„So ist das", flüsterte Spider, das Dreigespann im Blick. „Das kann ja heiter werden."

Eine zeitlang mußte auch Shawn eingeschlafen sein. Er erwachte jedenfalls mit einem schweren Schädel, trockenem Mund und Rückenschmerzen. Draußen dämmerte es bereits. Schnell weckte er Elisabeth, Aileen und Spider. Robert rutschte unwillig vom Bett. Dann ging er nach nebenan, um Tony und Claire zu wecken. Die zwei lagen vollkommen bekleidet, doch in trauter Einheit auf dem Bett und schliefen seelenruhig. Shawn rüttelte an Tonys Schulter. „Hey, Alter! Tut mir leid. Wir müssen machen, daß wir rauskommen, Mann!"

Zum Glück war alles gut gegangen. Die Jungs hatten sich hastig verabschiedet, waren unentdeckt wieder hinunter in den Garten geklettert und in Deckung der vielen Büsche zu der Stelle des Zaunes geschlichen, durch die sie, einer nach dem anderen, auf die andere Seite schlüpfen konnten. Shawn hatte sich soeben das erste Zigarillo des Tages angezündet, kaum daß sie drüben angelangt waren.

„Was war 'n das Tony, was du da mit Claire veranstaltet hast?" fragte er mit einem Unterton, der Tony nicht paßte.

„Wir haben uns unterhalten, wenn du's genau wissen willst. Und 'n bißchen rumgeschmust", antwortete er ungeduldig.

Shawn zog die Augenbrauen hoch. „Mann. Und deswegen hast du das Zimmer belegt? Da hätt' ich ja…"

„Ist eben nich' jeder so'n durchtriebener Hund wie du Shawn! Außerdem hab' ich dir schon einmal gesagt, daß mir die Sache mit Claire ernst ist. Verstehst du? Gestern Nacht is' für mich mehr gelaufen, als ich mir jemals erträumt habe. Ich bin glücklich heute Morgen!" Und wie zum Beweis zeigte er mit beiden Händen auf seinen Brustkorb. „Sieh mich an, Allison! Ich bin glücklich, obwohl ich nich' gebumst hab'!"

Shawn verdrehte die Augen. Wenn er ehrlich war, war er mächtig neidisch auf Tony. Irgend etwas hinderte ihn, mit Mädchen das Glück zu finden. Nur dieses neue Gefühl zu Lee, vielleicht war es ja ansatzweise das, was Glück in der Liebe bedeutete?

„Du gehst mir auf die Nerven, Mann", so brummelnd wandte sich Shawn dem Heimweg zu.

Spider faßte Tony tröstend am Arm. „Adios Companero. Nimm's leicht."

„Du kennst ihn ja", fügte Robert hinzu, gab Tony die Hand und ging hinter den beiden her.

Tony ging direkt in Richtung Maple Lane. Schließlich hatte er es eilig zur Arbeit zu kommen. Er wußte zwar, wo Thomas Wilson wohnte, hatte ihn jedoch nie besonders wahrgenommen. Er konnte nur vermuten, daß der junge Mann, der gerade mit seinem Motorroller aus der Einfahrt des viktorianischen Hauses kam und den Hügel hinunterfuhr, Thomas Wilson war. Es war ihm jedoch egal. Er dachte nur an Claire. Er würde den Tag hindurch schweben und sich diesen Genuß von nichts und niemandem kaputt machen lassen. Nicht einmal von seinem nörgelnden Meister, der sicher merken würde, daß er zu wenig geschlafen hatte.

Auf dem Weg zur Autowerkstatt kam er am Kiosk vom alten Pete vorbei, wo er seine allmorgendliche „News of the World" und seine Zigaretten kaufte. Heute nahm er noch einen Pappbecher Kaffee und ein Sandwich. Nach den üblichen Begrüßungsworten, faltete Tony das Sensationsblatt auseinander und überflog die Seiten im Gehen, mühsam koordiniert mit Kaffeetrinken und Sandwichessen. Gewerkschaften wettern gegen Premier Wilson. Wilson prophezeit wirtschaftlichen Aufschwung. Vietnamkrieg, Rhodesienkrise, Arbeitslosigkeit, Hunger, Tod und Armut... Queen Moms Besuch im Waisenhaus von Tottenham - und auf Seite drei: „The Rumor" on Stage. Sind diese Wilden gut für unsere Jugend? wurde da gefragt. Und im Artikel stand etwas von „rabiaten Klängen" und „sexuellen Anspielungen", „aufhetzende Texte" und „musikalisch praktisch unbrauchbar". Jedoch „ungeheuerlicherweise" gefeiert von den Jugendlichen und der gesamten Musikpresse.

Das Foto war besser als der Artikel. Obwohl der Fotograf wohl seinem Auftrag nach, redlich versucht hatte, die Gruppe so wild wie möglich darzustellen. Es zeigte Shawn auf Knien, den Körper nach hinten gebogen, Arme und Mikro gen Himmel gerichtet, den Kopf dagegen auf die Brust hängend, wie jemand, den man an den Armen aufgehängt hat. Völlig verschwitzt, offenes Hemd, ein Bild der Hingabe an sein Publikum. Um ihn herum lagen Dinge, die die Fans auf die Bühne geworfen hatten. Es waren auch Slips und BHs dabei. Hinter ihm Robert und Spider, eng beieinander, im Gitarre-Bass-Duell. Spiders rechtes Bein zwischen Roberts Beinen, die Hüften gegen den Spielpartner gerichtet, die Gitarren vor dem Unterleib. Ihre Gesichter zeigten, wie sehr sie bei der Sache waren. Der Schweiß glänzte, selbst auf dem Schwarzweißdruck war das gut zu erkennen. Roberts Augen waren geschlossen. Spiders Mund leicht geöffnet. Seine Augen blickten zu Robert. Im Hintergrund drosch Mason auf das Schlagzeug ein. Man sah nur seine buschigen Haare und wirbelnden Stöcke. Er schlug in letzter Zeit wie wild zu. Seinen Kopf schien er dabei mitzunehmen. „Er ist unbarmherzig gegen sich und das Schlagzeug", dachte Tony, begeistert über das Foto. Wirklich eine Truppe Wilder. Von den konservativen Moralaposteln gehaßt. Von den Fans geliebt. Von den Medien in einer Art Haßliebe umworben. Für diese vier ging die Post ab. Das war schon mal klar. Ob dieses Käseblatt nun meckerte oder nicht! Das waren seine besten Freunde, um die es da ging! „The Rumor"! So etwas Verrücktes! Mit Stolz im Herzen faltete Tony das Blatt zusammen. Er war einer der ersten gewesen, der die Single in Händen hielt, überreicht vom Bandleader persönlich. Oh ja. Dieses Privileg konnte ihm keiner nehmen. Was für ein schöner Tag!

Der sollte für einen Teil der Beteiligten aber ein recht harter Tag werden. Robert, Shawn und Spider schnarchten bis zum Mittag in ihrer Mansarde, während Tony und die Mädchen ihrer Pflicht nachgehen mußten und mit den Nachwirkungen des Rausches zu kämpfen hatten.

Die Geschichtsstunde, Französische Revolution, rauschte an Elisabeth einfach vorbei. Ihr Kopf sackte wieder und wieder von den aufgestützten Händen. Ihr Mund war trocken und der Magen gefährlich unruhig. Sie sehnte sich nach Shawn und Schlaf in seinen Armen. Nur mit Mühe entging das alles der Aufmerksamkeit des Lehrers. Das hatte sie aber mehr ihrer Tischnachbarin zu verdanken, die sie anstieß, sobald sie einzuschlafen drohte. Ihre Katerstimmung schindete bei ihren Mitschülerinnen mächtigen Eindruck. In der Pause wollten ihre Freundinnen unbedingt wissen, wie sie in diese interessante Verfassung geraten war. Sie gab ein wenig an und verriet, daß ihr Liebster die ganze Nacht mit ihr verbrachte und daß sie in den Liebespausen tüchtig gekifft hätten. In Wahrheit hatte sie Shawn nicht einmal richtig geküßt. Natürlich wollten die Freundinnen wissen, wer der geheimnisvolle Junge war. Doch Elisabeth hütete sich davor, dieses Geheimnis preiszugeben. Vorerst jedenfalls wollte sie den Mädchen die Spannung lassen.

Aileen fiel vor allem durch ihre veränderte Ausstrahlung auf. Ihr Dauerlächeln machte Doreen, ihre Freundin, ganz verrückt. Sie stellte so viele lästige Fragen. Ist es der, mit dem du heimlich nach Brighton gefahren bist? Hat er dies, hast du das gemacht? Ihr habt was getrunken, stimmt's? Bist du nicht mehr Jungfrau, Lee? Und so weiter und sofort. Aileen war furchtbar müde, doch sie war seelig. „Ich möchte dich nur in meinen Armen halten", hatte Shawn gesagt, und sein Kuß war einfach umwerfend. Es kribbelte immer noch bei der Erinnerung daran, und ihr Herz fing sofort wieder ängstlich und doch sehnsüchtig zu klopfen an. Sie wurde von ihm geküßt. Nicht Elisabeth.

Claire schwebte im siebten Himmel. Was hatte sie nur an Bob gefunden? Heute sah sie nur noch Tonys lustig lächelnden Mund, seine liebevollen grünen Augen, die kurzen dunklen Haare, durch die ihre Hand fuhr, während er ihr seine Liebe gestand. Tony. Sein Name begleitete sie durch den Tag wie ein kleines Gebet. Tony. Tonys Hände, Tonys Küsse, Tonys erhitzter Körper. Ihre Hand auf der Suche, seine bereits am Ziel. Zärtliche Berührungen bis zum Ende. So vertraut die Lust mit ihm. Ohne Scham. Ewige Umarmung bis in den Schlaf. Das Lauschen auf seinen Atem, der langsam ruhiger wird. Tony. Von einem Tag auf den anderen wußte sie, zu wem sie gehören wollte. Was machte es schon, daß er nicht Gitarre spielte.

Während die Jungs die paar Tage Urlaub ausgiebig genossen, hatte Gordon Tyler alle Hände voll zu tun. Die Resonanz auf den ersten Teil der Tour und auf die Herausgabe der Single war mehr als gut. Gordon wollte schon lange seinen Job bei der BBC, den er seit einiger Zeit sowieso sehr vernachlässigte, aufgeben, um nur noch als Manager der Band zu fungieren. Nun galt es, diese Botschaft seinem Chef beizubringen. Wie erwartet, kam es zu einer längeren Diskussion. „Aber Gordon, in deinem Alter", mahnte der, "Was ist, wenn die Jungs bald wieder weg sind vom Fenster? Man kennt das doch. Du schlägst dich mit ihnen herum, erziehst sie sozusagen und dann übernehmen sie sich mit allem, was man sich nur reinziehen kann. Dein Liebling, der Allison, das ist meiner Meinung nach genau der Kandidat, um bei der erst besten Gelegenheit abzurutschen. Überleg dir das gut, Gordon. Und außerdem, wer macht denn dann die Jugendsendung? Tu mir das nicht an, alter Freund..." Und so weiter, und so fort. Doch Gordon Tyler blieb dabei. Es war einfach unmöglich, sich ganz und gar für die Band einzusetzen und gleichzeitig eine gute Programmplanung plus Talentsuche durchzuführen.

Dazu kam Gordons Überlegung, daß es nicht gut war, sich total an den Sender zu binden. Er versuchte, einen befristeten Vertrag auszuhandeln, der es ihm ermöglichte, in drei Jahren auszusteigen. Es könnte sich bis dahin ja ein noch lukrativeres Angebot, etwa von den Amerikanern, einstellen. Es gab nichts schlimmeres, als auf Gedeih und Verderb an eine Produktionsfirma gebunden zu sein, während die Dollars nur so an einem vorbeiflogen. Dies wollte Gordon verhindern.

Damit war er schlauer, als so manch anderer Manager seiner Branche. Bei all diesen Überlegungen halfen ihm nicht nur seine vielfältigen Erfahrungen im Business, sondern auch seine juristische Ausbildung. Ursprünglich sollte er nämlich Rechtsanwalt werden, genau wie sein Vater und Großvater. Durch seinen Abweg in den Journalismus und schließlich ins Musikbusiness wurde er zum schwarzen Schaf der Familie. Seine Jugend war hart gewesen. Sicher, verglichen mit der

Shawn Allisons zum Beispiel, nicht wirklich hart. Aber niemand ahnte, welche Möglichkeiten an Schikanen eine intellektuell und kulturell hoch entwickelte Familie wie seine auf Lager hatte.

Inzwischen war das alles Vergangenheit. Sein Weg war für ihn nicht der leichteste, aber der richtige, und er wußte immer genau, was er wollte. Das war letztendlich das wichtigste. Auch jetzt wußte er genau, was er von seinem Arbeitgeber wollte. Der Sender sollte der Band und ihm ein gutes Start Up bieten. Klar war nur noch nicht, ob sie sich auf Tylers Angebot einlassen würden. Denn auch bei der BBC arbeiteten schlaue und erfahrene Leute, die einem kleinen Fisch nicht das Futter in den Hals warfen, ohne sich später, wenn das Fischlein zum Wal geworden war, einen Anteil am großen Happen zu sichern. Nach zähen Verhandlungen stellte sich dann leider heraus, daß der Sender nicht so wollte, wie Gordon sich das vorstellte. Gordon schwankte der Boden unter den Füßen. Aber klug wie er war, ließ er seine Kündigung ruhen, obwohl er am liebsten sofort alles geschmissen hätte. Doch er brauchte gerade jetzt einen sicheren Hintergrund. Zum Glück war er mit der Band nicht auf alle Zeiten an den Sender gebunden.

Er rannte von Pontius zu Pilatus. Es gehörte Überzeugungsarbeit dazu, eine Newcomer-Band bei einer der großen Plattenfirmen unterzubringen. Schließlich war er bei Philips Records fündig geworden. Dort kannte er den Produktionsmanager, den er zunächst eigentlich nicht fragen wollte, weil zwischen ihnen Privat noch eine alte Geschichte im Raum stand. Doch schließlich blieb ihm nichts anderes übrig und er packte sein ganzes Repertoire aus:

„Hör zu, alter Freund", begann er und sah Graham Westfield dabei sehr eindringlich in die Augen. „Diese Band ist keine Eintagsfliege. Ich habe schon eine Menge Jungs erlebt, seit der gute Elvis den Rock'n Roll zu uns nach Europa gebracht hat, das mußt du zugeben. Aber noch nie, noch niemals, war jemand wie Shawn Allison und seine Jungs dabei. Ich meine, du hast sie doch bei „Raedy Staedy Go" gesehen, Graham. Und die Reaktionen der Fans? Ich sage dir, sie bringen sich beinahe um, da unten vor der Bühne. Und zum Verkaufsbeginn der Single lagerten sie zu Hunderten vor den Plattenläden, die ganze Nacht hindurch. Wir sind auf Platz drei der Top Ten. Die Fans stehlen Kleidung, die die Jungen getragen haben aus den Garderoben, obwohl wir die Sicherheitskräfte verstärkt haben. Hinter der Bühne warten junge Mädchen. Sie stehen Spalier, betteln darum, von einem der Jungs mit aufs Zimmer genommen zu werden. Fangen zu weinen an, wenn sie von ihnen nur kurz berührt werden. Glaub mir, Graham, diese Popularität nach so kurzer Zeit zu erreichen, das gelingt nicht vielen Künstlern. Du weißt das! Laß uns gute Konditionen aushandeln, für diese Jungs und für Philips Records!"

„Und für dich", fügte Graham verschmitzt lächelnd diesem Statement hinzu.

„Natürlich auch für mich, Graham. Komm schon, ruf deinen Stab zusammen und finde eine Lösung."

Die Lösung wurde gefunden. Ein auf vier Jahre befristeter Vertrag wurde ausgehandelt. Die Aufnahmen sollten unter dem Fontana-Label herauskommen. Die Jungs sollten ein Festgehalt von zehntausend Pfund pro Jahr plus fünf Prozent des Umsatzes aus den Plattenverkäufen bekommen. Vierzig Prozent war für das Management vorgesehen. Fünfundvierzig Prozent sollte das Label und damit Philips Records einstreichen. Damit war Tyler einverstanden. Den Jungs kamen zehntausend Pfund pro Jahr ohnehin rasant viel vor. Gordon wollte versuchen, eine Rücklage zu schaffen. Doch wie sich herausstellen sollte, lagen die Ausgaben für die bevorstehende Tour sehr hoch, zu hoch. Allein die Ausgaben für die Sicherheitskräfte und die Reinigung der Räume - und deren Wiederherstellung - wurden immer höher. Ganz zu Schweigen von der Werbung rund um die Single und um diese neue Tour. Gordon verhandelte noch zehn Prozent Vermittlungsgebühren für sich nach. Allerdings erhöhten sich durch die schnell wachsende Popularität der Gruppe auch die Gagen für die Auftritte, was sich als dringend notwendig erwies.

Doch begannen sie diese zweite, schon viel größer geplante Tour noch in einem relativ kleinen Rahmen. Ziggy Jackson, der für den legendären Marquee Club in der Wardour Street in Soho Gruppen rekrutierte, ließ es sich nicht nehmen, für dreihundert Pfund Flugblätter, Werbezettel und Plakate drucken zu lassen, auf denen „The Rumor - Der Gipfel des Rythm'n Blues" angekündigt wurden. Für einen Jungen also, der ihn noch vor einem knappen Jahr gefragt hatte, ob er für ein paar Cents den Laden aufräumen könnte. „The Rumor" im Marquee Club! Für Shawn war dieses Erlebnis eines der ersten wirklichen Höhepunkte seiner Musikerkarriere. Hier hatten 1962 auch die Rolling Stones gespielt. All seine Träume hatten sich jahrelang um diesen Laden gedreht. Und nun sollte er, Shawn Allison, auf dieser heiligen Bühne stehen!

Der Club war gerappelt voll. Die Luft war schon vor dem Auftritt zum Schneiden dick. Die Fans waren handverlesen. Es war zu eng, um alle hineinzulassen. Auf der Straße standen Lautsprecher, die die Musik nach draußen schallen ließen. Familienangehörige und Freunde waren gekommen. Sogar ein ehemaliger Arbeitskollege von den Docks, Tom Haseley, stand eingequetscht in der Menge und machte einen sehr glücklichen Eindruck, denn er war immerhin hineingekommen. Elisabeth, Claire, Dorothee und Tony durften dicht an der Bühne stehen, allerdings seitlich, in einem eigens durch Sicherheitskräfte abgeriegelten kleinen Eckchen. Jane hatte ihre Töchter nur unter größter Überwindung gehen lassen. Ausschlaggebend war wohl Shawns persönliche Vorsprache bei ihrem Mann gewesen.

Der Marquee Club brodelte, als die Band zu spielen begann. Blitzlichter flackerten auf. Journalisten vom „New Musical Express", von „Disc Weekly" und vom „Observer" sowie vom „Music Maker" waren anwesend. Außerdem stand mitten drin ein Fotograf und Filmemacher, der trotz seines jugendlichen Alters schon zu den Großverdienern im Geschäft gehörte. Chris Lombart war schon vorher von der Musik und der Bühnenshow begeistert. Aber als Shawn das Mädchen, das er zu sich auf die Bühne zog, an seinen verschwitzten Körper drückte, seinen Kopf ekstatisch in den Nacken fallen ließ, wurde er richtig aufmerksam. Sie gehörte nicht gerade zu den Schüchternen. Sie leckte Shawn mit spitzer Zunge den Schweiß vom Hals.

Damit hatte Shawn nicht gerechnet. Es machte ihn wirklich heiß. Er griff ihr an den Po, drückte sie gegen sich und gab einen spitzen Schrei ins Mikro, während sie sich aufreizend an ihm rieb. Die Menge grölte, Gordon faltete die Hände vorm Gesicht, die Beamten in Zivil wurden unruhig. Doch sie wurden von den Fans behindert zur Bühne vorzudringen. Es war ein Drücken und Drängen und ein Grölen, daß man glauben konnte, der Laden würde im nächsten Moment explodieren.

Lombart beobachtete alles mit seinen geschulten Augen und war völlig aus dem Häuschen. Spontan beschloß er, einen Musikfilm mit der Band zu drehen, koste es, was es wolle.

Die Bühne wurde von privaten Sicherheitskräften geschützt, die nur darauf zu achten hatten, daß die Fans nicht auf die Idee kamen, die Bühne zu erobern. Andy fieberte hinter den Boxen herum, um ja im Falle eines technischen Problems schnellstens zur Stelle zu sein. Dank des Zuwachses im Roadielager konnte er sich viel mehr um die technischen Dinge kümmern. Lilian hockte hinter dem rückwärtigen Vorhang, nervös wie immer.

Nach der Hälfte der Show, die inzwischen neunzig Minuten dauerte, gab es neuerdings einen kleinen Szenenwechsel, für den die Instrumente, vor allem aber das Outfit gewechselt wurde. Shawn mußte hierfür vollständig umgezogen werden, was nicht ganz einfach war für Lilian, weil der Körper schweißnaß war. Die Zeit war sehr knapp und so war dieser Wechsel ein ziemlicher Streß. Nebenbei warfen sich die Jungs noch Informationen für den nächsten Showblock zu, erfrischten ihre Gesichter mit Lilians Hamamelistüchern und tranken etwas. Lilian und Shawn kamen sich dabei körperlich sehr nahe. Jedesmal nahm er sich die Zeit sie kräftig zu umarmen, wenn er fertig gestylt und total aufgedreht zum nächsten Anlauf bereit stand. In schwarzem Anzug,

Pellerinenmantel, Hut und Stiefeln im Stil des achtzehnten Jahrhunderts stellte er Jack the Ripper dar, raunte „I want you to love me" ins Mikro, in einem Nebel aus Zigarettenrauch auf einer der Boxen stehend, unheimlich und mächtig. „Hunting in the dark" war ein merkwürdiges Liebeslied. Ein Mörder fragt sich, warum alle Welt ihn jagt. Er will doch nur geliebt werden. Und diese ungeteilte Liebe nimmt er sich ganz. Der Song endete mit Masons kaltem Schlag aufs Fell der kleinen Trommel, der sich anhörte wie ein Revolverschuß, und Shawns Zusammenbruch auf der Box, was ihm bisweilen einige blaue Flecken einbrachte. Die Reaktion des Publikums war ein erschrockenes Raunen, das sich anschließend in ein erleichtertes Klatschen und Pfeifen verwandelte, als Shawn sich wieder aufrappelte. Danach ließ er den Mantel vom Körper gleiten, öffnete das hummerote Hemd und ließ es über der Hose hängen. Er ging zum Mikro an den Bühnenrand, wo er breitbeinig stehenblieb, langsam seinen gesenkten Kopf hob, die Haare zurückstrich, und einen sehr sanften Song anstimmte: „Christine". Er sang mit dieser sehnsüchtigen, leicht verschnupften und verrauchten Stimme, die wohlige Gänsehaut auf den Mädchenkörpern erzeugte.

„Hey, kleines Mädchen. Sieh das Sonnenlicht in ihrer Seele. Sie braucht mich nicht, sie hat jemand, der viel wertvoller ist als ich. Sieh das Sonnenlicht in ihrer Seele. Sie hat jemand, der sie liebt. Für immer. In diesen Augen wird sie sich selber sehen. Das wird sie glücklich machen. Glücklicher, als je ein Geliebter sie machen kann... Christine, du brauchst mich nicht... Hey, hier kommt Christine. See the sunlight in her soul..." Der Refrain wurde schon nach wenigen Auftritten mitgesungen. Auch die B-Seite der Single war auf dem besten Wege in die Top Ten.

Nach der Show fand sich Chris Lombart mit ein paar anderen Journalisten und Fotografen in der Garderobe ein, wo sich die Jungs der Presse stellen sollten, bevor man sich zu einer intimen kleinen After-Show-Party ins Hotel zurückziehen wollte. Chris war nicht sehr groß, dafür aber breitschultrig, recht muskulös. Er war selbstbewußt und geschult genug im Umgang mit der Journalistenkonkurrenz, um sich in den Vordergrund zu schieben. Er schien nicht gekommen zu sein, um der Band Fragen zu stellen oder sie zu fotografieren, sondern eher um sie zu amüsieren. Er sprach ihre Sprache, ohne aufgesetzt zu wirken.

Gordon kannte ihn. Er hatte Lombart beobachtet, seine Experimentalfilme, die ihm Schimpf und Schande eingebracht hatten, aber auch seine exzellenten fotografischen Berichte aus Kambodscha, die ausgezeichnet wurden. Lombart war erst fünfundzwanzig, aber schon mit allen Wassern des Genres gewaschen. Er hatte in den USA ein gutes Ansehen, weniger bei den Briten, die sich etwas schwer mit ihm taten. Es wurde gemunkelt, er liebe das eigene Geschlecht. Schockierend! Außerdem interessierte er sich für die finstere Seite im Manne, im biblischen Sinne, hieß es, was kaum nachzuvollziehen war, wenn man ihn so herumalbern sah. Doch seine Bilder aus den Krisengebieten sprachen eine ziemlich deutliche Sprache. Shawn und Chris verstanden sich auf Anhieb. Es gab eine Seelenverwandtschaft in künstlerischer Hinsicht, die sich schnell offenbarte.

Für Shawn gab es keine bewußte Künstler-Objekt-Beziehung, er lebte einfach sein Leben. Für Chris war das anders. Er hatte sein neues Objekt gefunden. Und er würde es sehr bewußt studieren, um es schließlich so abzubilden, daß sein Innenleben zu sehen war. Fotografisch oder cineastisch; das Innere nach außen zu kehren, das war seine Kunst. Shawns Kunst war es, musikalisch und poetisch das gleiche zu tun. Das aber rein intuitiv. Das war sein Leben.

Nach etwa zwanzig Minuten beendeten Gordon und Andy die Audienz für die Presseleute. Chris hatte kein einziges Foto geschossen, ging jedoch als letzter und bewußt langsam. Er war beinahe aus der Tür, als Shawn, der auf der Ablage des Schminktisches flegelte, ihn ansprach:

„Hey, Lombart, was haste eben gesagt?"

Chris drehte auf der Ferse um und grinste in die Runde.

„Ich will einen Musikfilm drehen, den die Welt noch nicht gesehen hat. Einen Rock'n Roll-Film vom feinsten. Und ich will ihn mit euch drehen." Dabei zeigte er mit zusammengekniffenen Augen auf die Jungs. „Yeah...", raunte er. „Überlegt es euch!"

Shawn und die Jungs sahen sich nur einen Moment lang an, doch er erkannte die spontane Begeisterung in den Augen der Freunde.

„Warte mal, warte mal", rief er Chris nach. Er lud Chris ein, mit ihnen ins Hotel zu fahren, um ein wenig zu feiern. Chris Lombart war drinnen.

Alle, die zur Party geladen waren, hatten eine Karte bekommen, mit der sie in die Hotelbar eingelassen wurden. Die Jungs wurden auf Schleichwegen zum Hotel gebracht. Chris Lombart wurde von Andy in den Materialbus verfrachtet. In der Bar warteten schon die Mädchen, Tony und auch Haseley, der sich nach der Show flink an Tony herangemacht und ihn bequatscht hatte, ihn mitzunehmen. Der ganze Stab war da, inzwischen war das schon ein stattliches Grüppchen. Außer Gordon war nur ein älterer Mensch im Raum, der Chef von Phillips, dem Gordon auf keinen Fall die Jam Session zu später Stunde vorenthalten wollte.

Shawn brachte das „Mädchen des Abends", das Mädchen, das ihm auf der Bühne den Hals abgeleckt hatte, mit zur Party. Gordon fragte sich, warum Shawn sich derartig offensichtlich gegen seine Regeln widersetzte. Und in Elisabeth spannte sich jede Sehne. Die Szene auf der Bühne war ihr schon schwer genug gefallen. Hatte er die Sache mit Christine etwa schon vergessen? Warum tat er das? Shawn hatte lässig einen Arm um ihre Schultern gelegt und führte sie direkt zu Gordon, ohne auch nur einen Blick für Elisabeth zu haben. Er blinzelte Gordon sehr merkwürdig an „Das is' Karen, Gordon. Karen mit der spitzen Zunge." Shawn und das Mädchen grinsten sich an und führten ihre Zungen kurz zusammen.

Gordon juckte es ziemlich stark in den Fingern. Wieder einer der Momente, in denen er Shawn am liebsten eine reingehauen hätte.

„Die kann singen, die Maus..." Er umklammerte ihren Hals mit dem Arm und sie lächelte tapfer weiter. „Mußte dir mal anhören, Gordon."

Shawn ließ sie los und schob sie ein Stück näher zu Gordon hin. Sie streckte ihre Hand aus. Ihr Lächeln war so entwaffnend natürlich, daß Gordon zwar noch immer etwas steif, ihre Hand nahm.

„Der Plattenboß is' auch hier heute Abend. Gordon wird ihn dir sicher vorstellen. Das is' deine Chance, lovely Karen." Shawn griff in ihre polange, wilde rote Mähne.

Elisabeth wurde es übel vor Wut, als sie das sah. Mühsam versuchte sie Haltung zu wahren. Doch dann überließ Shawn Gordon und Karen ihrem Schicksal und wandte sich zu einer Höflichkeitsbegrüßung Graham Westfield, dem Boß der Plattenfirma, zu. Mason und Spider waren bereits mitten im Gespräch mit Chris, über Film und Fotojournalismus und die geplante Zusammenarbeit. Bevor Shawn sich Elisabeth zuwenden konnte, wurde er von Tony abgefangen, der Tom Haseley im Schlepptau hatte.

„Shawn, ey Shawn! Kennste mich etwa noch, Alter?" Tom war eigentlich schüchtern. Er war einer der Jüngsten in Shawns Truppe auf den Docks gewesen. In diesem Rahmen benahm er sich aber ganz anders als bei der Arbeit. Shawn brauchte eine Weile, bis es funkte. In letzter Zeit kamen öfter irgendwelche Menschen auf ihn zu, die behaupteten, ihn von der Schule her zu kennen oder aus irgendeinem Plattenladen oder auch nur aus dem Bus. Und alle wollten plötzlich seine Freunde sein.

„Mensch Tom", sagte er, als er ihn erkannte, und schüttelte dem Ex-Kollegen die Hand. „Das is' aber 'ne Überraschung!"

„Ja, was! Du untreue Seele", lachte Haseley unsicher und kaute etwas hektischer auf seinem Kaugummi. „Dachtest wohl, du kannst dich einfach so verpissen und 'n großer Star werden, ohne mit 'm alten Kumpel einen drauf zu trinken! Mann, das war vielleicht Klasse vorhin! Gut, das de nich' mehr Säcke schleppst. Das is' irre mit deiner Musik, Mann!"

Nach diesen Gunstbeteuerungen kam er näher heran, um Shawn leise zu fragen, ob die geile Rote, mit der er gekommen war, seine Freundin sei. „Haste mit ihr...?" fragte er augenzwinkernd. Shawn verneinte. Haseley deutete an, daß er sehr interessiert an Karen war, ihm aber natürlich nichts wegnehmen wollte. Shawn konnte sich nicht vorstellen, daß Haseley Karens Typ war. Sie war drei Nummern zu raffiniert für den kleinen und etwas einfältigen Boy. Er hatte zwar nicht mit ihr, aber was sie mit ihm gemacht hatte, auf der Fahrt vom Club ins Hotel, als sie im Fond des Taxis zwischen seinen Schenkeln kniete, weil sie sich dort vor eventuellen Fans verbergen mußte, brauchte ja niemand zu wissen. Und weder Shawn noch Karen waren an einer Beziehung interessiert. Sie hatte ihm unmißverständlich erklärt, wie sie sich das mit ihm vorstellte. Und sie war dann auch, ungeachtet des irritierten Fahrers, der zwar durch die Trennscheibe hindurch kaum etwas hörte, doch über den Rückspiegel genug sehen konnte, sehr schnell zur Sache gekommen. „Du schmeckst irre geil", hatte sie gesagt, als sie mit ihm fertig war. „Ich konnte an nichts anderes mehr denken, seit ich deinen Hals geleckt habe. Das war das geilste, was ich bisher gemacht habe." Und dann flüsterte sie ihm zu: "Ich hätte das eben am liebsten da oben auf der Bühne gemacht, vor all den Leuten." Shawn hing mit verdrehten Augen und dem Gefühl, sein Gehirn sei ausgewandert, im Sitz des Taxis. Selbst Jane hätte bei Karen noch in die Lehre gehen können. Und während sie ihm seine Brust kraulte, sagte sie ihm, daß man so etwas Geiles nur einmal tut. „Einmal und nie wieder, weil es nie mehr so wird wie das erste Mal. Das ist was Heiliges!" Davon war sie offensichtlich überzeugt. Dann setzte sie sich fröhlich wippend neben ihn, nahm einen großen Schluck aus der Whiskyflasche und fing an zu singen. Und sie sang so phantastisch, daß Shawn sofort wußte, wie er ihr seine Dankbarkeit zeigen konnte.

Und Tom, der arme Wicht, dachte nun, er hätte vielleicht Chancen bei Karen. Aber sollte er ruhig mal. „Bedien dich bei allem hier, Tom", sagte Shawn mit gönnerhaftem Lächeln und deutete auf Karen und auf das Büffet und die Bar. „Ich werde ma' den anderen Hallo sagen."

Nun erst kam er zu Elisabeth, die auf einem Barhocker saß und mit Andy plauderte. Sie hatte sich geschworen, ihm keine Szene zu machen. Sie wollte so tun, als würde es ihr nichts ausmachen, daß er direkt vor ihren Augen und auf so penetrante Art flirtete. Vielleicht war das die Art und Weise, mit der man ihn halten konnte. Vielleicht hatte ihre Mutter recht, wenn sie sagte, daß man es einen Mann nicht merken lassen dürfe, wenn man wegen ihm litt. Shawn kam auf sie zu, als sei nichts gewesen. Nahm das Zigarillo, das er sich während des Gesprächs mit Tom angezündet hatte, aus dem Mundwinkel, zog sie an sich und küßte sie.

Sie schlang Arme und Beine um ihn und zauselte durch seine Haare. „Ich kann heute Nacht hierbleiben", flüsterte sie dicht an seinen Lippen. Er küßte sie ausgiebig und drängte sich gegen sie. Als sie leise seufzte, hörte er auf, sie zu küssen.

„Ich hab' deinem Pa versprochen, daß du und Claire gegen zwei Uhr nach Hause gebracht werdet. Sonst hättet ihr gar nicht kommen dürfen, das weißte doch." Mit diesem Satz löschte er schlagartig den letzten Rest ihrer Stimmung. Jetzt war es ja schon Mitternacht. Und vor allem hieß es, daß Shawn hier bei diesem Roten Flittchen bleiben würde! Doch heute Nacht mußte sie ihn haben! Sie würde ihn nicht wieder gehen lassen, ohne mit ihm geschlafen zu haben. Ihre Zusammengehörigkeit mußte aufgefrischt werden.

„Dann laß uns wenigstens jetzt für eine halbe Stunde auf dein Zimmer gehen. Ich hab so Sehnsucht nach dir. Oder hast du Schiß vor Gordon?"

Es war schon ein Kreuz mit diesen Frauen. Irgendwie besaß Elisabeth die Gabe, ihn an seinem eitelsten Punkt zu packen. Zuerst hatte sie ihn zu ihren Eltern geschickt, um für sie und Claire ein gutes Wort einzulegen. Und warum hatte er überhaupt die Dreistigkeit besessen, bei Mr. Fenn vorzusprechen? Weil Betty gesagt hatte, daß er dazu wahrscheinlich zu feige sei. Er hatte die blinde Wut in Janes Augen gesehen, die sie nicht herauslassen konnte.

Und wie höflich der nichts ahnende Mr. Fenn ihn fand: „Sehr mutig und aufrichtig" hatte der alte Herr doch tatsächlich gesagt und ihm anerkennend auf die Schulter geklopft. Dabei wußte Shawn genau, wenn er mit Jane allein gewesen wäre, was dann geschehen wäre. Es wäre eine der gewohnten Kabbeleien mit ihr entstanden, und er hätte sie am Ende flach gelegt. Ihr Busen bebte die ganze Zeit, und in ihrem Dekolletè hatten sich rote Flecken gebildet.

Mr. Fenn erklärte Shawn, daß er persönlich nichts gegen ihn hätte, daß Elisabeth jedoch erst einmal ihre Schule beenden sollte, um dann mit dem Medizinstudium zu beginnen. Shawn mußte versprechen, Elisabeth nicht mehr anzurühren. Sie sei zu jung für eine sexuelle Beziehung, die Gefahr einer ungewollten Schwangerschaft zu groß. Selbstverständlich hatte Shawn hoch und heilig alles versprochen, wenn sie die Mädchen nur an diesem einzigartigen Ereignis seines Konzertes im Marquee Club teilnehmen ließen. Sie würden auch von dem Chauffeur der Band nach Hause gefahren. Dieser Tatsache, und daß der solide Tony dabei war, hatten die Mädchen den Abend im Club zu verdanken.

Und nun wollte Elisabeth schon wieder eine Art Beweis seiner Souveränität. Und wie sie ihn dabei ansah. Das Luder. Zum Kuckuck mit den Versprechungen! Dieser Abend, das war wirklich ein Grund zu feiern. Mit allem drum und dran, mit Wein, Weib und Gesang sozusagen. Shawn war aufgekratzt und äußerst übermütig. Sein Verlangen war durch Karen erst entfacht worden. „Warum nicht?" sagte er mit einem Blick in die Runde. Alle waren zur Zeit irgendwie beschäftigt. Es würde kaum auffallen. Er nahm Elisabeth bei der Hand, griff sich eine Flasche Champagner und zog sie hinter sich her zum Aufzug.

„Hast du gehört, was Thomas passiert ist?" fragte Jane Fenn ihren Mann, als der von seinen Hausbesuchen zurückkam.

„Nein, was denn?" fragte der Doktor müde.

„Das Vorderrad seines Rollers hat sich wohl gelockert. Er ist im Graben gelandet. Zum Glück hat er nur einen Rippenbruch, Schürfungen und einige Prellungen. Mrs. Wilson sagt, in ein paar Tagen wird er aus dem Hospital entlassen. Sie wollen die Werkstatt verklagen. Dort hat er erst letzte Woche die Räder auswechseln lassen. Er hätte sich zu Tode stürzen können! Ist das nicht schrecklich, Schatz?" Da mußte Mr. Fenn seiner Frau natürlich zustimmen. „Ich werde ihn zusammen mit Elisabeth besuchen gehen", sagte sie besorgt.

„Diese Dinger sind einfach gefährlich", mischte sich nun auch die Haushälterin ein, während sie das Abendessen hinstellte. „Ich bin richtig froh, daß unsere Betty nicht mit ihm gefahren ist, als es passierte."

„Ja, da können wir froh sein", bestätigte der Doktor. „Ich finde die Idee gut, den armen Jungen zu besuchen, Schatz. Aber wo ist denn unsere Jüngste heute Abend? Hat sie gar keinen Hunger?"

Aileen hatte in der Tat alles andere, nur keinen Hunger. Sie saß seit Stunden am Fenster und starrte in die laue Sommerluft. Sie war so entsetzlich traurig, daß sie nicht mit in den Marquee Club gedurft hatte. Sie haßte ihr junges Alter. Sie war wütend auf ihre Schwestern und ihre Eltern. Schließlich hätte sie ja mit Dorothee Allison nach Hause kommen können. Die durfte auch bis nach dem Konzert bleiben und wurde dann nach Hause gefahren. Da war doch wirklich nichts Gefährliches dabei. Dann ertappte sie sich, wie sie ihrer Schwester Elisabeth eine Zwangsverbindung mit Thomas Wilson wünschte. Sie hoffte nur, daß es keine Möglichkeit für

Elisabeth gab, mit Shawn zu schlafen. Elisabeth hatte in letzter Zeit so merkwürdige Anwandlungen. Wer weiß, zu was sie fähig war, um den elterlichen Plänen zu entkommen.

In der Bar ging die Party erst richtig los, während Elisabeth, Claire und Dorothee schon unterwegs nach Hause in der Limousine waren und die Schwestern herumstritten, weil Claire es ziemlich unmöglich fand, wie sehr sich Elisabeth an Shawn heranwarf. Nur Dorothee, als eine Allison, versuchte sich diplomatisch herauszuhalten. Alle etwa dreißig Anwesenden, tanzten, sangen und soffen bis in die Morgenstunden mit der Band, die von einem Song in den nächsten juxte und improvisierte. Die Darbietung und die Stimmung der Gäste war ausgelassen, schräg und sehr spaßig. Morgens um fünf bot sich ein denkwürdiges Bild. Tom Haseley hing mit dem Kopf auf dem Tisch und schlief. Neben ihm saß Andy auf dem roten Barsofa und rülpste andauernd. Tom war über Nacht zum Roadie geworden, und das hatten sie mit viel Whisky gebührend gefeiert. Als Zeichen seiner Zugehörigkeit zur Roadiefamilie, mußte er vier Regeln auswendig lernen, alles was ein Roadie wissen mußte, wie Andy behauptete:

> „If it's wet, drink it.
> If it's dry, smoke it.
> If it moves, fuck it.
> If it doesn't move,
> get it in the truck."

Die anderen beiden Roadies saßen noch immer an der Bar und lallten einander unverständliche Dinge zu. Gordon philosophierte mit Graham Westfield über die Zukunft der Band, wobei beide ihre Augen kaum offen halten konnten. Bob lag mit Karen wie verknäult in einer Sofanische, sie knutschten heftig. In einer anderen Ecke knutschte Mason mit Chris Lombart. Das eine wie das andere wurde in dieser Nacht wie selbstverständlich akzeptiert. Tony und Spider faselten über Amerika, Bodyshops, Autos und Spiders beschissene Eltern, die eigentlich nur per Scheck anwesend waren. Und Shawn tanzte. Auf der kleinen Tanzfläche unterm Spiegelball eng umschlungen, fummelnd und knutschend nach Musik von Frank Sinatra. Mit niemand anderem als mit Lilian.
Schon am nächsten Tag hatten sie einen Gig in Harrow. Tom Haseley war mit von der Partie. Es stellte sich heraus, daß er seine Stelle in den Docks verloren hatte, weil er den Akkord nicht einhalten konnte. Er war einfach zu klein, um längere Zeit schwere Zementsäcke auf die Ladeflächen von Lastwagen zu heben. Nicht der Stärkste schaffte es, hundert mal oder öfter am Tag die achtzig Liter über die eigene Schulterhöhe zu wuchten. Haseley war unter irgendeinem Sack zusammengebrochen. Er behauptete, es war der vierundfünfzigste. Er hätte ihn einfach nicht mehr abstoßen können und seine Beine hätten nachgegeben wie Butter. Aber das hätte sich sowieso bald geändert mit den Jobs in den Docks, erklärte er. Die Ladung würde mehr und mehr direkt mit Containern auf spezielle Lastwagen gelöscht. Dazu sei nur noch ein gelernter Kranführer und zwei Mann Bodenpersonal notwendig. Der Rest der Leute säße über kurz oder lang auf der Straße. Doch nun war er ja Roadie für „The Rumor", und alle Probleme beseitigt.
Trotz des eindrucksvollen Katers, den alle kameradschaftlich teilten, wurde am nächsten Tag hart gearbeitet. Lilian verteilte überdurchschnittlich viele Kopfschmerztabletten, kochte am laufenden Band Kaffee, kaufte sauren Fisch und Brötchen und Gurken. Dabei gab es auch sonst viel zu tun. Shawns schwarzes Jackett war gestohlen worden. Sie mußte einen Ersatz besorgen. Masons

T-Shirts waren allesamt noch naß. Ein Schlagzeuger brauchte eben doppelt so viele Shirts wie die anderen.

Der Saal, in dem die Band auftreten sollte, hatte keine Garderobe, nur eine Art Teeküche, die viel zu eng war. Lilian war wie immer schrecklich nervös. Außerdem hatte sie selber ziemliche Kopfschmerzen und so ein Flattern im Magen. Robert, trotz etwas schwerem Kopf heute erstaunlicherweise mächtig lässig, bastelte schon mit Mason, Andy und Tom an den Aufbauten, während Chris die ersten Fotos schoß. Auffallend war allerdings, daß er besonders Mason mit seiner Kamera verfolgte. Sein eifriger Beleuchter war immer an seiner Seite, ein etwas zickiger, fahriger, etwas tuntiger Typ, den Chris gerne mal zusammenstauchte. Ein exzentrisches Gespann war das. Seit gestern Nacht war der ganzen Belegschaft klar, was mit Mason los war. Aber niemand wagte es, ihm gegenüber ein falsches Wort zu verlieren. Trotzdem, man konnte ihm das unwohle Gefühl ansehen, das ihm sein plötzliches „Outing" bescherte. Auf der anderen Seite schien es ihn wohl erwischt zu haben. Das zeigten die Blicke, die Mason und Chris austauschten.

Von Spider und Shawn war auch gegen elf Uhr noch nichts zu sehen. Gordon wollte sie schon wecken gehen, aber Lilian empfahl, sie ruhig noch ein wenig schlafen zu lassen. Bis zur Generalprobe waren es schließlich noch zwei Stunden. Mit dieser Empfehlung gab sie auch sich selber einen Aufschub. Ihr war das, was letzte Nacht vorgefallen war, ziemlich peinlich. Wie würden Shawn und sie nach dieser Nacht im nüchternen Zustand miteinander umgehen? Würden sie den auf so natürliche Art zärtlichen Umgang miteinander, den sie vor dieser Nacht gepflegt hatten, weiter haben können? Sie hatte Angst, Shawn könnte sich von ihr abwenden. Doch während sie noch im Stehen an einem Hemdenknopf nähte, umfaßten sie von hinten starke Arme und verschränkten sich vor ihrer Brust. Ein kratzendes Kinn legte sich mit einem verschlafenen Seufzer auf ihre Schulter. Und ein verwilderter Schopf legte sich gegen ihre Schläfe. Shawn zog Lilian ein Stück zurück, bis er sich gegen einen Verstärker lehnen konnte.

„Mmmmm...", krächzte er leise, „oh Lilli." Er küßte ihr Ohr. Sie schloß die Augen, während eine Gänsehaut ihren Körper überflog. „Ich wollte mich vor meinem frühen Tod noch einmal gegen deinen Hintern kuscheln. Aber du warst nich' da", nuschelte er vorwurfsvoll. Sie legte zwei Finger auf seine ausgelaugten Lippen.

„Pssst, mein Katerchen, nicht so laut", flüsterte sie.

Shawn lachte leise. „Jaha, unser Geheimnis, wie versprochen. Auf immer und ewig. Ge-heim-nis. Mein Gott, war das 'n Tag und was für 'ne Nacht gestern. Wow Lilli. Denk nich' ich hätt soviel gesoffen, daß ich alles vergessen hab!" Doch plötzlich legte er seine Stirn in ihren Nacken. „Oh Lilli, hilf mir. Mein Schädel platzt gleich, und mir is' irgendwie ganz schlecht."

Doch wer feiern kann, muß auch arbeiten können. Das war Gordons Leitspruch, mit dem er an einem Tag wie diesem zwar alle nervte, aber an den sich alle hielten. Auch dieser Gig wurde ein Erfolg. Shawn schaffte die hohen Töne noch etwas schlechter als sonst, und die gesamte Band sah etwas verlebter aus, was aber ihrem wachsenden Können und ihrer Ausstrahlung keinen Abbruch tat. Eher das Gegenteil war der Fall.

Lilian ertappte sich beim Nägelkauen, so aufregend war es jedesmal für sie, die Jungs und besonders natürlich Shawn auf der Bühne agieren zu sehen. Hinter der Bühne war alles wie immer verlaufen. Shawn ließ sich wie die anderen Jungs von ihr noch einmal zurechtrücken. Sie arbeitete an seinem Outfit, während er noch eine Kopfschmerztablette nahm und noch einmal den ersten Teil der Show theoretisch durchging.

„Du weißt schon, kurz vor deinem Riff, Spider, komm ich raus mit meinem Sprechgesang, dann der Seufzer, und du stimmst schon mit ein und wirst lauter."

„Fünfzehn Sekunden, Shawn, reicht dir das?"

„Ja... fünfzehn Sekunden. Und bei zehn du, Mason, aber leise noch."

„Okay. Bei zehn. Bei zehn. Okay."

So oder so ähnlich ging es immer, je nachdem, welcher Titel neu war oder in etwas abgewandelter Form vorgestellt werden sollte. Dann kam die Frage: „Wie viele?" Und Gordons Antwort, worauf Shawn seine Schultern lockerte, Schattenboxte, laut durchatmete und den Satz sprach:

„Okay Jungs, wir machen sie fertig. Los jetzt."

Nur die Umarmung nach der Umkleideaktion zum zweiten Showteil fiel noch etwas liebevoller aus als sonst. Zum Glück. Es gab keine falsche Scham zwischen Shawn und Lilian. Sie flirteten immer ein bißchen. Niemand nahm anstoß daran.

Bei all diesen Vorbereitungen war nun Chris Lombart dabei und sammelte allerhand Foto- und Filmmaterial. Diese ständige filmische Beobachtung war gewöhnungsbedürftig. Es konnte schon vorkommen, daß eine Hand vor die Linse gehalten wurde oder ein Kleidungsstück oder ähnliches in Chris' Richtung flog, weil dem Gefilmten die Beobachtung zu viel wurde. Er freute sich über die rege Anteilnahme. Er lebte einfach so mit. Und während sie so gemeinsam von einer Halle zur nächsten, von einer Bühne zur anderen, von einer Stadt zur anderen, von einem Tag auf den anderen lebten, lebte er immer offensichtlicher mit Mason.

Eine Tatsache, die Gordon gerechterweise nicht akzeptieren konnte, obwohl die beiden sich sehr dezent verhielten. Gordon wollte keine versteckten Konflikte. Also wurde die Sache in der Gruppe diskutiert und abgestimmt. Doch alle waren sich einig, daß Chris bleiben sollte und seinen Film machen. Es würden deshalb nicht gleich alle den Anspruch stellen, auch ihre Liebhaber mitreisen zu lassen. Gordon stellte zur Bedingung, daß das Verhältnis nicht nach außen getragen werden durfte. Wenigstens nicht in der Aufbauphase.

Das war ganz im Sinne Masons, allein seiner Eltern wegen. Chris war zwar der Ansicht, Mason müßte es ihnen irgendwann sagen, aber Mason war mit solch einem Vorstoß noch vollkommen überfordert. Was sich in den letzten Monaten in seiner Entwicklung abgespielt hatte, war schon beinahe nicht mehr zu verkraften. Und im Moment war er nur glücklich. Das wollte er erst einmal genießen, bevor wieder irgendwelche Probleme auftauchten.

Die Diskussion in intimer Runde wurde zum Teil von Shawn mit Chris' Super-acht-Kamera gefilmt. Shawn meinte, Mason und Chris hätten den Eindruck gemacht, als würden sie sich auf dem Standesamt das Ja-Wort geben. Tatsächlich machten beide einen sehr offiziellen und angespannten Eindruck. Und als Mason einmal fast die Tränen kamen, nahm Chris seine Hand und sprach sehr selbstsicher weiter. „Der junge Bräutigam", titelte Shawn sarkastisch und holte sich dafür einige nur halb scherzhaft gemeinte Buffer von Chris ab, die Shawn gar nicht lustig fand. Bevor es zu ernsthaften Auseinandersetzungen zwischen den beiden dominanten Männchen des Rudels kommen konnte, gab Spider eine seiner Friedenspfeifen aus. Und damit war die Sache erledigt. Punkt.

Das Projekt „The Rumor" war im Rollen. Sie hetzten von Auftritt zu Auftritt. Von Interview zu Interview. Von Fernsehsendung zu Fernsehsendung. Von Party zu Party. Zwischendurch nahmen sie die ersten Titel für ihre LP unter dem Fontana Label auf. Nachts sah man Shawn im Bus, halb liegend, halb sitzend, den Bleistift abwechselnd mit dem Zigarillo zwischen den Zähnen, sinnierend und dichtend. Manchmal sackte er in sich zusammen und schlief eine halbe Stunde. Manchmal nahm er sich die Akustikgitarre und klimperte so vor sich hin, während alle anderen schliefen. Manchmal kam Lilian zu ihm, lehnte sich an ihn, schloß die Augen und hörte ihm zu, wenn er leise seine neuen Texte rezitierte. Und auch wenn er sagte, es gelänge ihm nichts mehr, er bliebe immer und ewig der ungehobelte blöde Prolet, er könne beim besten Willen nicht mehr dichten und auftreten. Mit dem Mist erst recht nicht und überhaupt, was sollte das alles... Wenn ihn also ab und zu diese Selbstzweifel quälten, die Angst nicht gut genug zu sein. Wenn er sich verletzlich fühlte und Schutz bedurfte. Dann tröstete sie ihn, indem sie ihn in aller Heimlichkeit, in der hinteren Ecke des Busses zu sich in ihren Schlafsack kriechen ließ.

Lilian wußte, daß es nur eine Frage der Zeit sein würde, bis das entdeckt wurde. Aber das durfte es nicht. Denn sie wollte ihren Job nicht verlieren. In vier Wochen würde Shawn erst zwanzig werden. Sie war elf Jahre älter. Das war eine Sache. Die andere war, daß es Gordon schon reichte, daß Mason jetzt mit Chris ein Hotelzimmer teilte. Er wollte keine Beziehungen innerhalb der Truppe. Verständlicher Weise. Das war alles zu konfliktträchtig. Aber es passierte eben.

Sie hatte geglaubt, es könne bei dem einen Mal bleiben, denn da waren sie ja beide ganz schön angetrunken. An dem Abend hatte sie sich sehr über sich selbst gewundert, denn sie bekam wohl mit, daß er eine zeitlang mit Betty verschwand. Im Grunde genommen fand sie so etwas unmöglich. Aber er war so selbstverständlich mit in ihr Zimmer gegangen, hatte sie ausgezogen und sie ohne großartiges Wenn und Aber aufs Zärtlichste geliebt. Es fiel ihr leicht zu verdrängen, was an diesem Abend außerdem noch gelaufen sein mochte.

Es sollte jedenfalls ein Ausrutscher bleiben. Aber das ging nicht. Sie waren sich dauernd so nah. Und er war so zärtlich und liebenswürdig zu ihr. Mein Gott, sie hatte so etwas jahrelang nicht mehr erlebt! Wer konnte ihr verübeln, daß sie es genoß? Sie wußte, daß Shawn sie auf eine ihm eigene Art und Weise liebte. Es machte ihr nicht das geringste aus, daß er noch andere hatte. Er war so jung und voller Lebensgier. Was konnte man da erwarten?

Über Mason wußte sie von Elisabeths Entjungferung, die im Prinzip ja zu dieser eigenartigen Männerwette gehörte. Sie konnte sich solch eine Gefühlskälte und Brutalität von Shawn überhaupt nicht vorstellen, obwohl sie ja sah, wie er mit Elisabeth umsprang. Zu ihr war er ganz anders. Das, was da in ihrem Zimmer und nun immer mal wieder im Schlafsack ablief, hatte nichts mit einem Quickie zu tun, auch nichts mit Ersatz, weil gerade kein junges Mädchen zur Verfügung war. Es war einfach nur wunderschön. Wo hatte der Junge bloß gelernt, sich so auf eine Frau einzustellen?

Kurz vor Shawns zwanzigstem Geburtstag, am vierten August, wurde der Band die goldene Schallplatte für die erste Single verliehen. In zwei Monaten waren so viele Platten verkauft worden, daß die BBC sie mit dieser Trophäe ehrte. Im Blitzlichtgewitter (aber nicht nur deswegen) mit dunkler Sonnenbrille nahm Shawn die Platte entgegen. Gewisse Leute ärgerten sich bereits, nicht auf Gordons Vorstellungen eingegangen zu sein. Die Band entwickelte sich zu einer Gans, die goldene Eier legt. „Das ist das schönste Geburtstagsgeschenk, das ich mir vorstellen kann", sagte er zu den Journalisten und lächelte tapfer. Denn dieser Tag hätte ein Grund für ungetrübte Freude sein können, wenn nicht einige Dinge passiert wären, die Shawn und dementsprechend auch allen anderen sehr zu schaffen machten.

Mit der dunklen Sonnenbrille versuchte Shawn ein riesengroßes Veilchen zu verdecken. Während ihrer Tour kehrten sie zwei Mal nach London zurück, um Live-Auftritte in Fernsehsendungen zu absolvieren. Das war die Gelegenheit für Elisabeth, sich im Londoner Hotel mit Shawn zu treffen.

Er hatte sich zwei Wochen lang zurechtgelegt, wie er mit ihr Schluß machen wollte. Seit er zu Lilian in den Schlafsack kriechen durfte, hatte er praktisch keine Sehnsucht mehr nach Elisabeth. Viel öfter dachte er da schon an Aileen, wenn er ehrlich war. Aber unerreichbare Wesen sind natürlich immer mit einem besonderen Reiz versehen. Er stilisierte Aileen zu seiner Muse, die durch seine Gedanken schwebte, wenn er an zarteren Liebesliedern arbeitete. Durch den Verzicht auf Aileens Körper hatte er auf jeden Fall gelernt, daß auch Zartheit und Vorsicht große Lust bereiten konnten.

Mit Lilian, das war etwas ganz anderes. Am Tag und während der Arbeit war sie Kumpel. Mutter im guten Sinne, Kollegin, Crewmitglied, alles mögliche. Aber nach der Show, nach der Party, nach den Journalisten, und den coolen Gesten und Worten, nach dem Bad in der Menge, da wurde ihr Körper zu einer Art Zufluchtsort für ihn. Daß sie keinerlei Ansprüche an ihn stellte, war sehr angenehm. Auf der Bühne war er ganz der Löwe. Bei Lilian konnte er zum Kater werden, durfte er schnurren und sich räkeln. Sie schien das schon lange gewußt zu haben. Für sie war diese Seite seiner Persönlichkeit selbstverständlich. Es gab nicht viele Menschen, die seine Weichheit erkannten. Shawn mochte Lilian sehr, ohne daß er dabei an eine wirklich feste Beziehung dachte oder sich in irgendeiner Form in ihrer Schuld fühlte.

Er wollte Elisabeth erklären, daß ihre Eltern sicher recht hatten, wenn sie sagten, sie solle erst einmal die Schule beenden. Daß sie viel klüger sei als er und deswegen unbedingt ihren Plan, Ärztin zu werden, in die Tat umsetzen müßte. Er hatte sich so viele vernünftige, erstaunlich weitsichtige Argumente einfallen lassen. Doch dann kam alles ganz anders, als er es sich vorstellen konnte.

Nervös wie er war, hatte er schon einige Vodka getrunken und eine Tüte Marihuana geraucht. So fühlte er sich gewappnet. Sie hatten sich in der Lobby verabredet, weil sie schon einmal nicht zu ihm gelassen wurde. Die Hotelangestellten hatten sie für einen Fan gehalten. Doch an diesem Tag hatte sie alles darangesetzt, nicht für einen Fan gehalten zu werden. Sie trug ein Mittelblaues, sehr kurzes Etuikleid mit breiten Trägern, das am unteren Saum mit einer kleinen Borte aus weißen Blüten versehen war. Dazu weiße, sehr spitze Pumps mit Pfennigabsatz. Ihre mittelblonden Haare hatte sie hochgesteckt. Sie trug weiße, runde Ohrklips und weiße Armbänder dazu. Eine große, weißrandige Sonnenbrille und ein rosa Lippenstift sollten ihr den Touch eines Filmstars geben. Im ersten Moment dachte Shawn, Jane käme da auf ihn zu. Doch als er sich von seinem Schrecken erholt hatte, nahm er ihren Arm und führte sie in den Aufzug.

„Du siehst Klasse aus", sagte er, als sie im Aufzug standen. Sie schmiegte sich an ihn und faßte ihm zwischen die Beine, während sie ihn küßte. Er war froh, als sie endlich in der Suite angekommen waren. Schließlich wollte er schnellstens raus mit der Sprache und die Heulerei und alles möglichst schnell hinter sich bringen.

„Sind wir allein?" fragte sie und nahm verführerisch lächelnd ihre Sonnenbrille ab.

Er nickte, ging zur Bar, schüttete sich einen Drink ein, drehte sich zu ihr um und wollte mit seiner Rede beginnen. Doch da stand sie schon da, ohne Kleid, in Strapsen, reizvollem Slip und BH, die Pumps noch an den Füßen. Sie öffnete ihr glänzendes duftendes Haar und kam geschmeidig auf ihn zu, wie ein Sahnehäubchen auf heißem Kakao.

„Ahm, hör zu Elisabeth", begann Shawn abwehrend. Doch sie nahm ihm das Glas aus der Hand, schlang ein Bein um ihn und machte da weiter, wo sie im Aufzug angefangen hatte. Noch niemals zuvor hatte sie auch nur annähernd so viel Eigeninitiative gezeigt. Bevor er sich die Frage beantworten konnte, wie das kam, war sie schon dabei ihn zu vernaschen. Dazu war es bisher nie gekommen, weil sie es für unästhetisch hielt. Shawn war ganz durcheinander. Plötzlich benahm sich Elisabeth wie ihre Mutter! Und das hatte unbestreitbar seinen Reiz. Aber auch, daß er eigentlich zuerst ganz etwas anderes vorhatte, daß sie ihn überrumpelt hatte, war äußerst aufregend. Und der Rausch machte alles noch intensiver.

Doch mitten drin schaltete sein Hirn auf Erhaltung der Macht, über die Situation und vor allen Dingen über Elisabeth. Er unterbrach ihre Liebkosungen, und als sie sich auf ihn legen wollte, um ihn zu küssen, drehte er sein Gesicht zur Seite und schob sie vehement von seinem Körper. Er legte sich auf ihren Rücken, spreizte beinahe gewaltsam ihre Schenkel und drang ohne große Vorbereitung in sie ein. Später fragte er sich, warum er dabei noch ihre Handgelenke umklammern mußte und ihren Nacken, als sie versuchte sich zu befreien? Warum biß er ihr in den Rücken und zog ihr an den Haaren? Woher kam diese Wut? Diese Brutalität? Und warum tat ihm nicht leid, daß sie flehte und weinte?

Danach lag sie still schluchzend neben ihm. Immer noch auf dem Bauch.

„Warum?" flüsterte sie. „Warum nur, Shawn?"

Auch er lag auf dem Bauch. Er traute sich nicht, sie anzusehen.

„Ich weiß nich! Scheiße, ich weiß nich'", war seine Antwort.

Er mußte es ihr jetzt sagen. Langsam setzte er sich auf, setzte sich an den Rand des Bettes, um ihr nicht zu nahe zu sein. Er zündete sich ein Zigarillo an und sprach leise, aber bestimmt:

„So geht das nich' weiter mit uns, Elisabeth. Das stimmt alles nich'. Von Anfang an. Irgendwie... Mann, ich kann dir nich' geben, was du von mir willst. Ich... ich will Schluß machen. Ich will nich', daß so was wie eben noch mal passiert. Ich bin 'n Schwein, Elisabeth. Ich bin 'n verdammtes Arschloch."

Hinter ihm war kein Weinen mehr zu hören. Elisabeth war aufgestanden, hatte sich den Hotelbademantel übergezogen und sich einen großen Vodka eingeschenkt, ohne etwas zu sagen. Shawn wagte es nicht, sich zu ihr umzudrehen. Plötzlich stand sie vor ihm. Er sah zu ihr hoch, in ihr verweintes, Make-Up-verschmiertes Gesicht, in ihre enttäuschten, trauernden Augen. Sie sah viel älter aus, als sie war. Er schämte sich. Es war seine Schuld, daß sie so aussah.

„So. Du willst also Schluß machen, Shawn Allison. Du willst mich also verlassen", sprach sie und es klang wie eine unheilvolle Ankündigung. „Dann werde ich deinem Sohn einmal sagen müssen, daß sein Vater ihn feige im Stich gelassen hat! Und das werde ich. Verlaß dich drauf! Dann können deine Fans ja mal sehen, wie weit es her ist mit Shawn Allisons Gesülze von der Verantwortlichkeit der Eltern gegenüber ihren Kindern!"

Shawn rappelte sich benommen auf die Beine. Hatte er das eben richtig verstanden? „Was? Was hast du da gesagt?" fragte er leise.

„Ja" Betty nahm einen Schluck Vodka und lächelte bitter. „Ich wollte dir die frohe Botschaft nach unserem „liebevollen" Beisammensein überbringen. Ja. Ich bin Schwanger, Allison! Und alles, was du kannst, ist mich so verdammt gemein zu vögeln! Scheiße!"

Sie schüttete ihm das große Glas Vodka ins Gesicht und warf das Glas hinterher. Es traf ihn sehr hart auf dem Wangenknochen. Er sah einige Sekunden lang nichts. Sie trommelte mit den Fäusten gegen seine Brust, während der nächste Weinkrampf sie schüttelte.

„Das darfst du nicht! Hörst du. Das darfst du nicht mit mir machen! Du darfst mir nicht weh tun!"

Er versuchte ihre Arme festzuhalten. Sein Körper fühlte sich eiskalt an. Er zitterte bis in die Haarwurzeln vor Angst.

„Nein. Elisabeth. Nein!" sagte er immer wieder.

Das konnte, durfte einfach nicht wahr sein. Auch die Schläge weckten ihn nicht aus diesem Alptraum. Schließlich umschlang er fest ihre Arme, ihren Körper, so daß sie ihn nicht mehr schlagen konnte.

„Sag, daß das nicht wahr is'... sag es! Sag es, Elisabeth."

„Doch, du Arsch", antwortete sie mit brüchiger Stimme.

Und nun übermannte es auch ihn. Er wollte das gar nicht, aber er fing an zu flennen. Sie sackten zusammen auf die Knie.

„Bitte, nein", heulte Shawn.

Oh, er hatte sich schon lang nicht mehr so hilflos, so machtlos und so mies gefühlt. Wie eine leere Hülle kam er sich vor. Nur nicht in seinem Kopf, da schienen Hummeln zu fliegen. Ein Schwarm, der immer größer wurde, der seinen Schädel bald ausfüllte und alle anderen

Empfindungen überdeckte. Sie kauerten am Boden. Sie weinten zusammen. Sie streichelten einander über den Rücken. Die Feinde von eben hatten etwas Gemeinsames zwischen sich, das sie brauchte.

„Ich wünschte, es würde wieder rauskommen, aber es hält sich fest..." schluchzte sie.

Das war die Wahrheit. Obwohl sie sich bis zu dem Zeitpunkt, als ihr der Arzt die Schwangerschaft bestätigte, nichts mehr gewünscht hatte, um Shawn damit festnageln zu können. Nun hatte sie nur noch Angst.

Plötzlich ließ Shawn sie los, stieß sie von sich, stellte sich breitbeinig vor sie hin und schrie sie an:

„Du hast gesagt, du nimmst die Pille! Du hast gesagt, dein Vater hat dir die Pille gegeben. Mann! Bin ich blöd! Und ich hab mich noch nich' mal gewundert, warum er mir in seiner Moralpredigt vor dem Konzert im Marquee Club gesagt hat, die Gefahr daß de ungewollt Schwanger wirst, is' zu groß! Du hast mir das Kind angedreht! Du bist der Arsch! Verdammt! Verdammt!"

Er lief mit großen Schritten durch das Zimmer, rieb sich immer wieder den Nacken und das Gesicht. Das Blut an seiner Hand zeigte ihm, daß unter dem Auge eine Wunde sein mußte. Wie immer in solchen Situationen meldete ihm das Gehirn keinen Schmerz. „Ahh... Scheiße!... Scheiße!" stieß er hervor und verfluchte und verdammte sie, während Betty am Boden kauerte und ihn schluchzend um Verzeihung anflehte.

„Das hab ich doch! Ich hab sie doch genommen! Aber ich hab sie eben mal vergessen. Ich weiß doch auch nicht, wie das passiert ist! Es tut mir leid!"

Sie gingen beide durch die Hölle an diesem Nachmittag. Stunden des gegenseitigen Schweigens, dann wieder der Vorwürfe. Noch mehr Gläser Vodka und noch mehr Tränen von Betty. Und ihrem Versuch, zärtlich zu ihm zu sein, indem sie seine Wunde mit Eis kühlte. Schließlich nahmen sie gemeinsam ein Bad, bei dem sie etwas von Spiders unerschöpflichem Marihuana-Vorrat rauchten. In der Wanne begannen sie mit dem zaghaften Ansatz von Plänen. Von der Möglichkeit einer Abtreibung bis hin zur Heirat gingen sie alles durch, während sie im warmen Wasser lagen und rauchten. Aber wie man es auch drehte und wendete, alles war einfach zu schrecklich.

Er würde es Gordon sagen müssen. Und den Freunden. Und Lilian. Seiner Mutter und seinen Geschwistern. Zwei Mäuler mehr zu stopfen. Oh Mann! Er mußte zu Elisabeths Eltern gehen. Er würde sich vor Jane hinstellen müssen und ihr sagen, daß er ihrer Tochter ein Kind gemacht hatte. Sie, die gesagt hatte, nur ein absoluter Blödmann weiß nicht, wie das zu verhindern ist. Eine irrwitzige Vorstellung: Jane, seine Schwiegermutter? Er wäre ihr ausgeliefert. Für alle Zeiten! Und der Doktor? Der würde ihn umbringen! Nicht zuletzt würde es auch Aileen erfahren. Sie würde ihn hassen. Das wußte er. Sie würde ihn nur noch hassen.

Nach dem Bad waren sie sich einig, daß eine Abtreibung nicht in Frage kam. Sie würden sich der Tatsache stellen müssen, daß sie Eltern wurden. Langsam ließ die Wirkung des Rausches nach. Sie hatten Hunger und Durst. Shawn ließ etwas zu Essen und literweise Tee aufs Zimmer bringen. Sie aßen und tranken im Bett.

Er betrachtete sie. Elisabeth war schön. Was hatte er nur gegen sie? Warum konnte er sie nicht aus vollem Herzen lieben? Ohne etwas zu sagen, half er ihr sich hinzulegen. Um sie herum all die Lebensmittel. Er fütterte sie mit Weintrauben, belegte ihren Bauch mit Buttergebäck und redete mit dem, was dort drinnen wuchs.

„He, du da drinnen, wie schmecken dir die Weintrauben? Magst du auch Kekse? Ja? Okay, dann bekommst du einen." Er nahm einen Keks aus der Runde, die den Bauchnabel umrahmte und schob ihn Elisabeth in den Mund. Elisabeth lachte und kaute. „Was? Noch einen?" fragte Shawn mit erstauntem Blick auf den Bauch. „Na gut, aber nich' so hastig futtern!" nahm den nächsten Keks und fütterte Elisabeth damit. Sie kaute. „Wie bitte?" rief Shawn aus. „Wie kann ein so kleines Wesen nur so viel futtern?" Elisabeths Lachen brachte ihre Bauchdecke zum Beben. Ein paar Kekse rutschten herunter. „Okay. Noch eins und dann is' aber Schluß. Diese Maßlosigkeit muß in der Familie liegen." Wieder nahm er einen Keks, führte ihn zu Elisabeths Mund. Er küßte ihre krümeligen, zuckrigen Lippen und begann sie sanft zu Streicheln. „Ich will dir nich' weh tun", flüsterte er zärtlich. „Ich will das von vorhin wieder gut machen. Willst du, daß ich's wieder gut mache?" Ihre Haare lagen wie ein seidener Fächer auf dem großen weißen Kissen, von dem sich das nun wieder kindlich wirkende blasse Gesicht nur wenig abhob. Ihr geschwungener, erdbeerfarbener Mund zuckte.

Sie war skeptisch, aber sie nickte. Sie konnte nur zustimmen. Sie liebte ihn ja. Immer würde sie ihn lieben. Er nahm den Honigspender, öffnete ihre Lippen, goß ihr den goldenen Saft in den Mund, küßte sie, saugte den Honig von ihrer Zunge, von ihrem Kinn und schwenkte den Spender langsam über ihren ganzen Körper. Er schubste die restlichen Kekse von ihrem Bauch und zeichnete darauf eine Honigschnecke. Er spreizte ein wenig ihre Beine und ließ Honig über ihre Scham fließen. Sie seufzte. Ihre Knie zitterten vor Spannung.

Er war an ihren Füßen und begann nun, den Honig aus allen Poren ihres Körpers zu saugen und zu lecken. Dabei tappte er ständig in irgendwelche Marmeladeschüsseln, in Schinken und Käse, in Butterwürfel, Zucker und Kekse, schließlich in das Rührei. Sie lachte und langsam stieg die Lust empor. Seine Haare klebten mal an ihren Schenkeln, mal auf ihrer Brust. Seine Zunge liebkoste sogar ihre Vagina, er saugte an dem, was er „den kleinen Zipfel" nannte, und brachte sie damit zum Stöhnen. Warum tat er das, wenn er sie nicht liebte? Er fuhr langsam in sie und küßte sie dabei. Sie sahen sich an. Ihre Körper klebten aufeinander. In seinem Gesicht vermischten sich Honig und Zucker. Zärtlich strich sie über die Wunde unter dem Auge. „Das wollte ich nicht", sagte sie leise. „Is' nich' so tragisch", antwortete er flüsternd und begann sich leicht zu bewegen. „Wie das klebt und schmatzt und reibt. Magst du das?" Sie antwortete mit einem Seufzer. „Sag mir, was du magst, Baby", flüsterte er in ihr Ohr. Doch sie wollte nichts anderes, als seine langsamen, intensiven Bewegungen entgegenzunehmen. Er konnte so einfühlsam, so zärtlich sein. Er mußte sie doch auch lieben? „Shawn?" seufzte sie. „Ja Baby, ja?" „Hör nicht auf, ja? Hör nicht auf!"

Enttäuschter Förderer

Eine Million verkaufter Singles. Die Verleihung der goldenen Schallplatte sollte im Sender stattfinden. Anschließend wollte man natürlich gebührend feiern, und am nächsten Tag sollte es zum nächsten Gig, nach Watford, gehen. Gordon war sich sicher, daß den Jungs die halbtägige Pause gut tat. Doch als Shawn mit seinem lila Auge, dem Schnitt darunter und mit aschfahler Gesichtsfarbe im Studio erschien, war er sich nicht mehr ganz so sicher. Als Shawn recht merkwürdig auf der Stelle trat, sein Unschuldiger-Junge-Gesicht aufsetzte und ihn fragte, ob er ihn mal eben unter vier Augen sprechen könnte, war Gordon schon ganz mulmig zumute. Seine schlimmen Vorahnungen wurden durch die Beichte seines Schützlings bestätigt. Danach stand Shawn reglos, in Erwartung des nächsten Veilchens. Gordons Gesichtsfarbe wechselte von rot gefleckt bis dunkelrot. Er ballte die Fäuste. Seine Wangen blähten sich. Der ganze Körper erzitterte. Und dann brüllte er, daß die gesamte Crew, die draußen auf ihren Einsatz wartete, ihn hören konnte:

„Du verdammter kleiner Mistkerl! Ich reiß mir hier den Arsch auf für euch! Und du machst dieser dummen Gans 'n Balg. Ich könnte... ich könnte dich!" Er ballte die Faust vor Shawns Nase. Doch er ließ sie ruckartig wieder herabschnellen. „Ach... du kotzt mich an!" fauchte er, statt seinen Fäusten nachzugeben und lief an Shawn vorbei.

Dabei rempelte er ihn so hart an, daß Shawn ins Straucheln geriet und beinahe hinfiel. Gordon schlug die Tür mit einem riesigen Knall hinter sich zu. Seinen Entdecker enttäuscht zu haben, tat mehr weh, als Shawn gedacht hatte. Die Erwartungen des ersten Menschen, der je Zutrauen in ihn und seine Musik gesetzt hatte, enttäuscht zu haben, tat sogar sehr weh.

Zu den peinlichsten Momenten seines Lebens gehörte es, nun durch die zugeschlagene Tür nach draußen zu den anderen zu gehen. Die Jungs sahen teils zu Boden, teils zaghaft in sein Gesicht. Lilians Gesichtsausdruck war voller Bestürzung. Chris, der eben noch die Vorbereitungen gefilmt hatte, hielt seine Kamera taktvoll zu Boden, obwohl diese Szene, die sich hier direkt vor seinen Augen abspielte, für den Film sehr interessant gewesen wäre. Die Studiomitarbeiter sahen neugierig herüber. Manche nahmen an, Shawn hätte das Veilchen soeben von Gordon verpaßt gekriegt. Zum großen Glück war kein einziger Journalist in der Nähe. Shawn ging erhobenen Hauptes durch dieses Spalier, obwohl ihm zum Weglaufen zumute war. All die Schmach, die Enttäuschung über sich selbst, verwandelten sich wieder einmal in eine unbestimmte Wut, die sich nach außen richtete. Dieses Mal traf es Robert. Er war der letzte in der Reihe, der Shawn betreten ansah.

„Scheiße... glotz nich' so blöd!" fauchte der große Bruder und schubste Bob so arg, daß der auf dem Hintern landete. Shawn flüchtete mit wehendem Mantel hinaus aus dem Studio.

Während Robert, der gewaltig auf seinen Bruder schimpfte, von den Freunden aufgesammelt und beruhigt wurde, suchte Lilian nach Shawn. Sie hatte genau mitbekommen, worum es bei dem Krach mit Gordon ging. Und der Schreck saß ihr noch in den Knochen. Doch in zwei Stunden war die Verleihung. Das ganze sollte live im TV ausgestrahlt werden. Shawn und Gordon mußten sich bis dahin unbedingt wieder beruhigen. Sie fand ihn in einer Ecke des Innenhofs, hinter den Studios. Er lehnte an der Wand eines Müllcontainers und rauchte ein Zigarillo. Sie näherte sich ihm behutsam.

„Hi", sagte sie möglichst ungezwungen und stellte sich einfach neben ihn. „Das war ja ein verdammtes Donnerwetter eben."

Er sah sie nicht an. Seine Wangen waren teils blaß und teils gerötet. Die Wangenmuskulatur arbeitete, wie immer, wenn er wütend war. Sie war fast einen Kopf kleiner als er. Möglichst unauffällig spähte sie in sein Gesicht empor. Die beschädigte, linke Gesichtsseite konnte sie nicht sehen. Wenn er so ernste Gedanken hatte, sah er älter aus als Zwanzig. Vielleicht traute man ihm deshalb im allgemeinen zuviel Verantwortungsbewußtsein zu. Doch als eine Träne sich aus seinem Augenwinkel löste, erkannte Lilian ihren Jungen wieder. Ihren empfindsamen Kater. Mit einem sanften Griff in den Nacken zog sie ihn zu sich hinunter. Er versteckte sein Gesicht in ihrer Halsbeuge unter den langen Haaren. Ein paar Schluchzer schüttelten ihn, als sie sich fest umarmten. Sie streichelte seinen Nacken.

„Ich wollte Schluß machen mit Betty, auch wegen uns, weißte Lilli. Und dann sagt die mir, daß sie schwanger is'. Ich fühl mich aber am wohlsten bei dir und mit der Band und Gordon und so. Ich will nich' mit Elisabeth leben."

Lilian drückte ihn fest an sich.

„Oh Schatz", sagte sie gerührt, in dem sicheren Wissen, daß sie nicht eigennützig sein durfte.

Dies war keine Liebe im gewohnten Sinne. Diese Liebe würde niemals in einer geordneten Beziehung ihre Erfüllung finden. Er hatte noch so vieles vor sich. Auch Elisabeth, auch sein Kind würde ihn nicht daran hindern. Auch das Kind, das sie selbst unter ihrem Herzen trug, nicht, von dem er nie erfahren würde.

Sie wußte noch nicht, wie sie es anstellen sollte, aber sie mußte es loswerden, ohne daß jemand etwas davon mitbekam. So schmerzlich dieser Verlust auch sein würde, denn sie wünschte sich Kinder. Zu diesem Wahnsinn war es schließlich durch ihre Schuld gekommen. Als Frau Anfang Dreißig war man wohl erfahren genug, um zu wissen, wie eine Schwangerschaft zu verhindern war. Außerdem war sie sich wohl bewußt, daß Shawn sie nicht wirklich liebte. Genau so wenig, wie er Elisabeth liebte. Wohl hegte er große Sympathie für sie, wahrscheinlich sogar mehr, als er für Elisabeth übrig hatte. Doch sie wußte genau, daß sie bei ihm mehr den mütterlichen Part erfüllte. Daß er bei ihr ein wenig Behütung nachholte, die ihm seine Jugend über gefehlt hatte. Elisabeth spielte eine andere Rolle. Sie hatte das Pech, noch zu jung für seinen Respekt zu sein. Sie diente sich ihm auch zu sehr an. Lilian ahnte, daß diese Entwicklung nicht gut war. Er war schon jetzt nicht sehr zart zu Elisabeth, das war nicht zu übersehen. Sie diente als Katalysator für die Finsternis in seinem Gemüt. Wer weiß, was er ihr getan hatte, daß sie ihm dieses gigantische Veilchen verpassen konnte. Wie sollte einer auch sein, den seine Mutter aus Angst vor Nähe ständig von sich weggeschoben hatte und der von seinem Vater nur Drohungen und Prügel kannte? Natürlich durfte das keine Entschuldigung für Ungerechtigkeiten sein, denen speziell Betty durch Shawn ausgesetzt war. Aber Lilian mußte zugeben, daß sie Elisabeth nicht besonders gut leiden konnte.

Shawn küßte inzwischen ihr Ohr und ihren Hals. Lilian richtete ihn auf, sah ihm ins Gesicht und lächelte ihn zuversichtlich an.

„Trotzdem. Die Verleihung wartet. Wir suchen jetzt Gordon. Ich werde mit ihm reden. Und dann werdet ihr euch versöhnen. Morgen könnt ihr sicher in Ruhe über dein Problem reden. Ich kenne Gordon. Er ist jetzt einfach nur furchtbar enttäuscht. Aber nachtragend ist er nicht." Sie hakte sich bei Shawn ein und zog ihn schlendernden Schrittes mit sich zum Gebäude zurück.

„Weißt du eigentlich, daß er dich liebt?" fragte sie aufmunternd.

„Echt?" Shawn wischte sich mit dem Ärmel Tränenreste aus dem Gesicht und sah sie ungläubig an.

„Ja. Das hat er mir gebeichtet. ,Ich liebe Shawn wie man nur einen Sohn lieben kann', hat er gesagt. Er wurde ganz sentimental. Es gibt nur wenig Dinge, die Gordon Tyler aus der Fassung bringen können."

Shawn schüttelte gerührt den Kopf.

„Weißt du eigentlich", fuhr Lilian fort, „weißt du, daß die einzige Frau, die er richtig geliebt hat, ein Kind von ihm hat abtreiben lassen, weil er irgendeinen Blödsinn gemacht hat? Und daß sie jetzt mit eurem Produzenten verheiratet ist und mit dem zwei Kinder hat? Deswegen ist Gordon der Deal mit Graham so schwer gefallen. Das solltest du wissen, Schatz."

In der TV-Übertragung von der Verleihung, die im Rahmen der Sendung „Sunday Night At The London Palladium" ausgestrahlt wurde, wirkte dann alles überraschend lässig. Die Kunst der Visagistin hatte Shawns Auge ganz gut aufgehellt. Er entschied sich aber, die Sonnenbrille trotzdem aufzubehalten. Die Jungs wirkten wie Sieger, obwohl sie alle von der unerfreulichen Neuigkeit und von Gordons Ausbruch ziemlich negativ berührt waren. Shawn hielt die goldene Schallplatte über seinen Kopf und griente selbstsicher in die Blitzlichter und Fernsehkameras. Richtete ein Peace-Zeichen gegen die Zuschauer und sprach ein paar Worte des Dankes zu den Fans, an den Sender und die Produktion, wie es sich gehörte. Sie traten mit dem Song „Christine" auf. Leider zitterten Shawn in einigen Passagen die Lippen, und er verlor ein paar Mal den Faden. Er haßte diese Playback-Auftritte ohnehin. Außerdem wäre ihm im Moment ein weniger sensibler Song viel lieber gewesen. Doch wurde seine Traurigkeit und Unsicherheit als besonders gefühlvolle Interpretation des Songs gewertet und begeistert beklatscht.

Nach der Verleihung wollte die Crew natürlich feiern. Gordon und Shawn war nicht zum Feiern zumute. Doch die Jungs und die Crew waren sich einig, daß man einen solchen Erfolg, den sie schließlich gemeinsam erreicht hatten, trotz allem nicht ohne zu feiern hinnehmen sollte. Sie hätten es als sehr enttäuschend empfunden, wenn Gordon und Shawn nicht dabei gewesen wären. Auch Lilian stimmte dem zu, obwohl auch ihr nicht sehr danach zumute war. Schließlich war alles schon unter einigem Aufwand in der Kantine des Senders arrangiert worden. Außerdem bestand ja die Möglichkeit, daß sich Gordon und Shawn in einer ruhigen Minute aussprachen. Gordon hatte sich zwar überreden lassen, bei der Verleihung dabei zu sein und wie immer einige Meter abseits, aber in Sichtweite seiner Schützlinge zu sitzen oder zu stehen, doch er wollte nicht mit Shawn reden, geschweige denn, ihn berühren. Shawn litt. Er litt so sehr. Und das wiederum tat Lilian weh. Deswegen war sie für die Feier und sehr froh, als sowohl Gordon als auch Shawn sich überreden ließen. Lilian versuchte alles mögliche, um die zwei zusammenzubringen. Doch sie wichen sich den halben Abend lang gekonnt aus. Beide schütteten eine Menge Whisky in sich hinein, während sie mit allen anderen sprachen und sich sogar zu Scherzen hinreißen ließen. Nur miteinander sprachen sie nicht. Sie sahen sich noch nicht einmal an. Lilian setzte sich zu Gordon an die Bar, als er gerade ohne Gesprächspartner war. Sie bestellte ein Mineralwasser. Man sah ihm an, wie das Thema des Abends an ihm nagte.

„Gordon", begann sie, „du kannst ihn nicht allein verantwortlich machen. Solche Dinge passieren. Sie passieren auch erfahreneren Leuten, das weißt du. Vielleicht verlangst du einfach ein wenig viel von dem Jungen. Sieh ihn dir doch an. Er ist wirklich erschüttert, und er braucht gerade jetzt deine Hilfe."

Manchmal konnte Gordon ein richtig sturer Knochen sein. „Ich kann jetzt einfach keine Zicke mit Kind am Hacken gebrauchen", brummte er. Lilian sah sich in ihrer ganz eigenen Furcht bestätigt.

„Soll Elisabeth es deiner Meinung nach abtreiben lassen?" fragte sie vorsichtig.

„Du weißt, wie ich dazu stehe. Mit meiner eigenen Schuld hab ich genug zu tun", antwortete er düster. „Aber verdammt! Erst stellt sich heraus, daß wir einen schwulen Trommler haben und gratis noch einen schwulen Filmemacher dazu. Dann schleppt Allison diese raffinierte Karen an, die aber auch ganz auf Nummer sicher geht, um ja einen Plattenvertrag zu bekommen. Du weißt, was ich meine. Und dann kommt er mit 'nem Balg von einer Minderjährigen! Ich werde noch verrückt hier! Bin ich denn in einer Freakshow? Oder was!"

Lilian war erleichtert. Dieses Geschimpfe war Gordons Art, wieder anzuknüpfen. Man durfte ihm jetzt nur nicht widersprechen, sondern mußte ihm zustimmen.

„Du hast ja recht Gordon, das ist alles nicht besonders gut, wenn's in die Öffentlichkeit gelangt. Aber das können wir vielleicht noch die entscheidende Weile hinauszögern. Meinst du nicht?"

Er strich sich über sein Bärtchen und zuckte mit den Schultern. Plötzlich roch es stark nach Zigarillo. Shawn setzte sich auf Gordons andere Seite. Er stellte sein Glas ab, kramte in der Innentasche seiner Jacke herum und holte einen Stapel Papier hervor, den er Gordon mit zitternder Hand vorlegte.

„Damit de nich' denkst, ich tu wegen dem nichts mehr. Damit kriegste auch die zweite LP noch voll. Wenn de noch arbeiten willst, mit so 'nem Idioten wie mir."

Gordon nahm die neuen Texte, die auf Hotelbriefpapier, auf Notizzetteln, auf Papiertischdecke und sogar auf Toilettenpapier geschrieben waren, und sah sie sich an.

„Mensch Junge. Ich halte dich nicht wirklich für einen Idioten, das weißt du." Er lachte leise. „Und ich wette, du hast zu all diesen Texten auch die Noten schon wieder im Kopf. Es ist nicht zu fassen." Er sah Shawn an, der traurigen Blickes neben ihm auf der Theke hing und an seinem Whisky nippte. „Aber das ist es ja gerade. Darum bin ich ja so wütend auf dich. Du selbst trittst dein Genie mit Füßen. Du wählst den schwierigeren Weg. Warum Shawn?"

Lilian sah Shawns verdrossenem Gesicht an, was in ihm vorging. Daß es ja gerade das war, was auch er sich nur schwer erklären konnte. Und Shawn grübelte oft darüber nach. War das erblich? Übermäßig Saufen. Austeilen. Vögeln auf Teufel komm raus? Manchmal verfluchte er seinen Vater, dann wieder sich selbst. Doch manchmal kam er sich gerade in dieser Form unheimlich gut vor. Stark und unangreifbar. So hatte er das Sagen. Er bekam die Weiber, die er wollte, und er war gut. Ja verdammt, das war er! Aber wo blieb da sein Kopf? All diese Ideen? All die Poesie? Wie zarte Pflanzen wuchsen sie ständig nach in seinem blöden Kopf. Krochen durch die Windungen seines Gehirns, hinter seine Augen, wo er sie förmlich sehen konnte. Dann ließ er seine Hände die Ideen in Form von Buchstaben aufs Papier übertragen. Die Ideen krochen auch in seine Gehörgänge, wo er sie als Musik vernahm, und er ließ seine Hände diese Vorgabe auf die Gitarre übertragen. Die Hände, die das taten, waren nicht die Hände eines Poeten, sondern die Hände eines Arbeiters, davon war er überzeugt. Sie paßten besser um den Griff einer Axt als um einen Stift. Sie waren mehr zum Zuschlagen geeignet als zum Streicheln. Aber nein. Das stimmte so auch nicht. Seine süße kleine Schwester konnte sich so sehr entspannen, wenn er sie streichelte, daß sie unter seinen Berührungen einschlief. So sanft konnten seine Hände sein. Und die Frauen? Ha! Die reckten sich seinen Händen entgegen und seufzten nach mehr. Er drückte mit den Handballen gegen seine Stirn und schloß eine Sekunde die Augen, bevor er am Zigarillo zog. Diese Gegensätze würden ihn eines Tages zerreißen.

Er wendete sich Gordon zu, faßte ihn am Unterarm. Die Lippen zusammengepreßt, versuchte er tapfer Tränen zurückzuhalten. „Laß mich jetzt nich' allein Gordon. Ich brauch dich, Mann", platzte es in unterdrückter Lautstärke aus ihm heraus.

Gordon wollte nicht, daß Shawn sich vor allen hier so entblößte. Das hatte er wirklich nicht provozieren wollen. Es war auch nicht gerade seine Stärke, tiefe Gefühle in der Öffentlichkeit zu zeigen. Er zog Shawns Kopf gegen seine Schulter, drückte ihn an sich und tätschelte seine Wange.

„Das werde ich nicht, Junge", sagte er mit wackeliger Stimme und hörte, wie Shawn gegen sein Revers schluchzte. „Schsch... ist ja gut, ist ja gut."

Lilian packte eines ihrer immer griffbereiten Taschentücher aus und reichte es Shawn. Der schneuzte lautstark. Gordon gab dem Barmann ein Zeichen. Gleich wurden die Gläser neu gefüllt.

„Laß uns anstoßen, mein Junge. Für jedes Problem gibt es eine Lösung. Heute wird gesoffen. Und morgen wird daran gearbeitet." Damit stießen sie ihre Gläser aneinander und tranken auf ex, um sich gleich noch einmal einschenken zu lassen.

Ganz anders, als es sonst seine Art war, verhielt sich Elisabeths Vater. Als Shawn und Elisabeth bei ihm vorsprachen, tobte er: „Sie haben mein Vertrauen mißbraucht, Shawn Allison!" schrie der mehrfach gehörnte Doktor.

„Das wollte ich nicht", entgegnete Shawn kleinlaut.

Doch der Doktor kam auf ihn zu und schnaubte wie ein Bulle, der in seiner Rage alles niederzuwalzen droht. „Das wolltest du nicht, du Lümmel du? Am liebsten würde ich..."

Er hob seine zur Faust geballte Hand. Shawn kniff schon mal die Augen zusammen. So unmöglich es sonst für ihn war, wenn jemand die Hand gegen ihn erhob, dem Doktor hätte er es nicht verübelt. Wer wußte schon, was geschehen würde, wenn er außerdem von der Sache mit seiner Frau erfuhr. Eine Ohrfeige war wahrscheinlich äußerst angebracht, wenn nicht das mindeste für solch eine Schweinerei. Doch der Doktor war ein kultivierter Mensch. Er donnerte die Faust auf den Tisch.

„Ihr Kindsköpfe! Was habt ihr nur getan! Was ist mit deiner Schule, Elisabeth, mit deinen Plänen, Medizinerin zu werden? Als Mutter kannst du dir das alles abschminken!"

Nun kam auch die Dame des Hauses in diese Szene des Dramas. Jane hatte schon auf der Schwelle der Tür zum Arbeitszimmer ihres Mannes mitbekommen, worum es ging. Schließlich sah sie da ihre Tochter, Hand in Hand mit ihrem Ex-Geliebten, der er in ihren Sehnsüchten noch immer war. Beide standen wie Pik Sieben vor ihrem wütenden Ehemann. Ein furchtbarer Schmerz durchzuckte ihren ganzen Körper. Sie ging, ohne ein Wort zu sagen, auf Shawn zu, holte kräftig aus und schlug ihm mit voller Wucht ins Gesicht.

„Mama!" rief Elisabeth, während Shawn nur noch Sterne sah. „Dann mußt du auch mich schlagen. Er hat das Kind schließlich nicht ohne mich gemacht!"

Jane, die schon auf dem Weg nach draußen war, machte auf dem Absatz kehrt, stellte sich dicht vor ihre Tochter und sah sie auf eine Art an, die Elisabeth Angst einflößte.

„Das muß ich nicht, mein Kind. Mit dem da", sie machte eine abfällige Kopfbewegung in Shawns Richtung, der dabei war Kiefer und Haare neu einzurichten, „mit dem bist du ohnehin dein Leben lang geschlagen."

Dann verließ sie erhobenen Hauptes den Raum.

Shawn fand eine Möglichkeit, mit Aileen darüber zu sprechen, bevor es ihr jemand anderer sagen konnte. Er hielt sie umarmt, als er es ihr sagte. Aber als es heraus war, entzog sie sich ihm nicht, wie er erwartet hatte, sondern sackte kraftlos in seine Arme.

„Ich habe es geahnt und mich so sehr davor gefürchtet", sagte sie apathisch. „Was soll ich nur mit all der Liebe tun, die ich für dich empfinde? Sag es mir, Shawn?"

Es schnürte ihm die Kehle zu. Ihre aufrichtige Liebe tat ihm mehr weh, als der erwartete Haß.

„Wenn ich nur wüßte, was *ich* mit all der Liebe, die ich für dich empfinde, anfangen soll, wenn ich's nur wüßte", flüsterte Shawn.

Unfähig, einander loszulassen, standen sie da. Ohne Worte. Ohne Tränen. Shawn preßte seine Lippen auf ihren Scheitel. Er sog den Duft ihrer Haare ein und stellte sich vor, er würde mit ihr davonschweben. Genau so, wie sie jetzt dastanden. Wie zwei Bäume, die miteinander verwachsen waren.

Die Gigs liefen trotz alledem weiterhin gigantisch gut. Die Band wurde immer beeindruckender. Sie waren alle ein Stück erwachsener, männlicher und selbstbewußter geworden. Shawn traute sich mehr und mehr, seiner Stimme Raum zu geben. Da er die Zigarillos nicht auf Lunge rauchte, wie vorher die unzähligen filterlosen Zigaretten, stand ihm wesentlich mehr Stimmvolumen zur Verfügung. Er konnte mit einem Atemzug vom krächzenden, schmutzigen Tenor auf einen sonoren, erotischen Baß wechseln. Er konnte nach einem siebenminütigen Mammuttitel voller atmosphärischer Dichte, der das Publikum gefühlsmäßig mit sich riß, plötzlich in die Höhe springen und sein bekanntes „Yeah, it's only Rock'n Roll!" ins Mikro brüllen, ohne in das Piepsen zu verfallen, daß ihn die erste Zeit seiner Sängerkarriere ständig bedrohte. Und obwohl die Bühnen immer größer wurden, also immer mehr Wegstrecke zurückgelegt werden mußte während der Show-Acts, war er nicht so außer Atem wie ganz zu Anfang. Sicher lag es auch an der zunehmenden Routine, denn Aufregung läßt den Atem kürzer werden, die Stimme instabiler. Shawn war sich seiner Sache inzwischen schon sehr sicher. Die Fans liebten ihn. Sie gaben sich in seine Hand. Dafür wollten sie jedoch auch möglichst viel von ihm bekommen. Er versuchte, ihnen zu geben, wonach sich sehnten. Und das war stets mehr, als die Erwachsenen vertragen konnten.

Die Proteste wurden lauter. Je mehr er von der prüden Gesellschaft angeprangert wurde, desto mehr liebten ihn die Jugendlichen. Was durch ihn und die Band ausgedrückt wurde, hatte mit Rebellion zu tun. Aber ihre Musik fiel auf einen vorhandenen Nährboden. Sie drückte das aus, was viele Jugendliche fühlten, was aber bis dahin noch keine Ausdrucksform gefunden hatte. „The Rumor" traten eine Lawine los, die anscheinend dazu in der Lage war, die vorherrschenden Moralvorstellungen ernsthaft zu gefährden. Die Songs wurden von den Fans als Botschaft aufgefaßt und als Anleitung zur Erfüllung individueller Freiräume. „The Rumor" wurden ideologisiert, obwohl die Gruppe selber keinen ideologischen Standpunkt für sich in Anspruch nahm. Abgesehen natürlich von Shawns offen zur Schau gestellter Abneigung gegen die Übermacht der Erwachsenen über die Kinder. Ansonsten waren die Texte nicht sehr politisch.

Inzwischen schämte sich Shawn deswegen nicht mehr. Es ging eben hauptsächlich um Liebe und das Leid in der Liebe und um Sex. Um Sehnsüchte und Träume. Natürlich, immer wieder gab es Textzeilen, die genau den Nerv der freiheitssuchenden Jugendlichen trafen: „And if you slap me in the face, I pack my things and in the dawn I get my girl... slipping out through the doorway... hiking to the west... I'm dancing on the street, dancing barefoot on the street..." Wenn Shawn das sang, konnte es sein, daß etliche Jugendliche ihre Bündel schnürten und ihrem Elternhaus den Rücken kehrten. Oder wenn ein zunächst eher harmloses Liebeslied, mit der Zeile endete „Oh my Darling. On mainstreet I whisper, full of Love, with my toung in your ear, so you never forget... How deep this is", forderte er, nach Meinung vieler, sexuelle Handlungen in der Öffentlichkeit heraus.

Was fanden die nur so schlimm an einer Knutscherei mitten auf der Straße?

War es besser, sich aus Frustration mangels Zukunft bewußtlos zu saufen?

War es besser, während des Abendessens die katastrophalen Bilder aus den Krisengebieten im Fernseher zu betrachten?

Waren die Prügeleien zwischen Polizei und Jugendlichen besser als die intensive, überaus friedliche Beschäftigung zweier Zungen miteinander?

Shawn verstand diese Welt nicht.

Der Fanclub wurde um eine Fanpostzentrale erweitert, die möglichst viele Briefe von verzweifelten Jugendlichen beantwortete, die sich mit ihren Eltern im Krieg befanden. Besonders, seitdem sie „The Rumor" hörten.

Gordon hatte inzwischen den ersten Besuch auf dem europäischen Festland organisiert. Vorher aber sollte Elisabeth und Shawns Trauung über die Bühne gehen. Seine Bedingung war, daß die Ehe in aller Stille geschlossen wurde und daß alle darüber absolutes Stillschweigen hielten. Auch entferntere Verwandte durften nicht informiert werden. Er argumentierte damit, daß Shawn für die Mädchen die Hauptattraktion war und seine Heirat das Image der Gruppe gefährden konnte. Mr. und Mrs. Fenn waren ohnehin so verzweifelt, daß es darauf nicht mehr ankam. Sie wußten zwar nicht, wie sie das später den Verwandten erklären sollten, aber im Moment waren sie eher froh, daß um die Hochzeit kein Aufhebens gemacht wurde. Mrs. Allison fand es dagegen schade, daß ihr ältester unter so heimlichen Bedingungen heiraten sollte, aber sie sah die Gründe ein, und so war es in Ordnung für sie. Auf ihrer Seite gab es außer Geoffrey nur ein paar Verwandte, denen sie von der Heirat berichten wollte. Die meiste Verwandtschaft lebte im Norden und hatte sich ewig nicht um die Allisons gekümmert, was Mrs. Allison aber längst nicht mehr bedauerte. Sie hatte ihren Stolz. Sie hielten sie für asozial. Eine Frau, die von ihrem Mann geprügelt wird und dauernd Kinder bekommt. Immer hatten alle auf sie herabgeschaut, statt ihr zu helfen. Ob sie die Verwandtschaft mit den Fenns gutheißen konnte, wußte sie noch nicht, obwohl sie den Doktor sehr sympathisch fand. Daß ein Allison dermaßen früh Vater wird, war allerdings nichts Neues für sie. Und immerhin stellte Shawn sich seiner Verantwortung. Sie hätte auch nichts anderes erwartet.

Betrug in der Hochzeitsnacht.

Gordon wählte ein Standesamt im Londoner Süden. Es war der vierte August, Shwans zwanzigster Geburtstag. Nur die Familie Fenn und Mrs. Allison mit den Kindern waren anwesend sowie die Jungs und Gordon natürlich. Er spielte den Trauzeugen für Shawn. Wie bei allen offiziellen Auftritten saß er in Sichtweite seines Schützlings. Im rechten Moment würde er die Ringe in Shawns Hand legen. Chris war beauftragt, einige Fotos von der Trauung zu machen. Das mußte trotz allem einfach sein.

Die einzige, die sich so richtig über die Hochzeit freute, war die kleine Jacky. Shawn hatte nämlich seine ganze Familie neu eingekleidet, damit sie den Fenns in keiner Weise nachstehen mußten. Jacky trug ihr neues lindgrünes Organza-Kleidchen und eine passende Haarschleife, dazu glänzende Lackschuhe und weiße Spitzenhandschuhe. Sie trug es mit Grazie und mit kindlichem Stolz. Die lockigen Haare hatte ihre Mutter zu Korkenziehern gewickelt. Ein bildhübsches Püppchen saß auf dem Samtsessel des Standesamts. Selbst Jane Fenn konnte ihre Bewunderung für diesen Engel nicht verheimlichen, obwohl sie ansonsten gebührenden Abstand zu den Allisons hielt. Shawns Mutter war jünger als sie und ausgesprochen attraktiv. Das machte die Sache nicht eben leichter. Mrs. Allison trug ein sehr elegantes Jackenkleid, ebenfalls in einem hellen Grün, einen Hut im Jacky Kennedy-Stil, passende Handtasche und Handschuhe und zarte Pumps. Sie strahlte. Dorothee hatte ihre Mutter geschminkt. Gordon mußte sie immer wieder ansehen. Diese Frau war wirklich erst achtunddreißig. Nun sah man das erst richtig. Und sie war sehr schön. Trotz der vielen Schwangerschaften, trotz der Prügel ihres Mannes, trotz all der Sorgen. Die ganze Allison-Bande war schön. Das kam durch die elegante Kleidung nur erst zum Ausdruck.

Shawn hatte für die Trauung einen dunkelblauen Samtanzug im Stil des achtzehnten Jahrhunderts gewählt. Gehrock mit hohem Kragen, weißes Hemd mit hohem Halsbinder und Schmucknadel. Dazu eine schmale Hose die auf den eckigen Stiefeln auflag. Die inzwischen ziemlich langen Haare im Nacken zum Zopf gebunden, der sich zu einer dicken Rolle drehte, darüber ein Zylinder aus schwarzem Leder. Er hatte Elisabeth zu einem Kleid im dazu passenden Mittelblau überredet, das den Po betonte. Das geschnürte Mieder und das tiefe Dekolleté taten ihr übriges. Sie sah bezaubernd aus. Eine junge Dame des frühen achtzehnten Jahrhunderts. Die langen Haare waren auf dem Rücken zu großen Locken drapiert, in denen Blüten steckten. Alle fanden Elisabeth wunderschön in diesem Romantik-Look.

Nur Jane fühlte sich durch diese Aufmachung, über die ihre Tochter sie nicht informiert hatte, provoziert. Allein Shawn und sie wußten, an welches Ereignis sie die Verkleidung erinnerte, wenn es auch kein Rokoko war, was Elisabeth trug. Die ganze Zeit versuchte sie, eine möglichst kühle Miene zum bösen Spiel zu machen. Doch als der Standesbeamte seine Ansprache beendet hatte und Shawn mit beinahe tonloser Stimme sein „Ja, ich will!" herausquetschte und danach ihre Tochter ihr mädchenhaftes „Ja, ich will!" hauchte, kullerte doch eine Träne über ihre Wange, die sie sehr schnell mit ihrem feinen Taschentuch wegwischte. Was für ein dummes Kind Elisabeth doch noch war, dachte sie. Und er erst. Seine Hände zitterten, als er Elisabeth den Ring überstreifen sollte. Fast schaffte er es nicht. Elisabeth glaubte eine Gegenwehr in seiner Hand zu spüren. Aber als der Ring seinen Finger zierte, erfüllte sie ein merkwürdiges Gefühl. Vielleicht eine Mischung aus Liebe und Triumph? Ihre Augen sprachen von diesem Gefühl. Shawn erschrak. In diesem Moment schloß sich in seinem Inneren für immer die Tür, die er für Elisabeth gerade eben einen Spalt geöffnet hatte. Der Ring brannte auf der Haut seines Fingers, wie eine Lüge im Herzen brennt. Er gehörte dort nicht hin. Der Hochzeitskuß, war Elisabeth dann auch viel zu kurz und beileibe nicht romantisch genug. Für Aileen und Jane hingegen war er eine lange Qual.

Shawns Wunsch war es, seinen Geburtstag und die Hochzeit zusammen mit Freunden und der Familie zu feiern und nicht, wie es üblich war, nach der Zeremonie in den Honeymoon zu verschwinden. Elisabeth war davon nicht begeistert, denn zu allem Überfluß wurde in der frisch renovierten Wohnung gefeiert, die Shawn für Elisabeth, den Nachwuchs und sich im vornehmen Chelsea gemietet hatte. Fünf Zimmer, zwei Bäder, aller Komfort. Am liebsten hätte er auch für seine Mutter und die Geschwister eine solche Wohnung gemietet. Doch Mrs. Allison wollte lieber in der Kleinstadt bleiben. Er versprach ihr eine Renovierung des kleinen Häuschens und eine Ausstattung mit allem, was zu einem modernen Haushalt gehörte. Das konnte er sich nun leisten.

Gordon hatte einmal angedeutet, daß es nicht mehr lange dauert, und sie seien Millionäre. Er begann, seine Schützlinge über sinnvolle Geldanlagen aufzuklären. Im Moment genossen sie es natürlich, größere Summen in Instrumente oder irgendeinen Bühnenzauber oder in schrille Kleidung zu stecken. Doch es war unumgänglich den Besitz sinnvoll zu verwalten. Eine undankbare Aufgabe. Sie wollten überhaupt nichts darüber hören. „Du machst das schon, Gordon", sagten sie nur und verließen sich auf seine Erfahrung und Ehrlichkeit.

Für Shawn war dieses Thema aber schon immer konkret gewesen. Er hatte seit Jahren eine Familie zu ernähren. Seine Frau und sein eigenes Kind waren nur eine Erweiterung seiner Verantwortung. Leider konnte er nicht gut mit Zahlen umgehen. Deshalb bat er Gordon um Rat.

Er war sich bewußt, daß es unter Umständen auf ein paar wenige Jahre ankam, die über das finanzielle Schicksal seiner ganzen Familie entscheiden konnten. Natürlich wollte auch er Spaß haben. Doch verplempern wollte er das Geld nicht. Alle seine Geschwister sollten eine gute Ausbildung erhalten. Sie sollten keine abgelegte Kleidung mehr tragen müssen, und sie sollten zur Schule gehen, statt ihr Essen mit irgendeinem Job zu verdienen. Seine Mutter sollte nicht mehr putzen gehen und auf Geoffrey angewiesen sein und nie mehr ihr altes „Woolworth Chanel" anziehen müssen. Er wollte stolz sein auf seine Familie.

Was Elisabeth betraf, so mußte er versuchen, ihr den gewohnten Lebensstandard zu erhalten. Jane sollte ihm nicht nachsagen können, er sei ein Versager. Sein eigenes Kind würde in Samt und Seide aufwachsen und jedes Spielzeug bekommen, das es wollte. Also, er brauchte jedenfalls sehr viel Geld für die Zukunft.

Gordon war so klug, einen notariellen Ehevertrag aufsetzen zu lassen, der Elisabeth ohnehin zur reichen Frau machte, wenn das große Geschäft in Gang kommen sollte. Der aber auf der anderen Seite Shawn vor dem finanziellen Ruin schützte, wenn die Beziehung zerbrechen sollte.

Im Verlauf der Feier wurde Shawn wieder munterer. Kein Wunder, hatten sich doch Jane und der Doktor schon nach dem Essen höflich verabschiedet, weil die Lady wieder mal einen Migräneanfall erlitt.

„Ich kann ja heut Nacht mal vorbeikommen!"

Shawn konnte es nicht lassen, ihr dies zuzuflüstern, als er ihr in den Mantel half, während alle anderen noch lautstark mit der Verabschiedung beschäftigt waren.

„Du kannst dir eine Tracht Prügel bei mir abholen" antwortete sie, und ihr Blick war reines Gift gewesen. Doch er hatte sich eng an sie geschmiegt und geflüstert: „Okay Jane. Und dann fick ich dich bis de um Gnade winselst."

Er hatte ihre aufsteigende Hitze gespürt. Er triumphierte innerlich, sie wieder einmal bezwungen zu haben. Natürlich machte sie das an. Das war wie ein Naturgesetz zwischen Jane und ihm. Und Naturgesetze ließen sich bekanntlich nicht von heute auf morgen ändern. Er küßte ihre Hand und sah ihr dabei herausfordernd in die Augen.

Unwillkürlich sah sie ihn in diesem Moment über sich, hörte seine lustvollen Laute und spürte seinen Körper auf ihrem. Ihr wurde schwindlig. Zum Glück kam ihr Mann, unterbrach diesen verstörenden Zauber zwischen ihr und ihrem Schwiegersohn. Sie hatte sich tapfer dagegen gewehrt. Doch sie war ihm hörig. Ob es nun mit dem Doktor wieder ganz gut lief oder nicht... Sie konnte nicht von Shawn lassen. Die Sehnsucht nach ihm verzehrte sie sogar, wenn sie mit ihrem Mann schlief. Ihre Phantasien übersteigerten sich bis ins Perverse. Die Migräne war zurückgekehrt. Wie sollte sie nur mit diesem Wahnsinn leben?

Ausnahmsweise erlaubte der Doktor den Mädchen, weiter mit den anderen zu feiern. Sie sollten in einem der geräumigen Zimmer der ehelichen Wohnung ihrer Schwester übernachten. Gestern war sie noch sein Kind und heute war sie die schwangere Ehefrau eines Rockmusikers, der von allen vernünftigen Menschen beschimpft und zuweilen gehaßt wurde und dem die jüngeren sexuell verfallen waren. Ein Mensch, der beunruhigend viel trank und dem die Faust locker saß. Mit diesem Gedanken konnte sich der Doktor noch lange nicht abfinden. Doch was blieb ihm anderes übrig, als sich langsam daran zu gewöhnen, daß er Großvater wurde. Für seine Große, auf die er so stolz war, wegen ihres frühen medizinischen Interesses, hatte er sich immer eine andere Zukunft gewünscht. Er hoffte inständig, daß er niemals kommen mußte, um ihre Wunden zu versorgen.

Nur zu gut erinnerte er sich an das elende Bild der Allison-Kinder. Vor zehn Jahren war es, als er von Shawn zu dem kleinen Reihenhäuschen in die Maple Lane geholt wurde, um seiner Mutter zu helfen. Wie sie alle angstvoll in einer Ecke des kleinen Wohnzimmers kauerten, wie sie die blutende Mutter notdürftig versorgt hatten, wie sie zitterten und weinten. Auch erinnerte er sich genau an Shawn. Es war mitten im Winter. Er trug keine Jacke. Sein neunjähriges, graues Gesicht war verschwitzt, tränennaß und blutverschmiert. Er war über und über staubig, seltsam erdig kam er ihm vor. Schon als Zeitungsjunge kannte er den Kleinen, der sich jeden Morgen mit dem Wachhund der Wilsons herumplagte, der damals noch Buster hieß, dann kam Bux. Elisabeth war damals mit ihm zur Tür gegangen. Sechs Jahre war sie alt, als sie Shawn das erste Mal sah. Sein Kind aus dem Wolkenkuckucksnest. Nie wird er ihre staunenden Augen vergessen beim Anblick des Jungen, der aus einer völlig anderen Welt zu kommen schien. Außer Atem hatte er vor ihnen gestanden und etwas von „Mutter, ...fast totgeschlagen" gestammelt. Seine Stimme schon damals rauh, unkindlich. Er hatte nicht vergessen, wie er die Würgemale am Hals des Jungen untersuchen wollte, die Platzwunde an der Lippe. Shawn aber hatte nur den einen Gedanken: seiner Mutter zu helfen.

Die verstörte und beschämte Frau wollte auf keinen Fall ins Krankenhaus. Mr. Allison hatte ihr in den Unterleib getreten. Zudem war die Geburt der Zwillinge erst vier Wochen her. Während der Untersuchung, die im Schlafzimmer stattfand, beruhigte Shawn seine jüngeren Geschwister. Als der Doktor herauskam, sah er den Jungen mitten im Zimmer stehen. Er trug die greinenden Säuglinge, die er immer und immer wieder küßte, als könnten seine Küsse all das schreckliche vergessen machen, während Maggy, damals gerade zweijährig, an seinem Hosenbein hing. Dorothee vier und Robert sechs Jahre alt, sie saßen mit leerem Blick und Rotznasen am Küchentisch. Und dann bot Shawn ihm auch noch das Geld an, das er selbst mühsam verdient hatte. Mit Stolz in den Augen. „Danke Sir, daß sie zu uns hier runter gekommen sind. Unser Doc is' nämlich neulich krepiert", ja so drückte sich der Kleine aus, „ich wußte nich', wo ich sonst hin sollte. Soll nich' wieder vorkommen." Er hatte zum Abschied seine Hand auf Shawns ungepflegte Haare gelegt. „Du bist ein guter Junge", hatte er gesagt, ohne sich auch nur die geringste Vorstellung davon machen zu können, was dieser Junge in den folgenden Jahren bis zum Tod seines Vaters noch alles mitmachen sollte. Es wurde zwar viel spekuliert darüber, jedoch niemand wußte etwas genaues. Im Vollrausch war Mr. Allison ein Untier, dem jeder möglichst aus dem Weg ging. Einmal war sogar die Polizei eingeschaltet worden, weil er seinen ältesten bewußtlos geschlagen hatte, als der ihn aus dem Pub geholt und auf dem Heimweg seine Schnapsflasche fallen ließ. Beinahe der ganze Ort sprach damals darüber. Doch es kam zu keiner Anzeige. Mrs. Allison fürchtete zu sehr den Zorn ihres Mannes.

Und nun, zehn Jahre später, hatte dieser Junge seine Tochter geschwängert und war sein Schwiegersohn. Das würde eine Weile brauchen, bis diese Tatsache bei ihm auf Akzeptanz stoßen würde. Obwohl er Sympathien hegte für den Jungen, hatte er das schlechteste Gefühl das ein Vater nur haben kann, wenn er eine Tochter in die Ehe gehen läßt. Hoffentlich würden Elisabeth und ihr Kind nicht eines Tages das, was Shawn in sich vergraben hatte, am eigenen Leib erfahren müssen.

Zum Glück hatte der Doktor die zarten Bande zwischen Tony und Claire noch nicht bemerkt. Ebenso wenig wie den Kummer seiner kleinen Aileen. Und so glaubte er, wenigstens seine anderen Kinder seien sozusagen in Sicherheit. Daß aber Shawns gesamte Umgebung Mittelpunkt ihrer momentanen Entwicklung war und er keinen Einfluß mehr auf seine Töchter hatte, realisierte Doktor Fenn nicht.

Jede Menge Champagner wurde geköpft, nachdem die Fenns gegangen waren. Jede Menge Whisky getrunken. Jede Menge gegessen und geraucht. Chris und Lilian waren zur Feier hinzugekommen. Sie wurden vom Service-Personal mit Speisen und Getränken verwöhnt. Gordon tanzte und plauderte beinahe stundenlang mit der glücklichen Mrs. Allison, die noch niemals in den Armen eines so feinen Mannes getanzt hatte. Spider tanzte mit Jacky und Maggy und mit Jill, die sich das erste Mal in ihrem Leben in einen Jungen verguckten, der nicht zu ihrer Familie gehörte. Willy fand das Getanze blöd. Besonders, daß auch Mason und Chris zusammen tanzten. Als Chris ihm sagte, daß sie sich auch gerne küßten, fand er das ganz schön eklig. Später ließ er sich aber gerne von Chris in die geheimnisvolle Welt der Fotografie einweihen.

Shawn tanzte abwechselnd mit Aileen und Lilian. Und Lilian begriff, wen er wirklich liebte, als sie sah, wie liebevoll er mit Aileen umging. Der gute Robert tröstete Elisabeth, der zum Tanzen viel zu übel war und die deswegen schon bald in ihrem Schlafzimmer lag. Er brachte ihr Tee, Zwieback und gekühlte Tücher. Das hatte seiner Mutter während der Schwangerschaft mit Jacky jedenfalls meistens geholfen. Ihm taten schwangere Frauen leid. Er wußte eigentlich nicht so recht, warum, aber irgendwas in ihm machte, daß eine unbestimmte Furcht ihn erfüllte, jemand könnte ihnen, der Frau und dem Ungeborenen, etwas tun. Vielleicht hatte das mit seinem Vater zu tun. Manchmal flackerten dunkle Erinnerungen auf, die sein Gehirn nicht weiter verfolgen konnte, weil sein Magen ihm früh genug einen Strich durch die Rechnung machte. Er war aber auch nicht scharf darauf, Genaueres zu wissen. Er wollte ihn vergessen. Vater war die personifizierte Bezeichnung für Angst. Bob war ganz gerührt und einen Moment lang richtig glücklich, als Elisabeth ihn dankbar umarmte und sagte, er sei ein so unglaublich lieber und fürsorglicher Mensch und daß die Frau, die ihn mal bekäme, eine sehr glückliche Frau sein würde. Er bewachte noch eine Weile ihren Schlaf, bevor er zu den anderen zurückging. Sein großer Bruder fragte noch nicht einmal nach seiner Frau. Er schien sich sehr gut mit Lilli zu amüsieren.

Dorothee und Aileen, die beinahe gleich alt waren, kamen sich im Verlauf der Feier näher. Dorothee war nicht dumm und zudem feinfühlig. Sie wußte Aileens Blicke zu deuten und sprach sie darauf an. Aileen hatte keine echte Freundin, doch Dorothee vertraute sie beinahe sofort. Sie schlossen sich für eine Weile im Bad ein, wo Aileen Dorothee ihre Liebe zu Shawn gestand. Das erste Mal konnte Aileen ihr Unglück offen zeigen. Die angestauten Tränen kullerten auf Aileens feines Kleid. Am Ende lagen sich die Mädchen in den Armen. Dorothee nahm Aileen das Versprechen ab, immer zu ihr zu kommen, wenn sie nicht allein damit fertig würde. „Wenn Mami mich läßt", zweifelte Aileen und nahm sich im selben Moment vor, sich dem Willen ihrer Mutter zu widersetzen. Schließlich waren sie jetzt verwandt, ob Lady Jane das nun gut fand oder nicht.

Ein Teil der Gesellschaft hielt natürlich bis in die frühen Morgenstunden durch. Elisabeth hatte es aufgegeben, auf ihren Ehemann zu warten. Er saß um sechs Uhr früh noch mit den Jungs, mit Aileen und Dorothee, mit Chris, Claire und Tony im Wohnzimmer, klampfte, sang und kiffte, während sie sich, von Übelkeit geplagt, zwischen Schlaf und Wachen in ihrem Bett wälzte. Sie hatte jetzt schon Heimweh nach dem schön verwinkelten, altenglischen Haus an der Hill Street. Sie dachte auch an Thomas Wilson, der ihr eine Karte zur Hochzeit schickte, die keine Glückwunsch Karte war. Natürlich war sie nicht zu Besuch ins Krankenhaus gegangen, denn sie wußte nur zu genau, warum und durch wessen Schuld Thomas dort gelandet war. Zufriedene Blicke und verräterische Bemerkungen zwischen Shawn und Spider hatten ihr verraten, wie der „Unfall" zustande gekommen sein mußte. Thomas hatte ihr eine Trauerkarte geschickt. „Warum nur mit diesem Schwein, Elisabeth?" stand darauf. Und: „Weil ich dich trotzdem immer lieben werde, wünsche ich Dir nicht die Hölle auf Erden. Leb wohl." Offensichtlich war er sehr verletzt. Wie hatte er nur so schnell von der Hochzeit erfahren?

Aus unruhigen Träumen erwacht, war sie schließlich aufgestanden, um nachzusehen, wo ihr Angetrauter verblieben war. Die Wohnung roch nach abgestandenem Sekt, kaltem Rauch von Zigarillos, Zigaretten und Marihuana. Außer ein paar leisen Schnarchern hier und dort war nichts zu hören. Das Wohnzimmer sah aus, als ob die Vandalen dort gehaust hätten. Wahrscheinlich tat man den Vandalen noch Unrecht mit dieser Beurteilung. Überall lagen Flaschen, Gläser, und Kippen in Aschenbechern und auch sonst überall verstreut. Spider schlief bäuchlings auf dem Schaffellteppich vor dem Kamin. Robert lag quer über einem der weißen Ledersessel, eine Champagnerflasche im Arm. Tony und Claire lagen zwischen leeren Tellern und Besteck zusammengerollt auf dem Boden daneben. Auf einem Sofa schliefen Chris und Mason unter dem kuscheligen Kaschmirplaid, das Elisabeth zu ihrer Aussteuer bekommen hatte. Das war ihr nicht ganz so recht, denn dieses Plaid war ihr von ihrem Vater übergeben worden. Doch was sie auf dem anderen Sofa sah, gab ihrem Herzen einen solchen Stich, daß sie die Sorge um das Plaid sofort vergaß. Dort lagen, eng aneinander geschmiegt, Shawn und Aileen. Ihr Mann hielt ihre kleine Schwester im Schlaf. Er lag hinter ihrem Körper, seine Arme und das obere Bein umschlangen sie. Die Decke, die sie sich schützend übergehängt hatten, war zu klein für beide. Elisabeth konnte Aileens Slip sehen. Seine Hand lag auf ihrem Oberschenkel. Die Hand mit dem Ehering. „Diese gemeinen Schweine", murmelte sie beim Anblick der selig Schlafenden. Sie hätte Lust gehabt, die ganze Bande zusammenzubrüllen. Aber in den Zimmern lagen ja die Kinder, Mrs. Allison, Gordon und Lilian, die Neunmalkluge, die ja ach so ein gutes Verhältnis zu Shawn hatte. So ein Schreianfall wäre einer Entblößung gleichgekommen. Doch geschehen mußte etwas. Und so nahm sie die leere Flasche aus einem der Sektkübel, stellte sich zielgenau über die Schlafenden und kippte langsam und mit Genuß das noch immer kalte Wasser über Shawn und Aileen.

Die beiden schrien auf vor Schreck, saßen sofort kerzengerade und wischten sich das Wasser vom Gesicht. Alle anderen waren durch den Aufschrei geweckt und sahen verschlafen und verkatert in die Runde. Elisabeth gab ihrer kleinen Schwester eine schallende Ohrfeige und stülpte Shawn den Sektkübel über den Kopf, bevor der überhaupt zu einer Reaktion fähig war. Sie lief ins Bad und verbarrikadierte sich dort. Nun war es vorbei mit ihrer mühsam erhaltenen Fassung. Sie sank zu Boden auf den flaumweichen Badteppich, rollte sich zusammen. Sie weinte still, während sich Shawn bemühte, sie zum Öffnen der Tür zu bewegen.

„Elisabeth, mach bitte auf", rief er. „Es ist doch überhaupt nichts passiert!"

Doch sie kümmerte sich nicht darum. Auch daß wenig später Aileens Stimme zu hören war, die sie bat, doch über die Sache zu reden, ließ sie kalt. Es war ihr egal, ob sie nur zusammengelegen hatten. Das schlimme war, daß sich ihr Mann in der Hochzeitsnacht nicht um seine schwangere

Frau, der es so schlecht ging, kümmerte und sie zu dem noch als Gehörnte vor allen anderen dastand. Diese Geschmacklosigkeit würde sie ihm nie verzeihen.

Erst zwei Stunden später schaffte es Mrs. Allison durch liebevolles Zureden, ihre Schwiegertochter zum Öffnen der Tür zu bewegen. Elisabeths Bedingung war, daß nur Mrs. Allison ins Bad kam. Das war ein schlimmer Tag für Aileen. Ihre Schwester, die sie doch liebte, hatte eine Kontaktsperre verhängt. „Ich will dich vorerst nicht sehen", hatte sie gesagt. Das war schrecklich bitter. Aileen plagte ihr bleischweres Gewissen. Zurecht, wie sie fand. Zwar war sie, rein körperlich gesehen, noch Jungfrau. Doch Shawn hatte sie so lange geküßt und gestreichelt und an gewissen Stellen berührt, bis ihr Körper ein einziger wohliger Schauer zu sein schien. Es war so aufregend gewesen, daß ihr die anderen zwei Paare, von denen man auch den einen oder anderen verhaltenen Laut vernehmen konnte, egal waren. Sie spürte Shawns gespannte Muskeln, seine Hitze und sein Verlangen, und erkundete ihrerseits seinen Körper. Bis er leise aufstöhnte, als ihre kleine Hand sich um sein Glied schloß, das sie trotz einiger Verwunderung über sein Eigenleben nicht mehr losließ. Bis sie gelernt hatte, wie die Sache zu Ende ging. Dies alles war unter einer viel zu kleinen Decke und auf der Sitzfläche des nagelneuen Ledersofas der ehelichen Wohnung ihrer Schwester passiert. In der Hochzeitsnacht ihrer Schwester und zudem mit ihrem Schwager. Sie hatten ihre Schwester betrogen, das war klar. Zwar waren alle auf verschiedene Art ganz schön berauscht gewesen. Doch bewußt war es trotzdem geschehen. Sie schämte sich ihrer verwerflichen Tat. Aber ihre Liebe zu Shawn war größer denn je, obwohl sie das großartige Gefühl, das er ihr verschafft hatte, noch immer sehr verwirrte.

Den Haag.Jugend in Aufruhr.

Das junge Ehepaar Allison hatte zum Glück nicht viel Zeit, sich zu streiten. Schon zwei Tage nach der Hochzeit saß die Band mitsamt ihrem Troß im Flugzeug nach Holland. „Lost Boy" stand in der holländischen Hitparade bereits auf Platz zwei. „Christine" war gleich auf der Dreiundfünfzig eingestiegen und nun auf Platz achtundzwanzig, mit Tendenz, in den nächsten zwei bis drei Wochen die Top Ten zu erreichen.

Der Empfang der Fans in Den Haag war umwerfend. Schon am Flughafen überrannten junge Mädchen die Sicherheitsvorkehrungen. Eh er sich versah, hatte Shawn zwei Mädchen am Hals, die ihn abküßten. Dabei hatte er sich noch nicht einmal richtig vom ersten Flug seines Lebens erholt und konnte nicht so ganz begreifen, daß er nun nicht mehr auf britischem Boden stand. Er fühlte sich wie William the Conquerer. Also umarmte er die Girls, drückte beiden aufrichtige Küsse auf die Lippen und wurde sogleich von der örtlichen Presse in Blitzlichtgewitter getaucht. Die Sicherheitskräfte waren nicht schnell genug. Sofort waren auch die anderen Jungs belagert. Sie küßten, umarmten und schrieben Autogramme, was das Zeug hielt.

Gut, daß Gordon schon vor zwei Wochen Autogrammkarten in Den Haag verteilen lassen hatte. Auch als Plakat hing das Konterfei der Band an allen möglichen Stellen. Es zeigte die Band vor einer sehr schlichten Kulisse. Eine helle Wand im Grunde genommen. Ihre Gesichter waren betont ernst. Shawn stand im Vordergrund, den Blick skeptisch in die Kamera gerichtet. Sein langer schwarzer Mantel im Military-Look betonte die Kühle, die von seinem Blick ausging. Man konnte sehen, daß er außer ein paar Holzperlenketten sowie einem größeren goldenen Kreuz an einem Lederband nur seinen nackten Oberkörper unter dem Mantel trug. Eine schmale schwarze Hose mit sichtbarer Schnürung über den Leisten und Stiefel mit hohem Schaft. Seine linke Hand trug mehrere Ringe, darunter den Schlangenring von Jane. Mason, am linken Bildrand, im hummerroten Showhemd, das er sich von Shawn für den Fototermin ausgeliehen hatte, dazu schwarze Hüfthose mit breitem Gürtel und spitze Schuhe. Er stützte seine Hände auf die Hüften und sah zur Seite, als ginge ihn der Fototermin gar nichts an. Spider und Robert etwas weiter hinten, lehnten scheinbar gelangweilt aneinander und sahen lasziv in die Kamera. Spider trug ein hauchdünnes weißes Häkelhemd, durch dessen Maschen man seine Brustwarzen sehen konnte, eine rote Panné-Samthose mit Schlag und eckige weiße Lacklederstiefel. Robert liebte seinen weißen, engen Overall, den er neuerdings zu fast jeder Gelegenheit trug. So auch auf diesem Foto. Zwar waren die Namenszüge der vier Bandmitglieder und der Bandname schon vorgedruckt, aber die Fans wollten natürlich die Originalunterschriften haben.

Nach etwa zehn Minuten konnten sie schließlich mit Mühe in die Limousine steigen, ein acht Meter langes, weißes Gefährt, das von Robert, Mason und Shawn mit spitzen Pfiffen bewundert und von Spider als gewöhnlich abgetan wurde. „Mark Vier", bemerkte er beinahe verächtlich. „Hat mich unser Fahrer immer mit zum Unterricht gefahren, als wir in Amiland gelebt haben."

Das erste Mal, seit sie sich kannten, fragte Shawn sich, wieviel Geld wohl hinter Spider stehen mochte. „Was macht 'n dein Alter eigentlich?" fragte er. Doch als Antwort bekam er nur ein Schulterzucken von Spider, einen genervten Blick und ein genuscheltes „Is' doch scheißegal, Mann", während er den Joint anrauchte, den er sich hinter der getönten Scheibe zwischen die Lippen gesteckt hatte. Damit war Shawn klar, daß dieses Thema für Spider ein ähnlich rotes Tuch war wie der saufende und prügelnde Vater für ihn. In der Hinsicht war er voller Verständnis. Er würde nicht wieder davon anfangen.

Gordon betrachtete seine vier voller Wohlwollen. Jeder war auf seine Art eine spannende Persönlichkeit. So unterschiedlich sie waren, so wunderbar paßten sie zusammen. Er rauchte gemeinsam mit ihnen den Joint, amüsierte sich über ihr Geprotze wegen der Mädels und scherzte über die holländische Sprache. Er war so erleichtert darüber, daß die junge Mrs. Allison wegen der Schwangerschaft nicht in der Lage war, mit ihnen herumzureisen. Er war sehr großzügig und hielt sich mit Mahnungen und Einschränkungen mehr als sonst zurück.

Die Reaktion des jugendlichen Publikums auf die Band überstieg alle Erwartungen. Massen wälzten sich durch die Straßen. Zu Fuß, auf Mofas und auf Fahrrädern. „Freedom" und „Love" skandierten die Jugendlichen auf der einen Seite, Polizei postierte sich auf der anderen. Die Halle faßte nur siebentausend Menschen. Auch hier standen viele, viele Fans draußen und stritten sich mit der Polizei herum. Zwar waren die Sicherheitskräfte hier ein wenig liberaler, doch eine Massenschlägerei wollte man auch in Den Haag nicht unbedingt.

Während des Konzerts kletterte Shawn an der seitlichen Bühnenverkleidung hoch, die aus einem Stahlgerippe bestand, durch das Kabel und Rohre gezogen waren, um die Beleuchtungsanlage mit Strom zu speisen. Das Mikro konnte er nicht mitnehmen, das Kabel war zu kurz. Und so kam die Band mal wieder in den Genuß einer unangekündigten Improvisation, weil ihr Frontman und Sänger sich auf seltsamen Wegen befand. In zehn Metern Höhe balancierte Shawn auf der Querverbindung bis zur Mitte, setzte sich darauf, hakte seine Beine unter eine Verstrebung und ließ seinen Oberkörper nach hinten fallen. So hing er eine Weile, Haare und Arme baumelten zehn Meter über der Bühne. Er zeigte das Peace-Zeichen mit beiden Händen. Von dort oben und so verkehrt herum sahen die Siebentausend wie eine wogende Welle aus. Das Geschrei und Gekreische war enorm. Es roch nach Marihuana. Die ganze Bude war eine einzige Rauchwolke. Sie reckten ihre Arme in die Höhe, hüpften und sprangen und warfen irgendwelche Dinge in die Luft. Shawn dachte für Sekunden an die Groupies, die süßen, langhaarigen Maisjes, die Backstage warteten. Irgendwie war das hier anders wie zu Hause. Sie schienen ein Präsent des Veranstalters zu sein. Er gab seinem Körper ein wenig Schwung und schaukelte leicht hin und her. Gordon schloß die Augen. Shawn schwang sich wieder auf, balancierte etwas unsicher zur rechten Bühnenseite und kletterte schnell an dem Träger herunter. Tom Haseley kam ihm entgegen, um ihm das Mikro zu reichen. Aber Tom stellte sich dumm an und das Mikro fiel zu Boden. Schon bei der Generalprobe war ihm ein Fehler unterlaufen. Da hatte er die falsche Gitarre gebracht. Beide wollten das Mikro wieder aufheben, und stießen dabei mit den Köpfen zusammen. Das nervte Shawn erst recht. Haseley wurde von ihm so unsanft zur Seite gestoßen, daß er fast hinfiel. Während Shawn sich an den Bühnenrand kniete und ungehindert in seiner Show fortfuhr. Die Crew hinter der Bühne mußte einen sehr aufgebrachten Roadie beruhigen, der Shawn als „arrogantes Arschloch" bezeichnete, das ihn da draußen vor allen Leuten mies behandelt. Lilian beruhigte ihn: „Da draußen ist er ein anderer. Das tut ihm nachher leid. Wetten?"

Auf den Straßen von Den Haag entluden sich inzwischen Gefühle, die mit dem Konzert im Grunde nichts zu tun hatten. Sie führten zu Straßenschlachten mit der Polizei. Gordon bekam schon während der Show Bescheid vom Veranstalter, daß man einen anderen Weg zum Hotel fahren müßte, weil auf dem vorgesehenen Weg die Luft zu heiß war. Nach drei Zugaben gingen die Jungs verschwitzt und euphorisch von der Bühne. Shawn griff sich Haseley, der noch immer sauer war, umklammerte mehr rauh als freundlich seinen Hals und drückte ihn kurz an sich. „Sorry, du Knalltüte", mehr sagte er nicht, bevor er Tom wieder freiließ und schwungvoll weiterging. Allison war der Boß. Das mußte Haseley nun wohl langsam begreifen.

Der Boß war aufgekratzt und ausgepowert zugleich. Er riß sich das verschwitzte Hemd vom Leib und wischte sich damit das Gesicht ab, während er in einem fort redete. Chris filmte den Bühnenabgang, wie er auch Teile der Show gefilmt hatte. So etwas gefiel Chris. Das etwas verwackelte, unruhige Bild, weil alles in Bewegung war. Die Darsteller und auch die Kamera. Die Jungs gingen ziemlich schnell. Mason spielte mit seinen Stöcken, während Shawn ihn umarmte und auf ihn einquasselte. Von der Seite sprang Robert seinen Bruder an und umarmte ihn herzhaft. Shawn zeigte den erhobenen Daumen in die Kamera. Spider zuckte von der Seite ins Bild und machte das Peace-Zeichen. Die ganze Zeit ging Chris rückwärts, der neue Beleuchter vollkommen gestreßt hinter ihm. Sein Vorgänger, der gleichzeitig Chris' Geliebter gewesen war, hatte sich schwer getroffen zurückgezogen, als Chris die Beziehung zum jungfräulichen Mason begann.

Die brüllende Menge in der Halle war noch immer zu hören. Sie kamen an die Tür zur Garderobe. Außer der Security standen hier etliche Groupies. Diese Mädchen wollten keine Autogramme und auch nicht nur eine Party. Die wollten mehr. Chris hielt die Kamera auf die Szene. Shawn griff einem hübschen Mädchen mit Haaren bis zum Po, einem mini-mini kurzem Rock, hohen roten Stiefeln, hautenger Bluse und üppigem Busen an den Hintern und sang „Be mine tonight!" Sie lachte und schmiß sich willig an ihn heran. Ihre Stiefel machten sie genau so groß wie ihn, so daß es nahelag, die Nase gleich einmal in die doch sehr aufgeknöpfte Bluse zu stecken und andeutungsweise in einen der Möpse zu beißen. Sie lachte und bog ihren Körper nach hinten dabei, so daß ihr Unterkörper noch enger an seinen gepreßt wurde. „Geil", murmelte Chris, aber leider würde er gerade diese Szene herausnehmen müssen.

Robert schleppte eine kleine Wilde ab, die sich auf seinen Rücken geschwungen hatte und die er huckepack mit in die Garderobe nahm. Der arme Mason kämpfte wie immer damit, nicht prüde ablehnend zu wirken. Er nahm eine Blondgelockte in den Arm, die ihn gerne geküßt hätte. Das ging ihm aber nun zu weit. Er versuchte den Kuß möglichst diplomatisch abzuwehren. Chris beobachtete das erfreut. „Nachher Baby, nachher...", murmelte er sehr leise voller Vorfreude auf die kleine Aftershow-Party, allein mit seinem knackigen Rotkopf. Spider war schon in der Garderobe und hatte eine Flasche Champagner geköpft, die er seiner Auserwählten, einer geheimnisvollen Schwarzen an die üppigen Lippen hielt.

Gordon tippte Chris auf die Schulter. „Das bleibt aber bittesehr unter uns, ja?" Er schüttelte den Kopf. „Mann diese Weiber! Es ist wirklich nicht mehr schön!"

Chris lachte schallend und schlug Gordon kumpelhaft auf den Rücken. „Nimm's locker, Mann. Mach dir doch auch mal 'ne Freude. Geh hin und rette Mason. Komm Gordon, mach schon. Schnapp dir das kleine Früchtchen. Sei nicht immer so ein guter Mensch. Wenn du ihr erzählst, daß sie einen Plattenvertrag kriegt, nimmt sie auch mit dir vorlieb."

Doch Gordon schüttelte Chris verärgert ab und murmelte: „Eine von der Sorte reicht mir."

Vor Jahren schon hatte er sich geschworen, nie wieder auf so was reinzufallen. Aber Karen war er nicht wieder losgeworden. Sie war raffiniert, irritierend schön und zudem noch sehr talentiert. Da war es eben um ihn geschehen. Im Moment arbeitete sie gerade an Probeaufnahmen für Philips Records in London. Sein alter Freund und Rivale Graham war begeistert von dem kleinen Nymphchen. Aber standhaft bis jetzt. Schließlich war er ja auch mit einer der bezauberndsten Frauen, die Gordon je kennengelernt hatte, verheiratet und hatte zwei Töchter, die nur unwesentlich jünger als Karen sein mußten. Da hatte Zurückhaltung mit Pietät zu tun. Bei ihm war das was anderes. Andererseits war Gordon nicht an jedem Flittchen interessiert. Dazu war er gar nicht der Typ.

An diesem Abend hatte er außerdem ganz andere Sorgen. Die Band mußte auf sicherem Wege zurück ins Hotel gelangen. Und sie durften nicht allzu sehr sumpfen in dieser Nacht. Morgen ging es nach Amsterdam. Interviews. Fototermin. Grachten-Rundfahrt mit Presse. Der Ablauf der ganzen Angelegenheit ging ihm durch den Kopf. Außerdem hatte sich Lilian einen Tag frei genommen. Sie würde die Grachten-Rundfahrt noch mitmachen und dann bei Freunden in Amsterdam übernachten, während er im Morgengrauen mit der Truppe weiter nach Berlin fliegen würde. Dort hatten sie zwar erst in drei Tagen einen Auftritt, aber sie wollten Teile der LP in den Hansa Studios aufnehmen. Lilian hätte sich intensiver um alles kümmern können, wenn sie sofort mit ihnen geflogen wäre. Es war schwierig, sie auch nur einen Tag zu entbehren, aber dieser Tag in Amsterdam schien eine immense Wichtigkeit für sie zu haben.

Amsterdam und die Sache mit Jake

Zur Besprechung des Tages traf man sich in Shawns Suite. Das heißt, der größte Teil der Band war sowieso die ganze Nacht dort gewesen. Leider waren auch die Mädchen um acht Uhr früh noch immer da. Gordon fand sich einmal mehr in der unliebsamen Rolle des Moralapostel wieder. Robert und die geheimnisvolle Schwarze alberten in der Wanne herum, während Spider mit dem Busenwunder im Bett lag und Shawn sich mit der kleinen Wilden und dem Lockenkopf auf und vor dem Sofa amüsierte. Jedenfalls waren sie ziemlich laut. Nur Mason stand brav an seiner Seite und staunte genau wie er über das einvernehmliche Wechselspiel der jeweiligen Geschlechtspartner. Es dauerte mehr als eine halbe Stunde, bis die Damen ihre Kleidung, Taschen und ihr Geld gerafft hatten und sich Küßchen verteilend, Busen und Po schwingend und mit großem Hallo verabschiedeten und die Jungs halbwegs geordnet um das Frühstück saßen, das sie freilich nur zaghaft anrührten.

Shawn wirkte wie durch die Mangel genudelt. In den letzten fünfzehn Minuten hatte er vier Orangen gegessen und eineinhalb Liter Milch getrunken. Ein Teil davon haftete noch auf seiner Oberlippe, während ein Rinnsal an seinem Kinn entlang über den Hals, der mehrere Knutschflecke aufwies, auf seine Brust floß, auf der ebenfalls Knutschflecke zu sehen waren. Die Haare wirr, die Augendeckel auf halb acht, die Lippen etwas angeschwollen, nur unachtsam bekleidet mit dem weißen Hotelbademantel, so hing er im Sessel und rauchte ein Zigarillo.

„Bist du nicht verheiratet?" feixte Gordon. Shawn hob langsam seine rechte Hand und drehte sie hin und her. Er hatte den Ehering längst abgenommen. „Paß bloß auf. Du weißt schon. Und ihr anderen auch", mahnte Gordon kopfschüttelnd.

Robert, der in ein Bettuch gewickelt war und Eiswürfel lutschte, kicherte albern. Spider leckte seinen Joghurtlöffel ab und schmunzelte überzogen. Er war noch immer nicht ganz herunter von seinem Trip. Gordons Konturen lösten sich seltsam schwammig auf. Das sah drollig aus. Er hätte gern noch weiter mit Anja im Bett gelegen und ein bißchen herumgemacht. Koks war 'ne tolle Sache. Verlängerte das Ganze. Deswegen hatte Shawn auch so lange mit Anja gebraucht. Und Robert, der kleine Schwerenöter, wollte überhaupt nicht mehr weg von der Wilden, obwohl Shawn und er sie auch mal wollten. Mann, von dem Zeug mußte was mit. Egal wie. Die einschlägige Adresse in Amsterdam hatte er von Marit ja bekommen. Fragte sich bloß, wie er das anstellen sollte, ohne das Gordon davon Wind bekam.

„Und ich sage euch", sprach Gordon weiter, während Shawn laut rülpste und sich endlich die Milch aus dem Gesicht wischte, „ich will keinen einzigen Krümel irgendeiner Scheißdroge hier im Zimmer oder in euren Klamotten finden. Die Holländer scheinen freier zu sein als die Briten, aber nur, weil es überall nach Shit riecht, sind sie nicht weniger streng mit der Verfolgung von Delikten. Was härtere Drogen betrifft, sind sie sogar sehr streng. Die Knäste sind's auch. Also, ich warne euch!"

Sie nickten einstimmig brav. Die letzte Nacht war ihnen die Moralpredigt schon wert. Plötzlich fing Shawn zu kichern an. Und aus dem Kichern wurde Lachen. Aus dem Lachen wurde schallendes Lachen, das die anderen, außer Gordon, ansteckte.

„Ihr seid doch Meschugge!" sagte Gordon und wedelte mit der Hand vor seinen Augen herum, um seiner Aussage Nachdruck zu verleihen.

Shawn zeigte auf Spider, wollte anscheinend irgend etwas zum Besten geben, schaffte es aber nicht vor Lachen. Niemand hatte ihn je zuvor so Lachen sehen. Er schien sich totlachen zu wollen.

Doch von einer Minute auf die andere war Schluß. Während die anderen noch lachten, wankte sein Kopf hin und her, er rülpste noch einmal und dann kippte er auf die Lehne des Sessels und schnarchte. Gordon war dem Wutanfall nahe, doch er riß sich zusammen. Er nahm dem Jungen das Zigarillo aus der herabhängenden Hand, bedeckte ihn mit einem Bettuch und zeigte drohend seinen Finger.

„In zwei Stunden will ich euch abreisebereit in der Lobby vorfinden. Und zwar auf zwei Beinen und so angezogen, daß man mit euch in die Öffentlichkeit gehen kann." Sprachs, schüttelte den Kopf und ging, um Lilian zu bitten, in einer Stunde nach den Jungs zu sehen.

Tatsächlich hatte sie es wieder einmal fertiggebracht, die vier Helden zur rechten Zeit in die Lobby zu treiben. Spider und Robert sahen auch schon wieder einigermaßen fit aus, wenn man von Spiders Dauergrinsen einmal absah. Mason versuchte, über die Tatsache, daß Shawn nicht geradeaus gehen konnte, hinwegzutäuschen, indem er ihn kumpelhaft umarmte und ihn stützte, während die wartenden Fotografen ihren Job taten. Hinter der Sonnenbrille klappten die Augendeckel immer wieder zu. Lilian hatte ihn gekämmt und ihm seinen Hut aufgesetzt, den ihm ein Londoner Blues-Trompeter geschenkt hatte und der nun ziemlich weit in den Nacken gerutscht war. Die bunte Weste unterm schwarzen Jackett war falsch geknöpft, das sah sie erst jetzt, und prompt wurde ihr ganz heiß. Rasieren lassen hatte er sich auch nicht. Er wollte lieber die ganze Zeit fummeln und knutschen.

Auch Robert und Spider benötigten einige Hilfe. Vor allem Robert, der sich eine viertel Stunde lang die Seele aus dem Leib kotzte, bevor er in der Lage war, sich anzuziehen. Zum Glück war Mason stocknüchtern gewesen und ihr zur Hand gegangen. Sie war jedenfalls total fertig und wünschte sich nichts sehnlicher, als endlich in der Maschine nach Amsterdam zu sitzen. Sie hoffte nur, daß Shawn die Stewardessen in Ruhe ließ und bei Robert alles raus war, was raus gemußt hatte.

Mason lenkte Shawn geschickt durch die Journalisten, in Richtung Ausgang. Fast wäre auch alles gutgegangen, wenn nicht noch einmal ein Blitzlicht direkt vor Shawns Gesicht aufgeflammt wäre. „Licht aus!" brüllte er und hieb die Kamera mit einem heftigen Armstreich zu Boden. Dabei erwischte er leider auch den Mann dahinter, der taumelte, umfiel und auf dem Hosenboden landete. Gordon sprang sofort hinzu, um den Schaden zu begutachten. Der Mann war erschrocken, doch außer einer kleinen Wunde am Mund war ihm nichts weiter geschehen. Seine Kamera dagegen sah arg mitgenommen aus. Gordon gab dem Mann seine Karte, wegen des Schadenfalls und entschuldigte sich für Shawn, der bereits von Mason in die Limousine gestopft wurde, die vor dem Haupteingang wartete. Die zahlreichen Maisjes, die kreischend und grabschend hinter den Bodygards drängelten, hatten Pech. Hätte Mason Shawn nicht so fest im Griff gehabt, er wäre drauf und dran gewesen, sich allen hinzugeben. Er riß sich Hemd und Weste auf, zeigte ihnen seine Brust und streckte ihnen mit eindeutigen Bewegungen die Zunge entgegen. Zwei Mädchen, die an vorderster Linie standen, fielen in Ohnmacht. Alle, die ihre Kameras im Anschlag hatten, drückten natürlich ab, um diese prägnanten Szenen festzuhalten. So etwas sah man nicht alle Tage.

Endlich, im sicheren Bauch der Limousine, protzte Shawn noch ein wenig, schlief aber beinahe sofort ein. Auch im VIP-Bereich des Flughafens schlief er. Beim Einsteigen umschlang und küßte er eine Stewardeß. Dann schlief er.

Gordon sah schon die Schlagzeilen: „Britischer Popstar prügelt auf Fotografen ein!" „Popstar belästigt Stewardeß!" Bald wieder Vaterschaftsklage?" Am liebsten hätte er seinem Star bis zum nächsten Auftritt eine Narkose verpaßt, damit er nicht noch mehr Unfug machen konnte. Zum Glück schlief er jetzt selig, den Kopf auf Lilians Schulter abgelegt. Wie gut, daß diese Frau da war. Es gefiel Gordon gar nicht, daß sie am nächsten Tag frei haben wollte.

Lilian streichelte Shawns Hand, während sie Robert beobachtete, der zufrieden aß, was die Stewardeß ihm gebracht hatte. Der war augenscheinlich über dem Berg. Spider schlief ebenfalls. Sie dachte an das, was sie in Amsterdam vor hatte und versuchte ihre Angst mit vernünftigen Argumenten zu verdrängen. Ihre Amsterdamer Freundin hatte ihr versichert, der Arzt sei in Ordnung und sie wäre schon am Tag drauf wieder ganz gut beieinander. Vielleicht sei die Regel ein wenig stärker, aber sonst müßte alles glatt gehen. Das war zu hoffen. Immerhin hatte Natalie Erfahrung. Sie hatte schon dreimal abgetrieben. Unvorstellbar für Lilian. Aber noch unvorstellbarer war es im Moment, ein weiteres Allison-Kind heranwachsen zu lassen. Oh Gott, Shawn. Wenn er es wüßte.

Er schreckte auf, sah sich verwirrt um, sah Lilian, sah Robert essen und Spider schlafen. „Trinken", sagte er trocken, „ich muß was trinken."

Lilian winkte einer Stewardeß. „Was möchtest du trinken", fragte Lilian Shawn, der die Stewardeß schon wieder so komisch ansah. Er machte ihr ein Zeichen, daß sie dazu aufforderte sich zu ihm hinunter zu beugen. Sie lächelte.

„Aber nicht wieder küssen, Mister Allison. Ich bin im Dienst."

„Küssen?" fragte Shawn verwundert, beschloß aber sofort, daß ihm egal war, wie sie das meinte. Er zog sie so dicht zu sich, daß er ihr seinen Wunsch ins Ohr flüstern konnte. „Kalte Milch, bitte. Viel Milch. Aber nicht so auffällig."

„Ich verstehe, Mister Allison", lächelte die freundliche Stewardeß und machte sich daran, Shawns Wunsch zu erfüllen. Lilian lachte in sich hinein.

„Gibsn da zu lachn?" grummelte er.

„Milchbubi", flüsterte Lilian.

Er griff nach ihr, kitzelte sie und biß ihr zärtlich ins Ohrläppchen.

„Warte, wenn ich mit dir allein bin", raunte er in ihre Ohrmuschel.

Eine Gänsehaut breitete sich auf ihrem Körper aus. Sie hatte Sehnsucht nach ihm.

Nachdem er in wenigen Minuten einen ganzen Liter gut getarnter Milch aus einer Teekanne getrunken hatte, nahm er sein Handgepäck, ging auf die Toilette und kam nach zehn Minuten frisch rasiert zurück. Nun ähnelte er wieder einem gesunden, jungen Mann. Während des Landeanflugs erzählte Lilian ihm von dem Zwischenfall in Den Haag. Shawn wollte es fast nicht glauben, doch er mußte sich wohl eingestehen, daß er Mist gebaut hatte.

„Teufelszeug", resümierte er. „Teufelszeug!" „Was habt ihr eigentlich genommen?" fragte Lilian, nicht ohne Hoffnung, es möge nichts Schlimmes gewesen sein.

„Weiß nich' so genau." Er zog es vor zu flüstern. „Die mit den großen Möpsen hatte so Pillen dabei. Die hat sie sich oben auf die Nippel gelegt und dann an uns verfüttert. So hab ich mich vorher noch nie im Leben gefühlt, sag ich dir. Irre geil. Und die Schwarze hatte so 'n Pulver, das man sich mit 'm kleinen Röhrchen in die Nase zieht. Spider kannte das natürlich. Der meinte, das wär Klasse. War ja auch Klasse. Die Kleine hat sich das Pulver in Streifen auf den schwarzen Bauch gestreut, und wir haben's runtergesaugt. Scheiße, war das Klasse. Den Rest hat Bob mit der Zunge besorgt. Mein kleiner Bruder, sag ich dir. Absolut geil."

Lilian hielt sich die Hand vor die Augen. Bei aller Freiheit in der Beziehung zu ihm, so genau hatte sie die Einzelheiten nun auch nicht wissen wollen.

„Shawn", seufzte sie. „Da hast du wahrscheinlich irgendwelche Tranquilizer und Koks in kurzer Zeit hintereinander zu dir genommen. Das kann saugefährlich werden, weißt du das? Tu das nie wieder, versprich mir das. Zieh dir nicht alles rein, was man dir anbietet."

Er sah nicht überzeugt aus. Sie reichte ihm die Hand.

„Gib mir dein Ehrenwort."

„Okay. Okay." maulte er und schlug ein.

Während der Grachten-Rundfahrt entstanden sehr schöne Filmaufnahmen. Nachdem sie die Pressekonferenz auf dem überdachten Deck des flachen Bootes hinter sich gebracht hatten, saßen die meisten der Crewmitglieder und der Journalisten auf dem Sonnendeck. Während es durch flache Brücken und enge Kanäle ging, war genug Zeit für die handverlesenen Fotografen und für Chris, Aufnahmen zu machen, die sehr privat anmuteten. Spider und Mason plaudernd an der Reling. Sie winkten den rufenden Fans am Ufer zu. Bei jeder Brücke duckten sie sich automatisch, auch wenn der Bogen etliches über ihnen verlief. Das sah lustig aus. Robert stand am Bootsende, spielte ein paar Takte auf der Mundharmonika und sah verträumt über die Amsterdamer Häuserzeilen. Die schmalen, hohen, meist rot geklinkerten Handelshäuser mit den prächtigen Giebeln. Die kleinen Lädchen und Galerien. Der Wind zerzauste mild seine dunklen Haare. Er sah in die Kamera, als habe er sie zuvor nicht bemerkt, lächelte entspannt, machte das Peace-Zeichen. Ein Bild von einem jungen Mann. Seine sinnlichen Lippen und das ebenmäßige Gesicht waren fast zu schön, wenn nicht die aufsässigen Allison-Augen den Ausgleich dargestellt hätten.

Chris war begeistert. Er schwenkte langsam über die Häuserzeilen, eine Möwe verfolgend, über Hausboote, die am Ufer vertäut waren und auf denen freizügige junge Leute in der Sonne lagen, und zu einem Bootshund, der auf dem Dach des Bootes stand und ihnen aufgeregt entgegen bellte. Die Kamera kam zu den Sitzreihen im Rundfahrtboot, und traf am linken äußeren Rand auf Shawn, der Lilian auf dem Schoß hatte. Den Hut weit in den Nacken geschoben, das Kinn auf ihre Schulter gelegt, die Gesichtszüge völlig entspannt, so saß er da. Hielt seine Hände über ihrem Bauch, über das geblümte Sommerkleid, und schmunzelte entrückt. Lilian pulte an einem seiner Ringe, während ihre Augen hinter der großen Sonnenbrille einer Möwe nachsahen. Er bemerkte Chris und die Kamera, und lächelte, als wollte er zugeben, daß Chris ihn in einem Moment der Unachtsamkeit über sein toughes Image erwischt hatte. Und dieses Lächeln sagte: „Na und?" Chris schickte ihm einen Luftkuss, den sonst niemand bemerkte. Die Sonne schien heiß auf die Szene herab. Für Shawn eine willkommene Möglichkeit, diese kurze Zeit der Weichheit zu beenden.

„Schätzchen, dein Arsch heizt mir mächtig ein", sagte er zur Freude der Presseleute und ließ Lilian von seinem Schoß gleiten, indem er aufstand, um sich die Jacke auszuziehen. „Heiße Frau..." sagte er mit hochgezogenen Brauen und jungenhaftem Lächeln, zeigte auf Lilian und räusperte sich auffällig, als sei er gerade noch einmal um eine peinliche Situation herumgekommen. Sie lachte ungeniert, wie alle anderen auch, die in der Nähe der beiden saßen. Er schob die Ärmel des geblümtem Hemdes hoch, setzte sich wieder neben Lilian, lächelte sie verschmitzt an und entzündete ein Zigarillo. Die Kameras surrten und klickten. Lilian schlug leicht auf den Rand des schwarzen Hutes, der sofort Shawns frechen Blick bedeckte. Er legte seinen Kopf in den Nacken, hielt das Zigarillo zwischen den weißen Zähnen und grinste sie unter dem Hut hervor frech an. Wieder mußte sie lachen. Es ging ihr gut. Zumindest körperlich gesehen. All ihre Ängste und ihre Traurigkeit konnte Lilian gut verbergen. In drei Stunden würde das alles vorbei sein. Sie mußte nach vorne sehen.

Während die Band in Holland war, übte Elisabeth sich darin, eine gute Ehefrau und werdende Mutter zu sein. Trotz tatkräftiger Hilfe einer Haushälterin wurde ihr das schnell schwer. Und trotz des Besuchs von ehemaligen Schulfreundinnen, die natürlich mächtig neidisch waren, war es ihr schon nach einer Woche ziemlich langweilig. Shawn rief zwar von den Hotels aus an, aber er war ziemlich kurz angebunden und hatte wenig zärtliche Worte für sie übrig. Sie sehnte sich so sehr nach ihm. Wenn es ihr wenigstens möglich gewesen wäre, mit der Band zu reisen!

Die Fotos vom Zwischenfall in Den Haag waren beim Sensationsblatt „News of the Week" angekommen. „Rockstar schlägt Fotografen nieder und entblößt sich anschließend vor weiblichen Fans!" Shawn sah merkwürdig aus, auf dem Foto. Es fiel ihr nicht leicht, ihn so zu sehen. Er reckte den kreischenden Mädchen, deren Oberkörper über der Absperrung hingen, die Brust entgegen, und was noch viel schlimmer war, die Zunge. Mason umklammerte angestrengt die Oberarme seines Freundes, anscheinend um ihn daran zu hindern, noch näher an die Mädchen heranzugehen. Warum tat er so was nur? Warum war er so obsessiv? Manchmal schien er wie von Dämonen besessen und ängstigte sie damit. Aber die Augenblicke, in denen er sie auf seine Art liebevoll, aber doch eher forschend, ansah, in denen er sie zärtlich berührte oder ihr zur Gitarre seine frisch komponierten Songs vorsang, diese Augenblicke waren so schön, daß sie sich um so mehr danach sehnte, je seltener sie waren.

Mindestens dreimal am Tag betrachtete sie ihren Bauch im Spiegel. Inzwischen war die Angst vor dem Kind gewichen. Stolz erfüllte ihren Körper. Sie trug einen Allison. Egal, wie viele Mädchen sich ihm entgegenreckten, nur sie war seine Frau und Mutter seines Kindes. Ihre Brüste wurden schon größer, während es mit dem Bauch noch nicht so weit her war. Aber wenn Shawn in vier Wochen wieder nach London käme, würde sicher schon mehr zu sehen sein. Sie würde ihn mit einem sehr modernen, pastellgelben kurzen Umstandskleid überraschen, zu dem sie sich auch den passenden glockigen Mantel gekauft hatte und weiße Stiefel mit Plateau-Sohlen. Das Neueste vom Neuen. Doch die Dessous würden wie gewohnt sexy sein. So würde sie ihren Mann empfangen, und wenn er mit ihr schlief, würden sie alles besiegeln, was zwischen ihnen war. Sein Kind machte sie zur wichtigsten Frau in seinem Leben. Das beruhigte sie auf eine ungewöhnliche Art und Weise. Sie war so beruhigt, daß sie sogar mit Aileen telefonierte und sie zu sich einlud.

Natürlicherweise war Aileen sehr froh darüber. Sie kam für ein Wochenende nach Chelsea. Elisabeth verzieh ihrer Schwester ganz offiziell, und damit schien alles wieder gut zu sein. Sie hatten sogar eine Menge Spaß miteinander. Gemeinsam bummelten sie durch die Trendläden, gingen Eis essen und ins Kino.

Vom Ehebett aus sahen sie fern und aßen Chips dabei. BBC übertrug im Rahmen einer Jugendsendung, die nun Gordons Nachfolger geplant hatte, einen Ausschnitt aus dem Den Haager Konzert und einige Tour-Nachrichten. Unter anderem war zu sehen, wie Shawn auf der Beleuchtungsanlage herumbalancierte und sich herunter hängen ließ. Elisabeth blieb fast das Herz stehen. Die Schwestern faßten sich an den Händen, schüttelten zeitgleich die Köpfe und sagten: „Verrückter Kerl." Auch die Sache mit Haseley war zu sehen. „Haseley, das ist aber auch ein Idiot", kommentierte Elisabeth, während Aileen milder urteilte. Diese Art Arbeit sei eben ungewohnt für ihn. Sie zeigten auch, welches Mädchen in Den Haag auf die Bühne geholt wurde. Inzwischen sondierte ein Roadie für Shawn die Mädchen und half ihnen, die Bühne zu erklimmen. Beim Anblick der recht kleinen, pummeligen Person mit den kurzen Haaren, die sich wie in Trance an ihren Star schmiegte, begann Elisabeth zu lästern.

„Komm, das darf doch nicht wahr sein. Die häßliche Kröte. Das ist ja peinlich."

Aileen schob sich Chips in den Mund und kaute schnell, während die Aufzeichnung zeigte, wie er die Kleine an sich drückte und sie küßte, wie er alle Mädchen zuvor geküßt hatte, nämlich innig und mit Spaß an der Sache.

„Ich glaub', auf Schönheit kommt's dabei nicht so an. Das ist eben Entertainment. Die fühlt sich für den Moment total toll. Das weiß Shawn eben genau. Ich kann mir ganz gut vorstellen, daß ihm das Spaß macht. Sieh dir das an. Sie bricht fast zusammen vor Glück. Das ist doch irre, wenn man solche Gefühle bei wildfremden Menschen hervorrufen kann."

Mit diesen Worten verärgerte sie ihre große Schwester wieder einmal. Insgeheim mußte Elisabeth zugeben, daß sie sogar auf diese „häßliche Kröte", wie sie gesagt hatte, eifersüchtig war. Und außerdem, was war so toll daran, seinen Ehemann im Fernsehen, beim Beglücken wildfremder Mädchen, zu beobachten. Dabei sah er auch noch dermaßen sexy aus, daß ihr ganz weh ums Herz wurde vor Sehnsucht. Also, sie fand die Darbietung geschmacklos.

„Manchmal bist du eine richtige Klugschwätzerin, Lee!" herrschte sie ihre Schwester an und stand aus dem Bett auf, um sich ein Bier aus der Küche zu holen.

Sie zeigten noch ein paar kurze Schnitte aus dem Gig. Für Sekunden hatte Aileen Shawn ganz allein für sich. Nachdem er das Mädchen am Bühnenrand einem Helfer übergeben hatte, steckte er das Mikro wieder auf den Ständer, stützte sich leicht darauf ab und brachte sich ein wenig in Schwingung. Sie zeigten ihn im Profil. Seine Augen waren geschlossen. Seine Lippen etwas geöffnet. „And if you get through", sang er mit hoher Stimme, „and if you know who, you ask him how too... going further all those painful nights..." Gebannt sah sie in den Fernseher. Ihr Herz schlug ihm entgegen. Der Schmerz, den er in seinem Song besang, war ganz auf ihrer Seite. Wieder einmal fragte sie sich, wie sie das alles aushalten sollte. Sie wünschte sich einige Jahre in die Zukunft, um von dort zurücksehen zu können, was wohl aus ihr geworden ist. Der Beitrag war zu Ende. Sie zeigten nun etwas über einen jungen schwarzen Gitarristen aus Amerika, der ganz unglaublich eindringlich E-Gitarre spielte und mit melancholischer Stimme sang: „Hey Joe!"

„Sieh dir das an", sagte Aileen, als Elisabeth mit der Flasche Bier in der Hand wieder zu ihr unter die Decke schlüpfte. „Was der mit der Gitarre macht."

„Ja, ja", winkte Elisabeth ab. „Jimi Hendrix. Shawn hat ihn im Studio getroffen, vor der Aufzeichnung von Ready, Steady, Go. Chas Chandler von den „Animals" hat ihn wohl mitgebracht nach England. Shawn war total begeistert, Chandler kennengelernt zu haben. Du weißt schon, die ganze Zeit ist er so übertrieben herumgeflattert: ‚Ich! Ich unbedeutender Kleinstadtmusiker habe den berühmten Chas Chandler von den Animals getroffen! Is' das nich' ein Wahnsinn!', und so weiter. Er konnte sich fast nicht mehr einkriegen. Und von diesem Jimi war er ebenfalls schwer beeindruckt. Ich finde ihn furchtbar häßlich. Und die Musik, na ja. Shawn sagt, die ist ‚genial'. So gut würden „The Rumor" nie und so. Die beiden hätten ihn beinahe in eine Schaffenskrise gestürzt. Dabei war das bestimmt nur wieder ein Vorwand, sich mit irgendwas die Birne zuzuknallen. Robert fingert wohl seit dem Treffen ständig an Hendrix-Riffs herum, um sie möglichst gut nachzuspielen. Pah! Mir gefällt's nicht so. Die haben bestimmt wieder gekifft, und wenn sie high sind, beweihräuchern sie sich gegenseitig. Da sind Musiker wie alte Männer. Die können stundenlang zusammensitzen und sich gegenseitig beteuern, daß sie selbst die reinen Nieten sind, während ihr Kollege der King ist. Das geht dann immer hin und her."

Das erklärte Elisabeth mit gelangweiltem Unterton, zündete sich eine Zigarette an und ahmte den vermeintlichen Gesichtsausdruck eines coolen Musikers nach, während sie mit verstellter Stimme sprach:

„Mann, du machst das viel besser als ich. Da komm ich nie hin." Und der andere winkt dann ab, gibt noch 'ne Runde Whisky aus oder Shit und sagt: „Was redsde denn, Mann. Seit Jahren versuch ich, so zu spielen wie du. Du bist genial, Mann."

Aileen lachte herzlich über Elisabeths Darbietung, die auf genügend Beobachtungsarbeit basierte. Denn man saß ja einfach so daneben, wenn die Musiker sich trafen. Man konnte froh sein, wenn sich ab und zu mal eine Hand auf den Po verirrte, auch wenn es dabei nur darum ging, kund zu tun, daß da noch ein Anspruch bestand. Ansonsten konnte man nur warten, bis die Herren Musiker sich genügend beweihräuchert hatten, bis ihnen die Brustwarzen hart wurden und die Brusthaare zu Berge standen und sie endlich bereit waren, sich wieder ihren Mädchen zuzuwenden, die dann natürlich ihrerseits des Lobes nicht müde werden durften, über die Fähigkeiten ihres Musikers. Speziell was ihre Manneskraft anbelangte. Denn so ein Musiker war ein sensibles Pflänzchen. Aileen aber war ganz hingerissen von „The Jimi Hendrix Experience" und ihrer Musik, die aus anderen Sphären zu stammen schien. Und Shawn sollte mit diesen Typen gesprochen haben? Toll. Das würde sie auch gern einmal.

Shawn nutzte die kleine Pause, um in Amsterdam Souvenirs zu kaufen. Sie wurden erst am nächsten Morgen zu einer Aufzeichnung im Studio erwartet. Also konnten sie nach der Grachten-Rundfahrt tun, was sie wollten. Lilian war ziemlich eilig mit einem Taxi davon gefahren. Zu einer Freundin, hatte sie gesagt. Mason war mit Chris zu Künstlerfreunden von ihm. Wahrscheinlich ein Haufen Schwuler, mutmaßte Shawn. Robert hatte sich an Gordon gehängt, der Klamotten kaufen ging. Er wollte unbedingt eine Kunstfelljacke mit zotteligen, langen Haaren. Spider hatte die Adresse eines einschlägigen Etablissements von diesem Mädchen in Den Haag bekommen. Er hatte Shawn zwar gefragt, ob er mitkommen wollte, doch Shawn hatte das Bedürfnis, wieder einmal ganz für sich zu sein. Auch den Bodygard schickte er weg.

Es tat ihm gut, ziellos durch die Gassen zu wandern, in die Schaufenster kleiner Läden zu sehen und in den ein oder anderen hineinzugehen, um in den Auslagen zu stöbern. Von den großen Kaufhäusern wollte er sich bewußt fernhalten. Zwischen den Gassen und Grachten war es viel schöner. Für Jacky kaufte er eine Puppe in holländischer Tracht. Für Dorothee einen Samthut. Für Willy eine Kette mit Totenkopf, die der Kleine bestimmt total stark finden würde. Für Jill fand er einen Minirock aus mittelbraunem Velours-Leder, mit breitem Hüftgürtel und großer Schließe. Für Maggy eine lange Häkelweste, die die Mädchen über T-Shirts und Miniröcken oder über sehr kurzen Shorts trugen. Für seine Mutter erstand er in einem Antiquitätenladen eine wunderschöne Perlenkette, die ziemlich teuer war. Nach einigem Handeln bekam er sie für fünfhundert Gulden. Seit den Eheringen, das teuerste Schmuckstück, was er jemals gekauft hatte. Kaum hatte er bezahlt, fiel ihm noch eine Brosche auf. Ein Jugendstil-Motiv in Gold. Ein sich küssendes Paar. In ihrer Mitte ein Herz aus Rubin. Er kaufte auch dieses Schmuckstück. Wissend, daß er solch ein Geschenk eigentlich seiner Frau machen sollte, stellte er sich jedoch Aileen mit dieser Brosche vor. Wie sehr sie passen würde, zu ihrem hellen Teint, zum roten Schneewittchen-Mund und den dunklen, seidigen Haaren. Beim Gedanken an Aileen mußte er kurz die Augen schließen und tief durchatmen. Für Elisabeth etwas zu finden, fiel ihm im Gegensatz zu allen anderen schwer.

Mit seinen Tüten beladen, ein Zigarillo im Mundwinkel stand er unschlüssig vor einem Schaufenster, als ein Mofa direkt neben ihm hielt. Er schreckte auf und sah sich nach dem Fahrer um. Es war ein junges Mädchen mit Schlapphut, langen Haaren und frechem Gesicht, das ihn aufmunternd anlächelte. Sie sagte etwas auf Holländisch, das sich sehr niedlich anhörte. Er begrüßte sie auf Englisch. Schon schaltete sie um und sprach auch Englisch mit nettem niederländischem Akzent. Ob sie ihn ein Stückchen mitnehmen soll, fragte sie ihn. Doch er wußte gar nicht, wohin er jetzt eigentlich wollte. Dann könne er ja auch mit zu ihrem Hausboot kommen, einen Tee trinken und die anderen kennenlernen, mit denen sie dort lebte. Das hörte sich spannend an, fand Shawn und stieg auf das Mofa, nachdem sie den Einkauf vorne in den Gepäckkorb verstaut hatte. Nach schnittigem Gekurve über einige stark befahrene Hauptstraßen kamen sie an einer Gracht an, an der zahlreiche Hausboote lagen. Das Mädchen, das Wiesje hieß, schob ihr Mofa die Rampe hinunter und stellte es an Deck ab. Eine Flohschaukel von Hund begrüßte Shawn unter exzessivem Kratzen. Er wich unwillkürlich zurück, doch Wiesje versicherte ihm, daß dieses Tier ihn nicht beißen würde, da es kaum noch einen Zahn im Maul hätte. Die zahnlose, verflohte Elendsgestalt, die mit Haferflocken ernährt wurde, hatte etwas Rührendes. Ein weiteres Mädchen, das Ana hieß, war gerade beim Wäscheaufhängen. Sie begrüßte ihn kurz aber freundlich. Niemand schien ihn zu erkennen. Das tat erstaunlich gut. Ein Junge, der gerade Sonnenblumen eintopfte, begrüßte ihn mit dem Peace-Zeichen, das Shawn erwiderte. Unter einem Dachvorsprung saß eine junge Frau, die ein Baby stillte. Seltsamerweise bekam Shawn bei diesem Anblick heiße Wangen. Seine Mutter hatte sich immer zurückgezogen zum Stillen. Aber es sah schön aus. Einen kurzen Moment dachte er an seine kommenden Vaterfreuden. Der Junge mit den Sonnenblumen hieß Mats und die junge Mutter Katrina, mit hartem, gerolltem R, versteht sich, das Shawn nicht aussprechen konnte. Das Baby war Luke. Der Vater hing unter Deck in der Hängematte, war ein stattlicher, sehr gutaussehender Mittzwanziger amerikanischer Herkunft. Er rauchte eine Tüte und hieß Jake. Auf dem Boden saß ein dunkelhäutiger Junge indischer Herkunft, den Shawn auf höchstens sechzehn schätzte und der Rani hieß. Er saß im Schneidersitz, mit einem seltsamen Saiteninstrument auf dem Schoß, dessen Klänge Shawn schon die ganze Zeit über vernommen hatte, die er aber nicht einordnen konnte. Er stellte sich allen als John aus Birmingham vor.

„Setz dich hier hin", sagte Wiesje und bot Shawn den Platz auf einem großen Kissen am Boden an.

Das roch gut, was Jake da rauchte. Und weil Jake Shawns Blick zu interpretieren wußte, reichte er ihm auffordernd die Tüte aus der Hängematte herunter. Nach ein paar Minuten brachte Wiesje Tee, den sie in Teegläser schüttete. Hier unten war es gar nicht so sehr warm, aber sie hatte sich für ihre Teezeremonie trotzdem oben herum frei gemacht. Rani fing an zu singen. Shawn lauschte begeistert und rauchte begeistert. Jake lag mit offenem Mund in der Matte und starrte die Decke an. Wiesje setzte sich auf einmal ganz ungezwungen auf Shawns Schoß, flößte ihm ein Glas lauwarmen Tee ein, der seine Sinne vollends öffnete, und half ihm nach einem leidenschaftlichen Kuß aus seinem T-Shirt. Er küßte ihre kleinen Brüste.

Jake war anscheinend aus seiner Erstarrung erwacht. Er besah sich das Paar, das schon im beginnenden Liebesakt versunken zu sein schien. Rani spielte. Jake setzte sich hinter Shawn, umschlang das Paar mit seinen langen Beinen und liebkoste Shawns Nacken und die Ohren, während auch er Wiesje streichelte. Leiser Protest kam in Shawn hoch. Doch irgendwie fühlte er sich nicht in der Lage, den Protest zu vertiefen. Sein Geist fühlte sich leicht, seine Zunge sich hingegen sehr schwer an. Was war nur in dem Tee? Jake ertastete nun auch Shawns Körper, während Wiesje ihm die Hose von den Beinen streifte. „Hey, laß das", wollte er sagen, als Jake ihn anfaßte. Doch als Wiesje ihren Rock raffte, sich auf ihn setzte und ihn aufnahm, schien ihn die Lust dahin anzuheben, wo es nur sehr wenige Einwände mehr gab. Er war ganz Atem. Er war ganz Haut. Er war nur noch Körper. Rani spielte und spielte und führte ihn mit seiner Musik in eine andere Welt.

Ana, Mats und Katrina kamen unter Deck. Ana nahm sich die kleinen Bongos, um die Sitar rhythmisch zu begleiten. Mats und Katrina sahen zufrieden, daß Wiesje den Richtigen aufgegabelt hatte. Sie liebten Jake. Jake war ein guter Versorger und zärtlicher Vater. Doch er brauchte leider öfter mal den besonderen Kick. Katrina zog einen leichten Vorhang zu, der die Drei in ihrem Liebesspiel von den übrigen trennte. Sie setzte sich wieder, lauschte der Sitar und wiegte Jakes Sohn in ihrem Schoß.

Shawn saß neben Jake in dessen klapprigen Kleinbus. Allerhand üble Gedanken und Gefühle durchwanderten Kopf und Körper. Es wurde schon dunkel als Shawn wieder einigermaßen nüchtern war. Schockartig wurde ihm bewußt, daß er zum Hotel zurück mußte, um die Crewbesprechung und seine Maschine nach Berlin nicht zu verpassen. Mein Gott, er konnte sich Gordon gegenüber doch nicht schon wieder etwas leisten. Was machte er aber auch nur immer für einen Blödsinn.

Jake neben ihm war doch ein ganzer Kerl. Und er selber war es doch auch noch. Selbst nach dem, was passiert war. War es passiert? Jakes sonnenblonde, langgewellten Haare bewegten sich im Fahrtwind. Der männliche Mund lächelte zufrieden über dem blonden Kinnbart. Seine braungebrannten tätowierten Muskeln spielten, während er den Wagen um die engen Kurven lenkte. Wirklich, ein echtes Mannsbild. Shawn war es übel. Er traute sich kaum, Jake anzusehen.

„Was siehst du so böse in die Gegend, Baby. Ich war ja schließlich nicht der erste. Sehr gewehrt haste dich auch nicht. Komm schon, Kleiner, war doch geil die Sache. Gib's doch zu, Mann!" dabei faßte er Shawn auf den Oberschenkel.

Shawn fühlte sich elend und hilflos. Es schüttelte ihn vor Angst und Ekel. Doch diese Angst und dieser Ekel galten nicht nur Jake. Vor allem wollte er nicht denken. Und er wollte sich von Jake nicht so blödsinnige Sachen sagen lassen.

„Halts Maul, du Scheißer. Ich bin keine Tunte, ja! Du vielleicht! Aber ich nich'!"

Jake lachte. „Mann! Denkste ich? Gibt's für dich nur das eine oder das andere? Schwarz oder weiß? Schwul oder nich'? Is' doch schade, Mann."

Shawn wurde es noch übler. „Das is' doch Scheiße, was de da erzählst! Du machst dich ja sogar an so Jungen wie Rani ran. Der is' doch noch fast 'n Kind! So 'ne Kinderficker-Scheiße, verdammt!"

Jake stieg derartig in die Bremsen, daß Shawn fast durch die Scheibe ging. Das tat seinem Magen nicht gerade gut. Nun hielt Jake auch noch sein T-Shirt in festem Griff und zog ihn sehr dicht zu sich.

„Jetzt hör mal zu, du kleines Großmaul", fauchte er und griff mit der freien Hand brutal unter Shawns Kinn, der genau wußte, daß er gegen diesen riesigen Kerl nicht die geringste Chance hatte. „Ich mach so allerhand. Okay. Manche Leute mögen das nich' so. Aber mit Kindern, Baby, mit Kindern mach ich's nich'! Rani is' volljährig, ja! Und er is' freiwillig bei mir auf dem Boot, kapiert? Und wenn de das Gegenteil behauptest, dann kriegste mal was anderes von mir zu spüren, als das bißchen Geschiebe von vorhin, du kleiner Wichser! Haben wir uns verstanden?"

Durch Shawns Kopf zuckten die Bilder der Erinnerung. Fäuste, die auf ihn zuschnellten. Füße, die nach ihm traten, sein Hals fühlte den Druck großer Hände. Er sah etwas auf sich zukommen. Kartoffeln. Es waren Kartoffeln, staubige Kartoffeln. Er fühlte sich in einen tiefen Abgrund stürzen, in eine schwarze, schleimige Spirale, die endlos war, die ihn verschluckte. Der Fall raubte ihm die Orientierung. Etwas schnürte ihm die Kehle zu. Die Angst drückte von unten aus dem Bauch gegen sein Zwerchfell. Die Angst tat weh. Sein Körper zitterte. Er spürte nicht, wie Jake ihn aus dem Wagen zerrte und ihm am Wegrand behilflich war, während er sich übergab. Jake klopfte Shawn auf den Rücken. „Mann, was is' los? So war das doch nich' gemeint. Ich wollte dir doch nich' solche Angst machen, Mann! Haste was nich' vertragen? Haste noch keine Drogen genommen, oder was?"

Shawn versuchte, sich von Jake fortzumachen, ihn hinter sich zu lassen und gleichzeitig das Schreckliche abzuschütteln. Er taumelte, bekam noch immer keine Luft.

„Laß mich..., Gott, laß mich doch!" hustete er und spuckte ein paar Meter weiter Galle.

Jake konnte ihn so nicht gehen lassen. Er versuchte, den Jungen zu stützen.

„Hör zu, Mann. Ich wollte dir keine Angst machen. Jetzt bleib doch hier, Mann. Ich fahr dich doch nach Hause!"

Nach ein paar Schritten ging Shawn auf die Knie. Seine Beine versagten ihm einfach den Dienst.

„Laß mich... Mann... du kotzt mich an. Du kotzt mich an. Faß mich nich' noch mal an! Faß mich nich' noch mal an!"

Wieder dieses quälende Drücken. Er japste und spuckte.

„Ich tu dir doch gar nichts, Mann!" rief Jake fast verzweifelt. Solch ein Resultat nach ein paar heißen Stunden hatte er sich wirklich nicht erträumt. Er machte sich echte Sorgen. „Ey, ich faß dich nich' an Okay? Aber lauf nich' weg."

Nein. Selbst wenn Shawn das vorgehabt hätte, im Moment konnte er noch nicht einmal aufstehen. Alles war wieder da. Alles, was er für immer hatte vergessen wollen. Das Unaussprechliche. Das, was niemals jemand erfahren durfte. Was viel schlimmer war als all die Schläge. Was auch seine Mutter und seine Geschwister nicht wußten.

„Es geht nich' um dich, du Arsch. Laß mich doch in Ruhe! Es geht doch nich' um dich!"

Langsam bekam Jake eine Ahnung. Er zündete sich eine Zigarette an, während Shawn langsam wieder zu Atem kam.

„Wer hat dir das angetan, Mann?" fragte er leise.

Shawn schüttelte den Kopf. „Laß mich. Ich will nur einfach nichts mit so Arschfickern wie dir zu tun haben, verstehste?"

Doch Jake ließ nicht locker. „Wer war's? Hm? Sind doch meist die lieben Verwandten. Laß mich raten. Dein Onkel? Großvater? Oder etwa der liebe Daddy?"

Alles, was gerade eben noch aus ihm entwichen war, schien sich nun zusammenzuballen in ihm. Plötzlich fuhr die Wut zurück in Shawns Körper. Er war in der Lage, sich aufzurichten, die Fäuste zu ballen und auf Jake loszugehen.

„Halt die Fresse!" schrie er ihn an. „Halt endlich die Fresse, du Schwein!" Und er rammte ihm unerwartet den Kopf in die Magengrube.

Damit hatte auch der wesentlich größere, und durchtrainierte Jake ein paar Sekunden lang zu tun. Shwan drosch auf den Gegner ein, als würde er einen Sandsack bearbeiten. Tränen des Hasses und der Verzweiflung rannen ihm dabei über das Gesicht. Natürlich hatte Jake den Jungen schnell wieder im Griff. Er schüttelte ihn kräftig durch.

„Jetzt hör mir mal zu, du! Ich hab das nich' gewußt, ja! Du brauchst Hilfe, Mann! Weißt eigentlich, das de Hilfe brauchst? Du bist ja 'ne wandelnde Zeitbombe. Ich laß dich jetzt los. Und du hörst auf zu prügeln. Garantiert krieg ich blaue Flecken, Mann. Du bist ja nich' zu retten. So, jetzt beruhige dich mal."

Wieder änderte sich die Lage von einer Sekunde auf die andere. Plötzlich hing Shawn kraftlos in Jakes Armen und weinte lautstark. Jake wußte zuerst nicht, wie er nun darauf reagieren sollte. Da er der ältere und stärkere war und außerdem ja auch Vater und freiwilliger Schutzbefohlener für einen Haufen junger Leute, die er zu seiner Familie ernannt hatte, beschloß er, daß er diesem Jungen helfen mußte. So standen die beiden eine Weile eng umschlungen. Jake gegen seinen Kleinlaster gelehnt, Shawn an seinem Körper, dem er den Kopf streichelte und dem er gut zuredete: „Mann, Junge. Ich bring dich jetzt nach Hause. Komm, Baby. Ich mag dich, ehrlich. Ich wollte das nich'. Komm! Das is' doch alles nich' deine Schuld. Bist 'n guter Junge. Echt Mann, biste."

Während der Fahrt trank Shawn das warme Bier, das sich bei Jake im Handschuhfach gefunden hatte. Zum Glück war die Heulerei endlich vorüber. Jetzt saß er nur noch mit glasigen Augen, roter Nase und zerzausten Haare neben Jake und starrte aus dem Fenster. Er sah furchtbar mitgenommen aus.

Jake fand ihn trotzdem schön. Es gibt nicht viele Menschen, die verheult noch schön aussehen, dachte er. Verrückt so was. Es sollte nur ein spannender Nachmittag werden. Und nun war er überraschend in eine miese Geschichte geraten. Wer konnte das auch ahnen, daß dem so was passiert war. Scheiß Welt, dachte sich Jake. Er wußte ja, daß er kein Engel war. Aber mit Gewalt hatte er noch niemanden genommen. Das hatte er wirklich nicht nötig. Und es war auch noch niemandem nach einem Schäferstündchen mit ihm so dreckig gegangen wie dem da. Ob er mit seinem Peiniger in dem teuren Hotel wohnte, in das er ihn fahren sollte? Plötzlich kam ihm der Gedanke, dieser John aus Birmingham könnte ihn anzeigen, wegen des Nachmittags. Schließlich sah er zwar so aus, er war aber noch nicht volljährig. Aber sollte man sich von jedem Lover erst einmal den Personalausweis zeigen lassen? Da verging einem aber dann wohl doch die Lust. Das alles machte Jake, den Lebenskünstler, ziemlich fertig. Es hatte in seinen siebenundzwanzig Lebensjahren so viele Komplikationen gegeben, daß er Komplikationen abgrundtief haßte.

Als sie vorm Hotel ankamen, packte Jake die Sachen zusammen, die Shawn eingekauft hatte und drückte sie ihm in den Arm.

„Hör zu Kleiner. Du hast doch nich' vor mich in die Pfanne zu hauen. Oder?"

Shawn schüttelte den Kopf. Er wollte nur endlich loskommen von diesem Jake. Doch der bat ihn, noch kurz zu warten. Er beugte sich hinter den Sitz des Wagens und zog eine Sitar hervor. „Die wollte ich zur Reperatur bringen. Da fehlen zwei Saiten, und hier ist was am Holz. Aber sonst is' das 'n tadelloses Stück."

Freundlich grinsend reichte er John aus Birmingham das Instrument mit dem sehr langen Hals, das er mit seinen Tüten kaum tragen konnte. Shawn war verunsichert. Natürlich war das ein ganz besonderes Geschenk. Jake wirkte etwas verschämt. Er setzte sich in seinen Wagen und sah Shawn sehr liebevoll an, aus seinen stahlblauen Augen.

„Danke Mann", sagte Shawn und wußte nicht so genau, ob er sich damit ausschließlich für das Instrument bedankte.

Zum Erstaunen aller tauchte Lilian am Abend schon wieder in der Hotelbar auf, wo sich die Crew nach dem Abendessen traf. Gordon begrüßte sie erstaunt, aber sehr erfreut. Sie erklärte, die paar Stunden bei ihrer Freundin hätten ihr schon genügt. Sie brächte es nun mal nicht über sich, die Band allein reisen zu lassen. In Wirklichkeit hatte sie es nicht über sich gebracht, die Abtreibung ihres Kindes vornehmen zu lassen. Sie würde einen anderen Weg finden müssen, dem Lebensglück Shawns nicht im Wege zu stehen.

Auch Shawn erschien, zwar spät, aber frisch geduscht, in der Bar. Man sah ihm natürlich nicht an, was ihm am Nachmittag geschehen war. Er sah etwas erschöpft aus, etwas weicher als sonst, ein wenig verletzlich vielleicht. Er plauderte, bewunderte die Yeti-Jacke seines Bruders und trank einen Whisky. Als er Lilian sah und Lilian ihn, waren beide irgendwie erleichtert. Sie umarmten sich und beteuerten, wie froh sie doch waren, sich zu haben. Gordon beobachtete, daß beide mit den Tränen zu kämpfen hatten und gegen ihre Gefühle ankämpften. Er befürchtete, daß da etwas im Gange war, was nicht gut war, das er nicht im geringsten beeinflussen konnte. Wie recht er hatte. Aber immerhin konnte er froh sein, daß alle wieder beieinander und wohlauf waren. Besonders über Lilians Anwesenheit war er erleichtert. Alles würde besser laufen mit ihr.

Berlin. Lilians Abschied.

In Berlin gab es keine größeren Zwischenfälle. Sogar Shawn war ausgesprochen brav. Aufmerksam verfolgte er die Erläuterungen des Stadtführers, der ihnen während einer Rundfahrt die Situation der geteilten Stadt nahezubringen versuchte. Er hielt sich in der Nähe Gordons oder Lilians auf und sprach sehr wenig. Sogar während der Pressekonferenz im Kempinski hatte er keine frechen Sprüche parat. Er wirkte sehr ernst, während die anderen herumjuxten und ihrem Image einer verruchten Rockband durch allerlei Flegelhaftigkeiten alle Ehre machten. Begeistert von den Hansa Studios, trieb Shawn die Jungs zu ernsthafter Arbeit an. Sie nahmen in sehr kurzer Zeit vier Songs für eine EP (Extended Player) auf. Das war ein Plattenformat, das äußerlich sehr der Single glich, im Unterschied zu ihr aber eine etwa auf das Doppelte verlängerte Spieldauer aufwies. Nebenher schrieb Shawn. Man konnte den Eindruck gewinnen, er schrieb mehr, als er schlief oder aß. Dreimal am Tag rief er Elisabeth an. Komischerweise sehnte er sich fast nach ihr. Vielleicht sehnte er sich auch nach seinem Kind. Vielleicht auch nach einer Höhle, in die er sich verkriechen konnte. Vielleicht auch einfach nach Ruhe. Der erste, der sich traute, ihn auf seine Veränderung anzusprechen, war Chris. Er hatte in den vergangenen Wochen so viele Aufnahmen von Shawn gemacht, daß ihm jede kleine Veränderung seines Objektes auffallen mußte. „Nichts, was ich ausgerechnet mit dir besprechen würde", antwortete Shawn schroff auf Chris gutgemeinte Frage. Chris konnte sich nicht erklären, was das heißen sollte. Doch er beließ es dabei.

Wenn sie das nächste Mal nach Berlin kämen, würden sie auf der Waldbühne auftreten, sagte Gordon und ließ deshalb die gesamte Crew mit einem Bus zur Waldbühne nach Charlottenburg kutschen.

„Seht euch das an", strahlte er, als sie im Rondell standen, das wie ein altes römisches Theater mitten im Grünen stand. „Zweiundzwanzigtausend Köpfe werden euch zujubeln! Yeah Deutschland, wir kommen!"

Shawn war sehr beeindruckt vom ganzen Ambiente. Doch er war einigermaßen froh, daß er nicht hier und jetzt vor die zweiundzwanzigtausend treten mußte. Mit seinem Selbstbewußtsein war es im Moment nicht allzu weit her.

Zu allem Überfluß nutzte Lilian diese Gelegenheit, der Crew zu unterbreiten, daß sie nicht mehr bei ihnen sein würde, wenn die Band hier auftrat. Sie habe einen super Job angeboten bekommen, der sie in die USA führen würde. Das würden ja wohl alle verstehen, daß sie da nicht nein sagen konnte. Niemand konnte sich das vorstellen. Die Crew ohne Lilian? Jeder brachte das so zum Ausdruck, wie er es im Moment empfand. Shawn allerdings war so von Lilians Offenbarung getroffen, daß er sie nur vollkommen versteinert ansah, so schnell wie möglich zum Bus zurückkehrte, sich in den hintersten Winkel setzte und mit niemandem mehr sprach. Lilian sprengte es fast das Herz. Er glaubte natürlich, es sei ihr egal, was mit ihm geschah. Er fühlte sich von ihr im Stich gelassen. Aber sie hatte keine andere Wahl. Nathalie hatte ihr eine Wohnmöglichkeit bei einer Freundin in New Jersey vermittelt. Sie würde dort bleiben können, bis sie für sich und das Kind eine Wohnung gefunden hatte. Ihr lebenslanges Einreisevisum würde ihr vielleicht helfen, auch eine Arbeitserlaubnis zu bekommen. Ihr Erspartes würde eine Weile ausreichen, und dann würde sie sehen, wie es weiterging. Auf jeden Fall mußte sie erst einmal weit weg von hier. Weit weg von der Band. Weg von Shawn.

Er hatte es sehr eilig, zu seiner Frau nach Chelsea zu gelangen, nachdem sie vom Festland zurück auf der Insel gelandet waren, um drei weitere Städte mit einem Gig zu beglücken. Knapp vier Wochen war es her, daß sie sich in schlechter Stimmung trennten. Zwischen dem Tag der Abreise nach Holland und dem Tag der Ankunft in London schienen Welten zu liegen. Shawn übte sich seit Amsterdam in Abstinenz. Keine Drogen und Groupies. Spider und Robert fanden das ziemlich langweilig, fast spießig. Vor allem jetzt, wo Spider voller Stolz über seinen gelungenen Schmuggel den Freunden heimlich Koks anbot. Exzesse waren ohne Shawn einfach nicht das, was sie sein sollten.

Elisabeth dagegen war sehr positiv überrascht von ihrem Mann. Er sah sehr gut aus. Nicht übermüdet, nicht berauscht und nicht so todernst wie sonst oft. Der lange schwarze Ledermantel, das schwarze Hemd und die schwarze Hose mit dem leichten Schlag standen ihm ungeheuer gut. Dazu trug er aufregende Stiefel aus Reptilleder, die er sich in Den Haag gekauft hatte. Er kam wie ein Liebhaber zu ihr. Mit Blumen, Champagner und einem Geschenk. Elisabeth war schon erregt, kaum daß die Tür geschlossen war, als er sie stürmisch küßte. Das neue Kleid hätte sie sich sparen können. Es war viel zu niedlich für die Stimmung, in der sie sich befand. Die werdende Mutter schämte sich ein wenig, aber sie mußte sich eingestehen, daß ihr momentanes Gefühl nur mit dem Wort „Gier" zu umschreiben waren. Da war ein Umstandskleid irgendwie fehl am Platze.

Shawn zog es ihr dann auch sehr schnell aus. In Berlin hatte er einen bodenlangen Samtumhang mit Kapuze erstanden, den er Elisabeth über die nackten Schultern legte, als sie sich gemeinsam die Veränderung ihres Körpers vor dem Spiegel ansahen. Er stand lächelnd hinter ihr, berührte mit sanftem Druck ihre bebenden, runden Brüste und fuhr langsam über ihren Körper, bis seine beringten Hände auf ihren Oberschenkeln lagen, kurz über den weißen Strapsen und dem Spitzenrand der Seidenstrümpfe.

„Meine Madonna", sagte er und sie fühlte sich in den Mittelpunkt der Welt gerückt.

Das Spiegelbild machte sie so sehr an, daß sie schon dort, im Vorraum zur Wohnung, zur Sache kamen. Diesmal jedoch war Shawn ohne jede Gemeinheit. Nicht so heftig wie sonst. Der kleinen Wölbung ihres Leibes begegnete er mit Zärtlichkeit. Ihrer Lust mit Aufmerksamkeit. Das Wiedersehen wurde zur wahren Hochzeitsnacht für Elisabeth. Auch den ganzen nächsten Tag verbrachten sie im Bett. Sie aßen und tranken dort. Plauderten, alberten herum, hielten Nickerchen, sahen fern, musizierten und liebten sich immer wieder. Elisabeth war überglücklich. Nun würde alles gut werden.

Shawns Selbstbewußtsein schien zurückzukehren. Es ging doch. Er würde niemals so sein wie sein Vater. Er konnte alles anders machen, wenn er nur wollte. Er brauchte keine Huren, keine perversen Spielchen à la Jane Fenn und keine Brutalitäten. Er war nicht abhängig von irgendwelchen Drogen. Er brauchte auch solche Frauen wie Lilian nicht, die ihn nur benutzten, bis sie ihn satt hatten. Er brauchte seine Familie. Seine Mutter, seine Geschwister, Elisabeth und das Baby. Er brauchte die Band und Gordon, den besten Mann, den er je kennengelernt hatte. Und er brauchte seine Musik. Die Musik in ganz besonderem Maße.

Die Gesichter des Shawn Allison.

Doch so zahm blieb der werdende Vater nicht sehr lange. Das zeigte ein Zwischenfall, der sich nur einen Monat nach dem glücklichen Wiedersehen ereignete. Die Jungs trafen sich in Shawns Wohnung, um die neuen Songs zu besprechen und sie auf der Akustikgitarre anzuklampfen. Spider sorgte wieder einmal auf seine Art für Verpflegung. Elisabeth steuerte Essen und Trinken bei. Sie war nicht begeistert darüber, daß in ihrer Wohnung gekifft und gekokst wurde und daß bald alle hackevoll waren. Robert hatte sich schon in Berlin auf die Sitar gestürzt. In London brachte er sie zur Reparatur. Seit er sie aus der Werkstatt zurückbekam, übte er sich im Sitarspiel. Er hatte sogar einen Lehrer aufgetrieben, bei dem er nun täglich einige Stunden verbrachte, um die Sitar zu erlernen. Shawn war begeistert, wie schnell sich Robert dieses fremde, schwierige Instrument mit dem birnenförmigen Holzkorpus und dem sehr langen Hals, an dem oben ein zweiter kleiner Resonanzkörper angebracht war, aneignete. Zwanzig verschiebbare brückenartige Metallbünde waren entsprechend der geforderten Tonreihe am Hals befestigt. Vier Spielsaiten aus Stahl, drei Bordunsaiten und zwanzig Resonanzsaiten unterhalb der Bünde erforderten eine komplizierte, differenzierte Spielweise, die nur schwer zu erlernen war. Wichtig für die Klangcharakteristik war die aus Elfenbein gefertigte Stegplatte, die ausgesprochen schön anzusehen war. Robert schlug die Saiten mit einem Metallplektrum an. Eine eigentümliche Stimmung verbreitete diese Art von Musik.

Nach einer Stunde war die Wohnung in Schwaden von Marihuana, Zigarillo und Räucherstäbchen getaucht. Schmutziges Geschirr lag auf dem Teppich. Eine Rotweinflasche hatte sich gluckernd entleert. Zigarettenstummel lagen in den Blumentöpfen. Elisabeth fragte sich, ob sie es mit Kindern oder mit jungen Erwachsenen zu tun hatte. Aber sie riß sich zusammen. Schließlich wollte sie nicht als meckernde Ehefrau dastehen. Spider begleitete Robert auf einer Tamboura, einem Saiteninstrument mit Baßfunktion, das ihnen der Sitarlehrer studienhalber geliehen hatte. Mason versuchte eine Begleitung mit kleinen Bongos. Elisabeth kam sich vor wie in einer Rauschgifthöhle. Die Texte, die ihr Mann zeitlupenhaft vorlas, paßten zur gesamtem Stimmung. Sie waren voller Poesie, aber verstehen tat sie niemand auf Anhieb. Wahrscheinlich hatte er sie geschrieben, als er vollkommen stoned war. Viel wichtiger als seine Texte zu verstehen war ihr außerdem, daß er nicht dauernd ihrer jungen Haushaltshilfe am Po rumfummelte, wenn sie auf Elisabeths Anweisung hin versuchte, die Unordnung im Rahmen zu halten und die Herren Musiker mit neuen Sandwiches und Getränken versorgte. Es blieb ihr nichts anderes übrig, als sich an ihn zu schmiegen, während er las und kiffte und trank. Wenigstens fummelte er so unter ihrem Rock, wenn er nicht gerade ein Glas, Papier oder etwas zu rauchen in den Händen hielt. Die Luft wurde immer dicker, aber es konnte nicht gelüftet werden, weil sonst die ganze Gegend mitbekommen hätte, was im Hause Allison geraucht wurde. Elisabeth war schon vom Einatmen des Rauchs ganz benebelt. Weil ihr nach einiger Zeit übel wurde, zog sie sich doch lieber ins Schlafzimmer zurück. Hier war die Luft einigermaßen rein, und sie konnte das Fenster zum Hof hin öffnen. Sie war erschöpft und schlief schließlich sogar ein.

Als sie erwachte, hörte sie nicht mehr den Klang der Sitar oder die ferne Unterhaltung und das Lachen der Jungs, sondern seltsame Töne, die vom Hof zu kommen schienen. Ein paar Sekunden brauchte sie, um zu begreifen, daß es sich bei diesen Tönen um das lustvolle Gestöhn einer Frau handelte, das direkt aus dem Fenster neben ihrem Schlafzimmer drang. Das Fenster aber gehörte zu ihrer Wohnung. Es war das Badfenster. Wie elektrisiert sprang sie aus dem Bett, rannte zur

Verbindungstür und riß sie auf. Aber sie wünschte sogleich, sie hätte dies nicht getan, denn sie sah ihre Haushälterin auf dem Fensterbrett, sich im Rahmen festklammernd, um dem standzuhalten, was der Mann zwischen ihren Beinen an roher Kraft auf ihren Körper ausübte. Einen Fuß mußte sie sogar gegen den Waschtisch stemmen, um nicht abzurutschen, während sie das andere Bein um ihn schlang. Etliche Dekoration rutschte gerade zu Boden, aber das schien den beiden in ihrer Raserei nichts auszumachen. Wollüstig biß er sie, daß sie aufjaulte wie ein getretener Hund. Doch es reichte ihr noch nicht. „Fester! Fester!" flennte sie, diese verfluchte Tussi, die sich Elisabeth da ins Haus geholt hatte. Dieses Miststück trieb es vor ihren Augen mit ihrem Mann! Geschockt und wortlos stand sie in der Tür. Das war also doch besser als auf die sanfte Tour mit einer Schwangeren.

Das Fennsche Temperament mahnte sie natürlich nicht zur Zurückhaltung. Sie wußte später nicht mehr, was sie alles auf die beiden geworfen hatte, um sie auseinander zu bringen. Wenn sie wütend war, richtig wütend, war sie sehr gründlich. Die Haushaltshilfe wurde von ihr vor die Tür gesetzt. So wie sie war. Mit zerrissener Bluse und ohne Slip unterm Minirock. Betty warf das Geld, das die junge Frau noch zu bekommen hatte hinterher und wandte sich dem zweiten Teil ihrer Abrechnung zu. Ihrem Mann. Am ärgsten war, daß er scheinbar teilnahmslos am Waschtisch lehnte und Zigarillo rauchte. Es schien ihn gar nicht zu interessieren, wie sehr sie sich aufregte. Er war voller Puder und Badelotion, klatschnaß vom Blumenwasser, und Papiertücher klebten an ihm. Doch er zog an seinem Zigarillo und grinste sie nur fies an. Sie holte aus und schlug ihm so heftig ins Gesicht, wie sie nur konnte. Das allerdings hätte sie nicht tun sollen. Vom fünften Schwangerschaftsmonat, der gerade begonnen hatte, verbrachte sie eine Woche im Hospital und drei Wochen zu Hause bei ihren Eltern.

Der Doktor war erschüttert, wie schnell sich seine Befürchtungen bewahrheitet hatten. Trotz des Entsetzens und der Verachtung, die ihm im Hause Fenn entgegenschlugen, bemühte sich Shawn um Wiedergutmachung. Was er getan hatte, konnte niemand nachvollziehen. Aileen zweifelte an seinem Verstand und an ihrer Liebe zu ihm.

„Gerade du machst so was, wo du es doch jahrelang miterlebt hast? Warum Shawn?" fragte sie bestürzt. Und er konnte sich nur elend fühlen und schweigen.

Er brachte jeden Tag Rosen für Elisabeth ins Hospital und wurde jeden Tag von Jane hinausgeworfen. Er schrieb seiner geprügelten Frau Briefe und Gedichte, sandte ihr Geschenke. Er versuchte, es sich selbst, seiner Mutter und seinen Freunden zu erklären, aber alle sahen ihn nur zweifelnd an. Was gab es auch für eine Entschuldigung, wenn man seine Frau, seine zu dem noch schwangere Frau, zusammenschlug. Absolut keine.

Das alles wirkte sich auch auf die Arbeit aus. Alle schienen um den heißen Brei herumzuschleichen. Die Kommunikation ging schleppend. Die Proben fanden unter gereizter Stimmung statt. Gordon verhalf der Band zu einem Gig in der Wembley-Arena, mit dem er kaum zu rechnen gewagt hatte. Eigentlich wollte er sich über Berlin langsam an das Stadion herantasten. Doch nun war eine der Gruppen, die für das letzte Open Air dieses Jahres gebucht waren, ausgefallen. Der Auftritt war für „The Rumor" eine riesenhafte Chance, auch für Amerika interessant zu werden. Nun sollte das Pferd eben von hinten aufgezäumt werden. „The Rumor" waren ohnehin schon so populär, daß sie spielend eine solche Masse von Menschen begeistern konnten. Spannend war es trotzdem. Vor allem sorgte sich Gordon um die Athmosphäre in der Crew und um das Selbstwertgefühl seines künstlerischen Ziehsohnes. Doch nach der Sauerei, die er sich mit Elisabeth geleistet hatte, konnte selbst Gordon ihn nicht mehr in Schutz nehmen. Vielleicht konnte dieses Mal nur die Zeit die Wunden heilen.

Namhafte Musiker sollten auftreten. Unter anderem „The Rolling Stones" und Bob Dylan. Shawns großer Traum sollte wahr werden. Er würde Musiker treffen, die er bewunderte, denen er nacheiferte, die er nun schon beinahe eingeholt hatte, was Erfolg und Können anbelangte. Doch all die Vorfreude war leider überschattet von seinem unmöglichen Verhalten Elisabeth gegenüber. Außerdem fehlte ihm Lilian. Auch was sie betraf, hatte er alles falsch gemacht. Eingeschnappt hatte er ihre Hilfe zurückgewiesen. Sie ging früher als sie es vorhatte, um die Atmosphäre zu entspannen. Keinen vernünftigen Satz hatte er mit ihr gesprochen, seit sie ihr Ausscheiden kundgetan hatte. Und nun war sie in Amerika. Niemand wußte so genau wo. Auch Gordon nicht. So behauptete er wenigstens. Alle bemühten sich um Sachlichkeit. Und genau das verhalf nicht gerade zu größerer Kreativität. Die lockere, freundschaftliche Stimmung fehlte in der gesamten Crew. Die Bombe mußte platzen. Und sie tat es. Zum Glück noch vor dem großen Konzert.

Anlaß war wieder einmal Toms Unsicherheit beim Aufbau des technischen Equipments. Er hörte manchmal einfach nicht richtig zu, was Andy oder einer der Jungs ihm sagten. Er machte Fehler und wurde unsicher. Und je unsicherer er wurde, desto mehr Fehler machte er. Bei der Generalprobe zu einem Gig in Edinburgh war Shawns Gitarre nicht richtig geerdet, so daß er sich einen nicht unerheblichen Stromschlag holte, als er das Mikro anfaßte, um es in seine Position zu stellen. Jeder wußte, daß Haseley beim Aufbau für die Erdung der Instrumente zuständig war. Shawn wurde nach dem Schlag von den Roadies in die Garderobe getragen. Er zuckte am ganzen Körper. Es war richtig unheimlich. Zum Glück ging es ihm schon nach zehn Minuten wieder einigermaßen gut. Zu gut, wie Tom Haseley feststellen mußte. Shawns Nervenkostüm war sowieso sehr dünn, und der elektrische Schlag hatte ihm den Rest gegeben. Wie eine Furie ging er auf Tom los, bewaffnet mit einem nassen Handtuch, das sie benutzt hatten, um ihn zu erfrischen, und das er nun Haseley um die Ohren klatschte. Dieses Mal schützten die Bodyguards Haseley vor Shawns Übergriffen. Der kleine Tom hatte endlich die Gelegenheit, seinen Gefühlen freien Lauf zu lassen. Er beschimpfte Shawn mit allen Schimpfworten, die er seinem proletarischen Sprachschatz entnehmen konnte. Die meisten waren dumpfer, sexueller Art. Niemand verbat ihm diesen Ausbruch. Selbst Gordon sah zu, wie Shawn festgehalten wurde, während Haseley ihm die schlimmsten Dinge gegen den Kopf schleudern durfte.

„Denkt ihr das auch?" schrie Shawn in die Runde, als Tom nach einem abschließenden Spucken auf den Fußboden endlich mit der Schimpfkanonade fertig war. „Denkt ihr das? Dann sagt es doch endlich! Sagt es doch!"

Robert trat vor. „Okay, Bruder", begann er mutig, „selbst wenn de mich nachher zusammenschlägst, ich sag dir jetzt, daß de dich wie der verdammte Schweinsarsch von Vater benimmst, den wir hatten. Haseley hat verdammt recht. Sauf noch 'n bißchen mehr. Freß dich fett und Prügel noch mehr wild in der Gegend rum, und du bist irgendwann genauso 'n altes abgefucktes Wrack wie er!" Shawn zappelte im Griff der Leibwächter, während Robert ihm weiter reinen Wein einschenkte. „Ich hab dich immer geliebt, Bruder. Aber wenn de so was mit Frauen machst, das find ich zum Kotzen. Ich komm aus der gleichen verdammten Familie. Aber raste ich etwa dauernd aus? Schlag ich etwa zur Krönung des Ganzen Frauen zusammen? Sie is' schwanger Mann! Sie trägt dein Kind du Arschloch!"

Shawn wollte sich aus den Griffen der Männer losreißen, wollte sich Bob mit grimmig entschlossener Miene und geballten Fäusten entgegenwerfen. Doch alles, was ihm zu tun übrig blieb, war herauszuschreien, was wie ein ewiger Makel auf ihm lag.

„Ja! Du kommst aus der gleichen verdammten Familie! Aber du hast nich' deinen Arsch hinhalten müssen für den Alten!" schrie er und alle sahen entsetzt in sein hochrotes Gesicht, in dem sich vor Anstrengung die Adern bläulich abhoben. „Verstehst du! Ich! Ich! Ich hab meinen Arsch hingehalten für den alten Kinderficker! Damit er euch in Ruhe läßt! Damit er euch in Ruhe läßt!"

Kraftlos sackte er zusammen. Die Bodygards ließen ihn vorsichtig auf die Knie. Gordon hatte immer geahnt, daß da noch was geschehen war, er wollte es nur nicht dauernd denken. Es war zu scheußlich, um wahr zu sein. Und nun das. Vor der ganzen Crew.

„Es reicht jetzt", sagte er und ging zu Shawn um ihn vor weiteren Entblößungen zu schützen. Doch Robert und Shawn lagen sich inzwischen kniend in den Armen.

„Verdammt. Es tut mir so leid, Shawn. Verzeih mir."

Mason, Spider und Chris traten hinzu, halfen den Brüdern auf die Beine und umarmten sie.

„Schluß für heute", sagte Gordon zu allen Umstehenden, die betreten in die Runde sahen. „Schluß. Geht. Geht einen saufen oder sonst was. Und haltet die Klappe. Jeder, der was über das hier nach draußen dringen läßt, verstößt gegen die vertragliche Vereinbarung und kann dafür belangt werden. Ist das klar?"

Die Crew nickte einstimmig. „Klar, Boß", sagten einige mit ernster, peinlich berührter Miene, und sie verließen schweigend den Garderobenraum.

Gordon zog sich mit Shawn in sein Hotelzimmer zurück. Er ließ Shawn erst einmal duschen. Der duschte und weinte, bis er nach ungefähr zwanzig Minuten in der Lage war, sich zu Gordon in die Sitzecke zu setzen und ein Glas Whisky zu trinken.

„Ich hab was zu essen kommen lassen", sagte Gordon und zeigte auf den gedeckten Tisch. Doch Shawn sah abwesend zur Seite. Das erinnerte Gordon an damals, als er seine Neuentdeckung getestet hatte und er erfahren mußte, daß der Junge verprügelt worden war. Shawn schämte sich so sehr, daß er Gordon nicht ansehen konnte.

„Junge. Es ist nicht deine Schuld", sagte er und bot Shawn ein Zigarillo an.

„Ist es einmal passiert?" fragte er vorsichtig.

Shawns Gesicht war rotgefleckt, seine Lippen aufgequollen, die Nase ganz und gar rot. Er schüttelte beinahe unmerklich den Kopf, bedeckte seine nackte Brust, indem er den weißen Bademantel ein wenig fester um sich schlang, und seufzte laut. In Gordon spannten sich die Muskeln vor Entsetzen.

„Wann hat das angefangen?" fragte er weiter.

Shawn räusperte sich und nippte an dem Whisky. Er schob sich die nassen Haare hinter das Ohr.

„Als ich neun Jahre alt war", antwortete er mit brüchiger Stimme und saugte am Zigarillo.

Gordon sah zu Boden, schüttelte den Kopf. Es war kaum auszuhalten. Er erfuhr, daß Shawn zwischen dem neunten und dem vierzehnten Lebensjahr immer wieder von seinem Vater mißbraucht wurde, wenn dieser volltrunken war. Wenn er im örtlichen Bordell abgeblitzt war und seine Frau sich im Schlafzimmer verbarrikadiert hatte. Es hatte stets mit Drohungen und Prügel angefangen und mit Vergewaltigung geendet. Shawn zitterte am ganzen Körper, als er erzählte. Er konnte das Zigarillo kaum zwischen die Lippen stecken, so sehr zitterte er. Gordon holte ihm ein Plaid und legte es ihm sehr behutsam um.

„Der hat das als so 'ne Art Strafe benutzt. ‚Wenn de das und das machst, passiert dir was', hat er immer gesagt. ‚Du weißt Bescheid, Bursche!' Ich wollt am Anfang gar nich' begreifen, was er da macht. Du denkst echt, das kann nich' sein, das is' doch dein Vater, der kann dir doch nich' sein... Oh Gott... es war zum Kotzen. Gott sei Dank war das Arschloch irgendwann so fertig von der Sauferei, daß er nich' mehr konnte. Bis er endlich hin war, gab's dann „nur" noch Prügel. Ha! Nur noch! Fast zwei Jahre hat das noch gedauert. Fausthiebe, Tritte überall hin, wo er einen treffen konnte. An den Haaren hat er mich gezogen und mir den Hals zugedrückt. Daß er mich kalt macht, hat er mir jedesmal erzählt und mir dabei ins Gesicht gespuckt, diese verdammte Sau. Aber das Geschiebe hatte 'n Ende, Mann." Er zog geräuschvoll die Nase hoch. „Mann, war ich froh, als der so blau angelaufen auf 'm Sofa lag und keinen Furz mehr getan hat. Wenn der länger gelebt und sich an die Kleinen rangemacht hätte, dann hätt ich 'n abgemurkst, das sag ich dir, Mann!"

Shawn zog die Beine gegen seinen Oberkörper, umklammerte seine Knie und verbarg sein Gesicht dazwischen. Wieder weinte er. Gordon setzte sich neben ihn. Er legte seinen Arm um Shawns Schultern.

„Kannste dir vorstellen, wie weh das tut? Wenn de denkst, da is' alles kaputt und du stirbst ganz langsam? Wenn de ständig Angst hast, das sieht dir wer an, das merkt wer? Und immer, immer diese Angst, daß de bald wieder dran bist."

„Nein," antwortete Gordon mit rauher Stimme. "Das kann ich mir beim besten Willen nicht vorstellen, mein Junge. Es ist so abscheulich, so etwas kann sich kein Mensch vorstellen."

Er drückte den Jungen an sich.

„Ich schäme mich so sehr, Gordon", weinte Shawn. „Ich werde nie mehr hier rausgehen. Alle wissen das jetzt. Ich kann da nich' mehr rausgehen."

So etwas hatte Gordon befürchtet. Er streichelte Shawns Kopf und sagte nichts dazu.

„Ich bleibe bei dir heute Nacht. Wir trinken was, und du erzählst mir, was immer du erzählen willst. Und Morgen sehen wir weiter, okay?"

„Gordon?" kam es zwischen den Knien beinahe piepsend hervor.

„Ja Shawn?"

„Ich hab dich lieb, Mann."

Gordon schossen die Tränen in die Augen. Er küßte Shawn auf die Haare und preßte ihn an sich. „Ich dich auch, Mann."

Sie versuchten sich anzusehen, durch einen Schleier aus Salzwasser, und mußten lachen.

„Wir heulen wie die Weiber", sagte Gordon und massierte mit rauher Zärtlichkeit den Nacken des Jungen.

Elisabeth kehrte noch vor dem großen Konzert zu Shawn zurück. Ihren Eltern wäre lieber gewesen, sie hätte den Rest der Schwangerschaft bei ihnen verbracht. Doch Elisabeth wollte unbedingt wieder zu ihrem Mann. Jane stellte bedauernd den gleichen Hang zur Abhängigkeit fest wie bei sich selbst. Es nützte nichts, ihr vorzuwerfen, daß es sich nur um Hörigkeit handeln konnte, wenn sie imstande war, zu so einem Lumpen zurückzugehen. Ihre Tochter müßte sich massiver wehren können. Doch sie hatte schon im Hospital, grün und blau geprügelt, wie sie war, alle möglichen Entschuldigungen für sein Verhalten parat.

Betty erklärte sich die massive Grenzüberschreitung mit dem überhöhten Konsum von Drogen und Alkohol. Geradezu heldenmütig nahm sie sich vor, den Vater ihres Kindes davon abzuhalten, noch einmal zu viel von diesen Dingen zu sich zu nehmen. Kaum jemand glaubte ihr mehr, daß er so lieb sein konnte, wie sie immer behauptete. Sie würde es auch niemandem erzählen, wie sie furchtsam zusammenzuckte, als er sie nach ihrer Entlassung in die Arme schloß. Doch Shawn war wieder einmal voller dankbarer Zärtlichkeit.

Ja, er war die Dankbarkeit in Person. Er war dankbar, daß er von den Freunden und der Crew wegen seines Outings nicht geächtet wurde und alle voll Solidarität zu ihm den Mund hielten über die zurückliegenden Ereignisse. Dankbar war er, weil Mason nun auch seine oft harten Sprüche gegen Schwule besser verstand. Daß alles war keine Entschuldigung für die Sache mit Betty. Aber immerhin ließ sich die Aggression besser erklären. Er war dankbar, weil er Gordon hatte, der zu ihm stand, wie es sich immer von einem Vater gewünscht hatte. Dankbar, weil die letzten Gigs absolut großartig liefen, trotz all der Verstimmungen in der Truppe. Er war dankbar, daß Elisabeth zu ihm zurückgekehrt war und ihm verzieh und daß dem Kind nichts passiert war. Und er war dankbar, weil er Mick Jagger, Ginger Baker und Eric Clapton von „Cream" und dem großen Bob Dylan die Hand geschüttelt und sie sich gegenseitig beteuert hatten, wie gut sie waren. Und daß er auf der selben Bühne wie die auftreten durfte.

Kurz vor dem großen Auftritt allerdings hatte es jedoch ein ziemliches Problem gegeben. Natürlich fehlte ihnen Lilian an allen Ecken und Enden. Am allermeisten fehlte ihre beruhigende Art. So nervös sie selber immer gewesen war, so sehr hatte sie die Fähigkeit besessen, den Jungs eine gewisse Sicherheit mitzugeben. Die Neue war lieb und nett. Aber sie war eben nicht Lilian. Sie zierte sich zuzufassen. Sie war übermäßig höflich. Sie ließ sich zu schnell verunsichern. Ein Mensch, der prädestiniert dazu schien, zur neuen Zielscheibe für Shawns Zorn zu werden. Sie machte ihn schon nach den ersten gemeinsamen Gigs ganz und gar zappelig. Noch riß er sich zusammen, denn er war ja zur Zeit die Dankbarkeit in Person.

„Wie viele Köpfe sind eigentlich da draußen?" fragte er schließlich wieder einmal, während Eve noch damit beschäftigt war, ihm umständlich die uniformähnliche Jacke zu richten, die er für den ersten Teil der Show trug. Warum versuchte sie nur, jeden Körperkontakt zu vermeiden?

„Achtzigtausend, so etwa", antwortete Gordon.

Die Jungs pfiffen durch die Zähne. Es folgte das übliche Ritual. Doch als sie hinausgehen sollten, hielt Shawn sie plötzlich zurück.

„Ich geh da nich' raus", sagte er, während die Menge im Stadion dem Auftritt lautstark entgegenfieberte.

Gordon durchfuhr ein gewaltiger Schreck. Die Furcht jedes Managers vor der Verweigerung seines Stars schien sich hier zu bewahrheiten.

„Aber Shawn. Warum solltest du da nicht rausgehen?" fragte er mit hysterischem Unterton, der sich beim besten Willen nicht vermeiden ließ.

„Die Stones treten nach uns auf. Denen können wir niemals das Wasser reichen", war die Antwort. „Ich geh da nich' raus."

Robert faßte seinem Bruder aufmunternd an die Schulter.

„Shawn. Du weißt, daß das nicht stimmt. Wir sind scheiß verdammt gut. Ey Mann! Ich hab mich so drauf gefreut, die Sitar zu spielen. Du wirst doch kein Spielverderber sein?"

Doch Shawn schüttelte den Kopf und wiederholte sein trotzköpfiges „Ich geh da nich' raus", während die Menge frenetisch grölte und pfiff.

Gordon stand kurz vor dem Nervenzusammenbruch. Er mußte jetzt wohl ein Machtwort sprechen, sonst konnte es zur Katastrophe kommen. Kraftvoll packte er Shawn bei den Schultern und zwang ihn in seine Augen zu sehen.

„Natürlich gehst du da raus! Die lieben dich. Du hörst, daß sie dich lieben. Du wirst sie nicht enttäuschen. Sie warten darauf, dir ihre Liebe zu zeigen. Du gehst jetzt da raus und machst dein Ding! Du bist verdammt gut, Shawn! Geh Junge! Los jetzt!"

Er gab Mason ein Zeichen. Der setzte sich in Gang. Nach ihm ging Robert, dann Spider, der Shawn gegen die Schulter boxte. „Los Boß, wir besorgens denen! We fuck them all!" Gordon klatschte dem Star liebevoll gegen die Wange. Shawn grinste verlegen, drehte sich um und ging den anderen nach.

Als seine Silhouette im Dunkel erschien, wurde das Grölen zum Brausen. Sie stampften mit den Füßen, sie sprangen, sie pfiffen, ihre zehntausendfachen Schreie ließen Shawns Herz schneller schlagen. „Allison" skandierte es aus Tausenden von Teenagerkehlen. Im Halbdunkel konnte er Pappschilder erkennen, auf denen sie ihm und der Band ihre Liebe erklärten. Er ging dichter an den Bühnenrand. Sah die vielen jungen Mädchen, die sich in die beängstigende Situation der Enge zwischen Absperrung und Bühnengraben begaben, nur um ihm und den Jungs so nahe wie möglich zu sein. Ihre verzerrten kleinen Gesichter glänzten von Tränen und Schweiß. Manche rauften sich die Haare. Sie schienen in ihrer Anbetung dem Wahnsinn verfallen. Shawn erhob langsam die Arme, was zur Folge hatte, daß sie noch lauter schrien.

Hier stand ihre neue Gottheit. Eine Gottheit namens Rockstar. Würde er jetzt und hier sagen, er sänge heute nicht, es würde Tote geben. Viele Tote. Er hatte es in der Hand. Hier stand er. Gerade zwanzig. Kaputter, verdorbener Mistkerl, mit nichts im Kopf als seinen Texten und Noten, Sex und Suff. Und die da unten und um ihn herum, die da vergötterten ihn. Seltsame Geschichte. Shawn warf seinen Kopf in den Nacken und öffnete den Mund. Es war ihm, als führe die Angst aus seiner Kehle, aus seinem Körper, aus seiner Seele. Hinauf in den nachtschwarzen Londoner Himmel. Oh, diese berauschende Leichtigkeit!

Masons Bass-Drum rüttelte an seinem Zwerchfell, klopfte gegen sein Herz und ließ seine Lunge erzittern. Roberts Baß stimmte ein und rührte in Magen und Bauch, Spider ließ seine Gitarre weinen, und Shawns Herz hüpfte freudig. Lichtkegel fielen auf ihn. Nun sah er nichts mehr, außer massige Wellen. Wellen aus menschlichen Körpern, die vor ihm und um ihn herum wogten. Aus den vordersten Reihen wurden die ersten Mädchen ohnmächtig über die Absperrung gehoben und im Graben notärztlich versorgt. „Hallo London! Love you all! Need you all!" rief Shawn ins Mikro „Are you ready to rock?" Ein überirdisches, zigtausendfaches „Yeah!" war die Antwort. Und los ging es.

Über die anschließende Party in den Katakomben des Stadions würde man später nur sagen können, daß sie sehr locker war. Musiker, ihre Betreuer und Groupies waren „gut drauf" sozusagen. Sehr gut drauf. Über den Absturz des einen oder anderen wurde pietäthalber geschwiegen. Nicht nur Shawn war verheiratet. Nicht nur er war versoffen, nicht nur er konnte sich dem Angebot vielseitiger Drogen und vielseitig begabter Groupies nicht entziehen. Keiner der Jungs wollte hier ein spießiger Kostverächter sein. Zumindest was Alkohol und sonstige Drogen betraf. Chris filmte, was das Zeug hielt. Natürlich konnte er nur einen kleinen Teil des Streifens benutzen. Es war nicht verboten, Stars im freundschaftlichen Kontakt zu zeigen. Auch nicht, wie sie turtelten oder einen tranken. Doch verschiedene andere Situationen zu zeigen, das hätte rechtliche Schritte von Seiten des Management zur Folge gehabt. Was blieb schon übrig? Eine kumpelige Umarmung von Keith, ein Zuprosten von Brian, die Unterhaltung zwischen Andrew Oldham, dem Manager der Stones, und Gordon Tyler, die Jam Session mit Sitar, als alle noch halbwegs geradeaus gucken konnten, vielleicht sogar noch, wie Spider seine Hose runterließ, um Chris seinen Allerwertesten zu zeigen. Doch auch das würde wahrscheinlich der Zensur zum Opfer fallen. Die spannendsten Dinge fielen immer der Zensur zum Opfer.

„The Rumor" hatten ein richtungsweisendes Konzert geliefert. Mit dem zwölfminütigen „Song for Rani", verließen sie ihre erdige Spielweise. Ein waghalsiges Experiment. Konnte man ein so großes Publikum zwölf Minuten lang mit nur einem Song unter Spannung halten? Man konnte! Sie waren wie berauscht, allein von der Musik. Die Klänge der Sitar und der Tambour mischten sich so wundersam mit den harten Rockklängen, wie es niemand vermuten konnte. Sie stahlen sich gegenseitig nichts von ihrer Kraft. Sie gaben einander geheimnisvolles Leben. Wie der Glaube an eine Urkraft. Wie eine Religiösität, die den sexuellen Akt über die Begierde erheben kann, so erhoben die alten indischen Instrumente die moderne Musik über ihre Tendenz zur Härte und zur Gewalttätigkeit. Das Stadion schien in eine Massenmeditation zu fallen. Die Leiber schienen zu schlingern, statt zu wogen. Shawn sang von einer besonderen Art der Liebe: „Sterne fallen vom Himmel und bedecken die Körper der Liebenden mit Tausenden von kühlen Küssen. Von Sternenstaub umhüllt, werden sie ausgesandt in die Umlaufbahn der Erde. Dort schweben sie in ewiger Umarmung..." Die Sicherheitskräfte machten sich keinen Reim darauf. Sie waren nur froh, daß die Massen, die das Stadion füllten, sich recht friedlich benahmen. Für „Song for Rani" mußten zwei Gastmusiker engagiert werden, die die Leadgitarre und die Orgel übernahmen, während Robert und Spider die indischen Instrumente spielten. Außerdem gab es noch eine sehr hübsche Überraschung für das Publikum und für Elisabeth, die das gar nicht gerne sah, als Ausschnitte des Konzerts im Fernsehen ausgestrahlt wurden. Sie hatten Karen für den „Song for Rani" als Background-Sängerin engagiert. Ihr Gesang war beachtlich. Ihre Art zu tanzen und sich an die Körper der Jungs zu schmiegen noch mehr. Ihr wildes, von Natur aus schon rotes Haar hatte sie feuerrot nachgefärbt. Sie trug eine giftgrüne Samthose mit Schlag und Goldstickereien. Dazu ein gleichfarbenes bauchfreies Bolero-Jäckchen, mit sogenannten Trompetenärmeln. Ihre Füße waren nackt. An den Zehen trug sie silberne Ringe und dunklen Nagellack. Sie wirbelte, schwebte und tanzte über die Bühne wie eine lebende Flamme. Sie hängte sich an Shawns Rücken und umklammerte ihn mit Armen und Beinen, während er sang. Sie berührte seinen Körper in einer Weise, die die Moralwächter schon in die Startlöcher trieb. Doch sie wußte genau, wie weit sie auf der Bühne gehen konnte. Sie kraulte Masons Brusthaare und versperrte ihm mit ihrer Mähne die Sicht auf sein Schlagzeug. Sie schlüpfte zwischen Gitarre und Körper des Gitarristen. Ein kleiner agiler Kobold. Vorwitziges, sinnliches Hippie-Nymphchen. Zu allem Unsinn bereit und immer gut gelaunt und munter. Und dann ihre Stimme. Der Gegensatz. Tragend und wärmend. Zeit- und alterslos. Eine schwarze Stimme im weißen Körper. Wie verirrt und verwirrend und betörend zugleich. Aus ihr sollte, mußte etwas werden. Darin waren sich alle einig. Karen gab alles. Mehr, als sie verkraften konnte, wie sich später herausstellen sollte.

„Song for Rani" war der letzte Song. Die abschließenden drei Minuten waren dem leidenschaftlichen Zusammenspiel der gegensätzlichen Instrumente gewidmet, das das Publikum aus seiner Trance in ein massives Wogen zurückholte. Es ergaben sich Gruppenumarmungen, die nicht ungefährlich waren. Und während Karen in orientalischer Verbiegung hinter Robert und Spider kniete, die immer ekstatischer ihre ungewohnten Instrumente bearbeiteten, stand Shawn mit ausgebreiteten Armen und gesenktem Haupt vor dem Publikum.

„Good night. God bless You all!" sagte er in die letzte Tonfolge der Sitar, erhob die Hände zum Friedensgruß und verließ die Bühne. Er torkelte benommen die Treppe hinunter, die Jungs und Karen hinter ihm, fiel Gordon in die Arme und drückte ihn an sich.

„Mann. Ich komme mir vor wie der Papst!" sagte er laut genug, daß es trotz des Zugabe-Gebrülls zu hören war.

Allgemeines Gelächter und freundschaftliche Hiebe auf den Rücken und den Hinterkopf waren die Folge. Karen knutschte überglücklich an Spider herum. Ein paar Schluck Bier wurden gezischt, der Schweiß abgetupft.

„Willst du das wechseln?" fragte Eve und meinte Shawns Hemd, das ihm am Oberkörper klebte.

„Ja", sagte er knapp und stellte sich so in Positur, daß sie ihm das Hemd ausziehen konnte, während er die Lagebesprechung für die Zugabe abhalten wollte. Doch sie traute sich noch nicht einmal, die Knöpfe aufzumachen. Das peinliche Gefummel machte den aufgeputschten Star verrückt. Die Anbahnung des Streites ging so unbemerkt vonstatten, daß alle ganz überrascht waren, als Shawn plötzlich Eves Hände packte und sie ruppig gegen mehrere Stellen seines Körpers drückte.

„Faß mich an!" fauchte er, „Hier und hier und hier! Faß mich gefälligst an, du blöde Kuh! Wenn de Angst hast, mich anzufassen, kannste gleich deine Sachen packen und verschwinden!"

Das war zuviel für die arme Eve. Sie riß sich los und lief weinend in die Katakomben, Gordon ihr nach.

„Mann Shawn", kritisierte Karen, „mußte das sein?"

Er riß sich das Hemd herunter und warf es auf den Schminktisch.

„Ach Scheiße!"

Karen ließ ihn von Spiders Joint ziehen, schmiegte sich an ihn und küßte seine nackte Brust.

„Ziehste eben die Jacke ohne was drunter an. Mmmm... mein salziger Zigeuner. Is sowieso geiler."

Das brachte selbst den noch immer brummigen Shawn zum Lachen. Die Stimmung war gerettet.

„Raus jetzt", griente er, schlüpfte in eine der schillernden Jacken, preßte Karen noch einmal an sich und küßte sie. „Jetzt geben wir ihnen den Rest!"

Jakes Besuch

Mit Elisabeth und Millionen von Fans kam noch jemand in den Genuß des Konzertausschnittes, der europaweit gesendet wurde. Bei einem seiner Jobs, abends als Barkeeper und Rausschmeißer im Pub „Het Wappen van Amsterdam", wurde Jake plötzlich aufmerksam auf die Musik, die einen Meter über ihm aus einem Fernseher erschallte. Gerade hatte er beiläufig mitbekommen, wie jemand mit sehr interessanter Stimme „This is a new Song, called ‚Song for Rani'" sagte. Doch er setzte das Gehörte nicht sofort um. Nun aber hörte er die Sitarklänge. Er unterbrach seine Gläserwäsche und sah sich die Gruppe dort auf der Bühne genauer an. Auf dem Hausboot gab es keinen Fernseher. Dieser Nebeneffekt des Kneipenjobs machte Jake Freude. „Heißer Hüpfer", war sein erster Kommentar, denn sein Blick fiel zuerst auf das Mädchen, das da so gelenkig und mit nacktem Bauch über die Bühne tanzte. Sie schmiegte sich an den Frontman, ließ ihre schlanken Hände über seinen Körper wandern, beinahe schon außerhalb des Erlaubten, was Jake ziemlich geil fand. Der Frontman ließ ekstatisch seinen Kopf in den Nacken fallen. Dieser Schmuck, dieser Hals, der Mund, diese ungleichen, absolut scharfen Ohren!

„Den kenn' ich doch!" rief er laut. Der Mann, der am Tresen saß und sein Bier und Jenever schlürfte, lachte in sich hinein.

„Klar, Jake", grinste er, „is' ja auch nur einer der berühmtesten Lausköppe Europas. Musik nennen die das! Pfui Deivel!"

Jake ließ sich nicht beirren. „Das is' John. John aus Birmingham," dachte er weiter laut, „und da, da is' die Sitar. Die Sitar. Mann. Das is' John!"

„Nich' John, mein Junge. Der da heißt Shawn. Shawn Allison aus London, oder so. Meine Tochter frißt nichts mehr wegen dem Lauskopp da und hängt sich Bilder von den Idioten an die Wand. Das müßte man verbieten! Eklig, die langen Haare bei Jungs. Sinwer denn im Mittelalter?"

Jake war abgelenkt. „Aber ich hab doch auch lange Haare, Piet", sagte er besänftigend, und Piet winkte ab.

„Du biss ja auch 'n Seefahrer. Und 'n Ami."

„Und ich geb dir mal einen extra, ne?" lächelte Jake und schenkte Piet noch einen Jenever nach. Piet nickte dankbar.

Shawn Allison also. Hinter dem Schlagzeug konnte Jake den Schriftzug „The Rumor" erkennen. „Wahnsinn." Er schüttelte den Kopf.

„Die hab ich schon hundert Mal im Radio gehört. Die sind saustark. Und ich... hab... äh, ich kenn den da, Mann!"

Er verkniff sich die entscheidenden Worte. Piet verzieh ihm vielleicht die langen Haare. Aber mit Bisexualität hatte der alte Kneipenhocker ganz sicher nichts am Hut. Während Piet weiterhin über die Verwahrlosung der Jugend philosophierte, kreisten Jakes Gedanken um die neu hinzugewonnenen Informationen. Der da war ein Star. Er war reich. Er hatte ein Image. Weiberheld. Und er, Jake, hatte mit ihm geschlafen. Noch dazu kannte er ein brisantes Geheimnis, das die Presse sicher brennend interessieren würde. Außerdem, konnte man einfach so den Namen einer seiner Lebensgefährten für einen Songtitel hernehmen? Langsam wuchs ein Plan in Jake, der von Minute zu Minute Gestalt annahm.

Gordons Rechnung ging auch dieses Mal auf. Schon zwei Wochen nach dem großartigen Saisonabschluß im Wembley Stadion konnte er die Zusage aus Amerika einholen, die sie im

Februar des folgenden Jahres auf den Kontinent führen sollte. John Burgess hatte ihn kontaktiert, der Assistent des EMI Managers Norman Newall. Er hatte eine Aufzeichnung des Wembley-Konzertes gesehen und war schwer begeistert von „The Rumor". Gordon und Burgess verhandelten eifrig über die Konditionen der Tour durch vorerst sechs amerikanische Städte. Doch zunächst würde sie der Winter in die Studios führen. Die erste LP war schon beinahe reif für die Vinylpresse. Teile daraus sollten in Londoner Clubs vorgestellt werden. Sie würden viele Interviews geben und in möglichst vielen Fernsehsendungen auftreten. Gordon war recht froh, daß sich dies alles mehr oder weniger in der Londoner Umgebung abspielen würde, denn er hatte ein paar Hoffnungen rein privater Art, denen er unbedingt nachgehen wollte.

Chris hatte begonnen, Teile des Films zu schneiden und zu mischen. Der erste Amerikabesuch sollte Abschluß und Höhepunkt des Films sein. Im März Achtundsechzig wollte er sein künstlerisches Baby der Öffentlichkeit vorstellen. Das war auch der Geburtsmonat von Shawns Baby, auf das alle mit Spannung warteten. Mason und Chris planten eine gemeinsame Wohnung zu mieten. Das bedeutete unter anderem, daß Mason mit seinen Eltern über seine Homosexualität reden mußte. Er schob das immer wieder hinaus. Zum Glück machte Shawn dauernd so viel Wirbel, daß Chris darüber hinwegkam, ihn ständig zu ermahnen. „Du mußt zumindest vor den wichtigsten Leuten in deinem Leben dazu stehen", sagte Chris immer wieder, „sonst kannst du kein freier Mann sein. Schlimm genug, daß wir unsere Zuneigung vor der Öffentlichkeit verbergen müssen. Aber das wird sich eines Tages auch noch ändern. Hoffe ich wenigstens."

Mason bewunderte und liebte Chris, der seinem Temperament und seiner Neigung in jeder Beziehung nachgab. Chris war so mutig und so selbstbewußt, und ein bißchen davon färbte langsam auf Mason ab. Aber er hatte schon sehr große Angst, seine Eltern könnten sich von ihm distanzieren oder ihm den Umgang mit Chris verbieten. Manchmal wünschte er sich, Chris und er könnten heiraten, so wie Shawn und Elisabeth geheiratet hatten, um gesellschaftlich nicht im Abseits zu stehen. Das Verhältnis zu Chris entspannte die Beziehung zu Shawn insofern, daß Mason sich seinen Freund nicht mehr dauernd als Geliebten vorstellte. Das war schon beinahe zu einem Wahn geworden. Jetzt, mit Chris, hatte er eine so abwechslungsreiche, zärtliche und erotische Beziehung, daß es ihm genügte, Shawn fortan freundschaftlich und künstlerisch nahe zu sein. Er liebte Shawn in diesem Sinne noch immer. Nur Shawns gewalttätige Art, Probleme zu lösen, konnte und wollte Mason nicht gutheißen. Auch wenn für ihn, nach Shawns Outing vor der gesamten Crew, nun vieles besser nachvollziehbar war. Alle waren sich einig darüber, daß man auf ihn aufpassen mußte. Besonders, um Elisabeth und das Kind nicht zu gefährden.

Spider war nun ebenfalls nach Chelsea gezogen, in eine große Vier-Zimmer-Wohnung, die er sehr spartanisch aber im orientalischen Stil einrichtete. Das war jetzt ihre „Lasterhöhle", in der sie sich zum Philosophieren, zu Jam Sessions und zum Rauchen trafen und was sonst noch so anlag. Dort hielten sie Shawn fest in freundschaftlicher Umarmung, bis er wieder nüchtern war oder sich mit einem der Party-Girls auf der Matratze ausgeschlafen hatte. Wenn er wieder flott war, drückten sie ihm Blumen für Elisabeth in die Hand und ließen ihn nach Hause chauffieren. Elisabeth brauchte dann nur noch für Milch, Orangen und ein heißes Bad zu sorgen. Er war Handzahm nach solchen Nächten.

Elisabeth wußte genau, was bei Spider ablief. Doch sie hütete sich davor, Shawn ihre schmerzhafte Eifersucht einzugestehen. Sie wollte nach besten Kräften den Rat ihrer Mutter befolgen. Wenn sie ihn laufen ließ, käme er von allein. Wenn sie sich von ihm unabhängig machte, würde er abhängig von ihr werden. Er konnte ihr nicht weh tun, wenn es ihr egal wäre, was er außerhalb ihrer vier Wände und ihrer Ehe trieb. Ob sie das schaffen würde, das wußte Elisabeth allerdings noch nicht so ganz. Immer wieder war der einzige Trost für sie, daß keine andere ein Kind von ihm trug. Es war zu spüren, wie sehr er schon jetzt das zappelnde Etwas unter ihrer Bauchdecke liebte. Es war das Herz As im perfiden Spiel der Gefühle zwischen Shawn und ihr. Ihr Trumpf im Kampf um ihre monopolisierten Rechte als Ehefrau des Stars.

Jake Russell war erfindungsreich. Ausgerüstet mit einer Küchenschürze und einer Kochmütze, Besen und Kehrschaufel, trieb er sich auf dem Hof des Hotels herum, in dem die Band angeblich wohnen sollte. Es war der dritte Versuch dieser Nacht, sie zu erwischen. Nun war es früher Morgen. Aber in einem der besten Hotels mußten sie ja sein. Niemals würden sie direkt nach einem Auftritt in ihre geheimgehaltenen Wohnungen gefahren werden, wohin ihnen die Fans sicher genauso folgen würden, wie zu den Hotels. Natürlich konnte er auch Pech haben, und sie waren längst in einem anderen Haus, während er hier wartete, oder sie wohnten gar irgendwo außerhalb der Stadt. Doch ein Indiz für die Richtigkeit seiner Vermutung waren die Fans, die sich um das Hotel herumdrückten. Endlich, nach vier Stunden Versteckspiel, fuhr eine Limousine auf den Hof. Ein paar Fans, die sich für schlau hielten, mußten vom Lieferantentor verdrängt werden. Vier Bodygards waren dazu nötig. Angsteinflößende Catcher-Typen. Jake kehrte ein wenig im Lagereingang herum. Genau hier würden sie hineingehen. Man kam von hier direkt an einen der Wirtschaftsaufzüge.

Tatsächlich. Er sah die Jungs aussteigen, die alle ein wenig mitgenommen aussahen. Mit ihnen ein eleganter, älterer Herr, der Shawn seine Hand auf die Schulter legte und freundschaftlich mit ihm redete. Sie gingen relativ schnell. Schon war Shawn auf Jakes Höhe. Ein Gard drängte sich zwischen ihn und Shawn.

„He Kleiner", grinste Jake genau in Shawns Gesicht, das augenblicklich rotfleckig wurde. „Ich bin's, Jake. Amsterdam, weißte noch?"

Der Bodygard riet Shawn, einfach weiterzugehen. Er schob Jake unsanft zurück. Die anderen waren überrascht und sahen Shawn fragend an. Der erholte sich gerade von dem Schreck. In Sekundenschnelle hatte sein Gehirn alle Möglichkeiten für Jakes Anwesenheit sondiert und eine Verhaltenslösung für diesen Moment parat.

„Hey, Jake! Alter Junge!" rief Shawn erfreut, griff sich Jakes große Hand und klopfte ihm kumpelhaft gegen die Schulter. „Wie geht's? Arbeitest du jetzt hier in London?"

Jake war ganz verdattert. Mit solch einer offenen Reaktion hatte er nun gar nicht gerechnet.

„Ja. Nein. Ich meine..." stotterte er.

„Also Jungs", wandte sich Shawn fröhlich an die Umstehenden. „Ich muß euch was gestehen. Ich hab euch angelogen."

Jake wurde ganz heiß zumute. Der würde hier doch nicht erzählen, was zwischen ihnen gelaufen war?

„Die Sitar, die hab ich nich' gekauft in Amsterdam, sondern von dem Mann hier geschenkt bekommen. Ich wollte ihm was dafür geben. Aber er wollte nich'. Und weil Gordon sicher nicht einverstanden gewesen wäre, wenn ich ein so wertvolles Geschenk von einem Fan annehme, hab ich eben gesagt, ich hätt's gekauft."

Alle gaben irgendeinen erleichterten Kommentar von sich. Jake wurde mit in das Hotel genommen, wo er seine Verkleidung ablegte. Shawn erzählte munter, welche netten Leute er an dem Nachmittag in Amsterdam kennengelernt hatte und was für einen erstaunlichen Tee sie bereiten konnten. Daß daher der Name Rani in seinem Song verewigt war und er nach seiner Rockstar-Karriere auch mit drei Frauen und einem zahnlosen Hund auf einem Hausboot leben wollte.

Die allgemeine Belustigung aller Anwesenden verunsicherte Jake noch mehr. Die ganze Sache machte ihn sichtlich nervös. Gordon und die Jungs waren sehr müde. Sie zogen sich nach einer halben Stunde zurück. Shawn schickte auch die Bodygards fort. Auf sein Zimmer wollte er allerdings aus bestimmten Gründen nicht mit Jake. Also setzten sie sich in den noch leeren Frühstücksraum. Das Personal bereitete bereits das Büffet vor. Eine Küchenhilfe, die zu den Rumor-Fans zählte, kochte gegen ein Autogramm und ein Küßchen von Shawn starken Kaffee für die beiden jungen Männer, die sich nun in gedämpftem Ton unterhielten.

„Also, du hast mich erkannt und gefunden. Und was willst du nun, Mann?" fragte Shawn mit zusammengepreßten Augenlidern.

Die übertriebene Freundlichkeit, die er vor den anderen hatte spielen müssen, konnte er sich jetzt sparen. Er war sehr beunruhigt über Jakes Erscheinen. Sicher wollte er ihn mit den Ereignissen auf dem Hausboot erpressen. Doch Jake schmunzelte äußerst wohlgesonnen.

„Keine Angst, Mann. Ich will hier nich' dein schönes Leben durcheinanderbringen", sagte er beschwichtigend und schlürfte erst einmal lautstark seinen Kaffee.

„Willst du Geld für die Sitar?" fragte Shawn, um auf das vermutete Thema zu kommen. Jake machte ein beleidigtes Gesicht.

„Das is' 'n Geschenk! Wenn Jake Russell jemandem was schenkt, dann will er nich' später was dafür haben!" sagte er ärgerlich. „Ich mag dich. Und was den Nachmittag betrifft, vergessen wir's. Vergessen wir einfach, daß wir ein paar obergeile Stunden zusammen hatten. Schönen Gruß von Wiesje übrigens." Shawn hob erschrocken den Zeigefinger an die Lippen. „Is' ja okay", flüsterte Jake. „Ich verrat nichts über dich und du nichts über mich. Aber ich finde, einen kleinen Gefallen könntest du mir und meiner Familie schon tun, wo du ja schließlich durch diese ganze Sache 'nen Hit gelandet hast."

Er zündete sich eine Zigarette an. Natürlich, dachte Shawn, jetzt kam doch eine Forderung.

„Laßt Rani die Sitar spielen." Shawn sah ihn wohl ziemlich verständnislos an. „Schließlich bist du durch ihn auf den Song gekommen. Und ich hab dir die Sitar geschenkt. Und wenn de ehrlich bist, hat dir alles, was den Nachmittag passiert is', 'ne ganze Menge gebracht. Auch wenn de mich nachher zum Kotzen gefunden hast. War doch wenigstens mal raus, die Scheiße. Oder? Und ich brauch' dringend Geld für meine Familie. Also gib Rani die Chance. Er is' hübsch. Er is' begabt. Er is' nur leider 'ne furchtbar arme Sau, der mit seinem indischen Unterschichtarsch nur bis zum Tellerwäscher oder Müllmann kommt in unserer Gesellschaft." Er machte eine kleine Pause. Shawn war noch immer sprachlos, während Jake einen kräftigen Zug an seiner Zigarette machte, ohne Shawn anzusehen. „Oder bis ins Bett eines Mistkerls wie mich", setzte Jake hinzu. Echte Gewissensbisse schienen ihn umzutreiben. Jedenfalls hatte er die Gabe, seinem Surfer-Boy-Gesicht diesen Ausdruck zu verleihen.

„Wie stellst du dir das vor?" fragte Shawn. „Soll ich hingehen und sagen: Hört zu Jungs, ich kenn da so 'n Inder, der wird ab jetzt die Sitar spielen bei unseren Auftritten. Zwar hast du die Tonfolge geschrieben, Bob, aber du mußt ja zugeben, daß so 'n echter Inder irgendwie besser rüberkommt. Soll das so gehen, Mann?"

Beide saßen einen Moment schweigend da.

„Ich finde, wenn man so viel wie du erreicht hat, dann kann man ruhig teilen. Will ja keiner 'n Geschenk von dir. Ich will 'n Job für meinen Kumpel. Sonst nix."

Plötzlich sprang Shawn auf, griff sich Jakes Hemdkragen und zog ihn ein wenig von seinem Stuhl hoch.

„So. Du meinst also, ich teile nich'? Ausgerechnet mir sagste so was? Dann paß mal auf, mein Lieber. Du immer mit deiner Familie! Als wenn de der einzige bist, der 'n Haufen Leute zu versorgen hat. Jetzt zeig ich dir mal, wie's mit dem Teilen aussieht bei mir!"

Er ließ den überraschten Jake auf den Sitz zurück plumpsen.

„Komm mit" forderte er Jake auf und ging ihm voraus, zum Aufzug.

Als Gordon die Jungs zusammentrommeln wollte, um den am Abend vorgesehenen Interviewtermin durchzusprechen, öffnete ihm Shawn mit sehr unausgeschlafenem Gesicht, und noch immer in den gleichen Klamotten wie in der Nacht. Er winkte Gordon hinein. Auf dem Sofa lag dieser Jake. Um ihn herum Bierflaschen. Im Aschenbecher türmten sich Zigaretten und Zigarillostummel. Auf dem Tisch lagen Fotos von Menschen, die Gordon kannte und mochte und die Shawn stets bei sich trug, ganz egal, wohin er unterwegs war. Die Familie Allison lag da, sogar Vater Allison war auf einem Foto zu sehen, das etwas separat lag. Das Hochzeitsfoto der Eltern Allison, auf dem man gut erkennen konnte, wessen Sohn Shawn war. Sogar ein Foto von der schwangeren Elisabeth lag da. Wie kam Shawn nur dazu, diesem Fremden seine intimsten Fotos zu zeigen?

„Was ist denn hier los?" fragte Gordon. „Hälst du das für richtig, einem Wildfremden deine Familiengeschichten zu erzählen?"

„Mußte sein", antwortete Shawn trocken aber sehr bestimmt. „Jake und ich, wir sind beide so was wie... wie Leittiere für ein ganzes Rudel, weißte? Sind wir drauf gekommen, heute morgen. Da gibt's 'ne Menge Ähnlichkeit in unseren Geschichten."

Er schüttelte ernst den Kopf. Zu Gordons Erstaunen war Shawn so gut wie nüchtern. Jake erwachte langsam.

„Der Mann hat schon alles gemacht im Leben, um irgendwie durchzukommen", sprach Shawn weiter. „Is' von zu Hause abgehauen, wegen seinem Alten. War Schiffsjunge, Stricher, Bote für alles Mögliche, Elektriker, Fahrer, Dealer, Knastbruder, Sozialarbeiter für straffällig gewordene Jugendliche. Und jetzt isser Gelegenheitsarbeiter und Oberhaupt einer Großfamilie. Und er hat versucht, mich zu erpressen."

„Womit um Himmels Willen?" entfuhr es Gordon.

Jake streckte sich aufwendig und winkte beschwichtigend ab.

„Schon okay, Sir. Is' nich' mehr wichtig. Is' überhaupt nich' mehr wichtig."

Er stand auf, sortierte notdürftig seine Kleidung und seine Haare, legte seinem neuen Familienmitglied Shawn den Arm um die Schulter und grinste zufrieden. „Hör zu, Bruder." Er nahm Shawns Hand und sah ihm feierlich in die Augen. „Mein Zuhause ist immer für dich offen. Egal, wann de nach Amsterdam kommst. Wir freu'n uns alle, wenn de kommst. Und wenn dein Baby da is', dann bringste das mit, und deine Frau auch. Passiert auch nichts. Ehrensache. Und wir schweigen, ne? Auch Wiesje, weißte. Die erzählt auch nichts."

Shawn sah unruhig zu Gordon, für den dieser seltsame Amerikaner aus Amsterdam in großen Rätseln sprach.

„Is' schon gut, Jake. Is' schon gut. Aber warte. Laß mich was mit meinem Manager besprechen."

Er bot Jake an, sich frisch zu machen, und bestellte ihm ein Essen, während er Gordon in dessen Zimmer erklärte, daß ein echter Inder mit all seiner Perfektion an der Sitar vielleicht keine schlechte Sache war. Jedenfalls für die Studioeinspielung der LP und für die Live-Konzerte im nächsten Jahr. Gordon war nicht sehr begeistert. Für ihn war es genug der Protektion, wenn sie Karen dem Publikum vorstellten und den schusseligen Tom Haseley mit sich schleppten.

„Du mußt dich nicht für alle Gescheiterten, die dir irgendwie sympathisch sind, verantwortlich fühlen, Shawn. Denk doch mal an deine eigenen Probleme."

Doch Shawn bat ihn so inständig, sich Rani wenigstens einmal anzuhören und mit den anderen ernsthaft darüber zu reden. Wenn alle dagegen wären, sollte das Thema auch für ihn erledigt sein. Gordon willigte ein, schon allein deswegen, weil er diesen Schritt zur diplomatischen Bearbeitung eines Problems sehr lobenswert fand. Shawn bedankte sich mit einem freundschaftlich gemeinten Fausthieb gegen die Schulter bei Gordon. Sie gingen, um dem wartenden Jake die freudige Botschaft zu überbringen.

So kam es, daß Jake und Rani, der erstaunlicherweise schon längst in London war und dort in einer Jugendherberge übernachtet hatte, erst einmal bei Spider unterkamen, der die beiden ausgesprochen sympathisch fand. Besonders Jake, mit dem man bei gutem Stoff nach Herzenslust über Gott und die Welt philosophieren konnte. Sein Schützling Rani kochte einmalig gutes Curry und war überhaupt wie eine gute Hausfrau immer besorgt um das Wohl der Männer. Und Jake gefiel es besonders gut bei Spider, weil der zwar in einer feinen Londoner Altbauwohnung wohnte, aber dort zu leben verstand, wie man es auf einem Hausboot tat. Man lebte am Boden. Leute gingen ein und aus. Es gab gute Musik. Stets gab es genügend willige junge Mädchen und guten Stoff. Spider war ein Mensch, der andere gern an seinem Reichtum teilhaben ließ. Rein körperlich war er nicht Jakes Typ. Zu lang und zu dürr. Spider hatte was Bizarres. Manchmal wirkte er jenseitig. Wie ein Engel, der nur zu Experimenten auf der Erde ist. Für nicht allzu lange Zeit. Jake kannte das. Als er auf der Straße lebte, lernte er viele Junkies kennen, die einen ähnlichen Eindruck auf ihn gemacht hatten.

Nach ein paar Tagen war klar, daß Rani die nächste Zeit in England blieb, um bei der Produktion der Platte mitzuwirken und um Robert das Sitarspiel zu vermitteln. Rani seinerseits wollte sich von Robert die Mundharmonika beibringen lassen. Alle fanden die Idee gut, Rani auftreten zu lassen. Sein Spiel war wirklich traumhaft schön. Gordon machte ihm einen Gastvertrag über ein halbes Jahr. Shawn war sehr zufrieden über den Ausgang dieser zunächst so unliebsamen Geschichte. Jake, ebenfalls sehr zufrieden, fuhr nach zwei Wochen zurück zu seiner Familie. Der Abschied war so herzlich, als würde man sich schon ewig kennen. Nur Rani war natürlich traurig. „Wird mein Platz noch frei sein, wenn ich zu dir zurückkomme?" fragte er beim Abschied. Jake nickte mit feuchten Augen, umarmte Rani und gab ihm einen Kuß auf den Mund. Nun war auch allen übrigen klar, in welchem Verhältnis Jake zu Rani stand. Chris und Mason hatten das natürlich längst schon bemerkt.

Mit der Herausgabe der LP verhielt es sich ganz genauso wie mit den Auskoppelungen der Singles und der EP im Vorfeld. Die Fans übernachteten vor den Läden, um die ersten Platten zu erhaschen, die handsigniert sein sollten. Das hatte Chris sich ausgedacht, als besonderen Gag. Er filmte das Ganze aus einem Versteck heraus, das er sich in einem der Londoner Läden aufgebaut hatte. Seine Idee war zwar umwerfend erfolgreich, was den Umsatz der LP anging, aber auf der anderen Seite ging in den Läden etliches zu Bruch. Für Gordon ein weiterer Anlaß, die Hände gen Himmel zu recken und zu hoffen, daß die Versicherungen dafür aufkamen.

Die LP wurde im Lyceum Ballroom vor ausgesuchtem Publikum vorgestellt. Dreitausend Menschen gingen gut hinein in den Saal. Hunderte, die draußen bleiben mußten, beschwerten sich lauthals. Den ganzen Gig über schwitzte Gordon, aus Angst vor einem Tumult. Die Phase der kleinen Club Konzerte war offensichtlich vorbei.

Die Jungs wurden nach dem Konzert wieder einmal aus dem Geheimausgang in die Limousine geschmuggelt. Trotzdem hing bald eine Traube Teenager an dem Wagen, so daß der Chauffeur kaum weiterfahren konnte. Bald war die gesamte Karosserie voll von Lippenstift und

Handabdrücken. Dieses Mal war Robert so in Hochstimmung, daß er eine Dummheit begehen mußte. Er ließ das gepanzerte, abgedunkelte Fenster seiner Seite hinunter. Die anderen lachten und riefen: „Biste verrückt!" Doch schon quollen die Hände in das Innere der Limousine und grabschten sich alles, was sie von Robert kriegen konnten. Er streckte seine Zunge heraus und leckte an den Fingern eines Mädchens, das hysterisch aufschrie. Eine langte mit der Hand zwischen seine Beine, als er sich den Händen entgegen bog, während andere ihm das Shirt zerrissen und seine Sonnenbrille von der Nase klauten. Die Jungs grölten vor Lachen und feuerten Bob an. Erst als die Finger beinahe in dem sich langsam schließenden Fenster einklemmten, wichen die Hände zurück, klopften und patschten wieder von außen dagegen. Robert saß vollkommen zerzaust mit einigen Kratzern und halb nackt in seiner Ecke und stöhnte laut. Alle bogen sich vor Lachen. Nur Gordon nicht. „Tu das nie wieder!" schimpfte er, „Nie wieder. Verdammter Blödsinn!" Shawn freute sich. Sein kleiner Bruder war eben doch ein echter Allison. Er schlug ihm brüderlich mit der flachen Hand gegen den Hinterkopf. „Bad, bad Boy", sagte er amüsiert und grinste provozierend zu Gordon hinüber.

Amerika, März achtundsechzig und Vaterfreuden.

Unbeeindruckt vom Höhepunkt des Vietnam Krieges, feierten „The Rumor" ihr Amerika Debüt in der „Murray The K's Easter Show" im Fox Theater Brooklyn. Sie traten als letzte auf, nach so großen Musikern wie Cream, Wilson Picked, John Mayall and his Blues Project und Smokey Robinson. Die Show sei nicht wie eine Rock'n Roll Show, sondern eher wie die Landung der Alliierten in der Normandie, beschrieb ein Musikjournalist seine Eindrücke vom ersten Konzert der „Rumor" auf amerikanischem Boden. Überfallartig, bombastisch, gewaltsam. Sie stießen auf ein aufmerksames Publikum, das über die ausschweifenden Aktivitäten auf der Bühne nicht lange staunte, sondern bald aktiv daran teilnahm. Shawn hatte zusätzlich zu „Song for Rani" weitere zwei Psychedelic-Stücke in die Show eingebaut. Die übrigen zehn Titel aber waren weiterhin eine Mischung aus erdigem Blues, sehnsüchtigen Balladen und heißem, brutalem Rock. Die Band zog das Publikum von einer Gefühlslage in die nächste. Die sonst so sittsam sitzenden Amerikaner stiegen auf ihre Stühle und verwandelten den Saal in einen brodelnden Vulkan.

Shawn geriet in eine besondere Form der Hochstimmung. Sein Adrenalin peitschte dermaßen in die Höhe, als er merkte, wie das Eis schmolz, daß sein ganzer Körper kribbelte. Am liebsten hätte er sich in die Menge begeben, um all die Hände zu spüren, die sich ihm entgegenreckten. Im Überschwang der Gefühle bearbeitete er einen der Verstärker mit den Stiefeln und zerschlug eine seiner Gitarren zu Sperrholz. Die Zuschauermenge spornte das an, ihre Stühle aus der Verankerung zu reißen und zu zertrümmern. Die Jungs waren nicht allzu erstaunt über diesen Anfall scheinbar blinder Zerstörungswut. Zwar war Shawn dieses Mal nicht irgendwo in den Aufbauten herumgeklettert, hatte aus Rücksicht auf die amerikanischen Moralwächter kein Mädchen auf die Bühne geholt, sondern es im Rahmen des Erlaubten mit Karen getrieben, und er war auch nicht auf die dumme Idee gekommen, sich dem Publikum in die Arme zu werfen. Doch irgend etwas mußte er tun, um sich Luft zu verschaffen. Als sie sahen, wie er auf der Bühne hin und her sprang, gegen Lautsprecher und Verstärker stampfte, wie er einem wildgewordenen Gorilla gleich seine Arme in die Höhe reckte, die Fäuste ballte und dem Publikum etwas Unhörbares entgegenbrüllte, spürten sie den Höhepunkt der Spannung. Seine Euphorie war ansteckend. Wie besessen von seiner Wildheit, begleiteten sie das Spektakel mit immer härter werdendem Rhythmus. Shawn verausgabte sich bis zum letzten Takt. Zum Schluß kniete er einige Sekunden lang mit gesenktem Kopf vor dem völlig ramponierten Publikum, stand langsam auf, badete seinen Körper schlacksig in den ohrenbetäubenden Liebesbekundungen seiner neu gewonnenen Fans und wankte schließlich zum Mikrofon, das er zuvor zu Boden geschleudert hatte. Trat auf den Fuß des Ständers und holte ihn so vom Boden hoch, nahm das Mikro dicht an die Lippen. Atmete. „Thank you for your love tonight. Be kind to your neighbour. Make love, not war! God bless you", krächzte er und erhob seine Arme zum Friedensgruß.

Diese unreflektierte Äußerung, die Shawn einfach so aus der Euphorie heraus sagte, wurde später von der Presse als Statement gegen den Vietnamkrieg gewertet. Die Sachbeschädigung als Aufforderung zum Aufbegehren gegen die Herrschenden. Dabei hatte Shawn sich über solch hochtrabende Hintergründe wirklich keine Gedanken gemacht. Erst als Spider ihn darauf hin ansprach, wurde Shawn bewußt, daß sicher viele der Jugendlichen, die ihnen während des Konzerts zujubelten, befürchten mußten an die Front geschickt zu werden. Indirekt warf Spider seinem Freund diese unpolitische Haltung vor. Shawn jedoch war der Ansicht, daß es ehrlicher war, auf der persönlichen Ebene zu bleiben, statt sich von irgendwelchen politischen Gruppierungen zum Affen machen zu lassen. Spider vertrat die Ansicht, man müsse zumindest eine persönliche Position zu den Ereignissen einnehmen und auch öffentlich dazu stehen. Gerade als populärer Künstler habe man seiner Meinung nach die Verpflichtung, sich politisch zu äußern. „Auf welcher Seite stehst du eigentlich?" hatte Spider Shawn im Rahmen einer solchen Diskussion gefragt, und Shawn hatte „Auf meiner" geantwortet. Spider wußte genau, daß Shawn weder so dumm noch so unpolitisch war, wie er immer tat. Das brachte ihn manchmal zur Weißglut. Doch Shawn hielt es lieber mit Gordon, blieb sehr diplomatisch und äußerte sich weiterhin allerhöchstens zweideutig zu manchen Themen.

Hinter der Bühne erwarteten ihn klatschend und schulterklopfend mehrere amerikanische Kollegen, die sich von der Wirkung der temperamentvollen Show überzeugt hatten. Eve war übrigens noch immer Teil der Crew. Sie legte Shawn ein Handtuch um den Nacken, nahm ihm das durchgeschwitzte Hemd ab und gab ihm zu trinken, während er versuchte, über die tosende Lautstärke der Menge hinweg, sich für den Zuspruch der Kollegen zu bedanken. Das Eis zwischen Eve und Shawn war gebrochen, nachdem er ihr versichert hatte, daß er ihre Berührungen auf gar keinen Fall mißverstehen würde. Sie wiederum gab zu, daß eine gewisse sexuelle Spannung von ihrer Seite bestand und sie sich deswegen genierte. Von solchen Zwängen war Shawn von Natur aus frei. Was war schlecht an sexueller Spannung? Dem konnte abgeholfen werden. Eve und Shawn flirteten von nun an heftig, aber er schlief nicht mit ihr. Nicht, weil er sie nicht attraktiv fand, sondern weil er sich nicht noch einmal auf jemanden aus der Crew einlassen wollte, wie bei Lilian. Trotzdem schwebte Eve auf Wolke Sieben. Nun war sie eine der wenigen Frauen, die von Shawn Allison innig umarmt und zärtlich geküßt wurden. In aller Öffentlichkeit nannte er sie „Meine Freundin Eve, die mich an- und auszieht und darauf achtet, daß mein Hosenstall zu ist, bevor ich vor die Gesetzeshüter trete!" So geschehen zur Freude der Journalisten, bei einem Interview in New York, wo sie im Metropolitan Theater auftraten.

Die inzwischen hochschwangere Lilian verfolgte im Fernsehen, wie „The Rumor" den Kontinent eroberten. Wie ein kleiner dicker Walfisch lag sie auf ihrem Sofa, in dem Ein-Zimmer-Appartement in New Jersey, knabberte an ihrem Erdnußbutter-Toast, während die Tränen flossen, als sie ihn sah und sprechen hörte.

„Er ist so nah bei uns", flüsterte sie, „dein Papi ist so nah bei uns und weiß es nicht."

Die Tränen flossen wie so oft in letzter Zeit. Doch sie versuchte tapfer, die Sendung weiter zu verfolgen. Die Jungs waren richtig erwachsen geworden. Alle hatten inzwischen ziemlich wilde, lange Haare. Sogar Robert war über das Flaumbartstadium hinaus. Der Bad-Boy-Touch stand ihm gut. Spider sah noch viel dünner aus als früher. Nicht sehr gesund, fand sie. Er wurde immer durchsichtiger. Man müßte sich um ihn kümmern. Aber das tat die Neue, diese Eve, die Shawn seine Freundin nannte, ja wohl nicht. Mason wirkte sehr souverän inzwischen, mit seinen zum Kinn hin breiter werdenden, karottenroten Koteletten, der schmalen Sonnenbrille und den vielen Ringen an den sommersprossigen Fingern. Lässig zurückgelehnt saß er da, warf ein paar Worte dazwischen, wenn Shawn etwas sagte, lachte, kaute energisch Kaugummi, untersuchte den Fotoapparat einer Journalistin, knipste einmal in ihre Richtung und gab ihn ihr stumm aber witzig gestikulierend zurück.

Shawn redete währenddessen gelassen weiter über die Tour, obwohl einige von Mason abgelenkt waren und über ihn lachen mußten. Wie gut Shawn aussah. Sein Gesicht war männlicher geworden, kantiger. Seine Augen strahlten eine gewisse Ruhe aus. Vielleicht war es das Bewußtsein des Erfolges, das ihn so sicher wirken ließ. Er saß in der Mitte. Das hummerrote Hemd unterm schwarzen Lederjackett. Den Hut vom Jazztrompeter, den sie so an ihm liebte, auf dem Kopf. Überraschend waren die Ohrringe in beiden Ohrläppchen.

„Shawn", sagte sie laut, „vor einem Jahr hättste noch gesagt, so was tragen doch nur Tunten! Du siehst toll aus, Schatz! Oh mein Schatz."

Lilian lächelte durch ihren Schleier aus Tränen und streichelte ihren Bauch. Junior war ein wildes Kind. Immer zu Purzelbäumen aufgelegt. Langsam wurde es eng da drin. Aber es war noch ein Monat hin bis zum Termin. Ob die junge Mrs. Allison schon niedergekommen war? Vielleicht hatte Shawn deshalb diesen neuen Glanz der Gelassenheit in den Augen. Aber, was hörte sie da?

„Shawn, wie wir durch die europäische Presse erfuhren, haben Sie heimlich geheiratet und werden demnächst Vater. Wann können wir denn mit den ersten Fotos der jungen Familie rechnen?"

Shawn schmunzelte. „Wir müssen uns mit unseren Gigs hier schon ganz schön beeilen. Der Termin is' in der nächsten Woche. Aber mit Fotos sollten sie nicht so schnell rechnen. Meine Frau und ich wollen, daß das Kind ganz normal aufwächst. Nich', daß es gleich in sämtlichen Jugendzimmern der Nation hängt, nur weil es das Kind von Shawn Allison is'."

„Wünschen Sie sich einen Jungen oder ein Mädchen?" fragte eine junge Journalistin.

Wieder schmunzelte Shawn. „Ich bin der älteste von sieben Geschwistern. Da is' alles zur Auswahl dabei. Ich hab sie immer alle geliebt. Aber die Mädchen sind in der Überzahl. Also, 'n Junge würde mich schon freuen."

„Warum haben Sie heimlich geheiratet? Sind ihre Fans darüber nicht verärgert?"

Shawn zog an seinem Zigarillo. „Unsere Fans lieben uns. Sie haben Verständnis dafür, daß es Dinge gibt, die jeder Mensch erst mal mit sich selber ausmacht, bevor alle Welt davon erfährt."

„Aber all die Mädchen, die nun ihrer Hoffnung beraubt sind, Ihnen einmal näher kommen zu können, was ist mit denen? Es hieß, es hätte sehr viele Tränen gegeben."

Shawn beugte sich etwas über den Tisch, blies den Rauch aus den entspannten Lippen, schmunzelte und legte seine Hand auf die Brust.

„Glauben sie mir, ich habe ein sehr, sehr großes Herz", sagte er mit seiner besten Verführerstimme und einem Blick, der Mädchenherzen höher schlagen ließ. Alle lachten. Er sah nun direkt in die Kamera. „Ihr Mädchen da draußen", sagte er. „Ich umarme euch, ich küsse euch, ich liebe euch. Yeah, that's true. Believe me girls, thats the truth." Dann ließ er sich zufrieden in seinen Stuhl zurücksinken, nahm noch einen Zug und wartete auf weitere Fragen.

Lilian lachte, wie all die Leute im Studio, die vereinzelt sogar klatschten oder leise Pfiffe ausstießen. Er wurde langsam ein immer besserer Schauspieler, ohne zynisch zu wirken. Wie gern würde sie im Moment hinter den Kulissen stehen. Wie gerne Gordons angespanntes Gesicht beobachten. Sie würde zu gerne hören, über was die Jungs sich nach dem Interview unterhielten.

„Stimmt es, daß die Band nun zwei neue Mitglieder hat?" fragte ein Journalist, aus den hintersten Reihen. Die Jungs sahen sich rätselnd an und steckten ihre Köpfe zusammen.

„Habt ihr zwei Glieder gesehen?" fragte Bob leise, als ginge es um eine ernsthafte Absprache. Wieder Gelächter.

„Ich meine das heiße Mädchen mit der tollen Stimme und den Sitarspieler", erklärte der Journalist mit rotem Kopf.

„Indeed she's hot", bestätigte Spider schmunzelnd, „aber sie ist, genau wie Rani, nur eine begrenzte Zeit bei uns. Ihr werdet sie aber ganz sicher mit eigenen Sachen wiedersehen. Das werdet ihr." Er trank aus seiner Cola Flasche, während jemand ihn fragte, ob es stimmte, daß seine Eltern Amerikaner seien.

„Mein Vater ist Amerikaner. Meine Ma ist in Schweden geboren und aufgewachsen. Aber ich hab lange Zeit in den Staaten gelebt. Hauptsächlich in L.A. und Miami. Tja, nun bin ich also gewissermaßen zu Hause."

Lilian war überrascht, daß Spiders Mutter aus Schweden stammte. Er ließ ja sonst überhaupt nichts über seine Eltern raus.

„Wo gefällt es Ihnen besser, in Großbritannien oder in den Vereinigten Staaten von Amerika?" fragte eine Frau, die ihm direkt gegenüber saß. Spider zuckte mit den Schultern.

„Mir gefällt's da, wo meine Familie ist. Meine Familie sind die Jungs hier. Und noch 'ne Handvoll Leute, die meine Freunde sind. You got it?" Allgemeines Gemurmel. Die nächste Wortmeldung wurde angenommen.

„Mal abgesehen von den indisch inspirierten Stücken, so ist doch in Ihrer Musik amerikanischer Einfluß stark spürbar. Stimmen Sie mir da zu?" Ein Mann, den die Kamera nicht zeigte, hatte diese Frage gestellt.

„Das ist absolut richtig", antwortete Mason, „schließlich mögen wir solche Künstler wie Chuck Berry, Howlin Wolf, Muddy Waters oder Alexis Korner." „Bo Diddley, oder Ewan McColl", setzte Shawn hinzu.

„Würden Sie sich als politisch motiviert bezeichnen?"

Die Jungs giggerten albern. „Für Politik sind wir zu dumm, Mann", flachste Shawn.

„Ach kommen Sie", entgegnete der Journalist. „Was bedeutet denn Ewan McColl dann für Sie?"

Shawn setzte sich zurecht und sprach sehr ernst. „Ein Mann, die Gitarre über der Schulter und die Mundharmonika inner Hosentasche, auf 'ner ewig langen Landstraße hier bei euch inner neuen Welt. Das war lange Zeit der Inbegriff der Freiheit für mich. An dieses Bild hab ich jahrelang alle meine Hoffnungen geknüpft."

Lilian pfiff leise. „Was für ein Satz, mein Junge. Du lernst schnell." Doch schon sah sie Shawn frech grinsen.

„Aber ich werd den Teufel tun, mir hier auf 'ner beschissenen Landstraße die Füße platt zu latschen! Als nächstes kauf ich mir eines eurer scharfen Autos, so 'ne richtige Riesenkutsche. Darauf kannste Gift nehmen, Mann!"

„Das kann ich mir vorstellen", seufzte Lilian. Sicher hatte Shawn schon während des langen Fluges Autoprospekte gewälzt. Was er in England mit einem Amischlitten wollte, war ihr allerdings nicht klar. Sie fragte sich, ob er inzwischen den Führerschein hatte und bedauerte insgeheim den Fahrlehrer, der mit dem Trotzkopf zurechtkommen mußte. Sollte sie einen Sohn bekommen, in dem die Allison-Gene in starkem Maße vertreten sein würden, rechnete sie schon jetzt mit allerlei Auseinandersetzungen.

Das Interview endete mit dem gewohnten Blitzlichtgewitter, das die Jungs wie immer dicht nebeneinander stehend, teils mit teils ohne Sonnenbrille, routiniert über sich ergehen ließen. Dann zeigte der Sender Ausschnitte aus dem Konzert in Brooklyn. Lilian schaltete die Musik so laut wie möglich. Das Ungeborene trat gegen ihre Bauchdecke, während ein markerschütternder Schrei von Shawn zu hören war. „Ja, mein Kleines, hör nur genau hin. Der Wilde da, das ist dein Vater."

Elisabeth ging es gar nicht gut, als Shawn samt Gefolge nach London zurückkehrte. Jane hatte schon zwei Tage vor der Rückkehr mit Shawn telefoniert und ihm klar gemacht, daß er die Geburt seines Kindes wahrscheinlich verpassen würde. Doch nun befand er sich vor dem Kreißsaal einer Privatklinik, die sie für die Geburt ihres Promi-Babys in aller Heimlichkeit ausgesucht hatten. Er tigerte auf und ab und hin und her und machte Jane Fenn ganz verrückt damit. Ein paar Stunden lang hatte er noch Bettys Hand halten, sie stützen, ihren Rücken massieren dürfen, während sie die Wehen verarbeitete, die in immer kürzeren Abständen kamen. Das ließ er sich nicht nehmen, obwohl die Schwestern behaupteten, das sei eigentlich nicht üblich. Die Frauen wurden von ihren Männern an der Pforte abgegeben, und man rief sie an, wenn das Kind da war. Doch Elisabeth wollte nicht alleingelassen werden. Ihr Mann und ihre Mutter sollten da bleiben. Sie setzte sich durch, und er blieb. Wozu hatten sie diese mordsteure Klinik ausgewählt? Wozu hatten sie ein Zimmer für sich allein, das mit allem ausgestattet war, was einen gemütlichen Wohnraum ausmachte?

Elisabeth wollte etwas über Amerika hören. Doch zuerst mußte er ihr schwören, daß mit Karen nichts war und sonst auch mit keiner, während sie sich daheim so häßlich und so wehrlos hin und her wälzen mußte in den vergangenen Wochen. Ihm war das nicht ganz schlüssig, was das eine mit dem anderen zu tun hatte, aber wenn es sie beruhigte, so log er eben. Er ärgerte sich über den hämischen Blick seiner Schwiegermutter, die ihm natürlich nicht abnahm, daß er die ganze Zeit über treu war. Doch er kümmerte sich nicht weiter darum. Elisabeth bemerkte die Blicke ihrer Mutter nicht. Sie war mit den Wehen beschäftigt. Für Shawn war ohnehin nicht zu verstehen, warum Elisabeth sich mit ihrem dicken Bauch nicht attraktiv fühlte. Bevor er nach Amerika abgereist war, hatten sie zuletzt zusammen geschlafen, und er erinnerte sich, daß es eine der aufregendsten Nächte in ihrer Beziehung gewesen war. Wegen des Bauchs betrog er sie jedenfalls nicht ständig. Immer öfter fiel ihm auf, wie wenig Elisabeth und er je übereinander geredet hatten. Interessierte sie sich überhaupt für ihn als Menschen? Interessierte er sich für sie? Doch als er sie so leiden sah, empfand er trotzdem eine gewisse Wärme und Mitgefühl. Was hatte sie durch ihn nicht schon alles erfahren müssen. Sein Gewissen meldete sich wieder einmal.

Er erzählte ihr über die endlos scheinenden, riesig breiten Straßen ohne Namen und Gehsteige, von sehr hohen Häusern und gigantischen Leuchtreklamen. Von Hamburgern und Donuts. Von Coffee Shops und Plattenläden. Von Supermärkten und grimmigen Cops. Und obwohl Jane ihr und ihren Schwestern dasselbe schon Dutzende Male während ihrer Kindheit erzählt hatte, war es aus seinem Munde viel aufregender für Elisabeth. Neu war natürlich sein Eindruck von den Musikstudios und den Kollegen. Da konnte er so richtig ins Schwärmen geraten. Und natürlich erzählte er über Autos. Er war ganz begeistert von Amerika. Sogar einen „Body Shop" hatte er besucht. Nun wußte er endlich, was sich Tony vorstellte, wenn er davon sprach. Heiße Kisten wurden da aufgemöbelt, mit riesenhaften Auspuffen, breiten Reifen und kunstvollen Lackierungen. Er hatte so viel erlebt. Und dabei waren sie doch erst in ein paar Städten gewesen. Doch mitten in seinen Erzählungen wurde Elisabeth immer wieder von Wehen überfallen, und irgendwann, gegen fünf Uhr früh, schoben sie die Arme in den OP-Bereich, wohin Jane und er nicht mehr folgen durften.

Für Shawn war das nichts Unbekanntes. Als die Zwillinge geboren wurden, hatte sein Vater seine Mutter noch begleitet. Aber als Jacky kam, war sein Vater wieder mal versackt. Shawn erinnerte sich, daß seine Mutter große Schmerzen hatte und fürchterlich jammerte. Damals dachte er, sie würde nun sterben und malte sich schon aus, wie er und seine Geschwister in Heime gesteckt wurden. Eine Nachbarin hatte die jüngeren Geschwister zu sich geholt, damit der Alte ihnen nichts antun konnte, wenn er volltrunken nach Hause kam. Und er wollte auch nicht nach Hause gehen, wo er seinem Vater ausgeliefert sein würde. Er war die ganze Zeit in der Klinik geblieben, obwohl sie ihn nach Hause schicken wollten. Sein Vater sei als Vertreter unterwegs, log er und blieb einfach da, auf dem Klinikflur, bis der Arzt kam, um ihm zu sagen daß es der Mutter gut ging und daß er eine kleine Schwester bekommen hatte. Damals schwor er sich, einer Frau so etwas niemals anzutun. Der naive Schwur eines Vierzehnjährigen.

Er hörte Jane sagen, er solle sich endlich mal hinsetzten. Drei Stunden auf und ab, das müßte nun wirklich mal reichen. Aufgedreht ließ er sich auf den Stuhl plumpsen. Das war alles erst fünf Jahre her. Und nun saß er hier. Voller Unruhe, voller Erwartung und Furcht. Voller Vorfreude auf sein eigenes Kind. Was machten sie jetzt da drinnen mit der armen Elisabeth? Er rutschte auf dem

Stuhl hin und her. Stützte seine Ellbogen auf die Knie und ließ seinen Kopf hängen. Tippte mit seinen Fußspitzen einen nervösen Rhythmus auf den Boden. Wuschelte sich durchs Haar und fing an, mit dem Oberkörper zu wippen.

„Du machst mich wahnsinnig mit deiner Zappelei", meckerte Jane. „Meinst du, ich bin nicht nervös? Schließlich ist das meine Tochter, die das durchmachen muß. Mit siebzehn! Sie ist selbst noch ein Kind. Und warum das alles?"

Shawn sah sie nicht an. Jetzt kam wieder die alte Leier von seinem Egoismus und seiner Dummheit und seinem verkorksten Genmaterial. Er schaltete auf Durchzug. Nach zehn Minuten schloß sie mit dem Satz: „Und wenn du ihr noch einmal weh tust, bringe ich dich um, Shawn. So wahr ich hier sitze."

Shawn rieb sich das Gesicht. „Warum sagste mir das gerade jetzt?" fragte er böse.

„Weil ich nicht will, daß mein Enkelkind das miterleben muß, was du erlebt hast!" sagte sie mit brüchiger Stimme und etwas lauter, als sie wollte. Ruckartig stand Shawn auf und drohte ihr mit dem erhobenen Zeigefinger.

„Du weißt doch gar nich', wovon de sprichst! Paß auf, was de sagst, Jane! Ich warne dich!"

Er hielt sie bei den Schultern. Sie blickten einander bösartig in die Augen.

„Nimm deine dreckigen Schlägerhände von meinem Körper, Allison! Sonst schreie ich!"

Shawn ließ sie nicht los. Jane Fenn konnte man nur auf eine Weise strafen. Sie war eine Frau voller Obsessionen, die sie selber abstoßend fand, die sie jedoch zum Leben brauchte, wie ihre täglichen Psychopharmaka. Man mußte sie nur mitten hineinstoßen in ihren Sumpf aus Begierden und Abhängigkeiten, um ihr wirklich weh zu tun. Er kannte diesen Sumpf wie kein anderer. Deswegen würde sie ihm gehören. Auf immer und ewig.

Er drückte seine Lippen auf ihre, zog sie ruppig an seinen Körper und umklammerte sie. Sie trat ihm auf den Fuß und biß ihm in die Zunge. Er stöhnte auf, zog sich aber nicht zurück. Sie sackte ein wenig ein in den Knien. Erwiderte für Sekunden seinen wilden Kuß, der nach Blut schmeckte. Sie taumelten. Jane befreite sich schnaufend vor Wut und Erregung. Niemand außer ihnen war auf dem Gang. Sie holte aus und gab ihm eine schallende Ohrfeige. Dann drehte sie sich ruckartig um und wandte ihm den Rücken zu.

Sie zitterte am ganzen Körper. Schützend verschränkte sie ihre Arme. Was hatte sie sich nur eingebildet damals, als sie dachte, sie könnte Macht haben über ihn? Der Teufel in ihr hatte diesen Jungen gesucht und gefunden. Und nun wurde sie ihn nicht mehr los. Sie war den Tränen nahe.

Shawn suchte seine Zunge nach der Bißwunde ab und lutschte ein wenig darauf herum. Sie war und blieb ein unglaublich heißes Weib. Wie sie jetzt dastand, in ihrem eng geschnittenen Kleid, und ihm ihren wohlgeformten Hintern zukehrte, hätte er sie gern umarmt und ihren Nacken geküßt. In den letzten fünf Minuten hatte er nicht ein einziges Mal an Elisabeth und das Kind gedacht.

„Paß auf, was de sagst, Baby", wiederholte Shawn.

„Du bist doch krank", sagte sie leise.

Er lachte in sich hinein. „Tsss. Wer hier wohl krank is', Schwiegermutter...!"

Er wollte am liebsten zu ihr gehen, sie umarmen und ihr sagen, wieviel er ihr zu verdanken hatte und daß er Frieden mit ihr schließen wollte. Doch etwas, das stärker war als seine Zuneigung, hielt ihn zurück. „Ich geh was rauchen", sagte er statt dessen.

Doch kaum war er auf dem Weg zur Eingangstür, da rief ihn eine Schwester zurück.

„Mister Allison! Mister Allison, kommen Sie. Sie haben eine Tochter. Eine hübsche kleine Dame. Neunundvierzig Zentimeter lang und zweitausendneunhundert Gramm schwer. Kommen Sie!"

„Und wie geht es meiner Tochter", fragte Jane aufgeregt, während Shawn zurückgelaufen kam.

„Ja, wie geht es meiner Frau?" rief Shawn.

Die Schwester winkte beruhigend ab. „Es geht ihr sehr gut. Sie dürfen gleich zu ihr. Im Moment wird sie noch ein wenig frischgemacht. Kommen Sie, ich zeige ihnen die Kleine."

Schnellen Schrittes folgten sie der Schwester, die sie zum Säuglingszimmer führte. Dort angekommen, bat sie Jane und Shawn vor dem zugehängten Fenster stehenzubleiben.

„Heute dürfen Sie ihr Baby nur durch die Scheibe sehen. Aber Morgen, da können Sie die Kleine auf den Arm nehmen."

Shawn spürte, wie sein Gesicht brannte. Vor Spannung ballte er die Fäuste, bis die Fingerknöchel weiß wurden. Wie bei einem Kasperltheater wurde nun der Vorhang zur Seite gezogen. Da stand die Schwester mit diesem winzigen, winzigen Menschlein auf dem Arm, das seine Tochter sein sollte. Ein feierlicher Schauer fuhr über seinen ganzen Körper. „Oh mein Gott, wie schön sie ist", hörte er Jane neben sich flüstern. Shawn preßte seine Stirn und seine Hände gegen die Scheibe. Er wollte sie berühren, er wollte sie halten, an ihr schnuppern, sich mit ihr bekannt machen. „Hallo", sagte er mit tränenerstickter Stimme, „Hallo, Anne Louise Allison! Willkommen, mein Liebling!" Er lachte, während Tränen über seine Wangen flossen.

Die Schwester kannte solch Reaktion bei Erstlingsvätern. Sie freute sich mit über diesen doch sehr jungen Mann und über seine kleine Tochter. Zwar kannte sie ihn aus dem Fernsehen, ihre Tochter war gerade vierzehn und verzehrte sich nach ihm, doch hier und jetzt war er für sie nicht der Teenagertraum, sondern einfach nur der von seinen Gefühlen überwältigte Vater.

Anne Louise versuchte einen Räkler. Sie zog die dunklen Augenbrauen hoch, steckte die Zungenspitze durch ein kleines rundes Loch zwischen den Lippen und spannte ihre Miniaturnasenlöcher. Ihre schwarzen Haare standen vom Kopf ab wie die Stacheln eines jungen Igels. Der kleine Kopf wurde purpurrot. Der Mund, der eben noch wie ein zartes, rotes Herzchen gewirkt hatte, verzog sich zu einem kleinen Viereck. Die Händchen zappelten wild in der Luft herum, und der Gesichtsausdruck wurde wirklich sauer. Jane ergriff Shawns Hand und lachte.

„Sieh dir das an. Gleich schreit sie."

„Oh meine Süße", sagte Shawn mit einer Weichheit, die Jane von ihm noch nicht kannte.

„Jetzt sieht sie aus wie du, Shawn. Sieh dir das an. Wie sauer sie sein kann! Mit der werdet ihr viel Freude haben. Oh lala!"

Jane und Shawn umarmten sich lachend. Sie küßten sich auf eine Art und Weise, die für die Schwester etwas überraschend war. Verwirrt machte sie Zeichen, daß sie nun die Kleine zurücklegen würde, und schloß den Vorhang.

Glücklich beeilten sie sich zu Elisabeth zu kommen. Doch bis sie endlich zu ihr durften, verging noch einmal eine halbe Stunde. Es war inzwischen zehn Uhr früh. Jane hatte ihrer Familie die frohe Nachricht übermittelt, und auch Shawn hatte die Wartezeit dazu benutzt, um seine Mutter anzurufen, der er vollkommen euphorisch von dem Allison-Nachwuchs erzählte. Danach rief er Gordon an, der Mason, Spider und Tony informieren sollte. Gordon war auch ganz aufgeregt. Der sonst so pragmatische Mann brachte keinen vernünftigen Satz zustande. Endlich durfte Shawn zu Elisabeth. Sie umarmten sich still.

„War's sehr schlimm?" fragte Shawn leise.

Elisabeth nickte zwar, sagte jedoch „Es ging." Ihre Nase wirkte spitz in dem blassen Gesicht, aber die Augen strahlten.

„Hast du sie gesehen?" fragte sie, und er nickte.

„Sie ist so wunderschön. Ich bin stolz auf dich, Baby." Er küßte sie zärtlich.

„Liebst du mich, Shawn? Oh bitte, sag mir, daß du mich lieb hast", flehte sie und umklammerte ihn.

„Ja. Das hab ich doch. Ich hab dich doch lieb."

Dann lenkte er ab, indem er sie fragte, ob ihre Mutter hereinkommen dürfe. Natürlich wollte Elisabeth auch ihre Mutter umarmen. Jane hielt ihre Tochter so fest umarmt wie schon lange nicht mehr. „Ich liebe dich meine Kleine", sagte sie aufrichtig und streichelte Elisabeth, die plötzlich haltlos weinte.

Am nächsten Tag durfte Shawn früh zu Elisabeth. Deshalb verschob er die Feier der Geburt mit den Jungs um einen Tag. Das letzte Mal geschlafen hatte er auf dem Flug von Chikago nach London. Eine Nacht der Ruhe war also dringend notwendig. Er war aber derartig aufgedreht, daß er zunächst nicht einschlafen konnte. Also telefonierte er noch mindestens eine Stunde mit Mason, schwärmte über seine Tochter, rauchte einen Joint und trank einige Bier. Schließlich schlief er auf dem Sofa ein. Früh um Sieben schreckte er hoch, als habe man ihn geweckt. Sofort war die überwältigende Freude über Anne Louise wieder da.

Müde, aber frohen Mutes machte er sich bereit, um sich in die Klinik fahren zu lassen. Er schenkte Elisabeth Blumen und einen Ring mit einem kleinen Diamanten, der an ihrer jungen Hand nicht zu protzig wirkte. Sie freute sich sehr über sein Geschenk. Unterwegs hatte er noch schnell einen Fotoapparat gekauft, damit er Elisabeth und die Kleine fotografieren konnte. Er forschte noch ein wenig an dem fremden Ding herum, bevor er die ersten Aufnahmen von Elisabeth im Wochenbett machte. Ihre Haare waren hochgesteckt, der glatte Pony leicht über die Stirn gezogen. Sie hatte sich sogar geschminkt und trug einen feinen, leichten Seidenmantel über dem etwas praktischer gehaltenen Nachthemd aus feiner Baumwolle mit Lochstickerei. So wirkte sie beinahe so anmutig wie ihre Mutter. Wie eine junge Lady.

Anne Louise wurde gebracht. Sie war sehr entrüstet, denn sie hatte Hunger. Die Schwester bat den jungen Vater, während des Stillens draußen zu warten. Nun sollte er schon wieder davon abgehalten werden, seine kleine Tochter in Ruhe zu betrachten und sie kennenzulernen. Doch Elisabeth wollte, daß er ihr beim Stillen zusah. Erleichtert und dankbar saß er auf dem Bettrand, nachdem er ein paar Fotos gemacht hatte, und genoß still ergriffen diesen Anblick. Als Anne Louise satt war, durfte er sie endlich tragen. Feierlich ging er mit ihr im Zimmer auf und ab, sah sie an, küßte ihre kleine Stirn und ihre Händchen. Er war vollkommen verzaubert von ihr. Er sprach leise zu ihr und kommentierte die kleinste Regung.

„Ich hab einen Song für dich geschrieben, Anne Louise. Willst du ihn hören?" Er sang leise und so zart seine Stimme nur sein konnte, seinen Lullaby-Song.

„Oh pretty one... my star... my flower in the sun.

Universe sends you out to be the one.

Oh little beetle on honey leaves, see what is so sweet, see what makes you laughing...

She, yes she, she's the one...

My flower in the sun. Falling falling, falling into my waiting hands.

Let them be your craidle, let them be your lifeline, let them be your garding angel. Let them make you sleeping tight.

Oh pretty one... my star... my flower in the sun...

Grow up to be the one.

Uhuhuuu, with all our love you'll be the one..."

Elisabeth war sehr gerührt, aber gleichzeitig ein bißchen eifersüchtig. Zwar gab es auch für sie längst einen Song, so verzückt vorgetragen wurde er ihr jedoch nicht. Die Zartheit, die er an den

Tag legte, und dieser Blick der Liebe waren ihr bisher versagt geblieben. Anne Louise entspannte sich, als ihr Vater sang. Ihre Ärmchen hingen weich neben dem Körper. Sie öffnete die Augen und sah ihn ausgesprochen ernsthaft an. Dabei schob sie ihre kleine Zungenspitze immer wieder durch die gespitzten Lippen. Als Shawn zu Ende gesungen hatte, gähnte sie aufwendig, so daß das Näschen sich als weißer Knubbel vom sonst eher roten Gesicht abhob. Shawn lachte voller Seligkeit.

„Oh Mann, is' die niedlich", flüsterte er, küßte noch einmal ihre Stirn und legte das schlafende Bündel in sein Neugeborenenbettchen.

Nachmittags kamen die Fenns und später auch Mrs. Allison mit Maggy und Dorothee. Den jüngeren hatten sie einen Besuch bei Elisabeth und Shawn versprochen, sobald sie mit dem Baby zu Hause sein würde. Sie durften wegen der Gefahr der Übertragung von Kinderkrankheiten nicht mit auf die Entbindungsstation. Es war verhältnismäßig schwer gewesen, unbehelligt aus dem kleinen Häuschen an der Maple Lane zu kommen. Immer öfter sammelten sich dort Fans und lungerten Klatschreporter, um die Familienangehörigen nach Shawn zu befragen, kaum daß jemand seine Nase auf die Straße streckte. Darüber waren Mrs. Allison und die Kinder nicht sehr glücklich. Auch manche Nachbarn nahmen inzwischen Anstoß am regen Treiben in der Straße. Andere nahmen positiv Anteil. Zum Beispiel gaben Einige Mrs. Allison Blumen und Babykleidung mit in die Klinik, um das Kind mit Geschenken zu begrüßen und das junge Elternpaar zu beglückwünschen.

Als Shawn seine kleine Tochter dem Schwiegervater in die Arme legte, sprach er ihn zum ersten Mal mit dem Vornamen an.

„Willste sie mal halten, Daniel? Weißte noch wie das geht?"

Der Doktor wollte natürlich.

„Es kommt mir vor, als sei es erst gestern gewesen, daß ich Elisabeth so hielt."

Er sah zu seiner Tochter, die strahlend in ihrem Bett saß, umgeben von ihrer Mutter und den jüngeren Schwestern, die voller Bewunderung für sie waren.

„Das hast du ganz phantastisch hingekriegt, mein Schatz", sagte der Vater, „auch wenn sie kein bißchen wie eine Fenn aussieht." Er schmunzelte.

Aileen ging hinüber zu ihm, um sich von seiner Aussage zu überzeugen. Dabei berührte sie nur kurz Shawns Hand. Er schloß sie um das Stück Papier, das sie ihm untergeschoben hatte, und steckte es sofort in seine Hosentasche. Aileen sah sich ihre Nichte genau an.

„Der Allison-Mund", bestätigte sie, „sie hat den Allison-Mund."

„Ja, sie sieht aus wie Jackys kleine Schwester", setzte Claire hinzu. „Da kannst du aber froh sein, Elisabeth, daß die Allisons so hübsch sind."

Alle lachten, bis auf Jane.

„Wenn sie auch charakterlich so zufriedenstellend wären...", bemerkte sie bissig mit einem herausfordernden Blick zu Shawn.

„Jane, bitte", mahnte sie ihr Mann. Er wollte sich die Freude über das Enkelkind auf keinen Fall durch alte Geschichten verderben lassen. Der Junge schien doch im Moment ganz in Ordnung zu sein. Und seine Tochter liebte ihn schließlich. Daran ließ sich sowieso nichts ändern. Vielleicht würde dieses Kind ja für Shawn genügend Grund sein, sich nicht wieder daneben zu benehmen.

Mrs. Allison brachte das Familientaufkleid, einen rosafarbenen Babyhut und weiße Schühchen aus Leder mit, die alle Allison Kinder bei der Taufe getragen hatten. Je nach Geschlecht wurde jeweils nur die Schleife, die sich auf dem Kleidchen befand, rosa oder hellblau gewechselt und ein entsprechendes Hütchen aufgesetzt. Dazu hatte sie ein weißes Angorajäckchen gestrickt. Shawn war nicht sicher, ob Elisabeth so etwas gut finden würde, doch sie reagierte überraschenderweise ganz gerührt. Sie umarmte seine Mutter. „Dankeschön, liebe Schwiegermama", sagte sie in ihrer feinen Ausdrucksweise aber aufrichtig liebevoll.

Inzwischen hatte Shawn sein Baby sogar schon gewickelt, obwohl diese lästige Kinderschwester ihm am liebsten alles verboten hätte. Elisabeth staunte nicht schlecht. Er wußte anscheinend alles besser als die Schwester. Er bemängelte die Rauheit des Handtuchs, mit dem er seiner Tochter den empfindlichen Po trocknen sollte und daß die Nabelschnur nicht mit einem Stück Fließ unterlegt war. Nachdem er sich davon überzeugt hatte, daß Anne Louise vom kleinen Zeh bis hin zu den Gesäßfalten absolut perfekt war, wickelte er sie routiniert. Die ganze Zeit über unterhielt er sich leise nuschelnd mit Anne Louise, die Sicherheitsnadel für die Überwindel zwischen den Lippen, wo sonst eher der Platz für ein Zigarillo war. Elisabeth beobachtete ihn von hinten während seiner pflegerischen Tätigkeit. Ein nettes Bild. Das dunkle Hemd mit dem Blumenmuster hatte er sich längst aus dem Hosenbund der Lederhose gezogen, die Manschetten geöffnet und es bis zur Brust aufgeknöpft. Es hing nun unter der Lederweste heraus. Die Haare hatte er mit einem einfachen Gummiband, das sich in der Teeküche der Klinik fand, notdürftig zusammengebunden und die restlichen Strähnen, die immer wieder herausrutschten, hinter die Ohren gesteckt. Breitbeinig und breitschultrig stand er vor dem Wickeltisch, an den Füßen die original amerikanischen Rancher-Stiefel, die eher an die große Freiheit der Landstraße erinnerten, als an einen fürsorglichen Vater.

Einige Ringe und Armbänder hatte er auch aus Amerika mitgebracht. Der Ehering, den er inzwischen wieder trug, fiel unter all den Ringen nicht weiter auf. Da gab es einen mit Totenkopf, einen mit indianischen Zeichen, Janes Schlangenring, einen Ring mit eckigem Lavastein und einige weitere verschlungene, oder gemusterte. Jetzt, wo er keine Säcke mehr schleppen mußte, konnte er sich endlich leisten, mehr Ringe, ja überhaupt mehr Schmuck zu tragen.

Elisabeth fand seine beringten Hände aufregend, doch sie sahen am Körper der kleinen Anne Louise fast ein wenig zu brutal aus. Besonders, seitdem sein linker Handrücken mit einem Navajo-Symbol tätowiert war. Ein Zeichen, das für „Inneres Leben" stand. Die Schwester überzeugte sich vom Können des unkonventionellsten jungen Vaters, den sie je kennengelernt hatte.

„Wo haben sie das nur gelernt Mister Allison?" schwärmte sie.

„Ich bin der älteste von Sieben Geschwistern", antwortete er mit berühmt belegter Stimme. „Die letzte Windel hab ich meiner Schwester Jacky vor ungefähr zwei Jahren verpaßt. Die hat lange in die Hose gemacht. Hatte keine gute Zeit als Baby. Ich weiß das. Wenn Kinder Angst haben, machen se lange in die Hose."

Die Schwester traute sich nicht nachzufragen, wie er das mit der Angst meinte. Sie wollte auf gar keinen Fall indiskret werden. Aber manchmal wünschte sich Shawn, man würde ihn fragen. Er fühlte, daß es langsam an der Zeit war, all die verschütteten Dinge ans Tageslicht zu lassen. Nur, wer interessierte sich schon dafür? Noch nicht einmal Elisabeth interessierte sich dafür, was in seinem Elternhaus wirklich los war. Der einzige, der inzwischen ziemlich viel darüber wußte, war Gordon.

Als er am Abend zurück nach Chelsea kam, las er endlich Aileens Nachricht. Lange hielt er das Stück Papier in den zitternden Händen, betrachtete immer wieder das Herz, das sie darauf gemalt hatte und die Worte, die darin standen: „Obwohl ich es ihm verbiete, hört mein dummes Herz nicht auf, Dich zu lieben. Deine Aileen." Er legte seine Stirn auf das Papier, drückte es gegen seine Lippen und küßte es. Unruhig lief er in der Wohnung hin und her, auf der Suche nach einem Versteck. Schließlich entschloß er sich für seine Textmappe. Die war für Elisabeth von nicht allzu großem Interesse, denn sie kannte ja alle seine Texte. Er steckte den Zettel in ein Kuvert und heftete ihn zwischen den Blättern ab. Doch seine Unruhe nahm nicht ab. Bevor er eine Dummheit tun würde, wollte er es lieber mit Gordons Rat versuchen. Gordon meinte, Liegestütze würden helfen, wenn man unter zu großer innerer Spannung stand. Er machte so viele Liegestütze, bis er seine Arme nicht mehr strecken konnte und schweißgebadet liegen blieb. Doch das war nicht genug. Er war so geladen, daß er gern jemanden verprügelt hätte. Er ging ins Schlafzimmer, kniete sich aufs Bett und drosch wie verrückt auf die festen Sitzkissen ein, bis seine Fäuste brannten. Schließlich sackte er in sich zusammen, lag auf dem Bauch und weinte. „Ich liebe deine Mutter nich'..." schluchzte er in die Decke. „Es tut mir so leid, Anne Louise. Aber ich kann sie einfach nich' lieben."

Als Gordon und die Jungs kamen, um mit Shawn zu feiern, wunderten sie sich über sein verheultes Gesicht. Sie schoben es auf den starken Eindruck, den die Geburt seiner Tochter bei ihm hinterlassen hatte. Nun sollte so richtig gefeiert werden, denn seine Tochter war einfach das wichtigste Baby der Welt. Keine Weiber, war das Motto dieser Nacht. Dafür gab es alles, was eine sinnenfreudige Nacht ausmachte. Elisabeth und das Baby waren ja noch nicht zu Hause, man konnte also noch einmal so richtig „die Sau rauslassen". Die einzigen, die sich zurückhielten, waren Gordon und Rani. Rani trank aus Glaubensgründen keinen Alkohol, er zog nur ein paar Züge an der „Friedenspfeife". Und Gordon wollte am nächsten Tag fit sein für etwas, das er nicht verraten wollte. Rani und er verdrückten sich, als das Gelage zu ausufernd wurde. Also blieben Mason, Chris, Spider, Robert und Shawn allein mit allem, was der Kühlschrank und Spiders Vorrat hergab.

Dementsprechend zerknautscht und verkatert tauchte der junge Vater auch am Nachmittag darauf in der Klinik auf. Robert begleitete ihn, ausgestattet mit einem Strauß Rosen. Er wollte endlich seine Nichte kennenlernen. Von einigen Besuchern, die allesamt der "besseren Gesellschaft" angehörten, und auch von den Schwestern wurden sie mißbilligend taxiert. „Du siehst aber auch aus", murmelte Shawn, „wie 'n Revolverheld." Zwar war Bob unrasiert, trug seinen schwarzen langen Mantel und den Hut, den er sich aus Amiland mitgebracht hatte. Na ja und die Silber beschlagenen Stiefel, die bei jedem Schritt klingelten. Aber so schlimm war das wohl nicht. „Guck dich doch selber an", motzte er. „Du siehst aus wie der Penner von um die Ecke, Mann!"

So ganz unrecht hatte er damit nicht. Sie waren aus ihrer Alkohol- und Drogenstarre erst gegen Mittag erwacht. Shawn wollte keine Zeit verlieren mit Körperpflege, sondern sofort zu seiner Tochter. Etwas war ihm nachts aus der Hand gerutscht. Sein Hemd war jedenfalls bekleckert gewesen, das hatte er immerhin bemerkt. Also zog er sich irgendein Hemd an, schnappte sich irgendeine Jacke und stieg in seine Stiefel, trank einen schnellen Kaffee und rauchte ein Zigarillo. Und schon war der Fahrer da, um sie abzuholen. Elisabeth sah ihn ziemlich entsetzt an und als er ihr einen Kuß geben wollte, wandte sie sich ab, weil er eine Fahne hatte. „Puh, du riechst nach Alkohol! Und du siehst furchtbar aus", warf sie ihm vor.

„Du hättest dich wenigstens kämmen können. Und diese alte Cordjacke! Wie kannst du nur so hier auftauchen? Ich schäme mich vor den Leuten, wenn mein Mann dermaßen verwahrlost herumläuft."

Robert grinste. Da braute sich wohl ein mittlerer Ehekrach zusammen.

„Ja und?" widersprach Shawn. „Die Jungs und ich haben eben 'n bißchen gefeiert. Is' spät geworden, und wir haben verpennt. Hauptsache ich bin hier, oder?"

Doch Elisabeth sah ihn finsteren Blickes an. „Ich könnte kotzen, wenn ich daran denke, daß du eben noch irgend so ein Flittchen befummelt hast und gleich unsre Tochter anfassen willst."

Nun hielt es Robert für angebracht seinem Bruder beizustehen.

„Nee, Betty, das ist aber echt nich' wahr. Wir haben alle Mann ganz furchtbar gezecht, aber Weiber war'n gestern Nacht keine da. Ehrlich. Da leg ich meine Hand 'für ins Feuer!"

Er erhob die Hand zum Schwur. Die Brüder sahen sie mit ihren geröteten Augen so hundeelend und unschuldig an, daß sie plötzlich lachen mußte.

„Wascht euch die Hände", sagte sie streng, „dann hole ich Anne Louise aus dem Kinderzimmer. Ich hoffe nur, daß sie von eurer Alkoholfahne nicht besoffen wird."

Aileen war voller Unruhe, seitdem sie Shawn am Wochenbett ihrer Schwester den Zettel mit ihrem Liebesbekenntnis zugesteckt hatte. Sie hätte das nicht tun sollen. Entweder, er würde es furchtbar albern finden. Oder es würde abstoßend auf ihn wirken, daß sie in dieser Art an ihn dachte, während ihre Schwester gerade das erste Kind geboren hatte. Doch mit jedem Monat, den Aileen erwachsener wurde, wuchs ihr Bedürfnis, zu ihrer Liebe zu stehen. Seit der Nacht nach der Hochzeit war Shawn in ihren Träumen ihr Geliebter. Unmöglich eigentlich, trotz ihres Wissens.

Das Parfum ihrer Mutter hatte sie an ihm gerochen, damals als sie ihm auf dem Flur des Elternhauses in die Arme gelaufen war. Er hatte auf subtile Weise aufregend gerochen. Alles, was seinen Duft ausmachte, seine Hitze, der Tabak, was auch immer, es hatte sich mit dem Parfum ihrer Mutter vermischt. Das war ihr ziemlich rasch klar geworden. Nach diesem Zwischenfall brauchte sie nur darauf zu achten, wann ihre Mutter über Migräne klagte und wann sie lustig und entspannt durchs Haus trällerte. Zuerst hatte sie sich diesen Gedanken nicht erlauben wollen. Ihr armer Vater tat ihr leid. Dann fand sie es nur noch furchtbar ekelhaft. Doch andererseits war das alles auch sehr aufregend. Sie fing an zu spionieren. Bald wußte sie, daß er manchmal an der Fassade hoch zu ihr ins Fenster kletterte. Einige Male schlich sie sich vor die Tür der Mutter und horchte. Da waren Laute zu hören, die ihr ziemlich unheimlich waren, doch sie mußte trotzdem immer wieder horchen gehen. Eines Tages sah sie Shawn aus dem Zimmer ihrer Mutter kommen. Er hatte sie nicht bemerkt. Er zog Geldscheine aus seinem Hosenbund und zählte sie, rollte sie zusammen, um sie in seine Hosentasche zu stecken. Ihre Mutter verführte einen jungen Mann und gab ihm Geld. Mußte man sich dafür nicht schämen? Sie nutzte die Armut eines Jungen aus, um im Haus ihres Ehemannes mit ihm fremdzugehen. Das war wirklich widerwärtig. Oft hatte sich Aileen überlegt, ob sie ihren Vater daraufbringen sollte. Wie konnte er nur so blind und gutmütig sein? Vor Angst, seine schöne Frau zu verlieren, verdrängte er, was er vielleicht ahnte. Aileen mochte ihre Mutter nicht. Sie distanzierte sich mehr und mehr von ihr, ohne daß Jane großartig Notiz davon nahm. Sie hielt Aileen ganz einfach für enorm selbständig und sehr stark vaterbezogen.

Als dann herauskam, daß Shawn auch noch mit Elisabeth zusammen war, schwor sich Aileen, ihn aus ihren Gedanken zu streichen. Wahrscheinlich war er relativ unschuldig in Janes Falle getappt. Aber sich mit Elisabeth einzulassen, war ja wohl voll in seiner Verantwortung. Dies alles tat ihr sehr weh. Oft wünschte sie sich weit, weit weg. Oder daß sie sich Knall auf Fall in jemand anderen verlieben würde. Doch da waren die Momente in seiner Nähe. Die Blicke. Die heimlichen Berührungen. Die Küsse. Sein Liebesgeständnis. Dabei beklagte sich Elisabeth, daß Shawn niemals den Satz „Ich liebe dich" über die Lippen bringen würde. Aileen aber hatte diese Worte von Shawn gehört. Und sie glaubte ihm. Besonders, seit sie sich mit Dorothee Allison traf, die ihr sehr offen über Shawn und auch über die schrecklichen Zeiten der Familie erzählte.

In letzter Zeit geschah das oft. Nachdem Shawn Elisabeth verprügelt hatte, versuchte Aileen zu ergründen, was mit ihm nicht in Ordnung war. Dorothee erzählte ihr einiges über den schrecklichen Vater Allison. Dinge, die sich Aileen überhaupt nicht vorstellen konnte von einem Vater. Dorothee liebte ihren Bruder unter anderem deshalb so sehr, weil er eines abends verhinderte, daß ihr Vater sich „über sie hermachte", wie sie es ausdrückte. Shawn stellte sich zwischen sie und ihren Vater und schrie dem Monstrum etwas entgegen, was ihn wütend machte. Sie hatte mit ansehen müssen, wie der Vater Shawn trat, mit dem Gürtel in sein Gesicht schlug, wie er ihn die Kellertreppe hinunterstieß. Sie hatte Shawn schreien hören und war fortgelaufen vor lauter Entsetzen. Immer wieder sei das passiert, daß ihr Vater Shawn im Keller verprügelte, weil der sich vor seine Mutter und seine Geschwister stellte und den volltrunkenen Mann so lange provozierte, bis er sich auf ihn stürzte, um ihn zu schlagen. Manchmal hätte er auch versucht, die Geschwister abzulenken, wenn komische Geräusche aus dem Schlafzimmer kamen. Einmal konnte die Mutter kaum laufen, als der Vater mit ihr fertig war. Doch alle mußten trotzdem spuren. Ihm zu Essen machen, ihm Bier einschenken. Sich möglichst leise verhalten. Irgendwann hätte Shawn wohl die Schnauze voll gehabt davon und dem Vater ganz gehörig zwischen die Beine getreten. Danach war er wieder einmal im Hospital gelandet. Mit gebrochenen Rippen, mit Prellungen und Platzwunden. Die ganze Familie zitterte dann vor Angst, wen sich der Vater als nächstes aussuchen würde, wenn sein ältester Sohn nicht mehr zur Verfügung stand.

Oft schämte sich Dorothee, weil sie froh war, daß der Vater nicht sie, sondern Shawn krankenhausreif schlug. Doch so war es ja nicht gemeint. Sie hatte doch nur so entsetzliche Angst. Ständig diese Angst. Dorothee war in der Schule immer schlecht gewesen. Seit ihr Vater tot war, erzielte sie gute Noten. Willy machte nicht mehr ins Bett, und Jill lachte manchmal. Und Maggy begann sich für Jungs zu interessieren, wo sie doch sonst immer fand, daß alle Männer Schweine sind. Robert kaute nicht mehr seine Fingernägel bis zur Mitte herunter, sondern spielte endlich Gitarre. Jacky hatte richtig guten Appetit und konnte ruhig schlafen. Und die Augen ihrer Mutter waren nicht mehr voller Furcht und Unsicherheit. Dorothee sagte, Shawn sei ein Mensch, der so sehr lieben konnte, daß er sich notfalls für die geliebten Menschen opfern würde. Und doch gäbe es Momente, wo er unkontrollierbar um sich schlug. Sie glaubte, das sei der Schmerz in ihm, den der Vater ihm angetan hatte. Aber darüber würde er nie zu jemandem sprechen.

Aileen wollte mit ihm darüber sprechen. Es gab so vieles, was Aileen mit Shawn besprechen wollte. Sie mußte ihn einfach sehen, bevor Elisabeth aus der Klinik zurück kam.

Die nächsten Tage würde er in London sein. Wegen des Babys ruhten für zwei Wochen alle Termine. Vier Tage war ihre Schwester noch fort. Aileen beschloß also zu ihm zu gehen, was immer auch geschehen würde.

Das schreckliche Ereignis

Willy staunte nicht schlecht, als der fein herausgeputzte Mister Tyler schon das zweite Mal in dieser Woche vor der Tür des kleinen Hauses stand, um seine Mutter abzuholen. Er pfiff lässig durch die Zähne und winkte Gordon hinein.

„Mom zieht sich grade das dritte Mal um, obwohl wir alle sie schön fanden. Sagen Sie Sir, wird das was ernstes mit ihnen und unserer Mom?"

Gordon lächelte über diese vorwitzige Frage und folgte dem Jungen ins Wohnzimmer.

„Wenn es soweit ist, Willy, werde ich dich fragen, ob du einverstanden bist."

„Dann is' ja gut", sagte Willy sehr wichtig, klopfte eine filterlose Zigarette auf seinen Handrücken und steckte sie sich mit provozierendem Blick zwischen die Lippen.

Gordon verkniff sich jede Bemerkung. Wenn man bedachte, was der Junge in seinem kurzen Leben schon an Brutalitäten mitbekommen hatte, war die Gefährdung durch die Qualmerei eher zweitrangig. Im Wohnzimmer bot sich ihm ein wirklich drolliges Bild. Wie aufgereiht saßen dort die Geschwister und sahen gespannt zur Schlafzimmertür. Die Tür stand nur einen Spalt weit offen. Gordon hörte Julia irgend etwas schimpfen.

„Ich muß einfach abnehmen, ich muß..." oder so ähnlich, „...und die Schuhe passen da nich' zu... hach, Kinder wie spät is' es? Oh nee... das sieht doch doof aus!"

Sie hieß Julia. Julia Allison, geborene Smith. Smith wie Tausende. Julia, wie die Eine. Gordon sah in die Gesichter der Kinder, die ihn nun alle angrienten. Jacky sprang auf und lief Gordon in die Arme.

„Onkel Gordon is' da, Mama!" rief sie mit ihrer Kleinmädchenstimme, was hinter der Schlafzimmertür für einige Panik sorgte.

„Laß dir Zeit, Julia. Bitte!" rief Gordon. „Ich bin überzeugt, daß du wundervoll aussiehst."

Maggy sah ihn augenzwinkernd an, und als sie breit lächelte, sah man ihre Zahnspange, die nun bezahlt werden konnte und die sie auch brav trug, obwohl ihr das gar nicht recht war. Gordon war wie immer bezaubert von den Kindern. Jill kicherte hinter der vorgehaltenen Hand. Die Kleine machte ihm Sorgen. Sie litt unter Asthmaanfällen, die vermutlich seelisch bedingt waren. Sie war sehr zart und meistens traurig. Hätte sie doch ein wenig von der Zähigkeit ihres Zwillingsbruders. Dorothee bot Gordon einen Drink an. Er legte die Blumen auf den Eßtisch und setzte sich zu den Kindern. Jacky kletterte auf seinen Schoß und befaßte sich mit dem Studium seiner Hände und seines goldenen Siegelringes. Niemals hätte sich Jill zu ihm auf den Schoß gesetzt. Sie sah ihn meistens nur sehr skeptisch und forschend an, als müßte sie bereit sein, im nächsten Moment vor ihm in Deckung zu gehen. Gordon konnte sich denken, warum das so war. Er würde bei keinem der Kinder Nähe erzwingen. Sie sollten lernen zu vertrauen.

Nach fünf Minuten kam Julia aus dem Schlafzimmer. Sie wischte noch immer an sich herum und wirkte verunsichert. Die pastellgrüne Hose mit dem modischen Schlag, die feinen Stiefel und der weiße Rollkragenpullover dazu standen ihr ganz hervorragend. Das dunkle Haar und der zartrosa Lippenstift, einfach bezaubernd. Er kam sich plötzlich ziemlich bieder vor in seinem mehr adretten als modischen Anzug.

„Du siehst toll aus!" schwärmte er.

„Ja Mom. Toll!" echote es aus fünf Kinderkehlen, und Mrs. Allison wurde rot.

Gordon setzte Jacky ab, ging zu Julia und überreichte ihr die Blumen. Er küßte ihre Hand. Sie sah zu Boden. Sie hatte sieben Kinder geboren. Aber Gordon mußte ganz von vorne anfangen, als sei er der erste, der um sie warb. Eine verletztere Frau hatte er noch niemals kennengelernt. Aber er hatte in seinem Leben auch noch nie so viele Menschen auf einmal so intensiv geliebt wie diese Allison-Bande. Er war mit sich in Klausur gegangen, ob er wirklich wollte, auf was er sich da einließ. Die Antwort lautete: Ja. Nun galt es, die zwei Menschen zu fragen, auf deren Reaktion es am allermeisten ankam. Julia und Shawn. Er war nie ein feiger Mann gewesen. Aber davor fürchtete er sich wirklich.

Shawn ahnte noch nicht, welch aufregende Stunden vor ihm lagen, als er sich abends in ein heißes Schaumbad legte. Eben verdrängte der Duft des Schaumes die unangenehmen Gedanken, das Bild seiner Tochter setzte sich hinter seinen geschlossenen Augenlidern durch und zauberte einen entspannten Ausdruck auf sein Gesicht, als es läutete. Er weigerte sich noch einen Moment, das Läuten zu hören. Doch es war so entschieden, dieses Läuten, daß er schimpfend und fluchend das Bad verließ, sich in den Bademantel hüllte und zur Tür eilte. In letzter Zeit fanden immer öfter Fans zu dieser Wohnung. Oder sie wählten diese Nummer, und wenn er ans Telefon ging, hörte er nur leises Knistern. Erst vorhin, kaum daß er zur Tür herein war, hatte er wieder so einen Anruf bekommen. Einige Male waren es aber auch Drohungen gewesen von irgendwelchen Moralisten. Vielleicht war es aber auch nur der Bote, mit einem Glückwunschtelegramm. Kollegen von überall her hatten Telegramme geschickt zu Anne Louises Geburt. Oder war jemand in echten Schwierigkeiten?

„Wer ist da?" fragte er hinter der geschlossenen Tür. Sein Herz schlug unwillkürlich schneller, denn er dachte an den Drohbrief mit sehr klarer Aussage, den er neulich im Briefkasten fand. „Hör auf, unsere Jugend zu verderben, sonst endest du mit einem Loch im Bauch!" Darüber hatte er nur gelacht, den Brief zerknüllt und weggeschmissen. Doch in diesem Moment fühlte er sich merkwürdigerweise ein wenig unwohl.

Doch von draußen kam Antwort von einer vertrauten Stimme.

„Mach bitte auf, Shawn. Ich bin es, Gordon."

Shawn öffnete. Ein ziemlich desolater Gordon stand da vor ihm. So hatte Shawn ihn noch nie gesehen.

„Was is 'n passiert, Mann? Du bist ja ganz fickerich."

„Entschuldige, Shawn", haspelte Gordon aufgeregt, „ich glaube, jetzt hab ich einen ziemlichen Blödsinn gemacht."

Nachdem ein Drink eingeschenkt war, erzählte Gordon, wie er zu Julia Allison stand und daß er diese Tatsache Shawn ganz anders beibringen wollte. Aber nach diesem Abend, an dem er Julia fragte, ob sie seine Frau werden wolle, war sowieso alles ganz anders. Und so ein Mist, er wußte nicht, was er falsch gemacht hatte. Sie war einfach aufgestanden und fortgelaufen. Vor ihm geflüchtet, gewissermaßen. Und das war das Schreckliche. Gordon wußte eigentlich nicht, welche Reaktion er von Shawn erwartete. Doch daß er nach einem Moment der Überraschung, die Augenbrauen hochzog, breit grinste, Gordon gegen die Schulter boxte und auch noch laut lachte, damit hatte er wirklich nicht gerechnet.

„Was gibt's denn da zu lachen?" fragte er verdutzt.

Shawn stand auf und hielt sich die Hände vors Gesicht.

„Du hast dich in meine Mutter verliebt? Das is' ja toll." Wieder Lachen. „Das is' einfach Klasse, Mann!"

„Findest du wirklich?" vergewisserte sich Gordon beinahe ängstlich.

Shawn ließ sich neben Gordon auf das Sofa plumpsen, legte ihm den Arm um die Schultern und grinste ihn an, als stünde er kurz davor, einem Lachanfall zu erliegen.

„Was ist daran so komisch? Ich dachte, du hast vielleicht eine Idee, warum sie davongelaufen ist."

„Du liebst meine Mutter?" fragte Shawn noch einmal.

Gordon nickte.

„Und du willst sie heiraten?"

Gordon nickte wieder. Vielleicht schlug Shawns euphorische Stimmung gleich um in Wut oder Enttäuschung. Er war auf alles gefaßt bei den Allisons. Erst recht nach Julias Reaktion. Doch Shawn nahm Gordon in den Arm, wie man einen lieben Freund in den Arm nimmt.

„Das kriegen wir schon hin, Mann", sagte er, drückte Gordon fest an sich und schenkte gleich noch zwei Drinks ein, um auf die frohe Neuigkeit anzustoßen.

Shawn versprach Gordon, mit seiner Mutter zu reden. Er konnte sich nur erklären, daß die Angst sie zu einer derartigen Reaktion verleiten konnte. „Außerdem weiß sie überhaupt nich, wie sie sich verhalten soll, wenn ihr jemand sagt, daß er sie liebt. Sie schämt sich, weißte? Die kennt das nich'." Und nach einer kurzen Pause meinte er, „Weißte, auf was de dich da einläßt, Gordon?"

Gordon rückte auf dem Sitz hin und her.

„Ja, das weiß ich", sagte er fest. „Wenn sie mir nur eine Chance geben würde. Ich möchte ihr Vertrauen gewinnen. Ich möchte ihr einfach Gutes tun."

Shawn nickte mit ernstem Gesichtsausdruck. „Na gut. Aber außerdem is' meine Mutter nich' besonders klug. Und du Gordon bist es. Kannst de das auf Dauer ab?"

„Wir haben uns sehr gut unterhalten, Julia und ich", entgegnete Gordon empört. „Sie ist ausgesprochen charmant."

Shawn zog die Augenbrauen in die Höhe. Da war aber jemand hochgradig verknallt. So sehr, daß er es tatsächlich fertigbringen würde, fünf Kinder zu heiraten.

Sie sprachen noch einige Zeit über die neue Situation und machten sich Gedanken darüber, wie Julia das alles empfinden mußte. Shawn versprach, gleich morgen mit seiner Mutter zu reden. Leidlich beruhigt ging Gordon schließlich, um zu Hause weiter seinem Liebeskummer zu frönen. Shawn ließ das inzwischen kalte Wasser aus der Wanne, trällerte amüsiert vor sich hin und wollte gerade frisches Wasser einfüllen, als es erneut läutete. Hatte Gordon etwas vergessen? Er öffnete die Tür. „Hi, Gordon. Was vergess...?"

Als der Schreck ihn erreichte war es auch schon geschehen. Der Maskierte vor ihm, ließ seinen Arm auf ihn zuschnellen und stieß mit aller Wucht etwas unter seine Rippenbogen. Shawn sah an seinem Bademantel hinunter. Merkwürdig. Das Weiß färbte sich langsam rot. Und das da war doch der Griff eines Messers, oder?

Der Mann sah Shawn durch die Löcher seiner präparierten Wollmütze zu, wie er zu begreifen versuchte, was ihm geschah. Die aufgerissenen Augen in der Wollmütze sagten ihm, daß dies kein Alptraum war, sondern böse Realität. In seinem Kopf drehte sich alles. Panik breitete sich aus. Er sollte um Hilfe rufen. Doch die Kehle gab keinen Laut von sich. Die Beine versagten. Er taumelte gegen die Wand. Und während er langsam daran zu Boden sank, erwachte der Maskierte aus seiner Erstarrung und lief die Treppe hinab.

Wieder einmal mußte Aileen ihre Eltern belügen. Inzwischen war ihr das ziemlich einerlei. Ihre kleinen Lügen waren doch nichts, im Verhältnis zu dem Lügengebäude, das sich ihre Mom und ihr Dad um ihre Ehe herum aufbauten. Offiziell schlief sie heute bei der Freundin, die ihr schon einige Male aus der Klemme geholfen hatte. Dieses Mal sollte sie etwas ganz Persönliches von Shawn dafür bekommen. Vielleicht würde er das knappe T-Shirt mit der Gitarre darauf, das er beim letzten Auftritt trug, erübrigen können oder ähnliches. Aileen war sicher, daß Shawn eine dieser begehrten Trophäen für ihre Freundin herausrücken würde.

Jedenfalls bog sie gerade in die Seitenstraße mit den wirklich schmucken, altenglischen Stadthäusern ein. Ihr Herz klopfte noch ein wenig schneller. Und schneller, je näher sie dem Eingang des Hauses kam, hinter dem Shawn und ihre Schwester wohnten. Hoffentlich war er zu Hause. Vor einer Stunde etwa hatte sie noch bei ihm angerufen, sich aber nicht zu erkennen gegeben, als er abhob. Warum sie nichts sagte, wußte sie selbst nicht genau. Vielleicht war er inzwischen ausgegangen? Sie hoffte nicht. Die Haustür war schon sehen. Gerade kam ein Mann herausgelaufen. Er wirkte irgendwie seltsam. Gehetzt oder so ähnlich. Plötzlich sah sie sein Gesicht und wußte sofort, daß etwas Schlimmes passiert war. Er lief über die Straße und verschwand zwischen den Häusern.

Aileen hastete zum Eingang, rannte durch den Hausflur, nahm immer zwei Stufen auf einmal, bis sie im zweiten Stockwerk in der offenen Wohnungstür stand. Sie schreckte entsetzt zurück, hielt sich die Hände vor das Gesicht, als könnte sie so etwas daran ändern, daß Shawn vor ihr auf dem Boden lag. Die eine Seite des Bademantels wurde durch das Messer am Körper gehalten. Ansonsten war sein Körper unbedeckt. Er bewegte sich leicht. Sie kniete sich zu ihm.

„Oh Gott, mein Liebling. Bleib ganz ruhig liegen..."

Seine Hand wollte an den Griff des Messers, wollte es herausziehen.

„Nein. Nicht herausziehen. Du verblutest", sagte sie, als sei sie auf solche Fälle vorbereitet.

Shawn wollte etwas sagen. Doch in seinem Mund hatte sich Blut gesammelt.

„Du darfst nicht reden", flehte sie.

„...nich' sterben..." brachte er mit Mühe hervor.

„Nein. Du wirst nicht sterben. Das lasse ich nicht zu. Aber du darfst nicht sprechen jetzt."

Sie legte seinen Kopf seitlich auf ihre Jacke, damit er sich nicht an seinem Blut verschluckte. Es lief über den Mundwinkel ab.

„Ich hole Hilfe. Du mußt so liegen bleiben, hörst du? Ich rufe den Notarzt."

Die Hilfe kam sehr schnell. Aileen wurde für ihren Weitblick bewundert und gelobt. Doch sie hörte das Lob gar nicht. Sie fuhr mit dem Rettungswagen und betete die ganze Zeit. Erst während der Notoperation wurde das Messer herausgezogen. Die Milz wurde entfernt und ein Stück vom Magen. Wegen der starken inneren Blutung kam Shawn auf die Intensivstation und wurde zunächst noch künstlich beatmet. Die Band, Tony, die Allisons, die Fenns und Gordon, alle versammelten sich im Hospital, um auf den Ausgang der Operation zu warten. Ein Inspektor von der Polizei war ebenfalls da, um Aileen zu befragen.

„Ich habe ihn erkannt", sagte sie verstört.

Sie stand so sehr unter Schock, daß sie erst, als sie Shawn in den OP fuhren, in der Halle der Klinik ohnmächtig wurde. Ein Kreislaufmittel brachte sie wieder auf die Beine. Nun war ihr Vater da, und Claire und ihre Freunde stützten und trösteten sie und bangten mit ihr um das Leben dessen, den sie alle liebten. Auch ihre Mutter war da, bemüht ihr beizustehen. Doch Aileen sah etwas in ihren Augen, das sie nicht einschätzen konnte. Ihre Gegenwart war ihr unangenehm. Alle standen um sie herum, als sie sich wieder dem Inspektor zuwandte.

„Es war Thomas Wilson. Ich habe ihn genau gesehen."

Allgemeines Raunen ging durch den Kreis der Anwesenden. Julia Allison schluchzte auf. „Ich hab doch immer gesagt, daß er den Jungen irgendwann umbringt. Dieser Irre." Gordon umarmte sie mitfühlend. Jane sah nun aus, als sei sie gegen eine Wand gelaufen. Sie war kreidebleich. „Mein Gott", sagte sie abwesend.

Der Inspektor wollte nun die ganze Geschichte über Thomas Wilson hören. Als sie mit ihren Aussagen fast fertig waren, kam der Arzt, um ihnen mitzuteilen, daß es Shawn den Umständen entsprechend gut ginge und man ihn am nächsten Tag schon auf eine normale Station verlegen konnte, wenn er die Nacht über so stabil blieb. Allgemeine Erleichterung breitete sich aus. Julia wollte wissen, ob die Verletzungen ihren Sohn in seiner weiteren Lebensführung einschränken könnten. Doch der Arzt machte ihr berechtigte Hoffnungen, daß er keine großen Einschränkungen zu befürchten hatte.

Inzwischen saß Jane auf einem Hocker neben dem Schwesternzimmer und weinte. Claire ging zu ihr.

„Mom. Er wird doch wieder gesund", versuchte sie ihre Mutter zu trösten.

„Ich habe Thomas von der Schwangerschaft erzählt, und daß sie heiraten und wo Shawn und Elisabeth wohnen." Jane starrte ins Leere. „Ich habe ihm in schillernden Farben erzählt, daß das Baby da ist, und wie glücklich die beiden darüber sind", schluchzte sie. „Ich konnte doch nicht ahnen, daß er verrückt ist! Er ist doch so ein netter, korrekter Junge. Mein Gott. Das konnte ich doch nicht ahnen."

Wie konnte sie nur, dachten alle. Sie wußte doch, wie fanatisch Thomas Elisabeth liebte. Aber letztlich war der Tötungsversuch nicht Janes Schuld. Das war auch allen klar. Irgendwann hätte Thomas Wilson die ersten Fotos der glücklichen Familie in der Presse gesehen. Vermutlich wäre es spätestens dann zu dieser abscheulichen Tat gekommen. Der Inspektor bat die Familien, sich als Zeugen bereit zu halten und ihre Aussagen am nächsten Tag auf der Wache zu Protokoll zu geben. Er wünschte aufrichtig alles Gute und machte sich auf den Weg. Vor die Intensivstation zogen zwei Polizisten auf, um sich bei der Bewachung des prominenten Patienten abzuwechseln.

Gordon erledigte alle Formalitäten und brachte Julia und die Kinder nach Hause. Den Rest der Nacht blieb er bei der Familie. Als Robert und die Kinder sich schließlich in ihre Betten zurückgezogen hatten, um zumindest noch etwas Schlaf zu bekommen, kamen Julia und Gordon endlich dazu, miteinander zu reden. Julia entschuldigte sich für ihr kindisches Verhalten am Abend. Doch das war für Gordon jetzt Nebensache.

„Ich hätte dich nicht so überfahren dürfen mit meinem Antrag", sagte er ernst.

Sie schneuzte sich die vom vielen Weinen rote Nase.

„Ich habe einfach Angst. Verstehst du?" sprach sie leise.

Die kleine Jacky, die ebenfalls viel geweint hatte, war endlich eingeschlafen. Sie lag nun auf der Wohnzimmercouch, weil sie dicht bei ihrer Mutter bleiben wollte. Julia begann, Gordon über ihre Ehe mit William Allison Junior zu erzählen, den sie vor beinahe einundzwanzig Jahren auf einer Tanzveranstaltung kennenlernte und der so schön, stark und gewitzt war, daß sie sich Hals über Kopf in ihn verliebte. Und je mehr sie erzählte, desto mehr wurde ihr bewußt, daß Gordon ein ganz anderer Mann war, als der Tyrann, den sie damals geheiratet hatte.

Mr. und Mrs. Fenn fuhren gleich früh um sieben in die Frauenklinik. Es war natürlich zu früh für die Besuchszeit. Doch unter den gegebenen Umständen mußten sie die Eltern schon zu ihrer Tochter vorlassen. Sie stillte gerade Anne Louise. Als sie ihren Vater und ihre Mutter mit den so weißen, ernsten Gesichtern hereinkommen sah, ahnte sie sofort, daß etwas passiert sein mußte. Normalerweise würde ja auch niemand morgens um sieben schon zu Besuch kommen. Die Schwester kam ebenfalls herein. Daniel Fenn küßte seine Tochter und sprach leise, wegen der Kleinen.

„Hallo, Liebling. Bitte versuche, dich nicht so sehr aufzuregen. Aber ich muß dir etwas sagen."

Elisabeth sah zwischen ihrer Mutter und ihrem Vater hin und her. „Ist was mit Aileen, oder mit Claire... oder?"

Ihr Vater erzählte ihr von dem Attentat und den Folgen, aber auch, daß alles wieder gut werden würde. Doch natürlich regte sie sich auf. Die Milch hörte auf zu fließen, was verständlicherweise auch Anne Louise aufregte. Der Doktor versuchte seine Tochter zu beruhigen, während Jane das schreiende Baby hin und her trug.

„Wie kann Thomas uns nur so etwas antun! Ich habe ihm nie etwas vorgemacht! Ich hab ihn doch niemals geliebt!"

Die Schwester ordnete Elisabeths Bett und zwang sie, sich wieder hinzulegen. „Diese Aufregung", sagte sie, „das ist so schlecht für eine Wöchnerin."

„Aber es geht hier um meinen Mann!" entgegnete Elisabeth zornig. „Da werde ich mich doch wohl aufregen dürfen!"

Doktor Fenn bat um etwas Baldrian und einen Kamillentee. Beides verabreichte er seiner Tochter, die langsam etwas ruhiger wurde. Sie legte Anne Louise noch einmal an. Der Baldrian wirkte sich auch sehr schnell auf das Baby aus. Anne schlief bald tief und fest. Als Elisabeth den Sachverhalt dreimal durchgegangen war, blieben für sie nur zwei Fragen offen. Wer hatte Thomas Wilson mit Informationen versorgt, und warum war Aileen am Abend zu Shawn gefahren?

Ihre Mutter erklärte ihr, daß sie selbst nicht aus bösem Willen, sondern eher aus Sympathie für Thomas und die Familie Wilson, die Informationen über Elisabeth, das Baby und Shawn weitergegeben hatte. Immerhin trafen sich ja Mrs. Wilson und sie mehrmals im Monat. Da blieb es nicht aus, daß die Söhne zugegen waren und man sich über solche Dinge unterhielt.

Elisabeth ärgerte sich zwar über ihre Mutter, doch sie konnte die Handlungsweise nachvollziehen. Warum aber hatte Aileen ihre Eltern angelogen und war zu Shawn statt zu ihrer Freundin gefahren?

„Sie hat Shawn das Leben gerettet", sagte Jane. „Trotzdem finde ich, sie könnte uns ruhig mitteilen, was sie dort gesucht hat, statt bei ihrer Freundin zu sein. Sie hat uns alle belogen. Das kann ich nicht einfach vergessen bei der ganzen Sache."

Elisabeths Augen schlossen sich zu schmalen Schlitzen.

„Diese Schlange! Ich weiß genau, was sie dort wollte. Das war die Gelegenheit, um zu ihm ins Bett zu kriechen!"

Jane und der Doktor reagierten empört.

„Aber Elisabeth", entrüstete sich ihr Vater. "Wie sprichst du denn über deine Schwester? Immerhin hat sie deinen Mann gerettet!"

„Ja. Dafür bin ich ihr auch dankbar", sagte Elisabeth mit wackeliger Stimme, „aber sie hat ja sogar in unserer Hochzeitsnacht versucht ihn zu verführen."

Jane und Daniel kamen aus dem Staunen nicht mehr heraus. Eine ganz neue Seite ihrer jüngsten Tochter schien sich da vor ihnen aufzutun, von der sie bisher absolut keine Ahnung hatten.

Thomas Wilson war nach der schrecklichen Tat zunächst in der Stadt umhergeirrt. Ihm war langsam bewußt geworden, was er getan hatte und was dies für Konsequenzen für seine Zukunft haben würde. Zuerst war da nur die Verwunderung. Verwunderung über den Blick des Opfers. Erkennen, Erstaunen, Entsetzen? Es hatte sich komisch angefühlt, das Messer in ihn zu stoßen. Nicht so schwer, wie er dachte, doch entschieden widerlicher. Das Geräusch, das dabei entstanden war, und dann das Blut, das sofort aus der Wunde trat. Eklig und erschreckend. Wie dann Shawns Gesichtszüge begannen zu zucken und er taumelte und zu Boden sank und er wußte, jetzt hast du einen Menschen getötet, das war alles mehr als widerlich. Wie grotesk es war, den nackten Körper des Rivalen zu sehen. Wie oft hatte Thomas davon geträumt, seinen Erzfeind zu kastrieren. So sah sein bestes Stück also aus. Wie haßte er diesen Weiberhelden, der ihm seine Elisabeth kaputtmachte. Der mit seiner brutalen, hirnlosen Art auch noch Erfolg hatte bei Frauen. Wie haßte er, daß Shawn doch immer das letzte Wort zu haben schien. Er hätte sterben können, als das Rad des Rollers sich löste. Er wußte genau, wer dahinter steckte. Dieses Mal wollte er das letzte Wort haben. Er hatte ihn umgebracht, diesen Allison. Diesen Flachwichser.

Aber zugleich tötete er sich selbst. Das wurde ihm nun langsam klar. Seine Karriere als Anwalt konnte er vergessen, wenn seine Tat herauskam. Er würde niemals ins Gefängnis gehen. Eher würde er sich aufhängen. Wie sollte er nur mit dieser Schuld leben? Er hatte einem unschuldigen Kind den Vater genommen. Er hatte seine Eltern entehrt, seinem Bruder Schande gemacht. Sie waren von dem Augenblick an, als das Messer in Shawns Bauch steckte, die Verwandten eines Mörders. Wahrscheinlich würde auch die Anwaltskarriere seines Vaters damit abrupt beendet sein.

Selbst an die ganze Allison Sippschaft dachte er plötzlich. Ihnen allen hatte er den Ernährer genommen. Sie konnten ja wirklich nichts dafür. All das nur, weil er, Thomas Wilson, seine Rache haben mußte. Seine dämliche, beschissene Rache. Alles hatte er zerstört, in weniger als drei Minuten. Alles.

Er fuhr nach Hause. Die Polizei war noch nicht da. Er begrüßte seine Mutter und seinen Bruder, sagte, er fühle sich nicht wohl und daß er sich zu Bett legen würde. Er ging auf den Dachboden und erhängte sich. Es war einundzwanzig Uhr, als der letzte Atem aus seinem jungen Körper wich. Zur gleichen Zeit hatten die Ärzte im Hospital um Shawns Leben gekämpft und die Menschen auf dem Flur des Krankenhauses bangten um Sohn, Bruder, Geliebten und Freund.

Nur fünfzehn Minuten später umstellte die Polizei das Haus der Wilsons. Sie polterten mit entsicherten Waffen hinein, als die völlig geschockte Mrs. Wilson öffnete und schnappten sich zunächst Jonathan, der genauso nichtsahnend wie seine Mutter war.

„Thomas Wilson?" brüllte ihn der Beamte an. „Nein... wieso... nein!" beteuerte Jonathan zitternd.

„Wo ist er?"

„In seinem Zimmer. Um Gottes Willen, was ist denn nur passiert?"

„Das erkläre ich ihnen, wenn wir ihren Sohn haben, Mam", sagte der Beamte ungeduldig, „Wo ist das Zimmer?"

Sie ging vor. Doch kaum war den Beamten klar, welches Zimmer sie meinte, da drängelten sie an ihr vorbei, klopften, forderten Thomas auf zu öffnen, mehrmals, bis sie schließlich hineinstürmten, um festzustellen, daß er nicht da war.

„Durchsucht das Haus!" wies der Kommissar seine Leute an, die sich sofort verteilten. Er erklärte indes Mrs. Wilson und ihrem jüngeren Sohn den Sachverhalt.

„Aber er ist vor kurzem erst nach Hause gekommen und sagte, ihm sei nicht wohl, er wolle sich hinlegen. Das kann doch nicht sein, daß mein Sohn so etwas tut!"

Jonathan war sich darüber nicht so sicher. Wie oft hatte er seinen Bruder drohen hören „Ich schneid ihm die Eier ab" oder „Ich schlitze ihn auf. Dieses Schwein hat nichts anderes verdient!" Doch Jonathan hätte nie geglaubt, daß Thomas fähig wäre, tatsächlich eine Gewalttat zu begehen. Natürlich wußte er auch nichts von dem Überfall in der Nacht der Bandgründung.

Nach wenigen Minuten meldete ein Beamter vom Speicher herunter, er habe Thomas. Die Mutter lief hinauf. Sie wollte ihren Sohn zur Rede stellen. Doch die Beamten hinderten sie daran einzutreten. Jonathan sah, wie seine Mutter zwischen den Beamten, die sie zu stützen versuchten, zusammenbrach. Verzweifelt und voll rasendem Schmerz rief sie den Namen ihres Erstgeborenen, der ihr nun nie mehr antworten würde.

Für Shawn war der vergangene Tag und die darauffolgende Nacht in einer Art Dämmerzustand vergangen. Er war in sein Zimmer verlegt worden, was er zwar registrierte, doch er war so müde, daß er sofort wieder einschlief. Sein Geist war so betäubt, daß er sich keine Fragen stellte, keine

Angst spürte, keine Wut. Eigentlich hatte er keinerlei Bedürfnisse, außer zu pinkeln vielleicht. Aber auch das ging fast nebenbei, weil sie ihm die Pfanne brachten. Er brauchte nur zu schlafen. Alles andere wurde für ihn erledigt.

Als er wieder einmal erwachte, spürte er Wärme in seiner rechten Hand. Er drehte langsam den Kopf und sah direkt in das besorgte Gesicht Aileens. Jetzt fiel ihm wieder ein, wie sehr er sich darüber gewundert hatte, daß es sein zarter Engel war, der ihm in der schlimmsten Not Beistand und Hilfe leistete, wie damals nach der Sache mit dem Hund, als sie ihre kühle Hand auf seine Stirn legte.

Aileen war glücklich über das vorsichtige Lächeln, das über seine Lippen huschte.

„Hallo. Gut geschlafen?" fragte sie und zwang sich ein fröhliches Gesicht zu machen.

Er leckte sich über die trockenen Lippen und setzte zu seinem ersten Satz seit dem Attentat an. Doch seine Stimme versagte. Er konnte nur ganz leise flüstern. Er wollte schon in Panik geraten. Was für eine Katastrophe! Seine Stimme war schließlich sein Kapital, so schräg sie auch sein mochte. Verzweifelt faßte er sich an den Hals, doch Aileen hatte auch dafür eine Erklärung.

„Das kommt von der Beatmung. Du hattest einen Schlauch im Hals. Beim Hinunterschieben können die Stimmbänder verletzt werden. Mit der Zeit gibt sich das aber."

„Woher weißt du das, Frau Doktor?" flüsterte Shawn angestrengt und lächelte verunsichert.

„Ich lese alle medizinischen Schriften, die mein Vater bekommt. Die interessieren mich einfach. Vielleicht studiere ich Medizin, weißt du."

Shawn nickte. „Danke, daß de mir geholfen hast", wisperte er, „aber warum warste überhaupt da?" Sie küßte seine Hand.

„Ich wollte mit dir reden. Dich ganz viele Dinge fragen, die ich über dich wissen will. Und ich wollte dir sagen, daß ich überhaupt keine Angst mehr davor habe..." sie sah in sein erwartungsvolles Gesicht. „Ich wollte die Nacht mit dir verbringen, weißt du. Ich wollte wenigstens mein erstes Mal von dir. Bevor ich..." Shawn versuchte ihr in die Augen zu sehen, doch sie senkte beschämt den Blick und sprach nicht weiter.

„Oh Lee...", er zog sie näher zu sich. „Ich bin fast verrückt geworden, als ich den kleinen Brief von dir gelesen hab. Lee... ich liebe dich. Ich lieb dich so sehr. Nur dich. Alles, was sonst so läuft, is' was ganz anderes. Ich dachte nur, das geht vorbei. Wegen Anne Louise auch und weil ich dich nich' quälen will. Du bist so jung. Und so... so aufrichtig. Ich tu dir doch nur weh, mit allem, was ich so mach. Das mit Elisabeth und mit..."

Er regte sich auf, das Sprechen fiel ihm arg schwer, die Wunde begann zu schmerzen. Doch er mußte das loswerden. Vielleicht würde ihre Liebe für ihn mit seinem Geständnis abrupt enden, was für Aileens weiteres Leben sicherlich besser wäre.

„Psst", machte Aileen und küßte seinen Mund. „Du strengst dich zu sehr an. Ich weiß das mit Mom. Schon lange. Ich bin nicht blind und nicht dumm, Shawn." Er sah sie bestürzt an. „Ich weiß auch, daß du mit vielen anderen schläfst. Karen zum Beispiel. Die hat doch bis auf Mason schon jeden von euch durch. Und all die Party-Girls. Jeder weiß das. Ach Shawn. Elisabeth grämt sich wegen Karen und wegen der Groupies, aber sie sagt es dir nicht. Und von Mom ahnt sie nicht das geringste. Aber ich weiß es schon lange. Und wegen ihr und Elisabeth hab auch ich mich sehr gegrämt. Aber die anderen sind mir egal. Ich weiß ehrlich nicht, warum das so ist. Aber sie sind mir einfach egal."

Shawn staunte nicht schlecht. Er brachte vor Erstaunen nicht einmal einen Flüsterton heraus.

„Was siehst du mich so an? Ich bekomme seit zwei Jahren mit, was du machst mit Frauen. Ich weiß das alles. Deswegen wollte ich aufhören, dich zu lieben. Aber es geht nun mal nicht. Ich glaube, ich bin irgendwie härter geworden in dieser Zeit. Vielleicht, weil ich mit all dem allein zurechtkommen mußte. Ich wollte nicht mehr warten, bis sich das Schicksal irgendwie wendet und ich älter bin und so weiter und so fort."

Sie machte eine weitläufige Geste, um auszudrücken, daß es vermutlich immer Dinge zwischen ihnen geben würde, um ein intimes Zusammensein aufzuschieben oder auszuschließen. Doch sie hatte ihm noch eine überaus wichtige Mitteilung zu machen.

„Bald gehe ich nach Amerika, Shawn, um mich dort auf mein Studium vorzubereiten. Ich bin Jahresbeste auf meinem College und habe ein Stipendium erhalten, weißt du? Vor drei Tagen kam die Zusage. Daddy ist verdammt stolz auf mich. In einem Monat geht es los. Dann werde ich dich für sehr lange Zeit nicht mehr sehen. Es wäre die Gelegenheit gewesen, mit dir allein zu sein, jetzt, wo Elisabeth noch in der Klinik ist. Mein erstes Mal wollte ich nicht mit irgendeinem erleben, sondern mit dir. Und wer kann denn wissen, wann wir uns wiedersehen würden? Ich dachte, jetzt oder nie, verstehst du? Ist das verdorben? Findest du das vulgär? Das hast du mir sicher nicht zugetraut, was?" Vor Aufregung sammelten sich Tränen in Aileens Augen.

Shawn wollte gern etwas sagen, aber er war so in Aufruhr, und nun fing sie auch noch an zu weinen, daß er nur noch ihre Hand an seinen Mund pressen konnte und für einen Moment die Augen schließen mußte. Sie würde fortgehen. Nach Amerika. So weit fort. In seinem Kopf drehte sich alles. Alle paar Monate könnten sie sich vielleicht sehen. Aber was war das schon für ein so junges Mädchen. Irgendwann würde jemand kommen, der immer Zeit für sie hat und der frei war. Und dann würde sie ihn vergessen.

Die Wunde schmerzte immer stärker. Lange schon hatte er nicht mehr einen solchen Schmerz verspürt. Er faßte darauf und stöhnte auf. Aileen richtete das Kopfteil des Bettes etwas höher und gab ihm zu Trinken.

„Wer macht so was, Aileen?" flüsterte Shawn schmerzgepeinigt.

Aileen setzte sich neben ihn auf das Bett, legte ihren Arm hinter seinen Kopf, den er vertrauensvoll gegen ihre kleine Brust kuschelte. Sie streichelte seine Wange und erzählte ihm alles.

Wie sehr mußte Thomas Elisabeth geliebt haben, daß er solch einen Haß gegen seinen Rivalen entwickeln konnte. Und wie verzweifelt mußte er gewesen sein, um es fertig zu bringen, seinem Leben ein Ende zu setzen. All die unterschiedlichen intensiven Gefühle, die in der letzten Zeit auf ihn eingestürmt waren, machten Shawn zu schaffen. Er hätte sich niemals erlaubt, vor Elisabeth oder gar vor Jane zu weinen. Aber in Aileens Gegenwart fühlte er sich so sicher wie neben Lilian oder Gordon. Es tat unsäglich wohl, gehalten zu werden, die Weichheit ihrer Brust an der Wange zu spüren und sich einfach all den Gefühlen zu überlassen, die nicht mehr im Zaum gehalten werden konnten.

Shawn brauchte nicht lange, um wieder gesund zu werden. Dafür sorgten seine liebende Familie, seine Freunde und seine Tochter. Elisabeth war eine Woche lang jeden Tag mit dem Baby zu Besuch gekommen, bis Shawn auf seine frühzeitige Entlassung drängte. Zuhause setzte oder legte er sich auf das Sofa, und Elisabeth gab ihm Anne Louise auf den Arm, sobald sie satt war. Er herzte und küßte dauernd an dem Kind herum.

Elisabeth sah das nicht allzu gern. Im Gegensatz zu dem Baby wurde sie von ihm kaum beachtet. Sie wünschte, sie wäre in der Lage, sich ihm hinzugeben, doch die erst kurz zurückliegende Geburt und Shawns körperlicher Zustand erlaubten das nicht. Einmal versuchte sie, seine wiederkehrende Lust auf andere Art zu sättigen. Doch er hinderte sie daran. Zum ersten Mal in der Beziehung zu Shawn fühlte sie sich wirklich herabgesetzt. Nicht mal das wollte er von ihr, von dem er genau wußte, daß es ein besonderes Entgegenkommen ihrerseits war, weil sie es noch immer nicht gerade appetitlich fand. Obwohl sie ihm glaubte, daß er nicht mit Aileen geschlafen hatte, wußte sie, daß seine Ablehnung mit ihr zu tun hatte.

Elisabeth hatte ihrer Schwester den Besuch in ihrer Wohnung verboten. Also telefonierte Shawn trotzig mit ihr. Elisabeth bat ihn inständig, den Kontakt zu Aileen abzubrechen. Seine einzige Reaktion war ein hochmütiges Lachen. Sobald er wieder in der Lage sei auszugehen, würde er sich mit Aileen treffen. Er würde sie sehen, bevor sie nach Amerika abreiste. Er ließe sich von niemandem, schon gar nicht von Elisabeth vorschreiben, wen er treffen durfte und wen nicht. Elisabeth hoffte inständig, daß ihre Mutter Aileen daran hindern würde, Shawn zu treffen. Versprochen hatte sie es zumindest.

Die Genesungswochen genoß Shawn, weil er die ganze Zeit nah bei Anne Louise sein konnte. Doch mit Elisabeth entwickelte sich eine ständig gereizte Stimmung, die sich nur deshalb noch nicht über Handgreiflichkeiten entladen hatte, weil Shawn Schmerzen bekam, wenn er ruckartige Bewegungen machte. Als sie ihn wieder einmal mit sarkastischen Worten traktierte, warf er sein Glas nach ihr. Die Strafe war ein umfangreicher, lang anhaltender Schmerz, der ihm fast den Atem nahm. Außerdem konnte er auch drei Wochen nach dem Attentat noch nicht wieder laut sprechen. Und er hätte ihr so gern Kontra gegeben.

Ihr paßte rein gar nichts mehr. Auch daß die Jungs und gar diese Karen vorbeikamen, die jetzt mit Spider lebte und dauernd auf Drogen war, daß Gordon und seine Familie ihn besuchten und deshalb immer jemand in der Wohnung war, paßte Elisabeth ganz und gar nicht.

Shawn hingegen war glücklich über die Besuche. Mit allen anderen außer mit ihr konnte er spaßen, sogar im Flüsterton. Ihm war erlaubt, Bier zu trinken, was er sofort ausgiebig tat. Dazu gab es bald auch schon wieder das ein oder andere Zigarillo oder einen Joint. Er schrieb und komponierte ein Stück nach dem anderen und ließ sie die Jungs per Akustikgitarre und Bongos durchprobieren, was bedeutete, daß zu diesem Zweck wieder alle in Elisabeths Wohnung herumhingen, qualmten, tranken, Blödsinn laberten.

Wenn sie sich darüber beschwerte, wurde Shawn unausstehlich. Er nannte sie eine alte Meckerziege, eine Spaßverderberin, einen Hausdrachen. Er warf absichtlich etwas um, damit die neue Haushälterin kommen mußte, um es aufzuwischen. Dabei befummelte er die Frau, die anscheinend noch immer zu attraktiv war, obwohl Elisabeth sich schon Mühe gegeben hatte mit der Auswahl. Er tat alles, um sie zu ärgern.

Langsam kam er zurück ins Leben. Das merkte man ganz deutlich. Die Ärzte gaben ihm noch vier Wochen Rekonvaleszenz. Dann sollte er wieder fit und bei Stimme genug sein, um auf die Bühne zu gehen. Das tägliche Stimmtraining und die Krankengymnastik, die durch einen Therapeuten per Hausbesuch durchgeführt wurden, sollten ihm dabei helfen.

Für die Fans und die Presse war es eine etwas schwierigere Blinddarmoperation, der er sich hatte unterziehen müssen. Gordon fürchtete irre Nachahmer, falls herauskommen sollte, was wirklich geschehen war. Der Fanclub wurde überschüttet mit Genesungspost und Blumen. Die Mädchen sorgten sich so sehr um ihren Angebeteten, daß sie immer wieder anriefen und wissen wollten, wie es Shawn denn inzwischen ginge. Die jungen Menschen, die eigens zum Beantworten der zusätzlichen Fanpost eingestellt worden waren, leiteten lediglich Stichproben an Shawn weiter. Die positiven und interessanteren Briefe, in denen es nicht nur um die Schwärmerei für ihn ging.

Die Zeitungen durften ein offizielles Genesungsfoto von Shawn veröffentlichen, zusammen mit Anne Louise und Elisabeth. So hatte man zwei Fliegen mit einer Klappe geschlagen, denn die Presse drängte Gordon schon länger nach einem Familienfoto. Chris hatte eine Reihe sehr schöner Fotos gemacht und mit Gordon zusammen eines für die Presse ausgesucht. Als Elisabeth sich mit

Shawn und dem Baby in der britischen Ausgabe der Vogue, als wohl „attraktivstes europäisches Jungelternpaar" tituliert wiederfand, war sie unglaublich stolz und glücklich. Shawn hingegen war nicht begeistert davon, daß Anne Louise schon in einer Zeitschrift zu sehen war, obwohl der Winzling da auf seinem Arm, im weißen Spitzenkleidchen, mit nackten Knien, die süßen kleinen Füße in Söckchen und den ersten Lackschuhen, natürlich das schönste Kind der Welt war, das konnte niemand bestreiten. Immer wenn er das Bild sah, leuchteten seine Augen genauso, wie wenn er Anne Louise selber im Arm hielt.

Da war anscheinend eine Art Automatik im Spiel, die zwischen ihm und Elisabeth nicht funktionierte. Sie fragte sich, was sie machen mußte, um so in sein Herz geschlossen zu werden. Manchmal überkam sie ein regelrechtes Schamgefühl, wenn sie sich dabei ertappte, wie glühend eifersüchtig sie auf ihre eigene Tochter war. Dabei sollte sie eigentlich froh sein, daß ausgerechnet das Rauhbein Shawn Allison ein so zärtlich liebender Vater war.

Liebende finden immer einen Weg, sich zu treffen. Auch wenn alle Welt dies verhindern will. Für Elisabeth war er zur Nachsorge Untersuchung im Hospital. Aileen war offiziell mit einer Freundin auf dem Schulfest, wo sie Kaffee ausschenken sollte. Man konnte sie natürlich nicht auf Schritt und Tritt beobachten.

Es war drei Uhr am Nachmittag, in einem noblen Londoner Hotelzimmer, das Shawn für eine Nacht mieten mußte, als sie sich zärtlich küßten, sich streichelten, sich gegenseitig entkleideten. Sie sahen einander lange an, ihr Glück noch nicht fassend, befühlten jeden Zentimeter Haut, nach der sie sich so lange schon sehnten. Mit kühlem Champagner stießen sie auf Aileens Entschluß an, aller widern Umstände zum Trotz ihr erstes Mal mit dem Mann, den sie liebte, zu begehen. Wenn sie erst in Amerika war, würde sich so bald keine Gelegenheit ergeben. Vielleicht würde sie auch nie einen anderen Mann an sich heranlassen. Manchmal dachte sie so.

Aileen berührte den Verband unter dem Rippenbogen mit den Lippen. „Nachsorge", sagte sie und lächelte verschwörerisch.

Er hätte sich gern auf sie gelegt um ihren Körper zu küssen und schließlich in sie einzudringen. Das ging jedoch wegen der Verletzung nicht. Trotz des Schmerzes, der sich bei jeder falschen Bewegung meldete, kicherte Shawn mit Aileen herum, während ihrer Suche nach einer Lösung des Problems. Sie küßten und schmusten schließlich doch recht leidenschaftlich. Er wollte sich Zeit lassen, um Aileen richtig vorzubereiten. Schließlich ging es hier um das erste Mal nicht irgendeines Mädchens. Hier ging es um Aileen.

„Es tut mir leid", flüsterte er nachdem ihn die Verletzung wieder einmal daran gehindert hatte seine Zärtlichkeiten zu intensivieren. „Irgendwie bin ich nich' der geschickteste Liebhaber heute."

Sie sah an ihm herunter. „Das wesentliche funktioniert vorbildlich", sagte sie frech und setzte sich über ihn.

Halb saß er, den Rücken an den Bettkopf gelehnt, und spielte mit der Zunge an ihren kleinen, spitzen Brustwarzen, während sie selbst den Druck seines Eindringens kontrollierte. Sie war wirklich bereit. Ihre Hitze und Offenheit signalisierten es ihm. Dies war alles andere als das Fiasko, das er mit Elisabeth erlebt hatte, damals in der alten Scheune. Er spürte die zarte Barriere, doch Aileen gab ihrem Körper einen Ruck. Nach kurzem Erzittern und schmerzvollem Laut auf beiden Seiten hielt sie kurz inne. Sie küßten ihre bebenden Münder. Seine Hände strichen behütend über ihren Po und ihre Schenkel. Alles wollte er ihr, nur nicht weh tun. Doch als sie ihn leise fragte „Hab ich dir weh getan?", da hätte er gern laut gelacht vor Glück und Erregung.

„Ach Lee! Ich liebe dich. Ich liebe dich."

Seine Stimme kehrte zurück. Rauh und belegt noch, wie im Stimmbruch. Mal da, mal unhörbar, wollte sie seiner Lust Ausdruck verleihen, während Aileen sich auf ihm bewegte. Doch sein Gesicht verriet ihr ohnehin, was er fühlte. Sie warf ihren Kopf in den Nacken, und während er an ihren Brüsten saugte, sah sie seinen Mund, seine Hände, seinen verlangenden Blick. Selbst der leise Schmerz war wonnevoll. Sie würde diese Gefühle mit sich nehmen ins ferne Amerika. Und wenn jemand sie fragen würde, ob sie einen festen Freund hatte, würde sie die Frage stolz bejahen.

Der Nachmittag verging viel zu schnell. Shawn hatte trotz einiger Schwierigkeiten so viel geredet und gelacht, daß seine Stimme immer besser durchkam. Sie waren beide so endlos glücklich. Doch zum Schluß meldete sich doch noch das schlechte Gewissen. Aileen dachte plötzlich an Elisabeth und Anne Louise. Und Shawn überlegte, ob es klug gewesen war, die Liebe zueinander noch zu vertiefen, statt ihr aus dem Weg zu gehen. Trotzdem suchten sie nach einer nächsten Gelegenheit, noch bevor Aileen abreisen mußte. Sie konnten sich kaum voneinander trennen. Nachdem sie sich angezogen hatten, legte Shawn eine Rosenblüte auf den Blutfleck im Laken, die er aus dem üppigen Strauß nahm, den er für diesen Anlaß hatte arrangieren lassen. Sie umarmten sich. Stirn an Stirn standen sie da, rieben ihre Nasen gegeneinander und lachten verliebt.

„Nächste Woche?" fragte er leise krächzend.

Sie nickte, spitzte ihre Zunge und leckte ihm über die Nasenspitze. Er preßte sie gegen sich.

„Oh du, wenn ich diese dämliche Naht nicht hätte... ich könnte... ich würde!"

„Küß mich noch mal so wild wie vorhin, Baby", verlangte sie so hartgesotten wie möglich.

Sie kicherten albern. Doch schon vereinte sie ein langer sehnsuchtsvoller Kuß. Mit ihr war alles so einfach.

Es war Punkt zweiundzwanzig Uhr in New Jersey, St. Helen Hospital. Lilian hätte gern mehr davon gesehen, was da unten, wo der Arzt und die Hebamme standen, passierte. Doch das Laken, das sie ihr über den Unterkörper gelegt hatten, verdeckte ihr die Sicht. Sie hörte auf das Kommando der Hebamme und umklammerte fest die Hand der Schwester, die neben ihr stand. Was die immer alle hatten mit ihrem „Pressen! Pressen!" Sie preßte ja schließlich, was sie nur konnte. Selbst verwundert über die plötzliche Erleichterung, hörte sie, wie der Arzt einen Jubelton ausstieß. Die Schwester streichelte ihre Wange und lobte sie überschwenglich. Alle Anspannung löste sich von ihr. Euphorie breitete sich aus und öffnete die Schleusen. Die Tränen flossen als Zeichen des Glücks und des Triumphes. Sie fühlte sich bärenstark.

Es dauerte nur einige Sekunden, dann zeigten sie ihr das sehr angestrengte Neugeborene. Sie sah das Schniepelchen, bevor ihr die Hebamme das Geschlecht sagen konnte. „Ein Junge", lachte Lilian. „Ich hab's gewußt, ich hab's gewußt. Oh komm her, mein Kleiner. Mein Gott, ist der süß. Sehen sie nur, wie wunderschön er ist."

Ein paar Minuten ließen sie ihr das Baby, das nur notdürftig gereinigt war. Sie versuchte ihn anzulegen. Das klappte noch nicht so richtig. Trotz der vielen Fältchen auf der Stirn, trotz der noch geschlossenen, verquollenen Augen war eines klar: Niemand aus ihrer Familie, der Familie Evans, hatte jemals so ausgesehen. Er hatte den Mund, die dunklen Haare, die Ohren, ja sogar die kräftigen Hände der Allisons. Lilian war entzückt von ihrem Sohn.

„So schön wie dein Vater bist du, Eliah Blues Evans." Sie küßte seine Stirn, die noch intensiv nach Fruchtwasser und Käseschmiere roch. Er maunzte und zappelte unkontrolliert mit den Händchen.

„Die Nachgeburt kommt", hörte sie den Arzt sagen. „Jetzt müssen sie noch einmal mithelfen, Lilian." Niemand hatte sie je darauf vorbereitet, daß auch die Hülle, das Raumschiff ihres Sohnes, in dem er neun Monate lang unterwegs war, noch Probleme machen könnte.

„Ich werde ihn jetzt baden", sagte die Hebamme. „Sie können zu mir herüber sehen, während der Doktor eine Ausschabung vornimmt."

„Keine Angst", beteuerte der Arzt. „Es ist nur ein kleiner Rest. Das haben wir gleich."

Die Peridualanästhesie war noch intakt. Trotzdem war dieser Vorgang sehr unangenehm. Doch als sie später frisch gewaschen und in einem dieser Wöchnerinnenhemden in ihrem Stationsbett lag und ihren Sohn im Arm hielt, war alles andere fast vergessen. Eliah Blues war dabei, das erste sinnliche Erlebnis im Erdenleben eines Menschen zu genießen. Nämlich die Mutterbrust. Lilian war verliebt. Sie streichelte das kleine Öhrchen und schwebte auf Wolke Sieben. „Wenn er dich sehen könnte", flüsterte sie, „bestimmt würde er dich lieben."

Die Band startete nach der verhältnismäßig langen Pause mit einem Auftritt in der Sendung „Top of the Pop", wo Shawn zahm den Lulleby-Song, den er für seine Tochter geschrieben hatte, zum besten gab. Der Song erreichte nicht die Top Ten, doch die ältere Generation war zufrieden. Endlich kam der junge Rebell zur Vernunft. Doch schon der erste Bühnenauftritt bewies das Gegenteil.

Aileen war seit drei Wochen in den USA. Nach einem wahrlich extatischen Abschiedsnachmittag, während dem er ihr viel Aufregendes beibringen mußte, hatten sie sich tränenreich getrennt. Nun wußte er, wie umwerfend befriedigend es sein konnte, mit jemanden, den man liebte, Sex zu haben. Bei all seiner Erfahrung war dies der bisherige Höhepunkt der körperlichen Liebe. Ihre Experimentierfreude war entzückend und beglückend. Die Stimmung dabei von einer Leichtigkeit, die ihn in den siebten Himmel hob. Am liebsten hätte Shawn Gordon eingeweiht, denn er hätte gern mit jemand über seine überschwenglichen Gefühle geredet. Doch er verkniff sich die Sache, so gut er konnte. Man merkte ihm trotzdem an, daß etwas mit ihm passiert war. Er lachte viel mehr als sonst, flirtete mit jedem, egal ob Männchen oder Weibchen. Er war im wahrsten Sinne des Wortes anhänglich.

Sogar Elisabeth bekam etwas von seinem ungewohnten Frohsinn ab. Sie wertete das als gutes Zeichen. Der störende Aspekt, ihre kleine Schwester, war ja nun fort. Nun mußte sie es nur noch schaffen, ihn zu verführen. Das war der Haken bei der Geschichte. Es wäre längst möglich gewesen, doch er hatte noch nicht einmal versucht, mit ihr zu schlafen.

Sein Hochgefühl hielt auch nur so weit an, bis ihm bewußt wurde, daß Aileen für wirklich lange Zeit unerreichbar war. Die ersten Briefe waren schon angekommen. Sehr geheim. An Dorothee. Je öfter er las, wie sehr sie sich nach ihm sehnte, desto schmerzhafter wurde die Erinnerung an die wenige Zeit, die sie wirklich zusammen waren. Er mußte sich unbedingt auf die nächsten Gigs und Fernsehauftritte konzentrieren, aber ob das so einfach möglich war, wußte er nicht. Hinzu kam noch, daß ihm der Angriff auf seine Person doch nachhaltiger zu schaffen machte, als er zunächst dachte. Thomas Wilson war tot. Doch immer, wenn er die Tür aufmachte, sah er seine Gestalt im Parka mit der Wollmütze über dem Gesicht vor sich stehen. Oft träumte er, wie er durchbohrt wurde. Manchmal war die Gestalt sein Vater, manchmal dieses undefinierbare Es, was einfach nur rasende Angst machte. Neuerdings rief er seine Bodygards an, wenn er aus dem Haus gehen wollte, und ließ sich vor der Wohnung abholen. Seine Schreckhaftigkeit nahm fast krankhafte Formen an, während körperlich langsam wieder alles in Ordnung kam. Um seiner ständigen Furcht Herr zu werden, begann er, sehr bewußt mit Drogen zu experimentieren.

Beim ersten großen Gig nach dem Attentat ließ Elisabeth Anne Louise das erste Mal in der Obhut einer Kinderfrau, um von der VIP-Lounge aus, den Auftritt ihres Mannes zu verfolgen. Gordon und ein paar Musikerkollegen saßen mit ihr dort. Das Interesse, das Jimi ihr zeigte (er war ebenfalls in der Lounge), hätte sie gern von ihrem Mann bekommen. Trotzdem war es wohltuend, von jemandem hofiert zu werden. Sie fand ihn zwar noch immer häßlich, doch immerhin war er einer der bekanntesten Stars weit und breit. Sie rauchte einen Joint mit ihm und fand ihn plötzlich recht attraktiv. Gegen ein bißchen Flirten war ja wohl nichts einzuwenden. Karen und Rani waren wieder mit von der Partie. Elisabeth ließ sich von Jimi das Knie tätscheln, als Shawn gerade vor Karen kniete und seine Zunge in ihren Bauchnabel steckte. Dieses Flittchen. „Yeah, Yeah," hauchte sie mit ihrer Bluesstimme ins Mikro, „let me feel it. Let me heal it. Come on deeper and deeper and see it... How the deepest look can heat it..." Frenetischer Beifall und Pfiffe sorgten noch für eine Steigerung der prickelnden Atmosphäre. Karen zog sich geschmeidig wie eine Katze in den Hintergrund zurück, wo sie zusammen mit Robert und Spider wieder die Background-Vocals übernahm, während Shawn seine fast zu gut gespielte Erregung ins Mikro seufzte und den neuen Song „The Deep" fortsetzte.

Der Song strotzte nur so von Sex, ohne daß er eine einzige offene Sexualvokabel enthielt. Da war vom Leib der Erde die Rede, von der Hitze und der Glut eines Vulkans und von weißen Lavaströmen, die sich ins Meer ergossen. Gordon hatte von Anfang an gesagt, daß dieser Song garantiert der Zensur zum Opfer fallen würde. Wäre er nicht so vorgetragen worden, wie nur Shawn Allison es konnte, wäre wahrscheinlich keiner der Moralisten auf schlechte Gedanken gekommen. Doch nun war auch dem letzten klar, wie diese Zeilen zu verstehen waren. Von der Bühne holen konnten sie ihn nicht mehr. Dazu war die Masse an Menschen zu groß, die man hätte im Zaum halten müssen. Doch es würde eine satte Anzeige geben und wieder einmal ein Sendeverbot. Das wußte Gordon spätestens in dem Moment, als Shawn mit den letzten Takten noch einen soeben entstandenen Zusatz ins Mikrofon flüsterte: „Let me flow into the deepest, let me melt, let me burn. Hot mother." Und nach einer Pause, in der man seinen Atem verstehen konnte, wie man wollte, sprach er endlich das fehlende Wort... "Earth."

Gordon kaute nervös auf seiner Unterlippe. Jimis Hand war inzwischen unter Elisabeths Rock verschwunden. Nun war es aber genug. Sie hielt ihn zurück. Er nahm es ihr nicht übel. „Your'e ey real hot mother", sagte er grinsend und erhob sich, um in den tosenden Beifall einzustimmen. Elisabeth verdrehte die Augen. Sie waren doch alle gleich, diese Musiker. Nach der Show beeilte sie sich, hinter die Bühne zu kommen. Abgeschirmt von Bodygards wurde sie in die Räume der Band geleitet.

Der Tisch war reich gedeckt mit Lachs, Austern und Kaviar, Obst, Baguette, Champagner und jeder Menge anderer Alkoholika. Die Jungs, Jimi, Chris, Gordon und die Crew und einige Groupies tranken, rauchten, lachten, als Elisabeth mit den Bodygards hereinkam. Sie wurde überschwenglich empfangen.

„Wo ist Shawn?" fragte sie Mason, der nur mit den Schultern zuckte. Seine Augen verrieten ihr, daß er es wußte. Als sie auf die Tür zum Nebenraum zusteuern wollte, hielt er sie zurück.

„Geh da nicht rein", sagte er. „Komm Betty, trink lieber 'n Schluck Champus."

„Zuviel gekifft," sagte sie benommen, „dann muß ich kotzen... Ich will zu meinem Mann."

Sie machte sich los, öffnete die Tür, trat ein und schloß die Tür hinter sich. Sie brauchte eine Weile, um sich an das Zwielicht zu gewöhnen. Die Geräusche waren eindeutig. Und was sie schließlich sah, ebenfalls. Auf einem Stapel Kleider und Decken tummelten sich drei Gestalten. Karen lutschte an Spider und Shawn kniete hinter ihr und schob das Ganze an.

Sie folgte nicht dem spontanen Impuls, ihrem Brechreiz hier und jetzt nachzugeben, sondern sah einfach zu, bis die drei merkten, daß sie beobachtet wurden.

„He, die Kleine is' drauf", lallte Spider. „Komm", sagte Karen fröhlich und stoppte Shawn.

Der schien überhaupt nicht erschrocken zu sein beim Anblick seiner Frau. Ohne sich zu bedecken, setzte er sich zur Seite und lachte Elisabeth mit halb geschlossenen Augen an. Sein Blick machte ihr Angst.

„Komm schon, Mummy, Karen besorgt's dir echt gut!" sagte er mit teuflischem Grinsen, das sie von ihm kannte, wenn er mit Drogen zugeknallt war.

„Du dekadentes Arschloch!" sagte Elisabeth und ihre Stimme zitterte vor Wut und tiefem Schmerz.

Sie lief hinaus, lief durch die Menschen hindurch, die ihr plötzlich alle egal waren. Nur schnell zu ihrem Kind wollte sie. Nur schnell weg von all diesen Verrückten.

Gordon erkannte den Ernst der Lage. Er lief ihr nach. Begleitete sie nach Hause und tröstete sie, so gut er konnte. Auch er verstand Shawn nicht. Warum mußte er Elisabeth stets unnötig weh tun? Dem Mädchen ging es gar nicht gut. Sie war außer sich vor Enttäuschung, und ihr war schrecklich übel. Der Fahrer hielt unterwegs zweimal an, weil sie sich übergeben mußte.

Die Kinderfrau hatte zwar Milch von Elisabeth, aber das Kind ließ sich trotzdem nicht beruhigen. Und die Mutter war damit beschäftigt, ihren Rausch loszuwerden. Da konnte man dem Baby die Brust wirklich nicht zumuten. Sie schämte sich so sehr, daß sie überhaupt nicht an Anne Louise gedacht hatte, als sie sich zukiffte. Doch Gordon machte ihr Mut. Sie sei doch sonst eine ganz hervorragende junge Mutter. Obwohl sie Gordon eigentlich nie gemocht hatte, fand sie ihn in diesem schrecklichen Moment ausgesprochen liebenswert. Als er Elisabeth endlich wohlbehalten im Bett hatte, gab er der patenten Kinderfrau ein sattes Trinkgeld und bat sie, sich auch um Elisabeth zu kümmern. Er fuhr zurück zum Theater.

Dort waren alle lustig am Feiern. Shawn, Spider und Karen, inzwischen wieder unter den anderen, standen herum und plauderten, als sei rein gar nichts passiert. Alle waren in irgendeiner Form berauscht, doch die Stimmung war gut. Jimi und Shawn tauschten gerade Teile ihres Schmucks aus. Gordon betrachtete ihn einmal mehr und fragte sich: Was machte ihn so unwiderstehlich, daß Menschen wegen ihm so leiden? Je älter Shawn wurde, desto anziehender und geheimnisvoller wurde er. Die vollen, dunkelbraunen Haare reichten ihm inzwischen bis über die Schultern. Sein Oberkörper war kräftig, die Hüften schlank, der Hintern knackig, das war unübersehbar. Jede seiner Bewegungen war fließend, jeder Blick eine Herausforderung zu irgendwas Aufregendem. Jedes angedeutete Lächeln ein Grund für viele, sich ihm auf der Stelle hinzugeben, wenn er nur mit dem Finger schnippte. Gordon hörte Shawns Stimme, die in diesem Zustand verschlafen, träge, verwaschen war. Gefährlich. Das war vielleicht sein wahres Geheimnis. Shawn war jetzt allen realen Dingen gegenüber gleichgültig. Es würde gar keinen Zweck haben, ihn zur Rede zu stellen. Jimi und Shawn umarmten sich überschwenglich. Jimi hatte angekündigt, gehen zu wollen. Seine Begleiter packten sofort gehorsam ihre Sachen. Die zwei Mädels, die zu ihm gehörten, nahmen ihn in ihre Mitte und zottelten mit dem Star davon. Sofort hing eines der Party-Girls an Shawn. Blonde Dauerwelle, rosa Lippenstift, Rock so kurz, daß man das Höschen sehen konnte, Plateau Stiefel, voller Busen in enger Bluse. Die typische Kandidatin. Mißbilligend sah Gordon zu, wie er sie betatschte, ihr mit dem Daumen den rosa Lippenstift unachtsam von den Lippen schmierte und sie auf aggressive Weise abknutschte.

Er überlegte, wie er ihn dazu bringen konnte, heute nicht mehr in seine Wohnung zu fahren. Er kannte seinen Ziehsohn inzwischen gut genug, um zu wissen, daß das für Elisabeth gar nicht gut ausgehen konnte. Shawn war wieder einmal wie ein Gott gefeiert worden. Er hatte sich wieder einmal bewiesen, daß er jederzeit frei war und rummachen konnte, mit wem immer er wollte, ob seine Frau in der Nähe war oder nicht. Er schüttete sich mit Alkohol und Drogen zu, um abzutöten, was an negativen Gefühlen in ihm hochkam, und wurde dabei immer aggressiver. Da mußte nur noch das passende Opfer greifbar sein, und er würde zuschlagen.

Das Mädchen ließ sich hier vor allen Leuten von ihm zwischen die Beine greifen, wo er offensichtlich die richtige Stelle fand. Sie zuckte kurz zusammen und kicherte blöd. Machte ein Gesicht, als ob dieser Frontalangriff eine besondere Ehre wäre.

Ja, sie war eines dieser ordinären dummgeilen Fickmäuschen aus der Vorstadt, wie die Jungs sich ausdrückten. Eines der Mädchen, die glaubten, sie müßten nur alles mitmachen, was der Star von ihnen wollte, um von ihm begehrt und geliebt zu werden. Sie merkten nicht, wie sie verarscht wurden. Und deshalb tat sie Gordon auch nicht leid. Trotzdem. Gordon schüttelte verdrossen den Kopf. Was dort geschah, geschah auch nicht aus Lust. Jede von Shawns Handlungen war ganz offensichtlich aggressiver Natur. Er tat ihr weh und sie ließ es zu. Er lachte hämisch und sie himmelte ihn an. Es war ein peinliches Schauspiel. Wenn das nicht gleich aufhörte, mußte er doch wohl eingreifen.

Rani stellte sich zu ihm. Er war froh, endlich mit jemandem reden zu können, der nüchtern war. Ja. Er war begeistert von den Auftritten. Auch wie viele neue Freunde er gewonnen hatte und daß er so gut verdiente und auch ein bißchen berühmt wurde im Schatten der Band. Doch eines mache ihm zu schaffen, was er nun nicht länger für sich behalten konnte. „Spider hängt an der Nadel", sagte er mit besorgtem Gesichtsausdruck. „Ich dachte, sie sollten das wissen, Sir. Spider ist auf Heroin."

Die Sorgen rissen nicht ab. Die gute Entwicklung mit Julia und ihrer Familie und der überragende Erfolg der Band, das waren Highlights. Aber diese Nacht hatte wieder einmal eine Menge Rückschläge in sich. Während er noch aufgeregt überlegte, wie er sich mit Spider über das Drogenproblem auseinandersetzen sollte, waren plötzlich Shawn und dieses Weibsbild verschwunden.

Unruhig sah Gordon in den Nebenraum. Da vergnügte sich Robert mit irgendeiner. „Hi, Gordon, is' was?" fragte er nur, ohne von dem Mädchen abzulassen. „Paß auf dich auf", sagte Gordon und schloß diskret die Tür. Ein tiefer Seufzer entfuhr ihm. Auch der Kleine wurde immer skrupelloser. Er durchsuchte die Toiletten. Da war niemand außer einem kotzenden Roadie. Sollte Shawn nach Hause gefahren sein? Der Fahrer wartete an der Hintertür auf Abruf. Er hatte Shawn auch nicht gesehen. Vielleicht hatte er sich einfach ein Taxi genommen? Zutrauen würde Gordon ihm das, so breit wie Shawn war, würde er sogar riskieren, irgendwo von den Fans zerpflückt zu werden. Er lief durch die leeren Räume des Theaters, wo noch immer abgebaut und aufgeräumt wurde. Tom Haseley war schon ziemlich bierselig, schleppte jedoch gemeinsam mit einigen anderen wacker die Gerätschaften der Band. Alles mußte noch in der Nacht verladen und abtransportiert werden. Morgen abend sollten die Aufbauten dann auf der nächsten Bühne bereitstehen. Haseley machte sich immer besser.

„Hast du Shawn gesehen, Tom?" fragte Gordon und legte Tom freundschaftlich die Hand auf die Schulter.

„Nee. Bin hier so beschäftigt, weißte Boß, da seh ich nich', was so läuft."

„Gute Arbeit, Tom."

Gordon klopfte Toms Schulter, der zufrieden grinste. Dann beschloß er, nochmals die Garderobenräume abzusuchen. Irgendwo war hier was Ungutes im Gange. Er spürte das.

Tatsächlich stolperte plötzlich die dauergewellte Blonde aus einem der Räume. Alles an ihr wirkte merkwürdig aufgelöst, und sie schrie. „Hilfe. Hilfe...!" kreischte sie schrill und fiel Gordon praktisch in die Arme. Ohne ihre Stiefel war sie viel kleiner als er. Ihre Unterlippe blutete, ihre Kleidung war teilweise zerrissen, das Make Up vollkommen verschmiert. Atemlos schluchzte sie und zitterte am ganzen Körper.

„Was zum Teufel ist..." fragte Gordon aufgeregt.

Doch der Grund ihres Zustands erschien schon in der Tür. Shawn wankte stark. Ebenfalls atemlos blieb er an den Türrahmen gelehnt stehen, als er erkannte, daß noch jemand ins Spiel gekommen war. Sein Gesicht war verschwitzt, das Hemd aufgerissen. Spuren von Blut waren am Mund und am Hals auszumachen. Er wirkte vollkommen entseelt.

„Was hast du mit ihr gemacht?" schrie Gordon ihn an.

„Das is' Fleisch", faselte er, "Wolf schlägt Schaf. Fressen. Ich will fressen!"

„Was zum Teufel hast du genommen?" Gordon war fast sicher, das Shawn auf LSD war.

„Der is' doch auf'm scheiß Trip! Die perverse Sau hat mich geschlagen und gebissen, hier..." aufgeregt zeigte das Mädchen Gordon ihren Busen und ihren Hals, die tiefe Bißmale aufwiesen. „Blut will er, hat er gesagt. Echt! Das hat er. Du perverses Schwein, du!" Sie umklammerte Gordon, stampfte jedoch abwehrend mit dem Fuß in Shawns Richtung. Ihr ganzer Körper war Wut und Furcht zugleich. Sie begehrte auf, jetzt wo es zu spät war, und sie sich in Gordons Armen sicher glaubte. Beschimpfungen konnte Shawn überhaupt nicht leiden. Schon gar nicht von einer „Beute". Er kam auf die beiden zu.

„Bleib! ...Bleib, wo du bist", rief Gordon. Doch Shawn, vollkommen außer Kontrolle geraten, zerrte das Mädchen mit ganzer Kraft von Gordon weg und schleuderte es mit ziemlichem Schwung zu Boden.

„Verdammtes Schaf!" knurrte er und wollte sich auf sie stürzen. Doch Gordon hielt ihn fest, so gut er konnte. Shawn landete seinen Ellbogen in Gordons Magengegend. Er sah sich gezwungen, Shawn loszulassen, um den Schmerz zu verarbeiten. Doch in kurzer Zeit war Gordon wieder klar. Das Mädchen war inzwischen auf den Beinen und rannte kreischend fort, so schnell sie nur konnte. Shawn spuckte aus, schwankte, wischte sich die Nase. „Scheiß Schaf", grollte er, „du schmeckst sowieso Scheiße!"

Gordon war außer sich. Nun war das Maß voll. Er holte weit aus und schlug Shawn dermaßen ins Gesicht, daß seine Hand brannte und summte. Ohnehin schon unsicher auf den Beinen, kippte Shawn um und blieb liegen.

Ihm war, als wäre ihm soeben der Fußboden ins Gesicht geklatscht. Irgendwie war das witzig. Mit blödem Grinsen starrte er empor. Die Decke des Korridors drehte sich. Sie kam näher und entfernte sich. Dehnte sich aus, wurde zum schwärzesten Universum und zog sich plötzlich zu einem stecknadelkopfgroßen Punkt zusammen. „Amen!!" schrie er und zuckte, als würde etwas ihn einsaugen.

Gordon packte ihn am Hemdkragen und zog ihn hoch. „Du zwingst mich, dich zu schlagen. Du zwingst mich dazu, hörst du!" Shawn hielt sich an Gordons Armen fest und verdrehte die Augen. Plötzlich fing er an zu jammern, als sähe er in Gordon den Leibhaftigen.

„Nein! Verbrenn mich nich'. Großer Leviathan, verbrenn mich nich'. Ich tu alles, was de willst! Hier! Ich geb' dir alles! Alles!" Er begann sich die Kleider vom Leib zu reißen.

Gordon sah keine andere Möglichkeit. Er klatschte ihm wieder eine und Shawn sackte in sich zusammen. Er krabbelte ein Stück, jammerte „nich' tot, nich' tot," und sank nach ein paar Metern auf die Seite. „Mama. Hilf mir. Hilf mir bitte. Er tut mir weh." Er kugelte sich ganz klein zusammen und erbrach.

Auch das noch. Man konnte einem Magen, der nicht mehr in seiner vollständigen Größe vorhanden war, nun mal nicht alles zumuten. Das war ihm im Hospital sehr nahegelegt worden, doch Shawn sah es nicht ein. Gordon wollte ihn auf die Toilette schleppen. Doch Shawn wollte sich nicht helfen lassen. „Fleisch. Totes Fleisch. Mann. Du stinkst. Fick dich selber. Du stinkst, sag ich. Du bist... du bist... tot."

Eine Stunde verbrachten sie auf dem Klo, bis Shawns Magen einsah, daß wirklich nichts mehr in ihm war. Morgens um vier landeten sie dann endlich in Gordons Wohnung. Gordon war mit seinen Kräften am Ende.

Nachmittags gegen zwei erwachte Shawn und wunderte sich, wie er in Gordons Wohnung, auf das Sofa gekommen war. Sein Kopf war ein riesiger Würfel aus Zement. Seine Zunge klebte derartig im Mund fest, das er keinen Ton herausbekam, bis er den großen Becher Tee getrunken hatte, den sein Mentor und Schutzengel ihm wortlos hinstellte. Gordon, bekleidet mit einem Schlafanzug und einem Hausmantel aus Seide und in Lederschlappen, saß in seinem Lesesessel. Sein Gesicht wirkte sehr grau. Bösen Blickes nippte er an seinem Tee. Er wollte, daß Shawn das erste Wort sagte.

Er hatte sich inzwischen bei Elisabeth vergewissert, daß mit ihr und dem Baby alles in Ordnung war und ihr erklärt, daß er ihren Mann mit zu sich genommen hatte, um weitere Konflikte zu vermeiden, bis er richtig nüchtern sei. Auch bei Spider hatte er angerufen und zufrieden festgestellt, daß der mit Karen und Rani beim „Frühstück" saß. Wie immer das auch aussehen mochte nach solch einer Nacht. Robert war bei Mason und Chris gelandet, was für Gordon ebenfalls beruhigend war. Doch von Shawn kam nicht einmal der Versuch einer Frage nach seiner Familie oder der Band. Er wirkte wie ausgespuckt.

„Gordon", kam es schließlich quietschend. „Hab ich Scheiß gebaut?"

Gordon schüttelte verächtlich den Kopf bevor er laut wurde.

„Ich kann bald nicht mehr, verstehst du? Ich hab's satt dich da rauszuholen. Scheiß gebaut? Ha!"

Shawn konnte sich beim besten Willen nicht erinnern. Er preßte die Hände gegen die Ohren, um Gordons Lautstärke abzudämpfen. Moment mal. Doch. Es dämmerte. Spider, Karen und Koks. Da war Elisabeth, die ihn, wie erhofft, beim flotten Dreier ertappte. Ha, das hatte gesessen! Dann Jimi und Haschisch und zwischendurch mindestens sechs Whisky und Champagner. Ein paar Austern, ein bißchen Weißbrot und sonst nichts. Einen Haufen Zigarillos. Dann die dumme Schlampe, richtig, mit ihrer ganzen Höllenapotheke in der Tasche. Ein Zuckerwürfel mit irgend so 'nem Zeug. Und dann?

„War was mit dem Mädchen?" fragte er vorsichtig.

„War was! War was!" schimpfte Gordon ungeduldig. „Sie mußte vor dir flüchten, weil du sie fressen wolltest! Du hast sie gebissen und auf sie eingeprügelt, Mann! Sie sah aus, als hätte sie mit einem Schredder Bekanntschaft gemacht! Was war, fragt der mich!"

Shawn ließ seinen Kopf hängen. „Oh Gott", sagte er leise. „Ich war so zu, Mann. So zu. Ich weiß nur, daß ich schrecklich Hunger hatte. Und dann die Pfoten. Und überall war dieses Fell. Und dann kam da ein großes Ding mit Feuer im Maul und mit diesen riesigen Knochenpranken. Und..." Er hielt sich die Hände vor die Augen und wischte sich fest über das Gesicht.

„Und was?" fragte Gordon.

„Der war halb vergammelt und wollte grad...", er schluckte merkwürdig. „Ohgottichmußkotzen", sagte er und war schon unterwegs zu Gordons Bad.

Zum Glück wußte er, wo er hin mußte. Gordon hätte es nicht sehr geschätzt, wenn Shawn ihm auf den Seidenteppich gekotzt hätte. Er folgte dem Jungen, laut über die verdammten Drogen schimpfend, um ihm beizustehen. In genau sieben Stunden mußte diese jämmerliche Gestalt auf der Bühne seinen Mann stehen. Dafür würde er sorgen. So wahr er Gordon Tyler hieß.

Gordon kämpfte gegen Mom Acid, indem er so leidenschaftlich auf Shawn einredete wie ein Prediger. Er wollte, daß sich seine Worte in Shawns Gehirn brannten, noch während es ihm zum Sterben schlecht ging.

„Willst du sehen, wie deine Haut aufplatzt und deine Knochen sich aufrollen? Willst du, daß deine Füße sich in dürre Äste verwandeln? Daß Echsen dich bei lebendigem Leibe verdauen? Willst du das? Antworte!" Er rüttelte Shawns Körper zwischen zwei Kotzgängen.

„Nein!" rief Shawn hustend, „Nein!" und würgte schon wieder.

„Willst du, daß Fenster zu Mäulern aus Feuer werden, die dich verzehren wollen? Willst du, daß Feuer dir ist wie ein kühler Regen und Regen wie ein Vorhang aus Glut? Wie toll!! Wie großartig! Sag, ob du das willst! Antworte mir, du verdammter, verdammter Mistkerl!"

Shawn röchelte und spuckte, während Gordon wie verrückt an ihm zerrte und ihm mit der Faust auf den Rücken schlug.

„Willst du, daß deine kleine Tochter vor dir zum Insekt wird, das du unter deinen Stiefeln zertrittst? Willst du, daß die Toten dich besuchen, um dich stückweise zu fressen? Antworte! Antworte!"

„Nein! Nein! Nein!" jammerte Shawn, „mein Baby! Doch nich' mein Baby, bitte Gordon, doch nich' mein Baby."

Er hing über der Kloschüssel und weinte. Gordon ließ sich ebenfalls entkräftet neben die Toilette sacken. Er mußte zu Atem kommen.

„Das wirst du aber oder hast vielleicht schon. Und noch vieles mehr, wenn du dich weiter Mom Acid anvertraust."

Shawn sah Gordon an. Das Gesicht verschmiert von Tränen, Schweiß und Rotz. Die Haare klebten an seinen Wangen. Er atmete angestrengt.

„Woher willste das wissen, Scheißkerl?"

„Scheißkerl!" wiederholte Gordon und stand umständlich auf. „Als ich so alt war wie du, Scheißkerl, da hab ich sie auch kennengelernt, Mom Acid."

Er hielt sich am Türrahmen fest, schloß die Augen, weil ihn schwindelte. Er sah sich selber, als den jungen vorwitzigen Jurastudenten, der in den USA studierte. Die Chance. Weg von seinem prüden Elternhaus. Ab in die große Freiheit. Die Mädchen von der Nachbaruni. Der Rock'n Roll, Partys, der erste Sex und die ersten Joints. Plötzlich glaubte er zu wissen, was Leben heißt. Und dann kam die Liebe. Alles war himmelblau. Übersinnliches interessierte ihn. Vereinigung. Erfüllung. Woher Mom Acid kam, wußte er nicht mehr. Es hieß, deine Seele und dein Geist gehen auf. Oh ja. Seele und Geist gingen auf, und aus! Lösten sich auf, ohne daß er es beeinflussen konnte.

„Die Frau, die ich liebte, war im dritten Monat schwanger", sprach er traurig. „Ich habe ihre Wohnung in Brand gesetzt. Sie wollte mein Kind nicht mehr. Sie wollt's nicht von einem Verrückten. Zwei Entzüge hab ich mitgemacht. Rein in die Klapse. Brutal. Du bist nur noch Rotz. Raus aus der Klapse. Wieder wie die Tanzmaus, da draußen. Rückfall. Klapse. Drei Jahre meines Lebens. Nur Horror! Nur Horror und Schmerzen. Ich habe mein Innerstes im Spiegel gesehen, und es war entsetzlich. Wahnsinn! Und es ändert nichts an deiner Angst und nichts daran, daß du die Menschen, die du wirklich liebst, vermißt. Es ändert nichts an dem Schmerz. Scheißkerl! Gar nichts ändert sich. Daher weiß ich das. Das war damals so, das ist heute so. Mom Acid ist keine gute Mutter. Sie heuchelt dir Liebe, und dann läßt sie dich auf Knien kriechen. Sie macht dich klein wie einen Wurm, und ihr spitzer Schnabel reißt dich in Stücke."

Gordon ging hinaus, stellte sich im Wohnzimmer ans Fenster und sah in den leicht diesigen stillen Maitag. Mit zitternden Händen entzündete er ein Zigarillo. Er hörte, wie Shawn im Bad schluchzte. Vielleicht war es nicht richtig gewesen, sein Geheimnis vor dem Jungen preiszugeben. Vielleicht war es aber auch die einzige Rettung. Er liebte Shawn. Liebte ihn, wie er seinen Sohn geliebt hätte, der durch seine Schuld schon im Mutterleib getötet wurde. Doch seit er Julia kannte, ging es um noch etwas ganz anderes. Sie war die erste Frau seit damals, ja, seit tatsächlich beinahe zwanzig Jahren die erste, die sein Herz berührte. Er stand in ihrer Verantwortung. Zwei ihrer Söhne hatte er in diese Kreise hineingezogen, in denen schon so manch einer untergegangen war. Julia hatte genug Leid erfahren. Auch für sie mußte das Unternehmen „The Rumor" einfach gut ausgehen. Er grübelte. Fühlte sich überfordert. Kam es so, wie sein Ex-Boß ihm prophezeit hatte? Der große Erfolg, das große Geld, der große Absturz? War er doch nicht in der Lage, eine Horde Jugendlicher zu führen, daß sie zu gefestigten Künstlern wurden? Im Bad schneuzte Shawn lautstark. Wasser lief.

„Verzeih mir", sagte Shawn plötzlich hinter ihm, und Gordon zuckte zusammen. „Ich mach dir so viele Sorgen. Ich wußte nich'..."

„Daß ich so weit unten war? Ja, das war ich. Die Frau habe ich an jemanden verloren, mit dem ich heute Geschäfte mache. Du kennst ihn, es ist Graham Westfield. Das Studium habe ich an den Nagel gehängt, dabei hatte ich schon das Vordiplom. Nach den Entzügen habe ich ein paar Jahre als Handlanger in Studios und an Bühnen gearbeitet. Es hat sehr viel Kraft gekostet, dahin zu kommen, wo ich war, als ich dich in Whicket's Cafè entdeckt habe."

Er drehte sich um, und sein Ausdruck war so finster, daß Shawn noch kleiner wurde, als er sich sowieso schon fühlte.

„Und ich laß mir das nicht alles kaputt machen, nicht von dir und nicht von diesen scheiß Drogen!"

Er brüllte, daß Shawns Kopf zu Tausenden kleiner Splitter zu zerbersten schien, die scharf klingend an seinen Ohren vorbeisausten.

Das Konzert hätte eigentlich ein ziemliches Desaster werden müssen. Spider verspielte sich ein paar Mal, das heißt, er spielte das, was er in seinem Zustand für richtig hielt, und sorgte für allgemeine Belustigung im Publikum. Shawn war dermaßen runter von seinem Trip, daß er kaum die Gliedmaßen bewegen konnte. Bei jeder Gelegenheit hing er sich an Karen oder stützte sich auf das Mikro. Als er das Mädchen, das sie ihm auf die Bühne geschickt hatten, in den Armen hielt, wünschte er, er könne sich an ihre Brust kuscheln und einfach einschlafen. Robert und Mason schwitzten vor Angst, einer der beiden könnte irgend etwas ganz Unmögliches tun, und sie wirkten dementsprechend hölzern.

Doch die Fans glaubten, dies alles geschehe aus Absicht, wäre Teil einer neuen Show. Sie rasten vor Begeisterung. Shawns Stimme versagte. Sie sangen für ihn weiter. Sie feierten ihre Band, ob sie schlecht waren oder nicht. Gegen Ende des Gigs fühlte sich Shawn komischerweise frischer als zu Anfang. Die Zugaben waren entsprechend das beste an der ganzen Show.

Die Jungs waren sich der Patzer und Peinlichkeiten voll bewußt und schämten sich beinahe, daß alle diese großartigen Menschen der Band trotzdem zujubelten. „Ich danke euch", sagte Shawn zum Schluß. "Wir waren so Scheiße heute. An eurer Stelle würde ich mein Geld zurückverlangen. Ich liebe euch alle. Gott schütze euch."

Gordons Predigt hatte gefruchtet. Auf LSD wollte sich Shawn auf keinen Fall noch einmal einlassen. Mit guten Vorsätzen gegen übermäßigen Alkohol- und Drogenkonsum ging er in die nächste Tournee-Runde. Und Spider behauptete, er sei überhaupt nicht abhängig. Der Ausrutscher beim vergangenen Gig sollte einmalig bleiben.

Der Film und das Hydepark-Konzert.

Nur zwei Pausen in London waren eingeplant während ihrer Tour durch Europa und die USA, die sie durch dreiunddreißig Städte, Theater, Freilichtbühnen und Stadien führen sollte.

Die erste Pause galt der Hochzeit von Julia und Gordon. Nachdem Julia einverstanden war, hatten sie sich mit den Kindern zusammengesetzt, um es ihnen zu sagen. Auch Elisabeth, Shawn und die kleine Anne Louise waren dabei. „Eure Mutter und ich, wir werden heiraten", hatte Gordon verkündet. „Hat jemand berechtigte Einwände? Der möge jetzt sprechen." Alle Geschwister sahen mit ernsten Gesichtern zu Shawn. Erst als der zustimmend grinste, sausten sie los, um Gordon und Julia zu gratulieren. Dies war ein eindrucksvolles Beispiel für die Autorität des jungen Shawn Allison. Sie legten die Hochzeit und Anne Louises Taufe auf einen Tag. Natürlich war das eine Sensation für die Presse. „Manager heiratet Mutter des Stars. Taufe und Hochzeit im Hause Allison." Die ganze Allison Bande wurde auf den Titelseiten der Klatschpostillen abgebildet. Gordon mitten drin, strahlend im hellgrauen Hochzeitsanzug. Am Arm seine schöne Frau in einem schmalen weißen Kleid. Auf dem Arm seine jüngste Tochter Jacky im Brautjungfernkleid mit Blütengesteck im Haar. Neben ihm Shawn, der Trauzeuge, einmal nicht in Schwarz, sondern im weißen Anzug, mit der zwei Monate alten Anne Louise im Familientaufkleid, mit rosa Hütchen. Und Elisabeth, im eleganten cremefarbenen Kostüm. Um sie herum Geschwister, Freunde, Teile der Crew, Jane und Daniel Fenn. Alle sehr chic und strahlend. Nur Aileen fehlte an diesem glücklichen Tag.

Die zweite Pause im August war für die Verlobung von Claire und Tony eingeplant, kurz bevor die Band in die Staaten gehen würde. Jane hatte es inzwischen aufgegeben, sich gegen die feste Verbindung ihrer zweiten Tochter mit einem Mann aus der Unterschicht zu wehren. Anscheinend hatte sie wirklich eine ihrer eigenen Unzulänglichkeiten vererbt. Sie liebte es eben, wenn nicht ewig klug geredet wurde, sondern die Körper schnellstens zu ihrem Recht kamen. Was Claire aber an ständig dunklen Rändern unter den Fingernägeln aufregend fand, konnte sie sich nicht vorstellen. Jedenfalls war Claire ganz verrückt nach ihrem Automechaniker. Sollten sie lieber so schnell wie möglich heiraten, damit zu Janes Schuldkonto außer der Verführung eines Minderjährigen nicht auch noch Kuppelei kam. Seitdem Claire ein Zimmer für sich allein hatte, glänzte Tony nämlich durch enorme Kletterkünste. Eigentlich hätten sie ihn auch jeden Abend durch die Tür hineinlassen können, denn sie und ihr Mann wußten sowieso, was sich Nacht für Nacht tat. Der Doktor hatte seiner Tochter die Pille förmlich aufgezwungen, damit die nächste nicht schon mit sechzehn Mutter würde. Zum Glück war dafür ja bei Aileen noch Zeit. Sie hatte ihrem Vater glaubhaft gemacht, daß sie mit Shawn nur über seine schlimme Jugend sprechen wollte, an besagtem, unglückseligen Tag, als Thomas Wilson ihn niederstach. Sie habe gewußt, daß alle das falsch verstehen würden und war deshalb heimlich zu ihm gegangen. Elisabeth würde sich ja dafür überhaupt nicht interessieren, was im Hause Allison passiert war, und sie fand, jemand mußte mit Shawn darüber sprechen. Der Doktor war wie immer schwer beeindruckt von seiner schlauen kleinen Tochter. Nur der Form halber gab er ihr damals ein paar Tage Ausgangsverbot, um zu sühnen, daß sie ihre Eltern glauben machte, sie sei über Nacht bei einer Freundin. Er hoffte so sehr, daß wenigstens die Kleine sein Erbe antreten würde. Der erste große Schritt war ja nun mit dem Stipendium für die USA getan. Dort hatte sie ungeahnte Möglichkeiten, sich zielgerichtet zu entwickeln. Sie schrieb jetzt schon begeisterte Briefe darüber, wie viel ihr die Labor- und Versuchsarbeit brachte und welch hervorragende Mittel den Schülern zur Verfügung standen. Sie hatte bereits mit anderen Mädchen

Freundschaft geschlossen. Die Jungs ihres Jahrgangs, schrieb sie, seien pickelig und albern. Absolut ungefährlich also. Doch die Kleine fehlte ihm sehr. Schon sein Tagesbeginn war längst nicht mehr so freundlich und so hell, seitdem Aileen nicht mehr da war, um mit ihm die erste Tasse Tee zu trinken.

Während der mehrtägigen Pause nahm die Band eine neue Single auf und feierte die Platin-Verleihung der LP. Der Rubel rollte. Gordon und Shawn setzten einen Agenten auf die Suche nach einem Landhaus an. Sie kauften schließlich ein riesiges altes Haus inmitten eines Parks mit See und Weiden, mit Stallungen und Wald und einer Jagd Hütte, die weit ab vom Haupthaus an einem Bach lag. Ein Schlößchen im schönen Somerset. Shawn gab dem Schlößchen den Namen „Somerton Castle". Dort sollte ihre Familie leben. In gesunder Luft. Fern vom Starrummel. Die Kinder sollten Platz haben, sich auszutoben und ihren Begabungen nachzugehen. Zum Beispiel brauchte Willy dringend ein Fotolabor. Er hatte die Fotografie für sich entdeckt, nachdem Chris ihn in viele Geheimnisse eingeweiht hatte. Maggy und Jill freuten sich auf den Reitunterricht. Und sie waren froh über die Privatschule, in der sie nicht wie in ihrer alten Schule ständig dumm angesprochen oder belästigt wurden. „Mein Daddy sagt, das is' keine Musik, die deine Brüder da machen. Das is' Negermusik! Und dein Bruder sieht aus wie einer aus 'm Urwald." Oder: „Wenn du mich nicht einlädst, wenn deine Brüder zu Hause sind, bin ich nicht mehr deine Freundin." So ging es die ganze Zeit. Von den einen kamen Anfeindungen, andere wollten unbedingt in den näheren Kreis der Stars eindringen. In der neuen Schule waren hauptsächlich Kinder von berühmten oder einflußreichen Leuten. Die wollten alle nur ihre Ruhe. Jacky war froh darüber, daß sie noch nicht in die Schule gehen mußte. Sie liebte die Kätzchen und Hühner und die paar Schafe, die mit dem Kauf des Hauses übernommen wurden und spielte herrlich mit ihnen.

Als er das Haus zum ersten Mal sah, konnte Shawn förmlich fühlen, wie die Anspannung von ihm abfiel, wie er ruhiger und entspannter wurde. Die alten Mauern strahlten Sicherheit aus. Das Land rings herum Ruhe. Nur Elisabeth hatte überhaupt keine Lust, aufs Land zu ziehen. Und schon gar nicht mit der ganzen Horde. Sie beugte sich jedoch, als Gordon ihr die Vorteile erklärte. Wo war sie denn besser gegen eventuelle Ausbrüche ihres Mannes geschützt, wo bekam sie denn mehr Rückendeckung als im Kreise der Großfamilie und in seiner Nähe? Was blieb ihr übrig. Immerhin hatte sie auch dort Bedienstete. Und ihre Schwiegermutter übernahm gern die Aufsicht für die süße Anne Louise, wenn Elisabeth Stadtluft schnuppern wollte. Es war ein Leben mit Koch, Haushälterin, Kindermädchen, Fahrer, Gärtner, Stallburschen und Bodygards. Jedoch meistens ein Leben ohne ihre Männer. Die konnten sie dafür öfter und öfter im Fernsehen bewundern.

Eines Nachmittags saßen Elisabeth, Julia und die Kinder auf Somerton Castle vor der Flimmerkiste und sahen sich einen Ausschnitt vom Konzert auf der Waldbühne in West Berlin an. Das Publikum war dabei, die Tribüne zu demolieren, während Karen extatisch an Shawn herummachte, und er so verzückt sang, bis seine Stimme in einen vibrierenden Kopfton kippte. Dann brachte er wieder die Nummer mit der Zunge in Karens Bauchnabel. Elisabeth zog nervös an ihrer Zigarette.

„Geil!" schwärmte Willy. Die Mädchen kicherten. „Wir sollten das jetzt wirklich ausmachen", sagte Elisabeth verärgert.

Jacky, die die ganze Zeit mit offenem Mund dicht vor dem Bildschirm saß, sah Elisabeth fragend an.

„Is' das Shawn? Was macht er da mit der fremden Frau?"

„Das frage ich mich auch, Liebling", erwiderte Elisabeth zähneknirschend.

Schmerzlich erinnerte sie sich daran, als sie diese Handlung zum ersten Mal gesehen hatte. Julia legte ihre Hand auf Elisabeths Schulter. Aber da war der Beitrag auch schon vorüber, der wohl mehr als abstoßendes Beispiel der derzeitigen Jugendkultur gedacht war. Hinterher brachten sie Meldungen über Ausschreitungen zwischen Jugendlichen und der Polizei und daß man etliche Randalierer festgenommen habe. Die "Ursache" der Tumulte sei nun weitergezogen nach Frankreich, wo man sich überlegte, ob ein Konzert angesichts des hohen Sicherheitsrisikos zu vertreten war.

Julia schämte sich wieder einmal für ihren Sohn, der es wirklich fertigbrachte, so schrecklich intime Dinge in aller Öffentlichkeit zu tun. Es tat ihr Leid zu sehen, wie sehr das auch Elisabeth beleidigte. Und sie wunderte sich wirklich über Gordon, der ein so feinfühliger Mensch war, aber diese Schweinereien während der Show für absolut richtig hielt. Daß die Band zu der Zeit schon weltweit einer der erfolgreichsten Acts des Rock'n Roll war und gewissermaßen das moderne Britannien repräsentierte, war für Mrs. Tyler nicht relevant. Ihr gefielen Gruppen viel besser, die sich anständig benahmen. Zum Beispiel war sie begeistert von Salvatore Philip Bono und seiner Frau Cherilyn Sakisian la Pierre, alias Sonny und Cher, oder den Carpenter Sisters mit ihren wunderbaren Stimmen. Vielleicht ging ihr Geschmack einfach mehr in die amerikanische Richtung. Doch immerhin gab es auch in England eine ganze Zahl erfolgreicher Künstler, die nicht ständig Gefahr liefen, von der Polizei verhaftet oder von sonst sittsamen Menschen angespuckt zu werden. Aber ausgerechnet ihre Söhne mußten natürlich in einer der aufsässigsten, rabiatesten und primitivsten Bands, die es auf Erden gab, singen und spielen. Wenn es denn Singen war, was ihr Sohn da tat. Für sie stöhnte und schrie, raunte und jauchzte, krächzte und flehte er viel zu viel. Gordon behauptete, der Junge habe den Blues in die Wiege gelegt bekommen. Seine Stimme sei Aufbegehren schlechthin, sei Melancholie und Poesie, sei Wildheit und Sex. Doch auch die Worte des Mannes, den sie liebte und auf dessen Meinung sie wirklich viel gab, konnten sie nicht davon überzeugen, daß ihr Sohn berechtigterweise zu den Mega Rock Stars zählte. Nur wenn sie ihn in Interviews sah, wo er manchmal Dinge sagte, die sich so sehr schlau anhörten, und wenn sie sah, mit welcher Begeisterung all die gelehrten Journalisten auf ihn reagierten, dann war sie erfüllt vom Stolz einer Mutter, deren Kinder es geschafft haben von ganz unten nach ganz oben zu kommen.

Der Film war endlich fertig. Zur großen Premiere am zweiten Mai-Samstag waren die VIPs aus Film, Musik und Fernsehen geladen. Ein ziemlicher Medienrummel wurde losgetreten, der den Jungs nicht sehr behagte. Der Film und alles, was damit zusammenhing, hinderte sie daran, intensiv an der nächsten LP zu arbeiten. Sie wurden von Stars und Starlets umschwärmt, von Interview zu Interview gehetzt, von der Presse verrissen, von den Fans beinahe geviertelt, wenn sie nur die Nase irgendwo hinausstreckten. Ein Ausgang, ohne daß die Augen von Blitzlicht geblendet wurden, war schon nicht mehr vorstellbar.

Chris hatte einen schnellen, spannenden, zum Teil sehr sinnlichen Musikfilm aus seinem gesammelten Material gemacht, der keine Konkurrenz zu fürchten brauchte. Natürlich würde er in der Kunstszene und bei den Fans auf Interesse stoßen. Alle waren sehr gespannt auf den Spielbeginn in den Kinos. Auch die Band und ihr Anhang, Freunde und Familie, sahen den Film am Premierenabend zum ersten Mal. Chris hatte darauf bestanden, daß die Bearbeitung des Films ganz allein in seiner Verantwortung stand.

An diesem Abend begleitete Julia Gordon das erste Mal zu einem offiziellen Anlaß. Bei der Auswahl ihres Kleides hatte es beinahe Tränen gegeben, weil sie sich nie schön genug fand. Ihre Söhne und ihr Mann mußten ihr gut zureden, bis sie endlich einigermaßen mit sich zufrieden war. Kaum war diese Hürde genommen, war sie vollkommen verschreckt und verunsichert, als sie mit

Gordon aus der Limousine stieg und wegen der vielen Blitzlichter ihre eigenen Schritte nicht verfolgen konnte. Zwei Bodygards führten Gordon und sie durch die Menge der Journalisten und Fans.

„Du machst das großartig, Liebling", sagte Gordon beruhigend, als er die Fluchttendenzen in Julias Körpersprache bemerkte. „Du bist wunderschön. Lächle mich an. Komm, laß sie uns fotografieren. Geben wir ihnen, was sie wollen."

Und wirklich, sie sah in ihrem trägerlosen malvefarbenen Abendkleid, den Satin Sling Pumps und mit den glatten dunklen Haaren, so elegant aus wie ihr Vorbild Jacky Kennedy. Gordon im Smoking, und mit dem Monjou-Bärtchen gelassen lächelnd, hielt galant ihren Arm.

Shawn half Elisabeth aus dem silbernen Rolls Royce. Das Zigarillo im Mundwinkel, die runde Sonnenbrille unter dem Hut aus schwarzem Lackleder, so schmunzelte er selbstzufrieden in die Blitzlichter, deren Zucken sich intensivierte, als Elisabeth den rechten Fuß auf den roten Premierenteppich setzte. Sie bewegte sich wie eine Prinzessin. An Shawns Hand blieb sie stehen, lächelte entwaffnend in Richtung der Fotografen, winkte ihnen und ließ ihren Auftritt wirken. Bewundernde Pfiffe waren zwischen den hysterischen Schreien der Fans zu hören. Die Frau des Stars wurde für diesen Abend selbst zum Star. Und sie genoß es. Die sehr langen seidenglatten Haare waren oberhalb des Pos in einer exakten Linie geradegeschnitten. Den Kopf zierte eine gehäkelte Haube, deren weißes Samtmaterial am Rand mit Diamanten bestickt war. Ihre ebenmäßige, zarte Figur betonte ein transparentes weißes Minikleid im Space-Look, unter dem sie einen einteiligen silbernen Hotpant-Anzug trug. Ein Entwurf der Hip-Designerin Mary Quandt, eigens für Elisabeth Allison. In den Ohrläppchen baumelten zehn Zentimeter lange Elfenbeinstäbchen, die ein kleiner Ring aus Platin in der Mitte unterbrach. Ihre wohlgeformten Lippen waren in kindlichem Erdbeerrot geschminkt, ihr Augenaufschlag wurde durch lange falsche Wimpern hervorgehoben. In den Augenwinkeln funkelten Glitzersteinchen. Zum kurzen Kleid trug sie silberne Stiefel, die knapp unter dem Knie endeten.

Doch auch Shawn war den Fotografen viele Bilder wert. Ganz wie „The Future Cowboy", den er in einem seiner Songs besang, präsentierte er sich hier. Er trug über silberner Schlaghose und silbernen Stiefeln ein Hemd aus feinen Netzmaterial, das schimmerte wie eine Seifenblase. Darüber einen bodenlangen schwarzen Lackmantel und den Hut aus Lack. Die langen Haare, hinter die Ohren geschoben, lagen in kräftigen Wellen über seiner Schulter. Auf den Fingern funkelten die Ringe. Die Brust war behängt mit Holzperlenketten, die mit roten Federn bestückt waren. Seine Fingernägel waren schwarz lackiert.

Das Paar schritt selbstbewußt durch das Spalier von Sicherheitsbeamten, Fotografen und Fans. Ein Mädchen schaffte es, sich über alle Hindernisse hinweg zu kämpfen. Schreiend kam sie auf Shawn zugelaufen und fiel vor ihm auf die Knie, umklammerte seine Hüften und legte ihren Kopf gegen seinen Bauch. Elisabeth versuchte trotz ihres Schrecks, ruhig zu bleiben. Shawn faßte das Mädchen nicht an. Er hob die Arme und wartete die Bodygards ab, die sofort bei ihnen waren, um sie an einer weiteren Umklammerung zu hindern. Diese Attacke war Shawn sichtlich unangenehm. Die Ehrerbietung mancher Fans ging ihm inzwischen ziemlich auf die Nerven. Während die Bodygards sie forttrugen, schrie sie: „I'll suck your cock! I'll suck your cock!"

Er legte Elisabeth den Arm um die Schulter, nahm das Zigarillo aus dem Mundwinkel und schob sie etwas schneller zum Eingang. „Die is' ja völlig durchgeknallt", sagte er leise in Elisabeths Richtung. Elisabeth zitterte etwas. Es war ohne dies schon seltsam genug, in all die weit aufgerissenen Münder und zu Grimassen verzerrten Gesichter zu blicken. Mädchen Rotz und Wasser heulen zu sehen, die sicher nicht schlechter oder dümmer waren wie sie selbst. Für sie war Shawn und seine Musik und alles, was er sagte und tat, wie ein Psalm aus der Bibel. Absolut unanfechtbar. Absolut großartig. Sie waren besessen von Liebe zu ihm, und ihr Begehren sprengte jeden normalen Rahmen. Manche wünschten sich nichts mehr im Leben, als ihm nur einmal gegenüber zu stehen. Geschah dies tatsächlich, brachen sie zusammen, brachten nur stockende Laute heraus oder ließen sich zu merkwürdigen Aktionen hinreißen wie das Mädchen eben.

„I'll suck your cock, I'll suck your cock!" äffte Shawn das Mädchen leise nach, als sie im Foyer des Kinos ankamen.

„Shawn. Bitte...", flüsterte Elisabeth, lachte jedoch mit ihm, obwohl ihr in diesem Moment nicht sehr zum Lachen zumute war.

Er strich ihr über den Rücken und ließ seine Hand einen Moment lang auf ihrem Po ruhen. „Alles in Ordnung, Baby?"

Sie nickte fast schüchtern.

Hinter ihnen erschien jetzt Mason im naturfarbenen indischen Anzug mit orangenem, goldbesticktem Schultertuch und Ledersandalen. Auch er trug eine kleine runde Sonnenbrille, um seine Augen vor den Blitzlichtern zu schützen. Immer in seiner Nähe hielt sich Rani auf. Er im schwarzen indischen Anzug und Sandalen. Seine dunklen Augen und die goldene Hautfarbe sprachen ihre eigene Sprache. Sein einziger Schmuck war eine Holzkette mit einem Amulett, daß ein Bildnis Krishnas zeigte. Mit ihnen kamen Masons Eltern, ebenfalls in eleganter Abendgarderobe. Sie schienen noch etwas benommen zu sein vom Spießrutenlauf durch das Spalier der Fotografen und Fans. Wie Menschen sich wegen ein paar junger Musiker derartig echauffieren konnten, würden sie niemals begreifen. Das war beängstigend. Spider und Karen wirkten unwirklich und märchenhaft wie ein Elfenpaar. Er trug einen engen weißen Anzug, der mit Straß besetzt war. Die Hose endete im hohen Schaft weißer Lederstiefel mit Plateau-Sohle. Das schmale Gesicht war mit glitzerndem Puder bestäubt, die Augen und der Mund geschminkt. Die von Natur aus langen Finger waren durch aufgeklebte weiße Fingernägel zusätzlich verlängert. Karen trug ein rotes Tüllkleid mit tiefem Ausschnitt, dessen Ärmelenden sich zu flatternden Stoffstreifen auflösten. Diese Auflösung des mehrlagigen Stoffes schien sich überall an dem Kleid zu wiederholen. Je nachdem, wie der Wind den Stoff bewegte, schien das Rot des Kleides sich zu verändern. Um die roten Haare hatte sie ein Diadem aus Rubinen gelegt, das in einem Tropfen auf ihrer Stirn endete.

Sich selbst beobachten zu können, war schon sehr seltsam. Letztendlich waren die Szenen des Films aber doch nie ganz vollständig. Aber gerade all die Ereignisse, die es um die gezeigten Szenen herum ja schließlich gegeben hatte, die jedoch zensiert wurden, reizten die Jungs zu dauerndem Gekicher. Sie konnten sich nicht dagegen wehren, über das zu lachen, was man eben nicht sah. Zum einen ließ sich das Wissen um den Hintergrund der Szenen nicht verdrängen. Zum anderen hatten sie sich vor Beginn der Feier reichlich Marihuana gegönnt. In einer Szene zum Beispiel, während der Generalprobe vor dem Wembley-Gig, trank Shawn, auf einem Instrumentenkoffer sitzend, aus einer Flasche Bier. Er stellte die Flasche neben seinen Füßen ab, um sich ein Zigarillo anzuzünden. Er sah ganz konzentriert zu Mason, der gerade einen Vorschlag zum Ablauf der Show machte. Ohne Mason aus den Augen zu verlieren, bückte er sich, nahm die Bierflasche auf, nickte zustimmend und nahm die Flasche an die Lippen. Da gab es einen Schnitt, der in die nächste Einstellung führte. Alle erinnerten sich, wie diese Szene eigentlich weiterging. Shawn griff nämlich aus Versehen die falsche Flasche, in die jemand einige Zigarettenkippen geworfen hatte. Kaum war das seltsame Gebräu von seinen Geschmacksnerven analysiert worden, prustete er mit wild entsetztem Gesicht das ganze Zeug wieder heraus. Es erwischte Mason und Robert, und auch die Kamera. Natürlich waren sie stinksauer, bis sie begriffen, was eigentlich los war. Shawn in seinem Ekel spülte mit dem guten Bier nach, versuchte wieder hochzuholen, was schon seinen Kehlkopf passiert hatte und rotzte und rülpste, was das Zeug hergab. So konnte man den Liebling der Frauen natürlich nicht zeigen. Shawn und die Jungs aber machten sich während der Trinkszene beinahe in die Hosen vor Lachen. Die übrigen Premieren Besucher hatten keine Ahnung was so komisch daran war.

Doch nicht alles war lächerlich. Manches war auch für die Jungs ergreifend oder aufregend. Als Shawn sich zum Beispiel fünfzehn Meter über der Bühne über das Beleuchtungsgerüst balancieren sah, wurde ihm im nachhinein ganz schwindelig. Spider war noch immer stolz auf sich, als er sah, wie gelassen er die Situation meisterte, als ihm mitten in einem schnellen Riff eine Seite gerissen war. Mason erinnerte sich nur ungern daran, wie er blind weiter trommeln mußte, nachdem Karen ihre Haare vor sein Gesicht gehängt hatte.

Und dann Lilian. Es schmerzte, sie zu sehen. Wie sie Shawn das schweißnasse Shirt über den Kopf zog und in die Kamera lachte. Faxen mit Nähnadel zwischen den Lippen. Lilian im Herrenhemd, mit weiter Hose. Lilian mit Donats und Cola, während des Soundchecks in New York. An Shawns Schulter gelehnt, der nachts im Tour-Bus auf der Gitarre klimperte. Rücken an Rücken mit Mason, beide in eine Zeitung vertieft. Lilian auf dem Grachten-Rundfahrt-Boot in Amsterdam, auf Shawns Schoß. Diese Erinnerung schmerzte ihn am meisten. Nichts hatte sie seither von sich hören lassen. Warum? Es konnte doch nicht sein, daß man sich so nahe kam und plötzlich nichts mehr wissen wollte von dem Menschen, den man angeblich ins Herz geschlossen hatte? Wollte sie vielleicht auf andere Weise von ihm geliebt werden? Hatte er ihr weh getan, ohne es zu bemerken? Niemand wußte, wo sie geblieben war. Sie war wie ein Buch mit sieben Siegeln für Shawn und würde es vermutlich für immer bleiben. Doch nicht nur Shawn gingen die Bilder der Vertrautheit zu Lilian nahe. Elisabeth entzog Shawn ihre Hand, als sie die Ausschnitte sah. Doch ließ sie sich ansonsten nichts anmerken. Schließlich waren immer wieder Kameras auf sie gerichtet. Sie mußte so tun, als sei alles, was sie auf der Leinwand sah, ganz normal für sie.

Die Jungs mochten den Film. Die im letzten Teil gezeigten Eindrücke von der ersten Amerika-Tour ließen ihr Herz höherschlagen. Bald war es wieder soweit. Dieses Mal sollte es auch an die Westküste gehen. Shawn plante eifrig seine Heimlichkeiten. Er würde Aileen wiedersehen. Er würde sie ins Hotel schleusen lassen, und sie würden sich lieben, lieben, lieben. In diesem Zusammenhang beneidete er Jake um sein unkonventionelles Familienleben. Jakes zweites Kind Noah war nämlich geboren. Doch dieses Mal war nicht Katrina, sondern Wiesje die Mutter. Die Vielehe müßte legalisiert werden. Das wäre genial. Shawn würde sofort Aileen heiraten und sie in das große Haus holen, wo alle Kinder, die durch seine überschäumende Liebe entstehen würden, zusammen aufwachsen könnten. An ihm würde es nicht scheitern. Vielleicht würde er sogar Elisabeth mehr lieben, wenn sie sich auf solch eine Lebensform einigen könnten. Doch Elisabeth würde ihn umbringen, wenn sie nur von diesen Gedanken wüßte. Sie war so besitzergreifend wie ihre Mutter. Und sie würde es fertigbringen, ihn mit Anne Louise unter Druck zu setzen. Wenn es so lustlos weiterginge mit den ehelichen Aktivitäten, würde Anne wahrscheinlich sein einziges Kind bleiben. Der Gedanke behagte ihm gar nicht. Er war es gewohnt, in einer Großfamilie zu leben. War es gewohnt, ein Rudel zu beschützen und für sie zu sorgen. Der Gedanke, seine Geschwister und auch sein eigenes Kind könnten eines Tages in alle Winde verstreut sein und er würde allein mit Elisabeth in der „Villa Überfluß" leben, abgefuckt und gelangweilt, machte ihm totale Angst. Nein, das sollte nicht sein Weg sein. Er würde für Nachschub sorgen. Möglichst bis er die Löffel abgeben würde. Das beste gegen das Alter und die Einsamkeit waren Sex und Kinder. Das ganze mit echter Liebe versehen, so wie es mit Aileen der Fall wäre, das wäre natürlich die Erfüllung.

Doch er durfte nicht ständig an diese Dinge denken. Zunächst stand der Band eines ihrer größten Konzerte unter freiem Himmel bevor. Dreihunderttausend oder mehr Menschen wurden im

Hydepark erwartet. Es war gewissermaßen ein Abschiedskonzert für ihre heimischen Fans, bevor es über den großen Teich ging.

Ein Polizeihubschrauber flog sie auf einen abgezäunten Platz hinter der Bühne. Dieser Umstand machte ihnen beinahe am meisten Spaß. Wer hätte je gedacht, daß sie eines Tages von der Ordnungsmacht eskortiert würden. Ein irrsinnig erhebender Anblick bot sich ihnen, als sie über die Menschenmenge flogen, die dort unten auf der riesigen Rasenfläche lagerte und sich mit Gitarren, Akrobatik, mit Bongos und Joints in Stimmung brachte. Tausende junger Frauen und Männer drängelten hinter den Gittern und begannen hysterisch zu schreien, als die Stars zusammen mit Gordon und ein paar Leuten, die niemand kannte, dem Hubschrauber entstiegen. Sofort wurden sie von Bodygards in Empfang genommen und weitergeleitet. Sie winkten den Fans, die fast den Bauzaun niederrissen. Shawn wäre gern zu ihnen gelaufen, um ein paar Hände zu berühren. Zu gefährlich, hieß es, nur schnell außer Sichtweite, bevor hier etwas eskalierte. Jeder Schritt war vorab geplant und von der Polizei abgesegnet und gesichert. Trotzdem war dieses Konzert mehr als eine Vorbereitung auf das Altamont-Konzert in Kalifornien. Schon das Hydepark-Konzert war ein Event der Superlative. Die Fans kletterten auf die Bäume, um mehr sehen zu können. Die Polizei hatte Mühe, die jungen Leute davon abzuhalten, auf die Gerüste mit den Lautsprechern zu klettern, und gaben schließlich doch auf. Trotzdem verlief alles relativ friedfertig, abgesehen von der einen oder anderen Prügelei am Rande, die jedoch bei jeder größeren Veranstaltung üblich war.

Die Crew hatte sich inzwischen mehr als verdoppelt. Andy führte eine mittlere Bauarbeiterkolonne an. Neben Eve gab es seit kurzem noch John, der für Essen und Getränke für alle sorgte, und Sally und Vera als direktes Versorgungspersonal, denn inzwischen zogen sich auch die anderen Bandmitglieder mehrmals um während einer Show. Vieles ging in der Hektik kaputt oder verschwand auf nimmer Wiedersehen und mußte neu besorgt werden. Einkäufe ließen die Stars lieber von den Frauen erledigen, weil sie zu bekannt waren, um gefahrlos in Geschäften zu stöbern. Ein Tour-Manager für USA wurde eingestellt, der wiederum eine eigene Crew befehligte, und ein Sekretär, der für Gordon große Teile der Administration übernahm. Die Vermögensverwaltung war in die Hände eines Anlagefachmanns übertragen worden, der auch für Graham Westfield, den Plattenboß, arbeitete. Graham gab sich Mühe, die Jungs und Gordon zu unterstützen. Nicht nur, daß „The Rumor" wirklich ein lohnender Act waren, Graham war zudem sehr froh darüber, daß die alte Feindschaft zwischen ihm und Gordon vorbei war. Endlich hatte der einsame Gordon eine eigene Familie. Eine sehr nette und sehr große Familie. Das Schicksal hatte es mit dem alten Grenzgänger gut gemeint, als es ihm den jungen Grenzgänger Shawn Allison zuspielte.

Das Projekt wurde langsam zu einem Unternehmen. Inzwischen machte es den Jungs sogar Spaß, sich für die Vermehrung ihres Vermögens zu interessieren. In gewissen Grenzen natürlich. Am liebsten war ihnen nach wie vor, sich teure Spielereien zu leisten. Zum Beispiel hatten Shawn und Mason, verkleidet mit Perücke und biederen Klamotten, endlich ihren Führerschein gemacht. Schon gab es im Hause Allison und McPherson mehrere Autos, die nicht gerade zu den Kleinwagen oder üblichen Familienkutschen zählten. Außerdem besaßen Chris und Mason neuerdings ein Ferienhaus in Südfrankreich, das groß genug war, um eine Menge Freunde zu beherbergen. Dort hin kamen auch Masons Eltern zu Besuch. Sie wußten nun endlich über das Verhältnis ihres Sohnes zu Chris Lombart Bescheid. Natürlich hatte es Tränen und böse Worte gegeben. Doch sie liebten ihren einzigen Sohn viel zu sehr, als daß sie ihn hätten verstoßen können. Am allertraurigsten waren sie darüber, daß sie niemals Enkelkinder haben würden. Ansonsten versuchten sie zu verdrängen, was sich sexuell zwischen Chris und Mason abspielte, und hielten es mit der Einstellung

„Hauptsache gesund". Nun konnten sie zu Besuch kommen, ohne daß die jungen Männer ständig eine Komödie vorspielen mußten. Masons wichtigster Schritt in ein selbstbestimmtes Erwachsenenleben war getan. Natürlich blieb nach außen hin alles beim alten. Auch für Mason, den alle für besonders schüchtern hielten, türmten sich Fanbriefe von verknallten Mädchen in der Fanclubzentrale.

Die McPhersons waren wirklich liebe und tolerante Menschen. Chris Lombarts Film über die Jungs hatte sie schwer beeindruckt. Sie wollten nun auch ihre Musik verstehen lernen. Zum großen Hydepark Konzert ließen sie sich auf umständlichen Wegen hinter die Bühne schleusen, warteten stundenlang zwischen dem ganzen Chaos, nur um an dem Teil zu haben, was nun der Beruf ihres Sohnes war. Sie bewunderten seine Art, sich auf den Gig vorzubereiten. Die Augen geschlossen, die Stöcke gegen die Stirn gedrückt, stand er neben Rani, in Meditation versunken, mitten im Kreis der Betreuer und der Band. Niemand störte die beiden. Bewundernswert war auch der enge Kontakt, den die Jungs untereinander hatten. Das beinahe Spirituelle, das kurz vor dem Auftritt spürbar wurde. Shawn, der wie ein Boxer tänzelte, sich locker machte, noch einmal von Eve überprüft wurde und der sie an sich drückte. Sie sahen, wie er gleich darauf Gordon umarmte, mit Spider buffte und Mason durch die Locken fuhr, der fertig war mit seiner Meditation und nun als erster gehen mußte.

Noch einmal winkte Mason seinen Eltern voller Selbstvertrauen zu, dann lief er die Treppe empor, der tosenden Masse entgegen. Mrs. McPherson hatte Mühe ihre Tränen zurückzuhalten. Ihr Körper war von einer Gänsehaut überzogen, als ihr bewußt wurde, daß die Leute auf der anderen Seite, die eine kleinere Großstadt füllen könnten, nur deshalb so brüllten, weil ihr Kleiner auf der Bühne erschienen war. Die Spannung war in Shawns Gesicht abzulesen und Robert hängte sich noch einmal an seinen Bruder und handelte sich einen aufmunternden Schlag auf den Hinterkopf ein. Auch Robert wurde frenetisch empfangen. Spider ging mit Karen Hand in Hand. Sie umschlossen Shawn kurz und sagten etwas, das die McPhersons nicht verstanden. Sie gingen die Treppe empor. Rani folgte ihnen. Schließlich hüpfte Shawn noch einige Male in die Luft, zwinkerte den McPhersons zu, trieb ein wenig Ulk der die Crew und die McPhersons zum Lachen brachte, und lief mit einigem Schwung die Treppe zur Bühne hoch. Während auf der anderen Seite ein unglaublicher Beifallssturm toste, stimmte Mason einen immer kräftiger werdenden Rhythmus an. Scheinwerfer tauchten die Band in gleißendes Licht, als Shawn die Bühne betrat und alle Instrumente ihn zu begrüßen schienen, eins mit dem frenetischen Gegröhle der Masse.

Die Musik war den McPhersons zu laut. Es roch ihnen entschieden zu stark nach Marihuana. Sie machten sich Sorgen um die Gesundheit der Jungs, die offensichtlich auch dieses Zeug rauchten. Es gab vieles mehr, was sie nicht recht akzeptieren oder verstehen konnten. Die Groupies zum Beispiel, die hinter der Bühne ihren Spaß hatten und sich schon auf die After-Show-Party freuten. Trotzdem waren sie von Stolz erfüllt und von einer Aufregung angesteckt, die man nur hier spüren konnte. Direkt hinter der Bühne. Kurz vor und kurz nach einem Gig. Diese Betriebsamkeit. Dieses Vibrieren. Das Scharren in den Startlöchern. Diese vielen überwältigenden Geräusche. Die Nervosität. Die kleinen Liebenswürdigkeiten und manchmal auch Boshaftigkeiten. Diese enorme Spannung vor dem Gig. Das Knistern in jeder Faser des Körpers. Und dann die Entladung auf der Bühne. Diese Kraft. Diese Gewalttätigkeit und gleichzeitig diese übergroße Liebe, die das Publikum und die Band für die Dauer des Konzertes verband.

Sie stopften sich Watte in die Ohren und tranken sogar Bier. Und manchmal begannen ihre Beine zu zucken, wenn der ein oder andere Rhythmus ihren Nerv an der richtigen Stelle traf. Sie staunten, wie perfekt und schnell der Umzug zum zweiten Teil der Show ablief. Wie die Jungs von den Mädchen abgetupft, mit Wasser, Kaugummi oder Traubenzucker versorgt wurden. Wie sie Teile ihrer Kleidung wechselten und sich nebenbei über den nächsten Teil des Gigs verständigten, war einfach sehr professionell. Jeder Handgriff war aufeinander abgestimmt. All das in großem Lärm, in großer Hektik und trotzdem voller Ruhe und Disziplin, als gäbe es hier hinter der Bühne ein anderes Zeitmaß.

Nur Shawn wirkte ziemlich aufgeputscht. Er sprang herum wie der Glöckner von Notre Dame und brachte die McPhersons und die Crew zum Lachen. „I'm ay Rock'n Roll junkie!" schrie er sie an, „Jesus! I'm ay junkie! I can't get enough of that heavy stuff! Huh! Fuck off! How crazy that is!" Er zuckte und rollte seinen Kopf zwischen den Schultern und machte so einen wahrlich abgedrehten Eindruck. „Huh! How good that is! Do ya like it?" Er sprang zu Spider und Karen, die sich kein bißchen erschreckten, ihn umarmten, mit glasigen Augen ansahen und grinsten. „Hey! Spider MMMMaaaan! Do ya like it? C'm on give me ey kick!" Gordon beobachtete mit Unbehagen, was für die McPhersons nur wie ein frivoler Scherz aussah. Spider, Karen und Shawn umschlängelten einander wie Boas, ihre Nasenspitzen berührten sich. Sie züngelten. Spider legte sich etwas in den Mund und küßte Shawn. Alle Umstehenden lachten, während die drei auseinander sprangen, mit den Hüften zuckten, sich gegenseitig anfeuerten. Eine Showeinlage für Insider.

Auf der anderen Seite tobte die Menge. Sie wollten ihre Show. Eve gab es auf, Shawns Kleidung zurechtrücken zu wollen. Der war nicht mehr zu bändigen. Er sprang von einem Bein auf das andere, warf seinen Kopf hin und her und fuchtelte mit den Armen in der Luft herum. „Yeah, yeah, yeah! Let's go. Let's make Love. I fuck them all!"

Mason zuckte in Richtung seiner etwas hilflos dreinschauenden Eltern mit den Schultern und lachte. „Durchgeknallt", sagte er und drehte den Zeigefinger an der Stirn. Sie wollten ja unbedingt bei diesem Mammut-Gig hinter der Bühne stehen. Nun mußten sie da durch.

Nach dem zweiten Teil der Show und weiteren drei Zugaben waren sie beinahe so fertig wie die Jungs. Zweieinhalb Stunden waren sie draußen auf der Bühne. Shawn hatte sich selbst überboten bei diesem Gig. Er kam die Treppe hinab wie ein tausend Mal durchgenudelter Waschlappen und ließ sich einfach von der letzten Stufe fallen. Es sah nach einem Schwächeanfall aus. Gordon und die Mc Phersons liefen zu ihm um zu helfen, doch er lag bereits laut lachend auf dem Rücken. Er ließ sich von Gordon aufrichten, umarmte ihn überschwenglich. Klammerte sich an ihn. Viele Sekunden standen sie so. Shawn preßte sein nasses Gesicht in Gordons Halsbeuge. Er weinte. Eve legte ihm eine Jacke über den Rücken. Sie kannten das alle schon. Überreizt. Zuviel Adrenalin, zu viele Aufputscher, zuviel Lady Mary Jane, zuviel Jubel, zu viele aufeinanderprallende Gefühle. Was Shawn der Menge geboten hatte, war alles was seine Person ausmachte. Man ließ Gordon und Shawn am besten eine Weile in Ruhe. Das kam wieder in Ordnung.

Auch die anderen umarmten einander, waren glücklich über dieses gelungene Konzert, waren aufgedreht und erschöpft. Die McPhersons kümmerten sich voller Rührung und Stolz um ihren Sohn. Die Bodygards rüsteten sich zum Rückzug. Robert klinschte bereits mit einer schwarzen Schönheit, die ihn jedoch erst in etwa drei Stunden beglücken durfte, denn sie wurde zusammen mit den anderen Auserwählten zur After-Show-Party gefahren, sobald die Jungs mit dem Hubschrauber auf und davon waren und sich alles etwas entspannt hatte.

Die McPhersons waren fasziniert und schockiert zugleich. Was für ein Lärm. Was für ein Streß. Was für ein Gewimmel von Leuten vor und hinter der Bühne. Erst ein knappes Drittel der Tour lag hinter ihnen. Wie war so etwas nur auszuhalten, fünfzig oder mehr Mal hintereinander? Shawn war inzwischen wieder halbwegs in Form. Er hatte sich von seinem Mentor gelöst und steuerte nun schlacksig auf die Mädchen zu, die ihn erwartungsvoll in Empfang nahmen. Sie schlangen ihre Arme um ihn und küßten ihn ab, während er an ihnen herumtatschte.

Gordon ging zu den McPhersons hinüber, um sie ein wenig abzulenken. Er mußte sich wirklich zusammennehmen, um nicht dauernd an Shawn herumzuziehen. Seitdem er mit Julia, Elisabeth und den Kindern unter einem Dach lebte, fiel es ihm entschieden schwerer, Shawns Verhalten während der Tour zu akzeptieren. Was hatte er ihm nicht alles versprochen. Keine Drogen, keine Groupies, nicht so unmäßig viel Alkohol. Das konnte man ja wohl vergessen. Im Moment ließ er sich jedenfalls, randvoll mit Uppern, Marihuana und Adrenalin, von vier Girls befingern. Sie flößten ihm bereits viel zu warmen Champagner ein. Später würde noch Whisky und noch mehr Shit dazukommen, Sex und Zigarillos. „Gott schenke ihm ein starkes Herz", dachte Gordon, „und Elisabeth eine dicke Haut." Gut, daß sie nicht mehr in London wohnte. Der Exzeß würde im Hotel stattfinden und sie nicht weiter behelligen. Ihn grauste schon jetzt vor dieser Nacht. Die meiste Zeit würde er wieder mit Schadensbegrenzung zu tun haben. Trotzdem würden irgendwann fast alle kotzend in der Ecke liegen, oder auf irgendeinem Weibsbild.

Die McPhersons jedenfalls wurden nicht Zeugen der nächtlichen Geschehnisse. Mason und Chris speisten mit ihnen in ihrer Hotelsuite. Ungewöhnlich genug für die Eltern, denn es war bereits zwei Uhr früh, und sie waren überhaupt nicht müde. Staunend über den gewaltigen Luxus, ließen sie sich Champagner nachgießen und sich feine Entenbrustscheibchen servieren und allerlei Schnickschnack, den sie noch nie in ihrem Leben gekostet hatten. Zwei Bedienstete standen zu ihrer Verfügung. Vier Ohren, die zwar alles hörten, aber zwei Münder, die stets diskret schweigen würden. Ein seltsames Leben, das ihr Sohn da führte. Doch ohne Zweifel ein sehr aufregendes.

Als Gordon in die Hotelbar kam, bot sich ihm ein ungewöhnlicher aber guter Anblick. Shawn und Robert tanzten mit den Mädchen und einigen Leuten der Crew nach heißen Disco-Klängen unter dem Spiegelball und amüsierten sich offensichtlich köstlich. Nichts war mehr zu spüren von der Erschöpfung nach dem Gig. Shawn gab gerade den Disco Maniac, indem er aufgeblasen durch ihre Reihen tänzelte und sich beklatschen ließ. Sein enges schwarzes Hemd hatte er weit aufgeknöpft, stellte seine Brusthaare und seinen Schmuck zur Schau, zuckte mit den Hüften, die in engen weißen Schlaghosen steckten und stolzierte, powackelnd zum Funky Beat, hin und her. Dabei kickte er seine spitzen Cowboystiefel in die Höhe. Ein amerikanischer Vorstadtzuhälter wäre vor Neid erblaßt. Nun schob er die Sonnenbrille tiefer. Er hielt Ausschau und schnappte sich schließlich eines der Mädchen, das er schwungvoll gegen seinen Körper preßte. Er überzog die Rolle des Unwiderstehlichen in Gestik und Mimik bis ins Lächerliche.

Alle Anwesenden waren inzwischen aufmerksam geworden. Sie stellten sich um die Tanzfläche herum und klatschten in die Hände. Shawn und das Girl boten sich ein aufreizendes tänzerisches Duell. Sie trug einen weißen Hot Pant und die unvermeidlichen weißen Plateau-Stiefel auf die Shawn bekannterweise ziemlich scharf war. Die Bluse trug sie unter der Brust geknotet. Wenn sie die Arme hob und dabei ihren Oberkörper schwang, wackelten ihre üppigen Brüste.

Gordon beobachtete Shawns Blick. Er lachte, rief etwas in die laute Musik hinein, bewegte sich ausgesprochen smart. So hatte Gordon ihn noch nie tanzen sehen. Er freute sich über so viel Frohsinn. Doch dann trat plötzlich diese Tiefe in Shawns Augen. Das abgründige Verlangen kam über seine Gesichtszüge. Das abfällige, finstere Grinsen, das nichts mit Liebe zu tun hatte. Das Mädchen hängte sich an ihn, als sie die Veränderung in seinem Gesicht wahrnahm, und blies eine gigantische Kaugummi Blase bis an seine Nasenspitze. Er biß hinein und brachte die Blase zum Platzen. Die Nase und der Mund des Mädchens waren nun mit rosa Kaugummi verklebt. Shawn leckte und knabberte, zur äußersten Belustigung der Umstehenden klatschenden und pfeifenden Beobachter, das rosa Zeug von ihrem Gesicht. Er küßte sie anschließend reichlich besitzergreifend, um sie urplötzlich herumzuwirbeln, sie auf seinen Rücken zu laden und mit ihr in eine der

Rundsofanischen zu verschwinden. Niemand kümmerte sich weiter um die beiden. Es wurde wieder getanzt. Die Diskretion des Rock'n Roll. Man sah ihre Stiefel und Shawns Hose im Schwarzlicht schimmern, manchmal auch die Bluse des Mädchens, die nun eindeutig offen war. Wie von Geisterhand bewegte Utensilien, in eindeutigen Posen. Ein Porno ohne Körper, der sich da auf dem Plüsch des Barsofas abspielte. Gordon versuchte sich auf etwas anderes zu konzentrieren.

Spider stand an der Bar, während Karen mit einem der bulligen Bodygards flirtete. Gordon stellte sich neben Spider.

„Na, wie geht's dir?" fragte er väterlich.

Spider sah nicht sehr zufrieden aus. „Was sie nur mit dem Gorilla da will! Matschbirne!" brummte er.

Gordon wollte nichts Falsches sagen, doch irgendwie war doch schon immer klar, daß Karen es mit so ziemlich jedem trieb.

„Bist wohl ganz schön verliebt, was?" sagte Gordon ruhig.

Spider nickte. „Hört sich vielleicht blöd an, weißte, aber es is' was anderes", antwortete er nachdenklich. „Wenn ich sie mit Shawn, ich meine, wenn wir mit Shawn, na, du weißt schon. Aber die braucht ständig den Kick mit irgendwelchen fremden Wichsern. Das macht mich ziemlich fertig, weißte Gordon." Gordon nickte ehrlich betroffen. „Die rammelt sich noch tot", sagte Spider, verdrehte die glasigen Augen und zündete sich einen Joint an. „Willste auch? Hab noch welche vorbereitet."

Gordon nickte wieder, und Spider zog umständlich ein Zigarettenetui aus der Jackentasche. Spider schwankte schon zu sehr, um Gordon Feuer geben zu können. Guter Stoff. Wo Spider den nur immer her hatte.

„Du warst saugut heute, mein Junge", sagte Gordon und legte ihm den Arm um die Schultern. Spider lächelte zufrieden. Gordon fühlte die Schulterknochen durch Spiders Jacke. An dem Jungen war nicht mehr viel dran. „Sag mal, Jamison", so sprach Gordon nur mit ihm, wenn er etwas sehr Ernstes zu besprechen hatte. „Wann ißt du eigentlich etwas? Machst du das heimlich? Auf der Toilette oder nachts? Ich meine, in den wenigen Nächten, in denen wir anderen schlafen? Ich erinnere mich kaum noch daran, dich essen gesehen zu haben. Wann war das nur, das letzte Mal? Die zwei Salatblätter auf meiner Hochzeit vielleicht?"

Spider senkte den Blick. Er versuchte, beleidigt zu sein. In Wirklichkeit taten ihm Gordons Worte weh.

„Mir geht's gut, wenn ich schlank bin, Gordon. Ehrlich. Mir geht's bestens", log er und zog an dem Joint.

„Man braucht nicht zu essen, wenn man Heroin hat, stimmts?" setzte Gordon hinzu und drückte Spiders Schulter.

„Gibt es einen Grund zur Klage?" fragte Spider aufgebracht.

„Nein. Überhaupt nicht. Ich sagte doch, du warst ausgezeichnet", antwortete Gordon.

„Na also. Was soll das Gequatsche dann?"

Er zitterte innerlich. Sollte Gordon ihn doch in Ruhe lassen. Wen kümmerte schon, wenn Jamison Crawford sich in Luft auflöste. Er sehnte sich schon lange danach, nur noch aus Geist zu bestehen. Und er war auf dem richtigen Weg dahin.

"Es gibt höheres, wichtigeres als Essen. Wir sind unwichtige Kriechtiere, Gordon, die zu Experimenten benutzt werden. Ich habe mich freiwillig zum großen Experiment der Bewußtseinserweiterung durch Fasten gemeldet. Vielleicht gelingt es mir, meinen Körper schon vor dem Ableben zu pulverisieren." Er lachte entrückt. „Das wär doch genial, oder?"

Gordon war entsetzt. „Was redest du da für einen Blödsinn, mein Junge! Wenn du so weiter machst, brichst du uns bald zusammen. Und wer spielt dann die Leadgitarre?"

Spider machte sich frei. „Ist alles zu ersetzten", sagte er weggetreten. „Gibt so viele gute Gitarristen."

„Aber wir wollen dich!" entgegnete Gordon, „nicht nur, weil du ein verdammt guter Musiker bist. Wir mögen dich doch alle. Denk doch mal daran. Was ist mit deinen Freunden? Und mit deinen Eltern?"

Spider blähte die Wangen auf und prustete Rauch hinaus. „Meine Eltern!" sagte er verächtlich und schüttelte den Kopf.

„Was ist mit denen? Spuck's endlich aus." Gordon rüttelte an Spiders Arm.

Aus der Sofanische kam ein Gejaule, das sogar die Musik übertönte. Spider grinste und knieperte mit den Augen.

„Der besorgt's ihr hier, mitten zwischen den Leuten. Geil. Absolut abgefahren, der Typ."

Gordon wurde ungeduldig. Wieder rüttelte er an Spider.

„Scheiße! Das ist alles abgefahrene Scheiße. Sonst nichts! Was ist so toll daran, kleine leerköpfige Mädchen zu bumsen, verdammt nochmal!"

Spider schob Gordon von sich, wankte an ihm vorbei, in Richtung Ausgang.

„Mist!" schimpfte Gordon und warf absichtlich ein Glas um, das auf der Bar stand. Der Champagner spritzte. Der Barmann sah ihn etwas entnervt an, hatte jedoch ein so hohes Trinkgeld im vorraus bekommen, daß er stillschweigend alles bereinigte. Gordon zog fest an dem Joint. Das hatte er vermasselt. Seit langem wieder einmal fiel ihn ein Gefühl an, das er haßte. Angst. Sein Gitarrist hungerte sich zu Tode. Er hatte nicht geahnt, wie depressiv Spider war. Jetzt hätte Gordon Hilfe brauchen können, von einem der ihm nahestand, mit dem er hätte reden können. Sein Blick fiel in die Sofanische. Er ging hinüber.

Unter dem Einfluß der Droge war es Gordon egal, ob das Paar jetzt fertig war oder nicht. Er brauchte jetzt jemanden zum Reden. Das war das wichtigste. Gordon setzte sich direkt neben sie. Das Mädchen saß auf Shawn, der sein Gesicht zwischen ihren Brüsten vergrub. Sie erschrak, als sie Gordon bemerkte. Gerade so, als seien sie bisher unbeobachtet gewesen.

„Verschwinde", sagte Gordon. „Es reicht jetzt."

Sie grinste frivol. „Er ist nicht weich zu kriegen, dein Star. Er ist ein Tier. Willste mitmachen, Papi?"

Gordon war drauf und dran, sie zu schubsen. Doch Shawn japste und röchelte etwas verkniffen. „Scheiße, Gordon. Muß das sein?"

Gordon kicherte. Das hatte er dem „Tier" ja schön vermasselt.

„So ein Blödmann!" fluchte das Mädchen und tröstete Shawn, indem sie ihn an sich drückte und seinen Kopf streichelte.

„Ich will mit dir reden", sagte Gordon trotzig. „Jetzt sofort."

„Warum zum Teufel jetzt sofort, Gordon?"

Shawns Sinne waren noch überhaupt nicht auf Reden eingestellt. Das war jetzt tatsächlich schon das zweite Mal, daß Gordon ihn so abrupt zum Höhepunkt gezwungen hatte, der dann eigentlich gar kein Höhepunkt mehr war. Das war nicht besonders wohltuend, besonders, wenn man die ganze Zeit auf Verlängerung und Steigerung gemacht hatte und spitz war bis in die Haarwurzeln.

„Weil ich dich jetzt als Freund brauche. Dringend. Hol ihn raus aus der Kleinen und rede mit mir. Sonst dreh ich durch!"

Gordon stampfte mit beiden Füßen auf, wie ein trotziges Kind. So hatte Shawn ihn allerings noch nie erlebt. Er war alarmiert. Er klopfte dem Mädchen auf die Flanken, wie einem Pony, mit dem er gerade von einem Ritt heimgekommen war.

„Komm Süße, mach dich vom Acker", sagte er und schob sie von seinem Schoß.

„Du warst stark", sagte sie mit verknalltem Blick. „Soll ich mich für dich in der Nähe halten? Du hast noch was gut bei mir."

„Kannst ja mal..." sagte Shawn und winkte ab.

Sie sollte doch bleiben, wo sie wollte. Shawn sortierte seine Kleidung, hatte Mühe, sein bestes Stück in die enge Hose zurückzupressen. So leicht war er eben nicht zu überzeugen, daß es das nun gewesen sein mußte.

„Oh Mann. Gordon. Puh. Also reden. Laß uns an die Bar gehen, Mann."

Er mußte aufstehen, um sich nicht alles mögliche abzuklemmen. Sie bestellten einen doppelten Whisky und tranken ihn beinahe auf ex.

„Also, schieß los", seufzte Shawn. Er war beunruhigt, denn Gordon war offensichtlich schlecht drauf.

„Ich habe Angst Shawn. Seit langem habe ich wieder einmal Angst."

„Warum um Himmels Willen? Heute, das war doch einfach gigantisch, Mann! Und guck mich an! Bin fast nüchtern! Nur 'n Upper." Gordon sah ihn zweifelnd an. „Gut, den dritten heute. Okay, ich geb's zu und 'n bißchen Champagner, okay und 'n bißchen Sex. Mann, das muß man sich doch gönnen nach dem Erfolg. Dreihunderttausend Köpfe Gordon! Du wirst mir doch wegen dem bißchen Sex eben nich' in so 'ner Nacht 'ne Szene machen?" Shawn dachte, es ginge Gordon um die Untreue zu Elisabeth. Doch Gordon schüttelte den Kopf.

„Das finde ich auch Scheiße. Aber darum geht's im Moment nicht. Jamison hungert sich zu Tode, und ich weiß nicht, was ich machen soll. Shawn, was soll ich machen, um ihn aufzuhalten? Ich hab mich so in deine Probleme reingesteigert, daß ich nicht gemerkt habe, wie dreckig es dem Jungen geht. Er ist nur noch Haut und Knochen."

Shawn trank einen Schluck und sah betrübt in sein Glas. Er ließ die Eiswürfel klingeln.

„Ich weiß", sagte er, „und Karen weiß es auch. Die kann machen, was sie will. Sie bekommt nur Krümel in ihn hinein. Er behauptet, er is' schon auf einer höheren Ebene wie wir. Und er sagt, wir tun ihm weh, wenn wir ihn nicht lassen. Das is' sein Weg, sagt er, und wir müssen das respektieren."

Gordon rieb sich das Gesicht.

„Gott! Er verhungert vor unseren Augen, und wir sollen das respektieren? Wir müssen was tun, Shawn. Ihn zum Arzt bringen. In eine Therapie. Was weiß ich. Wer sind verdammt nochmal seine Eltern? Die sollen sich endlich um ihn kümmern!"

Karen hatte trotz ihres Flirts bemerkt, daß Spider gegangen war. Sie stellte sich zu Gordon und Shawn.

„Hi, Jungs. Hat er gesagt, wo er hin ist?" Shawn schüttelte langsam den Kopf. „Wahrscheinlich besorgt er sich was", sagte Karen, als sei der Einkauf von Heroin etwas ganz natürliches. Gordon wurde zappelig.

„Du meinst, er geht zu irgendeinem Dealer da draußen und kauft dieses Mistzeug?"

„Er hat spezielle Quellen", antwortete Karen geheimnisvoll und zündete sich eine Zigarette an.

Hinter ihr erschien der Bodyguard. Er sah aus wie ein voller Schrank auf zwei Beinen. Zärtlich umfaßte er ihre Taille, sah Shawn herausfordernd an und küßte ihren Hals. Shawn machte ein gleichgültiges Gesicht. Der Nebenbuhler hätte es gern anders gesehen. Doch mit wem Karen bumste, war ihre Sache, und außerdem kannte Shawn seine Grenzen. Er würde sich doch nicht mit einem anlegen, dessen Daumen stark genug war, ihn an die Wand zu quetschen wie einen Reißnagel auf ein Pinboard. Karen entwand sich dem Gorilla.

„Laß mal eben, Schätzchen", sagte sie abwehrend und schob den jungen Mann zur Seite. Der machte ein betrübtes Gesicht. „Nun guck doch nicht gleich so traurig, mein großes Katerchen", strahlte sie ihn an, „geh schon mal vor. Ich komm später nach. Wie verabredet."

Er gehorchte wortlos, grinste zufrieden und schob ab. Wahrscheinlich konnte er sowieso nur ein paar Standardfloskeln sprechen, vermutete Shawn. Er pulte sich mit einem Zahnstocher die Reste einer Olive aus den Zähnen und sah Karen zweifelnd an.

„Ich weiß genau, was du denkst", sagte Karen überheblich. „Es macht mir eben keinen Spaß, jede Nacht mit jemandem zu verbringen, der immer nur von irgendwelchen abgehobenen Dingen schwafelt. Er verabschiedet sich von seiner Hülle. Körperliches ist ihm nicht mehr wichtig und all der Quatsch. Was weißt du denn, was ich durchmache, Shawn Allison!"

„Jamison leidet unter deinen ständigen Eskapaden", sagte Gordon, "weil er dich wirklich liebt, Karen."

Shawn hütete sich, etwas dazu zu sagen. Er wußte, welche Sucht Karen hatte. Doch er konnte sie deswegen nicht verurteilen. Er konnte ihre Besessenheit nachvollziehen. Er dachte kurz an die Kleine von vorhin. Wie hieß die noch? Jedenfalls war das sensationell geil gewesen, sie hier in der Bar steigen zu lassen. Das hatte nicht das geringste mit seiner Liebe zu Aileen oder dem Verantwortungsgefühl seiner Familie gegenüber zu tun. Das war reine Gier. Gier nach immer neuer warmer Haut, weichen Möpsen und heißen Körperöffnungen. Karen war seine weibliche Entsprechung. Das hatte er schon bei ihrem ersten Zusammentreffen begriffen, als sie ihn bei lebendigen Leibe ausgesaugt hatte. Sie hatte absolut keine Hemmungen. Er und sie würden es vor Tausenden auf der Bühne treiben, wenn man sie ließe. Scham? Was war das?

„Ja, meinst du denn, ich liebe ihn nicht, Gordon?" regte sich Karen auf. Sie stemmte ihre Fäuste in die Seiten, schüttelte ihre lange Hippie-Mähne und machte ein böses Gesicht. „Das ist was ganz anderes, einen neuen Schwanz zu probieren, oder jemanden zu lieben. Seit ich vierzehn bin, hab ich vielleicht schon eine mittlere Kleinstadt gebumst, einschließlich Shawn und dir, lieber Gordon", Shawn sah Gordon überrascht an und gleich wieder zu Karen. „Aber verliebt war ich erst drei Mal. Und wirklich geliebt hab ich nur einmal. Und das betrifft Jamison." Sie blickte ins Leere. „Bumsen wollt ihr alle, ob Manager, Musiker, Roadie oder der Dummerjan von Bodyguard. Aber verurteilen tut ihr so eine wie mich dann doch. Warum? Weil's mir Spaß macht? Weil ihr nicht die einzigen seid die ich reinlasse? Geht doch hin, wo der Pfeffer wächst, ihr Schwänze. Ob dick oder dünn, ihr könnt einem wirklich auf den Geist gehen. Scheiße! Wenn's 'n Mann macht, isser 'n toller Hecht! Aber 'ne Frau..." Sie machte eine Pause. „Ich fahr ihm jetzt nach, der ist bestimmt in die Wohnung, um sich die Nadel zu setzen. Ja, so is' das nämlich. Ich krame ihn schließlich aus der Kloschüssel, nicht ihr Neunmalklugen!"

Damit rauschte sie durch die Menge der zunehmend weggetretenen Partygäste. Journalisten, die ihre fetten Bäuche entblößten, Starlets, die auf den Nischentischen tanzten, Musikerkollegen, die sich gegenseitig im Fallen unterstützten. Die unpassensten Paarungen verschwanden in den Nischen oder auf den Toiletten. Auf die Weise wurde so manch neue Geschäftsbeziehung geknüpft. Im künstlerischen wie im rein wissenschaftlich-experimentellen Bereich. Tütchen, Päckchen, Pillchen wechselten rege ihren Besitzer. Die Auswirkungen der Selbstversuche waren teils erschreckend teils belustigend. Karen kannte dies alles zu gut, um Anstoß daran zu nehmen. Im Gehen warf sie sich einen Upper ein. Das würde nicht ihre beste Nacht werden. Sie ahnte es schon.

Shawn zuckte mit den Schultern. „Sie ist Klasse!" stellte er schwärmerisch grinsend fest und sah zu Gordon, der mit hochrotem Kopf neben ihm auf dem Barhocker saß.

„Ja, mein Gott", gab Gordon zu, „es ist diese grazile Anmut, gepaart mit einer enormen Stärke und Lebendigkeit. Das läßt niemanden kalt."

„Grazile Anmut?" Shawn lachte auf. „Herrje, Gordon! Mir gegenüber mußt du dich wirklich nich' rechtfertigen, daß de mit ihr gebumst hast. In ihrem Fall kannste ja noch nich' einmal sagen, daß de se ausgenutzt hast. Karen braucht Männer wie das tägliche Brot."

„Aber, das ist doch nicht gerade das Normale, Shawn. Manchmal denke ich, wir leben zunehmend in einem unwirklichen Sumpf. Unsere Frauen zu Hause, die leben das wahre Leben. Mit den Kindern, mit der Natur..." Shawn rückte näher. Er legte Gordon den Arm um die Schulter.

„He, was is' mein Freund? So niedergeschlagen hab ich dich ja noch nie erlebt. War wohl kein guter Stoff für dich, was?"

Gordon zuckte mit den Schultern. „Manchmal fühle ich mich so müde, Shawn. Ich frage mich, ob es zwangsläufig so sein muß, daß mit dem Geld auch dieser ganze Drogendreck ins Spiel kommt. Ich wünschte, ihr würdet einsehen, daß es euch auf Dauer nichts bringt."

Shawn klopfte Gordon aufmunternd in den Nacken. „Gordon. Du kannst die Welt nich' aufhalten. Jeder macht eben seine eigenen Erfahrungen. Davor kannste uns nich' bewahren. Wenigstens hat meine zweite Begegnung mit Mom Acid mir schon ausgereicht, um sie nie mehr haben zu wollen. Is' doch wohl 'n ziemlicher Erfolg. Oder?"

„Deine zweite Begegnung?" fragte Gordon.

„Ja. Das erste Mal hat mir Jane dazu verholfen. War zwar nich' so gemein wie neulich, aber immerhin hat die gute Jane stundenlang an 'nen Balken gefesselt vor sich hinfluchen dürfen, bis ich aus 'm Koma erwachte. Mit Schiß im Nacken daß der Dachboden abfackelt, wegen der ganzen Kerzen, weißte..."

Gordon war baff. „Wie?"

Shawn winkte ab. „Erzähl ich dir mal in voller Länge, bei Gelegenheit."

Die Errungenschaft dieses Abends, das weißbebluste Busenwunder, kam auf Shawn zugesteuert. Sie hängte sich mit raffiniertem Blick an ihn. Shawn schnappte sich ihren linken Oberschenkel und zog sie auf seinen Schoß. Sie hakte den Absatz ihres Stiefels hinter das Bein des Barhockers und quietschte lüstern, als Shawn seinen kleinen Finger unter das extrem kurze Bein ihres Hot Pant fahren ließ, um mit seinem langen schwarz lackierten Fingernagel ihre Pobacke entlangzufahren.

Gordon dachte an Elisabeth und an die kleine Anne Louise und hatte stellvertretend für Shawn ein schlechtes Gewissen. Er sehnte sich nach Julia. Nach ihrer Zartheit. Ihrer dankbaren Annahme aller seiner Zärtlichkeiten. Nach ihrer unschuldigen Neugierde auf die schönen Seiten der Liebe. Er bereute den Entschluß, die Nacht im Hotel in London zu verbringen.

Shawn und das Mädchen nestelten an ihrer Kleidung herum. Nase an Nase, Zunge an Zunge, die Augen halb geschlossen, flüsternd und raunend, sprachen sie eine eindeutige Sprache. „Aah, das tut weh", seufzte sie. „Ooh, wie weh?" sagte Shawn, der irgendetwas mit seiner Hand tat, das Gordon nicht beobachten konnte. „Hey, du. Was machst du da mit deiner Teufelskralle? Uuups!" Wieder ein Quietschen. Gordon wandte sich seinem Whisky zu. Wie konnte man nur mit so blöden Gänsen Spaß haben? „Er ist zu spitz", hörte er neben sich. „Du bist spitz, Baby. Was ist denn das so heiß hier. Mmm, so 'ne Menge Schaum. Wie kommt das nur?" Gordon verdrehte die Augen. „Shawn", winselte sie. „Was willste du, kleine Nutte?" raunte er ihr vulgär ins Ohr. Ihre Stimme zitterte vor Erregung. „Laß uns wo hingehen, wo du deinen Schaumschläger versenken kannst, ohne daß alle zugucken, ja? Ich will es so richtig wild, weißt du?" „Ich soll dich fertigmachen? Willste das?" „Jaaah." „Weißte was de da sagst?" „Jaah, Shawn. Ich will alles mit dir machen. Alles!"

Gordon schlug mit der flachen Hand auf den Tresen. „Jetzt reicht es aber! Kann ich nicht mal 'ne halbe Stunde mit dir reden, ohne daß so 'ne dummgeile Schlampe an dir dranhängt?"

„Hey Alter, was haste denn? Bist wohl neidisch, was?" frotzelte die Weißbebluste, ohne von Shawn abzulassen.

Shawn stieß sie unsanft von sich, als er sah, daß Gordon verärgert und wankend sich anschickte, aus der Bar zu verschwinden.

„Mann, Gordon! Is' doch nur Scheiß! Nun bleib doch hier, Mann!"

Doch Gordon war schon fast draußen. Shawn gab auf und wandte sich wieder dem Mädchen zu, das offensichtlich kein bißchen böse war.

Während Gordon sich von einer Seite auf die andere wälzte, an die Jungs mit all ihren verschiedenen Problemen und Begabungen dachte, an die nächsten Gigs, an Amerika, an seine Familie und all die übergroße Verantwortung die er hatte, herrschte im Zimmer neben ihm reges Treiben. Komisch. Der, der da nebenan die Sau rausließ, war ja nun rein rechtlich sein Stiefsohn. Aber Shawn war so vieles mehr für Gordon. Seine Entdeckung. Sein Ziehsohn. Sein Spiegel und die Veräußerlichung seiner schlimmsten Ängste und geheimsten Wünsche. Der Junge lebte bis zur Schmerzgrenze und zuweilen darüber hinaus. Mit allem, was Shawn mitbrachte, auch seine Familie und all die Liebe, war er die Herausforderung und Erfüllung seines Lebens zugleich. Eines Lebens, das vor „The Rumor" in der Hauptsache aus Arbeit und Alleinsein bestand.

Gordon zuckte zusammen. Gerade schrie die Kleine wie am Spieß. Doch bevor er sich Gedanken machen konnte, ob er ihr zur Hilfe kommen mußte, lachte sie auch schon wieder und stöhnte laut. „Ohhooo! Du bist so unheimlich! Oh Gottogott, jaah... Mami! Hilfe!" Dann dieser dumpfe Ton in bekanntem Rhythmus.

Sicher lehnte sie gegen irgend etwas, das gegen die Wand schlug, während er es ihr besorgte. Plötzlich wieder Ruhe, eine Art Rascheln an der Wand, ein kurzes Stöhnen von Shawn. Fußgetrappel. Was machten die bloß? Jetzt schrie sie wieder, und er sagte etwas, das sich böse anhörte. Dann waren sie wieder dicht neben der Wand. „Muß ich dich hier festbinden, damit du mir nich' abhaust?" keuchte Shawn. Sie lachte lüstern. Nun waren sie auf dem Bett. Es quietschte leise. Sie seufzte. Gordons Gedanken waren plötzlich nur noch dort drüben. Was für ein Spiel wurde dort gespielt? Ob es stimmte, was er zu hören glaubte? „Sauf!" sagte Shawn jetzt   laut. Sie hustete. „Mehr. Mehr!" sagte er und sie hustete aufs Neue. „Jaaa! Siehste! Wie gut das tut." „Mach mich wieder los!" röchelte sie hörbar bös verschluckt. „Nö." Dann wieder ein lautes Seufzen von ihr, übergehend in ein merkwürdiges Winseln. „Hey, du wildgewordener Teufel! Hör auf, mich zu beißen! Au! Du reißt mir die Haare aus! Du tust mir weh!" „Aber das magst du? Prickelt das? Komm, sag schon!" Sie stöhnte und seufzte und auch er gab nun lustvolle Laute von sich. Doch nach einigen langgezogenen Ahs und Jahs quietschte sie wieder voller Pein. „Aahh! Du tust mir weh...! Du tust mir weh! Nicht damit, du Sau!" rief sie plötzlich und Shawn lachte schäbig. „Ich werde dich fressen! Ganz langsam. Bei lebendigem Leibe. Von den Zehen..." „Au!" „...bis zu den Brüsten!" „Auauaua!" „Ich trinke dein Blut. Mmmmm.....Mädchenblut!" „Nein!" rief sie, „Ich hab Angst! Tu nicht so! Bitte, bitte nich' so...!"

Gordon saß senkrecht im Bett, denn nun paßte ihm der unfreiwillige Voyeurismus gar nicht mehr. Verdammt hellhöriges Misthotel! Er hatte nicht beobachtet, was Shawn an diesem Abend alles an Alkohol und Drogen konsumierte. Vielleicht wurde sie gerade ein Opfer seines Trips, und er lag hier und hörte einfach zu, wie Shawn ihr weh tat. Doch soeben stöhnte sie wieder lautstark. Wie immer er sie auch dazu brachte, es schien ihr Spaß zu machen. Ein lautes Scheppern im Raum, das Zerschellen von Glas. Gegenstände, die zu Boden fielen, deuteten darauf hin, daß jene Champagnerflasche - ein Teil des Spiels, wie Gordon vermutete - wohl soeben durch den Raum geflogen war und ein ungeplantes Ziel getroffen hatte. Rhythmisches Quietschen, Seufzen und

Stöhnen und ihre immer hysterischer werdende Forderung „Mach mich fertig! Mach mich fertig, du!" signalisierten Gordon, daß wahrscheinlich spätestens in einer viertel Stunde mit Ruhe zu rechnen war. Er brauchte sich auch keine Gedanken mehr über das Wohl des Mädchens zu machen. Sie schien es so zu wollen.

Es dauerte dann doch etwas länger, und es war so laut, daß andere Nachbarn sich beschwerten. Gordon mußte sich noch einen Whisky genehmigen, bevor er endlich totmüde gegen vier Uhr früh Schlaf fand.

Um sieben schon wurde er vom Klingeln des Telefons aus dem Schlaf gerissen. Er hatte zunächst Mühe zu verstehen was gesagt wurde. Es war Karen. Sie war so schrecklich aufgeregt, daß sie unverständlich herumhaspelte. „Eine Razzia. In der Wohnung. Drogendezernat. Wollen Spider mitnehmen. Der ist voll. Bringt keinen Ton raus. Bitte Gordon, komm ganz schnell!"

Gordon war plötzlich sehr wach. Er zog sich in Windeseile an, strich nur mit den Händen seinen spärlicher werdenden Haarschopf zurecht und rief den Fahrer und den Personenschutz an, denn er beschloß, auch Shawn zu wecken. Er mußte mitkommen. Schließlich war er mit Spider sehr eng befreundet. Gordon klopfte an der Tür des Nebenzimmers. Nach mehrmaligem Klopfen öffnete sich die Tür langsam und vorsichtig. „Ich bin es, Gordon", sagte er noch einmal, weil er wußte, daß Shawn seit dem Attentat Hemmungen hatte, eine Türe zu öffnen. Doch zum Vorschein kam ein total verschlafenes, Make Up verschmiertes Mädchengesicht. Die langen blonden Haare waren ein einziger Knoten. Ihre Haut war so blaß, als habe er sie tatsächlich ausgesaugt. Die relativ kleine Gestalt war in ein Bettuch gewickelt.

„Ach, Papi", krächzte sie und grinste blöd, „kommste zum Morgenfick?"

Gordon schob sie einfach zur Seite und ging hinein. Auf dem Bett lag Shawn, nur dürftig bedeckt. Es war das erste Mal, daß Gordon Shawn beinahe nackt sah. Wie hingegossen lag sein kraftvoller, schlanker Körper zwischen den weißen Laken. Seine dunklen Haare rieselten über das Leinkissen. Die Nasenflügel wölbten sich beim Einatmen. Die Lippen, wie gemeißelt, zuckten, als wollten sie sich zu einem Wort formen. Die Augäpfel rollten hinter den Lidern. Die bekannten Narben als Zeugen seiner schrecklichen Jugend und seines Talents, sich bei jeder Gelegenheit in Kämpfe zu verwickeln, wirkten wie die eines jungen Löwen. Leicht verwahrlost, aber interessant. Sein Stoppelbart war sehr dunkel, am Kinn rötlich.

„Ist er nicht süß, wenn er schläft?" fragte das Mädchen leise. „Dann guckt er nicht so unheimlich."

Es tat Gordon leid, ihn wecken zu müssen, aber es war ihm sehr wichtig, daß Shawn mitkam. Beinahe zögernd faßte er auf den Drachen, der seit Chicago den linken Oberarm zierte, und rüttelte vorsichtig daran.

„Bist du scharf auf ihn?" fragte das Mädchen, während Gordon sich über Shawn beugte.

„Hör zu, Kleine. Du nervst. Sag mir, wieviel du bekommst für die Nacht, und verschwinde, ja?"

Er drehte sich zu ihr um und sah sich ihrer nackten Jugendlichkeit gegenüber. Natürlich war er ganz verdattert. Ihre Brüste waren höchstens sechzehn, wenn auch ihr Gesicht nach dieser Nacht wie fünfundzwanzig wirkte. Unwillkürlich blickte er kurz auf ihr Geschlecht. Sie war Naturblond, das war damit erwiesen. Einige Flecken und Schürfungen am Busen und im Unterleibsbereich ließen auf ziemlich rohe Praktiken schließen. Das waren nicht alles Knutschflecke, die ein stümperhafter Liebhaber seiner Partnerin verpaßt hatte. Das waren Biß-, Saug- und Kratzspuren, die gezielt ausgeführt wurden. Auch ihre Unterlippe war etwas aufgequollen und bläulich. Das sah er erst jetzt.

Was taten diese Mädchen nur, für eine Nacht mit einem Star? Sie gaben sich vollkommen auf. Sie gaben sich der Raserei eines berauschten Exzentrikers hin und meinten, es sei der Höhepunkt ihres persönlichen Erfolges, wenn sie sich dermaßen maltretieren ließen. Ihr geschundener Mädchenkörper beschämte Gordon.

„Mach zu. Zieh dich an und verschwinde!" sagte er ruhig und ohne Boshaftigkeit.

Shawn rührte sich hinter ihm. „Hey, was is los?" fragte er verschlafen.

Er richtete sich auf und ließ seine Füße über der Bettkante zu Boden. Während er sich das Gesicht rieb, schwang sich das Mädchen hinter ihn und umklammerte seinen Oberkörper.

„Der alte Schlappsack will mich wegschicken, Liebling", jammerte sie dicht neben Shawns Ohr.

Das war einfach alles zuviel, so quasi mitten in der Nacht, und dazu nach einer solchen. Irgendwie war Gordon anscheinend sehr anhänglich im Moment, und diese Tussi entschieden zu laut! Mit einem gezielten Hieb auf ihren nackten Oberschenkel, brachte er sie dazu, von ihm abzulassen.

„Verzieh dich, sonst setzt es was!" Beleidigt verzog sie sich ins Badezimmer.

„Was is' los? Was tust du hier, verdammt noch mal!"

Nachdem Gordon eilig geschildert hatte, was gerade im Moment in Spiders Wohnung geschah, kam Leben in Shawn. Er beeilte sich. Weil das Mädchen gerade auf dem Klo saß, pinkelte Shawn ins Bidet. Sie zeterte irgend etwas, das sei ja nun nicht die feine Art und so, während er sich Wasser ins Gesicht klatschte, das die Spuren verschiedenster Rauschmittel der vergangenen Nacht trug. Sie schmiegte sich gegen seinen Rücken, als er sich eilig durch die Haare bürstete, küßte seine Schulterblätter, ließ ihre Hände über seinen Brustkorb gleiten.

„Das war die heißeste Nacht meines Lebens, Shawn Allison. Du bist unmöglich." Sie lachte Kleinmädchenhaft. „Darf ich beim nächsten Gig in der Garderobe auf dich warten?"

Er hatte jetzt gar keine Zeit, an so Sachen wie an ein festes Groupie zu denken. „Vielleicht", sagte er knapp und schob sie beiseite. Sie war wirklich hart im Nehmen. Jedes andere Mädchen hätte sich vor Angst ins Höschen gemacht. Ihr machte sogar seine durchgeknallte Doktor Jekill-und-Mister-Hyde-Nummer Spaß. Selbst wenn er ihr echt weh tat und ihr reichlich widerliche Sachen sagte, die machte immer weiter mit, ohne sich ehrlich zur Wehr zu setzen.

„Hey, du hast überall blaue Flecken. Biste gefallen?" fragte er zynisch.

Sie genierte sich plötzlich und bedeckte ihren Körper mit einem Handtuch. „Ja, ich glaub, ich war 'n bißchen breit und bin wohl gefallen", antwortete sie möglichst niedlich.

„Tut's weh?" fragte er, während er in seine Hose balancierte.

„Schon... Aber das macht mir nix..."

Sie sah ihn mit ihren Sternchenaugen an, die nur eines aussagten: Wenn du mich nur in deiner Nähe sein läßt, kannst du mit mir machen, was du willst. Du bist der Größte für mich.

„Tut mir Leid", sagte er kalt und knöpfte sich das Hemd zu. „Ich meine, daß de gefallen bist."

Er konnte diesem Trieb nicht widerstehen. Manchmal mußte er die Finsternis seines Herzens herauslassen und auf die Spitze treiben. Diese Art Mädchen bot sich da einfach perfekt an. Mit dem "Vielleicht" war sie einstweilen zufrieden. Sie küßte ihn dankbar und stellte sich unter die Dusche. Shawn sah kurz in den Spiegel. Für einen Moment sah er das Gesicht seines Vaters vor sich. Er warf die Bürste in den Waschtisch und hastete in den Schlafraum zurück, um sich fertig anzuziehen.

„Der Fahrer wartet schon", sagte Gordon. „Die Bodygards habe ich auch geweckt. Es hieß, vor dem Hotel lagerten schon wieder etliche Fans."

„Scheiße. Was is' mit Robert und Mason?" fragte Shawn, während er eine Jacke suchte.

„Was soll sein. Mason ist mit Chris und seinen Eltern zusammen gewesen. Und Robert wird sich mit der Schwarzen irgendwohin verzogen haben, schätze ich."

Shawn grinste. Sein Bruder war im Moment unheimlich gut drauf. Um den brauchte sich wirklich niemand Sorgen zu machen.

Als sie abgehetzt vor Spider und Karens Wohnung ankamen, wurden sie von einem Polizisten in Zivil aufgehalten.

„Ich bin Gordon Tyler, der Manager des Jungen. Ich verlange, daß wir unseren Anwalt einschalten dürfen!" hechelte Gordon.

„Moment mal!" Mit erhobener Hand bedeutete der Beamte Gordon, stehen zu bleiben. „Können sie sich ausweisen?"

Nachdem Gordon und Shawn mit äußerster Nervosität ihre Ausweise präsentiert hatten, mußten sie sich auch noch einer Leibesvisitation unterziehen.

„Hier ist der Manager der Band, Mister Tyler und Mister Allison! Beide sauber. Soll ich sie reinlassen?" rief er in die Wohnung.

Anscheinend war die Reaktion positiv. Endlich ließ er sie in die Wohnung, in der ein reger Verkehr herrschte. Sie hatten das Unterste zuoberst gekehrt. Auf dem riesigen Tablett aus geschlagenem Silber lag eine Platte Marihuana. Leider auch ein Spritzenbesteck. Jedoch kein Heroin. Spider hing geistesabwesend auf einer seiner mit indischem Stoff bezogenen Matratzen. Neben ihm Karen, die seine Hand hielt und verzweifelt in die Runde sah. Der Mann, der ihn befragte, war allem Anschein nach der leitende Beamte dieser Aktion.

„Verstehen Sie, was ich Ihnen sage, Mister Crawford?" fragte er nun schon das zweite Mal. Doch von Spider kam außer einem gleichgültigen Heroingrinsen keine Reaktion. Seine aufgequollenen Augen sahen in eine andere Welt. Gordon stellte sich dem Beamten kurz vor und setzte sich neben Spider. Shawn faßte Karen tröstend bei der Hand.

„Du mußt nicht antworten, Jamison. Ich werde unseren Anwalt anrufen", sagte Gordon, stieß jedoch nicht im mindesten auf Spiders Interesse.

„Hören Sie, Mister Tyler." Der Beamte machte ein strenges Gesicht. „Der junge Mann hier besitzt genügend Marihuana, um damit eine riesige Party zu versorgen. Ich bin sicher, daß in irgendeiner Ecke dieser Wohnung auch noch härtere Drogen zu finden sind. Da er im Moment nicht vernehmungsfähig ist, werden wir ihn in die Ausnüchterung stecken, um ihn morgen früh zu vernehmen. Bis dahin können Sie ihm einen Anwalt organisieren."

Gordon schüttelte den Kopf. „Wir haben Termine einzuhalten. Das hier ist unser Gitarrist. Morgen abend haben wir einen Auftritt."

„Den können Sie sich für eine Weile abschminken, Mister Tyler", antwortete der Inspektor vom Drogendezernat gnadenlos. „Das sieht mir nach einer längeren Geschichte aus."

„Unsere Tour zu boykottieren ist doch genau das, was der Ordnungsapparat mit dieser Razzia bezwecken will!" erboste sich Gordon.

Der Inspektor lächelte gleichgültig. „Vielleicht liegen Sie da gar nicht so falsch, guter Mann. Aber wenn schon... Wie lange denken Sie, kann dieses Wrack da noch auf der Bühne stehen? Glauben Sie mir, Mister, ich habe schon viele ähnliche Menschen gesehen. Dieser da ist beinahe am Ende seiner Kraft. Nur noch Haut und Knochen. Die Einstiche an den Armen. Haben Sie das nicht bemerkt? Vielleicht landet er auch im Gefängnishospital. Wir werden sehen."

Gordon stieg die Schamröte ins Gesicht. Er war doch kein Menschenschinder, der die Jungs so weit trieb, daß sie sich zu Tode spritzten und verhungerten. Doch er hätte sicherlich früher alarmiert sein müssen. Wie konnte es nur sein, daß Spider bei seinen Auftritten derartig gut war und gleichzeitig dermaßen abdriftete?

Karen erhob sich, um Shawn neben Spider Platz zu machen. Er hatte sie darum gebeten. Sie setzte sich auf das große Meditationskissen gegenüber. Rani brachte Tee, den er unter strenger Aufsicht in der Küche bereitet hatte. Er begrüßte Gordon und Shawn mit der ihm eigenen dezenten Distanz. Der Inspektor nahm den Tee gerne an. Immerhin waren sie hier schon beinahe zwei Stunden beschäftigt. Shawn legte den Arm um Spider. Der ließ seinen Kopf gegen Shawns Kopf sinken, schielte seltsam und öffnete den Mund. Was er sagte, war zu leise und zu genuschelt, um es zu verstehen. Der Inspektor hob die Hand und wies die Umstehenden an, ruhig zu sein. Er hoffte, daß der Junge nun seinen Dealer preisgab oder ähnliches. Doch aus Spiders Mund kamen nur seltsame Worte: „Schwarzer Engel... Bote des Jenseits... über blutige Weiden gehen wir... hinab in das Tal unserer Väter... Küss mich noch einmal als ob ich denn lebte... nimm meine Seele mit diesem Kuß... hauche sie aus in den Sternenstaub... reines Laken für Mutter Erde werde ich sein... Diamantenes Laken."

Eine kleine Pause entstand, in der alle betreten schwiegen. Shawn sah Karen an, die ihm hilflos zunickte. Er sah sich um und wußte beim Anblick all der Männer in den dunklen Anzügen, daß er nicht viel Zeit haben würde. Behutsam nahm er Spiders Kinn und küßte ihn. In dem Moment, als er Spiders Zunge spürte und die Beamten dem anrüchigen Treiben durch ihr Eingreifen ein Ende setzen wollten, hatte er auch schon das Objekt, welches sich bis eben noch in Spiders Mund befand, auf seiner Zunge.

Jemand zog ihn an den Haaren. „Ihr schwulen Säue!" rief einer und hieb Shawn roh gegen den Kopf. Spider wurde genau wie Shawn vom Boden hochgerissen, sackte aber einen Meter weiter wieder auf die Knie. Er war nicht in der Lage zu stehen. Karen rief seinen Namen, wurde aber von einem Beamten daran gehindert, zu ihm zu laufen. Sie zappelte fluchend in seinem festen Griff. Gordon versuchte, Shawn frei zu bekommen, der einen Beamten getreten hatte und dafür einen Hieb auf die Nase einstecken mußte. Sie blutete, doch Shawn tat keinen Mucks.

Das Ding in seinem Mund war weich. Ein kleines Päckchen oder Beutelchen. Er versuchte es unter seiner Zunge zu verstauen. Doch es war zu groß. Man bog ihm die Arme nach hinten und zog seinen Kopf an den Haaren zurück.

„Sie haben kein Recht, den Jungen derartig roh zu behandeln. Das war keine homosexuelle Handlung in der Öffentlichkeit! Also lassen sie ihn sofort los!" verlangte Gordon aufgebracht.

Der Inspektor wies seine Männer an, Shawn loszulassen. Shawn war froh wieder frei zu sein, denn um ein Haar hätte er das Ding verschluckt, das er notdürftig in seine Wange schob. Hoffentlich beulte es nicht zu sehr, und hoffentlich löste es sich nicht auf. Wenn das Heroin war, konnte man damit leicht einen Stier lahmlegen. So weggetreten, wie es bisher den Anschein hatte, war Spider wohl doch nicht. Plötzlich konnte er auch wieder normal sprechen.

„Laßt meine Freundin los!" sagte er gequält. Das verdutzte den Inspektor. Er ging zu Shawn und baute sich mit gerissenem Grinsen vor ihm auf.

„Raus damit", befahl er knapp.

Shawn zuckte unschuldig mit den Schultern und wischte sich mit Gordons Stofftaschentuch die Nase.

„Also, spuckst du jetzt aus, was er dir rübergeschoben hat, oder muß ich dir einen Tritt in die Magengrube verpassen, du Pisser!" zischte der Inspektor nun gar nicht mehr fein.

Shawn hatte schreckliche Angst vor Tritten in die Magengrube. Der Magen war seit dem Attentat sein absoluter Schwachpunkt. In einem Ton mit Gordon rief er: „Nein, nicht in den Magen!" und spuckte das Päckchen aus. Spider sackte mutlos in sich zusammen.

Der Inspektor nahm das Beutelchen mit seinem Taschentuch auf. „Hab ich's mir doch gedacht. Das ist bestimmt kein Puderzucker. Heroin oder Koks?"

Er öffnete den Beutel, schnupperte daran, benetzte seinen kleinen Finger mit dem von Berufs wegen längeren Fingernagel mit Spucke, steckte ihn in den Beutel und dippte mit seiner Zungenspitze dagegen. Shawn war sicher, wenn es Koks gewesen wäre, hätte der Kerl sich den Staub vom Finger in sein Zahnfleisch gerieben.

Jetzt nickte er Fachmännisch. „Heroin." Seine Augen wurden zu Schlitzen. Er wandte sich Spider zu. „Das wird dich für einige Zeit hinter Gitter bringen, du Mistkerl!"

Spider schwitzte stark. Seine kirschrote Zunge leckte nervös über die trockene Unterlippe. Sein Adamsapfel vibrierte.

„Nehmt meine Hülle", flüsterte er. „Es ist mir gleich. Meine Seele hauche ins Universum, schwarzer Engel..."

Mit verdrehten Augen sah er Shawn an. Er war gemeint, er war der schwarze Engel, das wußte Shawn. Der Inspektor gab seinen Männern Zeichen, Spider abzuführen.

„Weg mit ihm", sagte er. „Laß mich wachsen an dem Märtyrium, oh Geist der Ewigkeit. Nimm mich zu dir. Nimm mich zu dir, großer Geist..."

Karen kauerte auf dem Boden und weinte. Gordon war verzweifelt. Es war so schrecklich, dies mit anzusehen. Spider konnte nicht selbstständig laufen. Sie zerrten ihn durch den Raum. Er stolperte, sackte immer wieder zusammen. In der Tür ließ Jamison seinen Kopf in den Nacken fallen und rief in schwachem Ton „Der Tod ist süß! Der Tod ist süß!"

Karen sprang auf und lief zu ihm. Auch Shawn löste sich aus seiner Erstarrung und lief, um dem Freund zu helfen. Spider hing zwischen den Polizisten wie eine leere Jacke an der Garderobe. Sie begriffen nur langsam, daß der Verhaftete ohne Besinnung war. Als Shawn und Karen mit anpackten, legten sie ihn endlich zu Boden. Der Inspektor war ehrlich entsetzt. Zwar wollten sie diesen Filzläusen mal so richtig zusetzen, aber so dramatisch mußte ja sein Einsatz nicht ausgerechnet enden. Er kam hinzu und befühlte Spiders Halsschlagader.

„Er lebt noch", stellte er fest. „Los, ruft einen Notarztwagen! Beeilung!"

Karen schluchzte auf. Sie nahm Spiders Hand und küßte sie zärtlich. Shawn kniete neben dem Freund. Er redete auf Spider ein, als ginge es darum, ihm etwas zu verkaufen.

„Wir gehen nach Kalifornien, Alter, und machen den Fans die Hölle heiß. Du und ich, Mann! Ich brauch dich da oben auf der Bühne, Mann. Du kannst dich doch nich' einfach verpissen. Du hast doch uns und die Musik. Mann, das Leben is' doch zu schön, um sich einfach so davonzumachen!"

In seiner Verzweiflung nahm er Spiders Kopf und rüttelte heftig an ihm.

„Mach keinen Quatsch, Spider! Der Tod is' Scheiße, verdammt!"

Tatsächlich öffnete Spider die Augen. Die Augäpfel rollten und schielten entsetzlich. Auf seinen Lippen bildete sich Schaum. Ein merkwürdiges Geräusch drang aus seiner Kehle. Shawn drehte den federleichten Körper instinktiv auf die Seite. Spider erbrach nicht viel, aber es hätte genügt, um daran zu ersticken.

Es schien Ewigkeiten zu dauern, bis der Notarztwagen kam. Doch dann ging alles sehr schnell. Die Freunde wollten dem Sanitätsfahrzeug hinterherfahren. Shawn packte beinahe die Wut, als promt zwei Fotografen und eine Journalistin zur Stelle waren, um den Abtransport Spiders zu fotografieren. Er zog sich die Jacke über den Kopf und machte, daß er in die Limousine kam. Die Fans, die fast ständig um diese Wohnung herumlungerten, wurden von den Polizisten zurückgedrängt. Gordon wiederholte einige Male, was für die Journalistin nicht besonders ergiebig war: „Kein Kommentar."

Totale Unterernährung und Heroin, nahe der Überdosis, wurde diagnostiziert. Gordon dämmerte langsam, daß sein Gitarrist lange Zeit nicht mehr würde auftreten können. Natürlich war das wichtigste, daß Spider am Leben blieb. Doch als Manager mußte er sich auch darüber Gedanken machen, was nun aus der USA-Tournee wurde. So schnell würde man keinen geeigneten Gitarristen finden. Während Spider, der noch immer bewusstlos war, künstlich ernährt und entgiftet wurde, Karen, Rani und Shawn auf sein Erwachen hofften und der Rest der Band inzwischen im Krankenhaus eingetroffen war, telefonierte Gordon hektisch, um all die Dinge zu ordnen und zu klären, die jetzt plötzlich ganz anders ablaufen mußten. Karen hatte in Spiders wenigen Personalunterlagen die Telefonnummern seiner Eltern gefunden. Sie rief beide Nummern an, konnte aber unter der einen nur einem Bediensteten die Auskunft geben, wo genau der Sohn im Hospital läge, und unter der anderen Nummer meldete sich ein Anrufbeantworter. Sie hinterließ die dringende Bitte Jamison im Hospital zu besuchen.

In einer Krisensitzung beschlossen Gordon und die Band die geplante Tournee abzusagen. Shawn klappte beinahe zusammen, als der Entschluß feststand. Er schämte sich seiner Gedanken. Sein Freund lag unter Umständen im Sterben, und er dachte an das vermasselte Rendezvous mit Aileen. Die nächste Nacht verbrachte er bei Karen, obwohl Elisabeth stocksauer auf ihn war, weil er nicht zu ihr nach Hause kam wie Gordon zu seiner Frau. Statt dessen telefonierte er nur mit ihr, und sofort entwickelte sich ein Streit. Sie schien kein bißchen daran zu denken, wie ihm zumute war. Er sagte, er müsse einfach bei Karen bleiben, um sie zu unterstützen. Doch Elisabeth warf ihm vor, daß er ihr keine Chance gab, seinen Kummer mit ihr zu teilen, wie es für Lebenspartner normal war. Vielleicht konnte sie ihm ja den Trost und die Zärtlichkeit geben, die er nach einem solchen Schock brauchte. Als er schwieg und nach Sekunden des Schweigens nur sagte „Ich bleibe in London", fing Elisabeth zu weinen an.

„So schlimm wird's für die blöde Nymphomanin schon nicht sein! Bei dem Männerverschleiß wird sie schon einen finden, der sie tröstet! Aber wahrscheinlich braucht sie deinen Trost von hinten und einen anderen von vorn!"

„Elisabeth!" drohte Shawn mit lauter Stimme. „Wenn de denkst, du kannst mich mit der hysterischen Masche nach Hause zwingen, haste dich schwer getäuscht!"

„Ach, du kotzt mich an!" schrie sie ins Telefon und knallte den Hörer auf die Gabel.

Rani war froh, daß Shawn bei Karen blieb, denn er konnte ihr die Art von Trost den sie brauchte nun wirklich nicht geben. Auch er war sehr traurig. Wegen Spider natürlich. Aber auch, weil die Absage der Tournee für ihn wohl das Ende seiner kurzen Bandlaufbahn bedeutete. Er hörte, wie Karen weinte, und später, wie sie seufzte und wie Shawn stöhnte, und er dachte an den Nachmittag, als sein Liebster Jake mit Shawn und Wiesje direkt vor ihm auf der Matratze lag und er vor Erregung immer extatischer die Sitar spielte. Wehmütig dachte er an seinen Platz in der Hausbootfamilie und an Jakes starke Arme, in die er sich jetzt gern geflüchtet hätte. Vielleicht war es gut, wieder nach Hause zu gehen.

Gordon war ziemlich fertig von der Nacht und dem Tag und der langen Autofahrt. All die erdrückenden Gedanken zogen seine Mundwinkel herunter. Erst als Julia ihn zur Begrüßung in die Arme schloß und die Kinder ihn fürsorglich umgarnten, entspannte er sich zusehends. Während er ein paar Telefonate erledigte, ließen sie ihm ein Wannenbad ein und bruzzelten ein kräftigendes Essen. Er fand sogar noch Muße, ein spätes Tischspiel mit Jacky, Jill und Maggy zu machen, bevor er sie zur Nacht verabschiedete. Das Lachen der Kinder und die Zärtlichkeit seiner Frau taten ihm so gut, daß er ein wenig von seinen Problemen abrücken konnte.

Aber Elisabeth ging es gar nicht gut. Als Gordon und Julia eng umschlungen in ihrem Bett lagen und auf ihren Atem lauschten, der nach der Liebe noch ein wenig schnell ging, hörten sie Elisabeth im Salon mit Flaschen hantieren und plötzlich ein lautes Schluchzen.

„Sie ist unglücklich, Gordon", flüsterte Julia. „Seit sie nicht mehr stillt, trinkt sie ziemlich oft."

Gordon seufzte laut. „Mein Gott, ich würde ihr gern helfen, Julia. Aber ich bin so erledigt. Ich kann einfach nicht mehr."

Julia kuschelte ihren Kopf gegen seinen Brustkorb. „Liebling. Vielleicht sprichst du mal mit meinem Sohn. Er muß sich doch um sie kümmern."

„Das hab ich, mein Schatz. Das hab ich. Oh Julia. Es ist nicht einfach mit deinem Sohn. Er ist selbst auf der Suche. Manchmal springt er ziellos herum wie ein Gummiball. Wenn man versucht, ihn aufzufangen oder seine Richtung zu beeinflussen, springt er einem davon. Ich liebe ihn von ganzem Herzen. Aber er setzt mir zu. Und nun auch noch Jamison. Hoffentlich melden sich seine Eltern. Oh Julia, ich bin so..." Der Arme konnte den Satz nicht zu Ende sprechen, denn der Schlaf holte sich sein Recht. Julia küßte zart seine Schläfe und machte sich vorsichtig aus seinem Arm frei. Sie zog ihr Nachthemd und den Hausmantel über, dabei schmunzelte sie. Niemals hätte sie sich vor William Allison nackend ausgezogen. Er hätte sie vermutlich verprügelt für diese Schamlosigkeit. Doch Gordons Hände brauchten freie Fahrt, um all die Regionen ihres Körpers zu streicheln, die nie eine zärtliche Geste kennengelernt hatten. Das waren allerdings auch so ziemlich alle Körperregionen. Also war das Nachthemd überflüssig, wie Gordon logisch ausführte, nachdem sie ungefähr zwanzig Mal nach der alten Methode zusammen geschlafen hatten. Mit dieser Logik konnte sie sich anfreunden. Und inzwischen genoß sie es nur noch. Als sie sich gesittet genug bekleidet fühlte, um der kummervollen jungen Frau unter die Augen zu treten, ging sie in den Salon, wo Elisabeth auf dem Sofa kauerte, Whisky trank, rauchte und weinte. Julia setzte sich wortlos neben sie und steckte sich ebenfalls eine Zigarette an. Sie wartete. Heute Nacht würden sie über Shawn reden.

Shawn blieb noch eine Woche in London. Jeden Tag besuchte er Jamison im Hospital. Mit ihm Karen. Oft waren auch Robert und Gordon da und natürlich der unvermeidbare Personenschutz. Jamison war nach einer kurzen Wachphase, in der er nur lächelte, ins Koma gefallen. Er wurde weiterhin künstlich ernährt, aber es sah nicht sehr gut aus für ihn.

Am dritten Tag kam eine Dame zu Besuch. Man kann sagen, ihr Besuch glich eher einer Inszenierung. Im sonnengelben Kostüm und Hut mit Schleier flatterte sie in das Zimmer. In ihrer Begleitung ein jugendlicher Hüne, den sie als ihren Verlobten vorstellte und der aussah, als könne er sich vor lauter Muskeln nicht zum Schuhebinden bücken. Sie reichte Shawn die Hand zum Kuß. Doch der benahm sich von vorn herein daneben, und behielt bei einem knappen „Hi" seine Hände in den Hosentaschen. Er haßte diese Frau vom ersten Augenblick an.

„Immer habe ich seinem Vater gesagt, daß es nicht gut ist, den Jungen mit so viel Geld zu verwöhnen. Man sieht ja jetzt, wohin das führt. Er durfte ja immer machen, was er wollte. Wir hätten ihn zum Militär zwingen sollen. Da hätten sie einen Mann aus ihm gemacht. Aber sein Vater ist ja genauso. Mein Gott, ich kann das alles nicht mehr. Schrecklich. Aber ich kann ihm nicht helfen. Ich muß jetzt einfach an mich denken. Schließlich lebe auch ich nur einmal." So quasselte sie beim Anblick ihres Sohnes, der mehr schon in der Totenwelt als unter den Lebenden weilte. Sie machte auch keine Anstalten ihn zu berühren.

Beinahe wäre es zu Handgreiflichkeiten zwischen ihrem Verlobten und einem von Shawns Bodyguards gekommen, als nämlich Shawn sich auf die Frau stürzen wollte, um ihr den Hühnerhals umzudrehen, wie er lauthals drohte. Der Verlobte stürzte sich auf Shawn, Spiders Mutter landete auf dem Hosenboden und der Bodyguard stürzte sich auf den Verlobten, während der zweite Bodyguard Shawn daran hinderte, seine Drohung wahr zu machen.

„Das bringt doch nichts, Chef", sagte er besänftigend, hielt jedoch den vor Wut zappelnden Shawn noch in festem Griff.

„Geh mir aus den Augen, du kaltschnäuzige Tussi! Sonst kann ich für nichts garantieren!" schnaufte er.

Karen beugte sich über Spider, um eine eventuelle Reaktion nicht zu versäumen. Doch selbst dieser Lärm erweckte ihn nicht. Die Lady wurde von ihrem Begleiter aufgesammelt und hofiert. „Primitives Volk!" schnippte sie, rümpfte die Nase und ging, ohne sich auch nur nach ihrem Sohn umzudrehen.

Anderntags kam der Vater. Ein schlanker Dandy, seinem Sohn recht ähnlich. Hilflos strich er Jamison über die Stirn. Seine schlohweißen Haare umrahmten das dunkelgebräunte Gesicht, aus dem die Augäpfel gelblich verschleiert hervorstachen. Seine Hände zitterten, und wenn er mit dunkler vibrierender Stimme sprach, aus einer Kehle, die nach Flüssigkeit lechzte, wußte man spätestens, welche Krankheit dieser Mann hatte. Sein weißer Anzug und die vielen goldenen Armkettchen, die teure Uhr und die Designer-Sonnenbrille deuteten darauf hin, daß er sich zumindest guten Stoff leisten konnte.

Mr. Crawford stellte Yachten her. Yachten für die Superreichen dieser Welt. Das erzählte er Shawn, während sie an Jamisons Bett saßen und sich den Whisky teilten, den Mr. Crawford ihm aus einem goldenen Flachmann anbot. Endlich ergab sich die Gelegenheit, den Mann über Dinge zu befragen, die Spider nicht preisgeben wollte.

Die Ehe sei früh schiefgegangen, erzählte er. Sicher auch viel seine Schuld. Die Frau zu jung. Er oft unterwegs. Und hatte immer wieder andere Mädchen. Und dann der Alkohol. Spider sei immer ein sehr eigener Mensch gewesen. Er wollte nicht gehorchen. Lehnte sich gegen die Gesellschaft, in der sie, Vater und Mutter, verkehrten, auf. Dabei hatte er alles, damals in Miami. Ein goldiges Kerlchen sei Jamy gewesen, das alle liebten. Auf den Partys ging er von Arm zu Arm. Sicher, seine Mutter und er waren oft unterwegs. Aber da war ja dann das liebevolle Kindermädchen. Die sei allerdings nicht mit dem Jungen klargekommen. Nachdem Spider zwei weitere Kindermädchen verschlissen hatte, nahmen sie ihn mit auf Reisen. Eine Nanny und ein Privatlehrer mußten immer mit. Spielkameraden hatte er so natürlich keine. Aber immerhin war er einigermaßen friedlich. Auch wenn das sicher nicht besonders gut war, seine Eltern ständig streiten zu sehen.

Irgendwann wurde der Junge so aufsässig, daß sie ihn auf ein Internat in die Schweiz schickten. Es war wirklich eines der besten. Wie gern hätte er als Jugendlicher die Gelegenheit gehabt, in solch einem Rahmen zu studieren. Aber sein Sohn riß von dort aus. Sie fingen ihn in Hamburg wieder ein, wo er doch tatsächlich einige Wochen auf der Straße gelebt hatte. Die Schweizer wollte den Ausreißer natürlich nicht mehr. Also versuchten sie es mit einem englischen Internat. Auch von da riß er aus. Immer dabei seine Gitarre. Seit er zehn Jahre alt war, war er versessen auf Musik.

Mr. Crawford sah ein, daß sein Junge ebenso unstet wie er selbst war und daß die Musik sein einziger Anker zu sein schien. Gegen den Willen seiner Frau ließ er Spider ziehen als er sechzehn war. Sein Sohn verachtete ihn, das wußte er. Doch sein Geld nahm er immer wie selbstverständlich an. Kontakt hatten sie schon seit zwei Jahren nicht mehr, weil Jamison seine neue Frau nicht akzeptieren wollte. Als er von dem Erfolg der Band hörte, war er schon irgendwie stolz. Doch man sah ja, daß Spider einfach kein Mensch war, der sich in einen vernünftigen Rahmen einfügen ließ. „Ich habe nie gewußt, was der Junge eigentlich wollte." sinnierte der Mann und sah Shawn bekümmert an.

„Haben Sie ihn mal gefragt?" fragte Shawn mit brüchiger Stimme und stand auf. Er wollte hinausgehen. Vielleicht in den Hof, um frische Luft zu schnappen und zu rauchen. Draußen auf dem Flur saß ein junges Ding, das sich ein wenig streckte, als Shawn herauskam. Sie war wohl eingenickt. Höchstens zwanzig war sie, und ihre Kleidung strotzte von biederem Wohlstand. Ihre Frisur war wie Zuckerwatte, vollkommen unbeweglich, nach Marylin Monroe Art drappiert. Wasserstoffblond. Sie rutschte nervös auf ihrem Stuhl hin und her, als Shawn sie mit einem leicht verächtlichen Grinsen ansah.

Sie kannte ihn aus dem Fernsehen und fand ihn natürlich toll. Doch die Art Musik mochte ihr Mann überhaupt nicht. So blieb ihr nichts anderes übrig, als heimlich zu hören und zu schauen. Ob es stimmte, daß er wirklich so wild war? Es kursierten Gerüchte über aufregende Obsessionen. Dumm von ihr, so etwas zu denken, wo doch der Anlaß ihrer Reise hierher so ernst war. Jetzt hätte sie die erträumte Gelegenheit, mit ihrem Schwarm zu sprechen. Aber nun hoffte sie, daß er sie nicht ansprach. Sein Blick machte sie furchtbar nervös.

„Misses Crawford?" unterbrach er tatsächlich ihre Gedanken und trat näher.

„Ähm. Ja. Ja", antwortete sie verdattert und stand auf.

„Warum gehen Sie nich' einfach rein? Jamison kann sie nich rausschmeißen. Er ist sozusagen..." Er hob seine Augenbrauen und ließ seine Hand in luftiger Geste gegen himmelwärts kreisen, „... ganz woanders. Ja, das is' er."

Sie trat beschämt auf der Stelle.

„Ich kann nicht. Ich meine, mir geht's nicht so gut, und ich fürchte mich vor ihm."

„Ach, sie fürchtet sich...", sagte Shawn sarkastisch und zündete sich ein Zigarillo an.

„Ich bin nämlich schwanger, wissen Sie. Und da ist mir eben sowieso immer ganz anders..." Sie sah ihn nicht an. Sah nicht seine betroffene Miene. Sie hörte nur, wie er das Zigarillo leise quietschend aus den zusammengekniffenen Lippen zog. Wie er leise „Shit!" sagte, und hörte das Knallen der Stiefel auf dem harten Flurboden, als er sich von ihr entfernte.

Er rauchte auf einem Balkon des Krankenhauses. Ließ sich den Wind durch die Haare fahren und dachte an Mister Crawford. Und an Anne Louise. Der Vater nie da. Die Mutter zu jung. Immer andere Frauen. Streit. Kinderfrau. Partys. Alkohol. Aber immer genug Geld. Die Gedanken huschten durch sein unausgeschlafenes Gehirn wie böse Schatten. Seit dem Krach am Telefon hatte er nicht mehr zu Hause angerufen.

Jeden Tag saß er nun hier an Jamisons Bett, grübelte und wachte. Mal mit Karen zusammen, mal allein. Und nachts teilten sie ihre Angst. Karen und er. Der Tod stand neben ihnen, wenn sie miteinander schliefen. Da halfen bald auch die Drogen nicht mehr, die Karen für jede Stimmungslage bereit hatte. Shawn fühlte, während er mit Karen schlief, nichts als Sehnsucht. Eine brennende Sehnsucht. Er mochte Karen. Und er wollte sie gerne trösten. Doch sie war untröstlich. Sie war krank. Sie weinte. Weinte während sie miteinander schliefen, und wollte doch nicht aufhören mit dem Sex. Er war schließlich kein Automat. Was sie sich dachte. Sobald er sich zurückzog fühlte sie sich ungeliebt. Es war zum Verrücktwerden mit ihr. Schließlich hatte er sie gekränkt. Hatte sie angeschrien, sich sonstwas reinzuschieben um sich zu trösten.

Jamison, verdammt noch mal! Was machst du mit uns? Du armer, einsamer Kerl, du! Laß uns nicht allein! Trauer und Wut übermannten ihn. Er ballte die rechte Hand zur Faust und biß sich in den Zeigefinger bis er Blut schmeckte. Er ließ sich an der Balkonwand hinuntergleiten und weinte. Wer tröstete ihn? Jetzt. Jetzt sofort hätte er jemanden gebraucht. Er fühlte sich wie damals, nachdem sein Vater ihm das erste Mal das Schreckliche angetan hatte. Voller Scham und Angst. Sein Körper eine leere, gefühllose Hülle in einer vollkommen irrationalen, perversen Welt. Etwas, das man abkoppeln mußte um den Schmerz nicht zu spüren. Um nicht zu verrecken, an dem unsäglichen Schmerz. Er wunderte sich nur über das Schreckliche das ihm widerfuhr, ohne wirklich etwas zu spüren. Plötzlich wurde ihm das klar. Warum jetzt und hier? Shawn kauerte auf dem Krankenhausbalkon nieder und sprach leise vor sich hin.

„Das kann alles gar nich' sein. Das bin ich nich', dem das passiert. Das is' nich' mein Schmerz, den ich empfinde. Geoffrey klatscht mich gegen die Kellerwand. Tja, so ist das, wenn man böse war. Gürtelschnalle. Piekt nur 'n bißchen. Was soll's. Geht vorbei. Einer schlägt mir das Ohr zu Mus. Interessant, wie sich das anfühlt. Man kann sich nur wundern. Ein Messer? In meinem Bauch? Das bin ich nich', kann ich gar nich' sein. Tut das weh? Müßte das nich' viel mehr weh tun?"

Er besah sich die selbst beigebrachte Wunde. Er leckte das Blut ab. Sein Gehirn meldete keinen Schmerz. Das tut nicht weh. Nur die Liebe, die tut weh. Er schlug mit der Faust gegen die Wand, so fest er konnte. „Aileen!" platzte es laut aus ihm heraus, während der Schmerz durch seinen Arm raste, daß ihm schwindelig wurde.

Die Ärzte hatten ihm versichert, daß sich an Spiders Zustand so bald nichts ändern würde. Er solle beruhigt ein paar Tage bei seiner Familie verbringen und die Stauchung der Mittelhand auskurieren. So erschien er also auf dem weitläufigen Gelände des Landhauses, die Hand bandagiert, den Arm in der Schlinge. Er trug einen einfachen schwarzen Pullover, Jeans und Stiefel darunter. Die schwarze Jacke hängte der Fahrer ihm über die Schulter. Er wollte ein Stück zu Fuß gehen, um die saubere Luft zu atmen und sich die Pflanzen und Tiere zu besehen, die es hier zu Hauf gab. Niemand wußte, daß er hier war. Also konnte er sich Zeit lassen. Bei den Stallungen blieb er stehen, ging zu den Boxen und begrüßte eines der Pferde. Seine Jacke fiel zu Boden.

„Na, du Weichschnute", flüsterte er zärtlich und küßte die Nüstern des Tieres. „Du hättest dich besser rasieren können für meinen Besuch." Das Pferd ließ die Zunge heraus und bockte mit dem Kopf. Shawn lachte.

Aus einer Nische im Stall fühlte er plötzlich einen Blick auf sich ruhen. Er versuchte, den Helligkeitsunterschied auszugleichen, indem er die Augen zusammenkniff. Aus dem Dunkel erschien Elisabeth. Sie war in Reitkleidung. Sie gingen aufeinander zu, ohne etwas zu sagen. An einem der Stallbalken blieb sie stehen. Ihr Atem ging schnell.

„Verzeih mir", flüsterte er und sah sie an, als sei sie seine einzige Rettung. „Es tut mir wirklich leid. Es tut mir so leid."

Sie schloß die Augen und schwankte leicht. Shawn empfand ihre Schönheit wie damals im alten Holzschuppen der Fenns als etwas Leuchtendes, Hoffnungsvolles. Er sank auf die Knie und legte seinen Kopf gegen ihre Reithose. Elisabeth fuhr mit der Hand durch seine dichten Haare und drückte sein Gesicht gegen ihren Unterleib. Sie war erhitzt vom Ausritt und wie benommen vor Sehnsucht. Was blieb ihr übrig. Sie würde ihn immer wieder wählen. Ohne ein weiteres Wort sanken sie ins weiche raschelnde Heu.

Der Verlust eines Seelenverwandten.

Er hatte noch Heu im Haar, als sie das Haupthaus betraten. Der Butler nahm Shawn dezent die Jacke ab, ohne ihn auf das Heu aufmerksam zu machen. Elisabeth wirkte nicht nur etwas derangiert, sondern geradezu aufgelöst. Jacky war naturgemäß nicht übermäßig diskret. Voller Freude sprang sie ihren großen Bruder an, der sie mit einem Arm in die Höhe hob, um ihre Küsse zu erwidern.

„Du bist voller Heu!" stieß sie temperamentvoll hervor und kletterte flink auf seinen Rücken. „Du bist voller Heu!"

„Das ist die Liebe! Die Liebe! Die Liebe!" rief Shawn und spielte für Jacky das Pferd. Wiehernd und schnaubend galoppierte er durch den großen Salon. Jacky gluckste und juchzte vor Glück, während ihr Köpfchen flüchtig zu verstehen versuchte, was die Liebe mit Heu zu tun haben sollte. Elisabeth ging hinüber zu Julia. Die Frauen legten ihre Arme umeinander wie zwei gute Freundinnen.

Julia sah Elisabeth fragend an. „Nicht was du denkst", flüsterte Elisabeth. Doch die sanfte Röte ihrer Wangen und das selige Lächeln bestätigten Julia, daß sie sich zumindest sehr nahe gekommen sein mußten. Sie legte froh ihren Kopf gegen den der jungen Alltagsgenossin.

Shawn war inzwischen völlig außer Atem. Er setzte Jacky ab, die wie aufgezogen in Richtung Küche lief. „Misses Harrow, Misses Harrow! Ich und Shawn brauchen Scones! Scones und Teeeheee!"

Shawn umarmte seine Mutter. „Sonst niemand hier?" fragte er noch außer Atem. Julia pflückte ihm das Heu aus dem Haar.

„Nein. Die Kinder sind unterwegs auf dem Gelände, und Dorothee ist mit 'nem Freund, jaha hört und staunt, mit einem Freund unterwegs, und Gordon trifft sich mit Graham. Es gibt doch 'n paar Probleme wegen der Tourabsage. Er versucht die Kosten zu senken."

Shawn war plötzlich ernst. „Wir werden ohne Spider ins Studio müssen, um an der LP zu arbeiten. Ich hab da 'nen ganz guten Gitarristen im Auge. Der is' im Studio okay. Ach Mann. Ich könnte echt durchdrehn, wenn ich dran denke, daß Spider nicht mehr da ist."

„Meinst du, es wird nicht besser mit ihm?" fragte Elisabeth und legte ihrem Mann tröstend die Hand auf die Schulter. Der viele Kummer, der sie in der vergangenen Woche geplagt hatte, war wie weggeblasen. Shawn sah betrübt drein, seufzte und schüttelte den Kopf.

„Wo ist sie?" fragte er plötzlich, „wo is' mein kleiner Engel?"

„Sie macht ihr Nachmittags-Heia", lächelte Elisabeth. Doch das hielt ihn nicht davon ab, in die erste Etage des Hauses zu laufen, um Anne Louise anzusehen. Als er ins Zimmer kam, saß sie zufrieden in ihrem Bett und lutschte auf einem Strumpf, den sie sich erfolgreich vom Füßchen gezogen hatte. „Hey Prinzessin, du kannst ja sitzen!" begeisterte er sich. Er nahm sie hoch und drückte ihr einen dicken Kuß auf das triefnasse Mündchen. Er hob sie ein wenig in die Höhe und schaute ihr genau in den Mund. „Ah! Da kommt wieder einer. Deswegen das Gesabber!" Und er küßte sie wieder und wieder. „Mein Himmelskind, mein Stern, meine Sonne", flüsterte er, „du hast dich schon wieder so sehr verändert. Ich seh dich zu selten. Aber ich liebe dich. Weißte das? Ich liebe dich."

Elisabeth stand hinter ihm in der Tür. Gänsehaut überzog ihre Arme. Wie schön sich diese Worte aus seinem Mund anhörten. Warum nicht auch für sie. Er kuschelte den kleinen Körper an seine Schulter und streichelte den inzwischen üppigen Lockenkopf, der sich vertrauensvoll gegen seine Wange schmiegte.

„Scones!" rief es laut von unten. „Komm ruuhunter! Es gibt Scones und Teeheee!" Elisabeth und Shawn sahen sich an und verdrehten belustigt die Augen. Er gab ihr Anne Louise auf den Arm, umfaßte ihre Taille und küßte ihr Haar.

„Schön, wieder zu Hause zu sein", sagte er. Sie lächelte nur. Wie lange mochte diese Glückseligkeit anhalten?

Dieser Abend und die nächste Nacht jedenfalls waren die reinste Gnade für die junge Familie. Vor dem Abendessen durfte Anne Louise mit ihrem Daddy baden. Elisabeth saß auf dem Wannenrand und sah zu, wie Shawn sie mit dem Quietsche-Entchen zum Lachen brachte, wie er ihren mopsigen Körper wusch und sich über jede Speckrolle amüsierte, die zu zählen war. Wie er an ihrem großen Zeh lutschte, wie sie mit dem freien Fuß gegen sein Gesicht trat, wie ihre Arme dabei im Wasser planschten, als würde sie heute noch mit dem Rückenschwimmen beginnen. Sie giggerte und gluckste, prustete und spuckte, spritzte und juchzte, daß es eine Freude war. Shawns Gesichtszüge waren vollkommen gelöst. Der Blick voller Güte und Dankbarkeit. Ein seltener Moment. Der Handverband war schnell durchweicht. Aber er achtete nicht darauf.

Elisabeth betrachtete seinen Körper voller Sehnsucht. Sie wollte sich endlich wieder an ihn schmiegen, seine Kraft und seine Wärme spüren. Im Stall hatten sie sich nur lange geküßt und gestreichelt. Sie fürchteten, eines der Kinder könne jeden Moment auftauchen. Elisabeth wußte, daß sie auf dem Gelände unterwegs waren. Sie war beinahe froh, daß die Situation nicht mehr zuließ. Es war einfach zu lange her, daß sie sich geliebt hatten. Es fehlte ihr an Vertrauen, und es gab zu viele verletzte Gefühle. Erregt und erhitzt, kabbelnd und knutschend hatten sie sich schließlich wieder auf den Weg zum Haupthaus gemacht.

In Erwartung dessen, was er ihr im Stall angekündigt hatte, aßen sie zusammen mit Julia, Gordon und den Kindern. Sie konnte sich nur schwer auf die allgemeinen Gespräche konzentrieren. Immer zu mußte sie ihn ansehen. Dabei kamen Gedanken, die ihre Wangen erhitzten, und sie versuchte, sich auf etwas anderes zu konzentrieren. Beide hatten sie nackte Füße, die unter dem Tisch miteinander turtelten. Elisabeth trug eine einfache Jeans mit Schlag und breiten Gürtel, den er ihr aus Amerika mitgebracht hatte. Es entsprach nicht ihrem sonst eher eleganten Stil. Sie mochte diesen mit Türkisen und Silber besetzten Gürtel zunächst nicht, weil sie glaubte, Shawn habe ihr diesen Gürtel geschenkt, weil er eine andere in ihr sehen wollte. Eine, die sie niemals würde verkörpern können. Doch heute tat sie alles, um Julias Rat zu befolgen. Sie wollte ihm eindeutige Zeichen geben, die ihm sagen sollten, daß sie wirklich bereit für ihn war. Dazu gehörte auch, daß sie etwas Wildheit ausstrahlen wollte. Eine jugendliche Wildheit und Natürlichkeit, die ihn alle Probleme vergessen ließen. Anscheinend funktionierte der Plan. Seine Blicke waren dauernd auf ihr tief dekolletiertes Batik-Shirt gerichtet, das die runde Form ihrer Brüste noch mehr zur Geltung brachte. Sie schüttelte des öfteren ihr langes Haar das sie heute einmal offen über ihre Schultern hängen ließ. Und während sie die Pony-Strähnen immer wieder über dem Kopf zusammenraffte, und ihren gestreckten Oberkörper darbot, baumelten die ledernen Glücksbringer lustig zwischen ihren Brüsten. Sie war noch keine achtzehn, also noch blutjung. Und in diesem Moment wirkte sie so herrlich gesund, so unverbraucht und lebendig, daß Shawn sich vorkam, als sei er viel, viel älter als sie. Er genoß jede ihrer Bewegungen, während er schon ihren ganz speziellen Geschmack auf seiner Zunge wähnte. Er glaubte sich tatsächlich daran zu erinnern, und er war beschämt darüber, daß er sie so lange nicht angerührt hatte. Diese Art der Mißachtung verdiente ihr Körper wirklich nicht. Sicherlich litt sie darunter. Warum war sie nur so schrecklich treu?

Sie beobachtete Shawn und fragte sich, was er dachte, wenn er sie mit dieser Tiefe ansah. Die letzten Stunden hatten ihre Sehnsucht nach ihm noch mehr gesteigert. Seit fünf Monaten hatte er sie nicht mehr berührt. Aber nun schien er sich vorgenommen zu haben, alles wiedergutzumachen. Wie sie vorhin auf dem Wannenrand saßen, um den nassen Verband zu wechseln. Er nackt, und sie in Slip und Shirt, Anne Louise zufrieden glucksend auf dem Schaffell davor. Das war so harmonisch, so vertraut. Während sie den Verband abnahm streichelte er ihre Oberschenkel und sah sie mit forschenden Augen an.

„Wie ist das passiert", fragte sie mitfühlend, als sie die Wunde und die grünlich blaue Hand sah. „Du hast aber auch ein Talent..." Doch statt zu antworten, kam er ihr immer näher, bis sie die Augen schließen mußte und seine Lippen die ihren berührten. Das war anders als sonst. Er tastete nach ihren Lippen, aber heute sollte sie die Initiative ergreifen. Das spürte sie an seinem gespannten, erregten Atem, an seiner ganzen Haltung. Sie brauchte Mut, denn die letzten Monate hatten sie zu der Überzeugung gebracht, daß sie seit der Geburt einfach nicht mehr attraktiv genug war für ihren Mann. Sie konnte sich nicht mehr vorstellen, ihn zu verführen. Selbst nach der Filmpremiere, bei der sie so sexy wirkte, daß ihr Outfit in jeder nur denkbaren Klatschpostille gelobt wurde.

„Schläft sie gut im Moment?" fragte er und sie nickte, ohne ihre Lippen zu entfernen. „Das is' gut. Ich freue mich auf nachher", flüsterte er und strich zart über ihr Gesicht und ihre Brust.

Anne Louise verhinderte, daß sie ihrer aufkommenden Lust erlagen. So blieben ihnen für die nächsten Stunden nur die leisen Andeutungen. Und das war gut so. Julia beobachtete das Geturtel ihres Sohnes und ihrer Schwiegertochter und freute sich über die enorme Spannung zwischen den beiden. Vielleicht kam Shawn doch noch zur Vernunft und ließ seine wirklich bezaubernde junge Frau endlich spüren, daß er sie liebte.

Die Kinder zogen sich nach dem Essen zurück. Nun kam Gordon endlich dazu, und berichtete von dem Treffen mit Graham und dem Anwalt. Die finanziellen Einbußen durch den Ausfall der Eintrittsgelder und verschiedene Regreßzahlungen konnten sie nicht in den Abgrund reißen. Sie sollten jedoch, trotz der traurigen Umstände, unbedingt die LP fertigstellen und sie so schnell wie möglich auf den Markt bringen. Es durfte kein weiteres Unglück oder Mißgeschick passieren. Zu den Vorfällen während der Razzia würde es eine Pressekonferenz geben, sobald das Drogendezernat ihm dafür grünes Licht gab. In allen Zeitungen zerrissen sie sich die Mäuler über die Geschehnisse. „Gitarrist fällt ins Koma. Überdosis?" stand da als Aufmacher. Oder: „Zu schnell gelebt. Das ist die Strafe." „Bandleader am Sterbebett seines Freundes: Laß uns nicht allein Spider!" „Shawn Allison unter Verdacht des Drogenbesitzes" „Sind die Idole unserer Jugend Drogendealer?"

Es konnte sich einem der Magen umdrehen bei der Lektüre. Doch Gordon kaufte jede Ausgabe dieser Schmierblätter und studierte sie genau. Er sah sich auch alle Filmbeiträge im Fernsehen an. Man mußte wissen, wie die Sache in den Medien behandelt wurde. Man mußte sich ausmalen können, wie das alles bei den Fans ankommen würde. Aber es schien so, als sahen sie Spider als einen Märtyrer. Mit ihrer „Leagalise Marhiuana Kampagne" nahmen einige tausend Jugendliche Spiders schreckliche Lage für ihre Ziele in Anspruch. Die Fanclub-Zentrale wurde wieder einmal überschüttet mit Briefen und Karten, in denen Fans ihre Liebe und ihr Mitgefühl für Spider und die Jungs ausdrückten. Shawn konnte zwar nicht belangt werden für seinen kurzfristigen Besitz des Heroins. Jedoch würden sie ihn unter Umständen wegen Widerstand gegen die Staatsgewalt und wegen Beamtenbeleidigung verklagen. Das könnte noch ärgerlich werden, würde aber vermutlich mit einer Geldstrafe enden. Na ja. Das war zu verkraften. Deswegen würde Shawn nicht im Knast landen. Gordon konnte die Frauen beruhigen. Die Stimmung spannte etwas an, als Gordon erzählte, daß für Karen ein Plattenvertrag bei Graham bereitlag. Shawn freute sich offenkundig darüber. Gerade jetzt könne das für sie vielleicht ein Lichtblick sein. Elisabeth reagierte schon bei der Erwähnung ihres Namens nervös. Sie hielt Karen für ihre gefährlichste Konkurrentin.

Gut daß sie nicht ahnte, nach welchem Körper er sich wirklich sehnte, als er später mit ihr schlief. Shawn war machtlos dagegen. Manchmal war es nur die Stimme, manchmal eine kleine Bewegung, manchmal die Form der Lippen, ein Schatten auf dem nackten Körper, die ihn an sie erinnerten. Elisabeth gab ihm mehr in dieser Nacht, als er je erwartet hatte. Doch der eine Name hämmerte gegen seine Schläfen, pulsierte in seinem Blut, platzte beinahe aus ihm heraus, als sein Höhepunkt kam. „Aileen! Aileen!" Er kam sich schäbig vor. Ein Gefühl, das ihn nicht allzu oft erreichte. Skrupel waren für ihn so unbekannt wie Scham. Vielleicht war ihm dieses Gefühl im Moment so nah, weil er spürte, daß Elisabeth in dieser Nacht in seinen Armen glücklicher war als jemals zuvor.

Wieder durfte sie hoffen, daß nun alles gut würde zwischen ihnen. So viele aufregende Dinge hatte er ihr gesagt. So zärtlich und so leidenschaftlich war er gewesen. Es mußte doch Liebe sein, auch wenn er es nicht aussprach. Er sprach eben nicht gerne über seine Gefühle. Vielleicht mußte sie das akzeptieren. Sie fühlte ihn noch in sich. Sein warmer, schwerer Körper begrub den ihren unter sich. Sein Atem wurde ruhiger an ihrem Hals. Sie fühlte sich geborgen. Ihre Beine wollten ihn ewig in der Umschlingung halten. Sie streichelte seinen Rücken. Jede Minute mußte genossen werden, denn bald würde sie ihn wieder mit Tausenden von kreischenden Mädchen teilen müssen. Kein Wunder, daß sie sich so benahmen. Er war einfach etwas ganz Besonderes. „So einen wie Shawn wirst du niemals für dich allein haben", hatte ihre Mutter sie gewarnt und dabei angenommen, sie würde an dieser Ehe scheitern. Aber sie würde ihr das Gegenteil beweisen. Von jetzt an sollte alles gut werden.

An Spiders Zustand änderte sich nichts. Er wollte nicht leben. Seine Freunde wechselten sich an seinem Bett ab. Unterhielten sich mit dem zunehmend greisenhafter wirkenden Kranken, zeigten ihm Bilder, spielten auf der Gitarre und sangen Stücke, die auf der LP erscheinen würden. Sie befragten ihn nach seiner Meinung, doch wie immer in den letzten Wochen blieben die Fragen unbeantwortet. Sie hofften, er möge ihnen verzeihen, wenn sie wieder hinausgingen ins Leben, während er an lebendigem Leibe tot war. Aber für Spider gab es nichts zu verzeihen. Er hatte nichts mehr zu tun mit diesem Leben.

Das Altamont-Konzert wurde kein Fest der Liebe. Während die Band daheim ihre ganz eigene Katastrophe erlebte, kam es dort zu Ausschreitungen, die das Ende aller Hippie-Träume symbolisieren sollten. Abgesehen von eklatanten organisatorischen Mängeln war es die verbreitete Ansicht, daß alle eine einzige große Familie waren, was ausschlaggebend war für das Desaster. Mehr als dreihunderttausend Menschen, viele bis über die Hutschnur vollgepumpt mit Drogen sollten ausgerechnet von den Hells Angels im Zaum gehalten werden. Mit „Love and Peace" hatten die Westküsten-Rocker allerdings nichts am Hut. Sie prügelten munter drauf los und verbreiteten allerorts Angst und Schrecken. Einer der Angels schlug Marty Balin von „Jefferson Airplain" bewußtlos, nachdem die Band „Revolution" gespielt hatte. Die Brutalitäten erreichten ihren Höhepunkt mit der Ermordung eines Teenagers aus Berkeley unmittelbar vor der Bühne, als die Stones „Sympathie for the Devil" spielten. Jaggers Versuche, die Situation zu beruhigen, schlugen fehl. Es kam zum Blutbad. Es war entsetzlich, solch eine Tat mitzubekommen, ohne eingreifen zu können.

Gordon und die Band verfolgten die Geschehnisse mit Schrecken. Von heute auf morgen war der Traum von der großen Gemeinschaft in Liebe, von der alles umfassenden Familie, ausgeträumt. Die Medien reagierten dementsprechend. Die Moralisten hatten endlich, wonach sie sich jahrelang schon sehnten. Diese Blumenkinder, die gegen Vietnam protestierten, die in den Straßen nach „Ho

Tschi Minh" brüllten, die sich in „Sit In's" und „Love In's" vereinten. Die in Kommunen lebten und für die freie Liebe plädierten, die jede und jeden liebten und meinten, die Urkraft ihrer Liebe könne alles besiegen. Diese Kinder der Liebe hatten nun endlich das bekommen, was sie verdienten.

Gordon schob es auf die Drogen. „Neben dir wird ein Mensch kalt gemacht, und du bist zu dicht, um es überhaupt zu bemerken." Er schüttelte lange den Kopf. „Entsetzlich! Aber so ist es mit dem scheiß Zeug. So ist es."

Alle verstanden, was er meinte. Und trotzdem oder vielleicht gerade deshalb, war Shawn froh, daß er eine neue Quelle für das ein oder andere gefunden hatte. Gründe gab es immer für eine Nase Koks, für Tranquilizer, für ein wenig Lady Mary Jane. Die Altamont-Sache war sicher ein guter Grund, sich mit einigen Joints oder Uppern über Wasser zu halten. Doch schlimmer waren die Besuche bei Spider. Sie wurden qualvoller, je länger sein Sterben dauerte. Shawn glaubte dies nur noch ertragen zu können, wenn er sich vorher etwas „genehmigte". Zunehmend war es ein Gemisch aus wechselnden Drogen in Pulver oder Tablettenform, die mit Whisky hinuntergespült wurden, den er trank wie andere Leute Apfelsaft.

Auch der letzte Brief von Aileen war leider nicht sehr aufbauend ausgefallen. Sie hielt es für besser, wenn sie sich eine Weile in Ruhe ließen. Sie käme mit ihren Gefühlen nicht klar. Immer würde sie nur an ihn denken und könne sich deswegen nicht genug auf ihre Aufgaben konzentrieren. Aber sie wolle unbedingt diese Schule absolvieren und im Anschluß daran Medizin studieren. Für Shawn fühlte es sich an, als sei sie dabei, ihn abzuservieren. Die einzige die er wirklich liebte, distanzierte sich von ihm. „Ich liebe dich von ganzem Herzen", schrieb sie zwar. „Jede Faser meines Körpers und meiner Seele verzehrt sich nach dir." Doch sie wollte nicht, daß er ihr schrieb oder sie anrief.

Der Brief erreichte ihn ausgerechnet nach sehr anstrengenden Tagen im Studio und an der Medienfront. Sie arbeiteten trotz ihrer Sorge um Spider hochtourig an dem neuen Album, hatten soeben eine Auskopplung auf den Markt geworfen und etliche Fernsehauftritte hinter sich gebracht. Rani und Karen waren ein letztes Mal zusammen mit der Band ins Studio gegangen, um die Psychedelic-Songs aufzunehmen. Rani war inzwischen zu seiner Großfamilie zurückgekehrt. Die Jungs standen unter einem enormen Druck, die Platte trotz allem locker und spontan wirken zu lassen. Der Studiogitarrist war wirklich in Ordnung. Die gemeinsame Arbeit tat ihnen gut. Sie tröstete sogar etwas. Trotzdem war die Stimmung in dem dreiachtzig mal dreifünfzig Meter kleinen Raum manchmal so sehr geladen, daß sie sich wegen eines kleinen Patzers schon anschrien. Spider fehlte ihnen so sehr. Und über allem lag zudem die Beschwörungsformel „Jetzt darf uns nichts mehr passieren."

Wie üblich übergab Dorothee ihm den Brief von Aileen in aller Heimlichkeit. Es war an einem Wochenende, das Gordon als Familien- und Entspannungswochenende „anordnete". Alle hatten sich drauf gefreut. Um so mehr konnte sich, außer Dorothee, niemand vorstellen, warum Shawn sich im kleinen Salon einschloß, warum er dort rasend laut Musik machte. Warum er den Salon verwüstete. Er warf Gegenstände an Wände, zerschlug Mobiliar, riß die Stores von den Fenstern. Im Rausch rammte er seinen Kopf gegen die Wand und ritzte sich mit Scherben einer Whiskyflasche ein „Fuck" in den Arm. Aber sein Körper verweigerte den Schmerz.

Die Kinder hörten sein Wüten und hatten Angst. Die düsteren Schatten der Vergangenheit legten sich über sie. Sie verkrochen sich zu Mrs. Harrow und dem alternden Butler in die Küche. Aber die hatten natürlich auch Angst. Julia wollte die Ortsfeuerwehr alarmieren, um Shawn da rauszuholen. Doch Gordon erklärte ihr, daß dies nicht möglich war, weil dann alles an die Öffentlichkeit käme. Und es durfte nichts mehr an die Öffentlichkeit dringen. Schon gar nicht über irgendwelche Exzesse. Die Bar im kleinen Salon war sehr gut gefüllt. Es schien ewig zu dauern, bis er leer getrunken hatte. Immer wieder zerschellendes Glas, Krachen von Holz, Urlaute aus seiner Kehle, die die laute Musik noch übertönten. Manchmal wutentbrannte Schreie, manchmal hysterisches Schluchzen, manchmal unwirklicher, geradezu überirdischer Gesang, dann wieder Selbstanklagen oder allgemeines Geschimpfe auf die Weiber, die alle ausnahmslos nur ordentlich gebumst werden mußten. Und plötzlich war es einfach still.

Die Stille war beinahe noch beängstigender als der Lärm. Nun war nicht mehr klar, was dort drinnen passierte. Gordon eilte zur Garage, um einen Gegenstand zu suchen, mit dem er die Tür aufbrechen konnte. Er kam mit einem Stemmeisen zurück. Nach einigen Mühen krachte die schwere alte Eichentür auf. Solch eine Verwüstung hatten sie noch nie gesehen. Er ging vorsichtigen Schrittes durch die Glasscherben, die überall auf dem Parkett lagen, stieg über Möbelteile und Vorhangfetzen. Der ganze Raum lag in staubigem Dunst. Das Sonnenlicht blendete ihn. Er konnte nicht ausmachen, wo Shawn sich befand.

Elisabeth, Julia und Dorothee folgten ihm vorsichtig. Die Scherben knirschten unter ihren Füßen, doch sonst war es absolut still. In Julia und Dorothee spannte sich jeder Nerv. Wäre Gordon nicht bei ihnen gewesen, hätten sie es nicht gewagt, in den Raum zu gehen. Als sich ihre Augen an das Gegenlicht gewöhnt hatten, sahen sie Shawn zwischen den zwei gegenüberliegenden Fenstern stehen.

Er lehnte an der Wand. Die Arme hielt er um seinen nackten Oberkörper geschlungen. Haare, Gesicht und Arme waren feucht von Blut und Schweiß. Seine Augen blickten ins Leere. Elisabeth zitterte am ganzen Körper. Sie ging langsam auf ihn zu.

„Liebling", sagte sie. „Sag uns doch, was dir fehlt. Wir wollen dir doch helfen." Gordon wollte sie zurückhalten. Er kannte ja Shawns Unberechenbarkeit. Doch sie ließ sich nicht davon abhalten. In diesem Moment hatte sie keine Angst vor Shawn. Sie glaubte daran, daß die in den vergangenen Wochen gewonnene Nähe zu ihm genügen müßte, um vor seiner Wut sicher zu sein. Und wie es schien, hatte sie recht. Er zuckte nicht mal mit den Wimpern, als sie dicht vor ihm stand, ihre Hand hob und sie vor seine Augen führte.

„Shawn", flehte sie, „hörst du mich? Siehst du mich?"

„Oh Gott, oh Gott", heulte Julia und umarmte die ebenfalls weinende Dorothee.

Gordon traute sich, Shawn anzufassen. „Junge. Mach keinen Quatsch. Das reicht jetzt. Du blutest. Komm, laß dir helfen." Ein teilnahmsloses Grinsen verzog den Mund des schwer Berauschten.

„Reiß mir 'sss Herz raus..." lallte er, „schneid mir die Sunge ab... trampel mich su Brei... hau mir Messer sswischene Rippen! Ich fühle nichss... nichsss! Ich fühle nichssss! Halleluja!" Sein Blick fiel auf Elisabeth.

„Komm, Liebling, du mußt dich hinlegen", sagte sie besorgt und wollte seinen Arm nehmen, um ihn zum Sofa zu führen, das zwar vollkommen verschmutzt, aber noch intakt war. Shawn lachte seltsam.

„Ich glaub, das geht nich' je... jetz'. Bumsen is' nich'." Er hängte sich über Elisabeths Schultern, wodurch sie beinahe in die Knie sackte. „Ich würde dir weh tun, weissse. Ssehr weh. Willssse das? Wenn de willss: Gut! Mach ich gern..." Ein irres Kichern kam aus seinem Mund. Er knickte etwas ein. „Hoppala... hnnnn, dann seh ich wenichstens, wie das isss... wenn's weh tut. Love is all You need!" Lautes Rülpsen. „ I'm ey Rock'n Roll Junkie! Junkiiiii!" Gordon half Elisabeth, Shawn zum Sofa zu verfrachten. „Ey!" rief der nun erschreckend laut. „Wie heißte überhaupt? Wollt ich dich schooon immer ma' fragen!"

Gordon bat Julia und Dorothee, Eiswürfel, warmes Wasser, Speisesalz und einen Eimer zu besorgen. Auch Desinfektionsmittel und Verbandszeug und sehr starken Kaffee. Und nur ja die Kinder nicht hierher lassen.

Shawn faselte inzwischen wirres Zeug. „Ihr werdet nicht drum herumkommen zu reden", sagte Gordon, während er einen Drink aus lauwarmem Wasser und viel Speisesalz bereitete. Gordon Tylers spezieller Entgiftungsdrink. Natürlich schluckte Shawn dieses Gebräu nicht freiwillig. So etwas Schreckliches hatte Elisabeth noch nie erlebt. Shawn war zu schwach, um sich zur Wehr zu setzen. Obwohl er nach kräften prustete und spuckte und versuchte, sich von dem Sofa fortzumachen. Gordon schüttete mit ziemlicher Brutalität mindestens einen Liter Salzwasser in ihn hinein, dessen Wirkung sich prompt zeigte. Alles, was noch im Magen war, kam postwendend ans Tageslicht. Natürlich unkontrollierter, als Gordon gehofft hatte. Die Eiswürfel die Julia in ein Geschirrhandtuch wickelte, legte er Shawn in den Nacken, während sein Magen immer noch mit Gegenwehr beschäftigt war. Elisabeth wendete sich ab. Ihr wurde ebenfalls übel.

„Ich hab die Schnauze voll, dich da rauszuholen", murmelte Gordon. „Du und deine verdammten Exzesse. Ich bin's wirklich leid. Wann lernst du, daß sich nichts ändert dadurch? Hm?" Er drückte die Eiswürfel energisch gegen Shawns Nacken.

„Sie liebt mich nich'!" wimmerte Shawn.

Nun kam Dorothee näher. Sie strich über das Haar ihres Bruders.

„Das tut sie doch, Shawn."

Elisabeth verstand überhaupt nichts mehr. Sie ging benommen hinaus. Julia folgte ihrer Schwiegertochter.

Sie ließ ihm eine Schonzeit. Einen Tag und eine Nacht. Sie fuhr nach London, um Spider zu besuchen und um einfach in die Großstadt einzutauchen, während ihr Mann sich ausschlief. Schon lange wollte sie Spider besuchen, doch hatte sie sich bisher nicht getraut, weil sie eine Konfrontation mit Karen fürchtete. Am Nachmittag des ersten Tages genoß sie es, nur durch London zu bummeln und ein paar Dinge einzukaufen. Am Vormittag des nächsten Tages traute sie sich dann endlich in das Hospital.

Der Anblick dieses völlig abgemagerten Gesichtes war erschreckend. Als sie eine ganze Weile dicht neben dem im Koma vor sich hin starrenden Jamison saß, überkam sie tiefe Trauer. Er war ihr wie ein strahlender Stern erschienen, als sie ihn das erste Mal mit Shawn auf der Bühne sah. „Wenn du gehst", sagte sie ihm, „geht unsere Jugend, glaube ich. Das hört sich vielleicht furchtbar schmalzig an. Aber ich glaube wirklich, du nimmst von jedem von uns ein Stück mit dir. Wach doch bitte auf und lebe weiter. Jamy. Jamison. Lieber Jamison." Doch seine Augen schienen schon dort zu sein, wo seine Seele hin wollte.

„Hi." sagte es plötzlich hinter ihr, und als sie sich erschrocken umdrehte, stand Karen im Raum. Elisabeth wollte sofort gehen, doch Karen bat sie zu bleiben. „Bitte, ich weiß, daß du mich nicht ausstehen kannst, und ich kann dich auch nich' besonders leiden, weil ich so Püppchen nich' mag. Na ja. Aber is' das alles so wichtig?"

„Du hälst dich für etwas Besonderes ja? Oder warum nimmst du dir sonst raus, mich so zu bezeichnen?" Elisabeth blitzte Karen aus halb geschlossenen Augen an.

„Hui, da bin ich gleich wieder ins Fettnäpfchen getreten", seufzte Karen und trat einen Schritt zurück. „Warum bist du eigentlich so giftig auf mich?" fragte sie wirklich aufrichtig.

„Na du bist gut", entrüstete sich Elisabeth. „Damals nach dem Konzert hab ich genug gesehen. Das vergesse ich dir nie."

„Mir?" Karen lachte. „Sei doch nich' so schrecklich naiv! Ich bin eine von vielen. Und das damals war ein Mal von Hunderten. Frag ihn doch, was nach den Konzerten sonst so abgeht. Nach dem Hydepark-Gig hat er's mitten in der Bar mit 'nem Groupie getrieben. Ich hab's gesehen. Gordon hat's gesehen. Und auch Spider. Alle dort. Es war in der Nacht als..."

„Sei still", rief Elisabeth wütend.

„Ach, du willst weiter träumen? Oh Kleines, das wird dir auf Dauer nicht bekommen."

„Es ist mir egal was du denkst", fratzte Elisabeth, „aber ich rate dir, laß meinen Mann in Ruhe!" Karen war dem hysterischen Lachen nahe. Auf welchem Planeten lebte die denn?

„Kann ich dir nich' versprechen", sagte sie. „*Dein* Mann, wie du sagst, braucht glaub' ich 'n bißchen was Extremeres als deinen Vorstadt-Society-Sex. Das hat er mir vor ein paar Tagen noch tüchtig bewiesen. Aber da gibt es ganz andere Dinge, die noch nicht mal ich mache und die dich wahrscheinlich in die Ohnmacht treiben würden. Der flotte Dreier damals war doch harmlos. Ein Späßchen unter guten Freunden. Ein Kick nach dem Gig sozusagen. Du solltest dich mal 'n bißchen locker machen. Das mit mir is' doch nur ein kleiner Teil der Geschichte. Du bist zwar mit ihm verheiratet, aber du hast ihn nich'. Hör auf zu träumen und setz dich mit ihm auseinander, wenn du ihn haben willst. Ich glaube, du bist der Mensch, der am allerwenigsten über ihn weiß."

„Warum nimmst du das an?" fragte Elisabeth schnippisch. Innerlich raste ihre Eifersucht.

„Hast du mal mit ihm über seinen Vater gesprochen? Mehr möchte ich jetzt gar nich' sagen."

Elisabeth konnte nicht darauf antworten. Sie hatte wirklich wenig Ahnung. Das Bedürfnis, der Gegnerin weh zu tun, war größer, als über ihre Worte nachzudenken.

„Wie kannst du nur mit Shawn schlafen, wenn dein Freund im Sterben liegt? Das finde ich dermaßen schäbig! Du weißt doch gar nicht, was wirkliche Liebe ist!"

Das war doch typisch. Diese blöde Kuh aus gutem Hause interessierte sich nicht ein bißchen für Shawns Leben, nicht als Mensch und nicht als Künstler. Ihr genügte es, ab und zu mal in einem Hochglanzblatt zu erscheinen und mit dem Bewußtsein zu leben, die Frau des Superstars zu sein. Ihr Selbstwertgefühl beruhte darauf, daß sie die Mutter seines Kindes war. Und gerade die mußte ihr vorwerfen, nicht zu wissen, was Liebe ist? Entrüstet baute sie sich vor Elisabeth auf.

„Du bist so selbstgefällig, daß es stinkt! Ich behaupte nicht, daß ich Shawn liebe. Aber trotzdem weiß ich dreimal mehr über ihn wie du. Weil ich mich für ihn als Mensch interessiere! Weil ich ihn frage nach den Dingen, die ihn bewegen. Unsere Körper finden sich so nebenbei. Weil wir einsam sind vielleicht. Einsam und verletzt und traurig. So sehr, daß wir uns am Ende gegenseitig weh tun. Aber das verstehst du sicher nicht!" Sie ging an Spiders Bett und streichelte sein mageres Gesicht. „Spider, Shawn und ich, wir haben uns erkannt, das is' alles. Die wahre Liebe liegt im Erkennen und Annehmen des anderen, davon bin ich überzeugt. Aber du, du dumme Gans machst dir nich' mal die Mühe hinzusehen, wer die Menschen wirklich sind. Du willst nur träumen! Deinen beschissenen Jungmädchentraum. Die Welt liegt in Scherben. Aber Betty die Saubere träumt! Du weißt so wenig. Noch nicht einmal, daß es aus ist zwischen Shawn und mir. Aus und vorbei!"

Elisabeth traten Tränen in die Augen, die sie krampfhaft versuchte zurückzuhalten. Als sie merkte, daß sie Karen nichts entgegnen konnte und daß sie sofort losheulen würde, sobald sie den Mund aufmachte, nahm sie rasch ihre Jacke und ihre Tasche und verließ fluchtartig das Krankenzimmer.

Sie nahm an, das Zerwürfnis mit Karen hätte Shawn zur Zerstörung des kleinen Salons getrieben. Sie glaubte, daß Karen gemeint war, als er klagte: „Sie liebt mich nicht." Als sie nach Somerton Castle zurückkehrte, war es Abend. Die Trümmer aus dem kleinen Salon waren bereits neben dem Haus zum Abtransport aufgeschichtet worden.

Robert und Mason saßen mit Shawn in einem der privaten Räume der Eheleute. Im Haus verteilt befand sich der Rest der Familie. Sie begrüßte alle mit einem müden Lächeln und berichtete kurz über Spiders unveränderten Zustand. Sie sagte nichts über ihre Begegnung mit Karen. Shawn, der seine neuesten Verletzungen geschickt unter einem Pullover mit sehr langen Ärmeln versteckte, blickte sorgenvoll. Seine Augen schimmerten glasig. Er war unrasiert und ungekämmt. Seine Stimme war so rauh und träge, als leide er unter einer chronischen Bronchitis. Anne Louise saß auf seinem Schoß und spielte mit einem Korkenzieher. Elisabeth nahm ihr den spitzen Gegenstand aus der Hand und hob sie von Shawns Schoß.

„Ich hasse es, wenn du sie in dem Zustand anfaßt", sagte sie.

Robert und Mason schauten etwas verwundert.

„Ich kann sehr gut auf sie aufpassen", konterte Shawn.

„Das sieht man ja", giftete Elisabeth ihn mit Blick auf den Korkenzieher an.

„Aber es ist wirklich alles ganz okay gegangen", mischte Mason sich unterstützend ein. „Wir haben nur ein paar Glas Wein zusammen getrunken, weiter nichts. Der Kleinen geht es ehrlich gut, Elisabeth."

„Ich seh' ihm an, daß er nicht nur Wein getrunken hat. Ihr könnt mir nichts vormachen. Ich will nicht, daß meine Tochter in diese bekifften Augen sieht, verdammt noch mal!"

Damit verschwand sie weinend aus dem Zimmer. Shawn grinste abwertend, zuckte mit den Schultern und schüttelte leicht den Kopf.

„Rutsch mir doch den Buckel runter..." nuschelte er und wies seinen Bruder an, noch eine Flasche Wein zu holen. „Und dann laßt uns 'n bißchen Musik machen für Spider. Vielleicht erreicht ihn das mehr als diese ewige Scheißstimmung."

Drei Tage später starb Jamison Crawford an einer Lungenembolie. Eine Überdosis Heroin sei letztlich die Ursache für das Koma gewesen, aus dem er nicht mehr erwacht sei, hieß es in der einen, Jamison habe an Magersucht gelitten, in der anderen Zeitung. Doch in Wirklichkeit war Jamison Crawford langsam und qualvoll an seinem einsamen Herzen zugrundegegangen.

Sein Vater kam mit Gefolge, um den Sohn im Bestattungsinstitut aufbahren zu lassen, damit sich alle von ihm verabschieden konnten. Mr. Crawford war so betrunken daß seine junge, selber leichenblasse Frau, ihn kaum stützen konnte, als sie an dem Toten, der auf einem Meer von Blüten lag, entlang defilierten. Jamisons Mutter war gar nicht erst erschienen. Shawn war ausnahmsweise nüchtern. Seit Jamisons Tod vor zwei Tagen das erste Mal, denn er hatte eine besondere Aufgabe, die nicht einfach zu erfüllen war und seine ganze Konzentration erfordern würde.

Über einen ziemlich dicken Brief, den er Karen Monate vor seinem Tod übergab, machte Spider auf sein Testament aufmerksam, das bei einem Notar lag. Niemand hätte ihm je so etwas Spießiges wie das Hinterlegen eines Testamentes zugetraut. Doch er hatte seine Verhältnisse wohl geplant geordnet. Zur Eröffnung des Testaments waren ausdrücklich Gordon, die Jungs und Karen geladen. Niemand sonst. Auf gar keinen Fall sollten sein Vater oder seine Mutter bedacht werden. Ein Teil seines stattlichen Vermögens sollte als Basis für eine Produktionsfirma dienen, ein eigenes Label, über das die Band schon des öfteren nachgedacht hatte. Der andere Teil sollte als Fördermittel eingesetzt werden. Der „Jamison Crawford Found" wurde errichtet und sollte noch zahlreichen jungen Künstlern aus ärmlichen Verhältnissen zum Start verhelfen. Seine Gitarrensammlung und verschiedene andere Instrumente vermachte er der Band. Die Wohnung in Chelsea, die er inzwischen gekauft hatte, mit allem was darin war, und außerdem seinen Buick vermachte er Karen.

Der Brief war allerdings gleichzeitig ein Abschiedsbrief und eine Inszenierungsanordnung seiner Beerdigung, von der er ganz genaue Vorstellungen hatte. Diesen Brief zu hören bedeutete eine Art Marter für die Anwesenden. Spider verabschiedete sich von jedem einzelnen, sprach mit viel Humor und sehr liebevoll über ihre Stärken und Schwächen. Er ließ besondere Momente der Beziehungen aufflammen. Das letzte Drittel war speziell für Shawn gedacht:

„Also, jetzt ist es soweit. Ich hab's geschafft! Das sag ich so, weil ich nicht möchte, daß Du oder irgendeiner von Euch sich meinetwegen Vorwürfe macht. Ihr tragt keine Schuld. Mein Abgang ist lange schon von mir geplant. Ich habe den langsamen Weg gewählt, weil ich Zeit haben wollte zu ergründen, ob bestimmte Gesetzmäßigkeiten auf mich zutreffen. Als Junge hab ich immer geglaubt, Rock'n Roll müßte die ganze Welt verändern. Mit Euch hatte ich die Chance zu sehen, ob das stimmt. Einen Moment glaubte ich mich nah an der Erfüllung meines Traums. Für mich warst Du der proletarische Rebell. Vielleicht einfach, weil ich Dich so sehen wollte. Zuerst war ich dann ziemlich enttäuscht, daß Du dich so vehement gegen jede politische Aktivität wehrtest. Du erinnerst Dich sicher, Shawn, mein Lieber, als wir über die Studenten stritten, die in Westdeutschland und in Frankreich auf die Straße gingen und sich für eine gerechtere Gesellschaft mit der Polizei prügelten. Ich war der Meinung, sie taten es für Leute wie Dich, für die Arbeiterklasse, weil sie etwas begriffen hatten. Und ich fand es toll, daß sie unsere Musik, Deine Musik, um genau zu sein, zitierten, wenn es um Meinungsfreiheit und um die Rechte der kleinen Leute und vor allem der jungen kleinen Leute ging. Rock'n Roll bringt die alte Welt ins Rutschen, dachte ich. Stellt ihre Werte in Frage. Rüttelt die Gesellschaft wach. Aber Du sagtest, das sei alles Scheiße. Du wolltest keine „Klassenlose Gesellschaft". Du wolltest einfach nur raus aus Deiner Begrenzung. Mindestens eine Stufe höher. Du sagtest, die blöden Studenten wüßten ja gar nicht, wie sich das anfühlt, in der Arbeiterschicht aufgewachsen zu sein. Da gäbe es nichts Heroisches, und es wäre doch saudumm, wenn alle so leben wollten. Du hattest nichts gegen das große Geld in den Händen einzelner. Besonders nicht in Deinen Händen. Und Du hast mich angeschrien, so etwas Blödes könnte auch nur einer gut finden, der von Haus aus mit Geld zugeschissen würde. Du wolltest auf keinen Fall, daß Deine Musik für derlei Scheiße in Anspruch genommen wurde. Sie sollen für sich selber marschieren, sagtest Du. Sie sollen ihre eigene Musik machen. Dann nehm ich sie ernst. Du wolltest keinen Sozialismus, sondern harte Pfunde, Drogen und Sex bis zum Abwinken. Ich liebte Dich noch stärker, noch ehrlicher, nach diesem Streit, obwohl ich damals ziemlich wütend auf Dich war. Fast so, wie der Reporter von der Unizeitschrift, dem Du sagtest, die Belange der Studenten gingen dir am Arsch vorbei. Du hast mir die Augen geöffnet. Man kann die Einsamkeit nicht mildern, indem man sich vor fremde Karren spannen läßt. Ich habe nach einer Zugehörigkeit gesucht. Deswegen fand ich diese Ideen so toll. Ihr kennt mich, ich habe alles gerne geteilt. Für mich war Besitztum nicht wichtig. Ob Geld, Instrumente, Drogen, Klamotten. Egal. Das ging bis hin zu den Frauen, Robert und Shawn, Ihr wißt, wovon ich rede. Ich hielt dies für selbstverständlich in einer Familie. Und das wart Ihr schließlich wirklich für mich. Nirgends war ich mehr zu Hause als bei Euch. Und trotzdem blieb eine Sehnsucht in mir, die weder die Musik, noch Karen, meine große Liebe, noch Ihr stillen konntet. Als ich erkannte, daß nichts meine innere Leere füllen konnte. Als ich sah, wie der Rock'n Roll in Vietnam Einzug hielt und als Hintergrundmusik zum Gemetzel diente, während uns're Show als obszön beschimpft wurde. Als ich begriff, daß die gleichen Leute, die zu Tausenden für ein paar Stunden zu einer riesigen Familie wurden, sich morgen zu unserer Musik gegenseitig anschrieen und schlugen. Da war für mich klar, daß mein Experiment mißlungen war. Ich beschloß, mich langsam aus dem Staub zu machen. Danke Euch, daß Ihr mich respektiert und geliebt habt. Danke Shawn, mein schwarzer Engel für Deinen Kuß. Du weißt, was ich von Dir erwarte. Er ist entstanden in einer der chaotischten Nächte, in der eine Vereinigung Deiner und meiner Sehnsucht auf höherer Ebene stattfand. Er ist einfach aus uns herausgeglitten. Du sagtest dieser Song würde niemals in die Charts kommen, weil er viel zu trübsinnig wäre. Das ist gut so. Denn wir sollten nur Musik für uns selbst machen. Aber, sing den Song einmal für mich. Nur einmal, an meinem Grab. Tu mir den Gefallen, Mann, und sing mir „Black Angel Kiss". Ich werde Deine Stimme vermissen. Gib sie mir mit. Wir sehn uns. Euer Spider aus Nirvanaland.

Nur Shawns wehmütig brüchige Stimme und das verhaltene Schluchzen der Trauernden durchbrach die Stille dieses Frühherbsttages, an dem Jamison Crawford auf dem Highgate Cemetary, abgeschirmt von der Öffentlichkeit, begraben wurde. Ganz wie er es sich gewünscht hatte.

> „Lonely bird... with tired wings... flying high... flying high.
> Lonely bird with wings so pale... flying high... gently passing by...
> am I going to die... lonely bird... take me on your flight...
> gently passing by... gently passing by...
> Death makes angels...
> Wings no more tired... lonely bird... I'm flying high... flying high...
> Black angel kiss... takes me on your flight...
> And if death is sweet like the black angel kiss,
> Death is the true love, death is the truth...
> And if I give you my black angel kiss,
> You will gently fade away...
> On black velvet robe,
> Between black wings on the shoulder of fearless...
> Lonely bird with tired wings... flying high... flying high... gently passing by."

Und doch schafften es einige Fotografen, von Bäumen herunter und über die Friedhofsmauer hinweg, ein paar Fotos für die Klatschpresse zu ergattern. Der große Mann im weißen Anzug, mit der überdimensionierten Sonnenbrille, der von einer sehr jungen Frau mühsam gestützt wurde, das war doch der amerikanische Multimillionär Donald Crawford, sollte es später heißen. Der, der die teuersten Yachten für die reichsten Menschen dieser Welt baute. Der arme Mann. Hatte sein ganzes Leben lang hart gearbeitet, und sein Sohn zollte es ihm damit, daß er zum Junkie wurde. Man sah sich die Fotos wieder und wieder an. Die edle Schönheit der Allison-Gattin, die im schwarzen Kostüm mit kleinem Schleierhut und Handschuhen neben ihrem Mann stand, der in rührender Weise von seinem Freund und Kollegen Abschied nam, indem er für ihn sang. Shawn im langen schwarzen Samtmantel, mit schwarzem Hut und Sonnenbrille, kaum wiederzuerkennen, wegen eines rötlichen Oberlippen- und Kinnbartes. Die Haare im Nacken gebunden, die kraftvollen Hände mit nur vier Ringen, halt suchend ineinander verschränkt. Er sang ohne Unterbrechung, doch über seine Wangen kullerten die Tränen. Millionen von Teenies weinten, als sie ihre Stars in diesem leidvollen Zustand sahen. Die Verkaufszahlen der Zeitschriften schnellten empor, weil sie den schönen Robert sehen wollten, der am offenen Grab das Lied auf der Mundharmonika begleitete. Alle sahen, daß Shawn nicht seine Frau stützte und umarmte, als der Sarg hinuntergelassen wurde, sondern die Sängerin Karen Mulder, die einen Moment sogar taumelte. Ihre wallenden roten Haare flossen über das schwarze lange Kleid wie flüssige Glut. Ihre Augen zeigten keine Tränen, nur große Leere. Sie war unglaublich zart an diesem Tag. Die Fans in den Wartezimmern ganz Europas betrachteten Mason, der sich hin und wieder mit dem Handrücken über die Nasenspitze wischte oder mit dem Zeigefinger hinter das Glas seiner runden Sonnenbrille. Er wurde am Arm gehalten von einem kleinen kräftigen Mann in schwarzem Anzug und mit sehr kurzen Haaren. Und einige erkannten darin den umstrittenen Filmemacher und Fotografen Chris Lombart, an den Mason sich lehnte! In den letzten Tagen waren die Besucherzahlen des Musikfilms zu Rekordhöhen gestiegen.

Alle Fans, die Abschied nehmen wollten von Spider, liefen in die Kinos, um ihre Trauer zu zelebrieren. In Abertausenden von Briefen drückten sie ihre Betroffenheit aus. Manche wollten sich gar wie er, zu Tode hungern. Eilig mußte in der Fanclub-Zentrale ein Trostbrief verfaßt werden, der die Teenager davon abbringen sollte. Und einstimmig ging der Wunsch durchs Land, man möge doch den Abschiedssong mit auf die werdende LP pressen.

Shawn war wieder einmal betrunken, als er einige der Zeitungen in die Finger bekam, in denen Bilder der Trauerfeier und der Schrei der Fans nach dem Song beschrieben waren. Er wollte um nichts in der Welt diese Trauer und den letzten Wunsch seines Freundes vermarkten. Gordon bekniete ihn, es sei nichts Falsches daran und Shawn könne das zudem nicht allein entscheiden. Auch Spider sei ein öffentlicher Mensch gewesen, einer der allen gehörte. Auch er, Gordon sei in gewisser Weise den Fans verpflichtet. Es ginge nicht um die Vermarktung, sondern auch um den Wunsch des Publikums. Graham stand als Produzent natürlich voll hinter Gordon. Und Elisabeth verstand sowieso nicht, wie Shawn sich dermaßen anstellen konnte und den Song nicht für die Platte bearbeiten wollte. Nur weil Spider geschrieben hatte, er solle ihn nur einmal singen. Und zwar an seinem Grab. Er sei zu schön, um ihn mit Spider sterben zu lassen, sagte sie. Shawn zerriß die Zeitschriften vor Elisabeth und Gordons Augen und warf ihnen die Schnipsel wütend vor die Füße.

Elisabeth fand, daß er sich in die Trauer fallen ließ wie ein Liebeskranker. Es regte sie furchtbar auf, wie er sich in allem gehen ließ. Wie er den ganzen Tag draußen oder in einem der Zimmer herumschlich. Wie er scheinbar zu sich selber sprach, jedoch in Zwiesprache mit jemandem irgendwo dort draußen war und sogar leise mit diesem Jemand lachte. Wie er etwas schrieb, das Papier zerknüllte und auf den Boden warf. Und wieder schrieb, zerknüllte, auf den Boden warf. Bis rings um ihn herum Berge von zerknülltem Papier lagen, die niemand aufheben durfte. Wie er rauchte und trank und das Essen nur vor geöffnetem Kühlschrank und so ganz nebenbei mit bloßen Fingern zu sich nahm. Sogar Apfelmus oder Chutney aß er mit den Fingern und wischte die Reste in sein Hemd ab. Jacky machte es ihm bereits nach und wunderte sich, warum ihre Mutter sie deswegen schimpfte. Für sie war alles toll, was ihr großer Bruder tat. Elisabeth litt darunter, daß er nachts herumgeisterte, zu ihr kam, um mit ihr zu schlafen, gerade wenn sie Schlaf gefunden hatte, und daß er danach wieder aufstand, um weiter zu grübeln und zu trinken.

„Manchmal sieht er mich an, als sei er kurz davor, wahnsinnig zu werden", vertraute Elisabeth sich Gordon an. „Es ist zum Fürchten. Was soll ich bloß machen?" Doch Gordon erklärte ihr, Shawn sei in gewisser Weise einem Poeten der Romantik ähnlich. Er durchlebe Trauer und Wut auf sehr intensive Weise. Alles andere würde in den Hintergrund treten. Es ginge nur um die Verarbeitung des Erlebten und das Umsetzen in Text und Noten. Ob sie gesehen habe, wie viele Songs er allein in den letzten zwei Nächten geschrieben habe? Ein paar Tage nur, und er würde erfrischt aus dieser Situation hervorgehen. Das konnte Elisabeth nicht beruhigen.

„Müssen wir uns von ihm benutzen lassen, damit sein Genius auf unsren Schultern zur Entfaltung kommt?" fragte Elisabeth Gordon an einem Abend, an dem sie mit Anne Louise bei ihm und ihrer Schwiegermutter Zuflucht gesucht hatte. „Wo bleibt der Respekt vor *unserer* Trauer, vor *unserem* Leben, das ja schließlich auch weitergeht?"

Julia umarmte die junge Frau. „Du mußt Geduld haben, Liebling. Ich bin sicher, daß er bald wieder vernünftig wird."

„Ja", pflichtete Gordon bei, „und dann werden wir „Black Angel Kiss" aufnehmen, da wette ich drauf!"

Shawn wurde durch die Medien und das Drogendezernat gezwungen, sich der Realität zu stellen. Es kam zu Verhören, aber zu keiner Verhandlung. Wegen der Beleidigung wurde ihm, wie erwartet, ein Bußgeld auferlegt. Ansonsten hatte er sich keiner Straftat schuldig gemacht. Er hatte einen Freund geküßt. Das der ihm etwas in den Mund schob, konnte er schließlich nicht wissen. Auch nicht, was das war. Und schließlich hatte er es ja dann auch freiwillig herausgerückt. Außerdem fand man bei ihm selber keine Spuren von Drogenmißbrauch. Es genügte einfach nicht, um Anklage zu erheben. Das Verfahren wurde eingestellt.

Der Auftritt vor der Presse war schmerzhaft. Shawn versuchte, möglichst sachlich zu bleiben, doch nach zehn Minuten quälten ihn die Fragen über Spiders Tod und in welcher Weise er beteiligt war dermaßen, daß er plötzlich aufsprang, „Genug ihr Arschlöcher!" schimpfte und gefolgt von Gordon und einigen Leibwächtern aus dem Raum stürmte. Das Resultat dieses Erlebnisses war, daß Shawn sich einen Pressesprecher zulegte. Er werde in Zukunft nur noch über seine künstlerische Tätigkeit mit Journalisten sprechen, niemals mehr über Dinge, die ihn als Privatmann betrafen, ließ er verlauten und hatte von da an endgültig den Stempel des arroganten Egomanen, des Bad Guy weg. Er galt ohnehin als einer der schwierigsten Interviewpartner der Rockszene. Nun hatten diejenigen, die danach suchten, natürlich einen Anhaltspunkt mehr, um ihn negativ darzustellen. Die Fans hingegen fanden seine Reaktion richtig. Das zeigte all die Zusprache, die in den vielen Fanbriefen zum Ausdruck gebracht wurde. Shawn wollte aber weder von dem einen noch dem anderen etwas wissen. Er wollte nur ins Studio, um zu arbeiten. Sonst nichts.

Elisabeth saß mit den Männern, die es verstanden, mit all diesen Knöpfen und Schiebern und Steckern umzugehen, hinter der Glasscheibe des Aufnahmestudios und nickte zum Takt der Musik, die Kopf und Herz ihres Mannes entstammte und die es galt, auf Band zu fixieren. Nach längerer Diskussion hatte sie durchgesetzt, bei den Aufnahmen dabei sein zu dürfen. Nun saß sie stolz und bewegt in dem engen Raum und beobachtete voller Spannung, wie so eine Aufnahme vor sich ging. Greg, der Studiogitarrist, war wirklich gut. Außerdem sah er nicht übel aus. Er würde wider Erwarten doch recht gut in die Band passen. Den Jungs schien es Spaß zu machen, wieder zusammenzuspielen. Sie scherzten herum zwischen den Stücken und bezogen Greg sehr freundlich mit ein. Beim Zusehen wurde ihr klar, welche tragende Rolle ihr Mann für die Band spielte. Seine Ausstrahlung dominierte sogar die Stimmung während der Aufnahmen. Sein Lob brachte Ansporn, sein Unmut führte unmittelbar zu besseren Leistungen, sein Lachen wurde mit Freude erwidert. Er gab den Ton an, im wahrsten Sinne des Wortes. Nicht nur, weil die Tonlage seiner Stimme die Musik bestimmte. Man merkte ihm an, daß er sich hier wohl fühlte, daß dies die Arbeit war, die ihm Spaß machte und die er über alles ernst nahm. Er hatte so genaue Vorstellungen von der Atmosphäre eines Songs, daß die Jungs zunächst tagelang im Proberaum herumexperimentierten, bis er mit dem Resultat zufrieden genug war, um es aufzunehmen. Während der Aufnahmen gab es entsprechend wenige Patzer.

Shawn entwickelte sich langsam aber sicher zum akribischen Perfektionisten. Auch in die Abmischung griff er mehr und mehr ein. Stück für Stück ließ er sich die tontechnischen Dinge zeigen, und nach kurzer Zeit fummelte er selbst eifrig an den Knöpfen herum, anstatt zu erklären, wie er sich seine Musik vorstellte. Elisabeth wunderte sich, daß der Aufnahmeleiter nicht sauer reagierte, wenn Shawn sich über seine Schulter beugte, „Guck ma‘, so hab ich mir das vorgestellt", sagte und einfach zu mischen begann. Alle im „Kabuff" hörten auf ihn und die Musik, ohne zu maulen. Und wenn Shawn „Is‘ doch besser, oder?" fragte und voller nervöser Unruhe seinen roten Unterlippenbartzipfel in den Mund zog, bis die Fachleute mit wichtigem Nicken zustimmten, war klar, daß der Song so und nicht anders auf die Platte kam.

„Black Angel Kiss" war nicht sehr lange Streitthema. Man einigte sich darauf, den Song als Single auf den Markt zu bringen, weil er nach Shawns Meinung nicht auf die LP gehörte. Er war in einer besonderen Nacht entstanden und zu einem besonderen Anlaß gesungen worden, und es war größtenteils Spider gewesen, der den Text verfaßte. Die B-Seite des Songs, der nur durch Shawns Stimme zur Gitarre gehalten wurde, war ein Instrumental, das sie einmal spaßeshalber im Studio herunterspielten, um sich zu entspannen. Spider hatte damals ein eindrucksvolles Solo hingelegt, das den Fans nun geschenkt werden sollte. Zum Ausklang der letzten Note war zudem Spider im Originalton zu hören. „Yeah, thats it, You bloody Bastard!" Die Fans würden nie erfahren, daß er Shawn damit gemeint hatte, der ihn während des Solos die ganze Zeit aufreizend anmachte, so daß Spider in seiner Virtuosität zur Höchstform auflief. An den zwei Titeln dieser Single arbeitete Shawn länger als an den meisten Titeln der LP. Das lag sicher daran, daß er noch immer nicht ganz davon überzeugt war „Black Angel Kiss" auf den Markt zu bringen.

Als es dann endlich soweit war, die Single kam schließlich noch vor der LP heraus, und sie in sämtlichen Radiosendern lief, von sämtlichen Jugendmagazinen dankbar begrüßt wurde und alle Welt ein Interview mit Shawn Allison sehen wollte, versteckte sich der Star in der alten Jagdhütte auf dem weitläufigen Gelände von Somerton Castle. Nicht einmal Gordon wußte, wo er sich aufhielt. Er hatte lediglich einen Brief hinterlassen, in dem er beschrieb, daß er eine Weile zu sich kommen müßte und wieder auftauchen würde, wenn ihm dies gelungen sei. Willy kam schließlich auf die Idee, daß sein Bruder in der Hütte untergetaucht sein könnte. Tatsächlich stand der uralte Pick Up des Gärtners dicht bei der Hütte, der wohl zum Transport einiger Lebensmittel gedient hatte. Gordon, Bob und Willy fanden Shawn dort im Zustand seliger Verwahrlosung. Nach immerhin fünf Tagen erst. Sein derzeitiger Lieblingshund Tyron, ein schmuddeliger Streuner, ein Schnauzermischling, der ebenso viele Narben wie sein Herrchen aufwies, aber durch seine Anhänglichkeit das „Buxsche" Trauma geheilt hatte, durfte ihn begleiten und das mitgebrachte Essen, Bier und sogar den schottischen Whisky mit ihm teilen. Es wurde gemunkelt, Tyron sei auch nicht abgeneigt, sich ein wenig Pot zu erschnüffeln. Eine alte Matratze und eine Schafwolldecke dienten ihnen als gemeinsamer Schlafplatz, einige Kerzen als Lichtquelle. Gegessen wurde aus der Hand, getrunken aus der Flasche und aus dem Bach. Shawn hatte sich fünf Tage lang in keiner Weise gepflegt, trug den ältesten Pullover, den er besaß, eine Wollhose, Schäfermantel und Gummistiefel. Die langen Haare verfilzt, der Vollbart zauselig, den Hut tief in das Gesicht gezogen, erkannten sie ihn fast nicht wieder. Tyron stellte sich an, als seien Willy, Bob und Gordon Eindringlinge aus einer bösen Welt. Erst als Shawn ihn zu sich pfiff, hörte er auf zu bellen und zu knurren. Er schien zu spüren, daß Shawn mit dieser Störung nicht ganz einverstanden war. Doch der zeigte sich zwar ernst und schweigsam, soll heißen, er sagte gar nichts, aber er war auch nicht direkt böse. Kramte nur wie selbstverständlich seine Sachen zusammen, insbesondere die Texte und Notenblätter, die während dieser Einsiedelei entstanden waren, und fuhr brav, neben sich den erleichterten Tyron, hinter Willy, Robert und Gordon her. Nach Hause.

Auch dort sprach er kein Wort. Nicht einmal Jacky oder sein geliebtes Baby konnten ihn aus seiner Verschlossenheit hervorlocken. Frisch gebadet, frisiert und rasiert machte er schließlich zumindest rein äußerlich den gewohnten Eindruck. Doch er schien seine Zunge verschluckt zu haben. Er machte lediglich Zeichen, wenn man ihn fragte, ob er noch etwas essen wolle oder sein Glas nachgeschenkt werden sollte. Alles freundlich lächelnd, ja mit liebevollem Blick sogar, doch eben stumm wie ein Fisch. Neben ihm, im Bad, im Kinderzimmer, im Eßzimmer, in stummer Eintracht der wachsame, aber häßliche Tyron. In diesem Haus waren Hunde in den Räumen nicht üblich. Doch irgend etwas hatte Tyron und Shawn zusammengeschweißt in diesen fünf Tagen. Sie waren untrennbar. Nur Tyron wußte anscheinend, daß es besser war, das Herrchen nicht aus den Augen zu lassen.

Elisabeth war sowieso sauer auf ihren Mann, weil er sich einfach so aus dem Staub gemacht hatte. Daß er gleich mit einer neuen Spinnerei zu Hause wieder einstieg, machte sie innerlich rasend. Je länger er schwieg, je respektloser sich Tyron durch Knurren an seiner Seite etablierte, desto aggressiver wurde sie gegen ihn und die alte Flohschaukel, der er hingebungsvoll den Schädel kraulte.

Es war gegen zwanzig Uhr. Sie saßen ohne die Kinder, aber mit dem pikant duftenden und inzwischen lautstark schnarchenden Tyron im mittlerweile wieder hergestellten kleinen Salon, um zu rauchen und einen Verdauungsdrink zu nehmen und gegebenenfalls sogar zu reden, wie es ja schließlich normal sein sollte. Shawn saugte zufrieden an seinem Zigarillo, ließ den Rauch in einer Säule weit emporsteigen und sagte plötzlich: „Tja, ihr Lieben." Robert, Gordon, Julia und Elisabeth rutschten vor Schreck beinahe von ihren Sesseln. „Vor fünf Tagen um diese Zeit hab ich beschlossen, die nächsten fünf Tage nich' zu schlafen, zu schweigen und nur aufzuschreiben, was ich so denke. Mit dem Schlafen das hat trotz Speed nur drei Tage geklappt. Aber das Maul halten wollt ich bis zum Schluß. Nun is' es genau acht. Die Zeit is' um." Er lächelte in die verdutzte Runde wie ein Erleuchteter und verkündete prompt seine Erkenntnis: „Ich werde eine eigene Produktionsfirma gründen. Nach Ablauf unseres Vertrags mit Graham in einem Jahr werden wir nur noch unter eigenem Label produzieren. Zunächst nur uns, später auch andere Künstler. Die alten Stallungen im Osten des Grundstücks werden zu Studios ausgebaut. Ich will mehr hier draußen arbeiten. Außerdem is' mir in den fünf Tagen klar geworden, daß wir so schnell wie möglich auf Tour gehen sollten. Wir nehmen Greg als Gitarristen. Den hätte Spider auch ausgesucht. Das hat er mir vorgestern Nacht zugeflüstert. Ja, das hat er. Er war bei mir. Is' von seinem Stern runter zu mir in die Hütte gekommen, hat seine Hand auf meine Stirn gelegt und gesagt: Befrei dich von Traurigkeit. Menschen, denen ein Freund stirbt, jammern vor Selbstmitleid. Sie vergessen, daß der, der gestorben ist, nicht mehr weint. Nimm Greg, und mach verdammt noch mal guten Rock'n Roll! Danach bin ich eingeschlafen. Prost!"
Elisabeth fand das gar nicht lustig. Sie sprang auf.
„Müssen wir uns eigentlich permanent von dir verarschen lassen?" fragte sie wütend und verließ den Raum.
„Oh Shawn", sagte seine Mutter vorwurfsvoll. „Warum erschreckst du uns denn so? Wir dachten, dir sei etwas Schreckliches zugestoßen!"
Auch sie stand auf, um Elisabeth zu folgen. Nur Robert und Gordon blieben. Gordon schüttelte verschmitzt lächelnd den Kopf.
„Du bist der schwierigste, verrückteste und genialste Hund, den ich jemals kennengelernt habe, Shawn Allison."
Sie schlugen sich gegenseitig auf die Schenkel und lachten.
„Laßt uns arbeiten, daß die Schwarte kracht", sagte Shawn und ließ sich von seinem erleichterten Bruder umarmen. „Das Leben soll verdammt noch mal weitergehen!"
„Für Spider Maaaan", lachte Robert mit Tränen in den Augen, und Shawn nickte. „Ja, Brüderchen. Für Spider. Und für uns."

„When I die, I want people to play my music, go wild, and freak out an' do anything they wanna do."
(Jimmi Hendrix 1968)

Auf dem Gipfel des Ruhms und doch nicht glücklich.

Neunzehnhundertsiebzig wurde in jeder Hinsicht ein bewegendes Jahr. Während Spiders Tod Chris Lombarts Musikfilm zu Kultstatus verhalf, erzielten die LP und die Extra-Single eine Auszeichnung nach der anderen. „Black Angel Kiss" war ständig vergriffen. Proportional zu den Verkaufszahlen der Platte mußten eigentlich auch die Umsätze bei den Papiertaschentüchern gestiegen sein, denn der Titel ließ kein Fanauge trocken. Es kam so viel Geld herein, daß ohne Bedenken in eine umfangreiche Tour investiert werden konnte. Dieses Mal sollte alles glattgehen. Die Band würde nach ihrer Route durch Deutschland und die Benelux-Länder über den großen Teich setzen, um Amerika zu beglücken. Danach sollte es zurück nach England gehen, zum geplanten Isle of Wight-Festival. Und anschließend nach Japan. Eine gigantische Tour durch sechzig Städte dieser Erde lag vor ihnen.

Die Band investierte, zusätzlich zu Spiders Erbe, in das Studio und das eigene Label, aber auch in Häuser und Clubs, die sie in England, Amerika und Frankreich erwarben. Shawn kaufte eine Wohnung in Soho für die schmerzbegabte Alisha, weil sie sich dort am wohlsten fühlte. Sie hatte es tatsächlich geschafft, zu seinem Dauergroupie aufzusteigen. „Allie", wie er sie nannte, war die Schweigsamkeit in Person. Devot und jederzeit bereit, mit ihm durch die Tiefen seiner Persönlichkeit zu gehen, ohne ihn analysieren zu wollen. Inzwischen war sie sexuell und finanziell von ihm abhängig und von einschlägigen Drogen. Sie war für ihn da, wann immer er sie brauchte. Vielleicht durfte sie sogar mit auf die große Tour gehen. Die Band wußte darüber Bescheid. Allie war irgendwie zum festen Inventar geworden. Was dahintersteckte, wußte aber niemand, außer Gordon. Der war nicht gerade glücklich über diese Lösung, sah jedoch mit Erleichterung, daß sich zwischen Elisabeth und Shawn so etwas wie Normalität entwickelte. Man durfte sich nur nicht dauernd klarmachen, daß Shawn Elisabeth nur deshalb mit Achtung und Zärtlichkeit begegnete, weil er sich zwischendurch bei Alisha austoben konnte. Diese Art von „Beziehungs-Normalität" glich jedoch dem Betreten dünnen Eises auf der Oberfläche eines erschreckend tiefen Sees.

Im April heirateten Claire und Tony und zogen nach einer wirklich schönen Feier mit Familien und Freunden in die Nähe von San Francisco, wo Tony sich seinen Traum erfüllte und mit einer nicht unbeträchtlichen finanziellen Starthilfe der Freunde einen Autohandel mit Body Shop eröffnete. Wenn Shawn Paare wie Tony und Claire oder auch Chris und Mason sah, neidete er ihnen die Einfachheit und Klarheit ihrer Gefühle. Diese Menschen genügten einander.

Während der Verabschiedung der beiden auf dem Flughafen Heathrow gab es auf allen Seiten viele Tränen. Claire kam zweimal zu ihren Eltern zurückgelaufen, um sie zu umarmen und zu beteuern, daß sie jederzeit zu Besuch kommen konnten. Jane und Daniel wirkten zum ersten Male alt. Das zweite ihrer Babys verabschiedete sich in die Ferne. Es blieb ihnen nur noch Elisabeth und die Enkelin. Weil die gesamte Band sich verabschieden wollte, geriet das Ganze zu einem mittleren Staatsakt. Zehn Leibwächter waren damit beschäftigt, Fans, die ihre Stars sofort erkannt hatten, davon abzuhalten, sie zu bestürmen. Menschen, die eigentlich da waren, um in den Urlaub zu fliegen, liefen zusammen, um Fotos zu schießen oder Autogramme zu ergattern. Shawn legte schützend seinen Arm um seine junge Frau, die noch immer dabei war, sich Tränen aus den Augen zu wischen, als ein Blitzlicht sie blendete. Sie konnte eine Weile nichts mehr sehen und taumelte an seinem Arm aus der Halle.

Kurz vor dem Ausgang schaffte es ein Mädchen, zwischen den Armen der Bodyguards durchzuschlüpfen. Sie sprang Shawn förmlich an. Es schien ihr vollkommen egal zu sein, daß sie dabei Elisabeth zur Seite stieß. Sie war so besessen, daß sie weinend an seinem Hals hing und in merkwürdigem Englisch etwas in sein Ohr stammelte. Zunächst hielt er vor Schreck die Arme in die Höhe, so wie er es instinktiv immer tat, seit dem Attentat von Thomas Wilson. Doch dann stoppte er die Leibwächter, die das Mädchen schon von ihm wegziehen wollten.

„Gott hat dich geschickt. Du bist der schwarze Engel. Du bist Gabriel. Nimm mich mit. Nimm mich mit dir. Ich liebe dich. Nur dich!" sprach sie hysterisch schluchzend.

Er umarmte sie, strich über ihren Rücken und redete ihr gut zu.

„Beruhige dich. Beruhige dich. Nicht so fest drücken, Kleines. Du bringst mich ja um. Ich bin kein Engel. Ey, ich krieg keine Luft. Weil ich 'n Mensch bin wie du. Siehste? Du läßt mich jetzt los, ja? Und dann gebe ich dir ein Autogramm. Okay? Beruhige dich doch, Liebling."

Inzwischen waren die Eltern des höchstens vierzehn Jahre jungen Mädchens bei der Gruppe angelangt und versuchten einzugreifen. Doch die Bodygards ließen sie nicht zu ihr. Elisabeth stand direkt daneben, als die Kleine ihren Mann zögernd aus der Umklammerung freigab. Er strich ihr sehr zärtlich über die Wange und küßte sie auf die Stirn, woraufhin sie in seinen Armen ohnmächtig wurde.

Die Leute knipsten, was das Zeug hielt. Der Star auf dem Boden kniend, ein junges Mädchen im Arm, das von einem älteren Herrn aus der Ohnmacht erweckt wurde. Das waren sensationelle Fotos.

Daniel Fenn wies Shawn an, ihren Kopf auf seine Jacke zu legen und die Füße hochzulagern. Nun waren auch die Eltern bei ihr. Jane kümmerte sich um Elisabeth, die am liebsten sofort verschwunden wäre. Die Kleine kam schnell wieder zu sich. Der Vater des Mädchens, ein sehr gutgekleideter Vierziger mit wertvollem Schmuck, war ziemlich böse auf Shawn. Sie waren Deutsche auf dem Weg zurück nach Berlin. Seine Musik würde das Kind verrückt machen, sagte er, und daß sie gehofft hatten, ein Konzert in der Heimat ihrer Stars, könnte ihr helfen, wieder normal zu werden. Sie waren im Wembley Stadion gewesen, zum ersten Open Air des Jahres. Aber das hier am Flughafen war eine Katastrophe. Trotzdem reichte er ihm ein Poesie-Album.

„Bitte, schreiben Sie um Gottes Willen etwas hinein. Sie bringt sich sonst noch um für Sie!"

Doktor Fenn diagnostizierte einen Schock. Er sagte den Eltern, daß ihre Tochter in ein Krankenhaus mußte. Die Bodygards versuchten mühsam, ihren Kreis um die Szene herum zu halten, während Shawn ein paar Sätze in das Album schrieb, die mit „Lots of Love, Yours Shawn Allison" endeten. Daniel Fenn blieb mit zwei Leibwächtern bei dem Mädchen. Die anderen lotsten die Jungs, Elisabeth und Jane Fenn, sowie Tonys vollkommen überforderte Eltern, aus dem Gebäude hinaus.

„Was für ein Horror", seufzte Jane entnervt, als sie endlich wohlbehalten in ihrem Wagen saßen. „Da will man nur sein Kind verabschieden...! Das war wirklich keine gute Idee, mit der ganzen Band zum Flughafen zu fahren. Und wer hat uns das wieder eingebrockt mit seinem Egoismus und Eigensinn?"

Sie sah zu Shawn, der jedoch in keiner Weise reagierte. Elisabeth redete ebenfalls auf ihn ein, wie er sich nur dermaßen unprofessionell verhalten und mit diesem Mädchen da herummachen konnte. Während er aus dem Fenster der fahrenden Limousine starrte und an die flehenden Kinderaugen dachte, die ihm eben begegnet waren. „Black Angel Kiss" sollte eigentlich nicht dazu da sein, kleine Mädchen in den Wahnsinn zu treiben. Das hätte auch Spider nicht gewollt.

Das Gezeter der Frauen sickerte nach kurzer Zeit hinein in seine Gedanken und ging ihm ganz entschieden auf die Nerven. Er sah beide Frauen finster an. „Haltet das Maul! Alle beide!" schrie er sie plötzlich an und hieb mit dem rechten Arm gleichzeitig auf beide ein. „Haltet die Klappe, oder ich schlag euch grün und blau, ihr verdammten Nervzicken ihr!"

Die Frauen kreischten so, daß es der Fahrer durch das Sicherheitsglas hören konnte. Er drehte sich kurz um. Elisabeth weinte. Sie hatte seinen Ellenbogen abbekommen. Ihr Wangenknochen schmerzte. Janes Herz raste vor Wut. Er hatte sie vor ihrer Tochter geschlagen. Er hatte Elisabeth brutal gegen sie geschubst und sie beide als Schlampen bezeichnet.

„Du Scheusal", schrie Jane. „Hätte ich gewußt, wen wir uns damals mit dir ins Haus geholt haben, ich hätte dich achtkantig rausgeschmissen!"

Shawn sah inzwischen wieder unbeteiligt aus dem Fenster, während er in der Seitentasche seines Jackets nach etwas suchte. Als er sie schlug ertappte er sich dabei, wie ihn Lust überkam, es mit beiden zu treiben. Er wischte sich durchs Gesicht. „Dann hättste dich selber ficken müssen", nuschelte er und sog das weiße Pulver direkt aus dem Briefchen in seine Nase und verteilte den Rest auf seinem Zahnfleisch. Das Papier warf er aus dem Fenster.

Zum Glück hatte Elisabeth Shawns Bemerkung nicht gehört. Jane drückte ihre Tochter ein wenig fester an sich und sah mit einer Mischung aus Furcht, Wut und Begehren, wie er seinen Kopf gegen die Kopfstütze fallen ließ und die Augen schloß. Seine leicht gebogene Nase sog mit gespannten Nasenflügeln nach dem Pulver. Seine etwas geöffneten Lippen zuckten. Ein paar Sommersprossen sprangen auf der Oberlippe auf und ab. Die Zunge leckte kurz darüber. Wie hatte sie all dies geliebt.

Dann ließ er seinen Kopf nach vorn fallen, sah sie aus der Schräge an mit seinen verschleierten Augen und grinste. Der Ärmel ihres Mantels verdeckte Elisabeth die Sicht, die noch immer am Busen der Mutter lag und vor sich hin schniefte. Shawns Blick traf Jane im Zentrum ihres Körpers. Ihr wurde glühend heiß. Sie schämte sich. Wacker versuchte sie, ihm einen kühlen Blick zukommen zu lassen. Doch es kamen Tränen, und er lachte gemein und ließ seinen Kopf wieder in den Nacken fallen. Seine Macht über sie war ungebrochen.

„Der Messias des zwanzigsten Jahrhunderts, ein Rockstar?" stand anderntags in der Zeitung. Jemand hatte seine Fotos an den Mann gebracht und sicher nicht schlecht dafür kassiert. „Tochter aus gutem Hause bricht in den Armen des Stars zusammen." Zusätzlich gab es ein Bild von der hübschen Kleinen, die Veronika hieß: strahlend in ihrem Krankenbett, auf dem Schoß ihr Album mit Shawns Text und Unterschrift. „Ich bin ein Mensch wie du, sagte er und küßte mich", stand unter dem Bild. „Für mich ist und bleibt er ein Engel, stand in dem Artikel. Er ist auf die Welt gekommen, um sie zu verändern. Schon wie er aussieht ist überirdisch und er macht überirdisch, schöne Songs. Ich liebe ihn so sehr, ich würde überall mit ihm hingehen und alles für ihn tun!"

Zum Abschluß des Wembley-Gigs hatte Shawn „Black Angel Kiss" das erste Mal live gesungen. „This song goes out for our friend, a great musician, great guitarplayer. I'm so sorry, Spider. I'm sorry", sagte er mit wackeliger Stimme, während er die ersten Klänge auf der Akustikgitarre anstimmte und die Menge bereits lautstark gröhlte. Er wußte, wenn er die Tränen zurückzuhalten versuchte, würde seine Stimme total versagen. Also ließ er sie laufen, in der leisen Hoffnung, man würde sie mit seinem Schweiß verwechseln. Doch niemand nahm ihm die öffentlichen Tränen übel. Im Gegenteil. Tausende begeisterter und berührter Menschen sangen mit ihm. „...and if death is sweet, like the black angel kiss, death is true love, death is the truth... And if I give you my black angel kiss, You will gently fade away... on black velvet robe, between black wings, on the shoulder of fearless..."

In Detroit erreichte Shawn ein Telegramm von Elisabeth, sie sei wieder schwanger, wolle das Kind aber nicht behalten. Er hatte nur knapp drei Tage Zeit zwischen zwei Auftritten und tat gerade das, womit sie nicht gerechnet hatte. Er stieg in den Privatjet und ließ sich sofort nach Hause fliegen. Dafür nahm er den Unmut Gordons gerne in Kauf. Es war ihm schlicht egal, was die Sache kostete oder ob Gordon und die Band fürchten mußten, er käme nicht rechtzeitig wieder.

Seine Art, ihr in die Augen zu sehen, wenn er etwas bestimmte, machte Elisabeth wehrlos. Sein Blick bohrte sich in ihr Gewissen, als er sie an den Oberarmen hielt und sie dicht zu sich heran zog. „Du wirst das nicht tun!" sagte er und damit war die Sache klar. Ihre Arme taten noch weh von seinem festen Griff, als er sie küßte, sie hochhob und mit festem Schritt zum Bett trug. Nach einer Nacht voll heißer Liebe, hingebungsvollen Zärtlichkeiten und jeder Menge Spaß gab sich Elisabeth geschlagen. Er hatte eben seine eigene Methode, solcherlei Konflikte zu lösen. Als er wieder fort mußte, klebten sie bis zur letzten Sekunde wie Kletten aneinander. Elisabeth war wieder einmal so glücklich, daß ihr ganz schwindelig wurde, wenn sie an Shawn dachte. In dieser Nacht hatte er sie zu seiner Königin erhoben. Hatte sie zum Lachen gebracht, während er einige Tour-Anekdoten zum besten gab die er schauspielernd untermalte. Und er brachte sie zum Weinen, vor Glück, als er ihre Lust stillte. Er konnte so komisch und so ausgelassen sein. Man konnte mit ihm herumalbern, sich balgen und während der Liebe scherzen. Aber da war auch diese Tiefe. Blicke, Berührungen und Bewegungen, die ihr den Verstand raubten vor Angst. Und dann wieder jene Stimme, die nicht für Zigtausende, sondern nur ganz allein für sie flüsterte, seufzte und lachte. Sie war bis über beide Ohren verliebt.

Übermüdet, aber sehr zufrieden kehrte Sahwn zum nächsten Auftrittstermin zurück, der in New Orleans stattfand. Niemals würde er zulassen, daß eines seiner Kinder getötet würde. Er war stolz und glücklich darüber, daß er Elisabeth endlich wieder geschwängert hatte. Immerhin war Anne Louise im März schon ein Jahr geworden. Sie lief jetzt, sagte „Daddy" und „Mommy" und so etwas wie „Granny". Sie versuchte sich an sämtlichen Namen im Haushalt. Vor allem durch seine Affäre mit Aileen hatte sich sein Vorhaben, für eine große Familie zu sorgen, verzögert. Doch die, für die er seine Frau vernachlässigt hatte, ließ weiterhin nichts von sich hören. Er schrieb ihr, er versuchte sie telefonisch zu erreichen. Doch sie ließ sich verleugnen. Shawn versuchte, diesen Teil seines Herzens zu verschließen. Zu versiegeln, was er für so kurze Zeit fühlen durfte. Liebe? Die gab es ab jetzt nur in seinen Songs. Liebe war Abschied und Tod, war Sehnsucht. Nicht mehr und nicht weniger.

Er mußte Elisabeth versprechen, zu ihrem Geburtstag in drei Wochen nach Hause zu kommen, egal wo die Band sich gerade befand. Es würde die Westküste sein. Wahrscheinlich L.A.. So nah bei Aileen. Doch er gab Betty sein Wort darauf, denn er sah, wie ernst es ihr war. Als hinge ihr Leben und das des Ungeborenen davon ab. Einen Tag und eine Nacht am Meer wünschte sie sich. Ganz allein mit ihm. Mehr nicht. Er rückte ein wenig tiefer in den Sitz des Jets, schloß die Augen und lächelte. Es war schon verrückt. Sie hielt an ihrem Bild von der heilen Familie fest. Es genügte ihr eine Nacht wie die letzte, ein paar Stunden Harmonie mit Anne Louise und ihm am Strand von Truro oder ein Besuch im Tonstudio, und alle Unstimmigkeiten waren vergessen. Er an ihrer Stelle hätte sich schon längst aus dem Staub gemacht. Aber zum Glück war sie nicht so wie er. Sie war leicht zu handhaben. Und dabei noch immer so naiv und so treu und schrecklich verliebt in ihn. Manchmal machte ihn das wütend. Es hätte ihn mehr beeindruckt, wenn sie ordentlich mit ihm gestritten hätte. Arme Elisabeth. Sie war eine so gute Frau. Und vor allem eine gute Mutter. Er nahm sich vor, wieder jeden Tag mit ihr zu telefonieren, damit sie nicht erneut auf dumme Gedanken kam.

Der ganze Stab war inzwischen in New Orleans angekommen. Wie immer war alles perfekt organisiert. Jeder tat seine eingespielte Arbeit mit der gleichen Genauigkeit wie am ersten Tag. Zwar waren auch die Roadies keine Kostverächter, was Alkohol, Drogen und Mädchen anging, doch die Arbeit wurde erledigt. Die Bühne war beinahe fertig, den ersten Soundcheck hatten sie schon ohne ihn vorgenommen. Shawn freute sich auf die ganze Atmosphäre vor Ort. Die Jungs warteten zu einem Umtrunk in der Hotelbar, Allie in seiner Suite. Es blieb ihr auch nichts anderes übrig, weil er sie gleich nach seiner Ankunft nackt in den begehbaren Kleiderschrank gesperrt hatte. Sie war ihm mit einem Wasserfall von Worten, der aus ihrem überdrehten Spatzenhirn schoß, dermaßen auf den Geist gegangen, daß diese Maßnahme nötig war. Wenn sie schon nicht wußte, was sie in der Schwüle von New Orleans anziehen sollte, hatte sie nun genügend Zeit, darüber nachzudenken. Wenn er zu ihr zurückkam, würde sie sowieso keine Kleider mehr brauchen.

Alle fragten ihn nach seiner Betty. Er hatte erzählt, es gäbe Probleme mit einer neuen Schwangerschaft, deshalb müßte er schnell zurück zu ihr. Nun fragten sie, wie es ihr ginge, ob alles in Ordnung sei und ob es auch der kleinen Anne Louise gut ginge. Shawn konnte munter und voller Stolz von seinen beiden Frauen erzählen. Wie seine Tochter sich freute, als ihr Daddy nach Hause kam und wie stolz und glücklich er sei, wieder Vater zu werden. Die Gefahr sei gebannt, der Körper würde den Fötus behalten. Es sei nur eine vorübergehende Störung gewesen. Alle nahmen ehrlichen Anteil und wußten doch gleichzeitig, daß Shawn die nächste Nacht mit Alisha verbringen würde. Sie konnten dies akzeptieren, weil sie auch wußten, wie vergänglich die Sache mit Allie war.

Während Greg, der vollbärtige Gitarrist, gerade begann, seine neue Identität als Rockstar zu genießen und mit allen Groupies, die sich ihm boten, ins Bett ging, wurde es um Robert ruhiger. Seit etwa sechs Wochen war eine langbeinige Äthiopierin seine feste Begleiterin. Er hatte sie in Paris kennengelernt. Sie war kein Groupie. Sie ging mit dem Staubsauger über den Hotelflur, als er sich in sie verknallte. Er sprach kein Wort Französisch und sie kein Wort Englisch, und trotzdem kam sie mit zum Gig und begriff spätestens da, um was es ging. Seitdem war sie überall dabei und schien mehr und mehr seine feste Freundin zu werden. Sie besaß ein extrem pfiffiges Lachen. Ihre klaren Augen, die auch ungeschminkt wie gemalt wirkten, strahlten wie ein sonniger Frühlingsmorgen und verführten alle zum Mitlachen. Robert lernte erstaunlich schnell Französisch. Und wenn er ihr etwas ins Ohr flüsterte, das anzunehmenderweise anzüglich war, lachte sie laut auf und schlug ihm wie eine verspielte Katze ihre langen Finger in die Schulter, um sich sogleich an ihn zu schmiegen. Sie waren ein wunderschönes, ein spannendes Paar. Seit er sie hatte, waren die anderen Luft für Robert. Wieder und wieder verspürte Shawn dieses Neidgefühl. Konnte man so ausgefüllt von Liebe sein, daß Treue ganz einfach nur stattfand?

Er öffnete die Tür des Kleiderschranks und Allie kam ihm entgegengefallen, weil sie, direkt an der Tür kauernd, eingeschlafen war. Sie fing gleich zu heulen an. Was für ein Mistkerl er doch sei, sie in dieser Hitze da einzusperren. Dabei war es beinahe zu kalt im Zimmer wegen der Klimaanlage, und der Schrank hatte Lamellentüren. Also wenigstens konnte es ihr an frischer Luft nicht gemangelt haben.

„Is' dir zu heiß, Baby?" fragte er und zog das zappelnde und heulende Mädchen ins Badezimmer, packte sie unter die Dusche und drehte das kalte Wasser auf. Er lachte laut, während sie kreischte wie am Spieß. Doch als er aufhörte zu Lachen und sie seinen Blick erkannte, drehte sie das warme Wasser auf, half ihm aus der Jacke und zog ihn zu sich unter die Dusche. Alisha sah wirklich gut aus, dachte Shawn. Schmale Taille, großer Busen, lange hellblonde Haare, wohlgeformter kleiner Po und hübsche Beine. Ihr Gesicht war puppenhaft. Wenn sie nicht gerade ein Veilchen zu kurieren hatte oder eine geschwollene Lippe, war sie wirklich fotogen. Sie beschwerte sich einmal bei ihm, er würde sie halten wie eine Gefangene. Mit anderen Mädchen würde er sich zeigen, doch mit ihr, mit der er ja praktisch lebte, nicht. „Mit so 'ner abgefahrenen Maso-Nutte wie dir kann man sich doch nich' in aller Öffentlichkeit zeigen", war seine Antwort. „Wenn de Öffentlichkeit brauchst, kannste ja ins Pornogeschäft gehn." Er war abgrundtief gemein zu dem Mädchen. Er wußte das. Doch sie hing an ihm wie eine Klette. Und das nicht nur wegen des Geldes, der Reisen und der Wohnung, wie alle annahmen.

Chris vermittelte sie dann tatsächlich an eines der Hochglanz-Herrenmagazine. Er kannte den Chefredakteur, einen großen Rumor Fan, den er auf eine der After-Show-Partys mitbrachte. Shawn hatte ihm Alisha zu fortgeschrittener Stunde förmlich angeboten, weil Abwechslung in Form eines brünetten lustigen Mädchens winkte, das ihn ein wenig an Karen erinnerte. Der Herr Chefredakteur solle sich mal um sein Mädchen „kümmern", hatte er ihn aufgefordert, und sie sich bei der Gelegenheit „genau ansehen". Sie bräuchte eine sinnvolle Tätigkeit. Ob sie sich nicht als Pin-Up eignete. Der Mann war glücklich darüber, dem berühmten Shawn Allison einen Gefallen tun zu können. Und das Mädchen war in jeder Hinsicht sensationell. Um das zu testen, durfte er sogar die Suite des Stars benutzen. Der Herr Chefredakteur wußte, was sich gehörte. Er zeigte seine Dankbarkeit, indem er Alisha als Pin Up in eine der nächsten Ausgaben brachte. Die Resonanz der Leser war recht ordentlich, so daß noch mehr Fotos mit ihr gemacht wurden. Sie verdiente nicht schlecht mit diesen Bildern, doch das meiste legte sie sofort in Klamotten und Drogen an. Wenn sie mal keine Tranquilizer bekam, war sie nur am Heulen. Das wunderte eigentlich niemanden, denn sie war ein schrecklich armes Ding, das ihre Seele verkauft hatte. Doch sie selber fand das Geheule ganz unnormal. Sie hatte ja alles, was sie sich wünschte. Sie lebte im Luxus. Kannte die geheimsten Gelüste eines Mannes, nach dem sich Millionen Mädchen verzehrten. Hing als Hauptgroupie Backstage herum und hatte diesen Fotovertrag. All das war mehr, als sie sich jemals hatte träumen lassen, denn da, wo sie herkam würde sie mittlerweile an irgendeiner Straßenecke stehen. Warum sie dann aber immer wieder heulte, wußte sie nicht.

Shawn ließ sich bald doch herumkriegen und nahm sie mit auf eine Benefiz-Gala, die von einer Lifestyle-Illustrierte gegeben wurde. Auch ihr Chefredakteur war dort. Doch Allie klebte an Shawn und ließ sich glücklich mit ihm ablichten. Da nützte es auch nicht, daß Shawn einem der Fotografen den Fotoapparat zu Boden schlug, als ihn das ewige Blitzlicht wütend machte. Sie hatten ohnehin genügend im Kasten.

Auch New Orleans war ein voller Erfolg für die Band. Allie saß mit großer Grace Kelly-Sonnenbrille in der VIP-Lounge. Trotz der Hitze trug sie ein Kleid mit Ärmeln, das ziemlich hochgeschlossen war. Make Up und Rouge verdeckten die Spuren der vergangenen Nacht. Sie bewegte sich etwas komisch, wenn sie ging. Und sie wirkte wie aufgezogen. Mason konnte seinen Unmut über ihren Zustand nicht zurückhalten. Kurz vor dem Auftritt fragte er Shawn, ob er das nicht langsam übertrieben fände, was er mit Allie abzog. Doch Shawn grinste nur und behauptete, sie würde das von ihm verlangen. Sie sei eben so veranlagt. Und jeder solle das bekommen, was er brauche. Das müßte gerade er doch einsehen. Diese Bemerkung trug nicht gerade zu einer besseren Stimmung bei. Genau deswegen wollte Gordon nicht, daß die Jungs kurz vor dem Auftritt über Konflikte sprachen.

„Du Arschloch! Ich bin nicht pervers, das weißt du ganz genau! Du weißt ganz genau, worum es hier geht, Mann! Die Kleine kann sich kaum auf den Beinen halten! Eines Tages bringst du die noch um!" schrie Mason und wollte sich auf Shawn stürzen.

Gordon mußte dazwischengehen. Die Nerven sämtlicher Beteiligter waren sehr angespannt. Am Vorabend war schon Robert vollkommen aus der Rolle gefallen, als er in einem Lokal sämtliches Geschirr und das aufgetragene Essen vom Tisch riß und einen Kellner angriff, weil er angeblich schon zum zweiten Mal nicht das bekam, was er bestellt hatte. Ein Allison mehr erschien mit bösen Fotos in den Klatschspalten der Illustrierten. Dabei lag der größte Teil der Tour noch vor ihnen. Solcherlei Disziplinlosigkeiten konnten den gesamten Tour Ablauf gefährden. Graham Westfield hatte schon angemahnt, daß es nun der Skandale genug war, Gordon solle zusehen, daß er seine Jungs in den Griff bekäme.

Gordon verlangte von Shawn, daß er sich offiziell bei Mason entschuldigte. Mason nahm die Entschuldigung zwar an, aber seine olivfarbenen Augen blickten so ungewohnt kalt, daß Shawn ernsthaft beunruhigt war. Er entschuldigte sich nochmals sehr aufrichtig und gab sogar zu, ein „Arschloch" zu sein und daß das mit Allie wohl nicht besonders gut war und daß er da sicher was ändern müßte. Und das vor der gesamten Crew. Einige nickten zufrieden, sie fanden, es konnte nicht schaden, wenn Shawn ein wenig herunterkam von seinem hohen Roß. Mason wußte, was das für ein Opfer war für Shawn. Sie umarmten sich. Nicht mehr von Mason geliebt zu werden, wäre entsetzlich gewesen für Shawn. Er konnte sich nicht leisten noch einen wahren Freund zu verlieren.

Greg hielt sich bei all dem im Hintergrund. Manchmal fragte er sich schon, in welch komplizierten Haufen er da geraten war. Aber vielleicht war all das der Preis des Ruhms? Doch mit ihm selber sollte es nie so weit kommen. Er wollte ganz „normal" bleiben. Das Geld kam zwar wie von selbst. Kein Bett blieb ohne Mädchen. Er war beinahe immer high und so gut drauf wie noch nie in seinem Leben. Aber was sollte daran schlecht sein. Man mußte nur ein bißchen auf sich aufpassen. Und das würde er ja wohl können.

Up on the Hill.

In L.A. war sehr schnell klar, daß Shawns Versprechen gegenüber Elisabeth jeder Grundlage entbehrte. Um pünktlich zum Gig wieder da zu sein, hätte er so fliegen müssen, daß er nur drei Stunden Zeit für sie gehabt hätte. Ihr war das egal. Sie wollte nicht einsehen, daß er schon eine Woche, nachdem er ihr sein Versprechen gab, es wieder zurückzog. Er sei sich nicht im klaren über die Auftrittstermine gewesen und ebensowenig über die Entfernung zwischen Los Angeles und London. Und man könne nicht einfach die Tour umschmeißen, nur weil seine Frau Geburtstag hatte. Sie schrie ihn durch das Telefon an, sein verdammter Mistjob ginge ihr mächtig auf die Nerven. Und dann diese klösterliche Verbannung auf das Land, während er die Welt sah und mit jedem Miststück, das ihm über den Weg liefe, ins Bett ginge. Und wehe, er suche ihre Schwester auf, das wäre die größte der Gemeinheiten, dann könne er sich das Kind abschminken. Es sei schon schlimm genug, daß Anne Louise eines Tages fragen würde, welche Frauen das alles waren, die, von ihrem Vater umarmt, aus Zeitschriften strahlten, oder die er vor laufenden Kameras abknutschte. Einem zweiten Kind wollte sie das eh nicht zumuten. Und überhaupt sei sie nicht seine Gebährmaschine und außerdem viel zu jung, um immer nur auf ihn zu warten. Die Festigkeit und Direktheit, mit der sie ihr Anliegen vortrug, imponierten ihm. Auf der anderen Seite konnte er sich nicht erlauben, ihr gegenüber klein beizugeben. Er mußte ein Machtwort sprechen. Jedoch ein Wort, das weder das Leben des Ungeborenen noch die Ehe gefährdete. Drohungen würden jetzt nichts nützen. Schon gar nicht am Telefon.

Nicht die Worte des Streits haben die größte Macht über den Menschen. Nicht die des Hasses oder des Kampfes. Bewußt eingesetzt zum Zwecke der Unterdrückung beginnender Auflehnung sind es die Worte der Liebe, die jede gesunde Wut verwischen, jede erlittene Ungerechtigkeit übertünchen, jeden Versuch aus der leidvollen Beziehung auszubrechen unmöglich machen. Worte die soviel Gewalt haben, daß sie sich schwer auf das Gewissen des Partners legen und so die gewohnte Lebensmethode unumstößlich wird.

Mit dem Instinkt eines Wolfes, der keine andere Möglichkeit mehr hat, zusammenzuhalten was er zusammenhalten will, sagte er die Worte, die er noch nie zuvor als Mittel zum Zweck benutzt hatte: „Ich liebe dich."

Seit Tagen war Aileen die Unruhe selbst. Sogar ihre Mitbewohnerin machte sich schon Sorgen über den schlechten Schlaf des britischen Mädchens, das sie längst ins Herz geschlossen hatte. Eines Nachts träumte sie laut. Sie rief den Namen eines Jungen und schien im Traum zu weinen. Die Zimmergenossin weckte Aileen, doch sie mochte nicht darüber sprechen. Sie konnte niemandem von ihrer verbotenen Liebe zum Schwager erzählen. Er war nun mal nicht irgendein Schwager. Er war eine berühmte Persönlichkeit. Das halbe Internat würde das Rumor-Konzert besuchen. Beinahe alle Mitschülerinnen schwärmten für ihn oder für einen der anderen Bandmitglieder. Wie sollte Aileen auf die Verschwiegenheit der Mitbewohnerin zählen. Sie sagte, es ginge um irgendeinen Jungen daheim. Es sei längst vorbei. Sie habe sich entschieden, hier ihre eigene Sache durchzuziehen. Aber sie habe ihn einmal sehr geliebt, und zudem sei er ihr „Erster" gewesen. Das ließe sich nicht so einfach abschütteln. Das war noch nicht einmal gelogen. Ihre wirklich liebenswürdige Mitbewohnerin fand das alles sehr traurig und sehr romantisch. Sie fragte zum Glück nicht nach weiteren Details. Aber wie sollte sie sich denn nur verhalten? Wie sollte sie den Abend des Konzerts verbringen? Wie sollte sie auf sein schriftliches Flehen reagieren? Ihr Herz und ihr Körper sprachen ihr zu, nachzugeben. Auf sein Angebot einzugehen und heimlich ins Hotel zu kommen. Doch was dann? Eine Nacht voller Leidenschaft? Eine Nacht voller Liebe und Zärtlichkeit? Und hinterher noch mehr Tränen?

Seit dem letzten Telefongespräch mit ihrer Mutter wußte sie von der neuen Schwangerschaft Elisabeths. Wie konnte sie akzeptieren, daß Shawn die Ehe mit ihrer Schwester auf scheinbar normale Weise führte, während er ihr ständig glühende Liebesbriefe schrieb? Was sollte sie davon halten, ihn mit dem „Pin Up des Monats", eng umschlungen, bei der Eröffnung einer Benefiz Gala zu sehen, und von Gerüchten zu lesen, die besagten, daß es in der stürmischen Affäre zwischen dem Starlet und dem Rockstar des öfteren zu „Handgreiflichkeiten" kommt. Wer war diese entsetzlich ordinäre Zicke, die sich so ergeben an seine Smokingbrust schmiegte? Über eines war sie sich sicher. Sie wollte niemals zu einer seiner Skandalnudeln werden.

Chris Lombart kannte sich in der High-Society von L.A. bestens aus. Gleich am ersten Abend schleppte er die Jungs zu einer Party, die ein hochangesehener Mäzen der Bildenden Künste in den Hollywood Hills gab. Die Villa lag gegen einen der Hügel geschmiegt in einem parkähnlichen Garten mit Palmen und Bougainvillea. Die Autos parkten auf einem Sandplatz schräg unter dem Anwesen. Bis zur Villa waren es noch etwa zweihundert Meter bergauf zu gehen. Die Band hatte sich mit kalifornischem Weißwein, Marihuana und verschiedenen Uppern lockergemacht. Shawn wurde von Robert und Greg den Hügel hochbugsiert. Sie kicherten und schlingerten, taumelten zwei Schritte zurück, um drei voran zu kommen. Nebenbei mußte immer wieder die Flasche herumgereicht werden, weil es heiß war und dieser schwierige Weg sie alle nur immer durstiger machte. Chris prahlte, sie seien Schwächlinge. Er wäre mit jemandem auf dem Rücken schneller als die drei Vollbreiten. Zum Beweis ließ er Mason auf seinen Rücken klettern und schleppte ihn unter großem Gejuchze hinauf. Tatsächlich war er schon bald um die erste Kurve verschwunden.
„Komm", ermunterte Robert seinen Bruder. „Reiß dich zusammen! Da oben triffst du vielleicht den großen Andy Warhol."

Shawn blieb ruckartig stehen. Seine Hand bildete einen Trichter. „Andy! Ich komme!" schrie er. Nun ging er plötzlich schneller, so daß Greg und Robert kaum folgen konnten. Und er plapperte in einem fort: „Und der große Jim Morrison? Is' der auch da, Chris? Hey Chris! Wo isser überhaupt? Du hastes mir versprochen. Wenner nich' da is', bin ich... hups ... bin ich so sauer wie mein Magen."

Greg und Robert lachten, während sie hinter Shawn herhechelten, der nun wie ein sonnenbebrillter Roboter in Bikerstiefeln, verstaubter Lederhose und heraushängendem T-Shirt dem Eingang des Hauses entgegenstapfte. Chris und Mason warteten schon.
„Wo bleibt ihr denn, ihr Lahmärsche!" rief Chris der torkelnden Truppe entgegen.
„Isser da? Is' Jim da?" fragte Shawn, laut gegen die Musik anbrüllend, die aus dem Gebäude schallte und hängte sich und seine Weißweinflasche auf Chris' breite Schultern.
„Mann. Das kann ich doch hier noch nich' sagen", antwortete Chris und zückte seine Einladung, um sie dem reichlich genervten Leibwächter am Eingang zu reichen. „Chris Lombart und die Herren Musiker von „The Rumor", bitteschön!" Der bullige Wächter nahm die Karte entgegen und ließ sie mit einer einladenden Bewegung passieren.

Von Anfang an war Shawn klar, daß es sehr gut gewesen war, Alisha im Hotel zu lassen. Was hier an „Chicks" herumhing, war dermaßen hochwertig, daß es ein Verbrechen gewesen wäre, mit Anhang zu kommen. Sein Kopf wanderte ständig hin und her. Die anderen hatte er schnell verloren. Von irgendwoher bekam er Pillen in die Hand gedrückt, die er artig schluckte. Nach einiger Zeit fand er sich an der Hand einer langbeinigen, blonden Westküstenschönheit. „Dressed to kill", stellte er fest. Sie zog ihn quer durch das Anwesen, das ihm irgendwie wie eine Geisterbahn vorkam. Die Schwarzgewandete suchte offensichtlich ein unbesetztes Zimmer, um ihre Beute in Ruhe zu vernaschen. Zwischen Tanzenden lagen Körper, deren Geist sich schon längst im Nirvana befand. Ob sie nur berauscht waren oder tot, schien niemanden zu interessieren. Viel zu alte Männer in Smokings schmiegten ihre umwickelten Bäuche an viel zu junge Mädchen. In einem Raum fanden sie einen undurchsichtigen Haufen Leiber, die sich stöhnend um einander wälzten. Eine zerzauste Blonde lief kreischend an Shawn vorbei. Dicht hinter ihr, ein dunkelhaariges Mädchen mit einer Küchenschere bewaffnet: „Ich schneide dir die Titten ab!"

Das Mädchen, das ihn anscheinend als Eroberung des Abends auserwählt hatte, zog ihn weiter, während sein berauschtes Hirn sich noch über die interessante Szene wunderte. Das Haus wimmelte von Menschen, die grölten, lachten, flennten, sich schlugen oder bumsten. Während er versuchte, sich auf das Mädchen vor ihm zu konzentrieren, um nicht zu fallen, wurden die Räume noch schemenhafter. Die Menschen rechts und links von ihm flirrten grellbunt an ihm vorbei. Die Geräusche schwollen an und ebbten ab. Töne rollten an seine Ohren, die er noch niemals vernommen hatte. „Wow!" rief er plötzlich aus. Sein Körper fühlte sich leicht und quirlig. Er lief ohne es zu spüren. Sie erreichten einen Raum, der anscheinend die Küche war. Das Mädchen gab ihm eine Frucht, die er nicht kannte. Shawn biß hinein. Saft lief ihm durch die Finger und über das Kinn. Sie schmeckte gut.

„Mußt was essen Darling, sonst trittst du mir ab, bevor's richtig losgeht."

„Süß", sagte er und hielt ihr die Frucht entgegen. Sie lachte.

„Du bist süß, Darling!"

Sie schnappte sich noch eine Flasche und zog mit ihm an der Hand weiter. Als sie durch einen der Bögen flogen, die einen Raum vom anderen trennten, drängelte sich ein wild gelockter Typ an Shawn vorbei. Sie waren sich für einen Moment so nahe, daß ihre verschwommenen Blicke sich trafen.

„Ey", sagte der gelockte Schönling mit verschlafener Stimme. „Ey, kenn' ich dich, Mann?"

Shawn versuchte krampfhaft die Informationen aus seinem Gehirn zu quetschen, woher er dieses Gesicht kannte. Es lag ihm auf der Zunge, aber er kam nicht drauf. Schon wurde er fortgezogen und der Typ war verschwunden. Nach einigen Metern begann Shawn zu hüpfen. Er schlug dem Mädchen gegen die Schulter.

„Ey! Ey, bleib doch mal stehn! Das war doch... das war doch Jim! Das war Jim stimmts!" Er wollte sich losmachen um zurückzulaufen, doch er wurde von der energischen Mädchenhand daran gehindert. „Den triffste schon wieder, Darling." Aber er mußte doch unbedingt mit Jim über alles mögliche reden, doch sie drängte ihn gegen eine Wand. Noch nie hatte ihn ein Mädchen dermaßen hart geküßt. Sie war zudem einen halben Kopf größer als er, so daß er sich völlig wehrlos fühlte. Kaum war er bereit, sich ihrem Drängen gleich an Ort und Stelle zu ergeben, seine Hände bereiteten schon das nötigste vor, zog sie ihn weiter, hinaus in den Park, an den Pool. Dort aalten sich Paarungen der verschiedensten Art im Wasser oder auf den Liegen. Auch hier wurde getanzt, getrunken und gelacht. Shawn erspähte Chris im Gewimmel und steuerte auf ihn zu. Das Mädchen folgte ihm. Sie ließ ihre Eroberung nicht aus den Augen. „Hi Chris", freute sich Shawn und versuchte seinen Blick auf Chris' Gesprächspartner zu fokussieren.

„Ach Shawn, schön, daß du da bist. Ich hab meinem alten Freund hier grad von dir erzählt." Lächelnd sah er den langhaarigen, bärtigen Freund an, der von Shawn nur mäßig klar gesehen wurde. „Dennis, das isser: Shawn Allison. Englands Antwort auf Jim Morrison."

Dennis lachte laut und reichte dem wankenden Shawn die Hand, der inzwischen von der großen Kalifornierin flankiert wurde. Sie knetete seine Pobacke. „Dennis... Dennis Hopper?" stammelte

Shawn und sein Gegenüber lachte wieder. Er reichte ihm seinen Joint. Shawn zog dankbar daran und reichte ihm die Flasche Whiskey hinüber, während er immer intensiver von seiner Begleiterin befummelt wurde.

„Sag mal Mann", grinste Dennis. „Was willste denn mit dem Kerl da? Stehste darauf?" Er kratzte sich das Kinn unterm Stoppelbart. Auch Chris lachte nun und sah Shawn zweifelnd an. Shawn fühlte sich schon wieder an der Hand fortgezogen, doch dieses Mal stemmte er sich mit aller verbliebener Kraft dagegen.

„Ey! Das is 'n Kerl?! Das gibt's doch nich'! Laß mich los, Mann!" Seine Begleiterin war über diese Aufdeckung überhaupt nicht glücklich. Böse sah sie Chris und Dennis an, während sie Shawn an beiden Handgelenken festhielt.

„Was gibt's denn da zu lachen, ihr blöden Kerle!" schimpfte sie mit plötzlich ziemlich tiefer Stimme. Chris trat auf sie zu.

„Komm. Im Ernst. Der Junge steht nich' auf sowas. Laß ihn los, sonst flippt er gleich aus. Und das tut weh. Echt weh, du Schwuchtel." Er umfaßte die Hände des Mädchens und löste sie von Shawns Handgelenken. Dennis kam derartig ins Lachen, daß er sich verschluckte und entsetzlich husten mußte.

„Mach dich bloß nich' wieder an mich ran, du blöde Tunte!" lallte Shawn und rieb sich die Handgelenke. Die Große setzte einen stark unterkühlten Blick auf, schmatzte einen Kuß in seine Richtung und zeigte auf ihren Hintern. „Ganz sicher leck' ich dich nich', verdammt!" grummelte Shawn, der von Chris freundschaftlich auf den Rücken geklopft wurde.

„Hast ja nochmal Glück gehabt, was?" griente er. „Das hätt 'ne böse Überraschung gegeben, Kleiner."

Darauf mußte erst einmal einer getrunken werden. Die halbe Flasche Whiskey war inzwischen in Dennis Kehle verschwunden, der noch immer etwas hüstelte. Sie torkelten lachend zu einer der Bars, um sich einen Drink mixen zu lassen.

Irgendwann waren auch Mason und Greg wieder da und erzählten aufgekratzt etwas von dem Meister, der in irgendeinem Raum Hof halten sollte. Vielleicht käme man ja hinein. Shawn nahm inzwischen alle Worte, die auf ihn zuflogen nur noch in Form von Tonfetzen wahr. Trotzdem wankte er hinter Chris, Dennis und Mason her. Vor einem Raum in einer verhältnismäßig ruhigen Ecke der Villa waren jede Menge schwarzgekleideter Securityleute versammelt. Nachdem Dennis mit ihnen geredet hatte, wurden sie vorgelassen. Es war wie in einer Kathedrale während eines Gottesdienstes. Das Licht schimmerte goldrot. Ein Dutzend geschminkter Mädchen und Jünglinge, lagerten auf Polstern um einen flachen Tisch aus Acryl herum. Dahinter ein hagerer, durchsichtig wirkender Mann mit schlohweißem, rupfigem Haar, das im Nacken dunkler wurde. Ein schmaler Mund, viel zu groß schienin dem sehr weißen Gesicht. Die Augen standen eng neben der Nasenwurzel. Dunkle Punkte unter balkigen Augenbrauen, die er mit einer rosé getönten runden Brille schützte. Er gab jedem, der auf ihn zutrat die Hand, sagte ein ausgedehntes „Hi" und nur manchmal zuckte etwas wie ein Lächeln über sein Gesicht.

Auch Shawn trat schließlich an den Tisch, bückte sich, ging jedoch mangels Gleichgewicht unwillkürlich in die Knie und reichte dem Mann die Hand. Der nahm sie, starrte Shawn einige Sekunden lang mit leicht geöffnetem, trocken lippigen Mund an und fragte schließlich im Ton eines zu langsam abspulenden Tonbandes: „Bist du tätowiert?" Dabei sah er auf das gut sichtbare eingeritzte „Fuck" auf Shawns Arm. Shawn fühlte sich wie gebannt vom Blick dieses seltsamen Mannes. Er bekam kaum etwas heraus.

„Geritzt", stotterte er bewegungsunfähig, „geritzt, mit Glas."

Der Mann fuhr mit seiner Hand so leicht über Shawns Unterarm, daß ihm die Haare zu Berge standen.

„Gooott", hauchte der Weißhaarige. „Das ist ja irre... das ist gut..." Shawn schluckte trocken. Doch sein Gegenüber ließ nun den Arm los und sackte in sich zusammen, als habe ihn dieser Eindruck über die Maßen angestrengt.

„Geht jetzt", hauchte er auf den Kissen liegend. „Geht alle. Geht!"

Die Bodygards drängten alle Anwesenden hinaus.

„Ist er nicht göttlich?" piepste eine kleine Blonde neben Shawn.

„Wen meinst du, meine kleine Elfe?" fragte Shawn und legte seinen Arm um die Kleine, die ihn überrascht anlächelte. Er küßte sie, bevor sie antworten konnte.

Joseph, der bullige schwarze Fahrer, der gleichzeitig als Leibwächter fungierte, wartete bis in die Morgenstunden unterhalb des Hügels, halb schlafend, halb wachend. Teils ließ er den Motor laufen, um das Wageninnere zu kühlen. Zum Glück standen dort einige Limousinen mit ihren Fahrern herum, so daß man ein bißchen quatschen konnte. Irgend so ein Hippie wollte ihm gegen die gepanzerte Karosserie pinkeln. Doch der landete mit Hilfe eines einfachen Griffes in den Büschen. Ansonsten war es ruhig. Die, die er zu fahren hatte, sahen nicht besser aus als dieser Hippie, und sie benahmen sich auch nicht anders, als sie zurückkamen. Greg hätte beinahe auf die Kühlerhaube des Achtsitzers gekotzt. Der Boß der Band war schon breit zur Party erschienen, und jetzt sah er aus wie von einem anderen Stern. Dieser Filmemacher und der Schlagzeuger knutschten am Wagen lehnend herum. Der Leadgitarrist kotzte und der Boß pinkelte, als der Bassist Streit mit einem der benachbarten Fahrer begann, der aber dank Joseph nicht mit einem blauen Auge für Robert endete. Nach etlichen Minuten konnte es endlich zurückgehen. Shawn Allison lag ohne T-Shirt und Stiefel im Fond des Wagens zwischen Greg und Mason und lallte halb schlafend, was das für eine tolle Party war. Er habe tatsächlich Jim Morrison gesehen. Und Dennis Hopper.

„Und da war 'n Kerl, der sah aus wie Andy... Warhol. Ja, Mann. Könnt schwörn, daß der so aussah." Die vier anderen schlugen sich auf die Knie vor Lachen.

„Das war Andy Warhol, du Blödmann!" sagte Robert, der sich zu seinem Bruder umdrehte. Doch Shawn war inzwischen abgedriftet. Mit verdrehten Augen und offenem Mund lag er gegen die Nackenstütze gelehnt und beschwerte sich nur noch über den Mangel an Flüssigkeiten in diesem Flugzeug. Die Jungs brüllten vor Lachen. Shawns Kopf kullerte zur Seite gegen Masons Schulter.

„Wo is 'n dein T-Shirt Süßer", fragte Mason amüsiert und küßte Shawn auf die Stirn. Vielleicht ließ sich ja noch etwas Lustiges aus ihm herauslocken.

„Haich der kleinnn Jungfrau geschenkt... oder war das ihr Sternzeichen? Wasss'n dein Sternzeichen hatse gefragt. Stier hab ich gesagt! Hahaaaa! Stier!" lachte er vollkommen neben sich. Wieder brüllte der ganze Wagen.

„Und deswegen haste dich auch so benommen was? Is' sie nun noch Jungfrau, oder war das nur ihr Sternzeichen?" fragte Mason, um Shawn noch etwas zu entlocken. Doch der war nun vollkommen weggetreten.

„Du gehst mir auf die Nerven, Mann. Mit deinem Sternzeichengesabbel!"

Mason streichelte Shawns Kopf. „Na gut. Lassen wir das. Aber sagt mal, wo sind denn eigentlich seine Stiefel?"

Daraufhin holte Shawn seine Beine aus dem Fußraum hervor, legte die schmutzigen Füße rechts und links neben Chris' Kopf, der unter dem Gelächter der anderen protestierte, auf die Rückenlehne, und wackelte mit den Zehen.

„Sssieh ma' an", lallte Shawn. „Keine Stiefel. Genau! Keine Stiefel im Bett! Keiiine... Stiefel!" Mehr war aus ihm nicht herauszubekommen. Er schnarchte bereits geräuschvoll an Masons Schulter, während die Freunde sich köstlich über ihn amüsierten.

Er hatte sich vorgenommen, keinen Kontakt zu ihr aufzunehmen, wenn sie in Los Angeles sein würden. Er wollte sich und ihr beweisen, daß seine Liebe zu ihr abgekühlt war. Wenn sie auf alle seine Briefe nicht antwortete, warum sollte er sich weiter bemühen. Doch kaum war er in der Stadt, hielt er es nicht mehr aus. Er schickte einen Boten mit Blumen und eine Nachricht in das Internat. Aileen fand einen sehr genau beschriebenen Plan, wie sie heimlich zu ihm ins Hotel kommen könnte, wenn sie denn wollte. Er verlangte keine Antwort. Er wird einfach nur da sein und auf sie warten. Und zwar in der Nacht vor dem Konzert.

Gegen seine Gewohnheit hatte er sich früh von den Jungs und von Gordon verabschiedet. Kopfschmerzen, gab er an. Alisha hatte er ohne große Erklärung in ein separates Zimmer verlegt. Es reichte ihm ohnehin langsam mit ihr. Alles war vorbereitet für das verbotene Rendezvous. Champagner und Kaviar. Lachs und kleine Erdbeertörtchen. Die mochte Aileen besonders gerne. Das Bett hatte er mit Rosenblüten dekoriert, zur Erinnerung an ihre erste Nacht. Er wählte einen schwarzen Anzug, weißes Hemd und geschnürte Stiefeletten. Die langen Haare hatte er gebürstet, bis sie glänzten, den Bart bis auf einen feinen Rahmen um Mund und Kinn herum sauber rasiert. Und außerdem war er vollkommen nüchtern. So wartete er ungeduldig in seiner Suite.

Wie mochte sie jetzt aussehen? Liebte sie ihn noch? Der Fahrer und Shawns persönlicher Leibwächter waren nun schon zwei Stunden unterwegs. Hoffentlich würde alles glattgehen. Er drehte mittlerweile die hundertste Runde über den watteweichen Teppich, als es klopfte. Flink drückte er sein Zigarillo aus, trank einen Schluck Wasser, warf einen Blick in den Spiegel und erkannte, daß er blendend aussah. Er eilte zur Tür um unter Inanspruchnahme aller Vorsichtsmaßnahmen zu öffnen.

„Wir sind's, Boß!" flüsterte es von draußen. Er erkannte die Stimme und öffnete die Türsicherung mit klopfendem Herzen. Eine zarte Gestalt in einem dunklen Kapuzenmantel schlüpfte lautlos ins Zimmer. Gott sei Dank. Sie war gekommen! Er schloß die Tür. Aileen nahm die Kapuze vom Kopf und lächelte. Um vieles reifer sah sie aus und noch schöner, als er sie in Erinnerung hatte.

„Schließ ab", flüsterte sie, „schließ schnell ab", bevor sie in seine Arme flog.

Sie hatten sich sattgeliebt, wenn das überhaupt je möglich war. Er betrachtete ihren Rücken und strich mit einer Rosenblüte die sanfte Form ihres Schulterblattes nach. Sie drehte ihren Kopf zu ihm.

„Du siehst raffiniert aus mit dem Bart."

„Raffiniert?" Er blinzelte.

„Teuflisch", sagte sie.

„Teuflisch gut", grinste er.

„Eingebildeter Affe."

Sie leckte sich amüsiert über die brennenden Lippen. Er schlug ihr mit der Blüte auf den Po, beugte sich über sie und küßte ihre Pobacken. Sie seufzte zufrieden.

„Warum hast du mir nicht auf meine Briefe geantwortet?" fragte Shawn. „Ich hab geglaubt, es wär alles aus zwischen uns." Er biß ihr zärtlich in die linke Pobacke.

„Ich wollte, daß es aus ist, Shawn. Ich hab mir gewünscht, du würdest so sauer auf mich sein, daß du aufhörst, mich zu lieben. Ich wollte mich ganz auf die Schule konzentrieren, wollte meine Liebe zu dir irgendwie wegstecken. Auch wegen Elisabeth und wegen Anne Louise."

Sie drehte ihren Kopf, bis sie sehen konnte, was ihr soeben Wonneschauer auf die Haut zauberte.

„Und euer zweites Kind nicht zu vergessen."

Shawn hörte auf, mit der Zungenspitze ihren Po zu kitzeln und glitt auf ihren Rücken, küßte ihre Schulterblätter, ihren Nacken.

„Was fühlst du für Elisabeth, wenn es nicht Liebe ist? Was fühlst du, wenn du mit ihr schläfst?" fragte Aileen weiter, ohne auf Antwort von Shawn zu warten. Sie fühlte sein erneut wachsendes Glied an der Innenseite ihres Oberschenkels.

„Ich denke dabei an dich", flüsterte er und fuhr mit der Zunge in ihr Ohr.

„Und an was denkst du, wenn du schlägst?" fragte sie, als sie später im Schneidersitz an dem flachen Tisch saßen und etwas von den Leckereien aßen, die sie in ihrem Liebestaumel fast vergessen hatten.

Shawn leckte den Kaviarlöffel ab. Er wußte inzwischen, daß man das nicht tat, aber es hatte immer zu größtem Entzücken geführt, besonders bei den Damen der oberen Schicht. Er löffelte den Beluga nur so in sich hinein und fütterte auch die ein oder andere Lady damit. Der Proleten-Touch entzückte sie. Seit Jane wußte er, daß gerade dieses Verhalten ein Teil seines Kapitals war. Unverschämtheit, absichtlich zur Schau gestellt, gewürzt mit einer Prise Arroganz, das wirkte in gewissen Kreisen höchst erotisierend. Er war der Star. Man erwartete von ihm, daß er sich auch so benahm.

Er brauchte Zeit, um auf Aileens Frage zu antworten. Noch niemals hatte er mit einer Frau über solch intime Dinge gesprochen. Er schob den glatten Löffel aus Elfenbein noch ein paar Mal über seine Zunge. Das fühlte sich gut an.

„Denken tu ich wenig dabei", brummelte er und suchte nach der Zigarillopackung. Er wollte jetzt nicht in Aileens Augen sehen. „Ich hab 'ne irre Wut dann - und Angst. In dem Moment bin ich einfach nur Zerstörung. Ich plane das nich', ich bin es. Das kommt ganz von da unten." Er bohrte seine Fingerkuppen in den Bauch.

„Und hinterher fühlst du dich wohler?" fragte Aileen leise.

Shawn sah sie nicht an. Er rauchte und kratzte sich mit dem Daumen den Scheitel seines zerzausten Haares.

„Nein. Hinterher geht's mir meistens beschissen. Dabei fühle ich mich manchmal gut. Man is' so stark, weißte? Wenn einer stärker is' kannste dich nich' wehren. So is' das. Da kann keiner was zu."

Aileen versuchte ihm ins Gesicht zu sehen, doch er behielt den Kopf nach unten gerichtet.

"Du fühlst dich noch immer schuldig?" fragte sie.

Verdutzt sah Shawn sie an.

„Wie meinst du das? Woran soll ich mich schuldig fühlen?"

„Ich weiß, was dein Vater dir angetan hat", sagte sie ruhig.

Sein Blick flackerte. Er sprang auf und stieß dabei gegen den Tisch, so daß die Gläser umfielen. Schnellen Schrittes ging er ins Schlafzimmer. Aileen folgte ihm.

„Niemand ist Schuld daran, wenn er mißbraucht wird. Du warst ein Kind. Du konntest dich nicht wehren."

Sie stellte sich in die Tür und betrachtete besorgt seine nackte Kehrseite. Er stand am Fenster.

„Wer hat dir das erzählt?" fragte er mit rauher Stimme.

„Dorothee", antwortete sie und er drehte sich mit erstauntem Blick zu ihr um.

„Ich dachte, sie..."

„Du dachtest, sie hat nicht mitbekommen, was er dir antat? Oh doch. Sie leidet darunter, daß dir das passiert ist, was eigentlich ihr gedacht war."

„Dem war das Scheißegal, wem er sein Ding rein schiebt", flüsterte Shawn, „damals wußte ich bloß noch nich', daß so was auch 'nem Jungen passieren kann. Ich wollte nich' daß er's mit den Kleinen macht. Zuerst dachte ich, Schläge kriegste sowieso, dann kannste auch sehen, daß de ihn ablenkst von den anderen. Aber das... das war verdammt viel schlimmer als Schläge. Und ich wollte nich', daß er das mit den Kleinen macht..."

Aileen ging zu ihm und legte sanft ihre Hand auf seine Schulter. Er schüttelte den Kopf, entzog sich ihrer Berührung. Nach einigen Sekunden des Schweigens holte er leise seufzend Luft.

„Ich schäm mich so", sagte er kaum hörbar, drehte sich um und stürzte zum Bett, wo er sein Gesicht in das Kopfkissen barg.

Sie legte sich dicht neben ihn und zog sorgsam das Laken über ihre Körper. Zärtlich küßte sie seinen kraftvollen Oberarm, den seit Detroit ein Totenkopf-Tattoo „zierte", das Aileen gar nicht gern mochte.

„Ich liebe dich", sagte sie.

Er drehte sich zu ihr. Sie kuschelte sich noch enger an ihn und küßte seine feuchten dunklen Wimpern, die gerötete Nase, die Lippen. Er umarmte sie dankbar.

„Du bist so schrecklich verletzt, Shawn", sagte sie leise, während sie seinen Rücken streichelte, „aber dafür können all diejenigen nichts, denen du weh tust. Du darfst andere Menschen nicht wegen ihrer Schwäche verachten."

„Ich weiß. Ich weiß es ja, Lee, aber manchmal packt es mich einfach." Er strich ihr Haare aus dem Gesicht und küßte zart ihren Mund. „...dir könnte ich niemals weh tun. Niemals!"

Sie war sich da nicht so sicher. Vor allem wollte sie auch nicht, daß er anderen Menschen weh tat. Auch nicht, daß er sich selbst weh tat, und sie blickte auf den geritzten Unterarm.

Sie hatten nur begrenzte Zeit. Wenige Stunden nur und sie würden sich erneut für lange Zeit trennen müssen und wieder auf die heimlichen Briefe angewiesen sein. Ihre Gedanken drifteten ab. Sie brauchten keinen offiziellen Beschluß, ob sie das Gespräch fortsetzen wollten oder sollten. Ihre Körper fanden sich ohnehin ganz von selbst, und vielleicht würden sich auch eines Tages ihre Seelen finden.

Zu ihrem Geburtstag lud Elisabeth ihre Eltern ein. Gerne hätte sie auch mit Claire und Shawn gefeiert. Auf Aileen konnte sie gut verzichten. Garantiert würde sie alles daran setzen, um sich mit Shawn zu treffen, wenn die Band in L.A. gastierte. Er hatte ein riesiges Rosengebinde in Auftrag gegeben, das am Morgen ihres Geburtstages durch einen Boten abgegeben wurde. Später kam ein Telegramm. „Sorry daß ich nicht bei dir bin. Alles Liebe zum Geburtstag und viele Küsse. Love, Shawn!"

Am späten Abend, ihre Gäste waren längst fort und die Kinder im Bett, rief er aus L.A. an. Er gratulierte ihr und fragte, wie es ihr ginge. Ihr sei viel öfter übel als mit Anne Louise, aber ansonsten ginge es ganz gut. Ja, seinem kleinen Mädchen ginge es ebenfalls gut. Auch der Mutter, den Geschwistern und dem häßlichen Tyron, der seine Vorzugsstellung im Haus weiterhin auskostete. Sie bedankte sich artig für die Grüße und er versprach ihr ein Geschenk nach seiner Rückkehr. Er wüßte ja, was ihr das liebste Geschenk gewesen wäre, sagte sie, aber er ging nicht darauf ein. Er sei gerade aufgestanden, erklärte Shawn, ja, das war schon komisch mit dem Zeitunterschied. Und am Abend dann das große Konzert. Aber das könne er doch nicht wissen, ob

Aileen auch komme. Er habe sich daran gehalten und sie nicht aufgesucht. Er habe Jim Morrison, Dennis Hopper und Andy Warhol gesehen. Wieviel Koks er in der Birne hatte, fragte sie daraufhin. Kein Koks, bißchen Speed, bißchen Acid, bißchen Alk sagte er schnippisch, warum sie eigentlich so zickig sei? Sie sei nicht zickig, antwortete sie mit wackeliger Stimme, er hingegen sei ja wohl ziemlich gereizt. Was er denn am gestrigen Abend gemacht habe. Sie sah ein Foto...Wo? In der Vanity Fair. Scheiß Weiberschmierblätter, sagte er ärgerlich. Wer das ordinäre Weibsbild war, und wie war das mit den Handgreiflichkeiten? Sie wollte die Wahrheit.

„Bist du mit der zusammen?"

Am Liebsten hätte er den Hörer auf die Gabel geschmissen.

„Paß auf", fauchte er in den Hörer, „ich hab sie verprügelt und weggesperrt, damit ich in Ruhe mit den anderen vier Groupies bumsen konnte, die hier die ganze Zeit vor meiner Tür lagern! Nun zufrieden Misses Allison?"

Das Gespräch endete wie immer im Streit. Sie weinte. Sagte, sie fühle sich beschissen und wünschte sich täglich, nicht sein zweites Kind tragen zu müssen.

„Laß es ja in Ruhe", drohte er, „sonst..."

„Was sonst? Willst du mich wieder schlagen?"

„Du kannst mich mal..." sagte er und legte auf.

Alisha, die die ganze Zeit, während er telefonierte, in einer Zeitschrift blätternd auf dem Bett lag, zuckte zusammen, als er das Telefon quer durch den Raum warf. Er ging ins Bad, wo er ein Briefchen Koks präparierte, um es mit einem silbernen Röhrchen in die Nase zu saugen. Es stach in den Schleimhäuten. Er schloß die Augen und legte seinen Kopf in den Nacken. Nachdem das gute Gefühl innerer Stärke und Energie in ihn zurückgekehrt war, ging er zurück ins Schlafzimmer. Alisha lag dort, wo in der Nacht zuvor noch Aileen gelegen hatte. Plötzlich kam es ihm wie die Beschmutzung einer heiligen Stätte vor.

„Wer hat dich eigentlich eingeladen, Allie?" fragte er das Mädchen mit einem gemeinen Blick. Sie räkelte sich.

„Ich dachte, du könntest vor dem Auftritt vielleicht noch etwas Entspannung gebrauchen.", flötete sie.

„Raus aus dem Bett", sagte er nur knapp und erwartete, daß sie sofort seiner Aufforderung nachkam.

Sie nahm das jedoch nicht so ernst, sondern bot ihm ihrem nackten Po an, den sie aufreizend hin und her rollen ließ. Er griff nach der Decke, auf der sie lag, und zog Allie mitsamt der Decke aus dem Bett. Sie stieß sich am Fußende den Kopf, saß schließlich zwischen seinen Beinen und untersuchte noch jammernd die Beule am Hinterkopf, als die ersten Hiebe und Beschimpfungen auf sie niedergingen. Sie kroch durch seine Beine hindurch, um ihm zu entkommen. Doch er drehte sich blitzschnell um und griff ihr in die lange Mähne. Sie jaulte auf. Er zog sie vom Boden hoch und hielt ihre Arme in einem schmerzhaften Griff. Sein Blick flackerte gefährlich.

„Verschwinde in dein Zimmer, bevor ich dich umbringe!"

„Aber Shawn", bettelte sie, „du darfst mich jetzt nicht schon wieder wegschicken. Siehst du, ich gehorche dir nicht. Ich bin ein böses Mädchen!"

Sie trommelte mit den Fäusten gegen seine Brust. Er stieß sie von sich.

„Geh rüber in dein Zimmer und laß mich in Ruhe, verdammt noch mal!"

„Was ist mit dir?" schrie sie ihn plötzlich an. „Ich weiß doch, daß du's willst! Ich seh's dir doch an! Komm doch! Sieh her..."

Sie bewarf ihn provozierend mit Gegenständen, die sie wahllos aus der Dekoration nahm.

„Oder hat deine Alte hat dich kleingekriegt? Misses Allison! Misses Allison! Die heilige Misses Allison!"

Seine Wut pochte gegen die Schädeldecke. Er versuchte fest an Aileen und ihre Worte zu denken. Doch als ihm eine Tischlampe an den Kopf flog und er Blut in den Haaren spürte, platzte die Wut aus ihm heraus. Na gut, wenn sie ihre Tracht Prügel haben wollte, sollte sie die bekommen! Das alte Spiel nahm seinen Lauf. Kreischend rannte sie durchs Zimmer. Er hinter ihr her, in der Hand seinen Gürtel, den er vom Boden aufgegriffen hatte.

Doch in seinem Kopf machten andere Bilder Jagd auf ihn. Bilder aus der Finsternis, denen er sich nicht entziehen konnte.

Da war die Kellertreppe, die unter seinen Füßen wankte und zitterte. Er hörte seinen angstvollen Atem und plötzlich fühlte er stahlharte Griffe im Nacken und an den Armen. Die Wände des Kellers. Kartoffeln. Kohlen. Der Boden, der auf ihn zukommt. Dann ein furchtbarer Schlag gegen den Kopf. Schmerzen im Kopf. Der Körper fällt auf die Kartoffeln. Die scheinen sich in die Rippen zu graben, weil etwas Schweres sich auf ihn geworfen hat. Ich bringe dich um! Dicht an seinem Ohr, der Geruch von Alkohol und Schweiß. Das Gesicht immer und immer wieder in die Kartoffeln. Die Atemluft geht aus. Husten. Der Staub brennt in der Kehle. Und er hört die Stimme, diese tiefe, furchteinflößende Stimme: Ich hab's satt mit dir! Werd dir schon zeigen, wer hier das Sagen hat. Niemand verarscht Willyam Allison! Niemand! Du schon gar nich', du kleiner Wichser! Ich werd 's dir zeigen, Bursche! Dann ein gewaltiger Schmerz. Schmerz überall. Überall. Die ganze Welt versinkt in Schmerz, während er auf den Tod wartet, der sich nicht einstellen mag.

Alisha kauerte in einer Zimmerecke der Suite, in die sie sich treiben ließ, und konnte sich keinen Reim darauf machen, was mit Shawn passierte. Er war direkt vor ihr unvermittelt in die Knie gegangen, hatte sie angestarrt, als sei der Teufel selbst hinter ihm her. Nun hielt er sich unter schmerzvollen Geräuschen den Bauch. Er versuchte sich aufzurichten und fiel erneut hin. Er strauchelte durchs Zimmer. Jetzt bekam sie es mit der Angst zu tun.

„Scheiße!" sagte sie, während sie vorsichtig hinter ihm herging, ohne zu wissen, was sie tun sollte. „Scheiße, auf was für 'nem Trip bist denn du, Mann?" Shawn krümmte sich inzwischen auf dem Bett liegend.

„Hilfe!" rief er plötzlich, „es tut so weh! Es tut so weh!"

„Was um Himmels Willen?" schrie Alisha und beugte sich über ihn, um herauszubekommen, was ihm passierte.

Sie kam mit der Situation nicht im geringsten zurecht. Sich vor Schmerzen zu krümmen, das war sonst *ihr* Part. Ihr Herr und Meister lag wehrlos auf dem Bett und jammerte. Diese Tatsache verunsicherte die arme Alisha dermaßen, daß sie schnell ihre Sachen überzog und voller Angst das Zimmer verließ. Vielleicht starb er ja sogar. Damit wollte sie wirklich nichts zu tun haben.

Die Krämpfe dauerten nicht viel länger als fünf Minuten. Doch als sie langsam verebbten, lag Shawn schweißgebadet auf dem Bett, starrte gegen die Zimmerdecke und weinte laut. So fand ihn Robert, der beim Anblick seines Bruders zunächst an einen erneuten Überfall dachte. Doch als Shawn sich panisch an ihn klammerte und stockend erzählte, was geschehen war, wußte er sofort bescheid.

„Oh Shawn", sagte er, „ich möchte dir so gern helfen. Wie soll ich dir bloß helfen?"

Er drückte Shawn an sich. Der schlotterte vor Angst, kalter Schweiß lief ihm von der Stirn. Er bettelte nach irgend etwas, das ihn von dieser Angst runterbringen würde.

„Ich schaff das sonst nich' heute", jammerte er. „Besorg mir was, damit das aufhört, ja? Geh rüber zu Allie. Die Schlampe hat doch immer alles da. Bitte! Robert, bitte! Hilf mir!"

Alisha zeigte sich zunächst wenig kooperativ. Vor allem, als Robert sie beschimpfte, wie sie es nur fertigbrachte, seinen Bruder in dem Zustand allein zu lassen. Doch als er den blauen Fleck an ihrem Kinn sah, wußte er den Grund, warum sie sich in ihrem Zimmer verbarrikadierte. Schließlich kam sie mit etlichen Pillen herüber.

„Aber bloß keine Schlaftabletten", mahnte Robert. „Er muß fit sein heute Abend."

Sie suchte einige Pillen aus und reichte sie Shawn mit einem Glas bestem amerikanischem Whiskey zum Hinunterspülen. Shawn zitterte noch am ganzen Körper, und sein Gesicht glänzte von Schweißperlen. Doch er saß schon wieder auf dem hohen Roß. Er riß Allie das Glas aus der Hand und sah sie wütend an.

„Die läßt mich glatt verrecken, wenn's drauf ankommt, Mann!" schimpfte er und schluckte das Gemisch hinunter.

Robert legte seinen Arm um Shawns Schulter und sah ihm in die Augen.

„Wundert dich das?"

„Ich bin okay!" lallte Shawn. Gordon war sich nicht sicher, ob Shawn die Show in diesem Zustand durchhalten würde. Eve reichte ihm zwei Aspirin in einem Glas Wasser. Er schluckte sie in großen Zügen. Mason war verärgert.

„Du kriegst doch deine Augen kaum auf. So kannste doch nich' auf die Bühne, Mann!"

„Mach dir keine Sorgen, Sweetheart", neckte Shawn den anscheinend immer nüchternen Mason und gab ihm einen Luftkuß. „Daddy steht gleich wie 'ne Eins!"

Robert und Greg rauchten verdrossenen Blickes einen Joint. Greg hatte beinahe den Auftritt verpennt bei seiner Königin der letzten Nacht und sich dafür schon eine schwere Rüge von Gordon eingeholt.

„Mein Gott!" regte sich Gordon auf. „Macht mir hier bloß keinen Blödsinn. Es wimmelt von Bullen da draußen! Was ist bloß wieder los mit euch heute! Wollt ihr nun die Größten sein? Oder wollt ihr wieder zurück in euer Kaff und Säcke schleppen?"

Shawn lachte in Eves Nacken. Er hatte sie mit sich gezogen, als er sein T-Shirt gegen eines der hummerroten Hemden tauschen sollte, und lehnte nun mit nacktem Oberkörper an einem der großen Hartboxkoffer. Er umfing sie von hinten und küßte ihre Ohren und ihren Nacken, während eine Hand ihre Brust massierte. Sie überließ sich zufrieden lächelnd seiner Umarmung und streichelte seinen Arm, das weißlich schimmernde „FUCK" vor den Augen. Ein wohliger Schauer machte ihr eine leichte Gänsehaut.

„Das ist überhaupt nicht komisch, verdammt!" Gordon war wirklich zornig. Nur noch eine gute halbe Stunde, und sie würden durch die Katakomben des Stadions in Richtung Bühne gehen. Draußen drängten schon die Fans immer enger zusammen. Man hörte sie bis hier unten. Shawn löste sich sanft von Eve, rappelte sich auf, machte Anstalten, nach etwas zu suchen. Eve reichte ihm diensteifrig die Zigarillos. Er nickte ihr dankbar zu und zündete sich eines an.

„Laßt uns den ersten Teil noch mal kurz durchgehen, Jungs", sagte er plötzlich, rieb sich den Nacken, räkelte seine Schultern in alle Richtungen und bemühte sich um einen möglichst klaren Blick. „Ich will da mit dem „Lost Boy" mal anders rüberkommen. Ich fühle das jetzt anders. Das soll man merken."

Die Bühne war in blutrotes Licht getaucht, als Shawn diesmal nicht aus dem Hintergrund, sondern aus der Bühnenseite hervorkam - auf allen Vieren. Krabbelte, zusammensackte, auf dem Bauch weiter in Richtung Mikrofon rutschte, sich herumrollte, bis er fast von der Bühne fiel. Sein Oberkörper hing vom Bühnenrand, Mund und Augen waren aufgerissen. Er streckte seine Zunge weit heraus, bewegte sie schnell hin und her, bevor er seinem Körper einen Schwung nach oben gab. Zwei Helfer unterstützten ihn dabei. Er kroch zum Mikrofon, zog sich scheinbar mühsam daran hoch und stützte sich darauf ab. Die Haare wirr vor seinem stark geschminkten Gesicht. Er führte das Mikro an die Lippen und kollerte einen merkwürdigen Laut hinein. „I am the son of pain", sagte er mit lauter düsterer Stimme, „I'm here to hit you with the devils stick." Unruhe kam in die obligatorischen Sittenwächter. Gordon und der gesamte Rumor-Stab kauten nervös auf irgend etwas herum. Was sollte das? Was hatte er vor?

„I'm the beast that eats your brain", raunte Shawn etwas leiser. „I poke around in that God shaped hole, to find the darkest cage of soul. I'll lick your wounds with frozen tounge. Black nails under your hide, scratching fears under the surface of love. I'll sip your tears while I fuck you... Do you feel loved?"

Seine Hand fuhr über seinen Bauch, zwischen seine Beine. Er kam nicht mehr dazu, den Song „Lost Boy" zu beginnen. Während er sich noch in die Richtung der Band drehte, um zum Schlagzeug zu schreiten und sich dem Rhythmus mit ausgebreiteten Armen und zuckendem Körper hinzugeben, stürzten sich vier Beamte in Uniform auf ihn.

„Sie sind vorläufig festgenommen, Shawn Allison", sagte einer von ihnen eilig und leierte die obligatorische Rechtsformel, die in den Schreien der Fans ohnehin unterging. Gordon verbarg sein Gesicht hinter den vorgehaltenen Händen. „Scheiß auf euch Bullen!" hörte man Shawn ins Mikrofon brüllen, das er noch immer gegen die Beamten verteidigte. Schließlich entriß es ihm jemand mit brutaler Gewalt. Sie zerrten ihn seitlich von der Bühne und schleppten ihn unter Rufen und Sprechchören durch die schmalen Absperrungen, die von den Fans beinahe niedergerissen wurden. Hunderte von Händen berührten ihn, rissen an seinen Haaren und an seiner Kleidung, während er ungeschützt, die Arme auf den Rücken gebogen, durch die Menge geführt wurde. Den Polizisten wurden die Kappen geklaut, sie wurden bespuckt und geschlagen und revanchierten sich mit Knüppelschlägen, von denen auch einer wie zufällig auf Shawn niederging. Der gab in einer Mischung aus Rausch und Hysterie unflätliche Worte von sich. Die Band verließ fluchtartig die Bühne, während das Publikum begann, die Einrichtung auseinanderzunehmen. Gordon kämpfte sich durch das Chaos, um zu Shawn zu gelangen, der in einer Nische hinter der Bühne von den Beamten attackiert wurde. Das Chaos wäre perfekt gewesen, wenn nicht der Einsatzleiter der Polizei das Ausmaß der Verwüstung im Falle eines Konzertabbruches einzuschätzen gewußt hätte. Der Veranstalter machte sich vor Angst fast in die Hose, als er auf der Bühne stand und die aggressive Masse vor sich sah. Doch er schaffte es, die aufgebrachten Fans einigermaßen zu beruhigen.

Die Jungs kamen schließlich wieder auf die Bühne und spielten sofort los. Sekunden später erschien Shawn völlig zerzaust und verschwitzt, mit zerrissenem Hemd, zerkratzter Haut, aber gleichmütig lächelnd. Er hob beide Hände zum Peace-Zeichen, ließ sich ein Mikrofon geben und begann zu Singen.

„Verdammter Bastard", brummte der Einsatzleiter, der neben Gordon stand, „den kriegen wir auch noch klein. Solche Schweinereien könnt ihr bei euch zu Hause zeigen. Ohne Strafe kommen Sie hier nicht weg, das sage ich Ihnen, Mann!"

Ein Mädchenherz hört auf zu Lieben.

Eine kurze Woche Pause konnte genossen werden, bevor sie beim Isle of Whight-Festival auftreten würden. Zu Hause sein, endlich mal wieder im eigenen Bett schlafen. Endlich Ruhe. Frische Luft. Familie. Mason war schnurstracks nach Südfrankreich geflogen, wo Chris und seine Eltern auf ihn warteten. Robert nahm seine Freundin mit nach Somerset, um sie der Mutter vorzustellen. Gregs Familie wohnte in der Nähe von Malborough. Er hatte sich einen Tripper zugezogen, den er über die freie Zeit behandeln lassen mußte. Sehr unangenehm. Vor allem, weil die Jungs darüber lachten. Doch stimmte ihn die Anekdote über Spiders „Sackratten", die er sich damals aus einem Puff in Amsterdam mitgebracht hatte, versöhnlich. Alle amüsierten sich köstlich, als Gordon noch einmal erzählte, wie Spider voller Panik alle Mann die dunklen Pünktchen begutachten ließ. Ob sie wüßten, was das sein könne, Mitesser habe er da unten noch nie gehabt. Doch der erfahrene Gordon hatte nur wissend genickt und gesagt: „Übermorgen herrscht da ein Gewimmel wie auf der Kirmes. Geh besser zum Arzt."

Seit L.A. hatten die Anwälte des Unternehmens „The Rumor" wieder einmal mit Klagen wegen Anstiftung zu Hausfriedensbruch, unsittlicher und sogar pornographischer Äußerungen in der Öffentlichkeit und Widerstand gegen die Staatsgewalt zu tun. Dementsprechend war Gordon im Streß, obwohl dieser Zwischenfall der Popularität der Band in keiner Weise geschadet hatte und in den übrigen Lokations alles glatt verlaufen war. Gordon war müde. Er sehnte sich einfach nach Somerton Castle, nach den Kindern und den beruhigenden Armen seiner Frau.

Shawn hingegen fühlte zwiespältig. Er dachte mehr und mehr an Aileen. Immer klarer wurde ihm, daß alles, was sonst mit Frauen lief, nur blanke Ablenkung war. Auf der anderen Seite freute er sich auf sein Töchterchen und sogar in gewisser Weise auf die schwangere Elisabeth. Alisha war nach der Tour, ohne weitere Bemerkung von Shawn, in die Londoner Wohnung zurückgekehrt. Sie ahnte wohl, daß die Beziehung zu ihm nicht mehr lange dauern würde. Eine größere Summe Geld auf ihrem Konto erhärteten ihre Befürchtungen. Sie begann zu warten. Ihre Tage verbrachte sie im Rausch und in der Hoffnung, er möge anrufen.

Die drei Männer wurden von Julia, den Kindern und dem kläffenden Tyron überschwenglich begrüßt. Julia konnte ihre Überraschung nicht verbergen, als Robert die Schwarze als seine Verlobte vorstellte, die jedoch mit ihrem strahlenden Lachen sofort alle Kinder auf ihrer Seite hatte. Shawn knuddelte Anne Louise und sie knuddelte ihn. „Daddy da", sagte sie und runzelte spitzbübisch ihr Näschen, so daß man die zwei oberen Perlzähne sehen konnte. Er war überglücklich, daß sie ihn noch erkannte. Die Fahrer trugen einen riesigen Haufen Gepäck herein. Jacky wußte, daß es nun daran ging die Mitbringsel zu verteilen. Sie hüpfte aufgeregt hin und her, beinahe wie Tyron, und sprang schließlich wie immer übermütig auf Shawns Rücken. Nun hielt er seine Tochter vorn auf dem Arm und Jacky hinten auf dem Rücken. Beide Mädchen hatten ihren Spaß, ihn so fest zu drücken, daß sein Kopf ganz rot wurde. Sie waren sich trotz des Altersunterschiedes recht einig, was ihre Gefühle zu ihm angingen. Anne war vollkommen aufgedreht. Als Shawn sich mit den beiden im Kreis drehte und knurrte wie ein Bär, biß sie ihm plötzlich in die Wange und lachte ein kehliges, für eine knapp Eineinhalbjährige ziemlich schmutziges Lachen. Shawn schrie kurz auf. Und das war die eigentliche Sensation. „Verflucht! Das tut weh!" rief er glücklich und wirbelte die Mädchen herum, bis sie alle drei lachend auf dem Boden landeten.

„Shawn! Doch nicht ganz so wild!" mahnte Julia. „Die Kleine ist sowieso immer so übermütig."

Er winkte ab. Anne Louise stürzte sich gerade mit einem Schlachtruf auf ihn. Er hielt sie fest, denn sie zeigte schon wieder ihre kleinen spitzen Milchzähne.

„Nich' nochmal beißen, du Piranha, du", sagte er und zeigte auf den roten Fleck an seiner Wange. „Hier gib deinem Daddy einen Kuß. Kuß, verstehst du."

Anne wurde plötzlich weich, streckte ihre Arme aus und nahm sein Gesicht in ihre kleinen Hände. Er ließ sie dichter an sich heran und tatsächlich küßte sie schmatzend seine Wange. Doch im nächsten Moment klatschte sie ihr rechtes Händchen ohne jede Boshaftigkeit in sein Gesicht und lachte laut.

„Sie is' frech!" rief Jacky. „Kitzel sie durch! Kitzel sie durch, Shawn! Sie is' frech!"

Shawn prustete inzwischen gegen Annes Hälschen, die vor Wonne kreischte.

„Und dann mich prusten!" rief Jacky, „Und dann mich!"

„Was für eine wilde Bande", rief Gordon und lachte Robert zu. „Erkennst du deinen Bruder wieder? Er läßt sich doch tatsächlich von diesen kleinen Frauenzimmern niedermachen."

Das Wiedersehen mit Elisabeth war weniger herzlich. Julia bereitete ihren Sohn vorsichtig auf die Situation vor. Sie sei in ihren Räumen geblieben, erklärte sie. Er solle nicht böse sein auf sie, trotz ihres ziemlich desolaten Zustands. Es ginge ihr bestimmt bald schon besser. Shawn erschrak. Hatte sie doch noch eine Abtreibung vornehmen lassen? Doch als er außer Atem bei ihr im Zimmer stand, wurde ihm schnell klar, daß sie sich „nur" betrunken hatte. Sie lag über einem der großen Sessel, sah ihn verschleiert grinsend an und zog an einer Zigarette.

„Da ist er ja, der Beglücker aller Frauen zwischen vierzehn und vierundvierzig", lallte sie. „Der potenteste Macker der Musikszene! Der Schwanz der Schwänze. Das Genie kehrt zurück zu seiner trächtigen Zuchtkuh."

Sie lachte hysterisch. Shawn beugte sich über sie.

„Bist du wahnsinnig, dich in der Schwangerschaft so zu besaufen?"

Wieder lachte sie auf. „Oh, mein sorgender Gatte!" Ihr Blick war voller Zynismus. „Ach fick dich doch ins Knie!" fauchte sie ungewohnt ordinär. „Du Scheißkerl! Ich weiß alles! Ich weiß alles!" Dann begann sie zu weinen.

Er hielt ihre Schultern und schüttelte sie leicht. „Was weißt du? Was meinst du damit?"

Er glaubte, sie meinte die Sache mit Aileen. Oder jemand hätte ihr gesteckt, daß er sich eine Nutte in Soho hielt. Vielleicht auch, was in Amsterdam wirklich geschehen war. Sie machte sich frei und ging schwankend durch das Zimmer. Plötzlich griff sie nach einer Vase und schleuderte sie in seine Richtung. Anscheinend war der letzte Ausweg jeder Frau, die mit ihm zu tun hatte, Gegenstände nach ihm zu werfen.

„Mit *meiner* Mutter! Du hast sogar noch mit *meiner* Mutter gevögelt. Selbst als wir schon zusammen waren!"

Er lief zu ihr, um sie festzuhalten, denn es sah aus, als würde sie jeden Moment zusammenbrechen. Doch sie wehrte sich, indem sie auf ihn einschlug und ihn schreiend und weinend beschimpfte. So ging es eine Runde durch das Zimmer. Er rief ihren Namen, um sie zur Ruhe und zum Stehenbleiben zu bewegen. Doch erst als er sie bis zum Bett getrieben hatte und ihr eine gezielte Ohrfeige verpaßte, fiel sie hintenüber auf das Bett und weinte nur noch. Er legte sich laut schnaufend neben sie.

„Elisabeth. Elisabeth. Es tut mir leid. Scheiße. Es tut mir echt leid. Hat sie's dir erzählt?"

„Ja", schluchzte Elisabeth. „Sie ist gestern ins Krankenhaus gebracht worden. Zu viele Tabletten. Ich war mit Paps bei ihr. Armer Paps! Sie wollte sich umbringen, weil sie dich nicht vergessen kann und ihre Schuld uns gegenüber unerträglich geworden ist! Oh Du... du elendes Miststück!"

Shawn setzte sich auf und rieb sich das Gesicht. Bettys Beschimpfungen erreichten ihn nicht mehr.

„So'n Quatsch. So'n verdammter Quatsch. Oh mein Gott, Jane", stöhnte er, „das darf doch nicht wahr sein."

„Du hast unsere Familie zerstört", weinte Elisabeth. „Du hast alles zerstört. Alles. Alles!" Er wandte sich ihr zu und versuchte sie tröstend zu berühren. Doch sie schlug seine Hand weg. „Faß mich nicht an!" rief sie, „Faß mich nie wieder an, du Schwein du!" Dann rollte sie sich zur anderen Seite, vergrub ihr Gesicht in die Decke und weinte so sehr, daß ihr gesamter Körper bebte.

Shawn stand auf und zog eine Decke über sie. Er fühlte tiefes Mitleid. Ihre Welt lag in Scherben, und er war daran Schuld. Er ging zur Zimmerbar, schenkte sich einen Whisky ein, setzte sich auf den Sessel in der Zimmerecke, öffnete das kleine Briefchen, das sich in seiner Hosentasche befand, und sog das weiße Pulver direkt aus dem Papier in die Nase. Er schloß die Augen, um das Brennen abzuwarten. Dann spülte er den bitteren Geschmack in seinem Mund mit Whisky und sah auf das Häufchen Elend dort auf dem Bett, das er, Gott weiß warum, nicht lieben konnte. Und Jane? Er war sich sehr bewußt, daß Jane in gewisser Weise abhängig war. Vielleicht gar nicht mal von ihm, als viel mehr von dem, was er für sie verkörperte, damals, als ihre Haßliebe begann. Daß er einen so großen Stellenwert in ihrem Leben einnahm, daß sie daran dachte, ihrem Leben ein Ende zu machen, erschütterte ihn. Doch konnte man nur ihm die Schuld für all dies geben? War das gerecht?

Als sie erwachte, dröhnte ihr der Schädel. Ihr Mund war trocken, und sie fühlte etwas Warmes dicht an ihrem Körper. Sie öffnete die Augen und fand sich in den Armen des schlafenden Shawn. Sie erschrak. Beiden waren sie nackt. Seine im Schlaf suchende Hand strich über ihre Brust. Er kuschelte sich dichter an sie. Ihr Herz klopfte wild. Warum? Warum? Ihre Bewegungen weckten ihn. Sie sah in seine Augen. Seine Hand legte sich vorsichtig auf ihre Wange. Er lächelte. Sie rückte ein wenig von ihm ab, doch er hielt sie.

„Was ist passiert?" fragte sie verunsichert. „Nichts", antwortete er. „Ich bin noch 'ne Stunde zu den anderen runtergegangen, oder zwei. Weiß nich' so genau. Du hast geschlafen wie tot, als ich wieder hochgekommen bin. Ich hab dich ausgezogen und richtig ins Bett gelegt. Sonst nichts." Er streichelte sanft ihr Haar.

„Du solltest mich nicht mehr anfassen", sagte sie.

„Es is' drei Jahre her," verteidigte er sich. „Sie hat mich verführt, Elisabeth. Nicht ich sie." Elisabeth sah ihn böse an. Sie wollte ihm nicht glauben.

„Ich will, daß du mich losläßt."

Er gab sie frei, und sie stand sofort auf. Sie flüchtete beinahe.

„Was ist mit Anne?" fragte sie auf dem Weg ins Bad. Er folgte ihr.

„Is' bei meiner Mutter", sagte er und stellte sich direkt hinter Elisabeth, die sich eilig einen Bademantel überzog.

Sie putzte sich die Zähne. Der Kopf fühlte sich gar nicht gut an.

„Armer Gordon", nuschelte sie mit der Zahnbürste im Mund. „Nie hat er Julia für sich allein."

Er fuhr mit den Händen über ihren Leib und küßte ihren Nacken. Sie hörte auf zu putzen. Sah in den wandgroßen Spiegel und bemerkte zum ersten Mal, daß die vergangenen drei Jahre Spuren in ihrer beider Gesichter hinterlassen hatten. Sein Kinn lag auf ihrer Schulter, die Bartstoppeln schimmerten dunkel. Die Augen waren etwas gerötet. Die Haare verwildert vom Schlafen. Die Lippen noch nicht ganz entfaltet nach dem Erwachen. Seine Gesichtszüge waren härter, kantiger als vor drei Jahren. Doch er war umwerfend schön, mit all den Spuren. Sie war beinahe stolz auf die kleine Narbe unter dem Auge, die sie ihm beigebracht hatte. Ein Zeichen ihrer Gegenwehr. Seine Arme hatte er fest um sie geschlungen. Dieses schreckliche „FUCK" spiegelverkehrt. Ein paar Ringe auf den besitzergreifenden Händen. Sie sah sich an mit ihrem Zahnpastamund: vom Heulen verquollene Augen, und zerzaustes Haar. Die Nase gerötet, die Gesichtshaut mehr grau als rosig.

„Süß", sagte er und küßte ihre Schläfe. „Süß bist du." Sie zitterte. Er versuchte schon wieder, sie weichzukochen. Und sie wollte doch nicht... Doch er drehte sie zu sich herum, öffnete den Bademantel und zog sie an sich. „Ich werde nicht..." sagte sie, doch weiter kam sie nicht, denn seine Zunge fuhr hemmungslos wie immer in ihren von Zahnpasta schäumenden Mund.

Die Großfamilie saß mitsamt ihrem Zuwachs am langen Eßtisch des Speisezimmers, das anmutete wie der Saal eines schottischen Schlosses. Abends war es auch im Sommer manchmal so kühl dort, daß der Butler ein Kaminfeuer anzünden mußte. Neben dem riesigen Kamin stand eine Rüstung. An den Wänden hingen einige Reliquien des Vorbesitzers, ein riesiges Geweih, ein Elchkopf und verschiedene uralte Waffen. Außerdem verschrobene Ahnenbilder. Die Fenster zeigten Jagdszenen aus Buntglas. Die Teppiche waren aus dem Orient, manche stammten noch aus der Kolonialzeit. Hier und dort lag ein Tierfell auf dem Boden. Auf einem Wildschwein Fell lag Tyron mit einem Knochen. Diesen Saal hatten sie so belassen wie er in seinem Ursprung war, weil er etwas Märchenhaftes ausstrahlte. Es war ungewöhnlich, auf den schweren, lederbezogenen Eichenstühlen zu sitzen. Dieser unverrückbare, sieben Meter lange Eichentisch, über dem drei Kronleuchtern aus altem Silber hingen.

Julia, an der einen Kopfseite sitzend, blickte in die Runde. Janina, ihre neue Schwiegertochter, zu ihrer linken Hand. Feingliedrig und gekleidet in ein Kleid aus wunderschönem afrikanischen Stoff, den sie auch um ihr Haar gewickelt hatte. Sie trug wertvollen Goldschmuck an den Handgelenken, um den Hals und an den Ohren. Neben ihr saß Robert, im weißen Hemd mit großem Kragen und Schnürverschluß. Die beinahe schwarzen Haare, leicht gelockt und bis auf die Brust wallend, glänzend wie seine dunklen Augen. Mit dem Kinnbart dazu, sah er eher wie ein spanischer Flamencotänzer, denn ein südenglischer Rockstar aus. Oder wie Jesus, so wie Maggy ihn sich vorstellte. Maggy war nämlich gerade auf dem Religionstrip. Deshalb hielt sie sich auch so oft es ging in Roberts Nähe auf. Sie saß neben ihm. Es folgten Jill, deren dünner Körper endlich ein paar Knospen hervorbrachte, und Dorothee, die Kraftvolle, mit rötlichem Pagenkopf, unter dem sich allerhand freiheitliche Ansichten zum Thema Emanzipation, Kunst und Politik zusammenbrauten. Gordon, ihr lieber Mann, dessen Haare sich von Tour zu Tour mehr lichteten und ergrauten, saß an der gegenüberliegenden Kopfseite, mit seinem charmanten Lächeln, den zärtlich schönen Händen und dem wärmenden Blick. Sie seufzte. Welch ein Glück. Neben ihm Elisabeth in ungewohnt stolzer Haltung und mit sicherem Blick. Sehr hübsch, im Jeanskleid mit Blümchenrand, das ihren wachsenden Bauch etwas kaschierte. Sie aß voller Wonne schon den dritten Teller Gemüsebouillon. Kein Wunder. Es war nur zu hoffen, daß das Kind nicht so wie sie unter der gestern verabreichten Alkoholmenge zu leiden hatte. Neben Elisabeth saß Willy, der immer schlacksiger wirkte. Seine rötlichen Locken erinnerten an Masons frühe Jahre. Das Gesicht aber, das dem Shawns immer ähnlicher wurde, spiegelte seine eigene Welt wider. Man sah ihn nur noch mit dem Fotoapparat oder der Super-Acht-Kamera. Shawn neckte ihn gern. Er solle sich vorsehen, daß die Grimassen, die er beim Filmen machte, nicht High Noon stehenblieben. Woran erkennt man einen Filmemacher? An dem verkniffenen, schiefen Gesicht und dem merkwürdig weißen Fleck auf dem rechten Auge. Das war einer der Standardsprüche seines großen Bruders. Doch Willy ließ sich durch die Neckereien nicht davon abhalten, seine Arbeit fortzuführen. Er wollte seinem großen

Vorbild Chris folgen und nach dem College auf die Filmakademie gehen, um vielleicht auch Filmjournalist zu werden. Vielleicht aber auch Fotokünstler.

Shawn wurde gerade wieder einmal von Willy vor die Kameralinse genommen. „Totale", sagte er. Sein Bruder mit Sonnenbrille. Julia und Elisabeth wußten als einzige, warum er die hier drinnen im sowieso immer etwas dunklen Raum trug. Er war fertig mit dem Essen. Anne Louise saß auf dem Oberschenkel des rechten Beines, dessen Fußknöchel er auf dem linken Oberschenkel abgelegt hatte. Er pulte mit einem Zahnstocher zwischen seinen Schneidezähnen, behielt den Zahnstocher zwischen den Lippen und wippte seine Tochter, wobei er sie mit einer Hand am Oberarm festhielt. Das mochte sie sehr gern. Sie war schon etwas müde. Steckte den Daumen in den Mund und summte vor sich hin, so daß ihre Stimme mit dem Wippen vibrierte. Ihre Locken wippten ebenfalls lustig mit. Shawn war sicher, daß sie das musikalische Erbe in sich trug. Sie reagierte auf jede Art von Rhythmus. Er war voller Liebe für dieses Kind, das leider momentan fast so bissig war wie er in gewissen Situationen.

Warum er eigentlich hier drinnen eine Sonnenbrille trug, wollte Jacky wissen, die neben ihm saß. Julia wartete gespannt auf seine Antwort.

„Weil's cool is", antwortete er und grinste. Jacky war nicht sehr überzeugt.

„Man kann deine Augen nicht sehen, daß is' überhaupt nich' schön", sagte Jill, die nicht mochte, wenn ihr Bruder so hart wirkte. Es machte ihr Angst. Da nahm Jacky ihm die Brille so überraschend von der Nase, daß er sich nicht mehr dagegen wehren konnte. Nun sah man den Grund des Versteckspiels nur allzu deutlich. Ein riesiges Veilchen bedeckte sein rechtes Auge.

„Oh Mann", frohlockte Willy, denn er hatte das Schandmahl genau im Bild. Maggy kicherte. Alle sahen zu Elisabeth, die befriedigt lächelnd ihre Schultern hochzog.

„Du weißt, daß ich dich liebe Bruder", sagte Dorothee schmunzelnd, „aber dieses Mal hast du's bestimmt verdient. Hochachtung für deine Linke Elisabeth."

Janina hielt sich die Hand vor den Mund. Das war nicht sehr Ehrenvoll für einen Mann. Sie durfte jetzt auf keinen Fall loslachen, während die Männer dabei waren. Das mußte sie sich aufheben, bis sie mit den Frauen in der Küche war. Du lieber Himmel! Sie würde sich niemals trauen, ihren Mann ernsthaft zu schlagen. Ihre kleinen Buffer waren nur liebevolle Kabbeleien. Männer mochten so etwas. Dann konnten sie die zarte Hand festhalten und zeigen, daß sie doch immer die Stärkeren blieben. Wenn Robert sie geheiratet hatte, sollte sein Wort und Wille ungeschriebenes Gesetz sein. Ein Ehemann mußte zumindest in dem Glauben leben, die Oberhand zu haben. Aber Elisabeths selbstbewußtes Grinsen und Dorothees Frechheit machten sie irgendwie glücklich. Die Frauen hier gefielen ihr ausgesprochen gut. Nun stand Elisabeth auf und schlug mit dem Löffel gegen ihr Glas. Sie wischte sich mit der Serviette über den Mund bevor sie in ernstem Ton anhob zu reden.

„Ich möchte ein paar Worte an Janina richten. Ich spreche langsam, damit du mich verstehst. Leider kann ich nur ganz wenig Französisch. Zuerst möchte ich dir sagen, daß ich mich sehr freue, daß du da bist, liebe Janina." Der Rest der Familie applaudierte. Elisabeth hob ihre Hand, um anzudeuten, daß sie noch nicht fertig war. „Hier geschehen manchmal seltsame Dinge. Nicht wenn wir Frauen allein sind. Nein. Dann läuft hier eigentlich alles ganz normal. Wir haben ein schönes Leben hier auf Somerton Castle. Das wirst du merken, wenn du mit uns Burgfrauen auf unsere Herren Ritter wartest, die sich in der Fremde, in lebensbedrohenden Situationen bewähren müssen. Die ständig in Gefahr sind, von verrückten Fans zerpflückt, oder von gefräßigen Party-Girls vernascht zu werden." Bis auf Shawn lachten alle die alt genug waren, um Elisabeths Anspielungen zu verstehen. Doch sie winkte ab und sprach ohne auch nur zu Lächeln weiter. „Die von irgendwelchen Zauberern und Druiden mit Massen von bewußtseinserweiternden Drogen gefoltert werden, bis ihr geniales Hirn nur noch ein löchriger Schwamm ist. Du wirst froh sein, wenn ein Anruf aus der Ferne kommt, auch wenn der Mann am anderen Ende der Leitung eine Stimme hat, der man anhört, daß sie drei Tage nicht geschlafen hat, weil deren Besitzer ständig gewisse Experimente an sich ausführt. Du wirst nicht sicher sein, ob das, was er sagt, jemals der Wahrheit entspricht. Aber trotzdem wirst du froh sein. Immerhin hat er ja angerufen. Du wirst bescheiden. Zum Glück siehst du durch das Telefon nicht, wer sich sonst noch so in seinem Bett tummelt. Aber schließlich bringt er Unmengen von Gold und Geschmeide zurück zur Burg. Das erfordert schon Opfer! Bis dahin kannst du ihn sogar manchmal bei seiner heroischen Tätigkeit beobachten. Wir haben ja dieses ausgezeichnete Fernrohr, das uns die Welt da draußen in Ausschnitten wiedergibt."

„Elisabeth...", mahnte Shawn, „es ist genug." Doch sie sprach weiter.

„Und du wirst ihn sehen, deinen Helden. Bei seiner schweren, schweren Arbeit. Und seine Augen werden dir sagen, daß der Druide schon wieder da war."

„Elisabeth!" knurrte Shawn.

Janina verstand nicht, was da vor sich ging. Robert drückte beunruhigt ihre Hand.

„Aber irgendwann kommt er heim zu dir, und du freust dich und du bist wieder seine Frau. Die Illusion, die einzige zu sein, macht dich stolz und glücklich."

Shawn setzte Anne Louise auf Willyes schoß und beugte sich zu Elisabeth, um ihren Oberarm zu erfassen.

„Ich hab gesagt, es reicht!"

Sie befreite sich aus seinem Griff und sprach in erregtem Ton weiter. „Doch der Ritter wird dir in Form der nächsten Schwangerschaft den Keuschheitsgürtel umlegen und wieder hinausziehen."

Jetzt mahnte auch Julia, denn sie sah, wie die Augen der Jüngeren gespannt auf Elisabeth und Shawn gerichtet waren. Sahwn stolperte um Willy und Anne herum, um Elisabeth in den Griff zu bekommen. Sie wehrte sich.

„Und wenn nicht alles nach seiner Nase läuft, wird er dir beibringen, wer der Herr im Haus ist... Verdammt! Du sollst mich nicht mehr anfassen! Du mußt dich wehren, Janina!"

Shawn versuchte, ihr den Mund zuzuhalten, doch sie wehrte seine Hände ab.

„Du mußt keine Angst haben, sondern zuerst zuschlagen. Und fest genug, so daß er keine Chance hat, zurückzuschlagen! Hörst du, Janina! Laß dir nichts gefallen!"

Shawn wurde heftiger. Er schlug Elisabeth gegen den Kopf. Gordon und Robert sprangen auf. Sie hielten Shawn fest, damit Elisabeth sich von ihm losmachen konnte. Jill weinte. Dorothee ging mit der verzweifelten Elisabeth hinaus, um sie zu trösten. Julia nahm Willy die schreiende Anne Louise ab, der sich sofort auf seinen Bruder stürzte, und brüllte: „Man schlägt keine Frauen!" Maggy nahm Jacky auf den Arm, die sehr traurig auf ihren großen Bruder blickte. Janina umarmte die Mädchen schützend. Zwar verstand sie nicht alle Worte, aber verstanden hatte sie nun trotzdem.

Nahe dem Abgrund.

Auch die Stimmung innerhalb der Band konnte nicht als gut bezeichnet werden. Am Vortag ihres Auftrittes besuchten sie Spider auf dem Friedhof, um Blumen auf sein Grab zu legen. Mason kauerte vor dem schlichten Grabstein mit der Inschrift „Jamison Crawford". Auf schwülstige Liebesbekundungen hatten sie absichtlich verzichtet. Sie waren sicher, daß Spider ohnehin wußte, welchen Schmerz jeder von ihnen verspürte, während er hier stand. Mason ließ seinen Körper leicht vor und zurück schaukeln. Er biß sich auf die Lippe, versuchte, die Luft anzuhalten, um nicht weinen zu müssen.

„Ich kann es noch immer nicht begreifen, daß wir ihn verloren haben", sagte Gordon und alle nickten in zustimmender Trauer.

Plötzlich weinte Mason. Shawn hockte sich neben ihn und legte ihm den Arm um die Schulter.

„Ich habe Angst", sagte Mason. „Ich hab Angst, noch jemanden zu verlieren, den ich liebe."

Chris hatte endlich mit ihm geredet über die Probleme, die sich in der letzten Zeit gehäuft hatten. Es zog ihn zu neuen Aufgaben. Er hielt es in England nicht mehr und auch nicht in Frankreich. Er hielt es nicht mehr aus, auf Vernissagen und Verleihungen herumzuhängen, Small talk zu betreiben, Interviews zu geben und Geld zu kassieren. Auch war genug französischer Wein genossen, genug hehre Zweisamkeit zelebriert worden. Es drängte ihn danach, etwas Sinnvolles zu tun. Etwas, das ihn herausforderte, seine künstlerische Arbeit voranbrachte. Etwas, das aber auch für die Welt wichtig sein könnte. Nächtelang hatten sie sich in Diskussionen über das Verhalten der Amerikaner in Vietnam verstrickt. Über Prinz Sihanouk, der aus dem Pekinger Exil seine Landsleute aufrief, die Roten Khmer in ihrem revolutionären Kampf zu unterstützen. Über die blutigen Progrome gegen die vietnamesische Minderheit in Kambodscha.

In etlichen Diskussionen hatte es sich angebahnt. Und plötzlich stand Chris da, mit seinem Gehilfen und seiner Ausrüstung. Chris im Tarnanzug, die Haare noch kürzer geschoren, den grünen Seesack über der Schulter. Das schlechte Gewissen im Blick, aber im Prinzip schon im Dschungel von Kambodscha.

„Das hier hat nichts mit dir zu tun", sagte er zu Mason. „Ich werde dich immer lieben", und es hörte sich an, als meinte er „über meinen Tod hinaus".

Kurz darauf befand er sich mitten im Krisengebiet. Berichterstatter. Fotojournalist an vorderster Front. Die amerikanischen Truppen hatten sich zwar wieder nach Vietnam zurückgezogen, nachdem sie die Versorgungswege der kommunistischen Truppen im Grenzgebiet von Kambodscha bombardiert hatten, doch inzwischen war ganz Kambodscha ein einziger Kriegsschauplatz.

Mason blieb nichts anderes übrig, als die Nachrichten zu verfolgen, die Zeitungen zu lesen, auf einen Brief von Chris zu warten, mit dem allerdings erst in drei oder vier Wochen zu rechnen war. Etwas Hoffnung auf ein Telegramm oder einen Funkspruch blieb noch. Doch Chris hatte ihn in weiser Voraussicht darauf vorbereitet, daß es schwierig sein würde, ihm von dort Nachricht zu geben. Was er hörte und las, war pures Grauen. Bilder, die bis zum öffentlichen Auge durchdrangen, zeigten Soldaten und Zivilisten im Dreck. Leichen in einer grünen Hölle. In jedem Gesicht sah er Chris. Seit Tagen und Nächten fühlte er sich steif vor Angst. Er betete mehrmals am Tag, doch selbst das beruhigte ihn nicht. Um endlich einmal abschalten zu können, nahm er Schlaftabletten und trank zuviel Rotwein. Danach war er sich selbst zuwider. Er war ein Genußmensch. Er taugte nicht zur Sucht. Ohne Chris war das Haus in Südfrankreich ein Hort schmerzvoller Erinnerungen an eine so glückliche Zeit. Ohne ihn schmeckte der beste Wein nicht.

Ohne ihn fühlte sich Mason von der Sonne des Südens verlacht. Und sein künstlicher Schlaf war von schlechten Träumen bevölkert.

An Spiders Grab nun, übermannten ihn die Ängste um Chris. Aber immerhin konnte er sich hier in die tröstenden Arme seiner Freunde fallenlassen. Er war froh, endlich bei ihnen in England zu sein und in der Nähe seiner Eltern, in vertrauter Geborgenheit seiner zwei Familien: der Band und Vater und Mutter McPherson. Auch die machten sich große Sorgen um ihren „Schwiegersohn" und verfolgten die Nachrichten mit wachsendem Unbehagen.

Außer ihnen hatte der erfolgreiche Dokumentarfilmer keinen, der sich um ihn sorgen konnte. Seine Eltern hatten ihn spät bekommen und waren recht früh gestorben. Nach dem Tod des Vaters hatte es den damals Achtzehnjährigen hinaus in die Welt gezogen. Er besaß die Gabe, sich niemals einsam zu fühlen. Durch seine offene Art kam er schnell in Kontakt mit den verschiedensten Menschen. Seine Eltern hatten ihn dazu erzogen, auf sich gestellt und ganz nach seinem Sinn im Leben klar zu kommen. Sehr vorsorglich und verantwortungsbewußt, denn ihnen war klar, daß er die meiste Zeit seines Lebens ohne ihren Rat würde auskommen müssen. Daß sie allerdings so früh sterben würden, die Mutter mit zweiundfünfzig, als Chris gerade zwölf war, und der unglückliche Witwer mit knapp sechzig, das hatten auch sie nicht vermutet. Für Chris war die Krankheit, der Krebs, der ihm in verschiedener Form das Liebste genommen hatte, das angsteinflößende Element in seinem Leben. Er hatte keine Angst vor Bomben und Schüssen, aber vor dieser Krankheit. Je länger er sich in friedlicher Umgebung aufhielt, desto mehr Angst entwickelte er vor dem Krebs. Deshalb fiel es ihm leicht, der Welt die andere Seite der Medaille zu zeigen, damit nur niemand vergaß, daß es dumm war von Frieden und Wohlstand zu reden, den es niemals gegeben hat. Aber in Wirklichkeit flüchtete er vor der Angst vor dem Krebs.

Einen Tag und eine Nacht verbrachte die Band im inzwischen fertiggestellten eigenen Studio, bevor es zur Isle of Wight gehen sollte. Es war Shawns Geburtstag und außerdem sein Hochzeitstag. Beides wollte er auf keinen Fall mit Elisabeth verbringen, denn die war gerade dabei, in einen anderen Teil des Hauses zu ziehen, in dem sie bereits ihr Schlafzimmer hergerichtet hatte. Nach der Arbeit an einem neuen Song erholten sich die Musiker im komfortablen Konferenzraum, wo eigens zwei Bedienstete für das leibliche Wohl der Stars sorgten. Greg, der immer tiefere Einblicke in die Historie der Band und in die Privatsphäre ihrer Mitglieder bekam, lagerte entspannt auf der „Spielwiese", wie Shawn das futuristisch verschlungene Sofagebilde aus rotem Glattleder bezeichnete. An der Wand hinter ihnen hing, ausgebreitet und präpariert, damit es nicht verblaßte, in einem flachen Glaskasten das Original: Janes Geschenk, das hummerrote Hemd.

Allesamt waren sie schon ziemlich stoned, aber trotzdem nicht wenig geschockt, als Shawn ihnen plötzlich über sein heimliches Verhältnis zu Aileen erzählte. Über seine wahre Liebe, die er nicht leben konnte. Über seine Ungerechtigkeit Elisabeth gegenüber. Und daß sie sich entschieden habe, auch dieses Kind von ihm auszutragen, aber niemals mehr mit ihm zu schlafen. Über Jane und Alisha, und daß er langsam zu verstehen begann, warum ihn diese Art von Frau, diese abseitige Art von Sex, den er mit diesen Frauen haben konnte, so übermächtig anzog.

„Das nimmt mir nur für 'n paar Stunden das Gefühl der Machtlosigkeit. Ich will sie nich' kaputtmachen, versteht ihr... ich wollte nich' daß Jane wegen mir Tabletten schluckt, oder Alisha... mein Gott, die... die hat mehr gesehen, als wir alle zusammen. Ich will auch Betty nich' kaputtmachen. Ich weiß nich', aber ich glaub, ich bin ihm ähnlich."

Wenn er ihm sagte, mit besonders hervorhebender Betonung, das wußten hier alle außer Greg, dann meinte er seinen Vater. „Ich will das verdammt noch mal nich' wahrhaben, aber ich trage sein

Brandzeichen. Das sitzt tief hier drin und is' nich' wegzukriegen, wie 'ne Tätowierung, die de nich' mehr weg kriegst. Der hat mich Gebrandmarkt. Verdammt!"

Gordon schüttelte sorgenvoll den Kopf. Was hatte der Junge für Kämpfe zu bestehen. Wie konnte er nur je annehmen, die Macht zu besitzen, Shawn wirklich helfen zu können.

„Ich bin niemals nur ich", sprach Shawn weiter, „ich bin mindestens zu viert. Und die tricksen sich gegenseitig aus. Die sind gierig und säuisch, hab'n 'ne scheiß Angst und produzieren ständig Worte und Noten und ballern damit durch die Gegend. Total abgefahren. Die siebenköpfige Schlange. Jeder Kopf quatscht auf den anderen ein. Einer beißt den nächsten ab, und es wächst sofort 'n neuer. Ich bin ein Ungeheuer. Ja das bin ich."

Alle schwiegen betreten. Shawn klopfte mit den Drum Sticks einen Rhythmus gegen seine Stiefelspitze.

„I am the son of pain", flüsterte er im Rhythmus der Schläge. „I'll sip your tears while I fuck you", und lachte plötzlich laut. „Ey, wißt ihr eigentlich, daß ich endlich wieder Schmerz spüre? Ich meine sofort, in dem Moment, wo ich mir weh tue?"

Alle sahen ihn verständnislos an. Ob ihnen bewußt sei, wie gut es war, sich selber zu spüren. Welches Geschenk ihnen Gott gegeben hatte mit diesem Bewußtsein.

„Du deckst es zu mit dem hier", flüsterte Gordon sehr langsam und hielt den Joint in die Höhe, an dem er gerade gezogen hatte. „Wir alle decken es manchmal zu, um die seelischen Schmerzen nicht zu spüren. Jeder mehr oder weniger. Auf seine Art."

„Sag ihr das mit Aileen", schlug Robert mit zusammengekniffenen Augen vor, denn der Rauch stach ihn in den Schleimhäuten. Er tippte seinem Bruder mit dem Fingerknöchel an die Stiefel. „Sie weiß eh schon beinahe alles. Schlimmer kann's doch nich' mehr werden. Gib sie frei. Sie hat das nich' verdient, so zu leben."

Doch Shawn senkte den Kopf und grub die Hände in seine Haare. „Nein! Nein!" entgegnete er gequält. „Sie wird mir die Kinder nehmen. Wennse das tut, bring ich mich um."

„Das darfste nich' sagen, Shawn", meinte nun Greg. „Was du für unsere Generation bedeutest, ist zu viel. Morgen abend wirste es wieder sehen, Shawn. Sie werden dich begrüßen wie ihren Guru." Shawn schüttelte abwertend den Kopf. Greg wurde lauter. „Mann, ihr habt alles erreicht. Millionen verkaufter Alben, goldene Schallplatten, Filmpreise. Ihr habt Häuser, Clubs, 'nen Privatjet, die geilsten Weiber, dieses Luxusstudio hier, Butler, Klamotten, erstklassigen Stoff wie den hier", er hielt den Joint in die Höhe, „Autos satt... ihr könnt euch alles leisten, was ihr wollt. Den Kaviar aus Rußland, den Champagner aus Frankreich und was sonst noch! Ich fühle mich bei euch wie im Traum. Ich schüttle Hendrix die Hand, mache Faxen mit der Joplin, quatsche mit Clapton. Und die Weiber rennen schließlich nicht meinetwegen hinter mir her, sondern weil ich 'n bißchen nach euch rieche! Ihr seid die Götter! Was zum Teufel wollt ihr mehr? Alle Menschen haben Probleme. Nur daß es noch beschissener is', wenn man nicht berühmt is' und kein Geld hat."

Shawn lächelte Greg verständnisvoll zu. Greg mit etwas hektischem Blick, der nur ja nichts verpassen wollte, denn wer wußte schon wie lange dieser Höhenflug noch andauerte. „Is' schon gut Greg. Keine Angst, daß ich jetzt schon abtrete", beruhigte ihn Shawn, "aber kannste dir vorstellen, daß ich viel mehr Lust hätte, morgen mit Spider per Anhalter runterzufahren an die Küste. Mit der Fähre übersetzen, zwischen all den Hippies unsre Schlafsäcke ausrollen, uns was in die Birne knallen. Und dann einfach zuhören, statt da oben auf der Bühne zu stehen. Kannste dir das vorstellen? Das würde ich morgen gerne tun." Er fuhr sich mit beiden Händen durch die Haare. „Ich war seit fast vier Jahren nich' mehr vor irgendeiner Bühne. Den letzten Gig hab ich im Marquee Club siebenundsechzig - was war das noch für 'ne Truppe, irgend so was Bluesiges- na is' auch egal, jedenfalls war das der letzte Gig, den ich als Zuschauer mitbekommen hab. Jetzt kann ich meine Nase da nich' mehr reinstecken. Die Atmosphäre wäre sofort im Eimer, weil der große Shawn Allison anwesend ist. Ja. Der Große. Der Schwanz der Schwänze hat meine Frau gesagt. Tsssh!"

Er verzog das Gesicht zu einem selbstironischen Grinsen. „Shit", nuschelte er, setzte die verspiegelte Sonnenbrille aus Kalifornien auf, rappelte sich umständlich vom Boden vor dem Sofa hoch und schwankte singend zur Bar, wo er sich von einem der Bediensteten einen der hervorragenden Malt Whiskys einschenken ließ.

„With my teeth at your back... and my tongue to tell you sweetest lies... hmmm honey... my hand in your neck... is that what you wanted? My nails under your hide... Is that what make you feel loved? Is that what it is?... Hurt makes you feel alive... dadadada... makes you feel loved..." Er ließ seinen Oberkörper leicht nach hinten kippen. „Uhh", krächzte er, „they will kill me if I come out with that...", lachte dreckig, nahm sich Brot, eine saure Gurke und Schinken vom Buffett, und steckte alles in den Mund. Dann ging er, die gerade entstandene Melodie summend und mit einem Gesichtsausdruck, als seien alle in ihm hausenden Teufel soeben erwacht, zu den anderen zurück.

Die schwiegen nachdenklich. Sie hatten die siebenkopfige Schlange vor Augen. Er legte sich dicht neben Mason, den Kopf auf dessen Schoß. Sein Blick war plötzlich traurig. Mason massierte ihm die Schulter.

„Vielleicht isses auch besser so. Auf der Bühne hab ich wenigstens alles im Griff. Im wirklichen Leben läuft es echt nich' so gut." Die ganze Runde wirkte betreten. Er beschloß, die Stimmung etwas aufzuheitern. „Was is'n das für'n Stoff, Mann", rief er plötzlich aus, „da hätt ich ja gleich 'ne Gallone Rotwein trinken können." Wieder stand er auf, schlurfte keuchend, grunzend und gebückt wie ein Gorilla um die Sitzlandschaft herum, bis alle anfingen zu lachen. Er beugte sich von hinten über Gregs Schultern und fragte ihn halblaut: „Sag mal, wo du gerade von geilen Weibern geredet hast. Wie geht's eigentlich deinem Stengel, Mister Trippely?"

East Afton Farm, Freshwater, Isle Of Wight, Einunddreißigster August Siebzig.

„It´s good to be here alone, in front of six hundred thousand people"
(Leonard Cohen)

Menschen bis zum Horizont. Schlafsäcke. Planen. Wut über den Zaun, der das Gebiet des Festivals vom übrigen abgrenzte. Auf den Hügeln rings herum lagerten junge Leute, die keine Eintrittskarten besaßen. Sicherheitsbeamte mit Hunden drohten ihnen mit Inhaftierung, falls sie ihre Zelte nicht abbrechen sollten. Viele Blumenkinder, zumeist stoned, waren der Meinung, der Zaun störe die positiven Vibrations. Einer der auch Woodstock miterlebt hatte, stellte sich sogar auf die Bühne und sagte über Mikrofon, dieses Festival entwickelte sich zu einem psychedelischen Konzentrationslager. Ein anderer forderte die Menge auf, alles zu tun, was sie gerade im Moment tun wollten. Viele Stimmen waren zu hören, die behaupteten, die Veranstalter seien nur darauf aus, möglichst viel Geld zu machen. In Wahrheit jonglierten diese, weit von den schwarzen Zahlen entfernt, mit Gläubigern und Musikern um Zahlungsaufschub. Es kam zu Zwischenfällen am Wellblechzaun. Im Zelt der Veranstalter wurde heiß diskutiert, ob man ihn entfernen sollte oder nicht. Aber das wäre ungerecht den Leuten gegenüber, die bezahlt hatten. Und wer würde dann schließlich noch zahlen? Man brauchte jeden Pfennig. Für viele waren drei Pfund jedoch einfach zu teuer. Für andere war die Zahlungsverweigerung schlicht Prinzip. Sie beschimpften die Veranstalter und am Ende auch die Musiker als Angehörige des Establishments. Als Ausbeuter und Kapitalistenschweine.

Gordon und die Band waren überhaupt nicht begeistert darüber, daß ihnen das Geld für den Auftritt erst später gezahlt werden sollte. Gut. Der finanzielle Aufwand war im Verhältnis zu sonst nicht allzu groß. Sie traten nicht mit gewohntem Bühnenequipment auf, sondern in der recht schlichten Art, in der sich dort alle Musiker präsentierten. Und es war gewissermaßen ein Heimspiel. Kaum Anreisekosten. Minimaler Aufwand für die Roadies und so weiter. Trotzdem wollten sie auf keinen Fall auf ihr Geld verzichten und verlangten es im voraus. Besonders Shawn zeigte sich unnachgiebig. „Cash oder The Rumor werden nicht auftreten", kündigte er dem verzweifelten Higgs, einem Hauptverantwortlichen, an. Schnell machte diese Ankündigung die Runde. Unruhe machte sich breit. Reporter geierten überall herum, um mehr Informationen über die Auseinandersetzungen zu bekommen.

Shawn wurde hinter der Bühne im Wohnwagenlager der Musiker von einer Journalistin angesprochen, als er gerade von der Toilette kam. Ob er es denn gerecht fände, daß einige tausend junge Leute nicht hineingelassen würden.

„Ach, lassen Sie mich doch in Ruhe..." brummelte er nur und wollte sich davon machen.

Doch die selbstbewußte junge Frau mit dem frechen blonden Kurzhaarschnitt blieb ihm auf den Fersen. „Warum sind Sie denn so unfreundlich Mister Allison?" wollte sie wissen.

Er blieb so abrupt stehen, daß sie beinahe in seinen Rücken gelaufen wäre. Ihr Kamerateam hatte Mühe, die Szene in den Kasten zu bannen. Shawn stand so dicht vor ihr, daß sie schützend das große Mikro zwischen ihn und sich hielt.

„Warum soll ich ausgerechnet zu dir freundlich sein, hm? Weil de 'ne Frau bist? Oder 'ne Reporterin? Ihr wollt mich doch so! Ihr wollt doch den Bad Guy! Natürlich könnte ich sagen: Was soll's. Machen wir's mal umsonst. Is' ja Okay. Ich bin ja gar nich' so und tralala! Aber wenn ich das tu, Baby, dann zerreißt ihr mich in der Luft. Ihr, die Mediengeier! Ich hab meine Arschlochlektion sehr gut gelernt!" Er reckte sich noch ein wenig mehr der inzwischen gleichermaßen faszinierten wie verunsicherten Journalistin entgegen. „Hier Baby is' das Arschloch. Küß mich! Mach mich heiß! Tritt mir in den Arsch!" Er nahm ihr schmales Gesicht mit den aufgerissenen Augen zwischen beide Hände und küßte sie ausgiebig.

Für einige Sekunden stand sie schwankend da, nachdem Shawn längst im Wohnwagen verschwunden war. „Nehmt das ja nicht mit drauf! Huuuh! Verdammt!" Ihre Wangen waren tomatenrot. Ihre Bewegungen ein wenig hölzern. Die männlichen Kollegen kicherten.

„Du zitterst, Babs", schmunzelte der Kameramann, mit dem sie ein Verhältnis hatte.

„Ich bin kurz vorm Orgasmus, Dave, was denkst du denn...", erwiderte sie souverän und schob ihren frotzelnden Liebhaber beiseite. „Geh ihn fragen, ob er dich auch mal küßt, dann wüßtest du, was du an deiner Technik verbessern kannst, Schätzchen." „Huuh!" machte sie und zog ihre Schultern hoch. „Alle Achtung, Baby!"

Für Shawn und die Band ging trotz der Ärgernisse hinter den Kulissen des Festivals ein weiterer Traum in Erfüllung. Sie traten in einer Reihe mit all den Größen auf: The Who, Free, Donovan, Ten Years After, The Moody Blues, Joni Mitchell, Joan Baez, Leonard Cohen, Jimi Hendrix, The Doors. Es ergab sich sogar ein Gespräch mit Jim Morrison, der anders aussah als auf der Party in den Hollywood Hills. Sein bärtiges Gesicht war ziemlich aufgedunsen. Seine außergewöhnliche Ausstrahlung war jedoch ungebrochen. Shawn konnte später gar nicht mehr sagen worüber er mit Jim gesprochen hatte. Es blieb viel mehr die Erinnerung an eine besondere Atmosphäre. Mag sein, daß dies daran lag, daß beide ziemlich unter Drogen standen. Jeder, der sich zufällig in der Nähe der zwei Giganten aufhielt, behauptete jedoch, es seien unglaublich starke Schwingungen von ihnen ausgegangen. Ihre Aura hätte ein Leuchten entsandt, das beinahe unheimlich war. Es sollte ihre letzte Begegnung sein.

The Rumor hatten einen Nachtauftritt. Das war auch gut so, denn der Sternenhimmel bot das passende Ambiente für den Auftritt, der im Gegensatz zu den üblichen Gigs eher puristisch anmutete. Die Stimmung war sehr gut in dieser Nacht. Trotz derjenigen im Publikum, die The Rumor sowieso für einen Haufen von Verrätern hielten und für abfällige Pfiffe sorgten, weil die Band nach ihrer Meinung längst zum Establishment gehörte. Der Beifall der Rumor-Fans übertönte sie zum Glück.

Es war nicht der fulminanteste Gig ihrer Karriere, denn innerhalb der Band hing weiterhin eine gewisse Schwere in der Luft. Mason hatte am selben Tag erfahren, daß angeblich ein britisches Filmteam im kambodschanischen Dschungel von den Khmer verschleppt worden sei, und war dementsprechend angespannt. Als sie dann den „Song for Rani" spielten, machte sich einmal mehr Spiders endgültiges Fehlen in ihren Herzen schmerzhaft bemerkbar. „This Song named ‚Song for Rani'", kündigte Shawn an, „but it is dedicated to our friend who's so far away. For you Spider." Shawn wollte an jenem Abend diesen Song seinem geliebten Freund widmen und nicht „Black Angel Kiss". Spider und Karen waren hier am ehesten präsent. Auch bei dem Gedanken an Karen wurde Shawn unvermutet traurig. Er konnte sich nicht erklären, warum. Doch die Tiefsinnigkeit, die sie beim Festival zeigten, paßte so gut in die Gesamtstimmung der Veranstaltung, daß es nicht weiter auffiel.

Shawns Geburtstagsparty, an der zahlreiche Popgrößen teilnahmen, auch Jimi Hendrix war da, und die auf einer halben Hoteletage gefeiert wurde, artete zu einer wilden Performance aus. Die Umstände in Shawns Privatleben erforderten eine gehörige Portion an Ablenkung. Beinahe ständig im Rausch, lebte er in einer Art Glocke, die ihn vor schmerzhaften Tatsachen abschirmte. Jimi schien es nicht anders zu gehen. Sie teilten einen Joint und schmunzelten eigentlich mehr, als daß sie sprachen. Im Hintergrund bewarfen langhaarige Mädchen ihre nackten, kunstvoll bemalten Körper gegenseitig mit Buttercremetorte und beschmierten mit vollen Händen die begeistert lachenden und zupackenden Männer, während sich Shawn und Jimi gegenseitig in die Höhe lobten. Jimi war in Begleitung seiner schönen deutschen Freundin, die sich ein wenig skeptisch von Shawn fernhielt. Dafür hingen die ganze Zeit über zwei hübsche Frauenzimmer an Shawn, die ihn bedingungslos anhimmelten. Keine dieser bestellten Edelnutten dieses Mal, sondern zwei junge Damen aus der sogenannten gehobenen britischen Gesellschaft, deren Familienname praktisch einer Eintrittskarte in die Kunst- und Musikszene gleichkam. Am Höhepunkt der Party, Robert wurde gerade, lediglich bekleidet mit einer Papptüte, die er sich über den Kopf gezogen hatte, zur Körperbemalung getragen, verzog sich Shawn mit den hochkarätigen Zwillingen in seine Suite. Es war ein befriedigendes Gefühl, es mit jungen Dingern zu treiben, die sich wahrscheinlich vor drei Jahren noch angewidert von ihm abgewandt hätten. Und jetzt fanden sie alles „toll". Selbst daß er sie gar nicht so „toll" fand und sie das auch spüren ließ, fanden sie „toll", und sie sagten dieses Wort, daß er verabscheute, auch dauernd. Seine Rotzigkeit fanden sie toll. Seinen Whiskykonsum. Seine vandalische Art Kaviar, und Austern zu verzehren. Alle seine Narben fanden sie toll und seine neueste Tätowierung, ach wie spannend. Seine unzähligen Zigarillos. Seine Sprache, die er gerade für die High Society- Chicks besonders schleifen ließ, fanden sie einfach „irre toll". So authentisch! Daß er sich mit ihnen fotografieren ließ und ihren armen Eltern beim Anblick der Fotos der Angstschweiß ins Gesicht steigen würde, das fanden sie sogar mehr als toll. Er genoß es, in vollen Zügen den guten Ruf der Zwillinge zu ruinieren, indem er am darauffolgenden Abend während eines Presseempfangs den Reportern mit verschlafener Stimme steckte, er habe eine ziemlich anstrengende Nacht voller leiblicher Genüsse hinter sich. Dabei sah er eindeutig grinsend mal die eine mal die andere Schwester an, während er die Mädchen, seine Hände auf ihren Hüften ruhend, gönnerisch den Kameras vorführte. Sie schmiegten sich gefügig an ihn und versuchten ihr bestes Starlet-Lächeln, während die Fotografen sie anfeuerten, mehr Dekolleté und mehr Bein zu zeigen. Auch das fanden die Mädchen natürlich ausgesprochen toll, ohne auch nur in geringster Weise einschätzen zu können, welche Auswirkungen das auf ihr gesellschaftliches Leben haben konnte. Nur raus aus ihrem Standesmief. Hippie Mädchen wollten sie sein. Sexuelle Freiheit genießen. Richtige Männer erobern. Mit Shawn glaubten sie eines der High-End Exemplare ergattert zu haben. Für ihn aber waren das die wahren „Chicks". Die unerfahrenen Mädchen taten alles, was er von ihnen forderte. Ihre Scham und ihre gute Erziehung überwanden sie mit ein wenig Dope.

„Ihr seid so blöd", sagte er ihnen voller Verachtung, als sie die zweite Nacht mit ihm verbrachten, „ihr würdet glatt verhungern, wenn auf euerm Arsch nicht von Geburt an der Adelsstempel säße." Die Mädchen kicherten nur und fuhren fort, ihn anzuhimmeln.

Bis sie merkten, daß etwas im Gang war, was jenseits des Spaßes lag, war es zu spät zu flüchten. Er drückte ihnen nun seinen Stempel auf in dieser zweiten Nacht, nachdem er alles von ihnen gefordert, alles bekommen hatte, und sie ihn nur noch anwiderten. Er lehrte sie das Fürchten mit dem Wissen, daß sie mit ihrer Furcht allein bleiben würden. Naiv, wie sie waren, ließen sie sich von ihm zu einem gefährlichen Spiel verleiten.

Er mimte den Priester, der den knienden Betschwestern den „Schlüssel zum Paradies" auf die Zunge legte. In vollem Bewußtsein, daß sie noch nie LSD genommen hatten, wartete er gespannt auf den Moment der doppelten Gehirnsprengung und dessen Folgen, während sie alles so unheimlich aufregend fanden, so toll verrucht. In ihren Kreisen sprach man in der Öffentlichkeit nicht über Fehltritte. Schon gar nicht über Fehltritte dieser Art. Nicht einmal mit einer Drohung war zu rechnen. Man würde im Gegenteil versuchen, alles möglichst geheimzuhalten, bis die körperlichen wie seelischen Überbleibsel dieser Horrornacht verheilt und halbwegs verdaut waren. Der Teufel ist manchmal erst zweiundzwanzig, faszinierend und umwerfend schön. Das es trotzdem der Teufel ist, merkt man erst, wenn man sich auf ihn eingelassen hat. Diese Erkenntnis hatte Shawn den adeligen Schwestern für ihr Leben mitgegeben.

Angst um Karen

Die Klinik lag in einem parkähnlichen Gelände, weit entfernt von der Hauptstraße und jeglicher größerer Ortschaft in der Grafschaft Bedford Shire. Sein Fahrer setzte ihn am Tor ab, wo er sich wie jeder andere Besucher ausweisen mußte, bevor er eingelassen wurde. Vom Leiter der Klinik, Prof. Dr. Dunkan, freundlich begrüßt und in gewissen Verhaltensmaßregeln unterwiesen, wurde er schließlich von einem Pfleger zu Karen geführt.

Von der Tür abgewandt saß sie vollkommen steif auf ihrem Bett. Ihre Feuerhaare waren zu einem vollen Zopf geflochten. Ihr Oberkörper war in eine hellgraue Strickjacke gehüllt. Vorsichtig näherte er sich der zarten Gestalt, hielt ihr die Blumen, die er ihr mitbrachte, vor das Gesicht, und ging um sie herum. Der Schreck fuhr ihm in die Glieder und ließ ihn für Sekunden wie angewurzelt stehenbleiben. Wie entsetzlich sie aussah. Die Haut fleckig, die Augen aufgequollen und dunkel gerandet. Die vollen Lippen blutleer und fahl. Ihr Blick verdreht. Die Hände lagen auf ihrem Schoß. Beide Handgelenke waren mit einem Schutzverband versehen. Dieser Anblick stach so sehr ins Herz, daß er die Blumen auf den Boden fallen ließ. Er umarmte sie zitternd.

„Oh Gott, Karen", stieß er mit brüchiger Stimme hervor und hatte Mühe, seine Tränen zurückzuhalten. „Mein Mädchen, was machst du nur? Was machst du nur?"

Ihre Gestalt begann sich zu regen. Sie legte ihre Arme um seinen Nacken und drückte ihn kraftlos an sich.

„Shawn", schluchzte sie, „halt mich, halt mich, halt mich..." Und Shawn hielt sie und wiegte ihren knochigen Körper.

„Ich bin ja da. Ich bin ja da. Oh Kleines. Ruhig. Ich bin ja da. Ich halte dich. Ich halte dich ja."

Karens Hitsingle „Silent Move" war seit Wochen in den European Top Ten, drei Mal hintereinander auf Platz eins in Großbritannien. Man wartete auf die LP. Man wartete auf Auftritte mit ihrer Band, man wartete auf Interviews. Die Maschinerie stand bereit, um sie zu einer der ganz großen Blues-Sängerinnen ihrer Zeit zu machen. Die Ex-Geliebte des verstorbenen Rumor-Gitarristen „Spider" Jamison Crawford. Die Frau mit der kraftvollen, wärmenden Stimme einem zarten, quirligen und immer gierigen Körper. Mit den feuerroten Haaren, die fackelgleich loderten, wenn sie ihren Kopf zum harten Gitarrensound schüttelte. Dieser Kobold, der Shawn mit den beringten, schwarz lackierten Zehennägeln die Brust kraulte. Die ihn nahm, bis ihm schwarz vor Augen wurde. Extase bis hin zur Erschöpfung. Die Verse aus den Collected Poems von Dylan Thomas synchron mit ihm sprach, während sie sich liebten, um zu testen, ob derartige Lyrik den Orgasmus beeinflußte. Die behauptete, daß Menschen auch im geistigen Kontext zum Höhepunkt kommen konnten. Die nach eineinhalb Stunden Tanz und Gesang auf der Bühne noch immer nicht erschöpft war. Karen, die immer mehr von allem verlangte. Künstlerisch wie sexuell. Die einzige Frau, die ihn im wahrsten Sinne des Wortes je „geschafft" hatte. Und diese Frau, dieses Energiebündel, diese hochbegabte, verrückte, leidenschaftliche und liebenswerte Frau von gerade mal zwanzig Jahren, sie lag nun hier in seinen Armen. Ausgezehrt vom Heroin. Nach dem Suizidversuch während des Entzugs hier in die psychiatrische Privatklinik eingeliefert, in der zuweilen sehr bekannte Gesichter dezent ihre Ängste und Abnormitäten behandeln ließen. Er hielt sie in fassungsloser Hilflosigkeit. Und er begriff abrupt, daß ihre Energien immer von Verzweiflung gespeist waren. Daß die Aggressivität, mit der sie sich ins Leben einbrachte, sich letztendlich gegen sie selbst richtete. Ihr Hilferuf war über einen Anruf der Klinikleitung zu ihm gedrungen. Niemand ahnte, wie schlecht es ihr in den letzten Wochen gegangen war. Ihr Management hatte eine

Erholungspause in den USA verlautbaren lassen. Doch in Wahrheit war sie nach Aufnahmen in den Sun Studios in Memphis zusammengebrochen. Trotzdem trat sie noch mehrere Male auf. Nach dem zweiten Zusammenbruch war sie freiwillig in den Entzug gegangen, hatte jedoch die Härte dieser Maßnahme nicht verkraftet und plötzlich alles für sinnlos gehalten. Der einzige Mensch, der ihr neben Spider jemals etwas bedeutete, war Shawn. Sie wünschte sich seine Nähe in ihrem schwächsten Moment. Langsam begriff sie, daß Nähe nicht unmittelbar mit Sex zu tun hatte.

„Geh sie nur besuchen, deine Nymphomanin!" Voller Kälte in den Augen schleuderte ihm Elisabeth noch am Morgen diesen Satz entgegen. Dabei war es nur gut gemeint, sie über seinen Besuch einzuweihen. „Da gehörst du sowieso hin, in die Promiklapse. Vielleicht behalten sie dich gleich da!" Er erhob die Hand gegen sie, schlug jedoch nicht zu, aus Rücksicht auf ihren sechs Monate alten Fötus. „Schlag nur zu, du Miststück", hörte er, während er sich umdrehte und hinauslief, „dann bekommt dein Balg gleich mit, in welch liebevolle Ehe er hineingeboren wird!"

Er hielt Karen und wiegte sie. Sprachlos entsetzt. Lag es an ihm? Befanden sich die Menschen in seinem Umfeld in einem negativen Sog, der sie anzog und in die Tiefe riß? Lilian war vor ihm auf nimmer Wiedersehen geflüchtet. Jane war mit den Nerven am Ende. Sein Schwiegervater lehnte es kategorisch ab, mit ihm zu sprechen. Der liebenswürdige Daniel, der stets soviel für ihn übrig hatte, war verletzt und enttäuscht. Elisabeth verhärmte zusehends. Spider war tot. Und Karen setzte alles daran, ihm zu folgen. Alisha lebte, depressiv und tablettenabhängig, in der Wohnung, die er ihr gekauft hatte und in der er sie allein ließ. Thomas Wilson hatte sein Leben aus Haß gegen ihn geopfert. Er selber war zum Zyniker geworden. Saugte er das Leben aus Menschen heraus, bis sie keine Kraft mehr hatten, weiter zu existieren? Blieb er selber nur vom Wahnsinn verschont, weil er andere in den Wahnsinn trieb? Nur gut, daß Aileen so weit entfernt war.

Beinahe wäre er zum Büro des Professors gelaufen, hätte vor ihm seine Taschen ausgeleert, um ihm zu beweisen, daß auch er therapiereif war. Und was würde auf einem Haufen vor ihm liegen? Zwei Briefchen Koks. Drei abgescherbelte Metallröhrchen, gefüllt mit einschlägigen Medikamenten. Appetitzügler, die in hohen Dosen geschluckt, aufputschend wirken. Amphetamine zum Aufputschen, Barbiturate zum wieder herunterkommen. Eine Schachtel Zigarillos, die auch zwei vorgefertigte Joints enthielt. Einen Flachmann mit Whisky. Ja, er trug das alles mit sich herum. Aus Furcht, in eine Situation zu geraten, in der ihn diese ganz bestimmte, die ganz schlimme Angst überfiel. Die Angst, die ihn wehrlos machte. Die ihn zum Opfer machte. All diese Hilfsmittel waren inzwischen nötig, um den Alltag, das Bühnenleben, sein künstlerisches Schaffen und sein ausuferndes Sexualleben zu bewältigen. Shawn stellte sich vor, wie er Jacke und Shirt auszog, seinen Arm mit dem „FUCK" entblößte, die Narbe des Attentats und alle sonstigen stummen Zeugen auf seinem Körper. Er stellte sich vor, wie er um Hilfe bitten würde. „Ich glaub ich brauch Hilfe", würde er sagen, „helfen sie mir Mann, bevor noch mehr Unglück geschieht."

Doch dies alles tat er nicht. Statt dessen saß er wieder in der Limousine mit den schwarzen Scheiben. Das Versprechen, Karen bald wieder zu besuchen noch auf den Lippen wie den salzigen Geschmack ihrer Tränen. Der Fahrer hatte Anweisung, in die Stadt zu fahren. Der Inhalt des einen Briefchens sorgte inzwischen für Leichtigkeit in Shawns Hirn. Psychiater waren etwas für Durchgeknallte. Zu denen gehörte er gewiß nicht. Noch war er in der Lage, seine Dinge selber zu regeln. Fluchtartig hatte er die Klinik verlassen. Er brauchte nur ein bißchen Ablenkung. Ein bißchen Spaß. Sicher reagierte er nur so gefühlsüberladen, weil Karens Zustand ihn so sehr schockierte. Schließlich lag auch Spiders Tod nicht lange zurück und steckte ihm noch mächtig in den Knochen. Doch Karen wollte wieder gesund werden. Das hatte sie ihm versprochen. Alles würde gut werden. Alles würde gut werden. Dieser Satz waberte wie eine unausgesprochene Beschwörungsformel durch sein berauschtes Hirn, während die Fahrt Richtung London ging.

Der Fahrer hielt vor Alishas Wohnung. Sie würde da sein. Sie war immer da, um auf ihn zu warten. Doch er zögerte auszusteigen. Was wollte er eigentlich jetzt bei Alisha? Suchte er tatsächlich Trost, indem er sich an ihr austobte? Beruhigung seiner Ängste, Abbau seiner Aggressionen durch den Mißbrauch eines Menschen, der vollkommen abhängig von ihm war? So war es doch: Er mißbrauchte Alisha. Ein perverses Spiel aus Gewalt und Sex. Mason hatte völlig recht. Das war eine echte Sauerei, was er da mit dem Mädchen trieb. Er rieb sein Gesicht mit beiden Händen, bis die unrasierten Wangen brannten. „Krank. Krank. Krank." sagte er vor sich hin und wiegte seinen Körper, der vor Furcht fröstelte. „Das is' doch alles krank." In vier Tagen ging die Tour weiter. In vier Tagen würde er wieder auf der Bühne stehen. Endlich in Sicherheit. Die Menge würde ihn bejubeln. Seine Musik würde sie alle glücklich machen. Jede Nacht würde sich ein anderes Girl finden, die Euphorie mit ihm zu teilen. Es ging weit weg von hier. So weit, daß alles, was hier geschah, sich verlieren würde. Japan. Australien. Kanada. Das große Unbekannte wartete auf ihn und die Band. Was würde er am meisten vermissen in den nächsten zwei Monaten? Seine Tochter. Seine Geschwister. Seine Mutter. Den alten Tyron. Oder die eine große Liebe, die er stets vermißte? Egal in welchem Land. Egal auf welcher Bühne. Egal in welchem Bett. Egal welchen Kampf auch immer er austrug: Aileen.

„Fahr mich nach Hause, Ahmed", sagte Shawn leise. Der kleine Araber in Fahreruniform drehte sich zu ihm um und zeigte ihm ein freundliches Lächeln unter dem bürstenähnlichen Schnurrbart.

„Nix Miss Alisha heute Sir?" Er erschrak über die Blässe seines Chefs und das Zittern, das seinen ganzen Körper bewegte.

Shawn schüttelte den Kopf und sah Ahmed mit müde resigniertem Blick an. „Nein, Ahmed. Heute nich'. Fahr zu Mann. Bring mich hier weg. Auf nach Somerset." Während Ahmed den Wagen wendete, nahm Shawn sich ein Bier aus dem Bordkühlschrank. Sechs waren da und eine Flasche Whisky. Das würde genügen, um sich von dem Scheißtrip runterzubringen.

Am Tag darauf fand ihn das Kindermädchen, die Anne Louises Bett für den Mittagsschlaf bereiten wollte. In voller Montur, Lederhose, Stiefel, schwarze Jacke, Hemd, die langen Haare über dem Gesicht zerzaust, lag er zusammengekauert im Gitterbettchen seiner Tochter und schlief in seinem Erbrochenem. Zu ihr hatte er sich flüchten wollen, um ihren tröstenden, sauberen kleinen Körper zu halten, während sie schlief. Doch zum Glück hatte die Kleine die Nacht in Elisabeths Bett verbracht. Das Kindermädchen war voller Schreck. Zunächst wußte sie überhaupt nicht, was sie machen sollte. Sie faßte ihn kurz an, doch er rührte sich nicht. Vielleicht war er tot? In ihrer Furcht und auch einer gehörigen Portion Ekel lief sie zu Julia.

„Misses Tyler, Misses Tyler!" rief sie atemlos. „Ihr Sohn, ich glaube, ihr Sohn ist tot!"

Doch das war eine ziemliche Übertreibung. Als Julia in Panik das Gitter des Bettchens herunterklappte, kam Leben in ihren Sohn. Wenn man es denn Leben nennen konnte, was in dem Körper verblieben war, nach dem vielen Koks, Bier, Whisky und zuletzt Rotwein, dessen Reste er sich in der Küche unbedingt noch hineinschütten mußte. Er versuchte sich aufzurichten, fiel aber gleich wieder um. Voll hinein. Das Kindermädchen war nah dran, sich zu übergeben. Aber Julia wollte ihren Sohn unbedingt aus dem Bett und damit aus seinem Erbrochenem haben. Also mußte die junge Frau mit zupacken. Sie hatte ihre Chefin noch niemals fluchen hören. Doch nun fluchte Julia, was sie konnte. Als er endlich auf dem Teppich vor dem Bett lag, wischte sie ihm mit einer Stoffwindel notdürftig das Gesicht ab.

„Warum tust du uns das an? Warum nur, Shawn?"

Er öffnete die Augen so gut er konnte, versuchte einige Worte der Entschuldigung, brachte jedoch nur unverständliches Lallen hervor. Gordon war zu einem Termin in London. Sie wollte eigentlich nicht, daß noch mehr Bedienstete ihren Sohn in diesem unwürdigen Zustand sahen, doch schließlich mußte er gereinigt und in sein Bett gebracht werden. Mit Hilfe des Butlers und des Fahrers schaffte sie es, ihn zu entkleiden und ihn in das Bad zu verfrachten, das Mrs. Harrow schnellstens vorbereitete. Während die Männer den schlaffen Körper daran hinderten, im Wasser zu versinken, wuschen die Frauen seine Haare und das Gesicht. Er fühlte sich zwar durch die Berührungen gestört, schlief aber immer wieder ein.

„Ich schäme mich so", sagte Julia zum wiederholten Male, „ich schäme mich so für ihn." Doch Mrs. Harrow winkte ab.

„Das müssen sie nicht Julia", und schrubbte Shawn den Kopf, als würde sie die Dielen der Küche bearbeiten. „Besoffene nackte Männer haben wir alle schon mal gesehen, nicht wahr, meine Herren? Heute ist der junge Mann ein Pflegefall. Morgen ist er wieder der Star. Und wir schweigen. Nicht wahr? Wir sind doch da, um ihnen zu helfen, Julia." Sie hielt die Brause über Shawns Kopf. Der prustete und hustete und meckerte. Doch das Aufbegehren war nur von kurzer Dauer.

„Bin ich froh", sagte der Butler, als sie den schweren Körper endlich im Bett hatten, „daß er dieses Mal zu fertig war, um wieder ein Zimmer zu verwüsten."

Zwar handelte er sich für die Bemerkung einen Seitenblick von Julia ein, doch schließlich war er nicht mehr der Jüngste. Oft konnte er so etwas nicht mehr aushalten. Das Kindermädchen gab die Säuberung des Kinderzimmers an Mrs. Harrows Gehilfin ab und kümmerte sich um Anne Louise. Elisabeth war, nach einem Blick in das Kinderzimmer, wütend nach Shawn suchen gegangen.

„Es kotzt mich dermaßen an, wenn ich ihn so daliegen sehe", sagte Elisabeth zu Julia, als sie ihn, in elendem Zustand, in seinem Bett liegen sah, „ich könnte ihn umbringen."

Julia wußte, daß Elisabeth das nicht so meinte. Doch es traf sie tief. Auch sie hatte einmal so über ihren Mann gedacht, obwohl ihr Glauben ihr verbot so über einen Menschen zu denken. Bei allem was William Allison ihr angetan hatte, belastete sie heute noch ihr Schuldgefühl. Doch viel schwerer wog die Schuld an ihrem Sohn. Sie blieb bei ihm um seinen Schlaf zu bewachen und um nachzudenken.

„Ich weiß was du für mich getan hast Liebling", flüsterte sie, „es tut mir so leid, daß ich zu schwach war. Ich hätte ihn umbringen sollen. Ich hätte ihm im Schlaf die Kehle durchschneiden oder ihm von dem Rattengift ins Essen geben können. Wie oft hab ich daran gedacht. Ich hätte niemals zulassen dürfen, das er dir weh tut. Oh Shawn. Ich hab so oft so schlecht von dir gedacht. Aber du bist nicht so wie dein Vater oder wie Geoffrey. Die haben keine Liebe in sich. Keine Liebe." Sie strich dem Schlafenden mit dem Handrücken sanft über die Stirn. „Aber du liebst uns." Sie weinte. „Mein armer Junge. Gott möge mir verzeihen, was ich an dir versäumt habe."

New York, Upper East Side, Neunzehnter September Siebzig.

Lilian stieß etwas fester gegen die Zimmerschaukel, in der Eliah begeistert krähte. Seine dunklen, wild gelockten Haare flogen im Schaukelwind und die Augen funkelten vor Begeisterung. „Hoch! Hoch!" juchzte er wieder und wieder und lachte gurgelnd. Es konnte ihm niemals wild genug sein. Doch Lilian war zufrieden, denn wenn er in der Schaukel saß, hatte die Wohnungseinrichtung zehn Minuten Ruhe vor ihm. Er konnte inzwischen die Stereoanlage bedienen. Natürlich auf seine Art. Am spaßigsten fand er es, den Tonkopf über die Rillen rutschen zu lassen und er klatschte in die Hände bei dem Geräusch, das diese Attacke verursachte. Auch war er in der Lage, Stühle an Möbel zu rücken, hinaufzuklettern und sich Dinge, die er dringend brauchte, aus den oberen Etagen zu holen. Die guten Weingläser aus denen Mom und Dad immer tranken zum Beispiel. Oder die Tüte Mehl, die so lustig zerplatzte, wenn sie auf den Küchenboden fiel. Das Geräusch hatte ihn so fasziniert, daß er es sofort imitieren mußte. „Ploff!" Auch die Flasche Cognac, die Dad ganz oben hineinstellte, wohl um ihn herauszufordern, und die man so rum, nein so rum aufmachen konnte, wurde ein Opfer seiner Neugier. Allerdings brannte der Inhalt so sehr auf der Zunge, daß er weinen mußte und Mom kam, um ihm zu helfen. Oder Dads Rasiercreme, die er sich in die Haare schmierte. Moms Lippenstift, der auch gut auf die Fingernägel paßte. Eliah Blues fehlte es nicht an Forscherdrang und Einfallsreichtum.

Abraham flatterte herein, die Anzugjacke über der Schulter, den Schlips bereits gelockert, den oberen Knopf des Business-Hemdes offen. Zwischen den Hochhausschluchten war es schwül. Manhatten stöhnte in der Spätsommerhitze.

„Hi, Schatz!" rief er, gab seiner Frau einen schmatzenden Kuß und Eliah einen Schubs. „Hi, du Wildling! Indianer! Hippie! Du größte Gefahr für ganz Manhattan!" Und Eliah juchzte. Abraham drückte Lilian die Tageszeitung in die Hand und blickte ernster. „Hier, ist das nicht schrecklich?"

Er übernahm das Anschubsen, damit Lilian den Artikel lesen konnte, der unter einem Foto, das Jimi Hendrix mit Gitarre zeigte, abgedruckt war. „Pop Star Jimi Hendrix died in London yesterday after being taken to hospital suffering from an overdose of drugs." Lilian hielt sich die Hand vor den Mund.

„Oh, mein Gott. Erst Spider und dann Hendrix!" Mit entsetztem Blick folgte sie den Zeilen. „Wie schrecklich. Wie schrecklich", wiederholte sie immer wieder. „Er war so absolut genial. Warum nur. Warum muß das sein?"

„Die Jungs leben alle zu extrem", sagte Abraham. „Hinten steht noch was über den Vater dieses jungen Wilden hier. Ich dachte, das müßte dich interessieren."

Sein Blick war liebevoll. Dankbar ging sie zu ihm, umarmte ihn und küßte ihn zärtlich. Was für einen phantastischen Mann hatte ihr der liebe Gott da zugespielt, als ihr auf der Geburtstagsparty einer Freundin der Rechtsanwalt Dr. Abraham Hamilton vorgestellt wurde. Immerhin war es nicht ganz einfach für einen erfolgreichen Mann, der es gewohnt war, unabhängig zu planen und zu leben, sich auf eine Lebensgefährtin und zusätzlich auf einen eineinhalb Jahre alten Jungen einzustellen. Doch Abraham empfand genug für Lilian und den Jungen, daß ihm der Kinderstreß nicht allzu viel ausmachte. Er war lange genug allein gewesen, um zu wissen, daß alle Unabhängigkeit der Welt nicht ein Leben ersetzen konnte, das Eliah Blues und seine wunderbare Mutter in seine vier luxuriösen Wände zauberten. Auch war er nicht allzu eifersüchtig auf den jugendlichen Vater seines Stiefsohnes, weil er jede Seite der Geschichte kannte. Manchmal tat ihm sogar leid, daß Shawn Allison diesen kleinen Teufel nicht aufwachsen sehen konnte. Doch Lilian wollte sich nicht dazu umstimmen lassen, den Jungen schon jetzt mit seinem richtigen Vater zu konfrontieren. Dann wieder war Abraham froh, daß sie so und nicht anders verfuhr. Denn er fürchtete sich davor, daß der Junge Allison mit seiner fulminanten Ausstrahlung noch einmal in der Lage wäre, Lilian in seinen Bann zu ziehen. Schließlich war er längst nicht mehr der Jugendliche, den sie zu Beginn der Bandkarriere kennengelernt hatte. Demnach, was man so in den Zeitungen und im Fernsehen sehen konnte, war ein ziemliches Mannsbild aus ihm geworden. Das Bild in der Zeitung war eines dieser Beweise.

„Meine Güte", sagte Lilian leise, „das war vor zwei Wochen nach dem Isle of Wight-Festival. Sie betrachtete Shawn und die zwei Mädchen, Zwillinge offensichtlich, in ihren engen weißen Kleidern mit tiefem Dekolleté und Schlitz bis fast zum Höschen. Shawn trug einen hellen Schlangenlederanzug, ein schwarzes Hemd mit Schnabelkragen, das weit geöffnet war, und spitze, weiße Boots. Ein Teil seiner langen Haare lag auf seiner Brust. Der Bart, der aussah, als würden die Kotletten mit der Oberlippe zusammenwachsen, ließ ihn schrecklich durchtrieben wirken. „Sieht immer mehr aus wie ein Zuhälter", flüsterte sie. „Er führt diese Schnepfen regelrecht vor. Ich wette, daß die das gar nicht spannen. So was genießt er. Ich kenn ihn doch."

Sie las den dazugehörigen Artikel. „Der Star ist erschüttert vom frühen Tod seines Freundes und Kollegen Jimi Hendrix", stand da. „Unser Foto zeigt ihn mit den Duchesses Agnes und Annabel während eines Presseempfangs, einen Tag nach dem Festival auf der Isle of Wight vor zwei Wochen, wo auch Hendrix auftrat." „Shawn Allison, selbst verstrickt in diverse Skandale und noch nicht erholt vom Tod des eigenen Gitarristen „Spider" Jamison Crawford vor gut zwei Monaten, brach das kurze Interview am Rande der Rumor-Tournee abrupt ab. Der Manager der Band, Gordon Tyler, gab an, die Band sei schwer getroffen von der Todesnachricht. Die Welttournee wird trotz der Vorfälle planmäßig fortgesetzt. ‚The Rumor' befinden sich gerade in Tokio, wo sie beispiellos empfangen wurden. Und so weiter und so weiter..." Lilian schüttelte den Kopf.

„Ich hoffe so sehr, daß es nicht eines Tages ihn trifft."

Abraham nahm Eliah auf den Arm und stellte sich neben seine Frau, um über ihre Schulter auf die Zeitung zu schauen.

„Empfindest du noch etwas für ihn, wenn du ihn so siehst?" fragte Abraham.

Lilian faltete die Zeitung zusammen, lehnte sich gegen Abraham und sann einen Moment nach.

„Ich kenne ihn anders. Der Shawn Allison, den ich kennenlernte, war sehr liebebedürftig und verletzlich. So romantisch und zärtlich. Ein Kind, auf der Suche nach Wärme. Und weil ich weiß, daß du mich verstehst, mein Liebling, werde ich dir deine Frage auch ehrlich beantworten. Den Shawn Allison hinter der Fassade, werde ich wohl nie vergessen. Das weiß ich jeden Morgen aufs neue, wenn Eliah aufwacht und sich an mich kuschelt bevor er die ganze Wohnung in Unordnung bringt." Sie sah schmunzelnd den hübschen Kleinen an, der sich mit herausgestreckter Zunge sehr konzentriert an Abrahams Brille zu schaffen machte. „Aber ich liebe dich, Abraham Hamilton."

„Weißt du Lilli", rief Abraham, während er den laut lachenden Jungen durch die Luft steuerte wie ein Flugzeug, um ihn von der Brille abzulenken. „Wenn der hier nicht so anstrengend wäre, hätte ich auch gern ein Kind von dir, bei dem du an mich denkst, wenn es sich morgens an dich kuschelt!"

Er war nun in der Küche. „Weißt du eigentlich, was für ein Kompliment das für einen Mann ist?" Sie lief den beiden nach und blieb in der Küchentüre stehen.

„Willst du wirklich?" fragte sie gespannt lächelnd. Eliah und Abraham standen vor der geöffneten Kühlschranktür und mampften kleine Speckwürstchen. Abraham zuckte mit den Schultern.

„Wenn ich dir nicht zu häßlich bin..." Lilian ging zu ihm und umarmte ihn fest. „Oh du... Ich liebe dich so sehr."

Tokio, Zwanzigster September Siebzig.

„Wie geht es dir, mein Mädchen?" Shawn wischte die letzten Tränen fort. Er lag auf dem Sofa seiner Suite im Tokio Hilton. Den Telefonhörer hielt er so fest, daß die Fingerknöchel weiß schimmerten.

„Mir geht's wieder besser", antwortete Karen, beinahe fröhlich. „Der Professor ist ganz stolz auf mich. Du müßtest mich sehen Shawn! Ich arbeite Stundenlang im Garten und danach bin ich noch stark genug, in meinem Zimmer nach Jimis Sound zu tanzen! Ich werde wieder, sag ich dir!"

Shawns Gesicht verzog sich und wieder flossen heiße Tränen über seine Wangen. Er hätte sie nicht anrufen dürfen, in diesem Zustand. Sie wußte offenbar nichts von Jimis Tod. Eigentlich klar. Der Professor hatte ihm ja erklärt, daß die genesenden Suizidler von schlechten Nachrichten abgeschirmt wurden, um jedes bißchen zurückgewonnener Stabilität nicht zu gefährden. Doch seine Furcht war von Stunde zu Stunde größer geworden. Er mußte sich einfach vergewissern, daß Karen am Leben war, und daß es ihr besser ging.

„Was ist mit dir? Du hörst dich so komisch an", sagte sie skeptisch, als er nicht gleich antwortete. Shawn riß sich zusammen.

„Ich... ich hab mich erkältet hier", log er und zog die Nase hoch. „Ja genau. Das is ziemlich blöd während der Tour. Oh, nein... sonst geht's echt gut. Die Leute hier sind irre. Du müßtest hier sein, Karen. Du und ich, wir würden nach dem Gig in so eine heiße Wanne steigen. Weißt du, das Wasser is' so heiß, daß de ganz krebsrot wirst. Du fühlst dich wie'n gekochter Oktopus. Und den Rücken kriegste von so Geishas massiert und gewaschen...! Würde dir das gefallen? Ja. Das hab ich mir gedacht. Nächstes Mal. Ja mein Mädchen. Wir machen das. Wir touren wieder zusammen wenn de gesund bist. Ich freue mich daß es bergauf geht, Karen." sagte er unter Tränen lächelnd.

Ja, er freute sich inständiger als sie ahnen konnte.

„Hast du die Platte bekommen?" fragte er, und versuchte tapfer, Herr seiner Gefühle zu werden.

„Oh ja. Danke."

„Und wie findest du sie?"

„Sie ist großartig. Greg spielt etwas härter als Jamy. Aber das paßt. Ihr spielt insgesamt etwas härter. Ja. Auch deine Stimme ist irgendwie noch gehaltvoller geworden. Gut abgemischt ist das Ganze. Ehrlich toll. Mit wem habt ihr gearbeitet im Studio?"

Shawn war dabei, sich mit zitternden Händen ein Zigarillo anzuzünden. Er zog und pustete den Rauch von sich, bevor er nicht ohne Stolz antwortete. „Das war meine erste Regiearbeit, weißt du? Ich hab die Bearbeitung zum großen Teil selbst in die Hand genommen. Ned und Robert haben mir assistiert. In unserem eigenen Studio. Das is' einfach 'ne ganz andere Art zu arbeiten. Am liebsten würde ich die ganze Produktion übernehmen. Aber dann bleibt zu wenig Zeit, um die Musik aus meinem Kopf, auf Papier zu bringen und auf die Bühne."

„Und da drängt noch zu vieles nach draußen, stimmts?" fragte Karen amüsiert. Sie hörte Shawn leise lachen.

„Ja genau. Das drängt nich' nur raus, das bedrängt mich manchmal ganz gemein. Da entwickelt sich gerade wieder was. Ach Karen! Du kennst mich ja. Ich bin zum Kotzen voll mit irgendwelchen Texten und Noten. Irgendwann macht es „boom" und was ganz Neues platzt heraus."

„Du hast die Nase schon voll von Psychedelic?" fragte sie.

„Nich' direkt", überlegte Shawn, „aber wir sind echt nich' die richtige Band dafür. Ich meine auf Dauer gesehen. Das is nich' unser Ding. Ich spür' das. Ich meine, ich will da mal raus, aus dieser Schwebe. Ich will wieder auf den Boden stampfen und so richtig lästig und laut sein, verstehste? Rock'n Roll, that's all! Ich will, daß die Fans tanzen und brüllen zu meiner Musik. Party verstehste? Nich' Religion. Am liebsten würde ich 'ne Zeit lang nur irgend so 'n Quatsch machen. Ich meine, wohin bringt uns denn die Kacke mit der ewigen Bewußtseinserweiterung und so. Manchmal denke ich, wir sind gerade dabei uns selber auszurotten. Experiment mißlungen! Das so sogenannte Establishment würde sich freuen. Nee! Ich will echt nur mal Quatsch von mir geben. Nur noch Party, verstehste? Und die Bullen ärgern mit scheißfrechen Sprüchen!"

„Aber, deine Texte gehen doch weiter", entgegnete sie. „Ich glaub einfach nich', daß de das durchhälst, irgendwelches anspruchsloses Zeug daherzusingen."

Er überlegte kurz. „Man muß auch mal über sich selber lachen können." Doch daß war es eigentlich nicht was er sagen wollte. „Oh Karen", seufzte er laut, „ich will daß wir wieder zusammen Musik machen und zusammen lachen können. So... so... so richtig..."

„Unbeschwert", ergänzte sie nachdenklich und hörte Shawn laut ausatmen.

„Ja. Das meine ich. Unbeschwert." Seine Stimme schien brüchig. Sie glaubte nicht so recht an eine Erkältung.

„Weißt du, Gestern bei der Gartenarbeit, mitten im Aufhäufeln von Zweigen für das Herbstfeuer, da kam mir plötzlich, daß ich nun schon Wochenlang ohne Drogen, Alkohol und Sex lebe. Und das gar nich' mal schlecht. Wir sind albern wie die Kinder um das Feuer herumgesprungen. Das war ein Jux, kann ich dir sagen. Ich hab seit Monaten nich' mehr so gelacht."

„Das freut mich für dich Karen", sagte Shawn nicht ohne Zweifel, und drehte die Spitze seines Zigarillos vorsichtig im Aschenbecher um die Glut in exakter Kegelform zu modellieren. „Vielleicht sollte ich auch mal 'ne zeitlang Zweige aufhäufeln und Herbstfeuer machen." Er nahm einen großen Schluck aus der Flasche Whisky, die vor ihm auf dem Tisch stand.

„Trinkst du?" fragte Karen.

„Nur Wasser", log Shawn. Doch sie ließ sich nicht täuschen. Ihre Stimme klang eindringlich.

„Shawn, ich möchte daß du aufhörst zu saufen. Ich will daß du keine Drogen mehr nimmst. Hörst du! Wirf alles weg was du noch hast und geh in Behandlung! Versprich es mir Shawn! Tu's für Anne-Louise! Bitte!"

Shawn biß sich auf die Unterlippe. „Es klopft an der Tür", log er, „das wird Gordon sein. Ich muß Schluß machen, Baby."

„Versprich es mir, Liebling, versprich es...", drängte Karen.

„Ja. Ja, Baby. Ich versprech's. Okay. Okay, Karen."

„Ich bete für dich", sagte sie nach einer kleinen Pause, „mein Herz ist bei dir Black Angel."

Wieder kämpfte Shawn mit Tränen. „Und meins ist bei dir, mein starkes Mädchen. Bis bald. Ich ruf dich an", sagte er sanft und legte auf.

Er war so erschöpft. So müde. So mutlos. Natürlich. Er hatte Jimi ganz gut gekannt. Sein Tod war entsetzlich. Schockierend. Doch deswegen weinte er nicht allein. Mit Durchgeknallten um ein Herbstfeuer zu tanzen, als Ersatz für körperliche Freuden war wirklich das Letzte, was er sich vorstellen konnte. Doch so wie jetzt ging es auch nicht mehr weiter. Wie hatte er sich den Tod ersehnt, als sein Vater ihn peinigte. Wie sehr das Leben, als Thomas Wilsons Messer in seinem Bauch steckte. Wie leidenschaftlich hatte er sich danach gesehnt, da zu sein, wo er jetzt war. Auf dem Gipfel des Erfolgs. Angesehen zu sein. Reichtümer zu besitzen. Raus zu sein aus seiner Kaste, und seine Liebsten mitgenommen zu haben. Tun zu können was man wollte. Erst zweiundzwanzig und schon alles erreicht. Er, der Kotzbrocken. Mädchenfresser. Poet. Macho von Gottes Gnaden. Genie. Die halbe Welt kniete vor ihm nieder, wenn er die Arme ausbreitete. Und jetzt?

Er stand an der Fensterfront seiner Suite und starrte in den Tokioter Morgen. Skyline vor Morgenröte. Ein riesiger Knödel schien seine Stimmbänder zu umschlingen und sie zusammenzupressen. Warum konnte er nicht einfach glücklich sein? Warum blieb diese Furcht, diese Sehnsucht, dieses Suchen?

„Du hast dich damals im Keller verloren", sagte eine Stimme ganz nah an seinem Körper, vielleicht auch in seinem Körper, aus ihm heraus, „und nun erst beginnst du dich wieder zu finden. Das tut weh, kleiner Shawn. Da ist dein Schmerz. Da in deiner Stimme. Komm, laß hören!"

Shawn schüttelte den Kopf. Die langen Haare bedeckten sein Gesicht. Er fühlte sich geneckt.

„Ich hab gut reden meinst du?" fragte es, als habe Shawn auch nur einen Ton gesagt. „Ich muß morgen nicht auftreten? Keine Zeit für solche Verrücktheiten? Reicht schon, wenn alle fragen warum die Nase so rot, die Augen so verquollen sind? Hast wohl geheult Allison? Warum heult Allison nur dauernd in letzter Zeit. Schwache Nerven?"

Shawn trank einen großen Schluck Whisky.

„Wer bin ich?" fragte die Stimme. Shawn zuckte mit den Schultern. Er schloß die Augen und sah Spider.

„Du hast dich verpfiffen, du verdammter Feigling. Was willst du mir schon sagen. Du läßt mich allein mit der Scheiße." Dieses Mal hatte er laut gesprochen. Er hob die Flasche, als proste er jemandem zu. „Salute!" sagte er laut und trank die Flasche halb leer.

„Oh ja kleiner Shawn. Du bist verletzt. Gekränkt. Du bist sehr verletzt." Die Stimme gab keine Ruhe. „Ich laß dich mit Karen allein. Du willst sie nicht verlieren aber du kannst sie auch nicht wirklich halten. Wir teilen sie noch immer Shawn. Ich vermisse sie. Ich rufe sie. Und du bist hilflos dagegen, daß ich sie rufe. Das tut weh. Hilflosigkeit tut immer weh. Komm, laß mal hören deinen Schmerz. Ich liebe deine Stimme. Auch die vermisse ich. Diese Schmerzensstimme."

„Laß mich in Ruhe! Verpiß dich!" schrie Shawn mit einer Gewalt, daß alle Schlafenden in den umliegenden Zimmern aus ihren Träumen zuckten.

„Gut", sagte die Stimme süffisant, „gut, gut, gut..."

Shawn drehte sich im Kreis. Er schleuderte die Flasche von sich. Sie zerbarst am Fernseher. Er verlor die Orientierung. Fiel mit dem Kopf gegen den Tisch. Taumelnd richtete er sich auf.

„Immer der Kopf", brummelte er und rieb sich die schmerzende Stelle. „Verdammt tut das weh."

Das war jetzt das dritte Mal innerhalb kurzer Zeit, daß sein Gehirn ihm körperlichen Schmerz praktisch sofort meldete.

„Das tut weh...", wiederholte er lächelnd. Funktionierte das etwa immer? Das mußte ausprobiert werden. Er schloß die Badezimmer Tür, nahm einen ordentlichen Anlauf, und warf seine linke Körperseite fest gegen die Tür. Es gab einen mächtigen Rumms, die Tür flog auf, Shawn in das Bad hinein. Schon im Fallen brannte seine Schulter, stach es in seinem Ellbogen. Er krachte gegen das Jakuzi, riß einige Flaschen mit duftenden Essenzen mit sich, die splitternd auf dem Boden zerschellten. Im Versuch sich aufzurichten griff er in die Scherben. Seine Schläfen pulsierten. Die Hand mit den Scherben darin zitterte. Die ganze linke Körperhälfte bestand aus einem gewaltigen Schmerz. Jemand bummerte gegen die Tür der Suite. Er hörte es nicht. Blut rann aus den Schnittwunden. Entzückt spürte Shawn den Zusammenhang von Ursache und Wirkung. Er zitterte. Sein Atem ging hastig. Er ließ seinen Kopf in den Nacken fallen und begann zu lachen. Und lachte lauter und immer lauter, bis sein Lachen hysterisch wurde und umkippte in kindliches Weinen.

Friedlich ließ er alles über sich ergehen. Gordon war da. Mason und Robert und Greg waren da. Polizei. Sanitäter. Blitzlichter. Jemand schob die Reporter hinaus. Das Stimmengewirr aus

Japanisch und Englisch erreichte ihn nicht. Er saß auf der Krankenbahre und lächelte zufrieden. Gordon, leichenblaß, hörte für ihn die vorläufige Diagnose. Gebrochener Ellbogen, zerschnittene Handinnenfläche, geprellte Schulter, leichte Gehirnerschütterung vermutlich. Auftritt nicht möglich. Ein paar Tage in ein Tokioter Hospital. Dann könnte man daran denken ihn nach Europa zu fliegen. Die japanischen Polizisten überzeugten sich davon, daß es sich hier nicht um einen Überfall auf den Prominenten handelte. Sie äußerten ihr Befremden darüber, wie jemand nur in der Lage sein konnte, sich so etwas selbst zuzufügen.

Mit der Tournee war es aus. Aus mit Asien. Mit Australien. Mit Kanada.

Gordon wurde schwindelig bei dem Gedanken an das, was er in den nächsten Tagen durchzustehen hatte. Telefonate. Streitereien mit Veranstaltern. Aktivierung all seiner Helfer in den verschiedenen Städten. Ganz abgesehen von Gesprächen mit den Jungs und mit der Familie. Julia würde sich entsetzliche Sorgen machen. Ihm war nach Hinschmeißen zumute. Aus der Traum. Schluß. Dann eben nicht.

Sie waren dabei, Shawn fort zu tragen. Doch er saß kerzengerade auf der Bahre und verlangte, abgesetzt zu werden. Gordon sah ihn mit müden Augen an.

„Ich trete auf", sagte Shawn und war bereits auf dem Weg zu Gordon, den schimpfenden Sanitäter im Schlepptau, der die Flasche mit der Infusion hinter ihm her trug.

„Ich bin blau, okay. Ich hab zuviel Bennies geschluckt, okay. Aber mir geht's so gut wie lange nich' mehr!"

Alle sahen ihn ungläubig an. Dieser ramponierte Mensch behauptete doch tatsächlich, es ginge ihm gut. Vermutlich drehte er nun völlig durch.

„Mit 'nem gebrochenen Arm kannste doch nich' Gitarre spielen", wandte Mason ein.

„Spiel ich eben nich' Gitarre!" setzte Shawn dagegen. „Singen kann ich doch wohl. Oder?"

Allgemeines Schulterzucken. Robert legte ihm die Hand auf den Rücken.

„Mach mal halblang, Bruder", sagte er ernst. „Du gehörst ins Krankenhaus."

Nach gutem Zureden ließ er sich endlich in den Lastenaufzug bringen, von wo aus sie ihn so unauffällig wie möglich über den Hinterhof in das Krankenfahrzeug trugen. Robert blieb an seiner Seite.

„Sag nicht ab, Gordon!" rief Shawn zu den anderen zurück. „Ich trete auf! Wehe, du sagst ab! Hört ihr! Ich werde auftreten!"

So kam es schließlich, daß Bilder um die Welt gingen, die den „Rumor"-Frontman mit Gipsarm in der Schlinge zeigten, der ihn bei seinen Auftritten zwar an größeren akrobatischen Einlagen hinderte, ihn aber im Ansehen seiner Fans noch mehr steigen ließ. Er ließ sein Publikum nicht hängen. Trotz seines Unfalls, wie es hieß, trat er auf. Heldenhaft. Bald war der Gips vollgeschrieben mit Liebesbekundungen. Beküßt von den verschiedensten Lippenstiften. Bemalt mit Glückssymbolen. In Sydney wurde der Gips gewechselt, in Toronto war er wieder voll. In Denver stellte er auch seine Schulter zum Beschreiben zur Verfügung. Bald reichte die Schrift bis zum Nacken. Die Mädchen waren entzückt. So nah hatte ihr Star sie noch nie herangelassen. Die Securities dagegen waren nicht sehr entzückt darüber. Sie befanden sich in ständiger Alarmbereitschaft. Als sie nach London zurückkehrten, war der Bruch ausgeheilt. Der Gips kam herunter, der Arm nur noch in Verband und Schlinge. Und aus Denver zierte eine neue Tätowierung seine Schulter. Die siebenkopfige Schlange.

Von Elisabeth konnte er kein Verständnis für seine Selbstverletzungen erwarten. Doch hatte er sich ein wenig Interesse erhofft. Sie gab sich zwar freundlich aber sehr distanziert. Nach gemeinsamem Essen mit der ganzen Familie und ein wenig Spiel mit Anne Louise zog sie sich in ihre Räume zurück, die für Shawn tabu blieben. Sein Kind wuchs in ihrem Bauch heran. Er war bereits kugelrund. Shawn durfte ihn nicht berühren, so gern er es auch getan hätte. Respekt bat sie sich aus. Seine Frau wollte nichts von ihm außer Respekt. Er schlug ihr ein Wochenende in Cornwall vor. In Begleitung einer Person, die ihre Interessen wahrte, sollte sie sich vor Übergriffen von ihm fürchten. Auch das Kindermädchen sollte natürlich mit, damit Elisabeth sich entspannen konnte. „Für Anne Louise", sagte er, „damit sie uns nicht immer nur getrennt sieht." Unter der Bedingung, daß Robert und Janina mitkamen, willigte Elisabeth ein.

Ein Hauch von Normalität hing in der milden Luft von St. Ives, als die Frauen untergehakt, bekleidet mit Anoraks und Gummistiefeln am Strand entlangstapften. Es war November. Elisabeth hochschwanger. Die Männer spielten mit Anne Louise „Engelchen flieg". Der glückliche Tyron, dessen Fell, vom Salzwasser verfilzt, noch stumpfer und zotteliger wirkte, lief vorne weg. Das Kindermädchen hielt sich dezent abseits, solange man sie nicht brauchte. Sie trug die Gummistiefel der Männer und des Kindes, ihre Jacken, sowie einen Rucksack mit etwas Proviant.

„Sie sind sich sehr ähnlich", sinnierte Janina beim Anblick der barfüßigen jungen Männer mit ihren windzerzausten langen Haaren, wie sie so mit der schnatternden und lachenden Anne tollten, die natürlich auch barfuß laufen wollte.

„Vielleicht in mancher Hinsicht", entgegnete Elisabeth, „aber siehst du, Robert liebt dich. Er ist zärtlich. Er ist treu. Er ist nicht so kaputt wie Shawn."

Janina schüttelte leicht den Kopf.

„Er ist nicht treu", sagte sie mit ihrem französischen Akzent. „Oh no. Nischt treu. Am Anfang schon. Aber nischt mehr jetzt." Elisabeth sah Janina verwundert an. „Siehst du, ich weiß, daß er mit diesen Party-Girls schläft. Überall, wo die Band auftritt. Er läßt keine aus. Wir reden nicht darüber. Er will nicht, daß ich es weiß."

„Und das macht dich nicht furchtbar wütend?" fragte Elisabeth aufgeregt. Doch Janina zuckte mit den Schultern.

„Keine war besser als ich. Er kommt zurück nach Somerset und sagt, ich bin seine Königin. Das sagt er, weil ich mich benehme wie eine Königin. Großherzig und gnädig. Was können mir diese dummen Gänse da draußen schon anhaben, frage ich dich. Ich nehme ihn in meinen Schoß, und er ist mein Baby. Ich nehme ihn an meine Brust, und da schläft mein kleiner Junge. Und trotzdem kann er sich sicher sein, daß ich ihn achte. Wenn er Sex macht, ist er mein Mann. Verstehst du? Da draußen, die gehören zur Show. Zur Bühne. Da ist er der Star. Oohoo!" Sie blieb stehen, ballte die Fäuste in Höhe der Hüfte und bewegte sie in eindeutiger Weise. „Rock'n Roll, verstehst du?" fragte sie mit betont männlichem Gesichtsausdruck.

Elisabeth umarmte die Freundin. Sie schlingerten im weichen Sand, fielen beinahe hin, kicherten und glucksten. „Ich hab versucht, so zu denken, Janina", sagte Elisabeth wieder ernst. „Ich kann's nicht. Selbst jetzt, seit meine Mutter mir alles erzählt hat. Ich glaube, es ist seine Verachtung, die er mich immer wieder spüren läßt. Seine tiefe Verachtung. Das macht es mir so schwer." Sie blieb stehen, ging in die Hocke und hob ein Schneckenhaus auf. „Immer wenn ich mich ihm genähert habe, hat er mich kurz darauf mit dieser Verachtung gestraft. Ich weiß nicht, womit ich das verdient habe, Janina."

Nachdenklich schritten sie weiter. In etwa zweihundert Metern Entfernung wälzte sich Shawn auf dem Rücken, Anne Louise über sich haltend, die juchzend mit den Beinen strampelte.

„Er ist ein so guter Vater", sagte Janina.

„Ja das ist er." Elisabeth sah, wie Shawn die Füßchen seiner Tochter prüfte, ob sie eventuell zu kalt würden. „Er geht so selbstverständlich mit ihr um. Windeln wechseln, waschen, Nägel schneiden, Füttern, ihren Dickkopf aushalten. Alles kein Problem." Sie seufzte laut. „Das ist es ja gerade. Wenn er ihr nur ein Haar krümmen würde, ich wär' schon längst auf und davon, das kannst du mir glauben. Aber bei seiner Tochter ist er zahm wie ein Lamm. Da vertraue ich ihm absolut. Nur wie soll das mit uns weitergehen? Ich bin nur noch der Behälter für seine Brut."

Sie umfaßte ihren großen Bauch. Janina umarmte sie voller Mitgefühl. Elisabeth lachte auf.

„Ach Janina. Kannst du dir vorstellen, daß es Frauen gibt, die sich darum reißen würden, das für ihn zu tun?" Tatsächlich hatte ein Mädchen ihm einen glühenden Liebesbrief geschrieben, in dem sie ihm unterbreitete, daß sie voller Stolz seine Kinder austragen würde, ohne Anspruch auf ein Familienleben. Sie würde sich von ihm benutzen lassen, seiner Gene wegen. Absolut verrückt!

„Die Weiber spinnen!" schimpfte Elisabeth. „Und das nur, weil er in einem Interview gesagt hat, daß er einen ganzen Haufen Kinder möchte, am liebsten jedes Jahr eines."

„Ohlala!" machte Janina und strich der Schwangeren über den Rücken.

„Ohne mich, sage ich dir!" versicherte Elisabeth.

Robert kam angelaufen. Er umarmte Janina stürmisch und riß sie mit sich zu Boden. Sie kreischte in ihrer typischen Art. Elisabeth lächelte. Ein Allison blieb eben ein Allison.

Jamison Robert Allison hatte es sehr eilig. So kam es, daß er noch im Cottage das Licht der Welt erblickte. Wegen des Blasensprungs wollte sich Elisabeth nicht mehr von der Stelle rühren. Während Robert einen Arzt und eine Hebamme suchte, halfen Shawn und Janina bei den Vorbereitungen. Das Kindermädchen blieb bei Anne, die jedoch von der Geburt nichts mitbekam, weil sie tief und fest schlief. Es war eine stürmische, regnerische Nacht. Das Haus stand weit abseits der Hauptstraße. Robert kam mangels Straßenbeleuchtung und wegen des starken Regens mit dem Wagen nur schwerlich voran. Jamison hingegen kam schnell voran. Der Arzt und die Hebamme fanden einen vollkommen in Tränen und Schweiß aufgelösten jungen Vater vor, der ihnen mit Stolz in den Augen und mit dem Neugeborenen auf dem Arm atemlos die Einzelheiten der Blitzgeburt berichtete. Sie kamen gerade noch rechtzeitig zur Nachgeburt und zur ersten medizinischen Versorgung von Mutter und Kind. Robert war in seiner Not, Hilfe auftreiben zu müssen, derartig unter Streß geraten, daß er beim Anblick der Nachgeburt, die ihm zum Vergraben hinterm Haus in einem Eimer gereicht wurde, ohnmächtig wurde.

So vergrub sie also der junge Vater selbst. In strömendem Regen und in tosendem Wind, das Geräusch der gischtenden Wellen im Rücken, im Gemüsebeet, wie ihm die Hebamme geheißen hatte. Das Raumschiff seines Sohnes kam nun unter die Rüben, die laut Hebamme besonders groß und vitaminreich werden würden. Der Wind heulte und zerrte an seiner Kleidung. Und Shawn flennte, als würde der Herrgott an ihm rütteln. Doch all diese Naturgewalten konnten ihm nichts anhaben. Er fühlte, als sei er in dieser Nacht der absoluten Wahrheit begegnet. Der Urgewalt schlechthin. Den dunkelbehaarten Kopf seines Kindes in Empfang nehmend, das Blut seiner tapfer kämpfenden Frau an den Händen, hatte er Leben und Tod so dicht beieinander gespürt und beides als so berauschend wundervoll, als so erhebend empfunden, daß er augenblicklich begriff, wie absolut wertvoll das Geschenk des Daseins war. Angeleitet von Elisabeth, die wundersamerweise nach diesen Torturen in der Lage war, sachlich zu denken, durchtrennte er die Nabelschnur. Weil er angesichts all des Blutes nicht einfach umkippte, fühlte er sich mächtig stolz. Als Janina mit Handtüchern kam, um sie dem glibberigen, bläulich rosa Wesen auf Elisabeths Brust überzulegen, damit es sich nicht verkühlte, lagen die jungen Eltern Arm in Arm und weinten vor Glück. Shawn wickelte seinen Sohn schließlich in die Tücher und hielt ihn dicht an seine Brust, um ihn zu wärmen. Er versprach ihm, fortan besser mit seinem Körper umzugehen. Und ihm und seiner Schwester zuliebe in seinem Beziehungschaos aufzuräumen. Er nahm sich vor, überhaupt ein viel besserer Mensch zu werden. Die Dämonen sollten niemals wieder Zutritt zu seiner Seele finden.

Genau in diesem bewegenden Moment war also Robert mit dem Arzt und der Hebamme eingetroffen.

„Stell die Schüssel hier auf den Tisch", schlug Shawn nun vor, „wir baden ihn hier."
Nachdem alles nötige getan war, und er sich von der Ohnmacht erholt hatte, umarmte Robert endlich seine Schwägerin. Anschließend Janina, die Blut an den Händen, auf der Stirn und auf ihrem Nachthemd hatte und sehr heldenhaft wirkte. Während die Hebamme und der Doktor sich weiterhin um Elisabeth kümmerten, standen Robert und Janina Arm in Arm am Tisch und sahen zu, wie Shawn, inzwischen mit einem Bademantel bekleidet, die nassen Haare zerzaust, Augen und Nase gerötet, den kleinen Jamison badete, der sich im warmen Wasser zusehends entspannte.

„If moon is raising out of stormy sea", sang sein Vater leise,
„If clouds are rushing like hunting hounds,
if love becomes tenderly meanings,
if feelings are doubtful you want to go out, to show us the world of difference between.
This night my friend is comming back. Out of the blue.
Oh you, son of the rushing clouds..."

Die Hebamme lauschte dem wehmütigen Lied. „Wie romantisch", schwärmte sie rücksichtsvoll leise. „Was hat ihr Mann für eine schöne Stimme. Viel besser als auf den Platten. Dies Lied gefällt sogar mir."
Elisabeth ergriff die Hand der sympathischen alten Dame und drückte sie sanft.
„Sie sind Zeugin einer Weltpremiere Mrs. Pancroft. Mein Mann singt diese Ballade zum allerersten Mal. Sie hören den Song, bevor ihn die ganze Welt zu hören kriegt."

„...Son of the stormy sea.
Go out to spit on my footsteps if you want to do so.
Go your own way you son of tenderly meanings, but don't scoff at me.
I've done like it could be.
Go and show us the world of difference between...
Son of stormy sea, of rushing clouds..."

„Mein Gott, wenn ich das meiner Enkelin erzähle! Die wird Augen machen! Ihr ganzes Zimmer hängt voll von Rumor-Postern. Daß ihr Idol hier bei uns ist, und sein Baby in ihrer Nachbarschaft geboren wurde, wird sie umhauen. Und ein so liebevoller junger Vater ist er zudem noch. Sie Glückliche. Sie sind sicher sehr stolz auf ihren berühmten Mann." Elisabeth zuckte mit den Schultern.

Die Wöchnerin verbrachte ihr Wochenbett im Ferienhaus. Es gab nicht die geringste Komplikation. An jedem Vormittag kam Mrs. Pancrofts Enkelin mit ihrer Großmutter zur Nachsorge. Doch ihr Interesse galt eher ihren Stars, als dem Neugeborenen. Nachdem sie Elisabeth die kräftigende hausgemachte Wochenbettbrühe ihrer Mutter serviert und sich den kleinen Jamison kurz angesehen hatte, eilte sie mit Erlaubnis der Großmutter dorthin, wo Shawn und Robert gerade waren. Doch stand sie eigentlich nur mit aufgerissenen Augen und offenem Mund vor ihnen und war so befangen, daß sie sich ihnen kaum nähern konnte. Erst nach drei Tagen nahm ihre Befangenheit ab. Sie setzte sich zu den jungen Männern, ließ sich über ihren Alltag und ihre

Hobbys ausfragen. Sie waren tatsächlich aus Fleisch und Blut und sie redeten ganz normal. Und in ihren alten Jeans und den irischen Pullovern sahen sie beinahe aus wie Jungs aus der Gegend.

Die Kleine hatte sich die erste Rumor-Biographie gekauft, die seit ein paar Wochen in den Buchläden zu haben war. Gordon hatte maßgeblich daran mitgearbeitet und war ganz stolz darauf. Die Idee stammte vom „Rumor Fan Club Westdeutschland", dessen Kopf, Ingo Bergmann, gemeinsam mit Dave Preston vom „Rumor Fan Club London", darunter auch Eve, Fotos und Text zusammenstellten und mit Gordon abstimmten. Tatsächlich stand darin geschrieben, daß die ersten Treffen der Band in der Küche der McPhersons stattfanden und die Proben zur ersten Single im alten Holzschuppen der Schwiegereltern des Frontman Shawn Allison. Ganz so wie Aileen damals prophezeit hatte.

Mrs. Pancrofts Enkelin wollte jedoch alles ganz genau wissen. Was hatte das „FUCK" auf Shawns Arm zu bedeuten? Warum sah man ihn und Robert so oft mit fremden Frauen? Warum gab es kaum Berichte über das Privatleben? Stimmte es, daß Spider an einer Überdosis gestorben war, und nahmen sie selber auch so schrecklich viele Drogen? Es war richtig schwierig, wahrheitsgemäß aber nicht zu offen zu antworten. Allein mit der Tatsache, daß sie dort bei ihnen saß und die ganze Geschichte mit der Geburt des zweiten Kindes mitbekam, könnte später für sie eine einträgliche Quelle sein. Sie mußte nur darauf kommen ihr Erlebnis an die Presse zu verkaufen, oder eine Geschichte drum herum zu spinnen, so daß es für ein Buch reichte.

Robert schenkte ihr eine seiner Mundharmonikas und von Shawn bekam sie eine Lederweste, die er bei einem Auftritt im Wembley Stadion getragen hatte. Doch das höchste Glück war, daß Shawn sie bei der Hand nahm, als sie gemeinsam mit Anne Louise und dem Kindermädchen, Janina und Robert, am Strand spazieren gingen. Sie war schrecklich verliebt in ihn. Unschuldige Glückseligkeit. Ihre Hand in seiner zu spüren war mehr, als sie sich jemals vom Leben erwartet hatte. Dieses Gefühl würde sich auf ewig in ihr Herz einbrennen. Sie ging neben Shawn Allison wie eine alte Freundin oder eine Familienangehörige. Man mußte sich das vorstellen. Zu Hause in ihrem Zimmer und in dem ihrer Freundinnen stapelten sich die Magazine mit Berichten über die Band und Fotos. Und sie plauderten und lachten hier herum, und er sagte „Kleines" und „Engel" zu ihr und hielt die ganze Zeit ihre Hand!

Schließlich wagte sie es, ihn zu fragen, ob sie ihre zwei besten Freundinnen auch einmal mitbringen durfte. Ihre Großmutter hatte ihr das zwar strikt verboten, aber sie mußte es einfach probieren. Doch Shawn war überaus freimütig. „Klar", sagte er einfach. „Bring sie mit, die Chicks." Und schon am nächsten Tag sahen sich Robert und er zwei pickligen Dreizehnjährigen gegenüber, die vor lauter Bewunderung die Münder nicht zukriegten, geschweige denn einen vernünftigen Satz zusammenbrachten. Der einzige Ausweg über diese peinliche Situation hinwegzukommen war, die Gitarre und die Mundharmonika auszupacken und zu musizieren. Am Ende saßen alle zusammen bei Tee und Keksen und sangen alte englische und irische Volkslieder und amüsierten sich prächtig.

Mrs. Pancroft wollte nichts von dem mehr glauben, was an Schrecklichem über die Rockstars in den Klatschblättern geschrieben stand. Diese liebenswerten jungen Männer sollten in der Lage sein, Reporter zu schlagen, Mädchen zu verprügeln, sich Rauschgiftexzessen hinzugeben, Orgien zu feiern? Das war doch alles erfundener Quatsch, um die Band interessant zu machen. Sie war entzückt von der Natürlichkeit und Aufgeschlossenheit der Brüder, auch wenn sie in Gegenwart der jungen Mädchen ein wenig zuviel rauchten und mit Kraftausdrücken nicht zimperlich waren.

Elisabeth fühlte sich schon bald wieder recht kräftig. Das Wetter besserte sich. Während sie von Mrs. Pancroft, deren Enkelin, Janina, den Männern und ihrer kleinen Tochter liebevoll umhegt wurde, genoß sie die sonnige Luft die durch die Fenster des mit Reet gedeckten Hauses strich. Auch dieses Mal liebte sie es, Shawn mit dem winzigen Bündel Mensch auf dem Arm herumgehen zu sehen. Wie er mit Jamison sprach. Wie er ihn wickelte. Wie der zweifache Vater, die schlafenden Kinder auf seinem Schoß, im breiten Ohrensessel vor dem Kamin ebenfalls friedlich schlief. Ein wundervolles Bild. Doch die ersten Tränen kamen als er ihr wieder einmal das Baby an die Brust reichte.

„Sauf nich' so hastig, Mann", sagte er. „Es nimmt dir keiner was weg. Dieser Busen gehört nur dir."

Für Elisabeth war diese Bemerkung wie die erneute Bestätigung dafür, daß sie keinen Liebhaber mehr hatte. Nun war sie nur noch Mutter. Für den Moment würde ihr diese Rolle genügen. Aber wie würde sich ihr weiteres Leben gestalten. Er würde hinausgehen. Würde seine Musik machen und seine Mädchen haben. Er würde sein junges, wildes Leben so leben, wie er es für richtig hielt. Und sie? Sie würde mit den Kindern und mit seiner Familie weiterhin geduldig auf Somerton Castle sitzen und langsam aber sicher zur verbiesterten alten Jungfer werden.

„Er wird schon nicht das einzige männliche Wesen bleiben, das sich für meinen Busen interessiert", sagte Elisabeth schnippisch, „darauf kannst du dich verlassen, Shawn Allison."

„Das in der Nähe von Pnom Penh als vermißt geltende Britische Journalisten Team, darunter auch der mehrfach ausgezeichnete Dokumentarfilmer Christopher Lombart, ist offiziellen Presseberichten zufolge, den Roten Khmer entkommen und wurde von amerikanischen Kampfhubschraubern aus der grünen Hölle geflogen. Die vier Männer und eine Frau befinden sich im Moment in Fort Lauderdale, wo sie ärztlich versorgt werden. Alle Vier sind dem Anschein nach unverletzt."

Masons Rücken spannte sich. Er nahm die Füße vom Polster und lehnte sich dem Fernsehschirm entgegen. Seine Mutter trat hinter ihn. *„Unser Reporter in Fort Lauderdale hatte Gelegenheit mit Christopher Lombart zu sprechen."* Plötzlich war Chris im Bild. Schrecklich abgemagert. Das Gesicht voller Blessuren, aber befreit lächelnd. *„Wir hatten Glück, um ein Haar wären wir in die Hände der Roten Khmer gefallen. Unsere lange Flucht hat uns alle ziemlich mitgenommen. Aber immerhin leben wir. Dieser Krieg ist das grausamste, was ich in meinem Journalistendasein gesehen habe. Jetzt möchte ich nur noch so schnell wie möglich nach Hause."*

Der Nachrichtensprecher meldete noch, daß die Befreiten übermorgen in London erwartet werden, und ging zum nächsten Thema über. Mason und seine Mutter umarmten sich, sprangen und hüpften und lachten vor Erleichterung. Die Monate der Ungewißheit waren endlich vorüber. Daß Chris lebte, war schon großartig. Nun hoffte Mrs. McPherson, daß Chris, wenn er „nach Hause" sagte, nicht nur England, sondern auch Mason damit meinte. Ihren Sohn so leiden zu sehen und nicht helfen zu können war schrecklich genug gewesen. Überglücklich konnte Mason Shawn und Robert die frohe Botschaft telefonisch nach St. Ives überbringen.

„Wir wissen nur überhaupt nicht, wann er in Heathrow ankommt", sagte er. „Aber ich denke, er wird sich bei mir melden. Das hoffe ich wenigsten."

Doch Shawn beruhigte ihn. Er glaubte nicht, daß es einen Zweifel daran geben konnte. Und den sollte es auch nicht geben.

Die McPhersons saßen beim Abendessen als es schellte. Vor der Tür standen zwei kräftig gebaute, jüngere Männer in dunklen Anzügen und ein etwas hagerer, älterer Mann in Fahreruniform.

„Ich bin der Fahrer von Mister Tyler, Mam", stellte er sich freundlich vor. „Er hat eine Überraschung für Mister McPherson." Der Fahrer grinste geheimnisvoll. Mason war inzwischen auch an die Tür getreten.

„Hallo Herb", begrüßte er den älteren. „Hallo Jungs." Die Bodygards spähten wichtig die Straße auf und ab. Er ahnte schon, um was es ging. Hastig nahm er seinen bodenlangen Kaftanmantel, setzte die runde Sonnenbrille auf, gab Mutter und Vater einen herzhaften Kuß und stieg eilig in den Rolls. Dabei winkte er schnell noch der ewig mißtrauischen Nachbarin zu, die neugierig nach dem vornehmen Wagen Ausschau hielt. Für sie gehörte es zu den gröbsten Ungerechtigkeiten dieser Welt, daß eine verkommene Gestalt wie Mason McPherson mit seinem furchtbaren Getrommel derartig viel Geld verdiente. Mr. und Mrs. Mc Pherson umarmten sich still. „Sie werden ihn nach Somerset gebracht haben, weil er dort am sichersten vor den Medien ist", sagte Mrs. McPherson. „Ich danke Gott für seine Rückkehr."

Ihr Mann preßte sie an sich.

„Ja. Ich hab ihn liebgewonnen wie einen zweiten Sohn. Unerträglich, wenn ihm etwas zugestoßen wäre, Mey. Unerträglich."

August Dreiundneunzig,
Black Angel Records.

„Na du, altes Fossil!" Robert klatschte seinem Bruder die kühle Hand in den kurz geschorenen Nacken, der bis eben noch den Kopf in lockerer Bewegung zu dem Sound eines Songs bewegt hatte. Shawn erschrak heftig. Er drehte mit Schwung seinen Vitra-Stuhl in Bobs Richtung, kippte den Sitz leicht nach hinten, nahm den Köpfhörer ab und schaltete den Regler auf Raum.

Jeden anderen hätte er achtkantig hinausgeworfen. Hier einzudringen und ihn beim Selektieren der Demo-Tapes zu stören war wirklich das allerletzte. Vor den Tausenden von Knöpfen, Schaltern, Schiebern und Lämpchen war er der absolute Herrscher. Hinter den Mikros auf der anderen Seite des großen Raumes, im Glashaus, schwitzten nicht selten die zukünftigen Stars vor Aufregung und Eifer, um Shawn Allisons geschultem Ohr nur ja zu genügen. Doch Robert war hier jeder Zeit willkommen.

„Was zum Teufel is' das?!" schrie Robert gegen die Lautstärke der Musik an und zog am Knoten seiner Krawatte, um sich ein wenig mehr Luft zu verschaffen.

Shawn hatte inzwischen seine Hände über der Brust gefaltet, die offenen Schnürstiefel lässig auf dem Rand des Mischpults abgelegt und lauschte, ein verzücktes Lächeln über dem rötlichen Kinnbärtchen, den neuen Klängen.

„Das is' neu!" Mehr wollte Bob im Moment nicht dazu sagen. „Das is' saugut!" schrie sein Bruder zurück. „Das is' phänomenal gut! Tscheketschekahhh, Tscheketschekahh... c'm on this boy blue..."

Er regelte die Lautstärke niedriger.

„Das is' von einem Jungen aus Minnesota. Aus 'nem Kaff. Läuft mit 'ner Pump rum und macht Musik, statt abzudrücken. So hört sich der Sound für mich jedenfalls an. Brutal gut."

„Hat 'ne schwarze Stimme", sagte Robert und fuhr sich durch die schulterlangen, leicht gestuften Haare, um die Ponysträhnen über der Stirn zu fixieren, was jedoch noch keinem Allison je gelungen war.

„Is' aber 'n Whitey", entgegnete Shawn und stellte die Musik ab.

„Hör auf, das Wort kann ich nich' mehr hören. Sagt Jeromè dauernd zu mir. Hat dieser Typ aus Minnesota Chancen bei dir?" Bob holte sich eine Cola Light aus dem Studiokühlschrank. Shawn schob sich die khakifarbene Schirmmütze vom Kopf, kratzte sich die millimeterkurzen, dunklen Stoppeln und warf die Mütze wieder über. Die gewitzten Augen mit den Zeugen ungemäßigter Sinnesfreuden drum herum wurden zu Schlitzen, die zigarilloerprobten Lippen wurden in die Breite gezogen, die markante Nase hin und her gewackelt. Er ließ die Füße auf den Boden fallen, seinen Sitz nach oben schnellen und stand plötzlich vor Bob. Durchtrainierter Brustkorb unterm eng anliegenden Shirt, feste Hüften die von einem groben Gürtel betont wurden, runder Po in der, natürlich tarnfarbengefleckten, Cargohose. Bob beneidete seinen Bruder um den kräftigen eckigen Körperbau, der etwas bulliger wurde mit zunehmendem Alter, jedoch im Gegensatz zu seiner eigenen, etwas weicheren Natur kein Gramm Fett ansetzte. Shawn umarmte Robert und schlug ihm brüderlich auf den Rücken. Ein liebevoll gemeinter Schlag auf die Wange, begleitet von breitem Grinsen und einem zärtlichen „Hey Alter", markierten das Ende der freudigen Begrüßung.

„Bei mir hätt' er schon Chancen", sagte Shawn nun krächzend, streckte die Arme weit in die Höhe und gähnte laut mit weit geöffnetem Mund, so daß Bob die Goldinlets in seinen hinteren Backenzähnen sehen konnte. Ein Loch im armeegrünen T-Shirt unter Shawns Arm erregte seine

Aufmerksamkeit. Im Gegensatz zu Shawn war Bob sehr penibel, wenn es um sein Äußeres ging. Shawn war noch immer nicht in der Lage, sich ohne fremde Hilfe korrekt zu kleiden. Irgendwo fand sich stets eine Nachlässigkeit.

Er schabte sich mit den Fingernägeln das bärtige Kinn und kratzte über das „FUCK" auf seinem Arm. In den siebziger und achtziger Jahren waren noch etliche Tätowierungen zu der Selbstverstümmelung hinzugekommen, die er inzwischen teilweise bereute. Zum Beispiel mochte er die siebenkopfige Schlange nicht mehr, deren mittlerer Kopf aus dem Halsausschnitt des T-Shirts lugte. In seinem Nacken waren chinesische Schriftzeichen zu sehen, die soviel bedeuteten wie „Bite here". Mitbringsel aus Übersee. Andenken jugendlichen Übermuts in Hochzeiten des Ruhms. Gleichzeitig auch Erinnerungen an schmerzexperimentelle Phasen. Das hatte er alles längst hinter sich gelassen.

„Aber er is' zu früh dran", erläuterte Shawn sein Urteil über den soeben gehörten jungen Musiker. „'n Whitey mit so 'ner Mischung aus Rap und Rock und Hip Hop. Mann...! Die Ghetto-Kids werden ihn in der Luft zerreißen. Mutter Großbritannien wird ihn vom Schoß schubsen, und die Kritiker werden ihm so übel mitspielen, daß er tatsächlich zum Amokläufer wird. Vielleicht in' paar Jahren. Tja und dann isser zu alt und 'n anderer macht sein Ding. Scheiße das. Vielleicht sollte ich ihn doch... Schönes Kontrastprogramm zu meinen Boygroups. So was Handfestes, weißte, nich' schon wieder so Sü..." Er suchte nach etwas. „Na, wo sind sie?", und fand seine Zigarillos unter einem Stapel Fotos, steckte sich eines zwischen die Lippen und zündete es an während er weitersprach. „Nich' so süße schwule Knackärsche."

Sie lachten amüsiert. Robert nahm ein Foto an sich, das fünf hübsche Jungen in tänzerischer Pose zeigte. Er deutete auf einen von ihnen.

„Willst du ihn drin behalten? Man sieht sogar auf 'm Foto, daß er schwul is'. Die Chicks mögen das nich'."

„Komm", winkte Shawn ab, „das war das erste Shooting. Sie sind gerade für zwei Wochen auf Schulung. Schauspiel, Choreographie, Gesang, Styling, du weißt schon, der ganze Sums...! Ich sag dir, wenn die zurückkommen von Mallorca, dann siehste dem nich' mehr an, dasser schwul is', da verlaß ich mich ganz auf unseren Stab. Wozu schick ich denn so 'n arschteuren Psychologen mit?" Er zog heftig am Zigarillo.

„Aber du weißt ja, was das für 'n Druck erzeugt für den Jungen. Ob er das so gut wegsteckt wie Mason damals?" gab Robert zu bedenken.

Shawn winkte ab. „Hör mal. Der kommt aus 'ner ganz miesen Ecke des Königreichs, hat nichts, is' nichts und wird nichts werden. Der weiß genau, daß er mit mir die nächsten fünf Jahre absahnen kann. Dann kann er sich meinetwegen outen. Bitte schön. Dann hat er so viel Kohle, daß es ihm scheiß egal sein kann, was die Welt darüber denkt. Blöd is' der nich', der Junge. Es gibt schlimmeres, als seine Neigung in 'ner Boygroup zu verleugnen. Und er muß dafür noch nich' mal seinen Babyarsch hinhalten für mich. Is' doch echt was wert, oder?"

Robert lachte in sich hinein. „Da hat er aber Glück gehabt!"

Shawn grinste, „obwohl er nich' abgeneigt war... schließlich gibt's in unserem Metier auch häßlichere geile alte Böcke wie mich..."

Die Brüder lachten dreckig. „Aber erzähl mal, wie isses im gelobten Land?" wechselte Shawn das Thema. „Wie geht's deiner Frau und den Jungs? Wie gehts Tony und Claire? Haste mir was mitgebracht?"

Janina ginge es wie immer sehr gut, konnte Bob berichten. Im Moment würde ihnen ihr Jüngster, der wilde Jeromè, ziemlichen Ärger bereiten. Auf der Suche nach seinen afrikanischen Wurzeln drohe er, in die radikale Ecke abzudriften. Nur Schwarze seien wahre Menschen. Es täte ihm leid, daß er zur Hälfte weiß sei. Er verstünde seine Mutter nicht, die aus einem so edlen Geschlecht käme, wie die sich mit einem „Whitey" einlassen konnte. Und so weiter. Da könne einem schon schlecht werden. Rassismus mal anders 'rum. Die Pubertät ginge halt los. Zum Dritten. Den beiden Großen ginge es prima. Antoines Dreadlocks hingen ihm nun schon bis auf den Rücken. Die Mädchen rannten ihm hinterher. Er würde von Woche zu Woche schöner, je mehr er zum Mann wird.

„Wie du mit neunzehn", sagte Shawn und sie lachten verschmitzt. „Und was macht seine Musik? Haben wir ihn bald an der Front?"

Er stehe weiterhin auf Reggae, seine Bongo-Technik gerate immer besser, er käme aber immer noch nicht aus der Marley-Ecke heraus, um eigene Sachen zu machen. Robert wollte sich da jedoch nicht zu sehr einmischen. Der Junge würde das schon machen. Manchmal bliebe er über Nacht in Antoines Wohnung. Seine Jungs hätten nichts dagegen. Es sei immer recht entspannend, mit den jugendlichen Rastafaris bei ein paar Joints abzuhängen. Da kämen einem so Erinnerungen. Ja, und dem Ältesten ginge es bestens mit seinem Studium. Dediér war eben der erste männliche Allison, der, statt musikalisch, mathematisch begabt war, so unverständlich ihm als Vater diese Tatsache auch blieb. „Er hat vom ganzen Typ her so viel Ähnlichkeit mit Dorothee. Das ist schon seltsam", sann Robert nach, „der wird sicher auch mal so ein Spitzenphysiker. Mit Frauen sei er ein Spätzünder. Das machte ihm schon ein wenig Sorgen. Aber wenn man die Nase nur in Bücher steckte... Tony und Claire ginge es ausgezeichnet. Sie hatten gerade vor zwei Wochen ihren fünfzehnten Shop eröffnet. Ihre Tochter Lou war dabei, sie das erste Mal zu Großeltern zu machen. Tony und Claire bauten gerade für sie und den jungen Vater, ein Haus in ihrer Nähe. Dort an der Küste. Traumhaft. Versonnen bewegte Shawn den Kopf hin und her. Die Brüder richteten ihre Zeigefinger gegeneinander, als wollten sie aufeinander zielen.

„Sag es nicht!" Bob kniff ein Auge zu. Doch dann sagten beide wie aus einem Munde: „Wie die Zeit vergeht!"

Nun wollte Shawn wissen, ob Bob ihm Tapes aus L.A. mitgebracht hatte, und wie's so aussah, mit den Aufnahmen. Bob äußerte sich nicht besonders ausgiebig, jedoch auch nicht unzufrieden. Greg habe da etwas eingespielt, mit einer jungen Truppe aus New York...

„Aber, laß uns später darüber reden", schlug er vor. Er interessierte sich im Moment mehr dafür, ob es etwas neues vom kleinen Bruder Willy gab.

Der sei inzwischen aus der Wüste zurückgekehrt, sei jedoch sofort nach Berlin geflogen, um an einem Filmfestival teilzunehmen. Sein Dokumentarfilm über die Nomaden in der Nameb stünde zur Nominierung.

„Geil", urteilte Bob und trank seine Cola aus.

Shawn boxte leicht gegen Bob's Schulter.

„Mason kommt heut' Abend raus zu uns, mit seinem Neuen! Bin mal gespannt, was der so hergibt."

„Wurde auf jeden Fall Zeit, daß Mason aus seiner Starre erwacht. Chris is' nun ja schon drei Jahre tot", sagte Robert.

„Ist nur nich' so einfach in der Szene, weißte", entgegnete Shawn, und außerdem ist er ja auch älter geworden."

Robert lachte. „Er is' einfach nich' der Typ, nur mal so rumzumachen, nur so zum Spaß. Immer ganz die treue Seele. Zwanzig Jahre Treue! Wenn ich daran denke, was du und ich dagegen an Bumsereien hinter uns haben! Mann..." Er faßte in seine Sackotasche und zog ein Condom hervor. „Und es macht noch immer Spaß, trotz Rettungsring um die Hüften und Aidsangst."

Shawn griff seinem Bruder in den Nacken und schüttelte lachend dessen Kopf.

„Alter Schwerenöter. Ich bin nun schon ewig treu. Mir fehlt rein gar nichts."

„Daß du genug zu tun hast, kann ich mir lebhaft vorstellen!" gurgelte Bob im festen Nackengriff seines Bruders. Shawn ließ ihn los.

„Haste Zeit zum Lunch? Die Frauen bereiten etwas vor im Haus. Warst du schon drüben?"

Bob verneinte. „Ich hab erstmal zu dir wollen." Bob versuchte seine verwüstete Frisur zu richten. Shawn zog grübelnd am Zigarillo.

„Irgendwie tun die heute so geheimnisvoll. Ich weiß gar nich', was los is'. Hab schon überlegt, ob ich 'nen Geburtstag vergessen hab oder etwa den Hochzeitstag? Wer weiß, was die von mir wollen. Das is' nämlich meist so, wenn sie was Größeres vorhaben: Erst werde ich bekocht und mit dem besten Wein abgefüllt und alle becircen mich. Oh, das können die Frauen! Die Erwachsenen wie die Unfertigen. Und dann schnappt plötzlich die Falle zu. Entweder ich werd schon wieder Opa, oder ich soll einen völlig unbegabten Musiker puschen, in den sich eine meiner Töchter verliebt hat, oder irgend so 'n armer Penner, den mein Sohn in seinem Sozialwahn von der Straße aufgelesen hat, soll einen Job bei uns kriegen. Vielleicht haben sie auch den siebenundsechziger Pontiac zu Mus gefahren."

„Oder den Porsche", grinste Bob.

Shawn zog die Braue in die Höhe.

„Zum dritten Mal?"

Vom Kindermädchen oder den Hausgehilfen die Mangels Nervenstärke weggelaufen sein konnten, bis hin zu einer unakzeptablen Geschäftsidee war alles drin. Die Erfahrungspalette war sehr reich an Varianten. Die Frauen mit ihrem Eigenleben. Immer wieder Rätselhaft und voller Überraschungen.

„Bist du bei der Konferenz heute nachmittag dabei?" fragte Shawn seinen Bruder.

„Ja, gerne", stimmte Robert zu. „Aber du solltest dich vorher umziehen."

„Wieso?"

„Na ja, irgendwie siehste so paramilitärisch aus."

„Magste das nich'?"

„Nee. Siehst aus wie Fidel Castros kleiner Bruder. Und außerdem haste 'n Loch unterm Arm."

„Is' mir echt scheiß egal, Mann." Powackelnd stolzierte Shawn vor Bob auf und ab. „Bei der Verleihung morgen sehen mich die Leute noch früh genug rasiert und parfümiert, im Anzug und mit echt geilen Schuhen. Haahh, sie werden auf mich fliegen, die jungen Dinger! Girls wie Boys. So wie das letzte Mal bei den MTV Music Awards. Diese sechzehnjährige Modelschwester, dieses Knäckebrot, die mich gefragt hat, ob ich sie mit ins Bett nehme, obwohl sie gar nich' singen kann. War immerhin so was wie 'n Kompliment. Ohne Plattenvertrag, verstehste? Aber sechzehn! Da kann ich ja gleich mit meinen Töchtern schlafen. Ohh, ich bin froh, wenn's vorbei is'! Ich hasse diese Verleihungen."

Robert legte tröstend seine Hand auf Shawns Schulter. „Ich werde dir beistehen, Bruder. Ich hab nichts gegen junge Dinger, wie du weißt."

„Tu deiner lieben Frau nich' weh!" mahnte Shawn. „Weißt du noch, wie du mir das immer gesagt hast, als ich damals noch mit Elisabeth..."

Sie verließen den Aufnahmeraum. Beim Gang durch das Studio schritten sie entlang Hunderter goldener Schallplatten, Platin CD's, Bandfotos, Konzertplakaten. Angefangen bei den „Rumor", bis hin zu all den geförderten, hier produzierten Bands und Solomusikern, die den Allisons schier unerschöpflichen Reichtum brachten. „Black Angel Records" war zu einem konzernähnlichen Gebilde geworden, das längst nicht mehr „nur" Musik verkaufte. „Black Angel Records" stand für

Hotels, Clubs und Lokale, für eine Videoproduktion und eine eigene Musikschule und etliches mehr.

Im Konferenzraum begrüßten sie einen sehr jungen Mitarbeiter der Firma, der die Vorbereitungen für den Nachmittag traf. Er war dabei, die inzwischen vierte rote Sitzlandschaft in den letzten zwanzig Jahren in die richtige Position zu schieben.

„Soll ich euch wirklich auf dem roten Sofa plazieren, Shawn?" vergewisserte sich der allovergepiercte und tätowierte Jüngling schüchtern bei seinem Chef.

Er war noch relativ neu in der Firma und dementsprechend verunsichert. Alle duzten Shawn, diesen exentrischen Halbgott. Aber wenn nur der Duft seiner Zigarillo Marke in der Luft hing, schlugen sie bereits ehrfurchtsvoll die Hacken zusammen und standen Spalier.

„Klar doch, das Hemd im Hintergrund. Wie immer. Unbedingt!" Shawn gestikulierte mit dem Zigarillo in der Luft herum. „Der TV Fritze hat gesagt, rot kommt gut. Is' ja auch egal. Hauptsache ich komm gut auf rot, oder?"

Wichtigtuerisch griff er sich in den Schritt. Alle drei lachten. Shawn legte dem Jungen kurz die Hand auf die Glatze.

„Du machst das gut, Kleiner. Du machst das alles völlig richtig, Boogy", stupste ihn gegen den Hinterkopf und hinterließ beim Weitergehen einen Menschen mit Herzklopfen. Einen Jungen, der sich gesegnet fühlte. So einen als Vater! Gigantisch! Endgeil, dieser Allison. Aber er wollte mal ganz zufrieden sein, daß er hier arbeiten durfte. Dafür hatte Jamy Allison gesorgt. Der Kerl war mindestens so durchgeknallt wie sein Vater und dementsprechend gut drauf. Lief überall rum wie ein etwas irrer, schwarzer Engel. Er wirkte viel älter als einundzwanzig, irgendwie mächtig, furchteinflößend. Seine Institution, die er mit knapp zwanzig Jahren gegründet hatte, trug den Namen „Lost Boy Found". Warum auch immer, Boogy wußte nur, daß der Name auf einen alten Rumor- Titel zurückzuführen war. Jedenfalls kümmerte sich diese Institution um mißhandelte und mißbrauchte Jungen. Inzwischen unterhielt der Verein zehn Anlaufstellen und vier Heime. Psychologische und soziale Betreuung gab es dort. Weg vom Strich hatte das für ihn selbst, für Boogy, bedeutet, weg vom Gift, weg von der Verrohung. Wenn man irgendeine besondere Begabung mitbrachte, die in irgendeinem Ressort der Company Anwendung fand, hatte man sogar Chancen auf eine Ausbildung oder einen Job hier und man konnte sich als Teil der „Familie" fühlen. Das sagte auch Tom, ein ehemaliger Roadie der Rumor, der inzwischen die Abteilung technisches Equipment leitete und zur Zeit sein direkter Vorgesetzter war. „Wenn Shawn dich abgecheckt hat und „Ja" zu dir gesagt hat, dann gehörste zur Familie. Du mußt was wegstecken können. Aber wenn de deine Sache gut machst, gehörste für immer dazu."

Der Allison Sohn Jamy spielte wie alle seine Geschwister mehrere Instrumente. Doch er weigerte sich bis zum heutigen Tag seine musikalische Begabung beruflich zu nutzen. Er benutzte die Musik lieber, um mit denen anzuknüpfen, denen Worte schon lange nichts mehr galten. Jamy Allison spielte aber nicht nur gut Gitarre, er konnte auch unheimlich gut reden. Wenn er sich hinstellte und zu einem Haufen von Mistkerlen sprach, konnte man fast sicher sein, daß danach alle, zumindest eine Zeitlang, gute Vorsätze im Herzen trugen. Er redete inbrünstig und voller Leidenschaft. Manchmal redete er beinahe gewalttätig. Und er hatte keine Angst. Jamy war überall da anzutreffen, wo die Hilflosesten in der Gosse lagen. Jamy trank keinen Alkohol und nahm keine Drogen und wirkte dennoch, als sei er ständig auf irgendeinem Trip. Boogy hatte ihn einmal gefragt, warum er das alles tat, obwohl die Jungen es ihm oftmals nicht dankten, und Jamy hatte gesagt, er kenne nun mal die Geschichte seines Vaters, da gäbe es einiges zu verarbeiten. Darauf konnte sich Boogy überhaupt keinen Reim machen. Was war daran zu verarbeiten, wenn der Vater ein Promi war. Daß Jamy es haßte, Geld aus dem Fenster zu schmeißen, war besser zu verstehen für

Boogy, obwohl er auch das nicht ganz verstand. Besäße er von Geburt an schon so viel Geld wie Jamy - Mann! Er würde sich nicht beschweren. Doch Jamy sagte, wer viel besitzt, habe die Verantwortung, damit etwas Sinnvolles für die Gemeinschaft zu tun. Was Boogy natürlich nicht wußte, war, wie viele Auseinandersetzungen es zwischen Vater und Sohn gegeben hatte, bevor Shawn ihm das Geld für die Foundation endlich zubilligte.

Dieser junge Hitzkopf trug nicht nur den Namen und spielte eine ähnlich gute Gitarre wie Jamison Crawford, er hatte offenbar auch ähnliche Lebensansätze. Ganz so, als sei Jamison bei der Zeugung auf wundersame Weise zugegen gewesen. Jamy war von Anfang an ein tiefsinniges, feinspüriges Kind. Er fühlte, daß sein Vater ein dunkles Geheimnis in sich trug, das auch ihn irgendwie betraf. Je älter er wurde, desto stärker wurde die subtile Ahnung, daß etwas mit dem Vater nicht stimmte. Shawn war ihm gegenüber so eigenartig distanziert, so vorsichtig, was seine Berührungen anging. Er konnte Jamison nicht diese innige natürliche Zärtlichkeit geben, die die Mädchen von ihm bekamen. Ja, er balgte sich nicht einmal mehr mit ihm, kaum daß Jamison acht oder neun Jahre alt war. So fühlte sich Jamy ungeliebt und unverstanden.

Vater und Sohn stritten oft über gesellschaftliche Themen. Über das Für und Wider von Wohltätigkeit. Und über Kompensation und Gewissensberuhigung. Jamy schimpfte seinen Vater einen Bonzen. Shawn schimpfte seinen Sohn ein verwöhntes Bürschchen mit Sozialtick. Jamy konnte nicht verstehen, wie sein Vater diesen Reichtum ohne schlechtes Gewissen genießen konnte, während die Armut um sie herum ständig zunahm. Manchmal reizte es Shawn allzu sehr, den Sohn herauszufordern. Er sei wenigstens ehrlich, sagte er dann. Er habe niemals behauptet ein politischer Mensch zu sein. Und er fände es albern und unreif, zu sagen, man brauche all den Reichtum nicht, wenn man doch mitten drin lebte. Wenn Jamy das alles so ankotzte und er seinen Vater nicht akzeptieren könne, müsse er eben zu seiner Mutter ziehen oder in eine sozialistisch angehauchte Wohngemeinschaft, womit er aber vielleicht etwas spät käme. Die arrogante Art seines Vaters konnte Jamy zur Weißglut bringen.

Shawn hatte sich Prügel gegen seine Kinder strikt verboten. Aber einmal war ihm gegen Jamy doch die Hand ausgerutscht, als der ihn während eines solchen Streites, außer sich vor Wut, ein „arrogantes, verdorbenes Bonzenschwein" nannte. Ein riesiges Drama folgte, nachdem Jamy seine Knochen vom Boden aufgesammelt hatte. Er lief mit Mordgedanken gegen seinen Vater davon. Man suchte ihn tagelang, während Shawn sich unter Selbstvorwürfen quälte. Jamy behauptete gegenüber einem Reporter, sein Vater habe seinen privaten Geheimdienst, wie er die Bodygards nannte, auf ihn gehetzt, der ihn gegen seinen Willen nach Hause zurückbrachte. Sie stritten nach seiner unfreiwilligen Rückkehr ununterbrochen weiter, so laut, daß die Wände der Bibliothek wackelten, bis Shawn sich plötzlich bei Jamy entschuldigte und ihn umarmte. Und er flüsterte ihm drei Worte ins Ohr: „Ich liebe dich."

Bis zu dem Zeitpunkt hatte Jamy wahrhaftig daran gezweifelt. Schon der Song, den Shawn angeblich zu seiner Geburt geschrieben hatte, machte ihn zweifeln. Kein anderer Geburtssong war derartig melancholisch. Keiner der fünf, die noch folgten. Nur der seine. Obwohl Shawn oft erzählte, daß das Erlebnis von seiner Geburt eines der tiefsten und schönsten Erlebnisse seines Lebens gewesen sei. Jamy glaubte ihm nicht. Wie konnte er ein Kind lieben, dessen Mutter er schon vorher längst nicht mehr liebte? Doch seit dem Tag, als sein Vater ihn zitternd vor Aufregung und weinend in die Arme schloß, ihn an sich preßte und die drei Zauberworte sagte, fühlte sich Jamy nicht mehr als Fremdkörper in Shawn Allisons Welt.

Und Shawn hörte auf mit seinem Zynismus. Ehrlichkeit und Achtung vor dem anderen hielten Einzug in der Beziehung zwischen den beiden. Sie lernten einander kennen, kamen sich näher. Und Shawn erzählte seinem Sohn, was ihm als Kind geschehen war. Jamison konnte endlich begreifen, trauern und verzeihen. Und Shawn konnte seinen Sohn berühren, ohne die Furcht, er könne das falsch verstehen. Ein allgemeines Aufatmen ging damals durch den Allison- Clan. Endlich hatte die ständige Spannung zwischen Vater und Sohn ein Ende.

Auf Robert wartete der Fahrer vor dem Studiogelände mit dem Rolls, in dem auch sein Gepäck und Mitbringsel für die Familie sowie die Demobänder aus dem Tochter-Studio in L.A. verstaut waren. Er winkte kurz zurück zu Shawn, der sich in seinen mächtigen amerikanischen Geländewagen schwang. Eine riesige Staubwolke und Auspuffdämpfe hinter sich lassend, preschte Shawn an ihnen vorbei. Der Fahrer ärgerte sich dezent. Schließlich wusch er den Rolls mit der Hand und polierte jeden Zentimeter mit einem feinen Tuch. Gerade am Vormittag hatte er das erledigt, bevor er Robert Allison vom Flughafen abholte. Sein Chef war und blieb ein Rüpel. Er war der schlechtangezogenste, rüpelhafteste Multimillionär, den er kannte. Aber das durfte man nur denken. Die Bezahlung war einfach zu gut, um sich Frechheiten zu erlauben. Robert hatte ganz andere Probleme. „Fahren sie zu Mann!" forderte er den Fahrer ungeduldig auf.

Shawn parkte den Wagen am Rande des Rosengartens. Die gute alte Mrs. Harrow, seit über zwanzig Jahren Haushälterin auf Somerton Castle, hatte ihre private Liebe für die Rosenzucht entdeckt. Der Rosengarten war sozusagen ihr Reich. Hier wuchsen und blühten die schönsten englischen Rosen, die man sich vorstellen konnte. Sie sah es nicht allzu gern, wenn Shawn sich hier bediente. Doch ab und zu machte er auf dem Weg zum Haus am buchsumgrenzten Garten halt. Damit er die edlen Blumen nicht einfach abknickte hatte sie ihm eine Rosenschere geschenkt, die nun stets im Chevrolet lag. Shawn schnitt zwei üppige „Wenlock" ab, die einen kräftigen Duft verströmten, schnupperte daran und legte sie vorsichtig auf den Beifahrersitz. Er schwang sich wieder in den Wagen, setzte die Sonnenbrille auf und wollte weiterfahren, als hinter ihm ein bekanntes Geräusch an seine Ohren drang.

Es war das Motorengeräusch des Mustang, den Anne Louise fuhr. Sie war schnell heran, hielt direkt neben dem Chevy und ließ die Scheibe herunter. Hinter ihr, aus dem Kindersitz, winkte ein braunhäutiger, blondhaariger Lockenkopf mit dunkelbraunen Augen, der begeistert nach seinem Opa rief. Der zweijährige Shade wurde von Shawn vergöttert wie ein Kunstwerk. Neben Anne saß ihr Lebensgefährte Dean, ein muskulöser Amerikaner aus Seattle mit blondem wildgelocktem Langhaar, der Shawn stark an seinen alten Freund Jake erinnerte, den Amsterdamer Hausboot-Hippie. Natürlich war er Musiker. Zuerst konnte Shawn den Jungen nicht so leiden. Er hatte so etwas „Animalisches". Wenn er Anne küßte, verschluckte er sie halb. Ihr zarter Körper verschwand in seinen Armen. Er trieb sich dauernd mit den Musikerkumpeln herum und verdiente entschieden zu schnell das große Geld mit seinem Seattle Grunge Rock. Viel zu viele Mädchen waren hinter ihm her. Er war nicht treu. Das wußte Shawn genau. So einer konnte gar nicht treu sein. Die Ehe fand er spießig. Eifersucht ebenso. Und Shawn war schmerzhaft eifersüchtig gewesen. Die ersten Freunde seiner Tochter zu akzeptieren war schon nicht einfach. Und, der Apfel fällt nicht weit vom Stamm, sie hatte weiß Gott nicht wenige. Doch bei dem Gedanken, daß dieser brachiale Typ, sich über Annes Körper hermachte, wurde ihm regelrecht übel. Jeder, außer Shawn, wußte warum das so war. Der junge Dean war dem jungen Shawn zu ähnlich. Doch Dean verstand es, Shawn für sich zu gewinnen. Er bewunderte den älteren Kollegen, sein Schaffen und sein Können, und wußte ihm seine Bewunderung auf geschickte Weise mitzuteilen. Ein unbedingter Ritus unter Musikern. Doch er achtete Shawn ebenso als Familienoberhaupt. Er bewunderte seine unkonventionelle Lebensart, zu der Shawn trotz vieler Anfeindungen aus der Öffentlichkeit all die Jahre gestanden hatte. Er war ein Mensch der Extreme, auch mit Dreiundvierzig noch. Als Anne schließlich Schwanger wurde und Shawn sah, wie liebevoll Dean mit ihr und später mit dem Baby umging, war für ihn klar, daß

Dean fortan zum Clan gehörte. Dieser Junge war jedenfalls besser für seine Tochter, als er selbst es damals für ihre Mutter war. Immerhin liebte Dean die Mutter seines Sohnes.

„Hi Paps", grüßte Anne schmunzelnd. Sie legte ihre gebräunten Arme um Shawns Hals und küßte zärtlich seinen Mund. So ähnlich sie ihrem Vater als kleines Mädchen war, in ihrer heutigen Ausstrahlung, ihrer Eleganz und stilvollen Präsenz war sie heute Jane und Elisabeth viel ähnlicher. Eine Fenn, jedoch mit den dunklen Haaren und dem aufsässigen Lippenspiel der Allisons. Ihr zartgelbes ärmelloses Kleid betonte den dunklen Teint, die lässig hochgesteckten langen Haare legten einen schlanken, empfindsamen Nacken frei und Ohren, die ebenmäßig geformt waren wie die Blütenblätter einer Edelrose. So empfand es jedenfalls ihr Vater. Doch auch für den objektiven Betrachter war Anne Louise eine bildschöne junge Frau.

„Papi", sagte sie noch einmal liebevoll seufzend, als habe sie ihn Ewigkeiten nicht gesehen, nahm ihm die Kappe vom Kopf, stieg auf seine Schnürstiefel, schmiegte sich an seine Tarnkleidung und küßte ihn nochmals, während er sich lässig gegen seinen Wagen lehnte. „Wo haben wir denn heute gekämpft?"

Dean steckte seinen Kopf ungeduldig aus dem Fenster. Die Intimität zwischen Vater und Tochter ging ihm manchmal zu weit. Papi hier, Papi dort, Papi über alles! Papi mit der tollen Stimme. Papi mit dem sexy Körper. Papi mit den sinnlichsten Lippen, die je ein Mann haben konnte. Es war oft ganz schön schwierig für ihn. „Hey Darling, laß uns endlich zum Haus fahren", rief er dazwischen. „Der Kleine hat Durst!"

Shawn und Anne kümmerten sich nicht darum, sondern setzten ihren kleinen Flirt fort. „Sei nicht so frech, du wilde Hummel", grinste Shawn und rieb seine Nase an ihrer. „Was macht ihr überhaupt hier?" Sie rückte ein wenig ab.

„Freust du dich nicht?"

„Doch, mein Mädchen. Aber es is' absolut ungewöhnlich, daß ihr mitten in der Woche alle drei hier auftaucht. Und dazu noch zum Lunch, zum Lunch bei den Schwiegereltern." Er sah um Anne herum, direkt in Deans Gesicht. „Das is' doch ätzend spießig!" sagte er laut und grinste breit.

Papi hatte natürlich auch das frechste Grinsen weit und breit. Dean zeigte ihm den Stinkefinger. Shade versuchte die Geste nachzuahmen. Shawn lachte darüber. Als Anne es sah, stieg sie von Shawns Füßen, stemmte die Fäuste in die Hüften und stampfte temperamentvoll in den hellen Kies.

„Dean! Bring dem Kleinen nicht diese ordinäre Geste bei! Es ist doch wirklich nicht nötig, daß er so was schon so früh kennt! Und du..." Sie wandte sie sich wieder Shawn zu. "Lach gefälligst nicht auch noch über diese Ungezogenheit, Großvater!"

Oh, dieses Wort mochte ihr Vater gar nicht. Es hörte sich so nach Würde und Weisheit und nach dicht bevorstehendem Tod an. So, als dürfe man sich keine Verrücktheiten mehr leisten. Er rümpfte die Nase und ahmte tonlos ihr Gemecker nach. Shade freute sich über das Minenspiel, und Anne schien erleichtert, daß sie ihren Besuch nicht weiter erklären mußte. Sie schickte Shawn einen Luftkuss, der ebenfalls von Shade nachgeahmt wurde, und stieg zurück in den Wagen. Kies wirbelte auf, als sie durchstartete. Shawn schüttelte schmunzelnd den Kopf, wischte sich Annes Lippenstift vom Mund und fuhr hinter dem Mustang her. Langsam war er wirklich sehr neugierig, welchen Anlaß es gab für den heutigen Lunch. Als er den Chevrolet etwas Abseits des Haupteinganges parkte, sah er, wie seine Tochter, sein Enkel und Dean flink ins Haus schlüpften, als wollten sie ihm entwischen. Er nahm die Rosen vom Beifahrersitz und schlenderte langsam Richtung Haus.

Zufrieden betrachtete er die Blumen, die ihn mit ihrem feurigen Blutrot anstrahlten. Er dachte an seine zwei Frauen. So unterschiedlich. So wunderbar. So einzigartig. Doch beide voller Leidenschaft für das Leben und für ihn. Er ging beschwingt die Portaltreppe empor, hinein in den kühlen Eingangsbereich. Als hätte sie hier auf ihn gewartet, huschte die Gestalt mit dem runden

Bauch aus dem kleinen Salon und flatterte zu ihm herüber. Sie strahlte wie die Rose in seiner Hand, und ihr Lachen ließ sein Herz freudig schlagen. Jeden Tag aufs Neue.

„Lee, mein Liebling", sagte er und umarmte seine schwangere Frau. Sie küßte ihn kurz. Irgend etwas schien sie ganz unruhig zu machen. Er gab ihr die Rose.

„Oh Shawn, ist die schön..."

Sie sog den frischen Duft ein und bedankte sich mit einem etwas längeren Kuß.

„Was ist hier los?" fragte Shawn amüsiert und strich ihr über das schulterlange Haar, das sie sich inzwischen dezent tönte, um das erste Grau zu vertuschen.

Ihr feines ungeschminktes Gesicht war in der ländlichen Umgebung etwas dunkler geworden. Die immer leicht rosé schimmernden Wangen trugen einen Hauch von Sonnenbräune. Die Fältchen, die ihre Augenwinkel markierten, waren ein Beweis dafür, daß in diesem Hause viel gelacht wurde. Gegenüber aus der Tür, die zu den Wirtschaftsräumen führte, schnellte ein kurzhaariger Rotkopf.

„Hast du ihn abgefangen, Lee? Oh Mist! Da biste ja schon!"

„Schöne Begrüßung", rief Shawn, doch ehe er sich versah, hatte er zwei lachende Frauen im Arm. Er gab Karen die Rose und bekam dafür einen festen Kuß von sommersprossigen Lippen. Sie hinderte ihn mit sanftem Nachdruck am Weitergehen.

„Halt, mein Lieber. Du mußt noch einen Moment hier warten."

„Was is' 'n los? Hab ich heute Geburtstag? Sagt schon!"

Doch Karen, die in ihrer schmalen Jeans, der weißen Hemdbluse und mit den nackten Füßen, jugendlich frech wirkte, griff Aileens Hand und zog sie mit sich.

„Wir rufen dich, Schätzchen", sagte Aileen noch, bevor sie die Tür hinter sich schloß. Weg waren die zwei.

Trotz der guten Vorsätze hatte es eine Weile gebraucht, bevor er das damals alles geordnet hatte. Zuerst war es nach Jamies Geburt bei den Heimlichkeiten geblieben. Wann immer es die Tournee oder das Studio erlaubten, hatte er sich mit Aileen in Los Angeles getroffen. Sie wurde eine selbstbewußte Medizinstudentin. Nie machte sie einen Hehl daraus, daß sie gelegentlich mit jemandem schlief. Das paßte Shawn überhaupt nicht. Doch was sollte gerade er dagegen machen?

Er hatte sich weiter um Karen gekümmert, die ihn drängte, auch endlich von den Drogen wegzukommen. Beinahe drei Jahre lang war dann ihre Beziehung ausschließlich freundschaftlicher bzw. beruflicher Art gewesen. Shawn produzierte zusammen mit Karen einige Platten. Und sie unterstützten sich gegenseitig, clean zu bleiben. Solange er auf Somerton Castle war, hatte das bei Shawn meist ganz gut geklappt. Doch während die Band tourte, kam es immer wieder zu schweren Ausrutschern. Sein Entschluß gegen LSD, Koks und Tabletten fiel ihm leichter, nachdem im Oktober siebzig Joplin und im Juli einundsiebzig auch Morrison starben. Karen und Shawn verarbeiteten in schier endlosen Gesprächen ihre Vergangenheit. Elisabeth glaubte im nicht, daß er nicht mehr mit ihr schlief, daß sie nächtelang nur redeten. Bald war ihm auch das egal. Das Verhältnis zu Elisabeth war unwiderruflich zerbrochen.

Anne Louise war fünf, Jamison beinahe vier, als Elisabeth auf einer Vernissage diesen Percy Mullen, einen recht erfolgreichen Schriftsteller, kennenlernte. Weil die verhaßte Nebenbuhlerin Karen auf Somerton Castle ein und ausging, machte das gleiche bald auch Percy. Nur mit dem Unterschied, daß Elisabeth und Percy miteinander schliefen und sich nicht gerade bemühten, dies vor Shawn und den Kindern zu verbergen. Diesen Umstand wollte Shawn nicht hinnehmen. Es kam zu schrecklichen Auseinandersetzungen, die eine große Belastung für die ganze Familie darstellten. Robert und Janina waren inzwischen verheiratet und lebten ebenfalls auf Somerton. Dort wurde auch ihr erster Sohn Dediér geboren. Das Schlößchen war Randvoll mit Menschen. Reibereien gab es natürlich haufenweise. Doch eine derart gereizte Stimmung, wie sie zwischen Elisabeth und Shawn herrschte, war auf Dauer nicht zu ertragen. Shawn bot Elisabeth schließlich die Scheidung an. Nun fand der Ehevertrag, auf dem Gordon damals bestanden hatte, seine Anwendung. Doch Shawn hatte ohne dies nicht vor, Elisabeth in irgendeiner Weise zu strafen. Sie sollte nur gehen und woanders mit ihrem Percy glücklich werden. Schmerzhaft war allerdings, daß Jamison mit seiner Mutter gehen wollte, während Anne sich an ihren Vater klammerte. Doch Shawn war vernünftig und ließ den Kleinen gehen. In den folgenden Jahren verbrachte Jamison oft seine Ferien auf Somerton Castle. Eine aufregende, wilde Zeit für den Jungen. Denn hier durften die Kinder beinahe alles. Jedesmal kam er aufsässiger zu Elisabeth zurück, und sie hatte einen Anlaß, Shawn zu kritisieren. Dann lernte Elisabeth einen Mann Namens Howard Stone kennen, einen steinreichen Verleger. Der wollte sich nicht mit Jamies Aufsässigkeit abfinden und schickte ihn kurzerhand in ein Internat, nachdem er ihn ein paar Mal verprügelt hatte. Jamison aber lief davon und stand eines schönen Tages erschöpft und abgerissen vor Shawn. Der erkannte in Jamisons Augen die Frage, die ihn niemals verließ: „Wo gehöre ich hin?" Aber die Geschichte seines Namensvetters sollte sich nicht wiederholen. Shawn wollte seinen Sohn nicht allein lassen. Doch mit Jamison hatte Shawn schwere Prüfungen zu bestehen.

Obwohl Shawn nach der Trennung von Elisabeth frei war, ließ sich Aileen nicht davon überzeugen, endlich mit ihm zu leben. Plötzlich war alles möglich, und sie bekam Angst vor der endgültigen Entscheidung. Seit einiger Zeit lebte sie mit einem Kommilitonen zusammen, den sie zwar nicht liebte, der ihr jedoch eine gewisse Beständigkeit bot, die sie zu der Zeit brauchte. Sie blieb in Los Angeles und promovierte. Frau Doktor Fenn. Gynäkologin. Shawn war enttäuscht und traurig. Er begann zu glauben, die Liebe zu Aileen habe sich überlebt. Diese Zeit ebnete den Weg für eine neuerliche sexuelle Beziehung zu Karen. Zwar begann dies sehr zart, sehr vorsichtig, doch es begann und es festigte sich. Aileen nahm in der Zeit eine Assistenzstelle in einer Londoner Klinik an, ohne Shawn darüber zu unterrichten. An einem naßkalten Winterabend stand sie plötzlich mit Gordon im Studio und sagte: „Hier bin ich." Er konnte gar nicht anders. Er mußte sie lieben. So war es bestimmt.

Abermals stand Shawn zwischen zwei Frauen, doch dieses Mal wollte er keine Heimlichkeiten mehr. Selbst auf die Gefahr hin, beide zu verlieren, gestand er seine Liebe zur jeweils anderen. Jake diente ihm als Beispiel. Schließlich waren dessen Lebenspartner seit Jahren sehr zufrieden. Sie bewohnten damals ein großes Bauernhaus an der Nordküste Hollands. Die Frauen bewirtschafteten zusammen mit Henk ein Pony Hotel und schenkten Jake noch weitere Kinder, während Jake eine amerikanische Kneipe mit Live- Musik und American Football-Übertragungen unterhielt. Aus Rani war zwar kein zweiter Ravi Shankar geworden, doch er baute eine Meditationsschule auf, mit der er gute Einnahmen machte. Alle waren also friedlich und glücklich. Warum sollte das nicht auch im ehrwürdigen England möglich sein?

Zunächst waren Shawns Frauen nicht gerade begeistert von seinem Vorschlag. Verständlich, wie seine Familie fand. „Weil du den Hals nie voll kriegst!" schimpfte der gute Gordon und Julia zweifelte an Shawns Verstand. Seine Geschwister meinten, er sei „echt bescheuert". Und die Freunde sagten, das viele Koks und der Alkohol hätten doch wohl eine Menge Gehirnzellen zerstört. Der Allison raste jetzt endgültig aus. Wie lange hatte er nun unter der verbotenen Liebe zu Aileen gelitten! Jetzt sei sie schließlich doch noch zu ihm gekommen und er könne sie endlich heiraten. Und nun wollte *er,* in wilder Ehe, mit *beiden* Frauen leben! Das war unchristlich und entwürdigend für die Frauen.

Aileen und Karen fuhren jedoch gemeinsam nach Cornwall und verbrachten dort eine Woche im Allisonschen Ferien-Cottage „Paradies Corner", das Haus, in dem Jamison geboren war und das

Shawn nach der Geburt zu einem völlig überzogenen Preis gekauft hatte, einfach, weil es für ihn ein mystischer Ort war.

Nach Ablauf dieser Woche riefen die Frauen Shawn an und baten ihn nach Cornwall zu kommen. Mit allem hatte er gerechnet. Vielleicht machten sie sich über ihn lustig? Vielleicht hatten sie einen Mordplan gegen ihn geschmiedet? „Shawn Allison von einem Spaziergang an den Klippen von St. Ives nicht zurückgekehrt" würde in der „Weekly" stehen. „War es ein Unfall?"

Beinahe schüchtern hatte er im Eingangsbereich des Hauses gestanden. Kein Bediensteter weit und breit. Die Blumen, die er mitgebracht hatte, in seiner Hand. Sie kamen herangeflogen, verwirrten ihn mit Küssen, nahmen ihm die Blumen ab, und verschwanden kichernd ins Nebenzimmer.

Sie saßen beide auf einem großen weißen Lager am Boden, umgeben von reichlichen bunten Kissen. Wie Nymphen auf einem Rosenteich. Um sie herum verstreut Blumen. Die eine mit dunklem wallenden Haar und glühenden Wangen, die andere mit rotem wallendem Haar und glühenden Wangen. Bekleidet nur mit durchsichtigem Tüll und Blumenketten. Das alles im Kerzenschein, leicht umnebelt von Räucherstäbchen. Durch den Tüll schimmerten ihm vier junge Brüste entgegen. Neben dem Bett Champagner und Kaviar und in der Luft Ranis Musik. Sie strahlten ihn an und lockten ihn zu sich. Vor ihnen lag ein rotes Samtkissen in dessen Mitte drei goldene Ringe plaziert waren. Er mußte sich ausziehen, was unter allerlei Gekicher geschah, und sich splitternackt, ihnen gegenüber vor das Kissen setzen. Noch immer war er sprachlos. Keine Frau hatte ihn je so verlegen gesehen. Karen hängte ihm eine Blumenkette um, und Aileen sagte: „Wir nehmen dich zum Mann, Shawn Allison. Hier und heute Nacht. Diese Ringe werden wir tragen als Zeichen unserer Verbundenheit. Willst du uns fortan lieben und ehren, in guten wie in bösen Zeiten, dann sag ‚Ja, ich will' und gib uns deine rechte Hand." Er hatte ein zittriges „Ja, ich will" herausgequetscht, seine Hand gereicht und sich den Ring von beiden Frauen überstreifen lassen. Dann nahm Karen Aileen mit den gleichen Worten das Gelübde ab und streifte ihr mit Shawns Unterstützung den Ring über. Danach war sie an der Reihe. Karen und Aileen nahmen die Tüllschleier ab und küßten sich. Shawn beobachtete das mit schnell klopfendem Herzen. So war das also! Sie wandten sich ihm zu und küßten nun ihn. Seine Sprache war langsam zurückgekehrt, doch alles, was er sagen konnte, war „Ich liebe dich, Aileen. Ich liebe dich, Karen. Ich liebe Euch."

Zu Hause hielten sie nun alle drei für verrückt, als Shawn Gordon anrief, um alle Termine für die nächsten zwei Wochen abzusagen, wegen ihrer „Hochzeitsreise", wie er sagte. Das Trio verbrachte unvorstellbar lustvolle und unbeschwerte Stunden am Strand, in den kleinen Pubs, auf Spaziergängen und im Bett. Vor allem im Bett. Karen und Aileen machten ihn zum glücklichsten Mann der Erde. Und es erregte und beflügelte auch seine künstlerische Seele. Nicht nur die aufregenden und bisweilen schwierigen Stellungen im Bett, die unter albernem Lachen oft wieder auseinanderfielen. Die Momente der Ruhe waren es vor allem. Beide Frauen schlafend, während er sich still betrachtend über so viel Schönheit freute und den Zeitpunkt ihres Erwachens nicht abwarten konnte. Mit der einen schon bei der Liebe, während die andere sich noch wohlig rekelte. Und wenn Karen singend Rüben zog, die über Jamisons Raumschiff noch immer riesig wurden, und Aileen in der Küche das Gemüse putzte oder die Frauen im Ort einkaufen gingen, schrieb Shawn einen Text nach dem anderen. Eine Notenzeile nach der anderen und probierte seine neugeborenen künstlerischen Kinder sofort auf der Gitarre. Das Leben war berauschend schön.

Es dauerte nicht lange, bis sich die Freunde und die Familie mit der ungewohnten Konstellation abgefunden hatten. Wieder war es Gordon, der das Trio daran erinnerte, daß nach dem Glückstaumel auch Konflikte auftreten könnten. Ein Vertrag mußte her, der auf der einen Seite die offiziell ja nicht ehelichen Frauen und etwaigen Kinder schützte, der auf der anderen Seite Shawn aber auch nicht zum armen Mann machte, falls es zur Trennung kam. Nur Jane und Daniel zeigten sich ungebrochen entrüstet darüber, daß Shawn es wagte, nun ihre nächste Tochter ins Unglück zu reißen. Aber Aileen blieb hart. Sie brach für einige Zeit den Kontakt zu ihren Eltern ab. Doch als sie ihnen ein Jahr später das dritte Enkelkind bescherte, die kleine Amber-Rose mit einer Haut wie Elfenbein, fast schwarzen Haaren und blauen Augen, brachen beide Seiten ihr Schweigen. Zur Taufe auf Somerton Castle versöhnten sie sich mit ihrer Tochter und ihrem neuen alten Schwiegersohn. Jane und Shawn sprachen sogar in ganz normalem Ton miteinander. Er vermied es tunlichst, ihr zu nahe zu treten. Ein Jahr darauf kam dann Karens erstes Kind Sunbeam zur Welt. Ein süßes Mädchen, das den Allison-Mund, aber olivfarbene Augen und rotbraune Haare hatte. Shawn, Robert und Gordon waren wie immer sehr oft unterwegs, so daß sich das Leben auf Somerton Castle unter der Regie der Frauen abspielte.

Shawns kleine Mädchen schliefen im gemeinsamen Ehebett bei ihren Müttern. Wenn Shawn nach Hause kam, mußte er sich erst einen Platz in der riesigen, aber doch zu kleinen Bettstatt erkämpfen. Für die Liebe wurde ein ehemaliges Kinderzimmer hergerichtet. Die Mädchen waren, ganz nach Allison Art, wilde Feger, die in der umliegenden Natur zum Glück genügend Auslauf fanden. Als zwei Jahre später Aileen mit Kiana schwanger ging, war auch Roberts Frau Janina wieder schwanger. Von den jüngeren Allison Geschwistern lebten noch Jacky, Jill und Willy auf Somerton. Dorothee und Maggy waren wegen ihrer mathematischen Begabung auf einem Internat, kamen aber in den Ferien in das Schloß. Mit Anne Louise und Jamison lebten also neun Kinder auf Somerton. Außerdem elf Erwachsene, die Haushälterin Mrs. Harrow, den Butler und die zwei Kindermädchen mitgezählt.

Andere Helfer kamen aus dem Ort herüber und waren am Abend froh, der antiautoritär erzogenen Kinderschar wieder zu entkommen und nach Hause zu fahren. Böse Zungen nannten die Lebensgemeinschaft „Pop-Kommune". Doch aufgeschlossenen Eltern der Umgebung ließen ihre Kinder mit dem Allisonschen Nachwuchs spielen. Im großen Pool tummelten sich dann im Sommer die nackten Kinder wie in einer Badeanstalt. Ein gefundenes Fressen für die Papparazzi, die von den Bodygards energisch verjagt wurden.

Die Somerton Küche glich einer Großkantine. Mrs. Harrow hatte längst Verstärkung bekommen. Die Lebensmittel, fast alle aus eigenen Beständen, waren zumeist vegetarisch und wurden von Mrs. Harrow schonend zubereitet. Sie war beinahe eine Vorreiterin der Bio-Dynamik Welle der kommenden Jahre.

„Das tue ich hauptsächlich für die Kinder", pflegte sie zu sagen und freute sich, daß sogar die Männer immer öfter ihre Küche lobten. Die Tafel im Rittersaal war um einiges verlängert worden. Alles mußte ausgebaut, vergrößert, praktikabler gemacht werden. Zu Ausflügen mit den Kindern ließ man sich in Kleinbussen fahren. Oft waren auch hier Freunde der Kinder dabei, auch die Kinder des Personals, oder von Musikerkollegen, die gerade im Studio arbeiteten. Alle fühlten sich auf Somerton wohl. Niemand Außenstehender stieg mehr so richtig durch, welches Kind nun zu wem gehörte und von wem war. Es gingen Gerüchte um, auf Somerton würde jeder mit jedem schlafen. Es gab anonyme Anrufe von Moralaposteln und Anzeigen wegen Erregung öffentlichen Ärgernisses, weil die Kinder nackt badeten und so auch schon mal auf dem Rücken eines Pferdes anzutreffen waren. Als es hieß, die Kinder würden auf Somerton mit Haschisch gefüttert und ähnliche Dinge, startete Gordon eine Verleumdungsklage gegen die entsprechende Zeitschrift und gewann.

Die gesamte Großfamilie stellte sich schön herausgeputzt den Fotografen und stand Rede und Antwort. Hier hatte alles seine Ordnung. Diese Kinder waren ganz normale, glückliche Kinder. Trotz ihrer Hippie-Eltern, Onkel und Tanten, Cousins und Cousinen, und wer sonst noch alles auf

Somerton lebte, von verwahrlosten Hunden über Hühner bis zu freilaufenden Ponys. Trotz laut dröhnender Rockmusik und einem Familienoberhaupt, das Gitarren in Verstärker warf, sich auf offener Bühne zum Gruppensex bekannte oder „Leagalize Marihuana" ins Mikro brüllte. Die Kinder zeigten keinerlei Scheu, waren ausgesprochen gut entwickelt und lachten viel.

Die Bilder gingen durch alle Zeitungen, und das Interview, durch die quirligen Kleinkinder sehr aufgelockert, wurde in mehreren Fernsehsendungen gezeigt. Obwohl die Allgemeinheit weiterhin forderte, daß Shawn endlich zu einer der Frauen stehen sollte, ging ein allgemeines Sympathiebekunden durch die Bevölkerung und die Anfeindungen ließen nach.

Nach einer stürmischen Krise Mitte der achtziger Jahre, deren Auslöser Shawns erneut eskalierender Drogenkonsum und seine Untreue waren, wurde Fünfundachtzig sein sechstes Kind Sharon geboren, Karens zweites Baby. Während Sharons Geburt tourte er mit der Band durch Australien. Er war dermaßen sauer darüber daß er nicht pünktlich in England sein konnte, daß er im Affekt einen deutschen Journalisten verprügelte, der ihn angeblich nicht in Ruhe ließ. Diesmal brauchte es mehr als nur einen guten Anwalt, um ihn vor dem Gefängnis zu bewahren.

Gegen Ende der achtziger Jahre, nach sechs Welt-Tourneen, mehreren Filmen, hunderten von Interviews, Aufnahmen in verschiedensten Studios, unzähligen Preisen und goldenen Schallplatten, hunderten von Hotels, Partys, Groupies und Drogen, war die Band ausgelaugt. Dermaßen, daß sie sich nach einem Wutanfall von Shawn, der leider mitten auf der Bühne stattfand und bei dem er das Publikum als „Saupack" beschimpfte, von der Öffentlichkeit zurückzog.

Zunächst hieß es, die Band brauche lediglich eine Pause. Doch Shawn entschied sich gegen die Bühne und tauchte nach etlichen Auseinandersetzungen mit Gordon und der Band, schließlich doch von ihnen unterstützt, vollen Herzens ins Produzentendasein ein.

Robert und Janina gingen mit inzwischen drei Kindern nach Los Angeles. Greg, der es doch nicht geschafft hatte, als Spiders Nachfolger mit den Verlockungen des Starlebens klarzukommen, unterzog sich einer Entgiftung und arbeitete seit Ende der achtziger Jahre im Allisonschen Studio in L.A.. Mason und Chris gingen zunächst nach Afrika, machten mehrere Filme und Fotoreportagen, bis Chris Neunzig an Krebs erkrankte und noch im selben Jahr starb. Julia und Gordon zogen zurück nach London, nachdem Jill nach Schweden geheiratet hatte und auch das Jüngste der Allison Geschwister, Jacky, flügge geworden war und in Berlin Schauspiel studierte. Willy beendete sein Studium an der Filmakademie mit einer Dokumentation über das Leben und Werk eines der bekanntesten Dokumentarfilmer und Kriegsberichterstatter der sechziger und siebziger Jahre, Christopher Lombart, zu der Mason Willy ermutigt hatte und für die er die Filmmusik schrieb. Das Outing war übrigens ein Jahr vor Chris Tod von Willy gefilmt worden. Mason erlaubte Willy die Veröffentlichung der Szene. Das Credo von Chris darin war: „Ich bin Schwul. Und ich hab ein verdammt gutes Leben gehabt!" Das Outing löste natürlich heftige Reaktionen aus. Doch die öffentliche Rüge war Willy die Verbeugung vor seinem Vorbild wert. Er war ein Allison. Für einen Allison war es selbstverständlich, nicht immer gefällig zu sein.

Langsam wurde Shawn die Warterei in der Eingangshalle langweilig. Das zweite Zigarillo war bereits aufgeraucht. Er ging zur Tür zu den Wirtschaftsräumen, wo die Frauen vor jetzt beinahe fünfzehn Minuten verschwunden waren, bückte sich und versuchte, durch das Schlüsselloch hindurch etwas zu erspähen. Doch kaum, daß er sein Auge an das Licht gewöhnt hatte, ließ ihn ein helles „Pappiiii!" in seinem Rücken hochfahren. Es war die sieben Jahre alte Sharon, die mit erhobenem Zeigefinger und mahnendem Gesichtsausdruck vor ihm stand.

„Macht man das?"

„Ähm, hallo Liebling", lachte Shawn verlegen, „weißt du, was hier vorgeht?"

Sharon, dünn, langbeinig, rote lange Haare, mit zupackendem, eigensinnigem Wesen, schnappte sich wortlos die große Hand ihres Vaters und zog ihn durch den kleinen Salon, durch den Flur, bis in den „Rittersaal" und stellte ihn dort ab wie ein Möbelstück, das man hinter sich her zog. Dort stand Shawn wie angewurzelt.

Vor einem großen blauen Vorhang, der einen Teil des Saales verdeckte, stand seine gesamte Familie mit schmunzelnden Gesichtern.

„Was macht ihr denn mit mir?" fragte er verunsichert und alle lachten. Er ging auf die Gruppe zu und umarmte diejenigen, die er schon längere Zeit nicht mehr gesehen hatte.

„Janina! Mein Gott, du bist ja auch da. Dein Mann is' 'n alter Lügner. Komm her mein Schatz, laß dich küssen. Janinas Blick war wässrig. Sie küßte Shawn, drückte ihn an sich und ließ ihn weitergehen.

„Hallo Dediér! Mann, das gibt's doch nich'! Du bist ein riesen Kerl geworden! Roberts Ältester, mit Nackenzopf, lockerem Baumwollpulli weiter Cordhose und Wanderschuhen, umarmte seinen Onkel etwas tapsig.

„Hallo Sir. Hallo Onkel. Wie geht's?"

„Hi, Alter", begrüßte ihn im Gegensatz dazu Antoine, mit den wilden Dreadlocks, die er heute unter einer bunten Rastafari Mütze trug. Er umarmte Shawn und boxte ihm rituell gegen die Schulter, wobei er leicht tänzelte.

„Hi, Mann! Gut siehste aus Kleiner", freute sich Shawn und stand vor Jeromé. Der reichte ihm die Hand mit einer Miene, die ihm zeigte, daß der Jüngste nicht freiwillig dort war. „High Jeromé! Ich freu' mich dich zu sehen." Shawn zog den Jungen in seiner Freude ruckartig an sich, doch der hielt sich steif wie ein Stockfisch.

„Tag Whitey", sagte er möglichst abwertend, und handelte sich einen Rüffler von seiner Mutter ein.

Doch Shawn fuhr schon in der Begrüßung fort. Da waren Dorothee und Maggy, temperamentvoll juchzend. Beide zugleich von seinen Armen angehoben und geküßt. Bestaunt und belächelt von Dorothees Mann, Marius, einem zurückhaltenden deutschen Banker, der sich in Shawns Gegenwart stets etwas hilflos und mickrig fühlte. Und Maggys leicht zerstreutem Lebensgefährten Max. Ein Mathematikdozent, der Shawn bewunderte, weil der es wagte, das Chaos zu leben. Willy, gerade wieder einmal ohne Freundin, umarmte seinen Bruder mit lautem Lachen und herzhaften Schlägen auf den Rücken.

„Ich denke, du bist in Berlin, Mann! Großer Filmemacher!"

Die zarte Jill trug ihr Baby, Shawn, gerade vier Wochen alt. Sie küßte ihren geliebten Bruder und zeigte ihm stolz das Kind.

„Jill, meine Süße. Wie geht's euch? Mein Gott is' der wunderbar." Shawn nahm das Baby, dessen Patenonkel er werden sollte, und küßte es zart auf die Stirn. „Wunderbar", schwärmte er. „Ein richtiger kleiner Schwede." Und wollte den kleinen Shawn zurück an seine Mutter geben. Doch seine Tochter Sharon wollte das Baby halten und nahm es ihm ab. Jills Mann, Svent, begrüßte ihn freundschaftlich. Hinter dessen Bein versteckte sich der kleine Steven.

„Stevie, hey! Stevie Boy!" neckte ihn Shawn, ließ den Kleinen aber gleich in Ruhe, als dieser sich weiter in Vaters Hose vergrub. So schüchtern wie seine Mutter früher. „Jacky!!" rief Shawn aus. „Das is' ja verrückt!"

„Shawn!!" schrie sie und hüpfte an ihm hoch, wie sie es immer getan hatte. Sie küßten sich temperamentvoll.

„Ich freu mich so! Obwohl ich noch immer nich' verstehe, warum ihr alle den weiten Weg gemacht habt...!"

Wieder amüsiertes Gelächter von allen Seiten. Shade sprang mehrmals juchzend in die Höhe, bis sein Großvater endlich auf ihn aufmerksam wurde, und ihn, statt die erwachsene Jacky, auf den Arm nahm.

„Ja, komm her du! Hach, ich fresse dich!" Shawn küßte dem Kleinen wild den Hals, bis er gurgelnd lachte. Mit dem Jungen auf dem Arm ging es weiter.

„Mom. Gordon. Hallo ihr zwei", freudige Küsse auf die Wangen. „Mason! Schön dich zu sehn', Mann. Und das is' sicher Ben. Hallo Ben. Herzlich Willkommen."

Der junge Mann, im schwarzen Designeranzug, reichte Shawn seine feine Hand und machte einen ehrfurchtsvollen Diener.

„Sir. Ich freue mich, Sie kennenzulernen. Ich bin absoluter Rumor-Fan. Und ich bewundere Sie, Sir. Ihre Lyrik geht mir nahe. Und Ihre Stimme. Seit Jahren wollte ich... ich meine, ich hab' immer gedacht, wenn ich den treffen könnte, dann würde ich ihm Dank sagen. Danke, für die Lyrik, Sir."

„Echt?", vergewisserte sich Shawn verwundert, „trotz deiner Jugend findste das so gut, was ich verzapft hab?" Und er klopfte dem verdutzten Ben heftig auf die Schulter. „Nun mach dich mal locker, Mann, und vergiß das mit dem Sir. Das is' schon in Ordnung! Und ich danke *dir,* für deine Anerkennung."

Mason grinste. Nur er wußte, welche Not der arme Ben gelitten hatte, vor diesem Besuch. Er war erst vierundzwanzig Jahre alt und besaß alle Rumor-Platten und hätte sich nie im Leben träumen lassen, daß er eines Tages den Drummer der legendären Band kennenlernen würde, der sich zu dem auch noch in ihn verliebte. Mason war wirklich ein interessanter und liebenswerter Mensch. Obwohl Ben zugeben mußte, daß Shawns Stimme ihn schon immer angemacht hatte. Und wie er jetzt vor ihm stand, in seiner sehr männlichen Montur, und vor allem mit diesen knackigen Rundungen, dem breiten Brustkorb, Tattoos und dem kurzen Haar und all dem, das hatte schon was. Er war so aufgeregt, daß seine Knie zitterten. Auch Mason war ganz begeistert vom Outfit seines alten Freundes. Zum Teil sicher, weil es ihn an Chris im Tarnanzug erinnerte. Sein junger Freund Ben benahm sich vor diesem Besuch wie ein kleines Mädchen, das über ein MTV-Competition ein Rendezvous mit seinem Idol gewonnen hatte. Das hieß zum Beispiel daß er sich dreimal umzog. Am Ende fand er einen Pickel, und wollte sich am liebsten vor dem Besuch drücken. Außerdem war ihm plötzlich ganz übel. Und so weiter. Verwunderlich. Denn sonst war Ben ein recht selbstbewußter Werbedesigner, der sich täglich mit markanten Persönlichkeiten auseinandersetzen mußte. Mason zeigte Verständnis statt Eifersucht. Sollte der Kleine ruhig schwärmen.

Shawn war nun dabei, auch alle übrigen zu umarmen. Seine Mutter, flotte zweiundsechzig, mit kurzem silbrigem Haar, im hellgrauen Anzug. Gordon, fünfundsechzig und seit seinem Ruhestand etwas rundlicher. Kaum noch Haare, dafür aber mit brauner Glatze und weißem Monjoubärtchen. Aileens erste Tochter, Amber-Rose, neunzehn Jahre jung. Mit schwarzem Haar, heller Haut und aparter Geisha Frisur. Im letzten Highschooljahr in Camebridge. Sie war philosophisch und politisch interessiert und diskutierte deshalb unheimlich gern mit ihrem Halbbruder Jamison.

„Meine Schöne. Wie gehts dir, Liebling?" Shawn ließ sich vom kirschroten Mund auf die Wangen küssen.

„Danke. Sehr gut Dad."

Und Karens erste Tochter, Sunbeam. Achtzehn Jahre. Eine passionierte Tänzerin mit feuerroter Mähne. Ganz wie ihre Mutter früher. Nicht zu bändigen das Temperament, das im Tanz- und Musikstudium zumindest einen Rahmen fand. Sie lebte in einer Londoner Wohngemeinschaft und sah ihre Familie desöfteren. Leicht flog sie ihrem Vater in die Arme, küßte ihn und auch den kleinen Shade stürmisch, der sich an Shawns Hals klammerte und sein Gesichtchen rieb, um den Kuß wegzuwischen.

„Kleine wilde Springmaus", lachte Shawn.

Kiana, mit ihrem glatten dunkelbraunen und langen Haar, kam auf ihn zu und umarmte ihn, obwohl sie ihm erst am frühen Vormittag beim Joggen und anschließenden Cornflakes-Essen in der Küche Gesellschaft geleistet hatte. Die Fünfzehnjährige war Frühaufsteherin und Shawns gestrenge Fitnesstrainerin.

„Kiana, Darling", sagte Shawn mit Dankbarkeit in der Stimme. Welchen Reichtum hatte ihm das Leben mit diesen schönen und gesunden Kindern beschert.

Jamy stand direkt neben Robert. Heute trug er ein Hemd, dessen Muster stark an einen Möbelbezug aus den sechziger Jahren erinnerte, und eine angeschmutzte Lederhose zu abgelaufenen Stiefeln. Die Haare hatte er in merkwürdiger Art zu einem duttähnlichen Gebilde geformt. Seiner Schönheit tat diese Aufmachung keinen Abbruch. Er sah aus wie Robert in frühen Jahren. Einfach edel, die Gesichtszüge, und nur schwer zu verunstalten. Sie begrüßten sich mit einem Schlag gegen die Schulter und einer kurzen Umarmung.

„Tag Vater", lächelte Jamy geheimnisvoll. Er wußte also auch was hier vor sich ging. Dean und Anne-Louise grinsten sich an. Karen und Aileen grinsten Shawn an. Er setzte Shade ab und stemmte die Fäuste in die Taille.

„Und nun will ich endlich wissen, was hier los is'! Was soll der Vorhang da, und was soll diese Familienzusammenkunft? Na los, bevor ich böse werde!"

Sharon sprang kreischend vor Aufregung ein paarmal in die Höhe und klatschte in die Hände. Jamison, Sunbeam, Dean und Antoine verzogen sich hinter den Vorhang. Karen trat ein wenig hervor.

„Hör zu Shawn. Wir haben eine Überraschung für dich, die allerdings nicht so ganz leicht zu verkraften sein wird. Du solltest dich hier in den Sessel setzen, dich entspannen und einfach nur zuhören. Schließlich brauchen wir dich alle noch ein wenig." Sie drängte ihn auf den Ledersessel.

„Ich bringe dir heute statt eines Demobandes was Anschauliches mit, Bruder", sagte Robert. „Du mußt gar nichts verstehen. Nur zuhören."

Aileen, Gordon und Julia zogen den Vorhang beiseite, während die ersten Drumschläge zu hören waren und die anderen Instrumente mit einstimmten. Antoine am Schlagzeug, Jamison am Bass, Dean an der Leadgitarre und Sunbeam am Keyboard. Und vorne ein Junge, den Shawn nicht kannte. Den Kopf hielt er gesenkt, das lange Haar bedeckte sein Gesicht. Die Beine verschränkt, das Standmikrofon locker umfaßt, mit leicht kreisenden Bewegungen der Hüfte stand er da. Die schwarze Lederhose hob seine wohlgeformten Proportionen hervor, das hummerrote Hemd ließ einen Blick auf die Brust zu, auf der mehrere Ketten hingen. Mit viel Ruhe stellte er seine bestiefelten Füße vor das Mikrofon, schüttelte seine Haare zurück und begann zu singen.

„Love don't deal to find a way... you find your own way..." Shawns Rücken spannte sich. Seine Gesichtszüge zeigten ungläubiges Erstaunen. Er kniff die Augenlider zusammen, und die Lippen zuckten. Das war ein Zeichen für sehr große Aufregung. Karen und Aileen kannten das gut. Sie standen neben ihm und faßten ihm beruhigend auf die Schultern. Die Stimme, die Stimme war ihm so vertraut. Und das Gesicht! Das Gesicht erkannte er. Sein Herz begann schneller zu schlagen. Er sah hektisch in die Runde. Robert nickte ihm mit bewegtem Blick zu.

Der Junge sah Shawn nun direkt an, und es war Shawn, als sähe er sich selber ins Gesicht.

„I'll forgive that I could'nt stay with you... anyway... I'll find my own way..."

Shawns Hände umklammerten die Sessellehnen. Das konnte doch nicht sein! Die vergangenen fünfundzwanzig Jahre ratterten durch seinen Kopf. Er suchte nach Situationen. Nach Gesichtern.

Nach Gefühlen. Das da vor ihm war nicht er selbst in einem Musikvideo. Und doch war es mehr er selbst, als er begreifen konnte. Das war auch kein zufälliger Doppelgänger. Der Junge da hatte seine Stimme, seine Bewegungen, seine Augen, seinen Mund! Das leicht abstehende Ohr, das aus dem wilden Langhaar lugte, wenn er die Mähne nach hinten schüttelte. So viele Zufälle konnte es gar nicht geben. Welche Frau? Welche Frau? Sein Gehirn beschoß ihn mit Bildern. In Deutschland. Die Tour mit dem Bus. Berlin. Die Schlafsäcke in der hintersten Ecke. Die Hitze der Heimlichkeit. Amsterdam. Das Boot auf der Gracht. Sie auf seinem Schoß. Seine Hände auf ihrem Bauch. Sie schmiegt sich an ihn und streichelt versonnen seine Hand. Seit Tagen scheint sie bedrückt. Traurig. Sie sieht blaß und kränklich aus. Sie sagt, sie will in Amsterdam Freunde besuchen und bittet Gordon um zwei Tage Urlaub. Doch sie ist früher zurück als geplant und verschwindet einfach. Verschwindet für immer. Lilian! - Shawn verschwamm der Blick. Er legte die zitternde Hand vor die Augen, fuhr darüber, um nun seinen Mund zu halten, der am liebsten ihren Namen gerufen hätte. Der Junge stand jetzt mit dem Rücken zu ihm. Der Sound war unglaublich gut. Die jungen Leute konnten nicht viel Zeit zum Üben gehabt haben, aber was sie ihm boten, war allerfeinster Rock'n Roll. Der Junge brachte das hohe F nicht heraus. Oh ja. Es war ein Kampf mit dem hohen F. Wie gut Shawn diesen Ärger mit dem hohen F kannte! Verblüffend. Auch der Hintern. Auch der war dem seinen so ähnlich. Es konnte gar keinen Zweifel geben. Shawn suchte Gordons beruhigende Augen. Gordon nickte. Sein Blick sagte: „Ja, mein Junge. Du hast es erkannt."

Der junge Sänger drehte sich um und kam auf Shawn zu. Die Musik wurde leiser, seine Stimme sanft jetzt, einfühlsam. Er hockte sich vor Shawn und sah ihm aus der Nähe in die Augen.

„And if we will meet us... you'll find a way to find your own way...
Love don't deal..."

Doch er konnte den Song nicht zu Ende singen. Seine Lippen zitterten vor Aufregung und Rührung, denn der harte Typ im Kampfanzug da vor ihm verlor gerade den Kampf mit den Tränen. Er ließ das Mikrofon fallen, nahm Shawns Hände. Der stand auf, um den Jungen in die Arme zu schließen. Die Familie klatschte Beifall, während die Musik langsam verebbte.

„Was macht ihr nur mit mir? Was macht ihr nur?"

Kopfschüttelnd stand Shawn, den Jungen im Arm, und sah völlig aufgelöst in die Runde.

„Das war mächtig gut, Mann. Das war... es war..." Er zog die Nase hoch. Der Junge sah ihn an, als würde es nur noch eines Wortes bedürfen, um ihn zum Weinen zu bringen.

„Du bist mein Sohn, ja?!" entfuhr es Shawn mit krächzender Stimme, und er umarmte den Jungen aufs neue so fest er konnte. Die Umarmung wurde erwidert.

„Ja. Ja, Sir."

Der Junge verlor, so herzlich an Shawns Brust gedrückt, die Fassung. All seine Ängste lösten sich in Freude auf. Shawn legte seine Hand zärtlich auf den Hinterkopf des Jungen.

„Wie heißt du? Wie heißt du denn?" fragte er weinend.

Rings herum wurden Taschentücher gezückt, Tränen der Rührung gewischt, geschneuzt und verlegen gelacht.

„Ich heiße Eliah-Blues", antwortete der Junge mit wackliger Stimme. „Eliah-Blues Hamilton. Das ist der Name von meinem Dad, Sir. Ich meine von Abraham Hamilton. Meine Mutter hieß vor der Ehe Evans. Lilian Evans."

Shawn entfernte sich etwas von dem Jungen, konnte und wollte aber dessen Hände nicht loslassen.

„Eliah-Blues", sagte er wie in Trance. „Ist sie... wo is' Lilian. Wo is' deine Mutter?"

Aileen und Karen sahen einander erleichtert an. Zusammen mit Lilian hatten sie in den letzten Tagen dem Moment des Treffens entgegengebangt. Würde er empört reagieren oder ablehnend? Würde er die Frau, die ihm seinen Sohn vorenthalten hatte, überhaupt sehen wollen? Würde er annehmen, es ginge hier nur um den Versuch, dem Jungen einen Plattenvertrag zuverschaffen?

„Ich hol sie", sagte Karen leise, lief zur Küchentür und ließ einen etwas untersetzten Endfünfziger und eine elegante, rundliche Dame mit schulterlangem, grauem Haar herein. Hinter ihnen erschienen zwei Teenager. Ein Junge im Rapper-Outfit, ein Mädchen im All-American-Girl-Look. Natürlich, da lagen mehr als zwanzig Jahre zwischen dem Schlafsack im Tour- Bus und diesem Moment im „Rittersaal". Doch Lilian und Shawn sahen sich in die Augen und erkannten sich. Sie spürte keinerlei Ablehnung in seinem Blick. Er ließ Eliah los und eilte Lilian entgegen.

„Lilli!" sage er laut und schon wieder kamen ihm die Tränen, während er die kleine Frau, ohne auf den Mann an ihrer Seite zu achten, in die Arme schloß.

Sie lachte erleichtert auf. Alle Umstehenden wurden Zeugen eines rührenden Wiedersehens. Sie küßten sich.

„Warum?" fragte Shawn, ohne sie freizugeben.

„Du warst erst neunzehn. Es ging grad los mit dem Erfolg, und Elisabeth war schwanger. Das hättest du nicht verkraftet, Darling."

„Und Amsterdam?" Shawn sah Lilli nur verschwommen.

„In Amsterdam wollte ich zu einem Arzt, um... du weißt schon. Aber ich konnte es nicht. Ich hab mir doch so sehr ein Kind gewünscht. Und dann der Gedanke, es ist von dir... Ich hab dich geliebt, weißt du?"

Shawn zog sie an sich und drückte sie fest. Er hatte sich nicht getäuscht damals. Oh, wie dumm war er doch gewesen, zu glauben, Lilian habe ihn nur benutzt.

„Aber warum nich' später?" fragte Shawn weiter.

„Ich hab das aus der Ferne verfolgt. In Zeitungen, im Fernsehen und so weiter. Wie du dich verändert hattest. All die Frauen, weißt du, die Drogen und so. Du weißt doch sicher besser als ich, was das für ein Kind bedeuten kann, Kontakt zu so einem Vater zu haben. Dazu kam noch, daß die Medien sich über ihn hergemacht hätten, wenn bekannt geworden wäre, daß er dein unehelicher Sohn ist. Ich wollte, daß Eliah Blues ganz normal, ganz gesund aufwächst. Ohne den ganzen Rummel."

Nun fiel Shawn der Mann mit dem gerührten Gesichtsausdruck wieder ein, der dicht hinter Lilian stand. Er wandte sich Abraham zu.

„Du bist also der Mann, der meinen Sohn zu einem solchen Prachtexemplar erzogen hat?" sagte er lächelnd und reichte Abraham die Hand.

Der schlug kräftig ein, froh darüber, daß der „große" Shawn Allison keinerlei Arroganz an den Tag legte.

„Ach", winkte er ab, „ein Prachtexemplar war er schon immer. Man mußte ihn nur manchmal ein ganz klein wenig bremsen."

Eliah Blues war zu ihnen getreten. Er legte Abraham die Hand auf die Schulter.

„Aber ich mach sowieso, was ich will, Dad. Stimmts?" sagte er lachend und Abraham verzog ergeben das Gesicht.

Die zwei hatten offensichtlich ein gutes Verhältnis zueinander. Auch die übrigen Zeugen dieses bewegenden Momentes scharten sich inzwischen um die kleine Gruppe. Shade quälte seine Mutter mit der wiederholten Frage, wann es denn endlich etwas zu Essen gäbe, während die Teenager kicherten und flüsterten. Alanis und Josh wurden vorgestellt, Lilians Kinder von Abraham. Alanis sah etwas verlegen an Shawn rauf und runter. Im Fernsehen sah er immer viel schicker aus. Doch was ihre Mutter erzählt hatte über ihren Job bei „The Rumor" stimmte offensichtlich. Shawn merkte sofort, daß seine Aufmachung dem sehr ordentlich wirkenden Mädchen suspekt vorkam.

„Alanis. Wenn ich gewußt hätte, daß heute 'n so feines junges Mädchen zu Besuch kommt, hätte ich mich 'n bißchen zurechtgemacht."

Doch Alanis lächelte souverän. „Mom hat uns viel von Ihnen erzählt, Mister Allison. Sie sagte, vor jedem Auftritt mußte sie aufpassen wie ein Schießhund, daß Sie nicht mit offenen Schnürsenkeln, heraushängendem Hemd oder kaputtem T-Shirt auf die Bühne gestürmt sind. Heute wär' ihr Outfit ganz normal auf der Bühne, obwohl ich persönlich Sie im Smoking geiler finde."

Alle Umstehenden lachten. Ihr Bruder Josh schlug sich mit der flachen Hand vor den Kopf und maulte. Seine kleine Schwester war mal wieder furchtbar peinlich. Jamison lehnte lässig auf der Schulter seines neu hinzugewonnenen großen Bruders Eliah und lachte. Niemandem konnte entgehen, daß sich die Halbbrüder von Anfang an mehr als gut verstanden. Julia und Gordon umarmten sich. „Wie Shawn und Robert damals", sagte er leise und Julia nickte. Aileen schmiegte sich an Shawn, während er weiter mit Lilian und Abraham redete und Karen mit Shade ging, um zu sehen, wie weit das Essen war.

Misses Harrow unterbrach das allgemeine Durcheinander, indem sie auf den Gong schlug. „Herrschaften! Bitte hinaus in den Garten! Das Essen ist fertig!" Gerne folgten alle diesem Aufruf. Die Angespanntheit vor der großen Überraschung hatte sie hungrig und durstig gemacht.

Shawn saß am Kopf der langen Tafel. Neben ihm auf der rechten Seite Lilian, Abraham und Eliah Blues. Daneben Jamison. Weiter Mason mit Ben. Dorothee mit Marius, neben ihnen Sharon. Maggy mit Max, Jill mit dem Baby, Svent und Söhnchen Steven. Janina neben ihrem Sohn Jeromé. Daneben Abraham und Lilians Sohn Josh. Am anderen Ende des Tisches Robert, glücklich über die gelungene Überraschung. Neben ihm Joshs Schwester Alanis. Dann Willy mit Jacky, immer noch tuschelnd. Dann Kiana, Antoine, Sunbeam und Dedié. Dean, den Scone mampfenden Shade auf dem Schoß. Neben ihm Anne Louise. Der Kreis schloß sich mit Amber-Rose, Gordon, Julia, Karen und Aileen. Es gab so immens viel auszutauschen zwischen Shawn, Lilian und Eliah-Blues. Doch als alle ihre gewünschten Getränke hatten, stand Shawn auf, erhob sein Glas Rotwein und klopfte mit dem Messer gegen den Glasrand.

„Wessen Idee war das?" fragte er gespielt streng. Robert stand ebenfalls auf.

„Meine, Sir!" sagte er zackig und trug damit zur allgemeinen Belustigung bei. „Lilli ist mit Eliah zu mir ins Studio gekommen. Ich sag dir, das war 'n richtiger Schock für mich, als sie dastand mit Eliah, der aussah wie du damals. Und dann kam so eins zum anderen. Der Junge wollte dich unbedingt kennenlernen. Übrigends hab ich ihn schon am Wickel. Geschäftlich mein ich. Jamy macht auch mit, Mann. Das wird 'n dolles Ding, sag ich dir. Du bist mir doch nich' böse, Mann?"

Roberts Aufregung war unüberhörbar. Shawn blickte ernst.

„Doch, bin ich dir böse. Ich bin euch allen böse!" Ringsum schmunzelte alles. „Hinter meinem Rücken habt ihr das vorbereitet! Wochenlang habt ihr alle davon gewußt. Ihr seid ein Haufen von Intreganten! Das hätte ich nie von euch gedacht!" Strafend sah er in die Runde, bevor sein breites Grinsen ihnen alle Zweifel nahm. „Daß ihr mir heute diese verdammt große Freude macht! Ihr ahnt gar nicht, welche Freude! Ich danke dir, Bruder. Ich liebe dich. Ich liebe euch alle. Prost ihr Bande!"

Erleichtertes Lachen und Beifall von allen Seiten. Shawn trank sein Glas in einem Zug leer, beugte sich hinunter zu Aileen und gab ihr einen Kuß. Reckte sich zu Karen und küßte auch sie.

„Ich danke euch, ihr Schätze meines Herzens." Er zog Aileen von ihrem Stuhl hoch in seinen Arm und legte seine Hand auf ihren Bauch. „Hier drin Leute, hier fliegt ein kleines weibliches Wesen, das demnächst das Licht der Welt erblicken wird. Seit gestern wissen wir, daß Nummer acht, nein, jetzt muß ich sagen Nummer neun, daß Nummer neun ein Mädchen wird." Freudenrufe und Beifall.

„Wie soll sie heißen, Shawn?" rief Dorothee.

Aileen und Shawn sahen sich schmunzelnd an und dann sagten sie wie aus einem Munde: „Future!"

Danke meiner lieben Tochter Lena für's Zuhören und Mutmachen, meinem Neffen Fabian für die Original-Sprüche aus der Musikszene und meinem geliebten Mann für das technische Know How.